LA DYNASTIE TUDOR

Titre original : König Heinrich VIII. und sein Hof

Titre de l'édition anglaise : Henry VIII and His Court

Les Éditeurs réunis bénéficient du soutien financier de la SODEC
et du Programme de crédits d'impôt du gouvernement du Québec.

Nous remercions le Conseil des Arts du Canada
de l'aide accordée à notre programme de publication.

Édition :
LES ÉDITEURS RÉUNIS
www.lesediteursreunis.com

Distribution au Canada :
PROLOGUE
www.prologue.ca

Distribution en Europe :
DNM
www.librairieduquebec.fr

Imprimé au Québec (Canada)

Dépôt légal : 2009
Bibliothèque et Archives nationales du Québec
Bibliothèque nationale du Canada

LOUISE MÜHLBACH

LA DYNASTIE

TUDOR

La dernière reine d'Henri VIII

Roman historique

Traduit par Jean-Louis Morgan

LER
LES ÉDITEURS RÉUNIS

CHAPITRE I

On était en l'an de grâce 1543. Le roi Henri VIII d'Angleterre avait, une fois de plus, déclaré ce jour-là qu'il était l'homme le plus heureux et le plus à envier de son royaume. En effet, il allait se marier une fois de plus au cours de la journée et Catherine Parr, l'heureuse veuve du baron Latimer, allait avoir le périlleux bonheur d'être choisie pour devenir la sixième femme du roi.

Les cloches de tous les clochers de Londres carillonnaient allégrement pour annoncer au peuple que le sacrement qui allait unir Catherine Parr au roi d'Angleterre allait être célébré. La foule, toujours avide de nouveauté et de spectacle, s'était rassemblée le long des rues qui conduisaient au château du monarque dans l'espoir d'apercevoir Catherine lorsqu'elle apparaîtrait aux côtés de son nouvel époux sur le balcon. On présenterait alors officiellement la nouvelle reine au peuple anglais qui devait lui rendre hommage en retour.

Sur le plan de son ascension sociale, il s'agissait là d'une vraie réussite pour la veuve d'un baron sans importance. Elle avait en effet la chance de devenir l'épouse légitime du roi d'Angleterre et de porter la couronne royale ! Toutefois, l'esprit de Catherine Parr était envahi d'une peur étrange, ses joues étaient pâles et froides et, lorsqu'elle se retrouva devant l'autel, ses lèvres serrées eurent du mal à s'ouvrir pour prononcer les mots qui l'engageaient pour l'éternité :

— Je le veux.

La cérémonie se termina enfin. Les deux représentants de l'Église, Stephen Gardiner, l'archevêque de Winchester, et Thomas Cranmer, son homologue de Canterbury, ont alors, selon l'étiquette de la cour, reconduit la nouvelle épouse à ses appartements pour la bénir et prier avec elle avant que les festivités du mariage puissent commencer.

Catherine, toutefois, était pâle et nerveuse. Elle devait encore maintenir avec dignité et le vrai port d'une reine son rôle au cours des nombreuses cérémonies de la journée ; c'est pourquoi elle marchait tête haute et d'un pas ferme, flanquée d'un archevêque de chaque côté pour traverser les splendides appartements. Personne ne pouvait soupçonner le poids qui lui écrasait la poitrine et les voix haineuses qui lui traversaient l'esprit.

Suivie de sa toute nouvelle cour, elle traversa les pièces de réception pour arriver aux chambres privées. C'est alors que, selon l'étiquette de l'époque, elle devait renvoyer sa cour et que seuls les deux archevêques ainsi que les dames d'honneur avaient le droit de l'accompagner dans son salon privé. Il était impossible, même pour les deux hommes d'Église, d'aller plus loin. Le roi, en personne, avait établi l'ordre du jour et toute personne qui aurait transgressé ses ordres, donnés dans les moindres détails, risquait d'être accusée de crime de haute trahison et aurait peut-être même risqué la mort.

C'est pourquoi Catherine se retourna vers les deux prélats en leur adressant un petit sourire, leur demanda de l'attendre là où ils étaient et, après avoir salué ses dames d'honneur, se retira dans sa chambre.

Les deux archevêques restèrent seuls dans le salon privé. Les circonstances qui avaient provoqué leur solitude semblèrent les impressionner tous deux de façon désagréable ; leur contenance trahissait leur mauvaise humeur et, de concert, comme s'ils répondaient à un signal donné, ils se dirigèrent vers la partie opposée du grand appartement.

Une longue pause s'ensuivit. On n'entendait aucun bruit, sauf le tic-tac régulier d'une pendule magnifique qui se trouvait au-dessus de la cheminée et, venant des rues adjacentes, les clameurs de joie du peuple qui se dirigeait vers le château à la manière d'une vague rugissante.

Gardiner s'était approché de la fenêtre. Son sourire particulier et sinistre aux lèvres, il observait les nuages poussés par la tempête qui parcouraient le ciel.

Cranmer se trouvait près du mur opposé et, plongé dans des pensées tristes, contemplait le grand portrait d'Henri VIII, le chef-d'œuvre d'Holbein. Il regardait fixement les expressions de ce visage qui traduisait autant la dignité que la férocité ; au moment où il observait ces yeux sévères et menaçants et ce sourire à la fois voluptueux et féroce, il fut envahi par un sentiment de grande compassion pour la jeune femme qu'il avait vouée le jour même à une détresse magnifique. Le prélat pensa alors qu'il avait déjà conduit deux épouses du roi au même autel et béni leur union et s'est ensuite rappelé que, par la suite, il les avait assistées lorsqu'elles étaient montées à l'échafaud.

Avec quelle facilité cette pitoyable jeune femme pourrait-elle être victime du même destin ! Avec quelle facilité Catherine Parr, tout comme Anne Boleyn et comme Catherine Howard, pourrait-elle faire suivre sa courte gloire d'une mort ignominieuse ! Une parole inconsidérée, un regard, un sourire pouvaient la conduire à la mort. Car la colère royale et sa jalousie déferlantes étaient sans mesure et Henri VIII était si cruel que pas une seule punition ne semblait assez sévère quand il s'agissait de châtier ceux qu'il imaginait l'avoir offensé.

Voilà donc quelles étaient les pensées de l'archevêque Cranmer. Il se rasséréna toutefois et les rides profondes qui lui barraient le front s'atténuèrent quelque peu.

Il souriait à présent en pensant à la mauvaise humeur qu'il avait éprouvée peu de temps auparavant et se réprimanda de s'être montré si peu attentif à sa sainte vocation et d'avoir fait preuve de si peu de promptitude pour rencontrer son adversaire dans un esprit de conciliation.

En effet, Gardiner était son ennemi – une réalité que Cranmer avait bien comprise. Gardiner le lui avait souvent laissé entendre par des actes, tout comme lorsqu'il lui avait, fort chichement d'ailleurs, témoigné son amitié.

Cependant, même si Gardiner le haïssait, cela ne l'obligeait pas à lui rendre cette haine. Et il n'était pas obligatoire de le désigner comme son ennemi. Étant donné leur vocation à tous les deux, il était obligé de l'honorer et de l'aimer comme un frère.

Le noble Cranmer avait donc honte de sa mauvaise humeur momentanée et un doux sourire illumina les traits de son visage. D'un air digne et amical, il traversa la pièce pour s'approcher de l'archevêque de Winchester.

Lord Gardiner se tourna vers lui tout en le regardant d'un air morose et, sans quitter l'embrasure de la fenêtre, attendit que Cranmer s'approche de lui. Au moment où il prit conscience des traits nobles et souriants de celui qui s'approchait, il eut envie de lever le poing et de l'écraser sur le visage de cet homme qui avait l'outrecuidance de désirer être son égal et de rivaliser avec lui pour la gloire et les honneurs.

Il pensa toutefois à temps que Cranmer était encore le favori du roi et qu'il fallait en conséquence se montrer prudent dans la façon de lui nuire.

Il refoula donc ses sombres pensées et se permit de s'imprégner d'une expression grave et impénétrable.

Cranmer se trouvait maintenant juste devant lui et son regard brillant et radieux se fixa sur les traits sombres du visage de Gardiner.

— Je viens vers vous, Votre Grandeur, déclara Cranmer d'une voix douce et agréable, pour vous annoncer que j'espère de tout mon cœur que la reine vous choisisse comme confesseur et guide spirituel et pour vous assurer que, si tel était le cas, je ne ressentirais pas la moindre rancune ni le moindre mécontentement. Je le comprendrais totalement et si jamais Sa Majesté choisissait le distingué et éminent archevêque de Winchester comme confesseur, l'estime et l'admiration que j'éprouve pour vous n'en seraient que renforcées. Comme confirmation de ce que je viens de dire, permettez-moi de vous serrer la main.

Il a alors tendu sa main à Gardiner qui l'a prise, toutefois avec regret, et qu'il a gardée pendant un instant.

— Votre Grandeur fait preuve d'une grande noblesse et se montre en même temps fin diplomate, car votre souhait est seulement une façon adroite et intelligente de me faire comprendre comment je devrais agir si la reine vous choisissait comme directeur spirituel. Toutefois vous savez qu'elle le fera. Il s'agira donc d'une humiliation qui m'est imposée par l'étiquette lorsqu'elle m'ordonnera de me tenir à ses côtés pour attendre de savoir si je serai choisi ou rejeté avec mépris.

— Pourquoi devez-vous voir les choses d'une façon aussi peu amicale ? répondit Cranmer gentiment. Pourquoi considérez-vous comme une marque de mépris le fait de ne pas être appelé à une fonction indépendante du mérite ou de la valeur et qui représente seulement la marque de confiance personnelle d'une jeune femme ?

— Oh ! Ainsi vous admettez que je ne serai pas choisi ? s'écria Gardiner en arborant un sourire malicieux.

— Je vous ai déjà dit que je ne suis absolument pas informé des intentions de la reine et il est bien connu que l'archevêque de Canterbury a coutume de dire la vérité.

— C’est en effet bien connu, toutefois il est également connu que Catherine Parr a toujours été une grande admiratrice de l’archevêque de Canterbury. Et maintenant qu’elle a réussi à devenir reine, elle se fera un devoir de faire preuve de gratitude envers lui.

— Vous voulez donc insinuer que j’en ai fait une reine. Je dois assurer à Votre Grandeur qu’en ce qui concerne cette matière, comme de nombreuses autres, vous avez été mal informé.

— C’est possible ! répondit froidement Gardiner. En tous les cas, il est certain que la jeune reine est une avocate passionnée de cette abominable nouvelle doctrine qui, comme la peste, s’est répandue dans toute l’Allemagne puis l’Europe et a provoqué dommages et ruine dans toute la chrétienté. Oui, Catherine Parr, la reine actuelle, a un penchant pour cet hérétique contre lequel le Saint Père de Rome a jeté son anathème. Elle adhère à la Réforme…

— Vous oubliez, déclara Cranmer avec un sourire malicieux, que cet anathème a également été jeté contre notre roi et qu’il s’est montré tout aussi inefficace dans le cas d’Henri VIII que dans celui de Luther. De plus, je me permets de vous rappeler que nous ne donnons plus le titre de « Saint Père » au pape de Rome et que vous avez personnellement reconnu que le roi était le chef de notre Église.

Gardiner détourna son visage pour dissimuler la vexation et la rage qui lui défiguraient les traits. Il s’aperçut alors qu’il était allé trop loin en dévoilant une partie des secrets de son âme. Toutefois, il ne pouvait pas toujours contrôler sa nature violente et passionnée. Et bien qu’il se montrât un parfait homme du monde et un diplomate, il existait encore des moments où le papiste fanatique prenait le dessus sur l’homme du monde et où le diplomate était forcé de céder sa place au ministre du Culte.

Cranmer éprouva de la pitié devant la confusion de Gardiner et, comme il avait un cœur naturellement bon, il lui dit en plaisantant :

— Ce n'est pas le moment de nous quereller pour des dogmes ni de chercher à savoir qui de Luther ou du pape est davantage dans l'erreur. Nous nous trouvons dans l'antichambre de la jeune reine. Occupons-nous donc du destin de cette jeune femme que Dieu a choisie pour remplir une tâche aussi brillante.

— Brillante ? s'écria Gardiner en haussant les épaules. Commençons par attendre la fin de sa carrière et c'est alors que nous déciderons si elle a été brillante. De nombreuses reines avant elle se sont imaginé qu'elles allaient se reposer sur un lit de roses et de myrtes pour prendre soudainement conscience qu'elles se trouvaient sur des chardons ardents qui les consumaient.

— Cela est tout à fait vrai, murmura Cranmer tout en haussant légèrement les épaules. Être l'épouse du roi est chose périlleuse. Faisons en sorte de rendre sa position pas plus dangereuse qu'elle ne l'est en lui témoignant de la haine et en se montrant son ennemi. Rien que pour cela je vous supplie, et en ce qui me concerne vous avez ma parole d'honneur, de laisser la reine décider sans éprouver ni colère ni sentiment de vengeance. Mon Dieu, les pauvres femmes sont vraiment de drôles de créatures, car leurs désirs et leurs envies sont imprévisibles !

— Ah ! Il semble que vous connaissiez les femmes très intimement... s'écria Gardiner avec un sourire sardonique. En vérité, si vous n'aviez pas été l'archevêque de Canterbury, et si le roi n'avait pas formellement décrété que le mariage des prêtres était un crime très grave, il serait facile de supposer que vous avez pris une épouse et que c'est ainsi que vous avez acquis tant de connaissances concernant le caractère des femmes...

Cranmer, un peu embarrassé, se détourna en fuyant le regard inquisiteur de Gardiner.

— Nous ne sommes pas ici pour parler de moi, a-t-il enfin dit, mais pour parler de la jeune reine et j'en implore à vos bons sentiments. Je l'ai vue aujourd'hui presque pour la première fois et je ne lui ai jamais adressé la parole. Toutefois les traits de son visage m'ont fortement impressionné et il me semble que ses regards nous imploraient de rester à ses côtés, d'être prêts à l'aider à prendre le chemin difficile, foulé par cinq autres épouses du roi et sur lequel elles n'ont rencontré que le malheur, les larmes, la disgrâce et le sang.

— Faisons donc en sorte que Catherine prenne garde de ne pas prendre le même chemin que ses cinq prédécesseures, s'exclama Gardiner. Espérons qu'elle se montrera prudente et prévoyante, qu'elle sera éclairée par Dieu, aura la vraie foi et la vraie sagesse, ne se laissera pas entraîner sur le chemin de l'hérésie et se montrera fidèle et ferme dans sa foi !

— Mais quelle est-elle, la « vraie » foi ?

— Celle que nous partageons ! s'exclama Gardiner avec la fierté démesurée d'un dévot. Malheur à la reine si jamais elle devait emprunter un autre chemin ! Malheur à elle si jamais elle prêtait l'oreille aux fausses doctrines qui nous parviennent d'Allemagne et de Suisse et malheur à elle si elle s'imaginait se trouver en sécurité ! Je serai son serviteur le plus loyal et le plus zélé si jamais elle me choisit, mais serai son ennemi le plus implacable si elle agit contre moi.

— Et direz-vous qu'elle agirait contre vous si jamais elle ne vous choisissait pas comme son confesseur ?

— Allez-vous me demander si ne pas être choisi signifie que l'on est pour moi ?

— Mon Dieu ! Faites en sorte qu'elle vous choisisse ! s'exclama Cranmer avec ferveur en joignant les mains et élevant son regard vers le ciel.

Cranmer laissa alors tomber sa tête en avant en soupirant profondément.

— Pauvre malheureuse reine! murmura-t-il. La première preuve d'amour que vous donnera votre mari pourrait bien être le commencement de votre malheur! Pourquoi vous avoir donné la liberté de choisir, vous-même, votre propre directeur de conscience? Pourquoi n'a-t-il pas choisi pour vous?

Au même moment, la porte de la chambre royale s'ouvrit et Lady Jane, la fille du comte Douglas et première dame d'honneur de la reine, apparut dans l'embrasure. Les deux archevêques la regardèrent en silence. Il s'agissait d'un moment solennel, un moment dont l'importance était connue des trois personnes en présence.

— Sa Majesté la reine, a déclaré Lady Jane d'une voix nerveuse, sa Majesté demande la présence de Lord Cranmer, l'archevêque de Canterbury, dans sa chambre afin de pouvoir prier en sa compagnie.

— Pauvre reine! soliloqua Cranmer en traversant la pièce pour se rendre à la chambre de Catherine. Pauvre reine! Elle vient de s'attirer les foudres d'un ennemi implacable.

Lady Jane attendit que Cranmer passe la porte pour se rendre rapidement auprès de l'archevêque de Winchester et, se mettant à genoux, déclara humblement:

— Pitié, Votre Grandeur, pitié! Mes mots ont été vains et n'ont pas pu vaincre sa volonté.

— Cela est donc décidé. La reine est une…

— … est une hérétique, reprit Lady Jane. Malheur à elle!

— Et vous, serez-vous fidèle et allez-vous demeurer fidèlement avec nous?

— Je le demeurerai, de toutes les fibres de mon corps et de toutes les gouttes de sang de mon cœur.

— Nous allons donc vaincre Catherine Parr tout comme nous avons vaincu Catherine Howard. Le billot pour l'hérétique! Nous avons trouvé les moyens d'envoyer Catherine Howard à l'échafaud; vous, Lady Jane, devez découvrir les moyens d'y envoyer Catherine Parr.

— Je les trouverai, dit Lady Jane d'une voix calme. Elle m'aime et a confiance en moi. Je trahirai son amitié pour rester fidèle à ma religion.

— Catherine Parr est donc perdue, lança Gardiner à voix haute.

— Oui, elle est perdue, renchérit le comte Douglas qui venait d'entrer et qui avait surpris les derniers mots de l'archevêque. Oui, elle est perdue car nous sommes ses ennemis inexorables et vigilants. Toutefois, je juge prudent de ne pas prononcer de telles paroles dans le salon de la reine. Choisissons un moment plus favorable. De plus, Votre Grandeur doit se rendre au grand salon de réception où la cour s'est déjà rassemblée et où elle attend que le roi aille en procession solennelle chercher la reine pour la conduire au balcon. Partons.

Gardiner fit signe que oui en silence et se dirigea vers la réception. Le comte et sa fille le suivirent.

— Catherine Parr est perdue, murmura-t-il à l'oreille de Lady Jane. Catherine Parr est perdue et vous serez la septième femme du roi.

Au moment où tout cela se déroulait dans son salon, la jeune reine se trouvait à genoux en face de Cranmer et, en sa compagnie, faisait des prières pour la prospérité et la paix. Ses yeux étaient pleins de larmes et son cœur tremblait, tout comme si quelque calamité s'approchait d'elle.

CHAPITRE II

L'interminable journée de cérémonies et de festivités tirait à sa fin et Catherine avait espoir de pouvoir en terminer des présentations et des sourires de toutes les personnes qui étaient venues lui rendre hommage.

Elle avait paru au balcon en compagnie de son nouvel époux pour recevoir les salutations du peuple et elle s'était inclinée en signe de remerciements. Puis, dans l'immense salle d'audience, sa nouvelle cour avait défilé en procession et elle avait échangé quelques paroles amicales sans importance avec chaque lord et chaque lady. Par la suite, toujours aux côtés de son mari, elle avait reçu en audience les représentants de la ville de Londres et les députés du Parlement. Toutefois, c'est en frissonnant secrètement qu'elle avait reçu de leurs bouches les mêmes félicitations et les mêmes souhaits que les cinq autres épouses du roi avant elle.

Et pourtant, elle s'était montrée capable de sourire et de paraître heureuse, car elle savait très bien que les yeux du roi ne la quittaient pas et que tous ces lords et ladies venus la saluer en faisant preuve d'autant de déférence et de sincérité en fait étaient ses pires ennemis. Son mariage avait, en effet, détruit de nombreux espoirs. Elle avait écarté à son insu de nombreuses personnes qui avaient pensé être plus aptes qu'elle à devenir reine. Elle savait que ces personnes avaient été déçues et qu'elles ne lui pardonneraient jamais; hier, elle était encore leur égale. Puis elle s'était élevée par son mariage au-dessus d'elles en devenant leur reine et leur maîtresse. Elle savait que tous la regardaient avec des yeux inquisiteurs et qu'ils épiaient chacun de ses mots et chacun de ses gestes pour pouvoir forger des accusations susceptibles de devenir des ordres d'exécution.

Cela ne l'empêchait pas de sourire ! Elle souriait comme si elle sentait que la colère du roi, si vite enflammée et si cruelle dans ses vengeances, la menaçait comme l'épée de Damoclès.

Elle souriait en espérant que cette épée ne la frappe jamais.

Finalement, toutes les présentations, tous les hommages et les réjouissances ont fini par se terminer, puis est venu le moment le plus agréable et le plus satisfaisant de la fête.

Le dîner a commencé. Il s'agissait là du premier instant de répit et de repos pour Catherine. Car, lorsque le roi Henri VIII se mettait à table, il n'était plus le monarque hautain ni le mari jaloux mais tout simplement l'artiste compétent et le gourmand exalté. L'assaisonnement d'un pâté ou d'un faisan représentait alors une question bien plus importante pour lui que le sort de son peuple ou la prospérité du royaume.

Cependant, il y eut, après le dîner, un nouveau répit, une nouvelle source de réjouissances et, cette fois-ci, il s'agissait de quelque chose de plus réel qui fit disparaître toutes les traces de mélancolie et de mauvais pressentiments du cœur de Catherine. Les traits de son visage rayonnèrent de joie et ses sourires heureux envahirent son visage. En effet, le roi Henri VIII avait préparé une surprise toute nouvelle et particulière pour sa jeune femme. Il avait fait ériger une scène au palais de Whitehall où les nobles de la cour allaient exécuter une comédie de Plaute. Jusque-là, il n'y avait jamais eu de représentations théâtrales autres que celles données lors des festivals religieux, des pièces de théâtre dont les thèmes étaient la moralité et les mystères. Le roi Henri VIII fut le premier roi à faire ériger une scène dans le but de distraire et permit qu'y soient représentés des sujets autres que ceux portant sur l'histoire de l'Église. Tout comme il avait libéré l'Église de son chef spirituel, le pape, il a désiré libérer les scènes de théâtre de la mainmise du clergé pour y présenter des spectacles plus réjouissants que le martyr des saints ou le sacrifice des nonnes.

Et pourquoi mettre en scène de fausses tragédies quand le roi se trouvait être l'acteur principal de tragédies bien réelles? Le sacrifice de martyrs chrétiens et de nonnes étaient sous le règne d'Henri VIII des choses tellement banales qu'elles ne pouvaient offrir à la cour pas plus qu'à son auguste personne un spectacle bien divertissant.

Toutefois, la représentation d'une comédie romaine représentant une nouveauté et du piquant constituait vraiment une surprise pour la jeune reine. Il fit jouer la pièce *Curculio – le Charançon* –, de Plaute, pour sa femme et il se montra enchanté de voir Catherine rougir en écoutant les tirades licencieuses et impudiques du célèbre poète comique latin et accompagna les allusions obscènes de gestes tout à fait indécents tout en éclatant de rire et en applaudissant.

Les festivités prirent fin finalement et Catherine eut enfin la permission de se retirer dans ses appartements en compagnie de sa suite.

Elle congédia ses gardes d'honneur et demanda aux femmes de sa suite ainsi qu'à sa deuxième demoiselle d'honneur d'aller l'attendre dans son boudoir.

Elle était enfin seule et personne ne l'observait. Son sourire disparut et une expression de grande tristesse l'envahit.

— Jane, dit-elle, je t'en prie, ferme les portes et tire les rideaux pour que personne d'autre que toi, ma chère amie d'enfance, ne me voie ni ne m'entende. Oh! mon Dieu, mon Dieu, pourquoi ai-je donc été aussi insensée? Pourquoi ai-je quitté la tranquillité du château de mon père pour rejoindre ce monde si horrible et si terrible?

Elle soupira, gémit profondément tout en cachant son visage dans ses mains et s'effondra ensuite sur l'ottomane en pleurs et en tremblant.

Lady Jane l'observa avec un sourire particulier de malicieuse satisfaction.

« Elle est la reine et elle pleure, a-t-elle pensé. Mon Dieu, comment est-il possible qu'une femme puisse être triste alors qu'elle est reine ? »

Elle s'approcha de Catherine, s'assit sur un tabouret aux pieds de cette dernière et lui embrassa alors une de ses mains avec ferveur.

— Votre Majesté pleure ! dit-elle d'un ton des plus insinuants. Mon Dieu, cela veut-il dire que vous êtes malheureuse ? Quand je pense que j'ai été si joyeuse d'apprendre que ma très chère amie avait eu une telle chance ! J'ai pensé que je trouverais la reine fière, heureuse et rayonnante de joie. J'ai eu peur que la reine cesse d'être mon amie. C'est pourquoi j'ai supplié mon père, dès que j'ai su la bonne nouvelle et que vous m'avez donné l'ordre de vous rejoindre, de me donner la permission de quitter Dublin pour me dépêcher d'être auprès de vous. Oh ! mon Dieu ! Je voulais tant vous voir heureuse et honorée.

Catherine enleva ses mains de son visage et abaissa son regard vers son amie tout en esquissant un sourire douloureux.

— Eh bien ! reprit-elle, n'es-tu pas satisfaite de ce que tu as vu aujourd'hui ? N'ai-je pas bien rempli mon rôle de reine souriante toute la journée ? N'ai-je pas porté une belle robe aux broderies au fil d'or ? Le diadème royal n'a-t-il pas brillé de tous ses diamants sur ma tête ? Le roi n'était-il pas assis à mes côtés ? Nous allons dire que, pour l'instant, cela est suffisant. Tu as pu voir la reine pendant toute la journée. Permets-moi d'être encore pendant un moment, bref et heureux, la jeune femme sensible et émotive qui peut ouvrir son cœur à son amie pour se plaindre et lui conter toutes les méchancetés qu'elle a subies. Ah! Jane, si seulement tu savais à quel point j'ai espéré ce moment et comme j'ai soupiré en pensant à toi, car tu es le seul baume de mon pauvre cœur qui ne sait qu'aimer. Si seulement tu savais à quel point j'ai imploré le ciel pour qu'arrive ce jour, pour cette unique chose – rendez-moi ma Jane –, afin qu'elle puisse pleurer avec moi, pour que je puisse avoir à mes côtés une personne qui me comprenne et qui ne se laisse pas impressionner par toute cette vilaine splendeur.

— Pauvre Catherine! a murmuré Lady Jane. Pauvre reine!

Catherine a alors dirigé sa main, couverte de brillants, sur les lèvres de Jane.

— Ne m'appelle pas ainsi! a-t-elle demandé. Reine! Mon Dieu, le terrible passé ne revit-il pas lorsque l'on prononce ce nom? Reine! Ce mot n'est-il pas synonyme de condamnée à l'échafaud et de procès pour crimes? Ah! Jane! Une terreur mortelle s'est emparée de tout mon corps. Je suis la sixième femme du roi Henri VIII; je risque également d'être soit exécutée, soit répudiée, soit en disgrâce.

Elle a, une fois de plus, caché son visage dans ses mains et son corps entier était secoué de sanglots; c'est ainsi qu'elle n'a pas été en mesure de remarquer le sourire malicieux de satisfaction avec lequel Lady Jane l'observait à nouveau. Elle ne pouvait soupçonner avec quelle joie secrète son amie écoutait ses lamentations et ses soupirs.

«Oh! Je suis enfin vengée! pensait Jane pendant qu'elle caressait gentiment les cheveux de la reine. Oui, je suis vengée. Elle m'a volé une couronne et pourtant elle est malheureuse; et elle ne trouvera que de l'armoise dans la coupe qu'elle portera à ses lèvres! Si jamais cette sixième reine ne mourait pas sur l'échafaud, nous pourrons peut être faire en sorte qu'elle meure d'angoisse ou qu'elle dépose sa couronne royale aux pieds d'Henri.»

Elle dit alors à haute voix:

— Mais pourquoi avoir toutes ces frayeurs, Catherine? Le roi vous aime. La cour au grand complet a été témoin des regards de tendresse et de passion avec lesquels il vous regardait aujourd'hui et avec quel plaisir il a écouté toutes vos paroles. Il est certain que le roi vous aime.

Sous une impulsion, Catherine saisit la main de Jane en murmurant:

— Le roi m'aime et je tremble lorsque je me trouve en sa présence. Oui, de plus son amour m'emplit d'horreur! Ses mains sont couvertes de sang et lorsque je l'ai vu aujourd'hui dans ses vêtements de cérémonie écarlates, j'ai été prise de frissons en pensant au temps qu'il faudra pour que mon sang imbibe la pourpre de ses vêtements...

Jane sourit.

— Vous êtes malade, Catherine, a-t-elle dit. Vous avez été surprise par la chance qui s'est offerte à vous et vos nerfs exacerbés vous jouent des tours en vous faisant voir les choses les plus effrayantes. Ce n'est que cela.

— Non, non, Jane; ces pensées m'ont accompagnée depuis toujours. Elles m'ont accompagnée depuis que le roi m'a choisie pour être sa femme.

— Et alors, pourquoi ne pas lui avoir dit non? a demandé Lady Jane. Pourquoi ne pas lui avoir refusé votre main?

— Pourquoi ne l'ai-je pas fait, me demandes-tu? Ah! Jane, es-tu encore totalement étrangère aux coutumes de cette cour et spécialement celle voulant que l'on doive combler les souhaits du roi ou mourir? Mon Dieu, quand je pense que tous m'envient! Ils disent de moi que je suis la femme la plus importante et la plus puissante d'Angleterre. Ils ne savent pas que je suis plus pauvre et que j'ai moins de pouvoir que le plus misérable des mendiants qui possède au moins le pouvoir de refuser qui il veut. Je ne pouvais pas refuser. Je dois soit mourir soit accepter la main royale qui s'est posée sur moi. Pourtant, je n'ai pas envie de mourir tout de suite; j'attends encore tellement d'une vie qui a été si peu favorables à nombre de mes aspirations. Ah! Quelle malheureuse existence ai-je eu jusqu'à maintenant! Elle n'a été qu'une longue suite de privations, de renoncements et de mirages. Il est tout à fait vrai que je n'ai jamais vraiment connu ce que l'on appelle de grands malheurs. Mais le fait de ne pas connaître le bonheur n'est-il pas le pire des malheurs? Que de passer sa vie sans souhaits et sans espoir? De laisser passer une existence pénible sans aucun plaisir tout en étant entourée de luxe et de magnificence?

— Vous n'avez pas été malheureuse et pourtant vous étiez une orpheline, sans père et sans mère.

— J'ai perdu ma mère tellement jeune que je me souviens à peine d'elle. Et lorsque mon père est décédé, je ne peux pas dire que j'ai considéré sa mort comme étant autre chose qu'une bénédiction, car il n'a jamais été un père pour moi mais un tyran.

— Mais vous avez été mariée...

— Mariée! a répondu Catherine en souriant mélancoliquement. En fait, mon père m'a mariée à un vieillard plein de goutte sur la couche duquel j'ai dû passer quelques années horribles et fastidieuses, jusqu'à ce que Lord Neville fasse de moi une riche veuve. Cependant, à quoi peut me servir mon indépendance puisque j'ai été enchaînée à nouveau? Jusqu'ici, j'ai été l'esclave de mon père, de mon mari. À l'heure actuelle, je suis l'esclave de ma richesse. J'ai cessé d'être une infirmière pour devenir une servante de l'État. Ah! Cela a été le moment le plus pénible de mon existence. Et pourtant, je dois à cette période de ma vie mon seul vrai bonheur, car cela m'a permis de te connaître, chère Jane, et mon cœur qui n'avait jamais connu un sentiment tendre s'est envolé vers toi avec toute l'impétuosité d'une première passion.

« Crois-moi, chère Jane, lorsque le neveu de mon mari, qui avait disparu depuis si longtemps, est revenu pour me prendre le domaine qu'il avait eu en héritage, mon seul chagrin a été de te quitter, toi et ton père, vous qui étiez nos voisins immédiats. De nombreux hommes m'ont pris en pitié du fait que j'avais perdu mon domaine. En fait, j'ai remercié Dieu, car il m'avait soulagé d'un poids. Je suis donc partie pour Londres, un endroit où je pourrais vivre et où je pensais pouvoir apprendre ce qu'est le vrai bonheur ou le vrai malheur.»

— Et qu'y avez-vous rencontré?

— Le malheur, Jane, car je suis devenue la reine.

— Est-ce cela votre seul malheur?

— Mon seul malheur toutefois est très grand, car il me condamne à l'angoisse et à la dissimulation éternelle. Il me condamne à simuler un amour que je ne ressens pas, à supporter des caresses qui me donnent le frisson, car elles sont l'héritage de cinq malheureuses femmes. Jane, Jane, comprends-tu vraiment ce que cela est d'être obligée d'étreindre un homme qui a assassiné trois de ses épouses et qui en a répudié deux? D'être obligée d'embrasser ce roi dont les lèvres peuvent aussi bien s'ouvrir pour prononcer des serments d'amour que des sentences de mort? Ah! Jane, je vis et pourtant je souffre les affres de la mort! Ils me disent la reine et, pourtant, j'ai peur pour ma vie à chaque instant de la journée tout en dissimulant mon angoisse et ma frayeur derrière une façade heureuse! Mon Dieu, je n'ai que vingt-cinq ans et j'ai encore un cœur d'enfant. Il ne se connaît pas encore bien lui-même et il est maintenant condamné à ne jamais se connaître; en effet je suis l'épouse du roi Henri et aimer quelqu'un d'autre que lui me condamne à l'échafaud. L'échafaud! Tu t'en rends compte, Jane! Lorsque le roi s'est approché de moi pour me faire part de son amour et m'offrir sa main, une image effroyable s'est offerte à mes yeux. Je ne voyais plus le roi mais le bourreau. Et j'ai eu l'impression de voir trois cadavres à ses pieds et c'est ainsi que je me suis évanouie en poussant un grand cri. Le roi me tenait entre ses bras lorsque j'ai repris conscience. Le choc, qui avait été provoqué par ce coup de la fortune auquel je ne m'attendais pas, m'avait fait perdre connaissance, a-t-il pensé. Il m'a alors embrassée et m'a dit que j'étais son épouse. Il n'a pas pensé pendant un seul instant que je pouvais refuser sa main. Et tu peux me mépriser pour cela, Jane, j'ai été ignoble de ne pas pouvoir avoir suffisamment de courage pour lui dire non. Oui, j'ai été également assez lâche pour ne pas vouloir mourir. Ah! mon Dieu, j'ai eu l'impression que la vie jouait en ma faveur à ce moment précis et qu'elle allait m'apporter des milliers de joies et de bonheurs que je n'avais pas connus jusque-là et auxquels j'aspirais tout comme on aspire à la manne dans le désert. Je voulais vivre à n'importe quel prix, obtenir un répit pour pouvoir une fois de plus connaître l'amour, le bonheur et la joie. Tu vois, Jane, les hommes disent de moi que je suis ambitieuse. Ils disent que j'ai donné ma main à Henri parce qu'il est le roi. Ah! Ils ne savent pas comme j'ai frissonné en recevant la couronne royale. Ils ne savent pas que c'est avec l'angoisse au cœur que j'ai supplié que le roi ne me donne pas sa main, ce qui allait faire de moi l'ennemie de toutes les femmes du royaume. Ils ne savent pas que j'ai confessé que je l'aimais, tout simplement pour pouvoir ajouter que j'étais prête, par amour pour lui, à sacrifier mon propre bonheur pour le sien, et c'est ainsi que je l'ai supplié de choisir une épouse qui soit plus digne de lui parmi les princesses des cours européennes. Henri a toutefois repoussé mon sacrifice. Il voulait faire une reine pour posséder une femme dont il serait le propriétaire, dont la position de maître et de seigneur lui permettrait de lui faire couler le sang. Je suis donc la reine. J'ai accepté mon destin; à partir de maintenant mon existence sera une lutte sans fin avec la mort. Je vendrai ma vie le plus cher possible. Et la maxime dont Cranmer m'a fait part sera mon guide sur le sentier épineux de la vie.

— Et quelle est cette maxime? demanda Jane.

— «Soyez aussi sage que les serpents et inoffensive que les colombes», a répondu Catherine avec un sourire languissant alors qu'elle inclinait la tête et se laissait envahir par des pensées douloureuses et par des prémonitions.

Lady Jane se tenait en face d'elle et regardait d'un air cruel les traits du visage contracté par la douleur et les tremblements parfois violents de la jeune reine qui avait été fêtée par toute l'Angleterre le même jour et qui, pourtant, se trouvait devant elle si misérable et si triste.

Catherine a soudainement relevé la tête. Son visage avait une toute autre expression. Elle faisait preuve de fermeté, de décision et d'intrépidité. Elle tendit sa main à Jane en inclinant légèrement la tête et attira son amie un peu plus près d'elle.

— Jane, je te remercie, dit-elle en posant un baiser sur le front de cette dernière. Je te remercie ! Tu m'as fait du bien tout en me soulageant de l'angoisse que me causait ce secret. On est à moitié guéri lorsque l'on peut exprimer ses angoisses. Je te remercie, donc, Jane ! À partir de maintenant, tu me trouveras calme et joyeuse. C'est la femme en moi qui a pleuré devant toi. La reine, toutefois, est tout à fait consciente qu'elle doit accomplir des tâches, aussi difficiles que nobles, et je te donne ma parole que je les accomplirai. Cette nouvelle lumière qui s'est levée sur le monde ne sera pas atténuée par le sang ou par les larmes, et les hommes de bien ne seront plus condamnés pour traîtrise ou pour insurrection dans ce pays malheureux. C'est là la tâche qui m'a été confiée par Dieu et je fais le serment de l'accomplir ! M'aideras-tu, Jane ?

Lady Jane a répondu d'une voix faible en marmonnant quelques paroles que Catherine n'a pas comprises, et au moment où son regard s'est dirigée vers sa dame d'honneur, la reine a été étonnée de voir que cette dernière était devenue soudainement livide comme un cadavre.

Catherine a sursauté et a fixé Lady Jane d'un regard surpris et interrogateur.

Lady Jane a baissé les yeux. Elle s'était laissé emporter par son fanatisme et, malgré le fait qu'elle avait l'habitude en d'autres moments de dissimuler ses pensées et ses sentiments, ces derniers venaient de la trahir devant la reine.

— Cela faisait longtemps que nous ne nous étions pas vues, laissa tomber Catherine avec tristesse. Trois ans ! C'est bien long pour le cœur d'une jeune fille ! Pendant ces trois ans, tu étais avec ton père à Dublin, dans cette cour rigide et papiste. Je n'y ai pas vu d'importance ! Cependant, bien qu'il soit possible que tes croyances aient changé, je sais que ton cœur est immuable et que tu resteras toujours pour moi la fière Jane des jours anciens, celle qui ne pouvait pas s'abaisser à mentir, même si ce mensonge pouvait lui faire obtenir gloire et avantages. Je te demande donc, Jane, quelle est ta religion ? Crois-tu que le pape de Rome et que l'Église de Rome soient la seule source de salut ? Ou bien suis-tu les nouveaux préceptes enseignés par Luther et Calvin ?

Lady Jane esquissa un sourire.

— Pensez-vous que j'aurais osé me présenter devant vous si j'avouais encore appartenir à l'Église de Rome ? Catherine Parr a été saluée par tous les protestants de l'Église d'Angleterre comme étant la nouvelle patronne de la doctrine persécutée et les prêtres catholiques ont déjà jeté leur anathème contre elle. Ils vous détestent tout comme ils détestent votre présence, dangereuse en ces lieux. Et vous me demandez si j'adhère à cette Église qui vous damne ? Vous me demandez si je crois à ce pape qui a placé notre roi sous un interdit – le roi qui n'est pas seulement le seigneur et maître, mais également l'époux de ma précieuse et noble amie Catherine ? Oh ! ma reine, vous ne m'aimez pas lorsque vous me posez une telle question…

Et comme si elle avait été vaincue par une émotion douloureuse, Lady Jane s'est effondrée aux pieds de Catherine et a caché son visage dans les plis de la robe de cette dernière.

Catherine s'est penchée pour la relever et la prendre contre elle. Une soudaine pâleur mortelle s'est emparée d'elle et elle a murmuré :

— Le roi. Le roi arrive !

CHAPITRE III

Catherine ne s'était pas trompée. Les portes s'ouvrirent et le grand chambellan apparut avec sa masse dorée dans l'embrasure.

— Sa Majesté le roi! a-t-il murmuré d'un ton solennel qui a empli Catherine d'une terreur secrète comme s'il avait prononcé une sentence de mort sur sa personne.

Elle s'est toutefois efforcée de sourire et s'est avancée vers la porte pour accueillir le souverain. À ce moment précis, on put entendre un fracas ressemblant au grondement du tonnerre et la suite du roi est arrivée avec grand bruit sur les tapis épais qui couvraient le sol de l'antichambre. Cette suite consistait en un immense fauteuil reposant sur des roulettes et déplacé par des hommes en guise de chevaux. Pour ajouter à la flatterie, on avait donné à ce moyen de locomotion l'aspect d'un char triomphal datant de l'époque victorieuse des empereurs romains pour pouvoir fournir au roi, alors qu'il se faisait transporter à travers les immenses pièces du château, l'illusion agréable qu'il dirigeait une procession triomphale plutôt que d'être dans l'obligation de se faire charroyer dans ce simulacre de véhicule impérial à cause de ses membres trop pesants. Le roi Henri avait une foi totale dans la flatterie que lui offraient son immense siège et les hommes de sa cour lorsqu'il se faisait rouler dans les salons resplendissant de tous leurs ors et dans les salles ornées de miroirs vénitiens qui multipliaient sa silhouette à l'infini. Il aimait bercer le rêve qu'il était un héros triomphant et oubliait totalement que ce n'était pas ses actes héroïques mais sa graisse qui lui faisait utiliser son char triomphal.

En effet, cette masse monstrueuse qui emplissait l'immense siège, cette montagne de chair vêtue de pourpre, cette masse presque informe était le roi Henri VIII, souverain omnipotent de la joyeuse Angleterre. Cette masse avait, cependant, une tête – une tête pleine de pensées les plus sombres et les plus mauvaises – et un cœur cruel et assoiffé de sang. Ce corps énorme était, en fait, à cause de son poids, attaché à son fauteuil. Son esprit, quant à lui, ne se reposait jamais, car son regard et ses serres, tels ceux d'un oiseau de proie, étaient toujours prêts à se diriger sur une innocente colombe, à boire son sang et à lui déchirer le cœur alors qu'il se trouve inerte et palpitant telle une offrande sur l'autel de son dieu sanguinaire.

La chaise roulante du roi s'est arrêtée et Catherine s'est dirigée rapidement en souriant pour aider son époux royal à mettre pied à terre.

Henri la salua d'un mouvement de tête courtois et rejeta l'aide que lui offraient ses pages.

— Éloignez-vous, dit-il, éloignez-vous! Ma Catherine est la seule personne qui doit me tendre la main et me souhaiter la bienvenue dans la chambre nuptiale. Partez, je me sens aujourd'hui aussi jeune et fort que je ne l'étais au cours de mes meilleurs jours et la jeune reine s'apercevra que la personne qui la courtise n'est pas un vieillard décrépit mais un homme puissant, rajeuni par l'amour. Ne pensez pas, Kate, que j'utilise mon char parce que je suis faible. Non, seul mon désir de vous voir a fait que j'ai voulu me rendre auprès de vous plus rapidement.

Il l'a embrassée en souriant et est descendu de son char en s'appuyant légèrement sur son bras.

Le cortège royal s'est retiré, de même que Jane, sur un signe de la main du roi et Catherine s'est retrouvée seule en sa compagnie.

Son cœur battait si fort que ses lèvres se sont mises à trembler et que sa poitrine se soulevait d'émotion.

Henri s'en est aperçu et a souri ; il s'agissait cependant d'un sourire froid et cruel et Catherine a pâli en s'en apercevant.

« Il a le sourire d'un tyran », a-t-elle pensé.

C'est avec ce même sourire qu'il pouvait lui exprimer son amour aujourd'hui, avec lequel il avait signé un arrêt de mort la veille ou bien encore qu'il serait le témoin d'une exécution le lendemain.

— M'aimez-vous, Catherine ? a soudainement demandé le roi qui, jusque-là, l'avait observée en silence et d'un air pensif. Dites-moi, Kate, m'aimez-vous ?

Il la fixa longuement du regard comme s'il désirait lire jusqu'au plus profond de son âme. Catherine soutint son regard et ne baissa pas les yeux. Elle sentait que le moment était décisif car il allait déterminer son avenir. Cette certitude lui rendait toute sa maîtrise et son énergie.

À présent, elle n'était plus une jeune fille timide mais une femme fière et décidée, prête à se battre avec son sort pour obtenir la grandeur et la gloire.

— M'aimez-vous, Kate ? a répété le roi.

Son front a commencé à se froncer.

— Je ne le sais pas, a répondu Catherine en souriant, ce qui a enchanté le roi car son charmant visage reflétait autant une coquetterie gracieuse que de la timidité.

— Vous ne savez pas, a répété le roi avec étonnement. Que la Mère de Dieu m'en soit témoin, c'est bien la première fois qu'une femme se montre assez effrontée pour me fournir une telle réponse ! Vous êtes une femme intrépide, Kate, pour avoir osé cette réponse et je vous en félicite ! J'aime l'intrépidité parce que c'est une chose que je vois si rarement. Tous tremblent devant moi, Kate. Oui, tous! Ils savent que je ne suis pas intimidé par le sang, et le pouvoir royal me permet d'apposer mon sceau sur un arrêt de mort avec un esprit aussi serein que si j'écrivais une lettre d'amour...

— Oh! Vous êtes un grand roi, a murmuré Catherine.

Henri ne l'a pas entendue. Il était totalement plongé dans une de ces méditations qui lui étaient coutumières et dont l'objet était, généralement, sa propre grandeur et sa magnificence.

— Oui, a-t-il poursuivi, et ses yeux, en dépit de sa corpulence et de son visage extrêmement charnu, étaient grand ouverts et brillaient encore plus. Oui, ils tremblent tous devant moi, car ils savent que je suis un roi puissant et juste qui ne ménage pas son propre sang s'il est nécessaire de punir et d'expier ses péchés et qui punit le pécheur d'une main de fer, même s'il est placé près du trône. Faites attention à vous donc, Kate, faites attention à vous. Vous voyez en moi la main vengeresse de Dieu et le juge des hommes. Le roi porte la pourpre non parce que cette couleur est belle et brillante, mais parce qu'elle est rouge comme le sang et qu'il est de ses prérogatives royales de faire couler celui de ses sujets délinquants et de faire expier les crimes commis par les humains. C'est ainsi que je conçois la royauté et c'est ainsi que je la mènerai jusqu'à ma mort. Ce n'est pas par le droit de pardonner mais par celui de punir que se manifeste le souverain devant la plèbe. Ses lèvres doivent exprimer le tonnerre de Dieu et le courroux du roi doit s'abattre comme un éclair sur la tête du coupable.

— Mais Dieu n'est pas seulement un être de courroux mais également un Dieu de pitié et de pardon, dit Catherine en appuyant légèrement sa tête avec timidité sur l'épaule du roi.

— La prérogative de Dieu se trouve au-dessus de la prérogative des rois. Il peut, s'IL le veut, faire preuve de pitié et de grâce, tandis que nous ne pouvons que condamner et punir. Il y a obligatoirement quelque chose pour laquelle Dieu est supérieur aux rois et où il est plus grand qu'eux. Mais, Kate, vous tremblez donc bien, et votre joli sourire a disparu de votre visage ! N'ayez pas peur de moi, Kate ! Soyez toujours franche envers moi et ne me trompez pas ; c'est ainsi que je vous aimerai toujours. Et maintenant, Kate, expliquez-moi. Vous ne savez pas si vous m'aimez ?

— Non, je ne le sais pas, Votre Majesté. Comment pourrais-je reconnaître et désigner par son nom ce qui m'est totalement étranger et ce que je n'ai pas encore ressenti ?

— Comment cela, Kate ? Vous n'avez jamais aimé ? a demandé le roi une expression joyeuse au visage.

— Jamais. Mon père me maltraitait. Je ne pouvais donc ressentir pour lui que de l'horreur et de la terreur.

— Et votre époux, mon enfant ? L'homme qui vous a possédée avant moi. N'avez-vous donc pas aimé votre mari ?

— Mon mari ? a-t-elle répondu distraitement. Il est vrai que mon père m'a vendue à Lord Neville et que les hommes l'ont déclaré être mon mari lorsque le prêtre nous a joint les mains. Toutefois, il savait très bien que je ne l'aimais point, pas plus d'ailleurs qu'il n'exigeait mon amour. Il avait besoin d'une infirmière et non d'une épouse. C'est ainsi que je suis devenue sa fille, une fille loyale, fidèle et obéissante qui remplissait avec joie son devoir et qui s'est occupée de sa santé jusqu'à son décès.

— Et après son décès, mon enfant ? Les années se sont écoulées depuis, Kate. Dites-moi, je vous en conjure, la vérité, la vérité toute simple ! Après la mort de votre mari, vous n'avez jamais rencontré l'amour ?

Il la regarda droit dans les yeux avec une évidente anxiété et le souffle coupé. Elle ne baissa toutefois pas son regard.

— Sire, répondit-elle en souriant de façon charmante. Jusqu'à récemment, au cours des dernières semaines, j'ai souvent déploré mon sort et il m'a semblé que, sans doute à cause de ma nature froide et particulière, je serai condamnée à fouiller dans ma poitrine pour voir s'il s'y trouvait effectivement un cœur, car il n'a jamais trahi son existence du fait qu'il n'a jamais battu avec force pour quelqu'un. Oh ! sire, je m'inquiétais pour moi-même. Et, dans ma stupide imprudence, j'ai accusé le ciel de m'avoir privée du sentiment le plus noble et également du privilège de toutes les femmes – la capacité d'aimer…

— Jusqu'à ces dernières semaines, avez-vous bien dit, Kate ? demanda le roi, le souffle coupé par l'émotion.

— Oui, sire, jusqu'au jour où, pour la première fois, vous m'avez donné le grand bonheur de m'adresser la parole.

Le roi poussa un petit cri et, d'un mouvement impétueux, prit Catherine dans ses bras.

— Et depuis, dites-moi maintenant, mon cher petit cœur, votre cœur bat-il ?

— Oui, sire, il bat, Oh ! Il bat à en éclater ! Lorsque j'entends votre voix, lorsque je vois votre visage, j'ai l'impression d'être prise de frissons et que tout mon sang se dirige vers mon cœur. C'est exactement comme si mon cœur anticipait votre arrivée avant même que mes yeux ne vous perçoivent. En effet, avant même que vous ne vous approchiez de moi, mon cœur se met à trembler d'une façon particulière et mon souffle devient court ; je sais alors que vous allez venir et que seule votre présence a le pouvoir de me soulager de cette tension. Je pense à vous quand vous êtes absent et je rêve de vous lorsque je dors. Dites-moi, sire, vous qui connaissez tout, dites-moi, savez-vous si je vous aime ?

— Oui, oui, vous m'aimez, s'est écrié Henri à qui cette joyeuse et étrange surprise avait redonné une nouvelle vivacité et de la chaleur. Oui, Kate, vous m'aimez. Et si je dois donner foi à votre confession, je suis votre premier amour. Redites-le-moi une fois de plus, dites-moi de nouveau que vous n'avez été rien d'autre qu'une fille pour Lord Neville...

— Rien d'autre, sire!

— Et vous n'avez pas connu d'autre amour depuis?

— Aucun, sire!

— Est-ce donc possible qu'il me soit arrivé chose aussi merveilleuse? Aurais-je pris pour reine non une veuve mais une jeune vierge?

Le doux visage de Catherine rougit et ses yeux se sont baissés lorsqu'il l'a octroyé de regards chaleureux, passionnés et tendres.

— Quel spectacle exquis que de voir rougir de timidité une femme! s'est exclamé le roi, et il a ajouté tout en serrant Catherine contre lui avec force: Ne sommes-nous pas donc bien aveugles et bien fous, nous les hommes, et même les rois? Pour ne pas avoir à envoyer ma sixième femme à l'échafaud, j'ai choisi – car je tremble d'être déçu une fois de plus par le sexe faible – une veuve pour devenir ma reine. Et voilà que cette veuve, grâce à la confession qu'elle vient de faire, fait fi de la nouvelle loi qui a été votée par le Parlement en me donnant ce qu'elle n'avait jamais promis. En effet, après les infidélités de Catherine Howard, le Parlement a promulgué une loi selon laquelle une promise au roi, réputée pure et sans tache mais ne l'étant pas en réalité et ne l'ayant pas confessé, se retrouverait coupable de trahison... Venez, Catherine, donnez-moi un baiser. Aujourd'hui, vous m'avez promis un avenir heureux et merveilleux et m'avez préparé un plaisir extraordinaire et non attendu. Je vous en remercie, Kate, et que la Mère de Dieu m'en soit témoin, je ne l'oublierai jamais.

Il a alors retiré une bague avec un gros diamant de son doigt et l'a passée à un doigt de Catherine en disant:

— Que cette bague soit un souvenir de ce moment. Lorsque vous me la présenterez par la suite en me faisant une demande, soyez certaine que je me montrerai favorable à votre requête, Kate!

Il l'a alors embrassée sur le front et allait l'enlacer plus étroitement lorsque, soudainement, comme venus de nulle part, des roulements de tambour et des cloches se sont fait entendre.

Le roi a tressailli pendant un instant et a desserré son étreinte. Il écoutait. Les roulements de tambour se sont poursuivis et, de temps en temps, il était possible d'entendre dans le lointain un grondement singulier et un son menaçant qui ressemblaient énormément à celui des vagues et qui ne pouvaient être produits que par une foule excitée.

Le roi a ouvert la porte-fenêtre qui menait au balcon en jurant et est sorti.

Catherine l'a regardé fixement d'une façon étrange, avec timidité et réprobation.

— Au moins, je ne lui ai pas dit que je l'aimais, a-t-elle murmuré. Il a interprété mes paroles selon sa vanité. Peu importe, je ne mourrai pas sur l'échafaud!

D'un pas résolu et avec un air énergique et ferme, elle suivit le roi sur le balcon. Les roulements de tambour se poursuivaient et les cloches de toutes les églises carillonnaient. La nuit était sombre et calme. La ville entière de Londres paraissait dormir et les sombres maisons ressemblaient à d'énormes cercueils dans l'obscurité complète.

L'horizon a commencé à s'illuminer tandis que sont apparues dans le ciel des stries de couleur rouge flamboyant qui, en augmentant, ont bientôt illuminé l'horizon d'une lueur écarlate et même éclairé de ses feux le balcon sur lequel se tenait le couple royal. Les cloches continuaient à sonner et la foule à hurler. Parmi les cris de celle-ci, il était possible, de temps à autre, d'entendre un cri perçant et la clameur de milliers de voix.

Le roi s'est retourné soudainement vers Catherine et les traits de son visage, illuminés par la lueur du feu comme s'il avait été recouvert d'un voile rouge, exprimaient alors un plaisir sauvage et démoniaque.

— Ah! dit-il. Je sais ce que cela signifie. Vous m'avez tellement émerveillé et dérobé mon attention, petite magicienne. J'ai cessé pendant quelques instants d'être le roi parce que je ne voulais être que votre amant. Toutefois, ma souveraineté vengeresse s'est rappelée à moi. Ce sont les piles de fagots du bûcher qui brûlent aussi joyeusement là-bas. Et les clameurs et cris que nous entendons nous indiquent que mon peuple joyeux s'amuse bien devant le spectacle que j'ai fait jouer devant lui ce soir en l'honneur de Dieu et en l'honneur de mon incontestable dignité royale...

— Le bûcher! s'est écriée Catherine en tremblant. Votre Majesté ne veut pas dire par là que des hommes sont en train de périr d'une mort aussi cruelle et douloureuse si près de nous! À la même heure où le roi a déclaré être si heureux et content, certains de ses sujets se trouvent condamnés à une torture abominable et à une mort atroce! Oh! non! Mon roi ne voudra pas obscurcir le jour de son mariage par le voile d'un trépas aussi terrible. Mon roi ne voudra pas ternir mon bonheur d'une façon aussi cruelle.

Le roi se mit à rire.

— Non, je ne le ternirai pas mais le rendrai plus brillant grâce à des noms, a-t-il dit.

Et, tout en pointant de son bras les cieux en flammes il a continué:

— Voici les flambeaux de notre mariage, ma Kate, ce sont les plus sacrés et les plus beaux que je pouvais trouver, car ils brûlent en l'honneur de Dieu et du roi! Et les flammes qui montent vers le ciel et emportent avec elles les âmes des hérétiques transmettront à mon Dieu le fait que son fils le plus fidèle et le plus obéissant n'a pas oublié d'accomplir son devoir royal le jour de son mariage et qu'il reste pour toujours le disciple vengeur de son Dieu...

En prononçant ces paroles, son apparence était devenue effrayante. Les traits de son visage, éclairés par le feu, possédaient une expression menaçante et féroce; ses yeux étaient enflammés et ses lèvres serrées esquissaient un sourire cruel et glacial.

«Oh! Il ne sait pas ce qu'est la pitié!» a pensé Catherine qui se trouvait au paroxysme de l'angoisse pendant qu'elle fixait le roi qui, démontrant un enthousiasme fanatique, regardait dans la direction du feu, dans lequel, sous son ordre, ils étaient peut être en train de jeter dans le brasier un pauvre être pour l'honneur de Dieu et du roi. «Non, il ne sait pas ce que sont la pitié et le pardon.»

Henri s'est alors retourné vers elle et a posé sa main doucement sur la nuque de sa femme, qu'il a entourée de tous ses doigts, et lui a murmuré à l'oreille des mots d'amour.

Catherine s'est mise à trembler. La caresse du roi, un acte inoffensif en soi, avait quelque chose d'effrayant et de funeste. Il s'agissait du toucher involontaire et instinctif du bourreau qui examine le cou de sa victime et qui recherche l'endroit exact où il frappera le coup fatal. C'est de cette manière qu'Anne Boleyn avait posé ses belles mains blanches autour de son cou et dit au bourreau, venu tout spécialement de Calais pour l'exécution:

— Je vous en prie, frappez-moi bien au bon endroit car j'ai un petit cou...

Et Catherine dut supporter la caresse que représentèrent les doigts serrés autour de son col. De plus, elle dut sourire et paraître en extase.

Le roi a murmuré des mots tendres et a penché son visage près de la joue de son épouse au moment où il lui tenait le cou entre ses doigts.

Catherine, toutefois, n'a pas tenu compte des mots enflammés qu'il murmurait. Elle ne faisait que voir la signature du feu dans le ciel. Elle n'entendait rien d'autre que les cris des infortunées victimes.

— Pitié, pitié ! bredouilla-t-elle. Oh ! Faites que ce jour soit un jour de réjouissances pour tous vos sujets ! Soyez miséricordieux, et si vraiment vous voulez que je croie que vous m'aimez, veuillez m'accorder cette première demande. Veuillez m'accorder les vies des ces vilains. Pitié, sire, pitié !

Et comme si les suppliques de la reine avaient eu un écho, il fut possible d'entendre de la chambre une voix plaintive et désespérée qui répétait avec angoisse et force :

— Pitié, Votre Majesté, pitié !

Le roi se retourna rapidement, le visage empreint d'une expression de rage et de colère. Il fixa ses yeux sur Catherine dans l'espoir de lire dans son regard si elle connaissait la personne qui osait interrompre leur conversation.

Les expressions du visage de Catherine ne firent que traduire le plus profond étonnement.

Le roi explosa de fureur et s'éloigna rapidement du balcon.

CHAPITRE IV

« Qui ose nous interrompre ? s'écria le roi alors qu'il retournait vers la chambre à grands pas. Qui ose parler de pitié ? »

— C'est moi qui ose, déclara une jeune femme pâle, aux traits déformés par sa grande agitation, qui se hâtait de s'approcher du roi et de se prosterner devant lui.

— Anne Askew ! s'écria Catherine, ébahie. Anne, que veux-tu ?

— Je vous en prie, pitié, pitié pour ces pauvres êtres qui souffrent en contrebas, a crié la jeune fille en montrant avec horreur le ciel embrasé. Je demande pitié pour le roi qui se montre si cruel en faisant exécuter ses meilleurs et ses plus nobles sujets comme s'ils étaient de misérables brutes !

— Oh ! sire, prenez en pitié cette pauvre enfant ! implora Catherine en se tournant vers Henri. Prenez en pitié son exaltation et l'ardeur de sa jeunesse ! Elle n'est pas encore habituée à ces scènes effrayantes – elle ne sait pas encore que le roi a le triste devoir de punir alors qu'il préférerait pardonner !

Henri sourit. Le regard qu'il a toutefois adressé à la jeune fille agenouillée a fait trembler Catherine. Ce regard portait en lui un arrêt de mort !

— Anne Askew, si je ne me trompe, est votre deuxième dame d'honneur ? demanda le roi. Et c'est à votre demande expresse qu'elle a reçu cette charge ?

— Oui, sire.

— Vous la connaissiez donc?

— Non, sire! Je ne l'ai rencontrée pour la première fois voilà seulement quelques jours. Elle a toutefois gagné mon cœur dès notre première rencontre et je pense que je l'aimerai. Faites preuve de patience, Votre Majesté!

Le roi resta pensif, car les réponses de Catherine ne le satisfaisaient pas.

— Pourquoi manifestez-vous donc tant d'intérêt envers cette jeune femme si vous ne la connaissiez pas il y a quelques jours?

— Elle m'a été chaudement recommandée.

— Par qui?

Catherine hésita quelques instants. Elle s'aperçut que son zèle l'avait peut-être entraînée trop loin et qu'il pouvait être imprudent de dire la vérité au roi. Le regard pénétrant et perçant du monarque était resté sur elle et elle se souvint qu'il lui avait, en tout premier, au cours de la soirée, demandé de toujours lui dire la vérité. De plus, le nom du protecteur de la jeune fille n'était un secret pour personne à la cour, pas plus que le nom de la personne qui avait les moyens d'obtenir une place de dame d'honneur auprès de la reine, une place que de nombreuses familles riches et nobles convoitaient pour leur fille.

— Qui vous a recommandé cette jeune femme? a répété le roi alors que son visage commençait à rougir et sa voix à trembler à cause de sa mauvaise humeur.

— Il s'agit de l'archevêque Cranmer, sire, a répondu Catherine en levant ses yeux vers le roi et en souriant de façon charmante pour le regarder.

Au même moment, le roulement de tambour, partiellement submergé par des cris stridents et de détresse terribles, pouvait se faire entendre à l'extérieur. Le brasier montait encore plus haut et l'on pouvait voir les flammes qui, dans leur rage meurtrière, embrasaient le ciel.

Anne Askew, qui avait respectueusement gardé le silence pendant la conversation du couple royal, s'est sentie totalement dominée par l'horrible spectacle et privée de tout ce qui lui restait de maîtrise de soi.

— Mon Dieu, mon Dieu ! a-t-elle dit en frissonnant de peur et en tendant les mains désespérément vers le roi. N'entendez-vous pas les plaintes horribles de ces misérables? Faites au moins en sorte qu'ils ne soient pas jetés vivants dans les flammes. Épargnez-leur cette dernière horrible torture...

Le roi a jeté un regard courroucé vers la jeune fille agenouillée. Puis, il est passé devant elle pour se diriger vers la porte qui menait au salon adjacent où l'attendait des hommes de la cour.

Il fit signe aux deux prélats, Cranmer et Gardiner, de s'approcher de lui et a donné l'ordre aux domestiques d'ouvrir grand les portes de la salle.

On pouvait y voir un spectacle animé inhabituel. Cette pièce qui, jusque-là, était si tranquille offrait à présent le spectacle d'un grand drame qui allait peut-être se terminer de façon tragique. Dans la chambre de la reine, une petite pièce meublée du plus grand luxe, les principaux personnages de cette scène se trouvaient rassemblés. En plein milieu se trouvait le roi dans ses atours brodés d'or et parsemés de bijoux qui scintillaient dans la lumière du chandelier. Auprès de lui se tenait la jeune reine dont le joli visage était tourné vers le roi et reflétait l'angoisse, car les traits fermés et sévères du roi ne permettaient pas de deviner comment la scène se terminerait.

Non loin de la reine se trouvait la jeune fille agenouillée, le visage en pleurs caché par ses mains. Les deux archevêques se situaient un peu plus loin dans le décor et observaient avec un calme olympien les personnes qui prenaient place devant eux. À travers les portes ouvertes, il était possible d'observer les expressions d'attente et de curiosité sur les visages des gentilshommes de la cour dont les têtes se trouvaient rassemblées dans l'espace précédant la porte; de l'autre côté, il était possible de voir le ciel rougeoyant par la porte du balcon et d'entendre le carillonnement des cloches et les roulements de tambour au milieu des cris perçants des condamnés et des hurlements de la foule.

Un long silence s'ensuivit et, lorsque le roi prit la parole, le ton de sa voix était si cruel et si dur qu'un frisson a parcouru toutes les personnes présentes.

— Messieurs les archevêques de Winchester et de Canterbury, a déclaré le roi. Nous avons demandé votre présence pour que par la force de vos prières et votre grande sagesse vous libériez cette jeune fille des griffes du diable qui s'est certainement emparé d'elle étant donné qu'elle ose accuser son roi et maître de cruauté et d'injustice.

Les deux archevêques se sont approchés de la jeune fille toujours à genoux. Ils ont tous les deux posé une main sur son épaule et se sont penchés vers elle. Ils avaient toutefois une expression totalement différente l'un de l'autre.

Le regard de Cranmer était gentil et sérieux et ses lèvres minces exhibaient un sourire empreint de compassion.

Les traits du visage de Gardiner, au contraire, reflétaient la cruauté et une ironie glaciale. Le sourire esquissé par ses grosses lèvres protubérantes était le rictus satisfait, le rire sans pitié d'un prêtre prêt à immoler une victime.

— Courage, mon enfant, courage et prudence! a murmuré Cranmer.

— Que Dieu bénisse l'homme de bien et punisse le pêcheur; qu'il t'accompagne et qu'il nous accompagne tous! dit sentencieusement Gardiner.

Anne Askew a toutefois reculé en frissonnant au contact de la main de ce dernier et d'un mouvement impétueux elle le repoussa de son épaule.

— Ne me touchez pas; vous êtes le bourreau de tous ces pauvres gens qu'ils sont en train de mettre à mort là-bas, dit-elle avec fougue.

Elle se retourna alors vers le roi et lui tendit les mains en implorant:

— Pitié, roi Henri, pitié!

— Pitié? a répété le roi, pitié et pour qui donc? Qui sont ces personnes qui sont mises à mort? Dites-moi, messieurs les archevêques, qui sont donc les personnes que l'on conduit au bûcher aujourd'hui? Qui sont les condamnés?

— Ce sont des hérétiques qui ont embrassé cette nouvelle fausse doctrine qui nous vient d'Allemagne et qui osent refuser de reconnaître la suprématie spirituelle de notre seigneur et roi, a déclaré l'archevêque Gardiner.

— Ce sont des catholiques romains qui croient que le pape de Rome est le seul pasteur des chrétiens et qui ne veulent reconnaître personne d'autre comme leur seigneur, a déclaré l'archevêque Cranmer.

— Ah! Voyez-vous que cette jeune fille nous accuse d'injustice! s'est écrié le roi. Et pourtant, vous venez de me dire que les hérétiques ne sont pas les seuls à être exécutés, mais que les catholiques romains le sont également. Il me semble que nous avons été justes et impartiaux, comme toujours, que nous ne punissons que les criminels et ne traduisons en justice que les coupables.

— Oh! Si vous aviez vu ce que je viens de voir, a dit Anne Askew en frissonnant, vous rassembleriez toute votre énergie pour un seul cri, pour un seul mot – Pitié! Et on crierait ce mot assez fort pour qu'il soit entendu là-bas, sur cet horrible lieu de torture.

— Qu'avez-vous donc vu? a demandé le roi en souriant.

Anne Askew s'est levée et sa mince silhouette paraissait être un lys entre les deux silhouettes sombres des archevêques. Son regard était fixe et brillant. Ses traits délicats et nobles exprimaient l'horreur et la frayeur.

— J'ai vu, a-t-elle dit, une femme qui allait être exécutée. Il ne s'agissait pas d'une criminelle mais d'une dame de qualité, dont le cœur fier et noble n'a jamais abrité ni pensée déloyale ni traîtrise mais qui, pour rester fidèle à ses convictions et à sa foi, n'a pas voulu abjurer le Dieu qu'elle honorait. Alors qu'elle traversait la foule, il semblait qu'un halo entourait son visage et qu'il illuminait de rayons argent ses cheveux blancs. La foule l'a saluée et les natures les plus insensibles se sont mises à pleurer sur le sort de cette malheureuse qui avait vécu pendant plus de soixante-dix ans et à qui il n'avait pas été permis de mourir dans son lit mais qui devait être sacrifiée pour la gloire de Dieu et du roi. Elle souriait toutefois et saluait la foule qui pleurait. Elle est arrivée à l'échafaud comme s'il avait été un trône où elle allait recevoir les hommages de son peuple. Deux années d'emprisonnement lui avaient fait pâlir ses joues mais s'étaient avérées incapables d'éteindre les flammes qui brillaient dans ses yeux, et ses soixante-dix ans n'avaient pas réussi à lui faire courber la tête ni à lui briser le moral. C'est avec fermeté et fierté qu'elle a gravi les marches qui montaient à l'échafaud. Elle a, une fois de plus, salué la foule et crié: «Je vais prier Dieu pour vos âmes.» Toutefois, lorsque le bourreau s'est approché pour lui demander si elle permettait qu'on lui attache les mains et qu'elle s'agenouille pour pouvoir placer sa tête sur le billot, elle a refusé et l'a repoussé avec colère.

«Seuls les traîtres et les criminels mettent leur tête sur le billot! s'est-elle exclamée d'une voix forte. Je ne le ferai certainement pas et je ne me soumettrai pas à vos lois barbares tant qu'il me restera un souffle de vie. Emparez-vous donc de ma vie si vous le pouvez.»

— C'est alors qu'a débuté une scène qui a rempli d'horreur tous les spectateurs. La comtesse a fui, tel un animal traqué, et a couru tout autour de l'échafaud. Ses cheveux blancs flottaient au vent; ses vêtements noirs bruissaient autour d'elle comme un nuage sombre et derrière elle courait le bourreau dans son habit rouge en brandissant sa hache. Il s'efforçait sans cesse de la frapper et elle, grâce à un mouvement continuel de va-et-vient de la tête, faisait tout pour échapper aux coups de hache. Sa résistance a faibli avec le temps. Les coups de hache ont fini par l'atteindre et ses cheveux blancs se sont tachés de sang. Elle s'est évanouie en poussant un cri à fendre l'âme. Le bourreau, couvert de sueur et épuisé, lui aussi, s'est effondré à côté d'elle. Cette course folle et terrible lui avait fait mal au bras et il se retrouvait sans force. Le souffle coupé et haletant, il se trouvait dans l'incapacité de traîner la femme en sang et inanimée pour lui placer la tête sur le billot ou pour soulever la hache suffisamment haut pour qu'elle la tranche en retombant. La foule criait d'horreur et de détresse et suppliait que la femme soit prise en pitié. Le ministre de la Justice était en pleurs et a donné l'ordre de surseoir à l'exécution jusqu'à ce que la comtesse et le bourreau aient repris des forces. En effet, la loi exigeait que l'on exécute une personne vivante et non une personne à moitié morte. Ils ont donc apporté un grabat pour y coucher la comtesse sur l'échafaud et se sont efforcés de la ranimer. Un vin fort a été apporté au bourreau pour lui rendre les forces qui lui permettraient d'accomplir son travail de mort. L'attention de la foule s'est alors dirigée vers les bûchers qui avaient été préparés des deux côtés de l'échafaud dans le but d'y brûler quatre autres martyrs. C'est alors que je me suis enfuie comme une biche traquée par des chasseurs et je me trouve maintenant à vos pieds, mon roi. Il est encore temps. Grâce, sire, grâce pour la comtesse de Somerset, la dernière représentante des Plantagenêt…

Les grands yeux brillants du roi ont fait le tour de l'assemblée en lui jetant un regard rapide et pénétrant.

— Et vous, monseigneur Gardiner, a-t-il demandé. Allez-vous également demander la grâce comme toutes ces âmes faibles qui se trouvent réunies en ces lieux?

— Le Seigneur notre Dieu est un Dieu jaloux, répondit Gardiner d'un ton solennel, et il est écrit que Dieu punira les pêcheurs jusqu'à la troisième, voire la quatrième génération...

— ... Et ce qui a été écrit est la vérité! s'est exclamé le roi d'une voix tonitruante. Et il n'y aura point de pitié pour ceux qui font le mal et point de pitié pour les criminels. La hache doit s'abattre sur la tête des coupables, le bûcher doit consumer les corps des criminels.

— Sire, pensez à votre haute vocation! s'est écriée Anne Askew avec enthousiasme. Pensez au nom glorieux que vous représentez dans ce pays. Vous vous êtes donné le titre de chef de l'Église et vous désirez gouverner et diriger au nom de Dieu. Faites donc preuve de pitié et c'est alors que vous pourrez dire que vous êtes roi par la grâce du Très Haut.

— Je ne dis pas que je suis roi par la grâce de Dieu, mais en vertu de la colère divine! s'exclama le roi en levant le bras en signe de menace. Il est de mon devoir d'envoyer les pêcheurs vers Dieu. C'est Lui qui peut les prendre en pitié s'Il le désire! Je suis le juge qui punit sans pitié selon la loi, sans compassion. Que ceux que j'ai condamnés en appellent à Dieu et que Dieu les prenne en pitié! Je ne peux le faire ni ne le veux. Les rois doivent punir. Ils sont comme Dieu, non par l'amour mais par sa colère vengeresse.

— Malheur, donc, malheur à vous et à nous tous! reprit Anne Askew. Malheur à vous, roi Henri, si ce que vous venez de dire est la vérité! Ces hommes que vous faites brûler sur les bûchers ont donc raison lorsqu'ils déclarent que vous êtes un tyran; l'archevêque de Rome a donc raison lorsqu'il vous reproche d'être un apostat et un fils dégénéré et qu'il prononce l'anathème contre vous! Vous ne connaissez pas Dieu qui est amour et pitié, vous n'êtes pas un disciple du Sauveur qui a dit: «Aime tes ennemis et bénis ceux qui te maudissent.» Malheur à vous, roi Henri, si vous voyez aussi mal les choses, si...

— Silence, malheureuse, silence! jeta Catherine en repoussant avec force la jeune fille en furie, en se saisissant de la main du roi et en l'embrassant. Sire, murmura-t-elle avec un grand sérieux, sire, vous venez de me dire que vous m'aimez. Prouvez-le en pardonnant à cette pauvre fille et en prenant en considération sa fougue. Prouvez-le-moi en me permettant de reconduire Anne Askew à sa chambre et en la forçant au silence...

Le roi était, à ce moment précis, totalement inaccessible à d'autres sentiments que ceux inspirés par la colère et le plaisir de voir le sang couler.

Il repoussa Catherine avec indignation et, sans laisser le regard pénétrant de la jeune fille, il dit en utilisant un ton grave:

— Laissez-la tranquille, que personne ne daigne l'interrompre!

Catherine, tremblant de peur, se montra blessée par la dureté du roi et se retira en soupirant vers l'embrasure d'une des fenêtres.

Anne Askew n'avait pas remarqué ce qui se passait la concernant. Elle était restée dans un état d'exaltation qui s'inquiète peu des conséquences et qui ne tremble devant aucun danger. À ce moment précis, elle aurait tout aussi bien pu aller au bûcher avec un empressement joyeux, comme si elle aspirait à ce martyre sacré.

— Parlez, Anne Askew, parlez! ordonna le roi. Dites-moi, savez-vous exactement ce qu'a fait la comtesse pour qui vous demandez la grâce? Savez-vous pourquoi ces quatre hommes ont été livrés au bûcher?

— Je le sais, roi Henri, cela est en vertu de la colère de Dieu, dit la jeune fille avec passion. Je sais pourquoi vous avez envoyé la noble comtesse à l'échafaud et pourquoi vous lui refusez la grâce. Elle est noble, de sang royal et le cardinal Pole est son fils. Ainsi vous utilisez la mère pour punir le fils, et étant donné que vous ne pouvez étrangler le cardinal, vous assassinez la mère.

— Oh ! mais vous êtes une jeune fille qui connaît beaucoup de choses ! lança le roi en riant de façon inhumaine et ironique. Vous connaissez mes secrets les plus intimes et mes sentiments les plus cachés. Vous êtes sans doute une excellente papiste étant donné que la mort de la comtesse papiste vous chagrine autant. Vous devez au moins avouer que cela est une bonne chose que de brûler les quatre hérétiques !

— Hérétiques ! s'exclama Anne avec fougue. Vous traitez d'hérétiques ces quatre nobles qui vont vers leur mort avec autant de courage et tant de joie pour leurs convictions et leur foi ! Roi Henri ! Roi Henri ! Malheur à vous si vous condamnez ces hommes pour hérésie ! Ils sont les seuls vrais serviteurs de Dieu. Ils se sont libérés de toute suprématie humaine, et comme vous ne reconnaissez pas le pape, ils ne vous ont pas reconnu comme étant à la tête de l'Église ! Seul Dieu, ont-ils déclaré, est le chef de l'Église et le maître de leur conscience. Qui peut être assez présomptueux pour les traiter de criminels ?

— Moi ! lâcha Henri VIII d'une voix forte. J'ose le faire. Je déclare qu'ils sont des hérétiques et que je les détruirai, que j'écraserai tous ceux qui pensent comme eux ! Je déclare que je ferai couler le sang de tous ces criminels et que je leur préparerai des tourments qui les feront trembler. Dieu se manifestera en passant par moi au moyen du feu et du sang ! Il m'a mis une épée à la main et je l'utiliserai pour Sa gloire. Tout comme saint Georges, je piétinerai le dragon de l'hérésie !

Il continua en relevant son visage apoplectique et en examinant de ses grands yeux injectés de sang le cercle des personnes présentes.

— Écoutez-moi bien, vous tous qui vous trouvez rassemblés ici, il n'y aura ni pitié pour les hérétiques ni grâce pour les papistes. C'est moi et moi seul qui ai été choisi par Notre Seigneur et qui ai été béni pour devenir Son justicier et Son exécuteur! Je suis le grand prêtre de Son Église et toute personne qui ose me mettre au défi met Dieu au défi; et toute personne assez présomptueuse pour reconnaître un autre chef de l'Église que moi est un prêtre de Baal et s'agenouille devant une image idolâtre. Agenouillez-vous tous devant moi et rendez hommage à Dieu en me rendant hommage, car je suis son représentant sur terre et il se révèle à vous à travers moi. Agenouillez-vous, car je suis le seul chef de l'Église et le grand prêtre de notre Dieu!

Et s'agenouillèrent tous comme s'ils avaient été frappés en même temps; tous ces hautains chevaliers, toutes ces dames recouvertes de bijoux scintillants et d'or, et même les deux archevêques et la reine se retrouvèrent genoux à terre.

Le roi contempla ce spectacle pendant un moment en arborant un sourire de triomphe et un regard radieux; ses yeux firent le tour de l'assemblée constituée des personnes les plus nobles du royaume, qui se trouvaient prosternées devant lui

Soudainement, son regard s'est arrêté sur Anne Askew.

Elle était la seule à ne pas s'être agenouillée et se trouvait debout parmi les personnes prosternées, fière et droite comme le roi lui-même. Une expression sombre a envahi le visage d'Henri VIII.

— Vous n'obéissez pas à mon ordre? a-t-il demandé.

Elle secoua négativement sa tête bouclée et le fixa d'un regard perçant et ferme.

— Non, a-t-elle dit. Tout comme ceux là-bas dont nous pouvons entendre maintenant les derniers cris d'agonie, je dis: Il ne faut honorer que Dieu, et lui seul est le Seigneur de Son Église! Si vous désirez que je m'agenouille pour reconnaître que vous êtes le roi, je le ferai, mais si vous voulez que je le fasse parce que vous dites être le chef de l'Église, je ne le ferai pas!

Un murmure de surprise parcourut l'assemblée et tous les yeux se tournèrent avec peur et étonnement vers la jeune fille téméraire qui faisait face au monarque avec un aussi grand enthousiasme et un aussi grand sourire.

À un signal d'Henri, l'assemblée s'est relevée et a attendu le souffle coupé dans le plus grand silence la suite des événements.

Une pause a suivi. Le roi, lui-même, reprenait sa respiration et avait besoin d'un moment pour se remettre.

Ce n'était ni la colère ni la passion qui lui avaient coupé la parole. Il ne ressentait aucune colère pas plus qu'il ne ressentait quelque passion. La joie et la joie seule lui avait coupé la respiration – la joie d'avoir retrouvé une victime qui allait pouvoir satisfaire son penchant sanguinaire. Une victime dont l'agonie serait un régal pour ses yeux et dont il pourrait se repaître des derniers instants.

Le roi n'était jamais plus heureux que lorsqu'il avait signé un arrêt de mort. Car c'est alors qu'il pouvait vraiment apprécier le pouvoir qu'il exerçait sur la vie de ses millions de sujets. Ce sentiment le rendait fier, heureux et totalement conscient de son éminente position.

C'est alors qu'il s'est retourné vers Anne Askew. Ses traits étaient calmes et sereins et sa voix amicale, presque tendre.

— Anne Askew, a-t-il dit, savez-vous que les paroles que vous venez de prononcer vous ont rendue coupable de haute trahison?

— Je le sais, sire.

— Et vous connaissez la punition infligée aux traîtres?

— La mort, je le sais.

— La mort par le feu! a dit le roi avec le plus grand calme.

Un vain murmure a parcouru l'assemblée. Seule une voix a osé prononcer le mot pitié.

Il s'agissait de Catherine, l'épouse du roi. Elle s'avança et allait se précipiter vers le roi pour implorer sa pitié. Toutefois, elle sentit que quelqu'un la retenait. L'archevêque Cranmer se tenait près d'elle et la regardait d'un regard sérieux et suppliant.

— Calmez-vous, calmez-vous, a-t-il murmuré. Vous ne pouvez pas la sauver. Elle est perdue. Pensez à vous et à la religion sainte et pure dont vous êtes la protectrice. Protégez-vous pour votre Église et pour vos compagnons dans la foi !

— Et doit-elle mourir ? demanda Catherine dont les yeux s'emplissaient de larmes alors qu'elle regardait la pauvre jeune fille qui affrontait le roi avec un sourire innocent et magnifique.

— Il est possible que nous puissions encore la sauver. Mais ce n'est pas le bon moment pour cela. Toute opposition ne ferait qu'irriter encore plus le roi et cela pourrait avoir comme résultat qu'il la fasse jeter dans les flammes du bûcher qui brûle encore là-bas ! Gardons donc le silence.

— Oui, le silence, murmura Catherine en frissonnant alors qu'elle se retournait vers l'embrasure de la fenêtre.

— La mort par le feu vous attend, Anne Askew ! a répété le roi. Il n'y aura pas de pitié pour la traîtresse qui s'est permis de diffamer son roi et de se moquer de lui !

CHAPITRE V

Au même moment où le roi prononçait la sentence de mort d'Anne Askew dans un état de quasi-exultation, l'un de ses chevaliers partisans apparut sur le seuil de la chambre royale et s'approcha du souverain.

Il s'agissait d'un jeune homme à l'apparence noble et imposante, tranchant nettement sur l'attitude humble et soumise du reste des courtisans. De stature élancée, il était vêtu d'une cotte de maille rehaussée d'or et sur ses épaules flottait un manteau de velours décoré d'une couronne princière. Sa tête, recouverte de boucles sombres, était ornée d'une toque parée de fils d'or et d'une longue plume d'autruche qui lui retombait sur l'épaule. Son visage ovale représentait l'archétype de la beauté aristocratique. Ses joues étaient d'une pâleur presque transparente et sa bouche esquissait une moue mi-souriante, mi-dédaigneuse. Son nez aquilin et son arcade sourcilière donnaient à son visage une expression à la fois hardie et pensive. Seuls les yeux n'étaient pas en harmonie avec son visage. Ils ne reflétaient pas l'air languissant de la bouche ni l'attitude pensive du front mais exprimaient cette passion débridée qui sied à la jeunesse et qui se traduisait dans son regard vif. Lorsqu'il baissait les yeux, on aurait pu le prendre pour un de ces aristocrates blasés et misanthropes, mais lorsqu'il les levait, ils reflétaient un courage indomptable, des désirs ambitieux, une chaleur passionnée et une fierté sans limite.

Il s'approcha, s'agenouilla près du roi et lui dit clairement, d'une voix agréable :

— Grâce, sire, grâce !

Le roi recula de stupeur et lança à son téméraire interlocuteur un regard presque incrédule.

— Thomas Seymour, lui-dit-il, vous voilà de retour, et votre première intervention est une indiscrétion doublée d'une démonstration d'imprudente témérité.

Le jeune homme sourit.

— Oui, je suis de retour après une bataille navale contre les Écossais à qui j'ai pris quatre bâtiments de guerre. Je me suis donc précipité ici pour vous annoncer ces prises en guise de cadeau de mariage, Ô mon roi et seigneur. En arrivant dans l'antichambre, j'ai entendu votre voix prononcer une sentence de mort. N'était-il pas naturel qu'en tant que porte-parole de nouvelles annonciatrices de victoire je me permette aussi de demander une grâce, ce que les nobles et fiers royalistes ici présents ne semblent pas avoir trouvé le courage de faire…

— Ah ! répondit le roi, apparemment soulagé et prenant une profonde inspiration, ainsi vous ne savez pas du tout pour qui ou pour quoi vous imploriez mon pardon ?

— Pourtant… reprit le jeune homme, et son regard téméraire parcourut l'assemblée d'un air méprisant, pourtant j'ai vu sur-le-champ qui devait être le condamné, car j'ai aperçu cette jeune femme abandonnée de tous comme une pestiférée, isolée au sein de cette auguste et courageuse assemblée. Or, vous le savez fort bien, Ô noble roi, à la cour on reconnaît ceux qui sont condamnés ou tombés en disgrâce par un détail : tout le monde les fuit et personne n'a le courage de les toucher, ne serait-ce que du bout des doigts, comme s'ils avaient contracté la peste…

Henri VIII se mit à sourire.

— Thomas Seymour, comte de Sudley, comme à l'accoutumée, je vois que vous vous montrez imprudent et pressé en implorant mon pardon sans savoir si la personne de qui vous demandez la grâce en vaut la peine…

— Mais je vois qu'il s'agit d'une femme, reprit l'intrépide comte. Or une femme mérite toujours qu'on la gracie et il revient à chaque chevalier de se porter à son secours, ne serait-ce que pour rendre hommage au beau sexe, si fragile et pourtant si noble et si formidable. Par conséquent, permettez-moi d'intercéder pour cette jeune fille!

Catherine écoutait le jeune comte, les joues rosissant et le cœur battant la chamade. C'est la première fois qu'elle le voyait et, pourtant, elle ressentait envers lui une vive sympathie et une anxiété non dépourvue de tendresse.

«Il se précipite à sa perte, pensa-t-elle. Il ne sauvera pas Anne et s'attirera des ennuis. Mon Dieu, mon Dieu, ayez quelque compassion, quelque pitié, et soulagez mes inquiétudes…»

Elle fixa alors son regard inquiet sur le roi, fermement résolue à se porter à la défense du jeune comte qui s'était intéressé, de manière si noble et si magnanime, au sort d'une femme innocente au risque de se voir menacé lui-même par la colère royale. Mais, à sa grande surprise, le visage d'Henri reflétait une sérénité et une satisfaction parfaites.

Telle une bête sauvage qui, suivant son instinct, recherche sa proie tant qu'elle est affamée, le roi Henri se sentait rassasié cette journée-là. Devant lui se dressait l'échafaud sur lequel la comtesse de Somerset venait d'être exécutée et, dans l'heure qui suivait, il avait déjà trouvé une autre victime à envoyer à la mort. De plus, il avait toujours eu un faible pour Thomas Seymour, qu'il respectait et admirait pour son audace, sa vivacité, son énergie, et pourtant une fois de plus il ressemblait à sa sœur, la belle Jeanne Seymour, la troisième femme d'Henri.

— Je ne peux vous octroyer cette faveur, Thomas, dit le roi, car on ne peut entraver le cours de la justice et, lorsque l'on a rendu une sentence, on ne peut la faire mentir, d'autant plus qu'à ce moment précis il s'agissait de la justice du roi. Par conséquent, vous êtes coupable d'une double faute, non seulement d'avoir invoqué ma grâce, mais d'avoir également porté des accusations contre mes chevaliers. Croyez-vous vraiment que si la cause de cette jeune fille avait été défendable nul chevalier ne se serait porté à sa défense ?

— Oui, je le crois vraiment, cria le comte dans un rire. Le soleil de votre faveur s'est détourné de cette pauvre fille et, en tel cas, vos courtisans ne voient plus sa personne enveloppée d'obscurité.

— Vous faites erreur, monseigneur ; moi je l'ai vue, déclara soudainement une autre voix tandis qu'un second chevalier se rendit de l'antichambre à la pièce où étaient réunis ses pairs.

Il s'approcha du roi, fléchit un genou devant ce dernier et déclara à haute et intelligible voix :

— Sire, moi aussi je demande grâce pour Anne Askew !

À cet instant on entendit du côté de la pièce où se tenaient les dames comme un gémissement. Le visage terrifié et livide de Lady Jane Douglas s'éleva un instant au-dessus de celui des autres ladies, bien que personne ne le remarquât, car tous les regards se dirigeaient vers le groupe au milieu de la chambre. En effet, tous fixaient leur attention sur le roi et les deux jeunes gens qui osaient protéger la condamnée.

— Henry Howard de Surrey ! s'exclama le roi, saisi alors de colère, comment osez-vous, vous aussi, intercéder pour cette fille ? C'est ainsi que vous disputez à Thomas Seymour le privilège de vous montrer l'homme le plus discret de ma cour ?

— Sire, je ne lui permettrai pas de penser qu'il est le plus brave, répliqua le jeune homme en lançant à Thomas Seymour un regard hautain, tel un acte de défi auquel l'autre répondit par un regard glacial et dédaigneux.

— Oh! répondit l'interpellé en haussant les épaules, je vous permets de suivre mes traces à votre guise et de fouler la piste dont j'ai préalablement vérifié la sûreté au péril de ma vie. Ayant constaté que je n'avais ni perdu ma tête ni ma vie au cours de cette périlleuse entreprise, cela vous a donné le courage de suivre mon exemple. Que voilà donc une nouvelle preuve de votre précautionneuse bravoure, Honorable comte de Surrey, et je dois vous en rendre hommage...

Le noble visage du comte devint apoplectique. Les yeux pleins d'éclairs, tremblant de rage, Surrey posa la main sur la garde de son épée.

— Tout compliment venant de Thomas Seymour n'est que...

— Ça suffit! lança brusquement le roi. On ne devra pas dire que deux des plus nobles chevaliers de ma cour puissent avoir transformé ce jour, qui devrait en être un de festivités pour vous tous, en une journée d'affrontements. Par conséquent, je vous somme sur-le-champ de vous réconcilier. Serrez-vous la main Messeigneurs et que votre réconciliation soit sincère. C'est le roi qui vous l'ordonne...

Les deux antagonistes se regardèrent haineusement, toute rage contenue, et leurs yeux traduisaient les mots que leurs lèvres ne pouvaient prononcer. Le roi avait donné des ordres auxquels, aussi puissant que l'on pouvait être, il était impératif d'obéir. Ils se tendirent mutuellement la main en grommelant à voix basse des mots inintelligibles, peut-être des mots d'excuses, mais aucun d'eux ne les comprit.

— Et maintenant, sire, dit le comte de Surrey, je me hasarde une fois de plus à réitérer ma prière. Pitié, Votre Majesté. Pitié pour Anne Askew!

— Et vous, Thomas Seymour, renouvelez-vous aussi votre pétition?

— Non, j'y renonce. Le comte de Surrey la protège dorénavant. Par conséquent, je me retire de cette affaire, car cette femme est sans doute une criminelle puisque Votre Majesté le dit et que le roi a donc raison. Un Seymour serait mal inspiré de protéger une personne qui a péché contre le roi...

Cette nouvelle attaque indirecte contre le comte de Surrey sembla provoquer des réactions diverses dans l'assemblée. Certains visages devinrent livides et d'autres arboraient un malicieux sourire. Ailleurs, on formulait des menaces étouffées tandis que d'autres opinaient du bonnet.

Le front du roi était des plus soucieux. La flèche décochée si habilement contre le comte de Surrey avait fait mouche. Le roi, toujours méfiant, se sentit d'autant plus mal à l'aise qu'il constata que la plupart des chevaliers prenaient le parti d'Henry Howard et que le nombre de partisans de Seymour diminuait.

« Ces partisans de Howard sont dangereux, se dit le roi. Mieux vaut les avoir à l'œil... »

Voilà pourquoi, pour la première fois, ses yeux considérèrent la noble expression du visage d'Henry Howard d'un air sinistre et hostile.

Toutefois Thomas Seymour, qui ne désirait qu'embarrasser son vieil adversaire, avait scellé par la même occasion le destin de l'infortunée Anne Askew. Il devenait maintenant presque impossible de la défendre et implorer son pardon revenait à devenir partenaire de son crime. Thomas Seymour l'avait laissée tomber car, traîtresse envers son roi, elle était devenue indigne de sa protection. Et qui, diantre ! se montrerait suffisamment présomptueux pour protéger une traîtresse ?

Henry Howard le fit. Il réitéra sa supplique au roi pour lui demander le pardon d'Anne Askew. Mais l'humeur du souverain s'assombrissait graduellement et les courtisans attendaient avec frayeur le moment où la royale colère mettrait en pièces le malheureux comte de Surrey.

Dans le rang des dames, ici et là on pouvait voir un visage défait et des yeux en pleurs à la vue de ce courageux et séduisant chevalier qui mettait sa vie en jeu pour défendre une femme.

— Il est perdu ! laissa échapper Lady Jane Douglas.

Complètement démolie et dénuée d'énergie, elle s'appuya un moment contre le mur, mais elle reprit rapidement ses esprits et une ferme résolution passa dans son regard.

— Je vais essayer de la sauver ! se dit-elle et, d'un pas assuré, elle sortit du rang des dames et s'approcha du monarque.

Un murmure d'approbation parcourut l'assistance. L'atmosphère se détendit et tous les yeux étaient fixés sur Lady Jane. On savait qu'elle était amie avec le roi et qu'elle adhérait à la nouvelle doctrine. Par conséquent, son soutien aux efforts désespérés du comte de Surrey avait une signification particulière.

Lady Jane inclina sa jolie et noble tête devant le roi et lui dit d'une voix claire et argentine :

— Sire, au nom de toutes les femmes, je vous supplie également de pardonner à Anne Askew, parce qu'elle est justement femme. Lord Surrey a agi comme il l'a fait parce qu'un vrai chevalier doit toujours être fidèle à lui-même et respecter l'obligation sacrée d'être le protecteur des faibles et de ceux qui sont en péril – une mission qui, pour lui, va de soi. Un vrai gentleman ne se demande pas si une femme est digne de sa protection ; il la lui accorde tout simplement parce qu'elle est femme et qu'elle a besoin de son aide. Voilà pourquoi, au nom de toutes mes semblables, non seulement je remercie le comte de Surrey de l'assistance qu'il a bien voulu apporter à l'une d'entre nous, mais j'unis ma supplique à la sienne, car il ne sera pas dit que les femmes sont toujours pleutres et timides et qu'elles ne se portent jamais au secours de ceux qui sont en perdition. En conséquence, sire, je demande grâce, oui grâce pour Anne Askew !

— Et moi, dit la reine en s'approchant à nouveau du roi, je joins mes prières aux siennes, sire. Aujourd'hui est un jour de réjouissances, de festivités ! Aujourd'hui, laissez, de grâce, l'amour et la pitié régner en maîtres...

Elle regarda le roi avec un sourire désarmant. Son regard avait une expression si radieuse et joyeuse que le roi ne put le supporter.

Au fond du cœur, il était prêt à laisser la clémence royale s'exercer dans ce cas particulier, mais il lui fallait un prétexte. En effet, il avait juré de ne jamais pardonner aux hérétiques et ne pouvait reprendre sa parole pour la seule raison que la reine sollicitait sa pitié.

— Fort bien, dit-il après une pause. Je suis prêt à me rendre à votre désir. Je pardonnerai à Anne Askew à condition qu'elle se rétracte et fasse solennellement amende honorable. Cela vous satisfait-il, Catherine ?

— Cela me satisfait, dit-elle.

— Et vous Lady Jane Douglas et Henry Howard, comte de Surrey ?

— Nous sommes satisfaits, répondirent-ils à l'unisson.

Tous les yeux étaient maintenant tournés vers Anne Askew qui, même si elle avait mobilisé l'attention générale, avait été un peu négligée et laissée à l'écart.

Elle n'avait pas davantage accordé d'importance à l'assistance que cette dernière lui en accordait. Elle se tenait contre le chambranle de la porte qui menait au balcon et regardait l'horizon en flammes. Son âme était avec les pieux martyrs pour qui elle priait avec ferveur et dont elle enviait, dans une exaltation fiévreuse, la fin par le feu. Absorbée dans ses pensées, elle n'avait pas entendu les demandes en grâce de ses défenseurs, pas plus que la réponse du roi.

Une main se posa sur son épaule et la tira de sa rêverie.

C'était Catherine, la jeune reine, qui se tenait près d'elle.

— Anne Askew, lui chuchota la reine impérativement. Si vous tenez à la vie, il faut vous plier à la demande du roi...

Elle attira ensuite la jeune fille vers le souverain.

— Sire, lui dit-elle sans ambiguïté, veuillez oublier l'exaltation et la douleur d'une pauvre fille qui, pour la première fois de son existence, est témoin d'une exécution. Son esprit a été si impressionné par ce spectacle qu'elle est à peine consciente des mots insensés et criminels qu'elle a pu prononcer devant vous ! Pardonnez-lui, Votre Majesté, car elle est prête à se rétracter de bonne grâce...

Un cri de stupeur jaillit des lèvres d'Anne. Ses yeux jetèrent des flammes alors qu'elle repoussait la main de la reine.

— Me rétracter ? s'exclama-t-elle avec un sourire méprisant. Jamais, Milady, jamais ! Il n'en est pas question, et ce, autant que j'ai la conviction que Dieu me viendra en aide lors de mes derniers instants. Je ne me rétracterai point ! Il est vrai que j'ai parlé sous le coup de l'horreur et de la douleur, mais ce que j'ai dit n'en est pas moins la vérité. L'horreur m'a forcée à parler et à mettre mon âme à nu. Non, je ne me rétracte point. Je vous le dis : ceux qui ont été exécutés là-bas sont de saints martyrs qui se sont élevés jusqu'à Dieu afin d'accuser leur royal bourreau. Oui, ils sont saints grâce à l'éternelle vérité qui illumine leur âme et leur visage d'une lueur aussi vive que celle des flammes des fagots dans lesquelles la main meurtrière d'un juge indigne les a jetés. Ainsi il faut que je me rétracte, que je fasse comme Shaxton, le misérable et infidèle serviteur de Dieu qui, par crainte de la mort, a nié la vérité éternelle et blasphémant dans sa faiblesse s'est parjuré en ce qui touchait la sainte doctrine ? Roi Henri, je vous le dis : Prenez garde aux dissimulateurs et aux parjures ; méfiez-vous de vos propres pensées, hautaines et arrogantes. Le sang des martyrs en appelle au ciel contre vous et l'heure viendra où Dieu se montrera aussi impitoyable envers vous que vous l'avez été pour les plus nobles de vos sujets ! Vous livrez ceux-ci aux flammes meurtrières parce qu'ils n'accordent pas foi aux sermons des prêtres de Baal, qu'ils ne croient pas à la transsubstantiation, qu'ils nient que le corps naturel du Christ est contenu dans le sacrement, peu importe que le prêtre soit bon ou mauvais. Vous les livrez au bourreau parce qu'ils servent la vérité, parce que ce sont de fidèles serviteurs de leur Seigneur, notre Dieu...

— Et vous partagez les opinions de ces gens que vous appelez « martyrs » ? demanda le roi tandis qu'Anne reprenait son souffle après sa longue tirade.

— Oui, je les partage !

— Alors vous niez la vérité contenue dans les Six articles ?

— Je les rejette !

— Vous ne me considérez donc point comme le chef de l'Église ?

— Dieu seul est chef et Seigneur de l'Église !

Une pause lourde et effrayante s'ensuivit.

L'assemblée sentit qu'il n'y avait plus d'espoir pour la pauvre jeune femme, dont le sort était irrémédiablement scellé.

Le roi affichait un sourire de commande.

Les courtisans craignaient davantage ce sourire que la colère rageuse du souverain.

Lorsque le roi souriait ainsi, c'est qu'il avait prit sa décision. Il n'y avait ensuite plus d'hésitation ni d'atermoiement. Une sentence de mort tombait et l'âme d'Henri VIII, assoiffée de sang, se réjouissait de cette nouvelle victime.

— Milord l'archevêque de Winchester, dit le roi, veuillez approcher...

Gardiner se rapprocha et se plaça à côté d'Anne Askew, qui lui lança des regards furieux et dédaigneux.

— Au nom de la loi je vous ordonne d'arrêter cette hérétique et de la confier à la cour spirituelle, poursuivit le roi. Elle est perdue et damnée et doit être punie comme elle le mérite!

Gardiner posa sa main sur l'épaule d'Anne Askew.

— Au nom de la loi de Dieu, je vous arrête! lui dit-il d'un air solennel.

On n'entendit plus rien. Le président de la haute cour de justice avait réagi à un signe de Gardiner et, après avoir touché Anne Askew de son bâton de commandement, ordonna aux soldats de conduire la prisonnière.

En souriant, Anne Askew leur tendit la main. Entourée de gardes, suivie par l'archevêque de Winchester et du président de la haute cour, elle sortit fièrement de la pièce, droite comme un i.

CHAPITRE VI

« Et maintenant, Kate, dit le roi quand tous se furent retirés et qu'il se trouvait à nouveau seul avec elle, oublions tout, sauf le fait que nous nous aimons. »

Il l'embrassa et la serra avec passion contre lui. Catherine, épuisée, posa sa tête sur l'épaule du roi et s'y reposa comme si elle était une rose fanée, complètement passive et abattue.

— Vous ne me donnez pas un baiser ? demanda Henri en souriant. Êtes-vous encore fâchée de ne pas avoir accédé à votre première demande ? Mais qu'auriez-vous voulu que je fasse, mon enfant ? Comment puis-je faire en sorte que la couleur écarlate de ma cape royale reste toujours fraîche et vive si je ne la teins pas continuellement avec le sang des criminels ? Le roi est celui qui punit et détruit et le peuple qui tremble le reconnaît comme tel. Un roi au cœur tendre et miséricordieux est méprisé par ses sujets et sa faiblesse provoque la moquerie. Bah ! Le genre humain est vraiment une chose misérable. Il ne respecte et ne montre de la reconnaissance qu'aux personnes qui le font trembler. Les hommes sont des enfants tellement méprisables et stupides qu'ils n'éprouvent du respect que pour ceux qui leur mènent la vie dure quotidiennement et qui en fouettent quelques-uns à mort de temps en temps. Regardez-moi, Kate. Où trouverez-vous un roi dont le règne a été plus long ou plus heureux que le mien ? Un roi que les sujets aiment plus et auxquels ils obéissent mieux qu'à moi ? Cela vient du fait que j'ai déjà signé plus de deux cents condamnations à mort et que tous croient que s'ils ne m'obéissent pas j'enverrai immédiatement leur tête avec les autres !

— Oh ! Vous dites que vous m'aimez, a murmuré Catherine, et vous ne parlez que de sang et de mort lorsque vous êtes avec moi…

Le roi se mit à rire.

— Vous avez raison, Kate, dit-il, et pourtant, croyez-moi, mon cœur est envahi par d'autres pensées, et si vous pouviez regarder dedans, vous ne pourriez pas m'accuser de froideur et de méchanceté. Je vous aime profondément, ma chère, mon épouse vierge, et, pour vous le prouver, vous pouvez, dès à présent, me demander une faveur. Oui, Kate, faites-moi une demande, et quelle qu'elle soit, je vous donne ma parole royale que je vous l'accorderai. Maintenant, réfléchissez, Kate. Quelle est la chose qui pourrait vous faire plaisir ? Voulez-vous des diamants ou un château au bord de la mer ou peut-être même un bateau ? Désirez-vous des chevaux de race ou bien quelqu'un vous aurait-il offensé et vous désirez sa tête ? Si cela est le cas, dites-le-moi, Kate, et vous obtiendrez sa tête ; un signe de ma part et elle tombera à vos pieds. En effet je suis tout puissant et il n'existe personne qui soit si innocent et si pur que je ne puisse lui imputer un crime qui lui coûtera la vie… Parlez, donc, Kate, que désirez-vous ? Quelle est la chose qui peut vous faire plaisir ?

Catherine sourit, malgré sa peur et son horreur secrète.

— Sire, répondit-elle, vous m'avez donné tellement de diamants que je brille et scintille quand je les porte, tout comme les étoiles pendant la nuit. Si vous me donniez un château au bord de la mer, cela signifierait que je serai éloignée de Whitehall et de vous ; je ne désire donc pas avoir mon propre château. Je ne désire que résider en votre compagnie dans vos appartements. La demeure de mon roi sera ma seule résidence.

— Bien et sagement parlé, dit le roi. Je me souviendrai de ces paroles si jamais vos ennemis tentent de vous envoyer dans un autre château que celui où se trouve le roi. La Tour de Londres est également un château, Kate, et je vous donne ma parole royale que vous n'y habiterez jamais. Vous ne voulez donc ni trésor ni château? Désirez-vous obtenir la tête de quelqu'un?

— Oui, sire, il s'agit de la tête d'une personne!

— Ah! J'avais donc deviné juste, déclara le roi en riant. Racontez-moi, ma petite reine assoiffée de sang, quelle tête voulez-vous avoir? Qui sera conduit à l'échafaud?

— Sire, il est bien vrai que je vous demande la tête d'une personne, a dit Catherine sur un ton sérieux mais tendre, cependant je ne veux pas que cette tête tombe; tout au contraire, je demande que cette tête soit rétablie. Je vous demande une vie humaine – non pour la détruire, mais au contraire pour lui apporter joie et bonheur. Je ne désire envoyer personne en prison mais rendre à un être cher sa liberté, le bonheur et le rang qui lui sied. Sire, vous m'avez permis de vous demander une faveur. Je vous demande donc de rappeler la princesse Élisabeth à la cour. Donnez-lui la permission de résider avec nous à Whitehall. Donnez-lui la permission d'être à mes côtés pour toujours et de partager mon bonheur et ma gloire. Sire, jusqu'à hier, le rang et la position de la princesse Élisabeth étaient bien plus élevés que les miens; cependant, étant donné que votre grande puissance m'a fait la faveur de m'élever aujourd'hui à un rang supérieur à ceux de toutes les autres femmes, je demande la permission d'aimer maintenant la princesse Élisabeth comme si elle était ma sœur et ma plus chère amie. Accordez-moi cette requête, Ô mon roi. Permettez à Élisabeth de venir avec nous à Whitehall pour qu'elle jouisse à la cour de l'honneur qui lui est dû.

Le roi ne réagit pas immédiatement; cependant, son apparence calme et souriante montrait bien que la demande de sa jeune épouse ne l'avait point contrarié. Une certaine émotion paraissait avoir envahi son visage et ses yeux s'embuèrent de larmes pendant quelques instants. Il est bien possible qu'un fantôme pâle, difficile à supporter, lui soit passé par l'esprit et un coup d'œil vers son passé lui a montré la ravissante et malheureuse mère d'Élisabeth, Anne Boleyn, qu'il avait condamnée à mort, était passée par les mains du bourreau et dont les dernières paroles avaient été un message d'amour et une bénédiction pour le roi.

Il s'empara de la main de Catherine avec passion et l'amena à ses lèvres.

— Soyez remerciée! Vous n'êtes pas égoïste, vous êtes généreuse. Il s'agit d'une qualité très rare et vous conserverez toujours mon estime pour cette raison. Vous êtes également courageuse, car vous avez osé ce que personne n'a osé avant vous. Vous avez, par deux fois au cours de la soirée, intercédé en faveur d'une personne condamnée et d'une personne en disgrâce. Les personnes qui ont de la chance et celles qui ont ma faveur ont toujours possédé de nombreux amis. Toutefois, je n'ai jamais remarqué que celles qui ne sont pas favorisées par le sort ou qui sont exilées aient pu s'en faire... Vous êtes différente de tous ces misérables et serviles gens de cour; vous êtes différente de cette foule qui tremble et me déçoit, de cette foule qui tremble et me voue un culte. Vous êtes différente de tous ces mortels pitoyables et bons à rien qui constituent mon peuple et qui me donnent la permission de les mettre sous le joug parce qu'ils ressemblent à des bœufs par l'obéissance et par la servilité. Ils sont tellement stupides qu'ils ne connaissent pas leur propre force et leur propre pouvoir. Ah! Croyez-moi, Kate, je serais un roi beaucoup plus modéré et plus miséricordieux si le peuple n'était pas si stupide et si méprisable. Il ressemble à un chien qui est d'autant plus gentil et soumis que vous le maltraitez. Vous, Kate, vous êtes différente et j'en suis heureux. Vous savez que j'ai banni Élisabeth de la cour pour toujours et, pourtant, vous intercédez en sa faveur. Cela est un geste noble de votre part et je vous aime pour cela et par conséquent je vous accorde votre requête. Et pour que vous puissiez voir à quel point je vous aime, je vais vous révéler un secret: cela fait longtemps que je désire avoir Élisabeth auprès de moi et j'avais honte de cette faiblesse. Cela fait longtemps que je me languis de pouvoir regarder dans les beaux yeux de ma fille, de pouvoir être un père tendre et aimant pour elle et de pouvoir lui demander pardon pour les torts que j'ai pu avoir envers sa mère. En effet, il arrive que le beau visage d'Anne m'apparaisse pendant mes nuits d'insomnie et qu'elle me fixe d'un regard doux et triste. Mon cœur en est ébranlé chaque fois. Je ne pouvais confesser cela à qui que ce soit car les gens pourraient dire que je me repens de ce que j'ai fait. Un roi doit se montrer infaillible, tout comme Dieu, et il ne doit jamais montrer de regret ni désirer dédommager qui que ce soit, car cela serait la preuve de sa faiblesse, la preuve qu'il est un mortel qui commet des erreurs comme tout le monde. Vous voyez donc que j'ai réprimé mon désir de tendresse paternelle que personne n'a même pu imaginer et j'ai dû passer pour un père sans cœur parce que personne ne m'a aidé à me faciliter à être un bon père. Ah ! Ces courtisans ! Ils sont si stupides qu'ils ne comprennent que ce à quoi nos paroles font écho. Ils ne savent rien de ce que notre cœur dit et de ce qu'il veut. Cependant, vous savez, Catherine, vous êtes une femme perspicace et, en plus, très intelligente. Venez, Kate… C'est un père reconnaissant qui vous donne ce baiser, et celui-ci, oui celui-ci, c'est votre époux qui vous le donne, ma belle et charmante reine.

CHAPITRE VII

La sérénité de la nuit avait succédé aux agitations de la journée et, après toutes ces festivités et réjouissances, la tranquillité régnait sur le palais de Whitehall ainsi que sur Londres. Les heureux sujets du roi Henri pouvaient, pendant quelques heures encore, demeurer dans leurs maisons, portes et volets clos, pour y dormir, rêver ou s'adonner à leurs exercices de piété pour lesquels ils avaient peut-être été dénoncés cette journée-là comme des mécréants. Pendant quelques heures encore, ils pouvaient entretenir la douce illusion d'être toujours des hommes libres non entravés dans leurs convictions religieuses ou dans leurs pensées. Car le roi Henri se reposait, tout comme Gardiner et le chancelier d'Angleterre. Les yeux de ces puissants personnages étaient temporairement fermés et se reposaient avant de reprendre leur activité meurtrière favorite : la chasse aux hérétiques.

Tout comme le roi, les maisonnées de leurs gracieuses majestés dormaient également et se remettaient des festivités de ce mariage royal, qui surpassait en pompe et en splendeurs les cinq mariages précédents.

Toutefois, tous les courtisans de haut rang ne dormaient pas comme leurs souverains, car dans une chambre non loin de celle du couple royal, malgré les lourds rideaux damassés encadrant les fenêtres, on pouvait voir que la lumière brillait encore. Un observateur plus attentif aurait remarqué que, de temps à autre, une ombre humaine se profilait contre ces rideaux.

La personne qui occupait cette pièce ne dormait pas et elle devait être fort préoccupée par ses pensées pour ainsi aller et venir sans cesse.

Cette chambre était occupée par Lady Jane Douglas, première dame d'honneur de la reine. La puissante influence de Gardiner, archevêque de Winchester, exauçait le second souhait de la reine qui était d'avoir près d'elle sa chère amie d'enfance. Ainsi, à son insu, la reine avait facilité la mise en œuvre d'un complot ourdi contre elle par l'hypocrite Gardiner.

En effet Catherine ne connaissait pas les changements qui avaient pu se produire au cours des trois années pendant lesquelles elle n'avait pas vu Jane. Elle ne soupçonnait pas combien ce séjour dans la ville farouchement papiste de Dublin avait pu impressionner l'âme influençable de la compagne de ses premiers jeux et transformer radicalement son être. Lady Jane, si joyeuse et pétillante à une certaine époque, était devenue une papiste bigote, animée d'un zèle fanatique, croyant servir Dieu en servant l'Église et soumise sans réserve au clergé romain.

Par conséquent, par suite de son fanatisme et de l'influence que les prêtres avaient sur elle, Lady Jane Douglas était devenue une dissimulatrice modèle. Elle pouvait sourire alors qu'au fond du cœur elle entretenait secrètement des pensées haineuses et revanchardes. Elle pouvait embrasser ceux dont elle venait peut-être de jurer la destruction et arborer un air innocent et bienveillant tout en observant et en prenant note de chaque soupir, de chaque sourire, de chaque battement de cils.

Il était donc très important pour Gardiner, archevêque de Winchester, d'infiltrer cette « amie de la reine » à la cour et de faire de ce disciple d'Ignace de Loyola une alliée et une amie.

Lady Jane Douglas était seule et, tandis qu'elle arpentait la pièce, elle pensait aux événements de la journée.

Maintenant que personne ne l'observait, elle avait mis de côté sa mine sérieuse habituelle. Son apparence trahissait les changements rapides que tous les sentiments tristes, gais, contradictoires qui pouvaient l'agiter.

Celle qui n'avait comme but unique que de servir l'Église et consacrer sa vie entière à son service, celle dont le cœur n'était ouvert qu'à l'ambition et à la dévotion, était en proie aujourd'hui à un nouveau sentiment complètement inattendu. Une nouvelle pensée avait pris forme dans sa vie. La femme s'était éveillée en elle et faisait battre violemment un cœur que la dévotion avait revêtu d'un dur vernis.

Elle avait bien tenté de se concentrer sur la prière et de remplir entièrement son âme de l'idée de Dieu et de son Église de façon à ce que nulle distraction terrestre ne la trouble. Mais constamment dans son esprit surgissait le noble port de tête de Henry Howard et elle rêvait qu'elle entendait sa voix mélodieuse qui faisait trembler son cœur comme par une incantation magique. Elle avait d'abord résisté à ces doux phantasmes qui s'imposaient à son esprit mais, au bout d'un moment, la femme en elle prit le dessus sur la papiste fanatique et, se laissant choir sur un siège, se trouva envahie par sa rêverie.

« M'a-t-il reconnue ? se demanda-t-elle. A-t-il encore souvenance qu'il y a un an nous nous sommes rencontrés à Dublin à la cour du roi ? Mais non, constatait-elle tristement. Il n'en sait rien car il n'avait d'yeux que pour sa jeune épouse. Ah ! Elle était jolie parmi les grâces, mais ne suis-je pas également belle et les plus nobles chevaliers ne m'ont-ils pas célébrée et soupirée en vain pour susciter mon inaccessible amour ? Comment se fait-il que lorsque je ressens une attirance pour quelqu'un je n'obtienne rien en retour ? Comment se fait-il que les deux hommes pour qui j'avais fait preuve de quelque intérêt ne m'ont jamais manifesté de sentiment pareil ? J'aimais Henry Howard, mais cet amour n'était pas réciproque. Je me suis donc brusquement détachée de lui et ai donné mon cœur à Dieu parce que le seul homme que j'aimais ne me rendait pas mon affection. Mais même Dieu et les dévotions ne peuvent satisfaire entièrement le cœur d'une femme. Il y avait encore plein d'ambition en mon sein, et puisque je ne pouvais pas être une épouse comblée, je pouvais au moins être une puissante reine. Oh! Tout était dûment calculé et préparé! Gardiner avait déjà parlé de moi au roi qui n'était pas insensible au discours de l'archevêque. Et alors que je me préparais à le rencontrer voilà que cette petite Catherine Parr arrive de nulle part et perturbe tous nos plans, ce que je ne lui pardonnerai jamais. Je trouverai bien un moyen de me venger. Je la forcerai à quitter cet endroit qui m'appartient de plein droit. Il n'y a pas d'alternative: elle doit monter à l'échafaud, comme l'a fait Catherine Howard. Je serai reine d'Angleterre... Je serai...»

Elle interrompit soudainement son soliloque et écouta. Elle crut entendre comme un léger frappement à la porte. Elle ne s'était pas trompée. Le frappement se répétait d'une manière insistante et particulière.

«C'est mon père!» se dit Lady Jane.

Reprenant son air grave, elle s'apprêta à ouvrir la porte.

— Ainsi tu m'attendais? dit Lord Archibald Douglas en embrassant sa fille sur le front.

— Oui, père, je vous attendais, répondit Lady Jane dans un sourire. Je savais que vous viendriez me communiquer les expériences et les observations que vous avez recueillies durant le jour et que vous me donneriez des directives pour l'avenir.

Le comte prit place sur l'ottomane et s'approcha de sa fille.

— Nul ne peut nous entendre, n'est-ce pas?

— Personne, père! Mes domestiques dorment à quatre chambres d'ici et j'ai personnellement fermé à clé les portes communicantes. L'antichambre, par lequel vous êtes arrivé, est, comme vous le savez, parfaitement vide et personne ne peut s'y cacher. Il suffit donc de fermer soigneusement la porte menant au corridor pour avoir la paix.

Joignant le geste à la parole, elle se rendit dans l'antichambre pour fermer la porte.

— Maintenant, père, nous voilà à l'abri des oreilles indiscrètes... lui dit-elle en revenant s'asseoir sur l'ottomane.

— Et les murs, ma fille? Sais-tu si l'on peut s'y fier? Tu me regardes dubitativement, avec une expression de surprise! Mon Dieu, quelle enfant innocente et candide tu fais! Ne t'ai-je pas enseigné maintes fois cette leçon de sagesse éternelle consistant à douter de tout et à ne pas faire confiance à quoi que ce soit, même à ce que tu considères être l'évidence même? Celui qui veut faire sa fortune à la cour doit avant tout se méfier de tout le monde et considérer tout un chacun comme un ennemi qu'il doit flatter, car il peut lui causer du tort, un ennemi qu'il doit étreindre et embrasser au besoin jusqu'à ce qu'à l'occasion d'une joyeuse accolade il puisse lui plonger une dague dans le cœur lorsqu'on ne le voit pas ou lui verser quelque poison dans la bouche. Je te le dis: ne fais pas plus confiance aux êtres humains qu'aux murs, Jane. Aussi lisses et innocents qu'ils puissent paraître, on peut y trouver des coins où se dissimuler. Pour le moment, je crois que ces murs sont innocents et qu'ils ne cachent pas d'espions. J'en suis persuadé, car je connais personnellement cette pièce, que j'ai explorée en des temps heureux, lorsque j'étais jeune et attirant, que la sœur du roi Henri n'était pas encore mariée au roi d'Écosse et que nous nous aimions tous deux tendrement... Eh oui! Je pourrais te raconter bien des histoires merveilleuses sur cette heureuse époque. Je...

— Mais, très cher père... l'interrompit-elle, craignant secrètement d'être obligée d'entendre une fois de plus l'histoire de cet amour de jeunesse du vieillard, qu'elle avait entendu un nombre incalculable de fois. Mais, très cher père – et veuillez m'en excuser, monseigneur – je doute que vous soyez venu ici en cette heure si tardive pour me raconter ce que je connais depuis longtemps déjà.

Vous devriez plutôt me dire ce que votre regard perspicace et expérimenté a découvert ici.

— C'est exact, dit Lord Douglas d'un air triste. Je deviens parfois un peu trop loquace – un signe de vieillesse, je présume. Oui, je ne suis pas venu ici pour évoquer le passé mais le présent. Alors parlons-en. Aujourd'hui, j'ai vu et compris beaucoup de choses et le résultat de mes observations est que tu deviendras la septième femme du roi Henri VIII.

— C'est impossible, monseigneur! s'exclama Lady Jane, dont l'expression, en dépit de sa volonté, en était une de joie sans mélange.

Son père lui en fit la remarque.

— Mon enfant, lui dit-il, je constate que tu ne te contrôles pas encore suffisamment. Ainsi, tu avais, à cet instant précis, l'intention de jouer à l'ingénue humble et timide et, pourtant, ton visage reflétait une expression de fierté et d'évidente satisfaction. La chose principale est que tu seras la septième femme d'Henri VIII! Cependant, pour y parvenir, il te faudra faire preuve d'une méticuleuse attention; tu devras connaître parfaitement tes relations actuelles, constamment observer les autres personnes, être dissimulatrice de manière impénétrable et, par-dessus tout, acquérir un maximum de connaissances sur le roi, l'histoire de son règne et sa personnalité. Possèdes-tu ces connaissances? Sais-tu en quoi consiste le désir de devenir la septième épouse du roi Henri? Sais-tu comment commencer à t'approcher de tes objectifs? As-tu étudié le caractère du monarque?

— Un peu, peut-être, mais c'est certainement insuffisant, car vous savez, monseigneur, combien les affaires de ce monde ont moins accaparé mon cœur que notre sainte Église au service de laquelle je me suis consacrée et, n'eussiez-vous décidé pour moi d'un autre destin, je me serais vouée à Dieu corps et âme en guise de sacrifice. Ah! mon père, si l'on m'avait permis de suivre mon penchant, je me serais retirée dans un couvent en Angleterre de manière à mener tranquillement une vie contemplative paisible et à faire pénitence avec bonheur en me retirant complètement de ce monde vénal. Mais mes souhaits n'ont pas été exaucés et, par la voix de ses vénérables et saints prêtres, Dieu m'a ordonné de demeurer dans le monde et d'assumer le joug de la grandeur et de la splendeur royale. Si dorénavant je lutte pour devenir reine, ce n'est pas que je sois animée par une vaine gloire ou la pompe qui l'accompagne, mais parce que l'Église, hors de laquelle il n'y a point de salut, a trouvé peut-être en moi un point d'appui dont elle pourra se servir pour influencer ce faible et inconstant roi afin de le ramener à la seule véritable foi.

— Fort bien joué! reprit son père, qui la fixait pendant qu'elle parlait. Oui, bien, fort bien. Tout était en parfaite harmonie: les gestes, le regard, la voix. Ma fille, je retire mes réserves à ton propos. Tu te contrôles parfaitement. Mais parlons plutôt du roi Henri. Nous allons maintenant le soumettre à une méticuleuse analyse. Nulle fibre de son cœur, nulle parcelle de son cerveau ne doit échapper à notre vigilance. Nous l'observerons dans sa vie quotidienne, religieuse et politique afin de déceler chaque particularité de son caractère de manière à ce que nous puissions agir en conséquence. Parlons d'abord de ses femmes. Leur vie et leur mort nous fournissent d'excellents points de repère, car je ne nie pas qu'être l'épouse d'Henri représente une entreprise délicate et périlleuse exigeant un courage et un contrôle de soi hors du commun. Sais-tu laquelle de ses épouses possédait ces qualités au plus haut degré? Sa première, Catherine d'Aragon. Ô combien elle était raisonnable et née pour être reine! Pingre comme il était, Henri aurait volontiers donné les plus beaux joyaux de la couronne s'il avait pu détecter chez elle la moins trace d'infidélité. Mais il n'avait aucune raison de l'envoyer à l'échafaud et, à cette époque, il était encore trop peureux ou trop vertueux pour s'en débarrasser par le poison. Il l'a donc supportée longtemps, jusqu'à ce qu'elle ait des cheveux gris et accuse des signes de vieillesse. Après avoir été marié pendant dix-sept ans, notre bon et pieux roi a été soudainement pris de remords de conscience. Il avait, bien sûr, lu la Bible et retenu le passage où il est dit qu'il ne faut point épouser sa sœur. Notre noble et rusé monarque est donc tombé à genoux et a fait son mea culpa en criant : « J'ai commis un grand péché, car j'ai épousé la femme de mon frère et, par conséquent, ma sœur… Je dois donc faire amende honorable en annulant ce mariage incestueux… » Sais-tu, mon enfant, pourquoi il tenait tant à dissoudre cette union ?

— Parce qu'il aimait Anne Boleyn ! dit Jane en souriant.

— Précisément ! Catherine avait vieilli et Henri était encore un jeune homme au sang bouillonnant. Mais il était encore suffisamment vertueux et timide et les caractéristiques principales de sa personnalité ne s'étaient pas encore développées, ce qui revient à dire qu'il n'avait pas encore goûté au sang. Avec chaque nouvelle reine, son désir sanguinaire augmentait jusqu'à devenir maladif. S'il avait alors appliqué les techniques mensongères dont il fait usage maintenant, il ne se serait pas gêné pour payer quelque calomniateur qui aurait déclaré être l'amant de Catherine. Mais il était encore relativement honnête et tenait à satisfaire ses pulsions de manière parfaitement légale. C'est ainsi qu'Anne Boleyn pouvait devenir sa reine bien-aimée. Pour atteindre cet objectif, il n'a pas hésité à jeter le gant à la face du monde, à devenir l'ennemi du pape et à se mettre à dos les autorités suprêmes de l'Église. Le Très Saint Père ayant refusé d'annuler ce mariage, le roi Henri devint un apostat et un athée. Il se nomma chef de sa propre Église et, en telle qualité, déclara son mariage avec Catherine d'Aragon nul et non avenu. Il ajouta qu'au fond de son cœur il n'avait jamais consenti à cette union et que, par conséquent, elle n'avait pas été consommée, même si Catherine avait enfanté de la princesse Marie. Peu embarrassé par de tels scrupules, Henri déclara que Marie était une bâtarde et que la reine n'était rien de plus que la veuve du prince de Galles. Même si elle avait été traitée en souveraine pendant dix-sept ans, on interdit dorénavant de lui donner le titre de reine ou de lui rendre les honneurs attribuables à son rang. Catherine ne put désormais s'appeler que princesse de Galles et, pour éviter tout quiproquo, elle fut bannie de la cour et exilée dans un château qu'elle avait déjà occupé lorsqu'elle était mariée à son précédent époux. Henri lui accorda la pension que les princesses veuves ont droit de recevoir en vertu de la loi.

« J'ai toujours considéré cela comme l'un des actes les plus prudents et les plus subtils de notre grand roi qui s'est conduit dans toute cette affaire avec une admirable consistance et une grande résolution. Disons qu'il se trouvait stimulé par toute opposition. Note bien cela, mon enfant, et c'est la raison pour laquelle je me donne la peine de tant insister sur ce point : le roi Henri ne supporte absolument pas qu'on le contredise ou qu'on s'oppose à lui. Si tu veux avoir raison de lui, il faut que tu te mettes en retrait, que tu t'entoures de défenses et d'obstacles. Par conséquent, fais preuve envers lui d'indifférence et de timidité, ce qui le stimulera. Ne réponds pas à ses œillades et, finalement, lorsqu'il sera suffisamment pris de passion pour toi, défends si longtemps ta vertu qu'à la fin Henri, pour tranquilliser ta conscience, enverra cette gênante Catherine Parr au bourreau ou fera ce qu'il a fait à Catherine d'Aragon, déclarera qu'il n'avait pas mentalement donné son consentement au mariage et donc que Lady Parr n'est pas reine mais seulement la veuve de Lord Neville. Ah ! Depuis qu'il s'est intronisé l'autorité suprême de sa propre Église, rien ne peut l'arrêter dans de telles questions. Seul Dieu est plus puissant que lui.

« La belle Anne Boleyn, la seconde épouse d'Henri, l'a prouvé. Je l'ai souvent vue et je puis te l'assurer, Jane, elle était d'une éclatante beauté. Tous ceux qui la voyaient l'aimaient et les personnes qu'elle gratifiait d'un sourire se sentaient glorifiées et fascinées par sa grâce. Lorsqu'elle avait mis au monde la princesse Élisabeth, j'ai entendu Henri dire qu'il avait atteint le summum du bonheur et comblé ses souhaits les plus chers, car la reine lui avait donné une fille pour lui succéder sur le trône. Ce bonheur fut toutefois de courte durée.

« Le roi réalisa un jour qu'Anne Boleyn n'était peut-être pas la plus jolie femme du monde et qu'il en existait d'autres à sa cour, susceptibles de devenir reine d'Angleterre. Il avait vu Jeanne

Seymour, qui était encore plus belle qu'Anne Boleyn, devenue un obstacle à cette nouvelle relation. Lequel obstacle devait être éliminé.

«En vertu de son omnipotence, Henri aurait pu divorcer une fois de plus, mais il n'aimait pas se répéter et se targuait de faire preuve d'originalité. Personne ne devait pouvoir dire que ses divorces successifs ne servaient qu'à dissimuler sa lubricité.

«Il avait répudié Catherine d'Aragon non sans avoir été taraudé par un tel cas de conscience, mais il avait d'autres plans en ce qui concernait Anne Boleyn.

«La façon la plus expéditive de se débarrasser d'elle consistait à l'envoyer à l'échafaud. Pourquoi Anne ne devait-elle pas prendre ce chemin où tant d'autres l'avaient précédée? Une nouvelle force avait pris possession du roi: le tigre avait goûté au sang! Cela l'excitait et il ne craignait plus de faire couler ces ruisselets écarlates qui coulaient dans les veines de ses sujets.

«Après avoir donné à Anne Boleyn la pourpre royale, pourquoi ne pouvait-il pas épancher son sang, de couleur semblable? Restait le prétexte, que l'on ne tarda pas à imaginer. Lady Rochfort, la tante de Jeanne Seymour, trouva des hommes prêts à affirmer avoir été les amants d'Anne Boleyn. En qualité de première dame d'honneur des appartements privés de la reine, elle pouvait évidemment se montrer crédible auprès du roi et fournir des détails scabreux sur les prétendus agissements de la reine. Des quatre malheureux inculpés et qui furent exécutés, trois d'entre eux affirmèrent que la reine était innocente et qu'ils ne l'avaient même jamais rencontrée. Le seul qui l'accusa, James Smeaton, un musicien, se fit promettre d'avoir la vie sauve s'il avouait avoir eu des rapports amoureux illicites avec la reine. On ne respecta pas la promesse qu'on lui avait faite de peur qu'une fois devant la reine il n'ait plus la force de maintenir ses accusations mensongères. On le remercia tout de même d'une bien particulière façon: il fut pendu – une mort moins pénible que de se faire décoller la tête à coups de hache.

« C'est ainsi que la belle, l'adorable Anne Boleyn dut offrir sa tête à l'épée du bourreau. Le jour de cet événement, le roi avait ordonné une grande chasse à laquelle je participais dans la forêt d'Epping. Il se montra plus joyeux et enjoué qu'à l'habitude et me demanda de chevaucher près de lui pour lui rapporter certains faits de la chronique scandaleuse de la cour. À la suite de mes remarques volontairement malveillantes, il se mit à rire, et plus je calomniais l'un ou l'autre, plus il semblait y prendre plaisir. Nous avons finalement fait halte, car mes propos l'ayant fort réjoui, la faim se faisait sentir. Nous bivouaquâmes sous un chêne, au milieu de sa suite et de ses chiens, et il prit son petit déjeuner. Plus calme, moins disert, il se tournait parfois en direction de Londres en manifestant tout de même une certaine nervosité. Soudainement, nous entendîmes le son sourd d'un canon et nous savions tous qu'il s'agissait d'un signal laissant savoir au roi qu'Anne Boleyn avait été décapitée. Un frisson nous parcourut. Seul le roi souriait. Alors qu'il se levait et que je lui tendais ses armes, il me dit d'un air réjoui : "Que voilà donc une affaire réglée... Détachez les chiens et suivons ce sanglier !"

« Telle fut l'éloge funèbre du roi Henri à l'intention de sa charmante et innocente épouse... » conclut Lord Douglas.

— La regrettez-vous, père ? demanda Lady Jane avec surprise. Anne Boleyn était pourtant une ennemie de notre Église et elle adhérait à cette nouvelle doctrine maudite...

Son père haussa les épaules avec un certain dédain en expliquant que cela n'avait pas empêché Lady Anne d'avoir été l'une des plus gracieuses femmes d'Angleterre.

— Malgré son adhésion à la nouvelle doctrine, elle nous a rendu de bons services en portant le blâme de l'exécution du chancelier Thomas More, expliqua-t-il. Elle le haïssait, car ce dernier n'avait pas approuvé son mariage avec le roi. Henri détestait également le chancelier, car il n'avait pas prêté serment à l'Acte de succession du Parlement réfutant l'autorité du pape. Le roi l'aurait toutefois épargné, car More était un tel puits de science qu'Henri VIII respectait son savoir, mais Anne Boleyn a réclamé la tête de l'érudit, dont l'exécution fut une bien triste page de l'histoire d'Angleterre. Nous seuls, les joyeux courtisans du palais, nous montrâmes enjoués et dansions une nouvelle danse dont la musique avait été composée par le roi en personne. En effet, le roi n'est pas seulement un auteur mais aussi un compositeur. Si maintenant il se fait fort d'écrire des livres pieux, il composait des airs de danse à l'époque.

«Ce soir-là, nous avons dansé jusqu'à l'épuisement et avons ensuite joué aux cartes. Comme j'avais gagné quelques guinées au détriment du roi, le lieutenant de la Tour de Londres est venu nous annoncer que l'exécution avait eu lieu et nous rapporta les derniers moments du grand érudit. Le roi jeta ses cartes sur la table et, lançant un regard furieux à Anne Boleyn, lui annonça d'un air agité: "Je vous tiens responsable de la mort de cet homme!" Puis il se leva et disparut dans ses appartements. Vous voyez, Anne Boleyn a droit à notre gratitude, car la disparition de Thomas More a délivré l'Angleterre d'un autre péril de taille. Mélanchton, Martin Bucer ainsi que d'autres prêcheurs luthériens avaient envisagé de venir à Londres et, en qualité de conseillers spirituels des princes germaniques protestants, de nommer le roi comme dirigeant de leur alliance. L'exécution de Thomas More les a effrayés et ils ont fait demi-tour à mi-chemin.

«Paix aux cendres d'Anne Boleyn! ajouta-t-il. D'une façon, elle a été également vengée par Jeanne Seymour qui lui a succédé et à cause de qui elle est montée à l'échafaud.»

— Mais elle était chérie du roi, fit remarquer Jane. Lorsqu'elle est morte, le roi a porté son deuil pendant deux ans.

— Porter son deuil! s'exclama Lord Douglas d'un air méprisant; il s'est livré à ce simulacre avec toutes ses femmes. Bien sûr, il a suivi ce rituel avec Anne Boleyn et c'est dans des vêtements de deuil que, le jour suivant la mort de celle-ci, il a conduit Jeanne Seymour à l'autel. Que signifie cette mascarade, au fond? Anne Boleyn a également déploré la déchéance de Catherine d'Aragon, qu'elle avait fait tomber de son trône. Pendant huit semaines, on a pu la voir porter des habits de deuil jaunes en l'honneur de la première femme d'Henri... Cependant Anne était rusée: elle savait fort bien que le jaune lui seyait particulièrement bien...

— Mais le deuil du roi n'était pas seulement superficiel, rétorqua Lady Jane. Il a ensuite attendu deux ans avant de se remarier...

— Coquecigrues! lui répondit Lord Douglas en riant. Au cours de ces deux années, il s'est néanmoins fort diverti avec une jolie maîtresse, la marquise de Montreuil. Il l'aurait bien épousée, mais la noble dame jugea plus prudent de rentrer en France, car elle estima probablement que le rôle d'épouse d'Henri VIII présentait trop de risques. Il faut avouer qu'une funeste étoile pèse sur le destin des femmes de ce roi et qu'aucune d'entre elles n'est descendue de son trône de manière naturelle.

— Pourtant, père, Jeanne Seymour est morte de causes naturelles, en couches...

— Certes, mon enfant, en couches, mais je soutiens qu'il ne s'agit pas d'une mort naturelle, car elle aurait pu être sauvée. Ce qu'Henri a refusé. Son amour pour elle s'était amoindri et lorsque les médecins lui ont demandé s'il désirait sauver la mère ou l'enfant, il répondit: «Sauvez l'enfant et laissez mourir la mère. Je peux avoir toutes les femmes qu'il me faut.» Ah! mon enfant! J'espère que tu ne mourras pas d'une «mort naturelle», du genre de celle de Jeanne Seymour, dont il porta le deuil pendant deux ans.

«Peu après, quelque chose de nouveau et d'extraordinaire arriva au roi. Il tomba amoureux d'une image et, à cause de son extrême vanité, il était persuadé que le beau portrait que Holbein avait fait de lui n'était aucunement flatteur mais reflétait avec grande justesse ce qu'il était en réalité. Il ne douta donc aucunement que le portrait que Holbein avait fait de la princesse Anne de Clèves ne puise reproduire fidèlement les traits de la dame. Le roi tomba donc amoureux d'un portrait et envoya ses émissaires en Allemagne pour lui ramener celle qui lui avait servi de modèle afin d'en faire sa femme. Il se rendit pour la rencontrer personnellement à Rochester, où elle devait prendre contact avec l'Angleterre. Ah! ma chère enfant! J'ai vu bien des choses bizarres dans mon existence, mais ce dont j'ai été témoin à Rochester fait partie de mes souvenirs les plus vifs. Le roi était enthousiaste comme un poète et amoureux comme un jouvenceau. Ainsi commença cette parade nuptiale au cours de laquelle le roi se déguisa et prit le nom de son cousin. En qualité de maître de cavalerie royale, je fus honoré de transmettre à la future jeune reine les compliments de son futur mari et la priais de recevoir le chevalier chargé de lui présenter un cadeau de la part du roi. Elle accéda à ma demande par une grimace en affichant deux rangées de dents jaunâtres. J'ouvris la porte et le roi entra. Tu aurais dû voir cette scène! Ce fut le seul événement cocasse de l'histoire de la vie conjugale d'Henri. Tu aurais dû voir avec quel empressement le roi se précipita toutes affaires cessantes dans la pièce puis, après avoir vu la princesse, recula de stupeur en la fixant, en me glissant dans les mains le riche présent qu'il lui avait apporté. En même temps, il lançait un regard fulminant à Lord Cromwell, qui lui avait montré ce portrait, cause indirecte de ce mariage. À la seule vue de sa promise, la fougue du roi s'évanouit, mais il approcha néanmoins d'elle en lui annonçant d'un ton bourru qu'il était le roi. Il lui souhaita une bienvenue protocolaire, lui donna une accolade glaciale puis, prenant ma main, m'entraîna avec les autres à sa suite. Hors de portée de la princesse laideronne, furieux il demanda à Cromwell: "Et vous appelez ça une beauté? C'est une jument flamande, mais pas une princesse!" La laideur d'Anne de Clèves dut être un don de Dieu car, grâce à elle, notre Église, hors de laquelle il n'existe point de salut, se débarrassa du grand péril qui la menaçait. En effet sans la princesse, qui est la sœur, la nièce, la petite-fille et la tante de tous les princes protestants d'Allemagne, d'incalculables dangers auraient menacé notre Église. Le roi ne put surmonter sa répugnance. Une fois de plus sa conscience, qui semblait être la plus scrupuleuse lorsqu'elle ne l'était point, lui vint en aide.

«Le roi déclara qu'il n'avait été disposé à se marier que sur une question d'apparences, mais non en son âme et conscience. Voilà pourquoi il désirait reprendre sa parole car, s'il persistait, il ferait preuve de perfidie, de parjure et de bigamie. En effet, le père d'Anne l'avait déjà fiancée au duc de Lorraine et avait solennellement juré d'accorder la main de sa fille au jeune duc dès que celle-ci serait en âge d'être femme. Les alliances avaient été échangées et le contrat de mariage établi. Pris de remords de conscience, Henri ne pouvait tout de même pas épouser une femme pratiquement mariée. Il la nomma donc comme étant sa «sœur» et lui fit don d'un château à Richmond, où elle pouvait rester advenant le cas où elle accepterait de résider en Angleterre. Peu mortifiée par cette répudiation, cette princesse au sang peu bouillonnant accepta le marché et demeura en Angleterre.

«Elle avait été rejetée à cause de sa laideur et, maintenant, le roi pouvait choisir Catherine Howard comme cinquième épouse, car elle était charmante. De ce mariage je connais peu de choses parce qu'à cette époque j'étais déjà parti à Dublin comme ministre et que tu m'as suivi peu après. Catherine était très jolie et le cœur du roi, qui vieillissait, s'enflamma une fois de plus d'un amour de jeune prétendant et aima cette conjointe davantage que les autres. Il était si heureux que, s'agenouillant publiquement à l'église, il louait Dieu à voix haute pour le bonheur que lui avait apporté la jeune reine. Cela ne dura toutefois pas longtemps. Un jour le roi la louangeait et l'autre jour il la descendait aux enfers. Je parle sans emphase poétique, mon enfant. Un jour, il louait Dieu pour son bonheur et, le lendemain matin, Catherine Howard était déjà enfermée sous l'accusation de s'être montrée une épouse infidèle. Bref, une catin. Avant de connaître le roi, sept amants s'étaient succédés dans sa couche et certains d'entre eux l'avaient même accompagnée lors de la traversée du Yorkshire qu'elle fit en compagnie de son légitime époux. Cette fois-ci, il n'avait même pas le prétexte d'être tombé amoureux d'une autre et Catherine savait fort bien comment se l'attacher et rallumer la flamme qu'il entretenait pour elle. C'est justement parce qu'il l'aimait qu'il ne put lui pardonner ses fredaines. On sait combien l'amour peut comporter de cruauté et de haine et Henri qui, hier encore, se consumait de passion à ses pieds était aujourd'hui dévoré de rage et de jalousie. En proie à de tels sentiments, il l'aimait pourtant encore, et lorsqu'il eut en main la preuve indubitable de son infidélité, il se mit à pleurer comme un enfant. Puisqu'il ne pouvait plus devenir son amant, il allait devenir son bourreau. Ayant besoin de raviver l'écarlate de sa tunique, il réclama que l'on verse son sang et c'est ainsi que Catherine Howard dut le payer de sa tête, tout comme Anne Boleyn l'avait fait avant elle. Ainsi, une fois de plus la mort de cette dernière fut vengée. Lady Rochfort, qui avait accusé Anne Boleyn et avait contribué à mener cette reine à l'échafaud, voyait maintenant le destin se retourner contre elle puisqu'elle fut accusée d'avoir été la confidente et la complice des fredaines de Catherine Howard. Elle dut, elle aussi, poser son col sur le billot.

« Le roi prit beaucoup de temps à se remettre de ce coup du sort. Pendant deux ans il se mit à la recherche d'une vierge pure et sans tache qui puisse devenir sa reine sans finir sur l'échafaud, mais il n'en trouva pas. Il remarqua alors la veuve de Lord Neville, Catherine Parr. Mais tu sais, mon enfant, que le prénom de Catherine n'est guère chanceux lorsqu'on est une femme d'Henri VIII. La première avait été répudiée, la seconde décapitée. Que deviendra la troisième ? »

Lady Jane sourit.

— Catherine ne l'aime pas, dit-elle, et je crois que, tout comme Anne de Clèves, elle accepterait volontiers de devenir sa sœur au lieu d'être sa femme.

— Ainsi elle ne l'aime pas ? demanda Lord Douglas, très intrigué. Cela veut donc dire qu'elle en aime un autre…

— Non, père, son cœur est comme une feuille de vélin vierge. Nul nom n'y est inscrit…

— Nous devons donc y inscrire un nom qui la conduira à l'échafaud ou du moins au bannissement, rétorqua vivement son père. C'est ton rôle, ma fille, que de graver dans son cœur ce nom de manière insistante et indélébile, de façon à ce que le roi puisse clairement le lire…

CHAPITRE VIII

Ils restèrent silencieux pendant longtemps. Lord Douglas s'appuya contre l'ottomane. Il respirait bruyamment à cause des efforts exigés par son long discours. Ses grands yeux perçants fixaient, néanmoins, constamment Jane pendant qu'il se reposait. Celle-ci affichait un regard absent et semblait avoir complètement oublié la présence de son père.

Un sourire fourbe s'esquissa brièvement sur le visage du comte pendant qu'il l'observait et des rides d'inquiétude apparurent sur son front. Il posa une main sur l'épaule de Lady Jane quand il s'aperçut qu'elle se laissait de plus en plus envahir par la rêverie. Il lui dit précipitamment :

— À quoi penses-tu, Jane ?

Elle sursauta et regarda le comte d'un air embarrassé.

— Je pense à tout ce que vous venez de me dire, père, a-t-elle répondu calmement. Je suis en train de réfléchir à tous les bénéfices que nous pouvons en tirer.

Lord Douglas secoua la tête et sourit d'un air incrédule. Il déclara finalement sur un ton solennel :

— Fais attention, Jane, fais attention à ce que ton cœur ne trahisse pas ta raison. Tu dois, en premier lieu, maintenir une tête et un cœur froids pour que nous atteignions notre but. Le sont-ils encore tous les deux, Jane ?

Elle baissa les yeux tant elle se trouva confuse devant le regard inquisiteur de son père. Lord Douglas s'en aperçut et allait exprimer sa colère. Il s'en garda toutefois. En diplomate prudent qu'il était, il savait qu'il est souvent préférable de ne pas voir quelque chose pour la détruire plutôt que de la combattre ouvertement. Les sentiments sont comme les dents du dragon de Thésée. Si vous vous battez contre elles, elles réapparaissent toujours plus fortes. Lord Douglas se montra donc très prudent en ne remarquant pas la confusion dans laquelle se trouvait sa fille.

— Pardonne-moi, ma fille chérie, si je vais trop loin dans le zèle et l'attention que j'éprouve pour toi. Je sais que ta chère jolie tête possède suffisamment de sang-froid pour supporter le poids d'une couronne. Je sais combien ton cœur n'abrite que l'ambition et la religion. Nous devons donc réfléchir à ce qu'il est nécessaire d'accomplir pour atteindre notre but.

« Nous avons parlé d'Henri en tant que mari et d'Henri en tant qu'homme. J'espère que tu as pu tirer quelques leçons utiles du sort de ses épouses. Tu as appris qu'il est nécessaire de posséder toutes les bonnes et toutes les mauvaises qualités d'une femme pour pouvoir contrôler cet homme tyrannique et entêté, cet être vaniteux et sensuel qui est devenu roi d'Angleterre en vertu de la colère divine. Tu dois, en tout premier lieu, maîtriser parfaitement l'art de la coquetterie. Tu dois devenir un Protée femelle – aujourd'hui une Messaline, demain une nonne ; aujourd'hui une lettrée, demain une enfant joueuse. Tu dois toujours surprendre le roi, le garder dans l'expectative et l'égayer.

« Tu ne dois jamais lui donner un dangereux sentiment de sécurité car, en vérité, la femme du roi Henri VIII ne se trouve jamais dans une position de sécurité. La hache du bourreau plane toujours au-dessus de sa tête et il est important de voir ton mari comme un amant passager qu'il faut reconquérir chaque jour. »

— Vous parlez comme si j'étais déjà reine, remarqua Lady Jane en souriant. Je pense cependant que, pour que nous puissions atteindre ce but, il sera nécessaire de vaincre beaucoup de difficultés dont certaines seront même peut-être insurmontables.

— Insurmontables! s'exclama son père en secouant les épaules. Avec l'aide de l'Église, rien n'est insurmontable. Il nous suffit de connaître exactement notre objectif et les moyens d'y parvenir. Ne néglige donc pas de sonder le caractère de ce roi autant de fois qu'il le sera nécessaire. Sois certaine que tu y trouveras des particularités surprenantes dans des recoins de son esprit. Nous avons parlé de lui comme époux et père de famille. Cependant je ne t'ai pas encore parlé de sa position politique et religieuse. Et cela, ma chère enfant, est le principal trait de son caractère.

« En tout premier lieu, Jane, je vais te confier un secret. Le roi qui a déclaré qu'il était le chef spirituel de son Église – ce que le pape a déjà qualifié de Défenseur de la Vérité et de la Foi – ne possède, en fin de compte, aucun sens religieux. Il est un roseau penchant qui s'incline un jour dans un sens et un autre jour dans l'autre. Il ne sait pas ce qu'il veut et il joue les coquettes avec les deux factions en présence. Il peut se montrer hérétique un jour pour prouver qu'il est un homme éclairé et impartial. Et il peut être un catholique convaincu le lendemain pour montrer qu'il est un humble serviteur obéissant de Dieu qui recherche et trouve son bonheur dans l'amour et la piété. En fait, il fait preuve de la même indifférence envers les deux fois et si, à l'époque, le pape n'avait pas fait de difficultés et avait consenti au divorce entre Henri et Catherine d'Aragon, le roi serait resté un bon serviteur de l'Église catholique. Toutefois, le pape s'est monté imprudent et l'a irrité en le contredisant, ce qui a stimulé sa vanité et son orgueil. C'est ainsi que Henri est devenu le réformateur de l'Église, non par conviction personnelle mais par amour de l'opposition. Et cela, ma chère enfant, tu ne dois jamais l'oublier, car en utilisant ce marchepied tu pourras très bien le convertir à nouveau et faire de lui un serviteur obéissant et dévoué de notre Sainte Religion. Il a abjuré le pape et usurpé le pouvoir suprême de l'Église, il ne peut, toutefois, ne pas avoir suffisamment de courage pour mener à bien son travail et épouser les causes de la Réforme.

Il s'est, cependant, opposé au pouvoir du pape tout en restant fidèle à l'Église, sans peut-être en être conscient lui-même. Il n'est pas catholique et, pourtant, assiste à la messe. Il a fermé les monastères et, pourtant, il interdit aux prêtres de se marier. Il fait donner la communion sous les deux espèces et croit à la véritable transsubstantiation du vin en saint sang du Rédempteur. Il fait détruire les couvents et exige les vœux de chasteté aussi bien pour les hommes que pour les femmes. Et finalement, le sacrement de la confession fait encore partie des sacrements de son Église. Il nomme cela les Six articles qui sont à la base de son Église anglicane. Pauvre homme vaniteux et manquant de perspicacité ! Il ne sait même pas qu'il a fait tout cela parce qu'il voulait être le pape. Il n'est rien de plus qu'un antipape du Saint Père de Rome que son orgueil blasphémateur ose surnommer « l'évêque de Rome » !

— Oui, mais son audace, dit Jane rageusement, lui a valu d'être frappé d'anathème et la malédiction qui l'a frappé a provoqué la haine, le mépris et le dédain de ses propres sujets. C'est pourquoi le Saint Père l'a qualifié d'apostat, de fils perdu et d'usurpateur de la Sainte Église. C'est pourquoi le pape a déclaré que sa couronne lui était confisquée et il l'a promise à quiconque le vaincrait par la force. C'est pourquoi le pape a interdit à ses sujets de lui obéir et de le reconnaître comme étant leur roi.

— Cela n'empêche pas qu'il continue d'être le roi d'Angleterre et que ses sujets lui obéissent comme s'ils étaient ses esclaves, s'exclama le comte Douglas, en haussant les épaules. Il est tout à fait déraisonnable d'aller jusqu'à proférer des menaces, car il ne faut jamais menacer quelqu'un de le punir si l'on se trouve incapable d'exécuter ces punitions. Cet interdit venu de Rome s'est avéré davantage un bénéfice qu'une nuisance, car il a forcé le roi à une résistance plus hautaine et a montré à ses sujets qu'un homme peut être sous un interdit et pourtant profiter totalement de la vie.

« L'excommunication du pape n'a absolument pas fait de tort au roi. Son trône n'en a pas été ébranlé. L'apostasie du roi a toutefois privé le Saint Siège de Rome d'un soutien appréciable. Nous devons donc ramener ce roi sans foi vers la Sainte Église, car elle a besoin de lui. Et cela, ma chère fille, c'est l'œuvre que Dieu et la volonté de son représentant divin ont placé entre tes mains. Il s'agit d'une œuvre noble et glorieuse qui sera profitable en même temps, car elle fera de toi la reine. Je le répète toutefois, sois prudente, n'irrite jamais le roi en le contredisant. Sans que cela se sache, nous devons conduire l'indécis là où se trouve le salut. Car, comme nous l'avons dit, il est une âme errante. Étant donné son orgueil, il a la présomption de souhaiter être au-dessus de tous et de fonder une nouvelle Église, une Église qui n'est ni catholique ni protestante mais *son* Église pour laquelle il a dicté ses propres lois, les Six articles qu'il a lui-même nommés "le statut sanglant".

« Il ne veut être ni protestant ni catholique et, pour montrer son impartialité, il persécute de façon égale les membres des deux Églises. C'est ainsi qu'est né le dicton "En Angleterre, les catholiques sont pendus et ceux qui ne le sont pas sont brûlés." Cela donne au roi le plaisir de tenir entre ses mains fermes et cruelles l'équilibre entre les deux religions. Le même jour, il fait emprisonner un papiste parce que ce dernier a contesté la suprématie du roi et il fait torturer un adepte de la religion réformée parce qu'il conteste la vraie transsubstantiation du vin ou parce qu'il n'est pas d'accord qu'il est nécessaire de recourir à la confession. Et il est un fait que, lors de la dernière session du Parlement, cinq hommes ont été pendus parce qu'ils avaient contesté la suprématie du roi et cinq autres ont été brûlés parce qu'ils avaient professé leur foi pour la Réforme ! Et ce soir, Jane – c'est la nuit de noces du roi –, par ordre spécial de ce dernier, qui voulait faire preuve de son impartialité en tant que chef de l'Église, des catholiques et des protestants ont été attelés comme des chiens et menés au bûcher, les catholiques ont été condamnés pour trahison et les protestants pour leur hérésie ! »

— Oh! lâcha Jane en frissonnant et en pâlissant, je ne veux pas devenir reine d'Angleterre. J'ai en profonde horreur ce roi cruel et sauvage dont le cœur ne connaît ni la compassion ni l'amour…

Son père se mit à rire.

— Ne sais-tu donc pas, mon enfant, comment faire pour dompter le tigre et amadouer la hyène? Il suffit de leur donner de la chair fraîche à satiété. Ils la dévorent et, comme ils adorent le sang, on leur en fournit constamment pour qu'ils n'en manquent jamais. La seule particularité constante du roi est sa cruauté et son goût pour le sang. Il faut toujours avoir de la nourriture prête pour ces êtres. C'est alors qu'il sera un roi et un époux toujours affectueux et gentil.

«De plus, il ne manque pas de sujets pour sa soif sanguinaire. Il existe tellement d'hommes et de femmes à cette cour… Lorsque le roi fait preuve de soif de sang, peu importe d'où provient celui-ci, il fait couler celui de ses épouses et des membres de sa famille. De plus, il a fait exécuter des personnes qu'il disait être ses meilleurs amis. Il a envoyé les hommes les plus nobles du royaume à l'échafaud.

«Thomas More le connaissait bien. Il a résumé en quelques mots le caractère du monarque. Ah! Il me semble voir le gentil et calme visage de cet homme sage comme je l'ai vu, alors qu'il se trouvait près de la fenêtre et que le roi se tenait auprès de lui et qu'il avait passé ses bras autour des épaules du lord chancelier More et qu'il écoutait le discours du roi avec une dévotion toute révérencielle. Lorsque le roi est parti, je suis allé vers Thomas More et l'ai félicité pour les faveurs reconnues par tous que lui décernait le roi. “Le roi vous aime vraiment”, lui ai-je dit. “Oui, a-t-il répondu en souriant calmement et tristement, oui, le roi m'aime vraiment. Cela ne l'empêcherait pourtant pas de troquer ma tête pour un diamant, une belle femme ou un lopin de terre en France…” Il avait raison et la tête de ce sage est tombée pour une belle femme, ce qui a fait dire au plus chrétien des empereurs, Charles V: “Si j'avais été le maître d'un tel serviteur, qui a fait preuve de tant de grandeur et de capacités au cours des années, si jamais j'avais possédé un conseiller aussi sage et sérieux que Thomas More, j'aurais préféré perdre la plus belle ville de mon royaume qu'un conseiller et un féal possédant autant de valeur."

«Non, Jane, ne fais jamais confiance au roi et ne pense pas que l'affection qu'il puisse avoir pour toi ou que les preuves de ses faveurs soient permanentes. Fais de cela ta règle la plus sacrée. Car la perfidie de son âme fait qu'il aime couvrir de faveurs les personnes qu'il a déjà choisies de faire périr, à qui il a conféré des titres et donné des bijoux, des condamnés qu'il sera heureux de mettre à mort le lendemain. Cela flatte sa propre estime, tout comme le lion aime jouer avec sa proie avant de la dévorer. Il a fait cela à Thomas Cromwell, un homme qui a été pendant de longues années son conseiller et ami et dont le seul crime avait été de lui présenter le portrait de la très laide Anne de Clèves que le peintre Holbein avait si bien embellie. Le roi a fait bien attention de ne pas se montrer fâché avec Cromwell ou de lui faire des reproches. Bien plus – en reconnaissance de ses nombreux grands services, il l'a élevé au titre de comte d'Essex, l'a décoré de l'ordre de la Jarretière et lui a donné la charge de grand chambellan. Et c'est alors, lorsque Cromwell s'est senti en complète sécurité et qu'il se prélassait dans les faveurs du roi, que le roi l'a fait arrêter et conduire à la Tour de Londres où il y fut accusé de haute trahison. C'est ainsi que Cromwell a été exécuté parce qu'Anne de Clèves ne plaisait pas au roi et que Hans Holbein avait embelli le portrait qu'il avait fait d'elle.

«Nous avons assez parlé du passé, Jane. Parlons du présent et de l'avenir, ma fille. Envisageons quels seront les moyens de faire chuter cette femme qui se trouve sur notre chemin. Une fois qu'elle sera renversée, il ne nous sera pas difficile de la remplacer. Car maintenant tu te trouves dans l'entourage du roi. La grande erreur de nos efforts précédents est de ne pas avoir été présents et de devoir passer par des intermédiaires et des confidents. Le roi ne t'a pas vue et, depuis cette malheureuse histoire qui s'est produite pour le cas d'Anne de Clèves, il ne fait plus confiance aux portraits.

Je sais très bien qu'en ce qui me concerne, mon enfant, je ne fais confiance à personne, même pas en mes amis les plus fidèles et loyaux. Je ne fais confiance qu'en nous. Si nous avions été présents à la cour, tu serais reine d'Angleterre à la place de Catherine Parr. Mais malheureusement, j'étais encore le favori du roi d'Écosse et, en tant que tel, je ne pouvais m'approcher d'Henri. Il a été nécessaire que je tombe en disgrâce pour m'assurer des faveurs du roi.

« Je suis donc tombé en disgrâce et me suis réfugié ici avec toi. Maintenant que nous sommes ici, la lutte commence. Tu as dès aujourd'hui franchi un pas important vers notre objectif. Tu as attiré l'attention du roi et tu t'es montrée en faveur de Catherine. Je le confesse, Jane, ta conduite prudente m'enchante. Tu as su gagner le cœur de tous les partis en présence et tu t'es montrée très intrépide en venant à l'aide du comte de Surrey, tu t'es ainsi gagné les faveurs du parti des hérétiques auquel Anne Askew appartient. Oh ! Tu as vraiment bien joué. En effet, la famille Howard est très puissante et une de plus importantes de la cour, et Henry, le comte de Surrey, en est un de ses représentants les plus nobles. Nous avons donc à la cour un groupe de personnes très puissantes dont le seul but est d'assurer la victoire à la Sainte Église et qui travaille en silence et tranquillement pour cet objectif – la réconciliation du roi et du pape. Henry Howard, le comte de Surrey, tout comme son père, le comte de Norfolk, est un bon catholique comme l'était sa nièce Catherine Howard. Le seul embêtement est qu'elle n'aimait pas seulement Dieu et l'Église, elle aimait également des images de Dieu – des beaux hommes. C'est cela qui a fait remporter la victoire aux membres de l'autre groupe et qui a forcé les catholiques à se soumettre aux hérétiques à la cour. Il est vrai que Cranmer et Catherine Parr l'ont emporté sur nous pour le moment, mais bientôt Gardiner et Jane Douglas vaincront les hérétiques et les enverront à l'échafaud. Voilà donc notre plan et, si Dieu le permet, nous le mettrons sur pied. »

— Cela sera une entreprise difficile, reprit Lady Jane en soupirant. La reine est pure et possède une âme transparente. Elle est perspicace et voit bien les choses. Elle est, toutefois, assez candide dans sa façon de penser et recule avec une timidité toute virginale devant le péché.

— Nous devons la débarrasser de cette timidité, et c'est ta tâche, Jane. Tu dois la débarrasser de ces notions strictes concernant la vertu. Tu dois utiliser la flatterie pour la prendre au piège et l'inciter à pécher.

— Oh! mais il s'agit d'un plan infernal! s'est exclamée Jane en pâlissant. Père, cela serait un crime, car cela ne ferait pas que détruire son bonheur à son tout début, mais cela mettrait en péril son âme. Je dois l'inciter au crime. Voilà une exigence déshonorante! Je ne vous obéirai pas! Il est vrai que je la déteste, car elle est un obstacle à mon ambition. Il est vrai que je désire la détruire, car elle porte la couronne que je désire posséder. Cependant, jamais je n'irai aussi bas pour lui verser dans le cœur le poison qui la fera chuter. Donnons-lui la chance de trouver son propre poison. Je ne retiendrai pas sa main. Je ne la préviendrai pas. Laissons-la trouver sa propre voie vers le péché. Je ne lui dirai pas qu'elle a mal fait. Cependant, dès maintenant, je la suivrai partout et surveillerai son moindre pas et enregistrerai ses moindres paroles et son moindre soupir. Quand elle aura fauté, je la trahirai et la livrerai aux juges.

«Voilà ce que je peux faire et ce que je ferai. Je serai le démon qui l'éloignera du paradis au nom de Dieu mais je ne serai pas le serpent qui l'incitera au péché au nom du diable.»

Elle prit une pause et s'appuya contre les coussins en haletant. La main de son père se posa convulsivement sur son épaule et il la fixa du regard, pâle de rage et les yeux rouges de colère.

Lady Jane poussa un cri de terreur. Elle, qui n'avait jamais vu son père autrement que souriant et plein de bonté, reconnaissait à peine ce visage défiguré par la fureur. Elle avait du mal à se convaincre que cet homme aux yeux injectés de sang, aux sourcils froncés et aux lèvres tremblantes de fanatisme était vraiment son père.

— Ainsi tu ne le feras pas? s'est-il exclamé d'une voix grave et menaçante. Tu oses te rebeller contre les saints commandements de l'Église? As-tu donc oublié ce que tu as promis aux saints pères dont tu es la pupille? As-tu oublié que les frères et les sœurs de la Sainte Ligue n'ont pas le droit de manifester d'autre volonté que celle de leurs maîtres? As-tu oublié les vœux sacrés que tu as faits à notre maître Ignace de Loyola? Réponds-moi, fille désobéissante et infidèle de l'Église! Répète avec moi le vœu que tu as fait lorsqu'il t'a reçue au sein de la sainte société des Disciples de Jésus! Répète ton vœu, je te l'ordonne!

Jane s'est levée, comme poussée par une puissance invisible et elle se trouvait, à ce moment précis, les mains jointes sur sa poitrine, soumise et tremblante devant son père dont la silhouette se tenait debout, telle une tour, devant elle.

— J'ai juré, a-t-elle répondu, de soumettre mes propres pensées, ma volonté et ma vie et d'obéir aveuglement à la volonté du Saint Père. J'ai juré d'être un instrument aveugle dans les mains de mes maîtres et de ne faire que ce qu'ils m'ordonnent de faire et d'obéir à leurs interdits. J'ai juré de servir la Sainte Église, hors de laquelle on ne trouve point de salut, en utilisant tous les moyens en mon pouvoir et en n'en considérant aucun comme étant insignifiant s'il peut me conduire au but final. Car la fin sanctifie les moyens, et rien de ce qui est fait en l'honneur de Dieu et de l'Église n'est un péché!

— *Ad majorem Dei Gloriam!* Pour la plus grande gloire de Dieu, répondit son père en joignant les mains avec dévotion. Et tu sais ce qui t'attend si tu violes ton serment?

— Le déshonneur sur terre et le châtiment éternel m'attendent. La malédiction de tous mes frères et de toutes mes sœurs me guette – la damnation éternelle et le châtiment. Les Saints Pères me mettront à mort après m'avoir torturée de toutes les manières possibles. Et après avoir tué mon corps et l'avoir jeté en pâture aux animaux de proie, ils maudiront mon âme et l'enverront au purgatoire.

— Et que t'arrivera-t-il si tu restes fidèle à ta parole et que tu obéis aux ordres qui te sont donnés?

— Je connaîtrai l'honneur et la gloire sur la terre en plus d'une bénédiction éternelle au ciel.

— C'est alors que tu deviendras une reine sur la terre et une reine au ciel. Tu connais donc les lois sacrées de la société et te souviens-tu de ton serment?

— Je m'en souviens.

— Et tu sais également par quel signe les membres de la société peuvent reconnaître leur supérieur?

— Par la bague de Loyola qu'il porte à l'index de sa main droite.

— Admire donc cette bague! dit le comte en retirant sa main du gant.

Jane a poussé un cri et est tombée presque sans connaissance à ses pieds. Lord Douglas l'a relevée et prise dans ses bras en souriant avec grâce.

— Tu vois, Jane, je ne suis pas seulement ton père, je suis également ton maître. Et tu m'obéiras, n'est-ce pas?

— J'obéirai! a-t-elle répondu d'une voix presque inaudible en embrassant la main où se trouvait la bague fatale.

— Tu seras pour Catherine Parr, comme tu l'as si bien exprimé, le serpent qui l'incitera au péché?

— Je le serai.

— Tu l'amèneras par la supercherie à pécher et tu la pousseras vers un amour qui la mènera à sa perte?

— Je le ferai, père.

— Je vais te dire maintenant quelle est la personne qu'elle doit aimer et qui sera l'instrument de sa destruction. Tu feras en sorte que la reine s'amourache d'Henry Howard, le comte de Surrey.

Jane a poussé un cri et s'est retenue à la chaise pour ne pas tomber.

Son père l'a observée avec un regard courroucé et inquisiteur.

— Que signifie ce cri? En quoi mon choix peut-il te surprendre? a-t-il demandé.

Lady Jane était de nouveau maîtresse d'elle-même.

— Cela m'a surpris, a-t-elle répondu, parce que le comte est marié.

Un étrange sourire s'est dessiné sur les lèvres du comte.

— Il ne s'agira pas de la première fois, a-t-il dit, qu'un homme marié devienne dangereux pour le cœur d'une femme et, bien souvent, l'impossibilité de le posséder ajoute du combustible à l'amour. Le cœur d'une femme est tellement plein de contradictions et d'égoïsme…

Lady Jane a baissé les yeux et n'a rien répondu. Elle sentait que le regard pénétrant de son père restait sur elle. Elle a su, à ce moment précis, qu'il lisait dans ses pensées les plus intimes alors qu'elle ne le regardait même pas.

— Tu ne refuses donc plus d'agir? a-t-il demandé finalement. Tu pousseras la jeune reine à tomber amoureuse du comte de Surrey?

— Je m'y efforcerai, père.

— Si tu essayes d'y parvenir en y mettant ton énergie et ta détermination, tu réussiras. Car, comme tu l'as dit, le cœur de la reine est encore libre. Il est comme un sol fertile qui attend que quelqu'un l'ensemence pour qu'il y pousse des fleurs et des fruits.

Catherine Parr n'aime pas le roi. Tu lui enseigneras donc à aimer Henry Howard.

— Cependant, père, pour arriver à un tel résultat, a dit Lady Jane en souriant sarcastiquement, il faut, avant toute chose, connaître une formule magique qui fera en sorte que le comte tombe amoureux de Catherine. En effet, Catherine possède une âme fière et elle ne se montrera jamais suffisamment indigne pour aimer un homme qui ne brûle pas d'une passion ardente pour elle. On raconte, toutefois, que le comte ne possède pas seulement une épouse, il possède également une maîtresse.

— Ah! Tu penses donc qu'il est tout à fait indigne pour une femme d'aimer un homme qui ne soit pas en adoration devant elle? a demandé le comte sur un ton lourd de sens. Je me réjouis d'entendre ces paroles de la bouche de ma fille et cela me rassure qu'elle ne tombera pas amoureuse d'un homme qui possède la réputation d'être un «tombeur de femmes». Et je veux penser que si elle est aussi bien informée sur les relations intimes du comte, cela provient, sans aucun doute, du fait que sa sagacité et son intelligence avaient deviné le genre de commission dont elle serait chargée le concernant. En dehors de cela, ma chère fille, tu te trompes: si jamais une malheureuse femme a le malheur d'aimer le comte de Surrey, elle devra connaître le sort commun à toutes – la résignation.

Le visage de Lady Jane eut une expression de joyeuse surprise lorsque son père lui a dit ces dernières paroles. Cependant elle est devenue pâle comme une morte lorsque le comte a ajouté:

— Henry Howard a comme destin Catherine Parr et tu dois aider la reine à aimer avec passion ce comte beau et fier, qui est un fidèle serviteur de l'Église, à l'intérieur de laquelle se trouve le seul salut. Tu dois faire en sorte qu'elle oublie tous les interdits et tous les dangers.

Lady Jane s'est aventurée à formuler une autre objection. Elle s'est empressée de prendre son père au mot dans le but de trouver une échappatoire.

— Vous soutenez que le comte est un serviteur fidèle de l'Église, a-t-elle dit, et pourtant vous n'hésitez pas à l'impliquer dans votre dangereux complot? Avez-vous pensé, père, qu'il peut être tout aussi dangereux d'aimer la reine que d'en être aimé? Et il ne fait aucun doute que si l'amour que la reine pourra porter au comte de Surrey la mène à l'échafaud, la tête du comte tombera en même temps, peu importe qu'il réponde ou non à son amour.

Le comte a haussé les épaules.

— Quand il s'agit du bien de l'Église et de notre sainte religion, le danger qui peut menacer un des nôtres ne doit pas nous empêcher d'agir. Il faut offrir des saints sacrifices à la cause sainte. Eh bien! Que tombe la tête du comte, car le sang des martyrs apporte une nouvelle vigueur à l'Église. Le jour se lève, Jane, et je dois me dépêcher de te quitter, car ces courtisans toujours prêts à calomnier peuvent s'imaginer qu'elle n'est pas avec son père mais avec un amant et remettre en question la pureté de ma Jane. Adieu, donc, ma fille! Nous connaissons tous les deux nos règles à suivre et nous ferons bien attention d'atteindre la réussite. Tu es l'amie et la confidente de la reine et moi, je suis un courtisan inoffensif qui essaye de temps en temps d'obtenir un sourire du roi. Tout a été dit. Au revoir et bonne nuit, Jane. Tu dois dormir mon enfant pour que tes joues restent roses et tes yeux brillants. Le roi déteste les visages blafards. Dors, donc, future reine d'Angleterre!

Il l'a gentiment embrassée sur le front et a quitté la pièce d'un pas lent.

Lady Jane s'est levée et a écouté le bruit des pas qui s'atténuaient petit à petit. Elle s'est alors effondrée sur ses genoux, totalement accablée et assommée par ce qui venait de se produire.

— Mon Dieu, mon Dieu! a-t-elle murmuré alors que son visage se couvrait de larmes, je dois inciter la reine à aimer le comte de Surrey et je… Je l'aime!

CHAPITRE IX

La grande réception royale se terminait. Trônant près du roi, Catherine avait reçu les hommages de ses sujets. S'ils se fiaient au sourire du roi et aux paroles aimables qu'il adressait à la reine, les courtisans prudents et expérimentés pouvaient en déduire qu'il était toujours aussi amoureux de la jeune femme qu'au temps où il lui faisait la cour. Tout le monde s'efforçait donc de plaire à la reine et de profiter de chacun des sourires et des regards qu'elle accordait aux visiteurs afin de deviner qui allaient être les favoris de la souveraine afin de pouvoir, en fin de compte, se lier d'amitié avec eux.

La jeune reine ne regardait personne en particulier. Elle se montrait chaleureuse et souriante mais, cependant, on sentait que cette attitude amicale était forcée et que son sourire reflétait la tristesse. Seul le roi ne le remarqua pas. Il se montrait joyeux et heureux et ne pensait même pas que quelqu'un de sa cour puisse avoir l'insolence de pousser ne serait-ce qu'un soupir alors que le roi affichait un bonheur aussi évident.

Après la présentation officielle, au cours de laquelle les grands seigneurs et grandes dames du royaume défilaient solennellement devant le couple royal, le roi, selon l'étiquette de cette époque, donnait la main à son épouse, l'aidait à descendre de son trône et la conduisait au milieu du hall, de manière à la présenter aux personnes attachées à son service.

Cette déambulation entre le trône et le centre de la pièce avait beaucoup fatigué le monarque. Cette promenade d'une trentaine de pas était pour lui quelque chose de peu courant. Cela le dérangeait et il souhaitait maintenant se livrer à quelque activité plus agréable. Il fit donc signe à son maître de cérémonie principal et lui demanda d'ouvrir la porte menant à la salle à manger puis fit signe que l'on avance son équipage de maison, c'est-à-dire sa chaise à porteur dans laquelle il prit place avec toute la majesté souhaitable. Il la fit placer près de la reine, attendant impatiemment que la cérémonie prenne fin avant que Catherine l'accompagne au banquet.

L'annonce des dames d'honneur et des dames de compagnie ayant été faite, ce fut au tour des gentlemen.

Le grand maître de cérémonie lut la liste des chevaliers qui, dorénavant, seraient au service de la reine. Elle avait été établie par le roi en personne. À la lecture de chaque nomination, une légère expression de satisfaction se dessinait sur le visage des courtisans assemblés, car le maître de cérémonie n'annonçait que les noms de jeunes et aimables damoiseaux bien faits de leur personne.

En entourant sa conjointe de séduisants jeunes courtisans, peut-être le roi jouait-il un cruel jeu de hasard. Peut-être voulait-il plonger la reine dans un milieu périlleux qui la perdrait ou mettrait encore nettement sa vertu à l'épreuve.

La liste commençait par les postes les plus subalternes et se terminait pas les fonctions les plus importantes.

Les noms du maître intendant de cavalerie et du grand chambellan de la reine, postes de toute première importance, n'avaient pas encore été annoncés. Chacun de ces chevaliers devait constamment se trouver à proximité de la reine. Lorsqu'elle se trouvait dans le palais, le chambellan devait toujours être de garde dans l'antichambre et personne ne pouvait approcher la reine sans son assentiment. La reine devait lui transmettre ses ordres en regard des activités et des loisirs de la journée et il fallait qu'il imagine les distractions et divertissements de la souveraine. Il avait le droit de se joindre au cercle très restreint de son personnel de nuit et de se tenir derrière le siège de celle-ci lorsqu'à l'occasion le couple royal désirait souper en tête-à-tête.

Ce poste était donc de la plus haute importance. Passant le plus clair de son temps près de la souveraine, il était inévitable que ce noble personnage devienne un confident, un ami attentif ou encore un ennemi sournois et malfaisant de son entourage.

La fonction de maître intendant de cavalerie n'était pas moins délicate car, dès que la reine quittait le palais, qu'elle soit à pied ou en voiture, qu'elle chevauche dans les bois ou navigue sur la Tamise dans son yacht doré, le maître intendant de cavalerie devait constamment être à sa disposition. En fait, ce service était de plus haute importance, car même si les appartements de la reine étaient ouverts au grand chambellan, ce dernier n'était jamais seul avec elle. Il y avait toujours des dames d'honneur dans les parages pour prévenir tout tête-à-tête ou tout conciliabule entre la reine et lui.

Le cas de l'intendant de cavalerie était différent, car nombreuses étaient les occasions où il pouvait s'approcher subrepticement de la souveraine ou lui parler loin des oreilles indiscrètes. Il devait lui tendre la main lorsqu'elle prenait place en voiture, chevauchait près de celle-ci et l'accompagnait dans ses déplacements nautiques. Ces activités étaient dans une certaine mesure propices à des instants d'intimité avec la reine, d'autant plus qu'il avait la permission de chevaucher à ses côtés. Il précédait même les dames de la suite royale pour pouvoir porter assistance à la reine dans les plus brefs délais advenant la possibilité qu'elle soit victime d'un accident ou que son cheval trébuche. En de telles circonstances, nulle personne faisant partie de la suite royale ne pouvait écouter ce que la reine lui disait lorsqu'elle chevauchait près de lui.

Lorsqu'il était à Whitehall, le roi était presque toujours près d'elle mais, étant donné sa corpulence de plus en plus croissante, il n'était pas en état de quitter le palais autrement qu'en voiture.

Vu l'importance du poste, il était normal que l'assistance attende avec fébrilité le moment où le maître de cérémonie nommerait ces deux importants personnages dont les noms avaient été tenus si secrets que personne n'en avait eu vent. C'est le roi en personne qui, le matin même, les avait inscrits de sa propre main sur la liste qu'il avait remise à son maître de cérémonie.

Non seulement la cour, mais le roi lui-même attendaient ce moment, car il tenait à voir l'effet que cela ferait sur l'assemblée et, selon les expressions de chacun, à estimer les amis des deux personnes sélectionnées. La jeune reine conservait une aimable impassibilité et son cœur battait calmement, car elle ne se doutait pas de l'importance de ce moment.

Même la voix du maître de cérémonie était légèrement tremblotante lorsqu'il annonça :

— Au poste de grand chambellan de la reine, Sa Majesté a nommé Lord Henry Howard, comte de Surrey.

Un murmure d'approbation suivit et on put lire une agréable surprise sur les visages.

— Il a énormément d'amis, marmonna le roi. Il est donc dangereux…

Puis il lança un regard contrarié vers le jeune comte qui, maintenant, approchait de la reine, mettait le genou à terre et baisait sa main tendue.

Lady Jane se tenait derrière la reine et se trouvait donc proche de ce si beau jeune homme qu'elle désirait et aimait si secrètement. En pensant au serment qu'elle avait fait, elle ressentit une vive douleur, de la jalousie rageuse, une haine féroce contre la reine qui, sans le savoir, lui avait volé son bien-aimé et l'avait condamné à l'insoutenable torture de se prêter à ses exigences.

Le grand maître de cérémonie lut alors d'une voix solennelle :

— Au poste de maître intendant de cavalerie de la reine, Sa Majesté nomme Lord Thomas Seymour, comte de Sudley.

Fort heureusement, à ce moment précis le roi avait accordé toute son attention à ses courtisans afin de relever leurs réactions à la nomination des chevaliers.

S'il avait regardé son épouse, il aurait remarqué une expression d'agréable surprise sur son visage et l'esquisse d'un sourire sur ses lèvres. Mais, comme nous l'avons déjà mentionné, le roi n'avait d'yeux que pour sa cour et constatait seulement que le nombre de ceux qui se réjouissaient de la nomination de Seymour n'atteignaient pas le nombre de ceux qui avaient applaudi avec enthousiasme celle de Surrey.

Henri fronça les sourcils et marmonna une fois de plus dans sa barbe :

— Ces Howard sont trop puissants. Je vais les tenir à l'œil.

Thomas Seymour s'approcha de la reine et, pliant le genou devant elle, baisa à son tour sa main. Catherine l'accueillit avec un gracieux sourire.

— Milord, dit-elle, vous entrerez sur-le-champ à mon service d'une manière qui sera acceptable à cette cour. Veuillez prendre le plus véloce de vos coursiers et vous hâter de vous rendre au château de Holt, où demeure la princesse Élisabeth. Veuillez lui porter cette lettre de son royal père, puis vous la ramènerez ensuite ici. Dites-lui que j'ai hâte de l'embrasser comme une amie et une sœur et que je la prie de me pardonner si je ne peux lui accorder en exclusivité le cœur de son père le roi, car il faut que j'y occupe également la place qui me revient. Faites diligence vers le château, Milord, et revenez-nous avec la princesse Élisabeth.

CHAPITRE X

Deux années s'étaient écoulées depuis le mariage du roi. Catherine Parr n'avait pas perdu les faveurs de son mari. Toutefois, les plans élaborés par ses ennemis pour la mener à sa perte et faire monter sur le trône la septième épouse d'Henri VIII avaient été déjoués.

Catherine s'était toujours montrée prudente et discrète. Elle avait gardé son cœur et son esprit froids. Chaque matin, elle se disait que la journée qui commençait pouvait être sa dernière, que quelque parole imprudente, quelque acte inconsidéré pouvait la priver de la couronne et de la vie. En effet, le caractère sauvage et cruel d'Henri semblait augmenter, tout comme sa corpulence, au fur et à mesure que s'écoulaient les jours, et une bagatelle était susceptible de provoquer chez lui des accès de rage violents qui pouvaient être fatals pour la personne qui avait déclenché sa fureur.

Il s'agissait d'une magnifique journée de printemps. Catherine Parr avait décidé d'en profiter pour monter à cheval et d'oublier pendant un moment furtif qu'elle était la reine. Elle voulait jouir des bois et de la douce brise du mois de mai, du chant des oiseaux, des vertes prairies et respirer à grandes goulées l'air pur.

Personne ne pouvait soupçonner le plaisir secret et le ravissement que la perspective de monter à cheval lui procurait. Personne ne pouvait soupçonner à quel point elle avait désiré faire de l'équitation pendant les mois précédents et qu'elle avait même à peine osé vouloir vivre ce moment privilégié, tout simplement parce que cela serait l'accomplissement d'un vœu tant chéri.

Elle avait déjà revêtu ses vêtements d'équitation et une petite toque en velours rouge ornée d'une longue plume blanche paraît son joli visage. Elle faisait les cent pas dans sa chambre en attendant le retour du grand chambellan qu'elle avait envoyé auprès du roi pour qu'il se renseigne si celui-ci désirait la rencontrer avant qu'elle ne parte pour sa promenade à cheval.

La porte s'est ouverte soudainement et elle vit une étrange apparition dans l'embrasure. Il s'agissait d'un petit être de sexe masculin, vêtu de soie rouge bordée de rubans et de houppettes de toutes les couleurs. Son apparence bigarrée contrastait étrangement avec ses cheveux blancs et son visage sombre et sérieux.

— Ah! Voilà le fou du roi, dit Catherine en riant. Eh bien! John, que nous vaut l'honneur de votre visite? M'apportez-vous un message de votre maître? Ou bien vous êtes-vous montré téméraire et souhaitez-vous vous placer sous ma protection?

— Non, Ô ma reine! répondit avec le plus grand sérieux John Heywood. Je n'ai pas fait preuve d'effronterie et je n'apporte pas de message du roi. Je n'apporte que ma propre personne. Ah! ma reine, je me rends compte que vous avez envie de rire, cependant je vous prie d'oublier pendant un bref moment que John Heywood est le bouffon du roi et que cela ne lui va pas d'avoir un visage sérieux et des pensées tristes comme tous les autres hommes.

— Oh! Je sais bien que vous n'êtes pas que le fou du roi, vous êtes également un poète, dit Catherine en souriant gracieusement.

— Oui, répondit-il. Je suis également poète et il est tout à fait correct que je porte cet habit de bouffon, car les poètes sont des fous et il serait préférable de les pendre à l'arbre le plus proche plutôt que de leur permettre de courir partout en déployant un enthousiasme exagéré et en débitant des paroles que méprisent et ridiculisent les personnes sensées. Je suis poète, Ô ma reine, et c'est pourquoi j'ai revêtu cet habit de bouffon qui me place sous la protection du roi et me permet de lui dire toutes sortes de choses que personne d'autre n'aurait le courage d'évoquer.

« Cependant, aujourd'hui, ma reine, ce n'est ni le poète ni le bouffon qui vient vers vous. Je viens vers vous parce que je veux me mettre à vos genoux et vous embrasser les pieds. Je viens à vous parce que je veux vous dire que vous avez fait de John Heywood votre esclave pour la vie. À partir d'aujourd'hui, il se tiendra, tel un chien de garde, dans l'embrasure de votre porte et il vous protégera de vos ennemis et de tout mal qui pourrait vous être adressé. Il sera nuit et jour à votre service et ne connaîtra ni repos ni sommeil s'il s'avère nécessaire de combler un de vos désirs. »

Il s'agenouilla et posa sa tête sur les pieds de Catherine en prononçant ces paroles d'une voix tremblante.

— Mais qu'ai-je donc pu faire pour vous inspirer des tels sentiments de gratitude ? demanda Catherine d'une voix étonnée. Comment ai-je pu mériter que vous, le redouté et puissant favori du roi, décidiez de vous placer à mon service ?

— Qu'avez-vous fait ? dit-il. Madame, vous avez sauvé mon fils du bûcher ! Ils l'avaient condamné parce qu'il avait parlé avec respect de Thomas More, parce qu'il a dit que ce grand homme avait bien fait en préférant mourir plutôt que de renier ses convictions. Ah ! Il suffit maintenant d'une bagatelle pour condamner un homme à mort ! Quelques paroles prononcées sans y penser peuvent suffire ! Et ce Parlement de lèche-bottes et de misérables est assez ignoble pour condamner et prononcer des sentences car il sait que le roi est assoiffé de sang et aime que le bûcher ne s'éteigne jamais. C'est ainsi qu'ils avaient condamné mon fils qui aurait été exécuté si vous n'étiez pas intervenue. Mais vous, vous qui êtes l'ange de la réconciliation que le ciel a envoyé dans ce royaume qui exhale des odeurs de sang, vous qui risquez votre vie et votre couronne pour sauver la vie de quelques malheureux que le fanatisme et la soif sanguinaire ont condamnés pour obtenir leur pardon, vous avez sauvé mon fils.

— Comment? Le jeune homme qui devait être brûlé hier était votre fils?

— Oui, c'était mon fils.

— Et pourquoi n'avez-vous pas expliqué cela au roi? Pourquoi n'avez-vous pas intercédé en sa faveur?

— Il aurait été irrémédiablement perdu si j'avais fait cela! En effet, vous savez à quel point le roi se targue d'être impartial et vertueux! Oh! Il est certain que si jamais le roi avait su que Thomas était mon fils, il l'aurait immédiatement condamné à mort, tout simplement pour montrer à son peuple qu'Henri VIII frappe le coupable où qu'il soit et punit le pêcheur peu importe son nom ou qui intercède en sa faveur. Ah! Vos suppliques n'auraient même pas pu l'attendrir, car le grand prêtre de l'Église d'Angleterre ne pouvait pas pardonner à ce jeune homme de ne pas être le fils légitime de son père, de ne pas avoir le droit de porter le nom, son nom, parce que sa mère était l'épouse d'un autre homme que Thomas doit appeler son père.

— Pauvre Heywood! Je comprends maintenant. Il est un fait que le roi ne lui aurait jamais pardonné. Et si jamais il avait su cela, votre fils aurait été certainement condamné au bûcher.

— Vous l'avez sauvé, ma reine! Croyez-vous maintenant que je vous serai à tout jamais reconnaissant?

— Je le crois, répondit la reine en souriant agréablement et en lui donnant sa main à baiser. Je vous crois et j'accepte votre service.

— Et vous allez en avoir besoin, Ô ma reine, car une tempête se prépare au-dessus de votre tête et vous en verrez bientôt les éclairs et en entendrez le tonnerre.

— Oh ! Je n'ai pas peur ! Je possède un bon système nerveux ! dit Catherine en souriant. Lorsque l'orage arrive, cela rafraîchit la nature et je sais que le beau temps arrive toujours après l'orage.

— Vous êtes courageuse ! dit John Heywood tristement.

— En fait, je sais que je n'ai rien à me reprocher !

— Vos ennemis, toutefois, inventeront un crime pour vous condamner. Ah ! Le but est de calomnier son voisin et de le faire plonger dans la misère. Les hommes sont tous des poètes.

— Mais vous venez de dire que les poètes sont des farfelus qui doivent être pendus au premier arbre. Nous allons donc traiter ces diffamateurs comme des poètes, c'est tout.

— Non, ce n'est pas tout ! dit John Heywood, avec force, car les diffamateurs sont comme des vers de terre. Lorsque vous les coupez en morceaux, cela ne les tue pas ; ils semblent se multiplier à la place.

— Mais de quoi suis-je donc accusée ? s'exclama Catherine avec impatience. Ma vie n'est-elle pas comme un livre ouvert à la vue de tous ? Ai-je seulement des secrets ? Mon cœur n'est-il pas comme dans une vitrine dans laquelle tous peuvent regarder pour se convaincre qu'il s'agit d'un sol infertile et que pas une petite fleur n'y pousse ?

— Bien que cela soit ainsi, vos ennemis y planteront des graines qui feront croire au roi que votre cœur brûle d'amour.

— Comment donc ? M'accuseront-ils d'entretenir une liaison amoureuse ? demanda Catherine avec un léger tremblement dans la voix.

— Je ne connais pas encore leurs plans, toutefois je les découvrirai. Une conspiration est en train de se tramer. C'est pourquoi je vous conjure à la prudence, Ô ma reine ! Ne faites confiance à personne, car les ennemis se cacheront en utilisant l'hypocrisie et les tromperies.

— Nommez-moi mes ennemis si vous les connaissez ! dit Catherine avec impatience. Nommez-les-moi pour que je me méfie d'eux...

— Je ne peux encore accuser personne ; je ne peux que vous prévenir. Je ferai spécialement attention de ne pas vous nommer vos ennemis mais je vous dirai par contre qui sont vos vrais amis.

— Ah ! Comme cela, j'ai aussi des amis ! murmura Catherine avec un sourire heureux.

— Oui, vous avez des amis et, en fait, ils sont prêts à donner leur sang et leur vie pour vous.

— Oh ! Nommez-les-moi, nommez-les-moi ! s'exclama Catherine en tremblant de joie et d'espérance.

— Je nommerai en premier Cranmer, l'archevêque de Canterbury. Il est votre ami fidèle et sûr – un homme sur lequel vous pouvez compter. Il aime la reine que vous êtes et il vous apprécie comme étant l'associée que Dieu lui a envoyé pour achever le saint travail de la Réforme, ici même à la cour de son roi sanguinaire, et pour apporter la lumière de la Connaissance qui illuminera les ténèbres pleines de superstitions et dominées par le clergé. Appuyez-vous sur Cranmer, car il est votre allié le plus sûr et le plus solide. Mais si jamais il devait chuter, vous chuteriez avec lui. C'est pourquoi vous ne devez pas seulement vous fier à lui, vous devrez également le protéger et le considérer comme s'il était votre frère. Ce que vous ferez pour lui, vous le ferez pour vous.

— Oui, vous avez raison, dit Catherine d'un ton pensif. Cranmer est un ami noble et fidèle. Et il m'a déjà souvent protégée en présence du roi contre les petites pointes que me décochaient mes ennemis. Ces pointes n'avaient pas comme but de m'abattre mais elles parvenaient à me faire mal et à tomber sans connaissance.

— Protégez-le et vous vous protégerez.

— Et mes autres amis?

— J'ai donné à Cranmer la première place. Toutefois, ma reine, je me nomme comme étant votre second meilleur ami. Si Cranmer joue un rôle de soutien primordial, je serai votre chien fidèle, et croyez-moi, aussi longtemps que vous aurez un tel appui et un chien de garde aussi fidèle, vous serez en sécurité. Cranmer vous avisera de chaque pierre qui se trouvera dans votre chemin et je mordrai et éloignerai tous vos ennemis qui, cachés derrière les fourrés, menacent de vous agresser.

— Je vous remercie! Je vous remercie vraiment! dit Catherine avec chaleur. Eh bien! Avez-vous autre chose à me dire?

— Autre chose? demanda Heywood en souriant tristement.

— Donnez-moi les noms de quelques-uns de mes autres amis.

— Ma reine, c'est déjà énorme lorsque l'on a dans la vie deux amis véritables sur qui l'on peut compter et dont la fidélité n'est pas dictée par l'égoïsme. Vous êtes peut-être la seule tête couronnée qui peut se vanter de posséder deux de ces personnes.

— Je suis une femme, reprit Catherine pensivement, et de nombreuses femmes m'entourent et me jurent un attachement indéfectible. Ces femmes seraient-elles indignes du titre d'amies? Lady Jane est-elle indigne d'être mon amie? Elle que j'ai appelée mon amie pendant tant d'années et en qui j'ai confiance comme si elle était ma sœur? Dites-moi, John Heywood, vous qui, comme on le rapporte, savez tout et vous renseignez sur tout ce qui se passe à la cour, dites-moi, Lady Jane n'est-elle pas mon amie?

John Heywood devint subitement sombre et sérieux et fixa le sol, absorbé par ses réflexions. Puis ses yeux firent rapidement le tour de la pièce comme pour se convaincre que personne ne s'y était caché pour écouter ses paroles. Il s'est ensuite approché de la reine et a murmuré à son oreille :

— Ne lui faites pas confiance. C'est une papiste et Gardiner est son ami.

— Ah ! Je m'en doutais, murmura Catherine avec tristesse.

— Cependant, ma reine, faites en sorte que ce soupçon ne se manifeste point par des regards, des paroles ou quoi que ce soit d'autre. Endormez cette vipère en lui faisant croire que vous êtes inoffensive. Endormez-la, ma reine. Il s'agit d'un serpent venimeux et dangereux et elle ne doit pas être provoquée, car avant même que vous ne le soupçonniez, elle peut vous mordre au talon. Continuez d'être courtoise envers elle, amicale, confiez-vous à elle. Une chose seulement, ma reine : ne lui dites pas ce que vous ne confieriez pas à Gardiner ou au comte Douglas. Oh ! croyez-moi, elle est comme le lion dans le palais des Doges à Venise. Les secrets que vous lui confierez deviendront des accusations qu'elle portera contre vous devant le tribunal du sang…

Catherine secoua la tête en souriant.

— Vous êtes trop sévère, John Heywood. Il est bien possible que la religion à laquelle elle adhère l'ait éloignée de moi ; cependant, elle ne serait jamais capable de me trahir ou de se liguer avec mes ennemis contre moi. Non, John, vous vous trompez. Cela serait un crime que de croire à une telle chose. Mon Dieu, quel monde méchant et lamentable que celui où l'on ne peut faire confiance à ses amis les plus fidèles et les plus chers !

— Ce monde est en effet méchant et lamentable, et cela est bien triste. Ou encore faut-il le considérer comme étant une plaisanterie que le diable utilise pour nous chatouiller le nez. Quant à moi, il s'agit d'une plaisanterie et c'est pourquoi, ma reine, je suis devenu le bouffon du roi, ce qui me donne au moins le droit de cracher tout le venin du mépris que je ressens pour l'humanité et pour dire la vérité sur tous ceux qui ne profèrent que des mensonges. Les sages et les poètes sont les seuls bouffons de nos jours, et comme je n'ai pas eu la vocation pour devenir roi, prêtre, bourreau ou un agneau prêt à être sacrifié, je suis devenu le fou du roi, un bouffon.

— Oui, un bouffon, c'est-à-dire un faiseur d'épigrammes, dont les paroles mordantes font trembler toute la cour.

— Étant donné que je ne peux pas faire exécuter tous ces criminels comme le fait mon royal maître, j'utilise ma langue pour leur darder quelques paroles mordantes. Ah ! Je vous le dis, vous aurez énormément besoin d'un tel allié. Soyez sur vos gardes, ma reine : j'ai entendu les premiers coups de tonnerre ce matin et j'ai observé les premiers éclairs dans les yeux de Lady Jane. Ne lui faites pas confiance. Ne faites confiance à personne, sauf à vos amis Cranmer et John Heywood.

— Et vous me dites que parmi la cour, parmi toutes ces femmes intelligentes, parmi ces chevaliers courageux, la pauvre reine n'a pas un seul ami, pas une âme en qui elle peut avoir confiance, sur qui elle peut s'appuyer ? Oh ! John Heywood, réfléchissez bien, ayez pitié de la pauvre reine… Réfléchissez bien. Vous me dites qu'il n'y en a que deux ? Qu'il n'y a pas d'autre ami que vous ?

Et les yeux de la reine se sont emplis de larmes qu'elle essayait en vain de réprimer.

John Heywood s'en aperçut et soupira profondément. Mieux que la reine elle-même, il avait sondé les profondeurs de son cœur et connaissait les blessures qui s'y trouvaient. Il éprouvait également de la sympathie pour la douleur qu'elle éprouvait et désirait l'atténuer quelque peu.

— Je me rappelle, dit-il gentiment, sur un ton mélancolique – oui, je me rappelle, vous avez un troisième ami à la cour.

— Ah ! Un troisième ami ! s'exclama Catherine et sa voix parut à nouveau joyeuse. Nommez-le-moi, nommez-le-moi ! Vous pouvez bien voir à quel point je suis impatiente de connaître son nom.

John Heywood examina les traits du visage de Catherine avec une expression étrange, à la fois scrutatrice et mélancolique, et a baissé la tête en soupirant.

— Maintenant, John, donnez-moi le nom de ce troisième ami…

— Ne le connaissez-vous pas, Ô ma reine ? demanda Heywood en la dévisageant. Ne le connaissez-vous pas ? Il s'agit de Thomas Seymour, le comte de Sudley.

On aurait dit qu'un rayon de soleil venait d'illuminer le visage de Catherine et elle poussa un petit cri.

John Heywood a alors déclaré tristement :

— Ma reine, le soleil vous éclaire le visage de ses rayons. Faites attention à ce qu'il ne vous aveugle point, Votre Majesté, car voici quelqu'un qui pourrait bien méprendre la lumière du soleil pour un incendie.

La porte s'est alors ouverte et Lady Jane apparut dans l'embrasure. Elle jeta un coup d'œil subreptice dans la pièce et un sourire imperceptible s'est dessiné sur son beau visage pâle.

— Votre Majesté, dit-elle sur un ton solennel, tout est prêt. Vous pouvez partir à cheval lorsque vous le voudrez. La princesse Élisabeth vous attend dans l'antichambre et l'intendant de cavalerie tient déjà les rênes de votre monture.

— Et le grand chambellan ? demanda Catherine en rougissant, n'a-t-il pas un message du roi à m'apporter ?

— Oui ! répondit le comte de Surrey en entrant dans la pièce. Sa Majesté me prie de dire à la reine qu'elle peut prendre tout le temps qu'elle désire. Le temps merveilleux est tel que la reine d'Angleterre doit en profiter et entrer en compétition avec le soleil.

— Oh ! Le roi est le plus galant des chevaliers, dit Catherine avec un sourire joyeux. Venez, Jane, allons faire notre promenade à cheval.

— Vous voudrez bien m'excuser Votre Majesté, déclara Lady Jane en reculant. Je ne peux pas avoir le privilège d'accompagner Votre Majesté. Lady Anne Esterville est aujourd'hui de service.

— Alors, cela sera pour la prochaine fois, Jane ! Et vous, comte Douglas, vous venez avec nous ?

— Votre Majesté, le roi m'a demandé de venir à son bureau.

— Voyez donc comment une reine est abandonnée par ses amis ! s'exclama Catherine avec bonne humeur en passant du hall vers la cour extérieure d'un pas élastique.

— Quelque chose se trame et je dois le découvrir ! marmonna John Heywood qui avait quitté le hall en même temps que les autres. Un piège se prépare car les chats sont restés à la maison et attendent leur proie.

Lady Jane était restée dans le hall en compagnie de son père. Ils s'étaient tous deux dirigés vers la fenêtre et regardaient en silence la cour du château où la brillante suite de la reine s'animait dans la plus grande des confusions.

Catherine venait de monter son palefroi. Le noble animal qui avait reconnu sa maîtresse, a henni, s'est ébroué et s'est cabré.

La princesse Élisabeth, qui se trouvait près de la reine, a poussé un cri d'alarme.

— Vous allez tomber, ma reine, dit-elle, vous montez un animal splendide.

— Oh ! non, a répondu Catherine en souriant. Hector n'est pas sauvage. Il réagit comme moi. L'air agréable du mois de mai nous a rendus tous les deux heureux et fougueux. Partons donc, mesdames et messieurs. Nos chevaux doivent être rapides comme des oiseaux aujourd'hui. Allons jusqu'à la forêt d'Epping.

Et la chevauchée franchit le portail de la cour au galop. La reine, en premier, avec à sa droite la princesse Élisabeth et à sa gauche Thomas Seymour, le comte de Sudley.

Lorsque l'équipage disparut finalement, le père et la fille se retirèrent de la fenêtre et se regardèrent avec une expression sombre, étrange et pleine de mépris.

— Eh bien! Jane? a finalement déclaré le comte Douglas. Elle est encore la reine et le roi est chaque jour qui passe plus pesant et plus malade. Il est temps de lui fournir une septième reine.

— Bientôt, père, bientôt.

— La reine aime-t-elle finalement Henry Howard?

— Oui, il l'aime! dit Jane et son visage pâle à l'ordinaire est devenu blanc comme une feuille de papier.

— Je demande si elle l'aime…

— Elle l'aimera! murmura Jane.

Après avoir repris soudainement la maîtrise d'elle-même, elle poursuivit:

— Il n'est toutefois pas suffisant de faire en sorte que la reine soit amoureuse. Il serait sans doute plus efficace de faire naître un nouvel amour dans le cœur du roi. Avez-vous remarqué, père, avec quels regards ardents le roi m'a observée hier, en compagnie de la duchesse de Richmond?

— Si je l'ai remarqué? Toute la cour en a parlé!

— Eh bien! Père, faites en sorte que le roi s'ennuie aujourd'hui et amenez-le-moi. Il trouvera la duchesse de Richmond en ma compagnie.

— Ah! Quelle pensée glorieuse! Tu seras certainement la septième femme d'Henri.

— Je provoquerai la ruine de Catherine Parr, car elle est ma rivale et je la déteste ! dit Jane les joues en feu et le regard étincelant. Cela fait bien assez longtemps qu'elle est reine et que je me courbe devant elle. À présent elle se courbera dans la poussière à genoux et je poserai mon pied sur sa tête !

CHAPITRE XI

C'était une matinée extraordinaire. La rosée parsemait encore l'herbe des prés parmi lesquels ils avaient chevauché pour rejoindre le sous-bois qui résonnait du chant allègre des oiseaux. Puis ils suivirent la rive d'un ruisseau et surveillèrent les cerfs qui s'avançaient dans la clairière, comme si ces bêtes voulaient, à l'instar de la reine et de sa suite, écouter le chant des oiseaux et le murmure des fontaines. Catherine sentit un plaisir sans mélange envahir tout son être. Aujourd'hui, elle n'était plus la reine, entourée de dangers et d'ennemis perfides ; elle n'était plus la femme d'un époux qu'elle n'aimait pas, d'un mari tyrannique ; elle n'était plus la reine aux prises avec le carcan de l'étiquette. Elle n'était qu'une femme heureuse et libre anticipant un avenir heureux et se disant :

— Tiens bon, ne faiblis pas, car tu es très belle…

Il s'agissait d'un bonheur bucolique, d'un moment béni pour lesquels Catherine aurait joyeusement donné sa couronne afin de le prolonger éternellement.

•

Celui que John Heywood avait décrit comme étant l'un de ses amis les plus fiables et les plus fidèles chevauchait à ses côtés, et même si elle hésitait à le regarder ou à lui parler trop souvent, elle ressentait sa présence et son regard perçant qui l'enveloppaient et l'envahissaient d'un feu intérieur. Personne ne pouvait les voir, car la cour les suivait. Ils n'avaient autour d'eux que la nature, diffusant la joie de vivre et une certaine idée du paradis et de la divinité.

Elle avait oublié toutefois qu'elle n'était pas seule et que, pendant que Thomas Seymour se tenait à sa gauche, à sa droite se tenait la princesse Élisabeth, cette jeune fille de treize ans, mûrie avant l'âge par les épreuves et l'adversité. Bien qu'encore une enfant, elle possédait déjà la force et la présence chaleureuse de femmes plus âgées. Cette princesse, désavouée et dépouillée de ses prérogatives, avait tout de même hérité de l'orgueil et de l'ambition de son père. Lorsqu'elle regardait la reine et qu'elle voyait la petite couronne de broderie ornée de brillants sur sa coiffure de velours, elle ressentait un coup au cœur en pensant que ladite couronne n'ornerait jamais son chef puisque le roi, par un décret officiel du Parlement, l'avait exclue de la succession au trône d'Angleterre. Toutefois, depuis ces dernières semaines, cette douleur s'était révélée moins brûlante : si Élisabeth ne devenait jamais reine, elle pouvait néanmoins être une heureuse épouse. Faute d'une couronne d'or, elle pouvait ceindre son front d'un diadème de fleurs d'orangers.

Ayant appris très tôt à être très consciente de ses sentiments, elle pouvait toujours lire dans les replis de son âme d'un œil perspicace et avisé.

Elle savait qu'elle était amoureuse et Thomas Seymour était l'objet de sa flamme.

Mais le comte l'aimait-elle en retour ? Comprenait-il son cœur d'enfant ? Avait-il discerné sous le visage de la très jeune fille celui de la femme fière et passionnée ? Avait-il deviné les secrets de cette âme qui, sous des apparences de chaste vierge, dissimulait des sentiments si impétueux ?

Thomas Seymour ne trahissait jamais un secret, et même s'il avait lu de tendres aveux dans les yeux de la princesse et qu'il avait, peut-être, réussi à s'entretenir avec elle dans les allées ombragées d'Hampton Court ou dans les sombres corridors de Whitehall, eux seuls le savaient. En effet, Élisabeth avait une âme masculine très forte et n'avait pas besoin de confidente pour partager ses secrets. De plus, Thomas Seymour, tout comme le célèbre barbier du roi Midas, craignait de creuser un trou dans lequel chuchoter son secret et le recouvrir de pousses de roseaux. Le seul inconvénient était que si les roseaux poussaient et racontaient son secret au vent, comme il est dit dans la légende, sa tête pourrait finir sur le billot.

Pauvre Élisabeth! Elle ne soupçonnait même pas que le secret du comte et le sien étaient de bien différente nature. Elle ne se doutait pas que si Thomas Seymour devinait son doux secret, il s'en servirait peut-être comme paravent au sien.

Tout comme elle, il avait sous les yeux la couronne de broderie rehaussée de diamants qui ornait la tête de la jeune reine et il avait observé combien podagre et pitoyable le roi était devenu dernièrement.

Chevauchant près de ces deux dames de qualité princière, il sentit son cœur s'emplir de joie et d'ambitieux projets.

Les deux femmes n'en savaient rien puisque toutes deux étaient plongées dans leurs propres pensées. Pendant que Catherine balayait le panorama des yeux, le front de la princesse s'assombrissait et son œil d'aigle ne quittait pas Thomas Seymour.

Le regard exalté qu'il fixait maintenant sur la reine et le léger tremblement de sa voix lorsqu'il lui adressait la parole ne lui avaient pas échappé.

La princesse Élisabeth était jalouse; elle ressentit les premières douleurs de l'horrible affection morale qu'elle avait héritée de son père – un mal qui, au cours de son paroxysme le plus fiévreux, avait déjà envoyé deux de ses épouses à l'échafaud.

Elle se montrait jalouse, mais non point de la reine. Elle ne craignait point que cette dernière soit sensible à l'amour de Seymour et qu'elle ne le lui rende. Il ne lui venait pas à l'idée d'accuser la femme d'Henri VIII de complicité affective avec le comte. Élisabeth était seulement jalouse des regards enamourés que ce dernier lançait à la souveraine. Trop occupée à épier le comte, la jeune fille ne pouvait observer les réactions du visage de sa jeune belle-mère ni voir les paillettes d'or que l'intérêt soudain du séduisant cavalier provoquait dans les yeux de la reine.

Thomas Seymour les avait remarquées et, eût-il été seul avec Catherine, il se serait jeté à ses pieds et lui aurait confié le dangereux secret qu'il dissimulait depuis si longtemps dans son cœur. Il lui aurait alors laissé le choix de se laisser mener à l'échafaud ou d'accepter l'amour oblatif qu'il lui consacrait.

Mais derrière eux se trouvait la horde des courtisans, à l'affût de tout potin, de toute hypothèse scabreuse. Il y avait la princesse Élisabeth qui, eût-il eu l'effronterie de parler à la reine, aurait interprété à sa manière des mots qui la dépassaient, même si des oreilles aussi attentives sont fort bien capables de comprendre l'amour et la jalousie.

Catherine ne se doutait pas des pensées qui animaient ses compagnons de chasse. Elle était simplement heureuse et s'abandonnait simplement aux charmes du moment. Elle respirait avec volupté l'air ambiant, humait les effluves floraux qui embaumaient les prés, écoutait le bruit du vent dans les frondaisons. Ses souhaits n'allaient pas plus loin que le moment présent; elle se reposait en appréciant la présence de son bien-aimé. Il était là. Que lui fallait-il de plus pour la rendre heureuse?

Ses souhaits n'allaient pas plus loin. Elle appréciait seulement combien il était délicieux d'être près de lui, de respirer le même air, de regarder les mêmes fleurs, de s'embrasser du regard, faute de pouvoir unir leurs lèvres.

Mais alors qu'ils allaient, silencieux et méditatifs, chacun absorbé dans ses pensées, l'occasion dont Thomas Seymour avait rêvé se présenta sous la forme d'une mouche importune.

Tout d'abord, l'insecte bourdonna autour des naseaux d'Hector, la fière monture de la reine, et n'attira aucune attention, même si le noble palefroi secouait sa crinière et accusait des signes de nervosité. Mais le taon remonta progressivement vers le haut de la tête du coursier avant de le piquer et de provoquer chez lui un fort hennissement.

Heureusement, Catherine était une cavalière expérimentée et le fier comportement de l'animal l'enchantait. Cela donna à l'intendant de cavalerie de la reine une occasion de la complimenter sur ses qualités d'écuyère et sur sa présence d'esprit. Catherine reçut avec un doux sourire les éloges de son platonique amoureux. Mais le taon était insistant et ce suppôt de l'enfer avait pénétré dans l'oreille du pauvre animal qui fit un bond en avant sans réussir à se débarrasser de l'insecte. Pire, celui-ci pénétrait encore plus profondément pour mieux planter son aiguillon dans la partie sensible du canal auditif.

Sous la douleur, ne répondant plus aux sollicitations de sa bride ou de son mors, le cheval se lança en avant dans un élan furieux, telle une flèche, aussi incontrôlable que l'éclair.

— À l'aide! À l'aide! Au secours de la reine! hurla le maître intendant de cavalerie qui s'empressa fébrilement de se diriger vers la prairie.

— Au secours de la reine! cria à son tour la princesse Élisabeth qui, semblablement, éperonna son cheval et se dirigea vers la souveraine, entraînant avec elle la suite royale.

Mais que peut la vitesse des coursiers les plus entraînés contre celle d'un animal pris de rage fonçant à tombeau ouvert, écumant, aussi indiscipliné qu'une tornade?

Les prés étaient loin derrière, ainsi que les allées cavalières sillonnant les bois. Hector galopait rageusement par-dessus les ruisseaux, les fossés, les abattis.

La reine se maintenait fermement en selle. Ses joues étaient pâles, ses lèvres tremblaient, mais ses yeux étaient toujours brillants et clairs. Elle n'avait pas perdu sa présence d'esprit et était parfaitement consciente du danger. Le vacarme des voix et des appels à l'aide s'était tu depuis longtemps. Elle eut l'impression de se retrouver dans une immense solitude, avec un silence sépulcral autour d'elle, hormis la respiration saccadée, les reniflements et le bruit des sabots de sa monture.

Soudainement, Catherine perçut un écho. Elle entendit le son d'une voix aimée où se mêlaient l'enchantement et le désir qui l'incita à pousser un cri.

Mais ce cri effraya une fois de plus l'animal enragé qui, épuisé et haletant, après avoir ralenti sa course folle, était reparti avec une énergie renouvelée, comme porté par les ailes du vent. Cependant, accompagnée d'un bruit de galop, la voix aimée se rapprochait de plus en plus.

Ils se trouvaient maintenant dans une large plaine entourée de bois de tous les côtés. Alors que le palefroi de la reine décrivait de vastes cercles dans cet espace, Seymour se dirigea à toute vitesse vers lui et approcha de la reine.

— Un instant ! Cramponnez-vous au cou de l'animal de manière à ce que le choc ne vous désarçonne point pendant que je tiens les rênes ! prévint Seymour en plantant ses éperons dans les flancs de sa monture alors qu'il s'élançait en avant en poussant un cri sauvage.

Ce cri raviva la rage d'Hector qui, haletant et effrayé, repartit de l'avant vers les épais taillis.

— Je n'entends plus sa voix, murmura Catherine. Angoissée et épuisée par sa course, elle ferma les yeux alors que ses sens semblaient la trahir.

C'est alors qu'une main d'acier saisit les rênes de la monture royale qui, enfin matée, courbait la tête en tremblant. Le coursier avait enfin trouvé son maître.

— Sauvée! Je suis sauvée! bredouilla Catherine. Le souffle court, pratiquement inerte, elle posa sa tête sur l'épaule de Seymour.

Il la souleva doucement de sa selle et l'installa sur un tapis de mousse sous un vieux chêne. Il attacha ensuite les chevaux à une branche tandis que Catherine, tremblotante, sur le point de s'évanouir à la suite de cette chevauchée insensée, sentait ses genoux se dérober sous elle.

CHAPITRE XII

Thomas Seymour retourna auprès de Catherine. Elle était encore étendue sur le sol, les yeux fermés, pâle et ne bougeait pas.

Il l'observa intensément pendant un long moment, les yeux fixés sur cette belle et noble femme, à tel point qu'il en avait oublié qu'elle était la reine.

Il était enfin seul avec elle. Finalement, après deux ans de torture, de résignation et de dissimulation, Dieu lui avait accordé ce moment qu'il avait souhaité depuis si longtemps, car il le pensait impossible. Le moment était venu, l'heure était à lui.

Thomas Seymour n'aurait même pas fait attention et n'aurait même pas eu peur en présence de la cour ou du roi Henri lui-même. Le sang lui était monté à la tête et avait pris le contrôle de sa raison. Son cœur en émoi qui battait violemment à la suite de la folle chevauchée et de son désir pour Catherine ne lui permettait pas d'écouter d'autre voix que celle de sa passion.

Il s'agenouilla aux côtés de la reine et s'empara de sa main.

Ce contact eut pour effet de faire sortir la reine de son inconscience.

Elle ouvrit les yeux et regarda autour d'elle.

— Où suis-je? dit-elle en haletant et à voix basse.

Thomas Seymour porta la main de la reine à ses lèvres.

— Vous êtes en compagnie de votre serviteur le plus fidèle et le plus dévoué, Ô ma reine.

« Reine ». Ce mot lui permit de sortir de la stupeur dans laquelle elle se trouvait et la fit se redresser.

— Mais où est ma cour ? Où se trouve la princesse Élisabeth ? Où sont donc tous les regards qui m'ont surveillée jusqu'à maintenant ? Où sont tous les espions qui accompagnent la reine ?

— Ils sont bien loin d'ici, répondit Seymour sur un ton qui trahissait son émoi secret. Ils sont bien loin d'ici et auront besoin d'une bonne heure pour nous rejoindre. Une heure, ma reine ! Avez-vous idée de ce que cela représente pour moi ? Une heure de liberté après deux ans d'emprisonnement ! Une heure de bonheur après deux ans de torture quotidienne, après deux ans d'épreuves dignes des tourments de l'enfer !

Catherine, qui avait commencé par sourire, est devenue soudainement grave et triste.

Son regard s'est dirigé vers la toque qui était tombée de sa tête et qui se trouvait à côté d'elle sur l'herbe.

Elle a montré du doigt en tremblant la couronne et a dit à voix basse :

— Reconnaissez-vous cet emblème, monsieur ?

— Je le reconnais, madame, la couronne ne me fait, toutefois, pas reculer maintenant. Il existe des moments cruciaux au cours d'une vie où il ne faut pas avoir peur de l'abysse qui nous guette. Nous vivons un de ces moments à l'heure actuelle. Je me rends bien compte que cette heure me rend coupable de crime de haute trahison et qu'elle peut bien m'envoyer tout droit en prison. Je ne garderai, toutefois, pas le silence. Le feu qui brûle dans ma poitrine est en train de me consumer. Je dois lui donner de l'air. Mon cœur, qui s'est trouvé pendant si longtemps sur un bûcher funéraire et qui est si robuste qu'il a toujours ressenti le sentiment d'être béni alors qu'il était en proie à l'agonie, mon cœur, dis-je, doit enfin vivre ou mourir. Ma reine, vous allez l'écouter!

— Non, non, dit-elle alors que l'angoisse l'envahissait. Je ne le ferai pas. Je ne peux pas vous écouter! Rappelez-vous que je suis la femme du roi Henri VIII et qu'il est dangereux de me parler. Gardez le silence, comte, continuons notre promenade à cheval.

Elle essaya de se relever; toutefois son propre épuisement tout comme le contact de la main de Lord Seymour la firent retomber.

— Non, je ne garderai pas le silence, a-t-il répondu. Du moins pas tant que je ne vous aurai pas décrit tous les souhaits inassouvis et les ardeurs qui se trouvent dans mon cœur. La reine d'Angleterre peut soit me condamner, soit me pardonner. Elle saura qu'à mes yeux elle n'est pas seulement la femme du roi Henri mais la femme la plus jolie, la plus charmante, la plus gracieuse et la plus noble d'Angleterre. Je lui dirai que je ne veux jamais me rappeler qu'elle est la reine ou que, si je le fais, cela n'est que pour maudire le roi qui s'est montré assez présomptueux pour ajouter ce bijou aussi étincelant à sa couronne sanglante.

Catherine, presque terrorisée, posa une de ses mains sur les lèvres de Seymour.

— Silence, malheureux, silence! Savez-vous que vous êtes en train de prononcer votre arrêt de mort, votre condamnation si jamais quelqu'un vous entendait?

— Mais personne ne m'entend. Personne sauf la reine et Dieu, qui est peut-être encore plus clément et compatissant qu'elle. Faites-moi accuser, Ô ma reine; allez et racontez à votre roi que Thomas Seymour est un traître parce qu'il ose aimer la reine. Le roi m'enverra à l'échafaud et je m'estimerai heureux pour l'éternité parce que je mourrai grâce à vous, ma reine, si je ne peux vous consacrer ma vie, il sera alors magnifique de mourir pour vous!

Catherine l'écouta finir sa tirade avec stupéfaction, comme en état d'ivresse. Il s'agissait pour elle d'un langage tout à fait nouveau qu'elle entendait pour la première fois et son cœur tremblait de crainte et de bonheur. Elle se trouvait entourée de mélodies enchanteresses et se berçait dans un état de douce stupeur. Elle en oubliait même qu'elle était la reine, qu'elle était la femme d'Henri VIII, un roi jaloux et assoiffé de sang. Elle avait seulement conscience que l'homme qu'elle aimait depuis si longtemps se trouvait agenouillé à ses côtés. Elle buvait avec ravissement ses paroles qui paraissaient être comme la plus jolie des musiques à ses oreilles.

Thomas Seymour continua. Il lui fit part de toutes les souffrances qu'il avait subies, lui dit qu'il avait souvent pensé qu'il serait préférable de mourir pour mettre fin à ses tortures mais qu'un regard d'elle ou une parole de sa bouche lui redonnaient la force de continuer à vivre et à supporter toutes ces souffrances qui étaient en même temps une source de ravissements.

— Mais, ma reine, ma résistance s'est épuisée maintenant et il revient à vous de m'accorder le droit de vivre ou de mourir. J'irai à l'échafaud demain ou vous me donnerez la permission de vivre, de vivre pour vous…

Catherine tremblait et le regardait avec étonnement. Il paraissait être si fier et si autoritaire qu'elle en avait presque peur mais il s'agissait de la peur joyeuse qu'éprouve une femme aimante et douce devant un homme volontaire et fort.

— Savez-vous, dit-elle avec un sourire charmant, que j'ai l'impression que vous me donnez l'ordre de vous aimer?

— Non, ma reine, répondit-il fièrement, je ne peux pas vous ordonner de m'aimer, mais je vous prie de me dire la vérité, car je suis un homme qui a le droit d'exiger la vérité d'une femme. Et, comme je vous l'ai dit, vous n'êtes pas la reine à mes yeux. Vous êtes une femme que j'aime et que j'adore. Cet amour n'a rien à voir avec la royauté et je ne pense pas que vous vous trouviez humiliée pendant que je vous confie cela. En effet, l'amour sincère d'un homme est le cadeau le plus sanctifié qu'il puisse offrir à la femme qu'il aime, et si un mendiant se consacre à une reine, elle doit s'en trouver honorée. Ô ma reine, je suis comme un gueux qui se prosterne à vos pieds et vous tend la main en vous suppliant de la prendre. Je ne veux pas la charité. Cependant, je ne veux pas de votre compassion ou de votre pitié qui pourraient peut-être, si vous me les accordiez, diminuer mes tortures. Non, je veux votre personne. Je réclame tout ou rien. Je ne me montrerai pas satisfait si vous ne faisiez que pardonner ma témérité et que vous gardiez le silence concernant ma folle tentative. Non, je désire que vous parliez et que vous prononciez ma condamnation ou ma bénédiction. Oh! Je sais que vous êtes généreuse et compatissante et que, même si vous faites fi de mon amour, vous ne me trahirez pas. Vous m'épargnerez et garderez le silence. Toutefois, je le répète, ma reine, je n'accepterai pas cette offre de magnanimité. Vous devez soit faire de moi un criminel, soit un dieu. En effet je suis un criminel si vous condamnez mon amour et un dieu si vous y répondez.

— Et savez-vous, comte, murmura Catherine, que vous êtes très cruel? Vous me demandez de vous accuser ou d'être votre complice. Vous ne me donnez pas d'autre choix que d'être une meurtrière ou une femme adultère – l'épouse qui oublie la parole qu'elle a donnée et son devoir sacré et qui entachera la couronne que son mari a placée sur sa tête et qu'il lavera avec son sang et avec le vôtre.

— Qu'il en soit donc ainsi, a crié le comte presque joyeusement. Que ma tête tombe, peu importe comment ou quand, à condition que vous m'aimiez. Car je serai alors immortel. En effet, un moment passé dans vos bras deviendra une éternité de bonheur.

— Mais je vous ai dit qu'il ne s'agit pas seulement de votre tête mais aussi de la mienne. Vous savez bien que le roi est cruel et sévère. Le moindre soupçon suffira pour me condamner. Et s'il savait que nous venons de nous parler ainsi sans témoins, il me condamnerait tout comme il a condamné Catherine Howard, bien que je ne sois pas coupable comme elle. Ah ! Je frissonne en pensant au billot du bourreau. Et vous, comte Seymour, vous m'enverriez donc à l'échafaud malgré le fait que vous dites m'aimer ?

Seymour inclina la tête en signe de tristesse, tout en soupirant profondément.

— Vous venez de prononcer ma condamnation à mort, ma reine, et bien que vous soyez trop noble pour me dire la vérité, je l'ai devinée. Non, vous ne m'aimez pas, car vous voyez de vos yeux perçants le danger qui vous menace et vous avez peur pour votre vie. Non, vous ne m'aimez pas, car si vous m'aimiez vous ne penseriez à rien d'autre qu'à l'amour. Les dangers vous feraient agir et vous ne verriez pas l'épée suspendue au-dessus de votre tête. Où encore vous ne la saisiriez pas en disant : « Que m'importe la mort puisque je suis heureuse ! Que m'importe de mourir puisque j'ai connu le bonheur immortel ! » Ah ! Catherine, votre cœur est glacial et vous gardez la tête froide.

« Que Dieu vous garde tous les deux ! Vous aurez une vie calme et tranquille. Mais quand viendra le temps de mourir, vous serez une pauvre femme et ils placeront la couronne royale sur votre cercueil. Toutefois, l'amour ne sera pas présent pour vous pleurer. Adieu Catherine, reine d'Angleterre, et, étant donné que vous ne pouvez pas aimer Thomas Seymour, le traître, accordez-lui au moins votre sympathie. »

Il s'inclina très bas pour lui embrasser les pieds, puis se releva et se dirigea d'un pas ferme vers l'arbre où il avait attaché les chevaux. À cet instant-là, Catherine se releva et partit en courant vers lui. Elle s'empara de sa main en tremblant et en reprenant son souffle lui dit :

— Qu'allez-vous faire ? Où allez-vous ainsi ?

— Je vais retrouver le roi, madame.

— Et que ferez-vous lorsque vous l'aurez retrouvé ?

— Je lui montrerai un traître qui a osé aimer la reine. Vous venez de faire mourir mon cœur, il ne fera que tuer mon corps. Cela fait moins mal, et je le remercierai pour cela.

Catherine poussa un cri et le repoussa avec force et passion vers l'endroit où elle s'était reposée.

— Si jamais vous faites ce que vous venez de dire, vous me tuerez, dit-elle d'une voix tremblante. Écoutez-moi, écoutez-moi ! Au moment où vous monterez à cheval pour aller retrouver le roi, je remonterai également sur le mien. Je le ferai non pas pour vous suivre ou pour retourner à Londres mais pour faire plonger mon cheval dans le précipice qui se trouve un peu plus loin. Oh ! ne craignez rien ; vous ne serez pas accusé de mon meurtre. Ils diront que je suis tombée dans le précipice avec ma monture et que ma mort a été causée par l'animal qui s'est emballé.

— Ma reine, faites bien attention, faites attention à ce que vous dites ! s'est exclamé Thomas Seymour dont le visage s'éclaircissait et semblait resplendir de plaisir. N'oubliez pas que vos paroles doivent être soit une condamnation soit un aveu. Je désire soit la mort soit votre amour ! Non pas l'amour d'une reine qui désire se montrer bonne envers ses sujets, mais l'amour d'une femme qui incline la tête en signe d'humilité et qui accueille son amant comme s'il était son seigneur. Ô Catherine, faites bien attention ! Si jamais vous veniez à moi avec la fierté d'une reine, si jamais il existait en vous une seule pensée qui vous dicte d'accorder une faveur à un de vos sujets en lui réservant une place dans votre cœur, je vous demande de me laisser partir. Je suis tout aussi fier et noble que vous et, bien que l'amour que je vous porte me fasse me prosterner à vos pieds, il ne me fera pas mordre la poussière ! Cependant, si jamais vous me déclariez que vous m'aimez, Catherine, je vous consacrerai toute ma vie. Je serai votre seigneur et serai votre esclave. Je n'aurai pas d'autre pensée, d'autre sentiment, d'autre désir que de me consacrer à vous et de vous servir. Et lorsque je déclare que je serai votre seigneur, je veux dire par là que je ne passerai pas ma vie à vos pieds ou à m'écraser à terre tout en disant: « Piétinez-moi à loisir, car je suis votre esclave! »

En disant ces paroles, il s'agenouilla et attira contre son visage les pieds de Catherine qui se montra enchantée de l'expression du visage de Thomas.

Elle se pencha et, tout en lui relevant le visage, plongea ses yeux qui exprimaient un bonheur indescriptible dans son regard radieux.

— M'aimez-vous? demanda Seymour en enlaçant tendrement sa fine taille et en se relevant.

— Je vous aime! dit-elle en souriant d'une voix ferme. Je vous aime en tant que femme et non en tant que reine; et si jamais cet amour nous conduit à l'échafaud, eh bien! nous mourrons ensemble et nous nous retrouverons là-haut.

— Non, Catherine, ne pensez pas à mourir maintenant. Pensez à vivre. Pensez à l'avenir magnifique et enchanteur qui nous attend. Pensez aux jours futurs au cours desquels notre amour n'aura plus besoin d'être secret, quand nous pourrons le manifester au vu et au su du monde entier et quand nous pourrons proclamer notre bonheur à cœur déployé. Oh! Catherine, il faut espérer qu'une mort miséricordieuse et douce vous débarrassera finalement des liens peu naturels qui vous unissent à ce vieil homme.

« C'est alors que lorsque Henri ne sera plus là, vous serez mienne, mienne pour toujours. Et au lieu de porter une couronne royale, votre front sera orné d'une couronne de myrte. Jurez-moi, Catherine, jurez-moi que vous serez ma femme dès que sa mort vous libérera. »

La reine a frissonné et est devenue pâle.

— Oh! dit-elle en soupirant, la mort est donc notre espoir et l'échafaud notre destination finale!

— Non, Catherine, l'amour est notre espoir et le bonheur notre destin. Pensez à la vie, à notre avenir! Dieu m'a accordé ma supplique. Jurez-moi devant Dieu et devant la nature calme et sacrée qui nous entoure, jurez-moi que le jour où la mort vous libérera de votre mari vous serez à moi, vous serez ma femme, mon épouse! Jurez-moi qu'en dépit de l'étiquette et des habitudes tyranniques de la cour vous serez la femme de Lord Seymour avant même qu'ait fini de sonner le glas pour la mort d'Henri. Nous trouverons un prêtre qui pourra bénir notre amour et sanctifier l'engagement solennel que nous avons conclu aujourd'hui pour l'éternité. Jurez-moi que, jusqu'à ce que vienne ce jour, vous me serez fidèle et que vous me garderez votre amour, et n'oubliez jamais que mon honneur est aussi le vôtre et que votre bonheur est aussi le mien!

— Je le jure! dit Catherine sur un ton solennel. Vous pourrez compter sur moi en tout temps. Je ne vous serai jamais infidèle. Je n'aurai d'autre pensée que vous. Je vous aimerai comme vous méritez d'être aimé, c'est-à-dire avec un cœur dévoué et fidèle. Me soumettre à vous sera ma fierté et c'est avec un cœur heureux que je vous servirai et vous suivrai, moi, votre femme fidèle et obéissante.

— J'accepte votre serment! a déclaré Lord Seymour sur un ton solennel. En retour, je jure de vous honorer et de vous considérer comme étant ma reine et maîtresse. Je vous jure que vous ne trouverez jamais un sujet plus obéissant, un conseiller plus dévoué, un mari plus fidèle et un défenseur plus zélé que moi. «Ma vie pour ma reine et mon cœur pour ma bien-aimée.» À partir d'aujourd'hui, cela sera ma devise et que je sois renié par Dieu et par vous si je manque à ma parole.

— *Amen!* a déclaré Catherine avec un sourire ensorceleur.

Ils sont alors restés silencieux. Il s'agissait d'un silence qui ne connaît que l'amour et le bonheur – un silence riche en sentiments et en pensées, qui ne peut donc se traduire par des mots.

Le vent bruissait légèrement dans les arbres dans lesquels, par-ci par-là, se faisait entendre le gazouillis d'un oiseau. Le soleil inondait de lumière les douces prairies qui paraissaient recouvertes de velours et ondulaient le long des petites collines et des vallons. On pouvait y voir par moments la silhouette élégante d'un chevreuil ou celle, plus massive, d'un cerf qui prenaient peur et retournaient dans les fourrés en apercevant les deux êtres humains et les deux chevaux.

Cette tranquillité a été soudainement interrompue par le son de la corne d'un chasseur et on pouvait entendre au loin des clameurs et des cris qui faisaient écho dans la forêt et qui se trouvaient répercutés des milliers de fois.

La tête de la reine, qui se trouvait sur l'épaule du comte, s'est relevée.

Le rêve était terminé; l'ange à l'épée de feu allait la chasser du paradis.

Elle n'était plus, en effet, digne du paradis. Les paroles fatales avaient été prononcées. Elle s'était parjurée en les prononçant.

La femme d'Henri, qui était sienne depuis le jour où il l'avait conduite à l'autel, s'était promise à un autre et avait donné à cette autre personne l'amour qui revenait à son mari.

— C'est terminé, a-t-elle dit tristement. Ces sons me ramènent à mon esclavage. Nous devons reprendre nos rôles, et je dois redevenir la reine.

— En tout premier lieu, jurez-moi que vous n'oublierez jamais ce moment; que vous penserez toujours aux serments que nous avons prononcés!

Elle le dévisagea d'un air presque étonné.

— Mon Dieu! Peut-on oublier l'amour et la sincérité?

— Vous me serez fidèle, Catherine?

Elle a souri.

— Voyons, monseigneur, vous êtes jaloux? Est-ce que je vous pose de telles questions?

— Ô ma reine, vous savez bien que vous possédez le charme qui unit les êtres à tout jamais.

— Qui sait? dit-elle d'un ton rêveur en levant son regard enthousiaste vers le ciel où elle semblait suivre les nuages argentés qui parcouraient le firmament azur.

Son regard est alors revenu vers son bien-aimé et elle dit en posant doucement sa main sur son épaule:

— L'amour est comme Dieu – éternel, primitif et présent pour toujours! Il faut croire en l'amour pour sentir sa présence. Vous devez lui faire confiance pour être digne de sa bénédiction!

Les sons des cornes et les clameurs se rapprochaient de plus en plus. On pouvait même déjà entendre les chiens aboyer et les pas des chevaux.

Le comte avait détaché les chevaux et conduit Hector, qui était maintenant docile et calme comme un agneau, auprès de sa maîtresse.

— Ma reine, dit Thomas Seymour, deux délinquants s'approchent de vous! Hector est mon complice et s'il n'en avait été de la mouche qui l'a piqué à l'oreille, je serai à l'heure actuelle l'homme le plus malheureux et le plus pitoyable de votre royaume, alors que grâce à lui je suis devenu l'homme le plus heureux et le plus à envier.

La reine n'a pas répondu mais elle a enlacé le cou de l'animal et l'a embrassé.

— À partir de maintenant, je ne monterai qu'Hector et, quand il sera vieux et incapable de me servir…

— On s'occupera bien de lui et on le soignera dans les écuries de la comtesse Catherine Seymour ! a interrompu Thomas Seymour en même temps qu'il tenait les étriers du cheval pour l'aider à se mettre en selle.

Ils chevauchèrent tous deux en silence vers les voix et les cors de chasse, bien trop préoccupés par leurs propres pensées pour prononcer un mot.

« Il m'aime ! pensait Catherine. Je suis une femme heureuse dont la situation est enviable, car Thomas Seymour m'aime ! »

« Elle m'aime ! pensait-il avec un sourire fier et triomphal. Je deviendrai donc un jour le régent de l'Angleterre. »

C'est au moment où ils retraversaient la grande prairie plane sur laquelle avait eu lieu la folle chevauchée que déboulèrent, dans la plus grande des confusions, les gens de la suite royale, la princesse Élisabeth en tête.

— Une autre chose ! a murmuré Catherine. Si jamais vous deviez avoir besoin de m'envoyer un messager, faites appel à John Heywood. C'est un ami en qui nous pouvons avoir confiance.

Catherine se pressa d'aller à la rencontre de la princesse pour lui donner tous les détails de son aventure et son heureux sauvetage par le maître de cavalerie.

Élisabeth l'écoutait, toutefois en lui jetant des regards élogieux. Ses pensées étaient ailleurs. Dès que la reine s'est dirigée vers le reste de sa suite et qu'elle a été entourée par les lords et les ladies pour recevoir leurs félicitations, la princesse fit un léger signe à Thomas Seymour pour qu'il vienne à ses côtés.

Elle permit à son cheval de faire quelques pas en avant, ce qui les gardait, elle et Thomas, séparés du reste du groupe et assurait qu'ils ne seraient pas entendus par qui que ce soit.

— Monseigneur, a-t-elle dit d'une voix presque menaçante et avec passion, vous m'avez souvent demandé de vous accorder un entretien. Je vous l'ai toujours refusé. Vous avez insinué que vous aviez des choses à me dire et que pour cela nous devrions être seuls sans que personne ne nous entende. Je suis d'accord aujourd'hui pour vous accorder ce tête-à-tête.

Elle prit une pause et attendit sa réponse. Le comte est cependant resté silencieux. Il s'est contenté de se courber respectueusement en baissant la tête jusqu'à l'encolure du cheval.

« Fort bien. J'irai à ce rendez-vous rien que pour aveugler Élisabeth et l'empêcher de voir ce qu'elle ne doit pas voir. C'est tout... » se dit-il.

La jeune princesse lui a jeté un regard mécontent et sa mauvaise humeur se lisait sur son visage.

— Vous savez très bien contrôler votre joie, a-t-elle dit, et quiconque vous verrait maintenant pourrait penser que...

— Que Thomas Seymour fait preuve de suffisamment de discrétion pour ne pas permettre à qui que ce soit au sein de cette cour périlleuse de lire sur son visage, a interrompu le comte en murmurant. Quand pourrai-je vous voir, princesse, et où ?

— Attendez que je vous envoie un message. John Heywood vous l'apportera aujourd'hui, a murmuré la princesse en chevauchant de l'avant pour retrouver la reine.

— John Heywood, de nouveau ! marmonna le comte. Le confident des deux sera peut-être la personne qui m'enverra à la mort !

CHAPITRE XIII

Henri était seul dans son bureau où il avait passé quelques heures à rédiger un livre dévot et édifiant qu'il préparait à l'intention de ses sujets. Étant donné le rang qu'il occupait, c'est-à-dire chef suprême de son Église, il avait l'intention d'en recommander la lecture aux fidèles au lieu de la Bible.

Après avoir posé sa plume avec une affectation exagérée, il regarda les feuilles de son manuscrit qui, pour ses sujets, devaient être une nouvelle preuve de l'amour paternel et de l'attention qu'il leur témoignait. Ces écrits prouvaient également qu'Henri VIII n'était pas seulement le plus noble et le plus vertueux des rois, mais aussi le plus sage.

Cependant, ce reflet flatteur de ce qu'il pensait être ne le réjouissait guère ce jour-là, peut-être parce qu'il en avait un peu trop abusé. Il n'aimait guère être seul. Cela le dérangeait, car il devait étouffer dans son cœur trop de secrets et trop de voix cachées dont il craignait les chuchotements et effacer de sa mémoire trop de souvenirs sanglants qui resurgissaient devant lui, peu importe à quel point il essayait de les diluer par d'autres bains de sang. Bien qu'il ne manifesta aucun signe de repentir mais plutôt un calme olympien de commande, ces crimes le hantaient malgré lui.

Il toucha d'une main nerveuse la clochette d'or qui se trouvait près de lui et son visage s'illumina lorsque la porte s'ouvrit immédiatement et qu'il vit Lord Douglas sur le seuil.

— Enfin! dit Lord Douglas, qui avait fort bien interprété l'expression sur le visage du monarque, enfin le roi condescend à faire preuve de bienveillance envers son peuple...

— Bienveillant, moi? demanda le roi vraiment surpris. Comment puis-je être ainsi?

— Du fait que Votre Majesté se repose enfin et accorde quelque attention à sa précieuse et irremplaçable santé. Il est louable, sire, que vous vous rappeliez que le bien de l'Angleterre dépend exclusivement du bien de son roi. Par conséquent, lorsque vous surveillez votre santé, vous veillez également sur celle de votre peuple.

Le roi sourit d'un air satisfait. Il n'aurait jamais eu à l'idée de douter de la parole du comte et trouvait tout naturel que le bien de son peuple dépendît de celui de son auguste personne; il s'agissait là d'une bien noble et belle rengaine qu'il appréciait entendre chanter par ses courtisans.

Le roi souriait donc, mais il y avait quelque chose de peu ordinaire dans ce sourire qui n'échappa point au comte.

« Il se trouve dans l'état d'un anaconda affamé, se dit le comte Douglas. Il surveille sa proie et retrouvera sa vivacité dès qu'il aura goûté à un peu de sang et de chair humaine. Fort heureusement, nous sommes bien approvisionnés de ce côté-là... Par conséquent, nous rendrons au roi ce qui lui revient mais il nous faut être précautionneux et nous méfier au plus haut point. »

Il s'approcha du roi et lui baisa la main.

— J'embrasse cette main, dit-il. En ce jour, elle a été la fontaine par laquelle la sagesse de votre pensée a été déposée sur ce document béni. J'embrasse aussi ce papier qui annonce et explique à l'heureuse Angleterre le verbe pur et naturel de Votre Majesté. Pourtant, je vous implore de prendre maintenant quelque repos, Ô mon roi. Souvenez-vous que vous n'êtes pas seulement un sage mais aussi un homme...

— Oui, un homme vraiment faible et diminué ! soupira le roi qui, avec difficulté, essaya de se mettre debout. Ce faisant, il s'appuya si lourdement sur le bras du comte que celui-ci faillit s'effondrer sous la masse monstrueuse du monarque.

— Diminué ? rétorqua Lord Douglas d'un air réprobateur. Votre Majesté se déplace aujourd'hui avec autant d'agilité et de facilité qu'un jouvenceau et mon bras n'avait absolument pas l'intention de vous soutenir.

— Malgré tout, nous vieillissons, reprit le roi qui, fatigué, se sentait d'humeur plus sentimentale et plus pessimiste qu'à l'accoutumée.

— Vous vieillissez ? enchaîna Lord Douglas. Comment peut-on dire que vous vieillissez avec ces yeux qui jettent le feu, ce front hautain, ce visage dont chaque trait reflète la noblesse ! Non, Majesté. Les rois ont ceci de commun avec les dieux qu'ils ne vieillissent point...

— ... Et, par conséquent, ressemblent à peu de chose près aux perroquets ! coupa John Heywood qui venait de faire irruption dans la pièce. J'ai en effet un perroquet dont mon arrière-grand-père avait hérité de son propre arrière-grand-père qui était le barbier d'Henri le Quatrième ; cet oiseau babille avec autant de volubilité aujourd'hui qu'il le faisait voilà cent ans :

« Longue vie à notre sire ! Longue vie à notre parangon de vertu, de douceur, de beauté et de grâce ! Longue vie au roi ! » a-t-il déclamé pendant des décennies pour Henri le Cinquième, le Sixième, le Septième et le Huitième ! Merveille ! Les rois ont changé mais les louanges se sont toujours perpétuées de manière fort appropriée, et cela a toujours été la pure vérité ! Tout comme vous, Lord Douglas. Sa Majesté peut toujours compter sur vous, car vous dites aussi la vérité. Vous êtes presque parent avec mon perroquet qui d'ailleurs vous appelle « Mon cousin » et vous a appris le refrain immortel qui sert à louanger les rois...

Le roi se mit à rire tandis que le comte Douglas lança à John Heywood un regard venimeux.

— Heywood est un impudent lutin, n'est-ce pas, Douglas? demanda le roi.

— Un fou, oui... répondit-il en haussant les épaules.

— Précisément, reprit l'importun. Par conséquent, j'ai justement dit la vérité, car vous savez que celle-ci sort de la bouche des enfants et... des fous. Je suis justement devenu un fou pour que le roi, que vous trompez tous par vos mensonges, puisse avoir près de lui une créature qui, en plus de son miroir, puisse refléter la vérité.

— Fort bien et quelle vérité vas-tu me présenter aujourd'hui?

— C'est déjà fait, Votre Majesté. Mettez temporairement de côté votre royale couronne et votre état de grand prêtre du royaume et soyez pendant un instant une bête carnivore. Il est très facile de devenir roi. Il suffit d'être né d'une reine sous un dais. Il est plus difficile d'être un homme qui digère bien car, pour cela, il faut un solide estomac et une conscience légère. Venez donc, roi Henri, et voyons si en plus d'être roi vous êtes aussi un homme à l'estomac de fer.

Puis, avec un rire homérique, il prit le bras libre du monarque et le conduisit avec le comte vers la salle à manger.

Le roi, qui était très gros mangeur, fit signe à sa suite de s'asseoir après avoir lui-même pris place dans son fauteuil doré. Puis, d'un air solennel, il consulta le menu du jour que lui présentait le maître de cérémonie sur des tablettes d'ivoire. Le dîner du roi était un événement considérable et important. Une multitude de malles-poste et de coursiers sillonnaient constamment les routes pour ramener des quatre coins du monde les produits les plus délicats pour la table royale. Ce jour-là, le menu affichait les plats les plus rares et les plus raffinés. Lorsque le roi en trouvait un qui lui plaisait particulièrement, il faisait un signe d'approbation de la tête, ce qui illuminait le visage du maître de cérémonie. Il y avait des nids d'hirondelles venant des Indes orientales par de rapides goélettes construites à cet effet, des poulettes de Calcutta et des truffes du Languedoc que François 1er, roi de France, avait expédié la veille à son royal frère en preuve d'affection. Sur la carte des vins on trouvait du champagne, bien sûr, et aussi du liquoreux vin de l'île de Chypre, que la République de Venise avait envoyé au roi en signe de respect; de lourds vins du Rhin, qui avaient l'apparence d'or liquide, et un bouquet rappelant les fleurs de la région d'où ils étaient issus. Les princes protestants du nord de l'Allemagne espéraient sans doute griser ainsi Henri VIII qu'ils auraient bien volontiers placé à la tête de leur ligue. Il y avait également de gigantesques pâtisseries faites de perdrix envoyées par le duc de Bourgogne et de merveilleux fruits venant des côtes d'Espagne que l'empereur Charles Quint fournissait à la table royale. Il était de notoriété publique auprès des cours étrangères que pour se gagner les faveurs du roi d'Angleterre il était nécessaire de d'abord le rassasier, de flatter son palais de manière à rendre son cœur et son âme plus réceptifs aux sollicitations de ses pairs.

Cette journée-là, ces attentions ne semblaient pas suffisantes pour procurer au roi le plaisir qu'il ressentait habituellement à table. Il écoutait avec un sourire mélancolique les pitreries et les épigrammes de John Heywood et son front était soucieux.

Pour être de bonne humeur, ce roi avait besoin de femmes. Il en avait besoin comme le chasseur a besoin de chevreuils pour apprécier la chasse – le plaisir de tuer des êtres sans défense et de déclarer la guerre aux gens innocents et pacifiques.

Le comte Douglas, en bon courtisan, devina instinctivement l'insatisfaction du roi et les secrets de ses soupirs et de ses froncements de sourcils. Il entretenait beaucoup d'espoir à leur propos et était fermement résolu à en tirer avantage pour le plus grand bénéfice de sa fille et au détriment de la reine.

— Votre Majesté, commença-t-il. Je suis sur le point de me montrer traître à mon roi en l'accusant d'injustice…

Le roi lui lança un regard inquisiteur et posa sa main, constellée de bagues chargées de pierreries, sur un gobelet rempli de vin rhénan.

— Comment ça, d'injustice? Moi, votre roi? demanda-t-il d'un ton hésitant.

— Oui, une injustice, d'autant plus que vous êtes pour moi le représentant visible de Dieu sur terre. Je blâmerais le Créateur si, pour une seule journée, il nous privait de la lumière du soleil, de la beauté et du parfum de ses fleurs, car les enfants des hommes ont l'habitude de profiter de ces merveilles et, dans une certaine mesure, y ont droit.

«Je vous accuse donc de nous avoir tenus à l'écart des fleurs et des soleils incarnés; vous vous être montré cruel, sire, en nous privant de la présence de la reine en l'envoyant chevaucher dans la forêt d'Epping...»

— Non, la reine voulait se promener, répliqua Henri d'un ton maussade. Le temps printanier l'inspirait, et puisque je ne possède malheureusement pas cet attribut de Dieu que l'on nomme le don d'ubiquité, il a fallu que je me résigne à me priver de sa présence. D'ailleurs il n'existe pas de cheval capable de porter le roi d'Angleterre...

— Vous avez toutefois Pégase et vous le maîtrisez fort bien. Mais, Ô Majesté, comment la reine tenait-elle encore à chevaucher alors qu'elle se trouvait privée de votre présence? Ô combien le cœur des femmes peut-il être froid et égoïste! Si j'étais une femme, je ne m'éloignerais jamais de votre présence, je ne rechercherais pas de plus grand bonheur que d'être près de vous et d'écouter la grande sagesse qui tombe de vos lèvres inspirées. Si j'étais une femme...

— Comte, je suis d'avis pour que votre vœu soit pleinement exaucé, coupa John Heywood le plus sérieusement du monde. Vous me donnez parfaitement l'impression d'être une vieille femme...

L'assemblée se mit à rire, mais non le roi, qui demeura sérieux et regarda devant lui d'un air sinistre.

— Très juste, marmonna-t-il. Elle semblait fort excitée de faire cette excursion et, dans ses yeux, j'ai perçu une lueur que je n'avais que rarement vue. Les circonstances de cette chevauchée doivent être vraiment particulières... Et qui, diantre ! accompagnait la reine ?

— La princesse Élisabeth, répondit John Heywood, qui avait tout entendu et avait vu nettement la flèche que le comte avait décochée contre la souveraine.

— Oui, la princesse Élisabeth, sa fidèle et véritable amie qui ne la quitte jamais. De plus, ses dames d'honneur qui, tels les dragons de la légende, surveillent notre jolie princesse.

— Et qui d'autre est en compagnie de la reine ? demanda Henri d'un air maussade.

— Le maître intendant de cavalerie, le comte de Sudley, s'empressa de répondre Douglas, et je dis...

— Voilà donc une observation des plus superflues, coupa John Heywood, car il est bien connu que l'intendant de cavalerie royale doit accompagner la reine. Cela fait autant partie de ses prérogatives que pour vous de chanter la chanson de votre cousin, c'est-à-dire mon cher perroquet...

— Il a raison, répliqua rapidement le roi. Thomas Seymour doit l'accompagner, d'autant plus que c'est également ma volonté. Thomas Seymour est un serviteur fidèle, une qualité bien digne de sa sœur Jeanne, ma regrettée reine, qui repose maintenant dans la paix du Seigneur. Il est dévoué à son roi d'indéfectible manière.

« Le temps n'est point encore venu de s'attaquer aux Seymour par l'intermédiaire du comte, pensa Douglas. Le roi leur est trop attaché et pourrait se montrer hostile envers ceux qui les critiquent. Attaquons-nous donc plutôt à Henry Howard, en d'autres termes à la reine... »

— Et qui d'autre accompagnait la reine? demanda Henri VIII en vidant d'un trait son gobelet de vermeil comme pour éteindre le feu intérieur qui commençait à le consumer. Mais le robuste vin du Rhin au lieu de le rafraîchir augmentait la température sanguine du monarque et lui montait à la tête.

— Qui donc l'accompagnait également? reprit Douglas d'un air innocent. Eh bien! Je pense au grand chambellan, le comte de Surrey...

Le roi prit un air renfrogné. Le lion avait flairé une piste.

— Le grand chambellan ne faisait certainement pas partie de la suite de la reine... dit John Heywood le plus sérieusement du monde.

— Non? s'exclama Lord Douglas. Le malheureux comte... Il doit en être fort attristé...

— Et qu'est-ce qui l'attriste autant que cela? demanda le roi avec une voix faisant penser au roulement lointain du tonnerre.

— Parce que le comte de Surrey a l'habitude de vivre dans la munificence de la royauté, sire; il ressemble à ce genre de fleur qui se tourne toujours vers le soleil dont elle capte la vigueur, la couleur et la luminosité...

— Assurons-nous de ce que le soleil ne le brûle pas... grommela le roi.

— Comte, dit John Heywood, il faut que vous chaussiez vos lunettes de manière à mieux voir. Ce coup-ci, vous avez confondu le soleil avec l'un de ses satellites. Le comte de Surrey est bien trop prudent pour se hasarder à regarder le soleil en face et ainsi être aveuglé et voir son cerveau se dessécher. Il ne se satisfait que de vénérer l'une des planètes qui gravite autour de l'astre du jour.

— Qu'est-ce que le fou veut donc dire par ces mots? demanda le comte d'un air dédaigneux.

— La sagesse vous permettra d'en conclure que, cette fois-ci, vous avez confondu votre fille avec la reine, dit John Heywood en insistant sur chaque mot. Et il vous est arrivé ce qui arrive à plus d'un grand astronome: vous avez confondu une planète avec le soleil...

Le comte Douglas lança un regard des plus furieux à John Heywood qui lui rendit la pareille.

Ils se fixaient et, dans les yeux des antagonistes, on pouvait lire toute la haine et l'amertume qu'ils ressentaient l'un envers l'autre au tréfonds de leur âme. Les deux savaient que, dès lors, ils s'étaient juré une profonde et périlleuse inimitié.

Le roi n'avait rien remarqué de cet échange aigre-doux apparemment anodin mais lourd de signification. Baissant le regard, il ruminait de noires pensées tandis que son front s'obscurcissait de plus en plus.

Dans un brusque mouvement, il se leva et, cette fois-ci, il n'eut pas besoin d'une main secourable pour le faire. La colère était un levier suffisamment puissant pour le mettre en branle.

Les courtisans se levèrent en silence et personne excepté John Heywood ne remarqua le regard de connivence que le comte Douglas échangea avec Gardiner, l'archevêque de Winchester, et Wriothesley, le grand chancelier.

«Tiens, comment se fait-il que Cranmer ne soit pas ici? se demanda John Heywood. Je vois les trois tigres rôder, ce qui veut dire qu'il doit y avoir une proie à dévorer quelque part. Mieux vaut que je me garde les oreilles ouvertes afin d'entendre leurs rugissements...»

— Le souper est terminé, messieurs, dit hâtivement le roi.

Courtisans et gentilshommes se retirèrent dans l'antichambre.

Seuls le comte Douglas, Gardiner et Wriothesley demeurèrent dans le hall, tandis que John Heywood se glissait dans le cabinet du roi et se cachait derrière des draperies de brocart d'or tapissant la porte menant du bureau royal à l'antichambre.

— Messeigneurs, dit le roi. Suivez-moi dans mon cabinet. Vu que nous nous ennuyons, la chose la plus recommandable pour nous est de nous divertir pendant que nous nous occupons du mieux-être de nos bien-aimés sujets et de nous consulter sur leur bonheur et sur ce qui est susceptible d'améliorer leur vie. Suivez-moi. Nous allons tenir une consultation générale. Comte Douglas, votre bras! dit le roi en s'appuyant sur le comte et en se dirigeant vers le cabinet à l'entrée duquel l'attendaient le grand chancelier et l'archevêque de Winchester.

Il demanda à voix basse:

— Ainsi, vous dites qu'Henry Howard ose imposer sa présence à la reine?

— Sire, je n'ai pas dit cela. Je voulais dire seulement qu'il est constamment en présence de la reine...

— Vous voulez dire que, peut-être, elle le privilégie à ce propos... demanda le roi en grinçant des dents.

— Sire, je considère la reine comme une épouse des plus nobles et des plus conscientes de ses responsabilités...

— Je serais enclin à faire rouler votre tête si vous ne pensiez pas cela, reprit le roi sur le visage duquel on percevait le premier signe d'une colère rentrée.

— Ma tête appartient au roi, dit Lord Douglas respectueusement. Qu'il soit fait selon son bon désir.

— Mais Howard... Voulez-vous dire qu'Howard aimerait la reine?

— Oui, sire, j'ose l'affirmer !

— Par la Mère de Dieu, j'écraserai ce serpent sous mon pied comme je l'ai fait avec sa sœur, s'exclama Henri fièrement. Les Howard sont une race ambitieuse, dangereuse et hypocrite...

— Une race qui n'oubliera jamais qu'une de ses filles est montée avec vous sur le trône !

— Mais elle l'oubliera ! s'exclama le roi. Et je dois éliminer des pensées aussi prétentieuses et hautaines de leur cerveau en les lavant dans le sang. L'exemple de leur sœur ne leur a pas suffi. Cette race insolente a besoin d'un nouvel exemple pour comprendre une bonne fois pour toutes... Et ils l'auront. Il vous suffit de m'en donner les moyens, Douglas. Fournissez-moi un seul petit hameçon que je puisse planter dans leur chair pour les traîner ainsi jusqu'à l'échafaud. Donnez-moi la preuve de ces criminelles amours du comte et je vous promets de vous donner ce que vous voulez...

— Sire, je vous fournirai cette preuve.

— Quand ?

— Dans quatre jours, sire ! Au grand concours de poésie que vous avez demandé d'organiser en l'honneur de l'anniversaire de la reine...

— Je vous remercie Douglas, merci... dit le roi avec une expression non dénuée de joie. Dans quatre jours, vous m'aurez débarrassé de l'encombrante engeance des Howard.

— Mais dites-moi, Majesté, qu'y a-t-il si je vous fournis les preuves que vous demandez sans accuser l'autre personne ?

Le roi, qui s'apprêtait à franchir la porte de son cabinet, demeura immobile et regarda le comte dans les yeux.

— Ainsi, dit-il d'un ton particulièrement mauvais, vous voulez parler de la reine ? Eh bien ! Si elle est coupable, je la punirai. Dieu a placé l'épée dans ma main afin de défendre son honneur et de dominer le monde. Si la reine a péché, elle sera punie. Fournissez-moi la preuve de la culpabilité de Howard et ne vous troublez point si l'on découvre par la suite que d'autres personnes sont également coupables. Nous ne devons pas faire preuve de mièvrerie et laisser la justice suivre son cours…

CHAPITRE XIV

Le coup fatal allait enfin être porté et le plan des trois ennemis de la reine, qui avait été si bien élaboré et mûri, allait être exécuté. C'est pourquoi ils échangèrent un dernier regard d'entente au moment où ils suivaient le roi qui les avait précédés.

Le regard du comte Douglas signifiait : « Le moment est enfin arrivé. » Et les regards de ses amis lui répondaient : « Nous sommes prêts ! »

John Heywood, qui se trouvait caché derrière les lourds rideaux, voyait et observait tout. Il ne put s'abstenir de frissonner en voyant ces quatre hommes aux traits durs et sombres qui semblaient être incapables de faire preuve de quelque sentiment de pitié pour qui que ce soit.

En premier venait le roi, cet homme au visage changeant, sur lequel la tempête et le beau temps, Dieu et le diable dessinaient de nouvelles rides à chaque instant ; un roi qui pouvait provoquer l'enthousiasme à un moment donné et devenir un vrai tyran le moment suivant ; qui pouvait être spirituel et sentimental ou un vrai libertin ; toujours prêt à trahir son plus fidèle ami par caprice ou intérêt et à envoyer à l'échafaud les personnes qu'il avait flattées et assurées de son affection immuable la veille ; le roi qui imaginait posséder le privilège de combler ses appétits et sa soif de sang, de se laisser aller à des élans de vengeance sans aucune impunité ; vaniteux et dévot parce que la dévotion lui permettait de s'identifier avec Dieu et de se considérer comme étant un modèle de divinité.

Suivait le comte Douglas, le courtisan cauteleux, au visage toujours souriant, qui paraissait aimer tout le monde alors qu'en fait il détestait l'humanité dans son ensemble; l'homme qui paraissait être totalement inoffensif et ne semblait s'intéresser qu'aux plaisirs de la cour alors qu'en fait il tenait les rênes d'un immense réseau qui englobait la cour et le roi. Le comte Douglas, que le roi aimait tout spécialement pour cela, parce qu'il lui donnait le titre de grand et sage prêtre de l'Église et qu'il était, néanmoins, un partisan des enseignements de Loyola et un fidèle sympathisant de ce pape qui avait condamné le roi, l'avait traité de dégénéré et avait levé contre lui les foudres du Tout-Puissant.

En dernier venaient les deux hommes qui possédaient des regards mauvais et sombres et des visages de marbre qui n'étaient jamais illuminés par un sourire ou une lueur de joie, des hommes qui condamnaient et punissaient, dont le faciès ne s'animait qu'aux sons des cris d'agonie des condamnés ou des gémissements de quelque infortuné mis à la question; des hommes qui étaient les bourreaux de l'humanité alors qu'ils déclaraient être des serviteurs et des prêtres de Dieu.

— Sire, dit Gardiner au moment où le roi s'asseyait lentement sur son siège, sire, en tout premier lieu, demandons à Dieu de bénir cette conférence. Que Dieu, qui est amour, mais qui est également courroux, nous éclaire et nous bénisse!

Le roi joignit les mains en signe de dévotion, toutefois la prière qui animait son âme reflétait la colère.

— Mon Dieu! Permets que je punisse Tes ennemis et que je fasse tomber les coupables partout où ils se trouvent!

— *Amen!* ajouta Gardiner en répétant solennellement et avec le plus grand sérieux les paroles du roi.

— Envoie-nous la foudre de Ton courroux, psalmodia Wriothesley, pour que nous puissions enseigner au monde à reconnaître Ta puissance et Ta gloire!

Le comte Douglas s'est abstenu intentionnellement de prier à haute voix. Ce qu'il demandait ne devait pas parvenir aux oreilles du monarque.

«Mon Dieu, priait-il dans sa tête, faites que mon œuvre puisse réussir et que cette reine dangereuse soit menée à l'échafaud pour faire place à ma fille dont le destin est de ramener ce roi coupable et sans foi dans les bras de notre mère l'Église.»

— Maintenant, messieurs, a dit le roi en cherchant son souffle, dites-moi, comment vont les affaires de mon royaume et à ma cour?

— Mal, a répondu Gardiner. L'incroyance refait son apparition, comme une hydre. Lorsque vous lui coupez une tête, il en repousse deux autres à la même place. La secte damnée des réformateurs et des athées progresse tous les jours et nos prisons s'avèrent insuffisantes pour les contenir. De plus, lorsque nous les menons au bûcher, leurs morts joyeuses et courageuses font de nouveaux adeptes.

— Il est un fait que les choses vont mal, renchérit le lord chancelier Wriothesley. Nous avons, en vain, promis la grâce et le pardon à tous ceux qui feraient pénitence et acte de contrition. Ils se sont gaussés de nos offres de pardon et ont préféré la torture et la mort à la clémence royale. À quoi cela a-t-il bien pu servir d'envoyer au bûcher Myles Coverdale, qui s'était montré suffisamment impudent pour traduire la Bible? Sa mort semble avoir été le tocsin qui a attiré d'autres fanatiques. Ces livres ont inondé le pays entier sans que nous ayons pu savoir ou deviner leur provenance. Nous possédons à l'heure actuelle quatre traductions de la Bible. Les personnes les lisent avec avidité. Les personnes corrompues recherchent l'illumination mentale et la liberté de pensée qui s'avère tous les jours un peu plus pernicieuse et plus puissante.

— Et qu'avez-vous à dire, comte Douglas? a demandé le roi lorsque le lord chancelier eut fini de parler. Ces nobles personnages viennent de me relater la situation à l'intérieur du royaume. Vous allez me mettre au courant de la situation à la cour.

— Sire, a déclaré le comte Douglas, lentement et solennellement, car il désirait que chaque mot pénètre l'esprit du roi telle une flèche empoisonnée, sire, les sujets suivent les exemples que leur donne la cour. Comment pouvez-vous exiger que vos sujets aient la foi lorsque la cour tourne cette même foi au ridicule sous leurs propres yeux et lorsque des infidèles trouvent de l'aide et des protections dans votre entourage?

— Vous portez des accusations mais vous ne divulguez pas de nom, a dit le roi avec impatience. Qui donc a l'audace d'être un protecteur des hérétiques à ma cour?

— Cranmer, l'archevêque de Canterbury! dirent à l'unisson les trois hommes.

Le signal avait été donné, les conditions nécessaires à une bataille sanglante étaient en place.

— Cranmer? a répété le roi pensivement. Il s'est toujours montré un serviteur fidèle et un ami attentif. C'est lui qui m'a libéré du lien sacré qui existait entre Catherine d'Aragon et moi, qui m'a prévenu en ce qui concerne Catherine Howard et qui m'a fourni les preuves de sa culpabilité. De quel crime l'accusez-vous?

— Il renie les Six articles, a répondu Gardiner dont le visage méchant brûlait de haine. Il réprouve la confession privée et ne croit pas que des vœux de célibat pris de façon volontaire engagent les personnes.

— Si cela est le cas, il est un traître! s'est écrié le roi qui aimait beaucoup faire preuve de vénération pour la chasteté et la pudeur, comme pour abriter par un manteau saint sa propre vie de débauche et de lubricité.

Et quoi de plus amer que de rencontrer une autre personne que lui sur le chemin de la sensualité, alors que grâce à sa position de souverain et à la couronne royale il devrait s'y trouver en toute sécurité.

— Si jamais il agit ainsi, il est un traître ! Ma vengeance s'abattra sur lui ! a répété le roi. C'est moi qui ai fourni les Six articles à mon peuple. Ils représentent avec autorité une déclaration de foi sacrée. Je ne supporterai pas que cette doctrine, la seule qui soit vraie, soit attaquée et masquée. Messieurs, vous êtes toutefois dans l'erreur. Je connais bien Cranmer et je sais qu'il est un sujet loyal et fidèle.

— C'est toutefois pourtant lui, a dit Gardiner, qui a raffermi la position des hérétiques qui se montraient entêtés et opiniâtres. Il est la raison pour laquelle ces pauvres êtres perdus ne se retournent pas vers vous, leur souverain et grand prêtre, tout cela par crainte de la colère divine. Il leur enseigne que Dieu est amour et pardon. Il leur enseigne que le Christ est venu dans ce monde pour apporter l'amour et le pardon des péchés et qu'eux seuls sont les vrais disciples du Christ ainsi que ses serviteurs qui doivent imiter Son amour. Ne voyez-vous donc pas, sire, que cela représente une accusation indirecte et cachée contre votre personne et que, lorsqu'il loue un amour qui pardonne, il condamne et accuse en même temps votre droit à une colère expiatoire ?

Le roi ne répondit pas immédiatement et est resté assis, le regard fixe, grave et méditatif. Le fanatisme de l'ecclésiastique était allé trop loin. Sans s'en rendre compte, il venait d'accuser le roi.

Le comte Douglas s'en aperçut. Il pouvait lire sur le visage du roi que ce dernier vivait alors un de ses moments de remords qui se produisaient de façon involontaire lorsque son âme entrait en introspection. Il s'avérait nécessaire d'éveiller le tigre endormi et de lui désigner une proie pour lui donner le goût du sang.

— Il serait approprié que Cranmer se contente d'enseigner l'amour entre les chrétiens, dit-il. Il ne serait alors que le fidèle serviteur de son Seigneur et un disciple du roi. Il donne, toutefois, au peuple l'abominable exemple de la désobéissance et de la perfidie. Il renie les Six articles, non pas par des paroles mais par des actes. Vous avez ordonné que les prêtres de l'Église demeurent dans le célibat. Et voici maintenant que l'archevêque de Canterbury est marié !

— Marié ! s'est exclamé le roi dont le visage brillait de rage. Ah ! Mon châtiment s'abattra sur lui qui a transgressé mes saintes lois ! Lui, un prêtre de mon Église, dont la vie devrait être un exemple de sainteté, une communion constante avec Dieu et dont la vocation sacrée implique qu'il doive renoncer aux plaisirs de la chair et aux passions terrestres ! Ainsi il est marié ! Je vais lui faire connaître tout le poids de ma colère royale ! Il apprendra par lui-même que la justice du roi est implacable et qu'elle châtie le pêcheur, peu importe son rang !

— Votre Majesté est la justice et la sagesse personnifiées, a ajouté Douglas, et vos fidèles serviteurs savent bien que la justice royale peut parfois se montrer lente pour châtier les personnes coupables de l'offenser ; toutefois cela ne vient pas de votre propre volonté mais de celle de vos serviteurs qui essayent de retarder le bras de la justice.

— Quand et où cela s'est-il produit ? demanda le roi, le visage cramoisi de rage et d'énervement. Où se trouve le délinquant que je n'ai pas puni ? Où se trouve donc, à l'intérieur de mon royaume, la personne qui a pêché contre Dieu et contre le roi et que je n'ai pas encore écrasée totalement ?

— Sire, répondit Gardiner sur un ton solennel, Anne Askew est toujours en vie.

— Elle vit et nargue votre sagesse. Elle se moque de votre credo sacré ! s'écria Wriothesley.

— Elle vit parce que l'archevêque Cranmer a désiré qu'elle ne meure pas, ajouta Douglas en haussant les épaules.

Le roi eut un petit rire sec.

— Ah ! C'est ainsi ! L'archevêque Cranmer ne désire pas qu'elle meure… dit-il en ricanant. Il ne veut pas que soit punie cette femme qui a osé offenser le roi et Dieu !

— Oui, elle a commis ces offenses terribles et deux années se sont déjà écoulées depuis ces crimes, s'est écrié Gardiner. Deux années où elle a passé son temps à rire de Dieu et à narguer le roi !

— Ah ! C'est ainsi… dit le roi. Nous avions pourtant espéré que cette jeune personne abandonne les voies du péché et de l'erreur pour emprunter celles de la sagesse et du repentir. Nous avions, pour une fois, donné à notre peuple un exemple frappant de notre désir de pardonner à tous ceux qui se repentaient et renonçaient à l'hérésie afin de pouvoir leur manifester à nouveau la faveur royale. C'est pourquoi nous vous avions chargé, lord archevêque, au moyen de vos prières et de vos paroles, de tirer cette pauvre âme des serres du diable, qui charme ses oreilles.

— Elle ne plie pas, toutefois, a dit Gardiner en grinçant des dents. Je lui ai décrit en vain les affres de l'enfer qui l'attend si elle ne retourne pas à la foi. Je lui ai fait subir en vain toutes sortes de tortures et de macérations. Je lui ai envoyé en vain à la prison des personnes converties pour qu'elles prient pour son âme nuit et jour. Elle s'est montrée inflexible, dure comme le silex. Pas plus la peur de la punition que la perspective de la liberté et du bonheur n'ont réussi à attendrir son cœur de pierre.

— Il existe une méthode que nous n'avons pas encore essayée, reprit Wriothesley, une méthode qui s'avère être plus efficace que toute injonction au repentir et que le prédicateur le plus enthousiaste. Je rends grâce à cette méthode qui a permis de ramener à Dieu et à la foi de nombreux hérétiques impénitents…

— Et cette méthode est ?

— Le supplice du chevalet, Votre Majesté.

— Ah ! Le supplice du chevalet ! a répété le roi en frissonnant involontairement.

— Tous les moyens sont bons pour arriver à une sainte issue! déclara Gardiner en joignant les mains en signe de dévotion.

— Il faut sauver l'âme et, pour cela, le corps doit subir de nombreuses meurtrissures! renchérit Wriothesley.

— Il faut convaincre le peuple, a continué Douglas, que le noble esprit du roi n'épargne pas les personnes qui se trouvent sous la protection de personnalités puissantes et ayant de l'influence. Le peuple murmure que la justice ne peut être rendue parce que l'archevêque Cranmer protège Anne Askew et que la reine est son amie.

— La reine ne peut être l'amie d'une criminelle! lança Henri en s'emportant.

— Il est bien possible que la reine ne considère pas Anne Askew comme une criminelle, répondit Douglas en souriant légèrement. Il est une chose bien connue que la reine est une grande amie de la Réforme et les personnes qui n'osent pas la qualifier d'hérétique la nomment La Protestante...

— Croit-on donc vraiment que c'est Catherine qui protège Anne Askew et qui l'empêche de monter à l'échafaud? demanda le roi pensivement.

— On le croit, Votre Majesté.

— Ils découvriront bientôt qu'ils ont tort et qu'Henri VIII ne s'appelle pas le Défenseur de la Foi et le Chef de l'Église pour rien! s'écria le roi, apoplectique. Je me suis montré pendant assez longtemps magnanime et prêt à pardonner pour que le peuple croie que je préfère la miséricorde et la gentillesse. N'ai-je pas envoyé à l'échafaud Thomas More et Cromwell, deux hommes célèbres, possédant une certaine forme de noblesse ainsi que faisant preuve d'intelligence parce qu'ils avaient osé mettre au défi ma suprématie et s'opposer à la doctrine et aux arrêtés auxquels j'avais exigé qu'ils se plient? N'ai-je pas envoyé au bourreau deux de mes reines – deux superbes jeunes femmes qui plaisaient à mon cœur, même lorsque je les punissais – parce qu'elles avaient provoqué mon courroux? Qui ose donc m'accuser de tolérance lorsque j'ai fait la preuve de ma justice écrasante?

— Cependant, à cette époque, sire, a relevé Douglas de sa voix chafouine et insinuante, vous n'aviez pas à vos côtés une reine qui prétendait que les hérétiques possédaient la vraie foi et qui gratifiait les traîtres de son amitié.

Le roi fronça les sourcils et son regard plein de colère rencontra le visage amical et soumis du comte.

— Vous savez bien que je déteste ces accusations indirectes, lui dit-il. Si vous pouvez prouver que la reine a commis un crime, faites-le maintenant. Si vous ne le pouvez pas, gardez le silence!

— La reine est une dame noble et vertueuse, admit hypocritement le comte. Toutefois, elle se permet parfois de se laisser aller à trop de magnanimité... Ou bien tout simplement, Votre Majesté, serait-il possible que la reine maintienne une correspondance avec Anne Askew avec votre permission?

— Que voulez-vous dire? La reine tient une correspondance avec Anne Askew? s'écria le roi d'une voix tonitruante. C'est un mensonge, un mensonge honteux, concocté par ceux qui veulent nuire à la reine. Il est en effet bien connu que le roi, qui a été si souvent déçu et abusé, croit enfin avoir trouvé une femme en qui il puisse avoir confiance et en qui il peut mettre sa foi. Et ils lui en veulent pour cela... Ils désirent le dépouiller de ce dernier espoir pour que son cœur devienne dur comme de la pierre et qu'aucun sentiment de pitié n'y trouve place. Ah! Douglas, Douglas, faites attention à ma colère si jamais vous ne pouviez pas prouver ce que vous dites!

— Sire, je peux le prouver! En effet, pas plus tard qu'hier, Lady Jane a reçu une missive d'Anne Askew qu'elle devait remettre à la reine.

Le roi resta silencieux pendant quelques instants tout en fixant le sol. Ses trois confidents l'observaient le souffle coupé, tremblant d'expectative.

Le roi a finalement relevé la tête et son regard, qui était devenu grave et soutenu, s'est posé sur le lord chancelier.

— Lord chancelier Wriothesley, a-t-il dit, je vous donne le pouvoir de mener Anne Askew à la salle de tortures et d'essayer de voir si les tourments que l'on peut infliger à son corps auront le pouvoir de faire en sorte que cette âme perdue reconnaisse ses fautes. Monseigneur l'archevêque Gardiner, je vous donne ma parole que je prêterai attention à vos accusations contre l'archevêque de Canterbury et que, si elles sont fondées, il n'échappera pas à la punition. Monseigneur Douglas, je vous prouverai ainsi qu'à mes sujets que je suis le régent vengeur et intègre de Dieu sur la terre et qu'aucune considération ne pourra restreindre ma colère, qu'aucune arrière-pensée ne retiendra mon bras lorsqu'il est prêt à s'abattre sur la tête du coupable. Maintenant, messieurs, je déclare que cette cession est terminée. Mettons de côté ces problèmes et allons nous divertir pendant une petite heure.

— Messeigneurs Gardiner et Wriothesley, vous êtes libérés. Vous, Douglas, accompagnez-moi dans la petite salle de réception. Je veux voir des visages joyeux et intelligents autour de moi. Faites venir John Heywood, et si jamais vous rencontrez de jolies dames dans le palais, qu'elles viennent partager cette lumière qui est la leur et que vous dites n'appartenir qu'aux femmes.

Il rit et quitta le cabinet de travail en s'appuyant sur le bras du comte.

Gardiner et Wriothesley gardèrent le silence. Ils regardèrent le roi qui traversait le hall de son pas lourd et lent et dont les joyeux éclats de voix leur étaient parvenus.

— Il se comporte comme une girouette et change d'idée comme de chemise, déclara Gardiner en haussant les épaules de façon méprisante.

— Il dit qu'il représente l'épée vengeresse de Dieu, mais il n'est en fait qu'un instrument faible que nous pouvons faire plier et utiliser selon notre volonté, a marmonné Wriothesley d'une voix enrouée et en riant. Pauvre fou, il se juge tellement puissant et inébranlable ! Il imagine qu'il est un roi libre et qu'en qualité de souverain il est le seul à régner, mais il est notre serviteur et notre bête de somme ! Notre grand œuvre tire à sa fin et nous allons triompher un jour. La mort d'Anne Askew sera le signe d'une nouvelle alliance qui libérera l'Angleterre et écrasera tous les hérétiques comme la poussière que nous foulons à nos pieds. Lorsque enfin nous nous serons débarrassés de Cranmer et que nous aurons conduit Catherine Parr à l'échafaud, nous donnerons alors au roi une reine qui le réconciliera avec Dieu et l'Église en dehors de laquelle il n'existe point de salut.

— *Amen !* Qu'il en soit ainsi ! dit Gardiner.

Puis ils quittèrent le cabinet de travail bras dessus, bras dessous.

Un profond silence régnait alors dans la petite pièce. Personne n'avait remarqué John Heywood qui sortait de sa cachette derrière les rideaux. Épuisé et faible, il s'est effondré dans un fauteuil.

— Je connais, à l'heure actuelle, les plans de ces tigres assoiffés de sang, a-t-il murmuré. Ils veulent donner une reine papiste au roi. C'est pourquoi ils doivent se débarrasser de Cranmer et c'est alors que la reine, privée de ce puissant soutien, pourra tomber. Toutefois, ils ne réussiront pas tant que Dieu existe ! Dieu est juste et il finira par punir ces êtres malfaisants. Et en supposant que Dieu n'existe pas, nous nous adresserons au diable en personne.

Non, ils ne réussiront pas à détruire le noble Cranmer et cette belle et intelligente reine. Je l'interdis – moi, John Heywood, le bouffon du roi ! J'observerai tout, verrai tout, entendrai tout. Ils me trouveront partout sur leur route. Et lorsqu'ils déverseront leur poison diabolique dans l'oreille du roi, je serai là pour le guérir grâce à mes joyeuses folies. Le bouffon du roi sera l'ange gardien de la reine.

CHAPITRE XV

Après tout ce tohu-bohu, le roi avait besoin de récréation et de divertissement. Puisque sa gracieuse reine goûtait aux charmes de la chasse et aux merveilles de la nature, Henri pouvait bien prendre son plaisir là où il le trouvait. Sa masse pondéreuse l'empêchait d'apprécier les joies de ce monde hors de ses appartements et les nobles lords et ladies de sa cour devaient lui fournir des divertissements et sacrifier à la déesse de la joie devant son bruyant fauteuil roulant.

La goutte avait, ce jour-là, terrassé le puissant monarque qui n'était plus qu'une lourde masse grotesque, effondrée sur son siège.

Les courtisans ne le traitaient pas moins comme un homme à la beauté fascinante tandis que les dames, par leur coquetterie et leurs sourires, essayaient de lui faire comprendre qu'elles l'aimaient et qu'il était toujours le souverain jeune, mince et d'avantageuse apparence que l'on pouvait admirer voilà vingt ans. Il fallait voir toutes leurs minauderies et leurs regards entendus, comment Lady Jane, la jeune femme d'habitude si hautaine et si chaste, se démenait pour l'enserrer dans ses filets au moyen de langoureuses œillades ! Et que dire de la duchesse de Richmond, une femme blonde et voluptueuse, qui riait aux moindres fadaises et expressions à double sens qui tombaient des royales lèvres…

Pauvre roi, dont la corpulence l'empêchait de danser, lui qui s'était, à une certaine époque, livré à cette activité avec tant de plaisir et tant d'adresse ! Pauvre roi que l'âge empêchait de chanter, lui qui avait naguère charmé la cour aussi bien que lui-même avec ses vocalises!

Mais il existe pourtant des heures précieuses et joyeuses au cours desquelles l'homme revit sous l'armure du monarque, où la jeunesse d'antan le revitalise et le fait sourire à l'idée de plaisants souvenirs. Le roi a encore des yeux pour remarquer la beauté et un cœur pour la ressentir.

Que Lady Jane est belle! Un lys blanc aux yeux comme des escarboucles! Et que dire de Lady Richmond, telle une rose épanouie, avec des dents de perle!

Ces deux dames lui sourient et lorsque le roi dit les aimer, elles baissent pudiquement les yeux en soupirant.

— Soupirez-vous, Jane, parce que vous m'aimez?

— Sire, vous plaisantez, sans doute. Ce serait péché pour moi que de vous aimer puisque la reine Catherine est vivante...

— Oui, et bien vivante! marmotta le roi dont la mine s'assombrit soudainement tandis que son sourire disparaissait.

Jane avait commis une erreur. Elle avait rappelé au roi l'existence de son épouse, alors qu'il était trop tôt pour demander sa mort.

John Heywood remarqua la réaction de son royal maître et décida d'en prendre avantage. Il voulait détourner l'attention du roi et le soustraire aux jolies dames qui l'aguichaient par leur charme ensorceleur.

— Oui, la reine est vivante! dit-il joyeusement, et que Dieu en soit loué! Combien morne serait notre vie à la cour sans notre gracieuse reine, aussi sage que Mathusalem et innocente qu'un nouveau-né! Lady Jane, ne devriez-vous pas dire avec moi: «Remercions le Créateur de garder bien vivante notre reine Catherine»?

— Je me joins à vous pour le dire… répondit Jane, piquée au vif mais n'en laissant rien paraître.

— Et vous, roi Henri, ne dites-vous pas la même chose ?

— Bien sûr, fou du roi !

— Ah ! Que ne suis-je le roi Henri ! soupira Heywood. Vous savez, Votre Majesté, je n'envie ni votre couronne, ni votre royal manteau, ni vos gens de maison, ni votre fortune. Je ne vous envie que pour la raison qui vous permet de dire : « Dieu soit loué, ma femme est encore vivante ! » Ô mon roi, rares sont les circonstances où je n'ai pas entendu d'hommes mariés exprimer le contraire ! En cela, roi Henri, vous êtes une exception ; votre peuple ne vous a jamais autant aimé et de façon plus fervente que lorsque vous dites : « Je remercie Dieu de garder mon épouse bien en vie ! » Croyez-moi, vous êtes peut-être le seul homme de cette cour à vous exprimer en ces termes, peu importe si votre entourage est prêt à jouer les perroquets et à se faire l'écho de ce que dit son grand prêtre…

— Le seul homme à aimer sa femme ? demanda Lady Richmond. Regardez-moi ce bavard effronté ! Croyez-vous alors que les femmes méritent d'être aimées ?

— Je suis convaincu que vous ne le pensez pas…

— Et pour qui nous prenez-vous, alors ?

— Pour de félins êtres griffus, car Dieu étant à court de peaux de chats a choisi un épiderme plus délicat pour ces dames…

— Prenez garde, John ! Nous pourrions fort bien sortir nos griffes ! l'interpella la duchesse.

— Faites, Milady ! Il me suffira de faire un signe de croix pour vous faire disparaître, car les démons ne peuvent supporter la vue de la sainte croix, et vous êtes des démons…

John Heywood, qui était un remarquable chanteur, prit une mandoline qui traînait près de lui et commença à entonner un refrain.

Il s'agissait de l'une de ces chansons qui n'étaient seulement possibles qu'à cette époque, à la cour d'Henri VIII, où régnaient à la fois gaillardise et hypocrisie, une chanson pleine d'allusions dévergondées et décapantes à l'égard des moines et des femmes, une chanson digne d'amuser le roi et de faire rougir les dames. John Heywood s'était arrangé pour y inclure des phrases alambiquées dans lesquelles transparaissait toute sa secrète indignation contre Gardiner, le prêtre sournois et hypocrite, ainsi que Lady Jane, la prétendue amie de la reine.

Mais ces dames n'avaient pas le cœur à rire et lançaient des regards furieux à John Heywood. Lady Richmond, la plus déchaînée, demanda résolument que l'on punisse le perfide avorton qui avait osé dénigrer les femmes. Le roi trouva cela fort drôle, car la rage des dames le divertissait fort.

— Oui, nous demandons une revanche ! s'exclama Lady Jane, hystérique.

— C'est ça, une revanche ! hurlèrent les distinguées dames.

— Voyez donc ça... N'avons-nous pas là une assemblée de pieuses colombes, au cœur compatissant... fit remarquer John Heywood.

Le roi s'écria alors en riant :

— Eh bien soit ! Que votre volonté soit faite : il vous faut châtier cet homme !

— C'est cela ! Flagellez-moi comme ils flagellèrent un jour le Messie qui avait dit ses quatre vérités aux Pharisiens ! Voyez, je revêts déjà la couronne d'épines...

Puis, prenant la toque de velours du roi, d'un air solennel Heywood se la posa sur la tête.

— C'est ça, fouettez-le! Fouettez-le! cria le roi en riant en montrant un gigantesque vase de porcelaine chinoise contenant un énorme bouquet de roses aux interminables tiges hérissées d'épines menaçantes. Défaites le bouquet, prenez les tiges par les fleurs et fouettez-le avec! ordonna Henri VIII dont les yeux scintillaient d'une cruauté inhumaine, car la scène promettait d'être intéressante. Les tiges étaient longues et dures et les épines comme autant de minuscules dagues. Le visage tordu de douleur de son pauvre fou se faisant ainsi percer la peau promettait d'être pour le roi un spectacle ne manquant pas de... piquant.

— C'est ça, c'est ça! Qu'il enlève son pourpoint et nous allons le flageller! s'écria la duchesse de Richmond alors que les femmes en furie se ruaient sur John Heywood et le forçaient à enlever son pourpoint de soie. Puis elles se précipitèrent vers le vase chinois, défirent le bouquet et en choisirent les tiges les plus robustes et les plus longues. Elles poussaient des cris de satisfaction en découvrant combien ces épines acérées pénétreraient profondément dans la chair de celui qui les avait offensées. Les rires du roi et les murmures d'approbation des courtisans semblaient les exciter davantage et attiser leur furie. Les joues en feu, l'œil mauvais, elles ressemblaient à ces bacchantes encerclant Dionysos et lui criant, selon la tradition:

— Évohé! Courage mon fils...

— Pas encore! Ne frappez pas encore, ordonna le roi. Vous devez d'abord récupérer vos forces afin de pouvoir infliger des coups plus énergiques...

Prenant la grande coupe dorée qui se trouvait devant lui, après avoir goûté son contenu, il la présenta à Lady Jane.

— Buvez, madame, buvez! Et que votre bras ne faiblisse point!

Toutes burent et, avec un sourire entendu, posèrent leurs lèvres là où le roi avait posé les siennes tandis que l'éclat de leurs yeux prenait une nouvelle vigueur et que leurs joues rosissaient un peu plus.

Combien étrange était le spectacle de ces jolies femmes consumées de joie malicieuse et de désir de vengeance qui, pour quelques instants, avaient abandonné leur élégance et leur attitude hautaine pour se transformer en bacchantes déchaînées, bien décidées à châtier l'insolent qui les avait si souvent persiflées de son verbe incisif.

— Ah! Quel peintre ne trouverait-il point ici son inspiration! dit le roi. Il pourrait reproduire sur sa toile les chastes nymphes de Diane poursuivant Actéon... John! C'est exactement cela: tu es Actéon!

— Oui mais, Ô mon roi, ces dames ne sont pas les chastes nymphes de la mythologie. Nous en sommes bien loin, lança Heywood en riant. Et entre ces dames et Diane, je ne vois aucune ressemblance, sinon une différence...

— Et en quoi consiste cette différence, John?

— En ceci, sire: la déesse Diane portait sa corne en bandoulière, tandis que ces dames font porter des cornes à leurs maris!

Un fou rire secoua les hommes de l'assistance tandis que les femmes enrageaient de se faire ainsi brocarder par le fou. Elles se mirent sur deux rangs et ménagèrent un passage dans lequel John Heywood devait s'engager.

— Allez, John Heywood, viens recevoir ta punition... dit le roi tandis que les dames levaient les tiges épineuses de manière menaçante en les agitant rageusement au-dessus de leur tête.

La situation devenait d'autant plus angoissante pour John que ces tiges comportaient de fortes épines et que seule une chemise de lin lui recouvrait les épaules.

Il approcha néanmoins d'un pas assuré du couloir fatidique qu'il ne lui restait plus qu'à franchir.

Il voyait déjà les tiges piquantes dressées que l'on retenait et sentait déjà les épines lui percer le dos.

Il s'arrêta et se retourna en riant vers le roi.

— Sire, puisque vous m'avez condamné à périr des mains de ces nymphes, à titre de condamné, j'ai une ultime requête à formuler.

— Laquelle nous examinerons, John…

— Je vous demande si je peux poser une condition à ma flagellation par ces belles dames. Êtes-vous d'accord, Majesté ?

— Accordé !

— Et vous me donnez solennellement votre parole de roi que cette condition sera strictement respectée ?

— Je te donne ma parole de roi…

— Voici, mesdames, dit John Heywood en se plaçant entre les deux rangées de justicières improvisées. Ma condition est la suivante : que celle d'entre vous qui a eu le plus d'amants et a le plus souvent fait porter des cornes à son légitime époux m'assène le premier coup…

Un silence pesant s'ensuivit et les bras des dames s'abaissèrent. Elles lâchèrent roses et tiges qui tombèrent sur le sol. Après s'être affichées comme des harpies excitées par le sang et la vengeance, elles étaient devenues maintenant les créatures les plus aimables et les plus douces que l'on puisse trouver.

Il ne s'agissait que d'une apparence, bien sûr, car si leur regard avait été de feu, il aurait consumé le malheureux fou du roi qui, d'un air insolent, avançait maintenant entre les deux rangées.

— Que ne le frappez-vous pas, mesdames? demanda le roi.

— Non, Majesté, nous le méprisons beaucoup trop pour vouloir même le châtier... répliqua la duchesse de Richmond.

— Cet ennemi qui vous a injuriées doit-il donc demeurer impuni? demanda le roi. Mais non, mesdames! Il ne sera pas dit que dans mon royaume j'ai laissé échapper un homme à une si juste punition. Par conséquent, nous lui infligerons une autre sentence.

« Il se targue de taquiner les muses et a souvent prétendu que sa plume était plus rapide que sa langue! John, tu vas maintenant nous prouver que tu n'es pas un menteur! Je t'ordonne, à l'occasion du Grand festival auquel ma cour participera dans quelques jours, d'écrire un nouvel intermède conçu pour que les grognons les plus obstinés puissent s'ébaudir et au cours duquel les dames ici présentes seront forcées de rire si fort qu'elles en oublieront leur colère. »

— Oh! répondit John d'un air malheureux. Il me faudra alors écrire un poème au sens équivoque et fort gaillard pour convenir à ces dames et daigner les faire rire! Pour leur plaire, nous devons donc, Ô mon roi, oublier quelque peu notre chasteté, notre modestie et les rougissements des pucelles pour nous exprimer dans l'esprit de nos dames, c'est-à-dire de manière aussi salace que possible...

— Vous êtes un misérable! persifla Lady Jane, un fou vulgaire et hypocrite!

— Comte Douglas, votre fille vous parle... rétorqua calmement John Heywood. Vous pouvez être fier de votre tendre enfant...

— John, as-tu compris mes ordres? coupa Henri VIII. Ce festival commence dans quatre jours; je te donne deux jours de plus. Dans six jours, je veux un nouvel intermède... S'il ne respecte pas ce délai, mesdames, vous devrez le fouetter au sang, et ce, sans condition.

C'est alors qu'on entendit à l'extérieur un bruit de trompettes et de cavalcade.

— La reine est revenue, dit John Heywood avec une joyeuse assurance alors qu'il jetait à Lady Jane un regard rempli de malicieuse satisfaction. Il ne vous reste plus qu'à vous acquitter de votre charge et rencontrer votre maîtresse en haut du grand escalier car, comme vous l'avez si bien dit avec sagesse il y a quelques instants, « Remercions le Créateur de garder bien vivante notre reine Catherine ! »

Sans attendre de réponse, John Heywood s'empressa de quitter la pièce par l'antichambre et descendit les escaliers pour aller à la rencontre de la reine. Lady Jane le regarda d'un œil torve et sombre et, alors qu'elle se retournait lentement vers la porte pour accueillir la souveraine, elle marmonna entre ses lèvres serrées :

— Ce bouffon est ami avec la reine… Il doit mourir !

CHAPITRE XVI

Alors que la reine gravissait les marches de l'escalier d'honneur, elle salua John Heywood d'un sourire amical.

— Milady, dit-il, j'ai quelques mots à vous dire en privé de la part de Sa Majesté.

— En privé ! répéta Catherine en s'arrêtant sur la terrasse du château. Messeigneurs et mesdames, veuillez vous retirer. Nous désirons recevoir le mystérieux message de Sa Majesté...

La suite royale se retira silencieusement et cérémonieusement dans la vaste antichambre de l'édifice et la reine demeura seule avec John Heywood sur la terrasse.

— Je vous écoute, John...

— Ma reine, je vous prie très respectueusement de prêter attention à tous mes propos et de les graver profondément dans votre mémoire. Certaines personnes sont en train d'ourdir une conspiration contre vous et, dans quelques jours, elle sera prête à se concrétiser à l'occasion du Grand festival. Surveillez donc chaque mot que vous prononcerez ainsi que vos pensées les plus secrètes. Attention aux faux pas, car des espions se trouvent probablement dans votre entourage pour vous moucharder. Si vous avez besoin d'un confident, confiez-vous à nul autre que moi ! Je vous le répète : un grand danger vous guette. Seules la prudence et la présence d'esprit vous permettront de vous en préserver.

Cette fois-ci, la mise en garde de son ami ne fit point rire la reine, qui afficha une mine empreinte de gravité. Prise de tremblements, elle avait perdu sa sûreté habituelle et sa confiance sereine, d'autant plus qu'elle n'était plus innocente puisqu'elle gardait maintenant dans son cœur un lourd secret. Elle appréhendait de découvrir quelque chose, ne tremblait pas pour elle-même, mais pour celui qu'elle aimait.

— Et en quoi consiste donc ce complot? demanda-t-elle.

— Je n'en comprends pas encore bien les rouages, mais je sais qu'il existe. J'approfondirai la question, et puisque vos ennemis vous observent avec attention, j'aurai à mon tour les yeux d'un sycophante pour les surveiller!

— Et ce n'est que moi qu'ils épient?

— Non, ma reine. Votre ami également.

Catherine se mit à trembler:

— Et quel ami, John?

— L'archevêque Cranmer.

— Est-ce tout, John? L'inimitié des conspirateurs ne concerne-t-elle que l'archevêque et ma personne?

— Seulement vous deux, répondit tristement John Heywood, car il avait fort bien compris la signification du soupir de soulagement de la reine et sut qu'elle avait tremblé pour quelqu'un d'autre. Mais sachez, Ô ma reine, que la destruction de Cranmer signifierait également la vôtre, et que tout comme vous protégez l'archevêque, ce dernier vous protégera avec le roi et il protégera également vos AMIS…

Les joues de Catherine rosirent un peu plus.

— Je me souviendrai toujours de cela et demeurerai une amie fidèle et véritable de l'archevêque comme de vous, John, car vous êtes mes seuls amis. N'est-ce pas exact ?

— Non, Votre Majesté, je parlais d'une tierce personne : Thomas Seymour…

— Oh ! lui… répliqua-t-elle avec un doux sourire, puis elle ajouta soudainement, à voix basse : Vous dites que je ne dois me fier à personne, sauf vous. Alors je vais vous donner une preuve de ma confiance. Attendez-moi dans la maison d'été verte à minuit ce soir. Vous serez mon assistant pour une dangereuse excursion. En avez-vous le courage, John ?

— J'ai le courage de risquer ma vie pour vous, Ô ma reine.

— Dans ce cas, vous viendrez, mais armé !

— À vos ordres ! Est-ce votre seul désir pour aujourd'hui ?

— C'est tout, John, ajouta-t-elle en hésitant et en rougissant. Si par hasard vous rencontrez le comte de Sudley, vous pouvez lui dire que je vous ai chargé de le saluer en mon nom.

— Oh ! fit John Heywood d'un air contrit.

— Ce jour même, il m'a sauvé la vie, dit-elle comme pour s'excuser. Il convient donc de lui montrer ma reconnaissance.

Puis, faisant un signe approbateur, elle franchit l'entrée du château.

— Que personne ne vienne me dire que le hasard est le démon le plus pernicieux et le plus terrible, marmonna John Heywood. Ce démon de hasard a jeté sur le chemin de la reine la personne qu'elle doit justement éviter à tout prix et elle s'est imposé la charge de se montrer reconnaissante envers un ami de cœur qui lui aurait sauvé la vie mais qui risque, un jour, de la lui faire perdre…

Penchant pensivement la tête, il entendit soudainement derrière lui quelqu'un qui l'interpellait par son nom. Il se retourna et vit la jeune princesse Élisabeth se hâter vers lui à pas vifs. Elle était très belle à cet instant précis et ses yeux brillaient d'une passion intense, affichant un sourire heureux sur ses lèvres purpurines. Selon la mode d'alors, elle portait une robe à collet monté mettant en valeur ses formes délicates et juvéniles, tandis que le col rigide atténuait la longueur légèrement excessive de son cou et la faisait un peu rougir, comme si son visage se trouvait perché sur un socle. Chaque côté de son front élevé et pensif était orné de boucles de lin. Sa tête était recouverte d'une toque de velours noir ornée d'une plume blanche lui retombant sur les épaules.

Elle représentait une apparition des plus charmantes, pleine de noblesse et de grâce, de vigueur et d'énergie et, malgré sa jeunesse, ne manquait ni de grandeur ni de dignité. Bien que n'étant pratiquement qu'une enfant humiliée et objet d'infortune, elle n'en était pas moins la fille de son père. Et bien que ce dernier l'ait déclarée bâtarde et l'ait exclue de la succession au trône, avec son front altier et ses yeux vifs et brillants, elle arborait un port de reine.

Devant John Heywood, elle n'était plus la princesse hautaine et autoritaire, mais une jeune fille rougissante et timide craignant de révéler son premier secret d'adolescente à des oreilles étrangères et ne levait que d'une main tremblante un coin du voile qui dissimulait ses sentiments.

— John Heywood, vous m'avez souvent dit combien vous m'aimiez et je sais combien mon infortunée mère vous faisait confiance et vous citait comme témoin de son innocence. À cette époque, vous n'aviez pas pu sauver ma mère, mais accepteriez-vous maintenant de servir la fille d'Anne Boleyn et de devenir son indéfectible ami ?

— Je le serai, répliqua solennellement John Heywood. Aussi vrai que le Tout-Puissant règne sur notre monde, je vous jure une fidélité absolue…

— Je vous crois, John, et sais fort bien que je puis compter sur vous. Écoutez-moi maintenant. Je vais vous confier mon secret, un secret que personne ne connaît, hormis Dieu, car s'il était divulgué, il me mènerait droit à l'échafaud. Êtes-vous prêt à me jurer que, sous aucun prétexte, sous aucun motif, vous ne trahirez à quiconque, ne serait-ce qu'un simple mot de cet entretien? Êtes-vous prêt à me jurer que même sur votre lit de mort ou au confessionnal vous n'en toucherez mot?

— En ce qui concerne ce dernier point, princesse, dit John en riant, vous pouvez être sûre que je n'en parlerai point. D'abord jamais je ne me confesse, car j'estime que la confession n'est qu'une invention de papistes qui, depuis longtemps, me soulève le cœur. En ce qui concerne mon lit de mort, sous le règne béni du pieux Henri VIII, personne ne peut être sûr de ne pas participer au trépas de quelqu'un d'autre ou de s'offrir un rapide voyage vers l'éternité au bout d'une corde…

— Ô soyez sérieux, John, je vous en prie! Ne laissez pas votre masque d'histrion me dissimuler la sincérité de votre honnête visage. Soyez sérieux, John, et jurez-moi que vous garderez mon secret…

— Princesse, je vous jure par l'esprit de votre mère de ne pas divulguer un seul mot à qui que ce soit de ce que vous me confierez.

— Merci, John. Maintenant, approchez-vous et ne laissez pas le vent emporter une seule de mes paroles. John, je suis amoureuse!

Elle releva le sourire mi-surpris, mi-incrédule qui se dessinait sur les lèvres de John Heywood.

— Oui, poursuivit-elle, et passionnément. Vous semblez incrédule. Vous pensez qu'à treize ans je ne suis qu'une enfant qui ne connaît rien des sentiments d'une jeune femme. Souvenez-vous, John, que les filles qui vivent sous un chaud soleil mûrissent plus vite sous ses rayons et qu'elles sont déjà femmes et mères alors qu'elles ne devraient être que de rêveuses enfants. Eh bien! Moi aussi suis fille d'une zone torride de ce monde. Je n'ai pas grandi sous le soleil de la prospérité, mais le deuil et l'infortune ont mûri mon cœur. Croyez-moi, John. J'aime! Un feu intérieur me consume, qui est à la fois quelque chose de délicieux et de ravageur. Mon bonheur et mon avenir!

« Le roi m'a spoliée d'un avenir brillant et glorieux. Je demande donc que l'on ne me refuse point le bonheur... Puisque je ne serai jamais reine, qu'on me laisse au moins être une femme heureuse et aimée. Puisque je suis condamnée à vivre dans l'obscurité et dans une condition inférieure, qu'on me permette au minimum d'orner ma vie de fleurs qui ne poussent pas au pied d'un trône mais qui illuminent l'existence d'étoiles plus brillantes que les plus resplendissants joyaux de la couronne royale. »

— Oh! Vous vous trompez sur votre mère, répliqua John Heywood d'un air triste. Vous avez choisi une autre option parce qu'un choix vous a été refusé. Vous désirez être aimée parce que vous ne pouvez régner. Et puisque votre cœur, privé de la notoriété et des honneurs qui vous sont dus, ne peut trouver d'autres satisfactions capables d'assouvir ces aspirations, il a choisi l'amour en guise d'opium pour apaiser ses brûlantes douleurs.

« Croyez-moi, princesse, vous ne vous connaissez pas encore personnellement. Vous n'êtes pas née pour être seulement une épouse bien-aimée et votre front est beaucoup trop altier pour ne s'orner que d'une couronne de myrte. Par conséquent, princesse, veuillez reconsidérer soigneusement votre décision. Ne vous laissez pas emporter par le sang impétueux de votre père qui circule dans vos veines. Réfléchissez avant d'agir. Votre pied est toujours posé sur une des marches du trône! Ne reculez point! Maintenez votre position. Ensuite, votre prochain mouvement vous amènera une marche plus haut. Ne renoncez pas volontairement à ce qui vous revient en toute légitimité. Faites preuve de patience jusqu'à ce que survienne le jour où la justice récompensera vos efforts. Ne faites pas en sorte que pleine et glorieuse réparation ne puisse s'accomplir. La princesse Élisabeth sera peut-être reine un jour, à condition qu'elle ne troque point son nom pour un patronyme moins noble et moins glorieux… »

— John Heywood, dit-elle avec un sourire ensorceleur, je vous répète que je l'aime…

— Eh bien ! Aimez-le autant qu'il vous plaira, mais silencieusement. Ne le lui dites surtout pas et que votre amour cède sa place à la résignation…

— John, il le sait déjà…

— Ah ! pauvre princesse ! Vous n'êtes encore qu'une enfant qui, avec une bravoure souriante, met sa main au feu sans se douter que les flammes peuvent la brûler…

— Laissez les flammes crépiter, John, et qu'elles me consument ! Mieux vaut cela que de mourir d'un mortel frisson. Je l'aime, vous dis-je, et il le sait déjà !

— Alors contentez-vous de l'aimer, mais ne l'épousez pas ! s'écria John Heywood d'un air maussade.

— L'épouser ? cria-t-elle surprise. L'épouser ? C'est vrai, je n'y avais jamais pensé…

Sa tête s'inclina et elle demeura silencieuse et pensive.

« Je crains d'avoir commis là une sacrée bourde… grommela intérieurement John Heywood, car je lui ai donné là une nouvelle idée… Ah ! Le roi Henri a eu raison de me déclarer son bouffon officiel, car c'est lorsque nous pensons être les plus sages que nous sommes les plus déments. »

— John, reprit Élisabeth en relevant la tête, remplie d'excitation. John, vous avez parfaitement raison. Si nous nous aimons, nous devons nous marier !

— Mais j'ai justement dit le contraire, princesse…

— Soit, dit-elle d'un ton résolu. Tout cela concerne l'avenir, mais ne nous occupons que du présent. J'ai promis à mon amoureux de le rencontrer.

— Une rencontre ! s'écria John Heywood, ahuri. J'espère que vous ne vous montrerez pas assez téméraire pour respecter votre promesse...

— John Heywood, rétorqua-t-elle d'un air solennel. La fille du roi Henri ne fera jamais une promesse sans la tenir. Pour le meilleur comme pour le pire, je respecterai ma parole, même au prix des larmes et du sang...

John Heywood ne se hasarda pas à lui présenter d'autres arguments. À ce moment précis on pouvait sentir dans l'air quelque chose de si fier et de si élevé, de si royal dans sa détermination, que le confident ne put que s'incliner.

— J'ai accepté de lui accorder un entretien parce qu'il le désirait, dit Élisabeth, et, je vous le confesse, John, mon cœur y aspirait. Ne cherchez point à ébranler ma résolution, car elle est aussi ferme que le roc. Mais si vous n'êtes pas prêt à me soutenir, dites-le-moi et je rechercherai un autre ami qui m'aimera suffisamment pour imposer le silence à ses propres cogitations.

— Non, car il est possible que deux confidents finissent par vous trahir. Non, la question a été réglée une fois pour toutes de manière irréversible, ce qui signifie que nul autre que moi ne peut être votre confident. Dites-moi quoi faire et je vous obéirai.

— John, vous savez que mes appartements sont situés dans l'aile du bâtiment surplombant le jardin. Dans mon boudoir, derrière l'un des grands tableaux, j'ai découvert une porte menant à un passage se rendant à une tour. Ces lieux sont déserts. Personne ne pense à pénétrer dans cette partie du château où règne un silence de mort. Les appartements y sont néanmoins richement meublés et c'est là que je le recevrai.

— Mais comment trouvera-t-il son chemin ?

— Oh ! ne vous inquiétez pas. J'y ai pensé maintes fois depuis ces derniers temps et pendant que je refusais tout rendez-vous à mon amoureux malgré ses multiples supplications, je préparais soigneusement l'occasion où il me serait possible d'accéder à sa demande. Aujourd'hui, j'ai atteint mon but et suis en mesure de satisfaire son souhait le plus volontairement possible, car j'ai bien senti qu'il n'aurait plus le courage de le formuler. Écoutez-moi bien. Dans la tour se trouve un escalier en colimaçon menant à une petite porte donnant sur le jardin. J'ai la clé de cette porte. La voici. Une fois en possession de celle-ci, il n'y a rien d'autre à faire que de s'attarder dans le parc ce soir au lieu de quitter le château. Ainsi, il pourra venir me voir, car je l'attendrai dans la tour, dans la grande pièce qui fait face au palier de l'escalier. Voici. Prenez la clé. Remettez-la-lui et répétez tout ce que je viens de vous dire.

— Bien, princesse. Il ne restera plus qu'à me donner l'heure du rendez-vous.

— L'heure ? répondit-elle en rougissant. Vous comprendrez, John, qu'il ne me sera pas possible de le voir dans la journée, car il n'y a pas un seul instant où je ne suis pas épiée.

— Ainsi vous le recevrez la nuit, remarqua tristement Heywood. Et à quelle heure ?

— À minuit ! Maintenant, vous savez tout. Je vous en prie, John, faites diligence et transmettez-lui mon message, car le soleil se couche et il fera bientôt nuit.

Elle fit un signe de tête, lui sourit et se retourna pour prendre congé.

— Princesse, vous avez oublié le principal. Vous ne m'avez pas encore dit son nom…

— Grand Dieu ! Et vous n'avez pas deviné ? John Heywood, dont l'œil est si perspicace, n'a-t-il point remarqué à la cour le seul homme digne d'être aimé par une fille de roi ?

— Et le nom de cet homme béni par la Providence est…

— Thomas Seymour, comte de Sudley, chuchota Élisabeth en faisant demi-tour pour entrer dans le château.

— Oh! Thomas Seymour… laissa tomber John Heywood complètement abasourdi comme s'il était paralysé par l'horreur de cette révélation. Il demeura immobile, regardant en l'air en répétant bêtement le nom du comte.

«Thomas Seymour, Thomas Seymour. Quel genre de sorcier est-il donc pour administrer ainsi un philtre d'amour à toutes les femmes qu'il rencontre et pour les ensorceler par son apparence avantageuse? Thomas Seymour… La reine l'aime, la princesse aussi, sans compter la duchesse de Richmond qui met tout en œuvre pour l'épouser… Il est sûr qu'il agit en traître pour leurrer ses victimes, car il n'hésite pas à faire à chacune d'entre elles une déclaration enflammée. Une fois de plus, voilà que ce gueux de hasard me force à être le confident de deux grandes dames. Il faut que je me garde de remplir mes deux missions auprès de ce sorcier. Laissons-le devenir à tout prix le mari de la princesse. Peut-être est-ce le moyen le plus sûr de délivrer la reine de cet amour malfaisant…»

Silencieux, contemplant le ciel, il se dit, plutôt joyeusement:

«Oui, qu'il en soit ainsi. Je combattrai un amour avec l'autre, car il est très dangereux pour la reine d'aimer cet homme. Je demeurerai son confident, mais ferai en sorte qu'elle le haïsse. Je recevrai ses lettres et accepterai les messages que je devrai transmettre, mais je brûlerai ces missives et me garderai de faire ses courses. Il m'est impossible de lui dire combien Seymour, cet homme sans scrupule, lui est infidèle, car j'ai juré solennellement à la princesse de ne révéler à qui que ce soit son doux secret et je tiens à respecter ma parole. Souriez et aimez, Ô ma reine. Faites de beaux rêves d'amour. Je veille sur vous. Je ferai en sorte que le menaçant nuage noir sous lequel vous vous trouvez s'éloigne. Il affectera peut-être votre cœur, mais n'écrasera pas votre belle et noble tête qui…»

— Que faites-vous ainsi à contempler le ciel comme si vous y trouviez l'inspiration pour une nouvelle épigramme bien propre à faire rire le roi et à enrager les délirants ecclésiastiques? demanda une voix près de lui tandis qu'une main se posait lourdement sur son épaule.

Ayant tout de suite reconnu la voix qui l'avait interpellé, John Heywood ne regarda pas son interlocuteur et garda la même pose en observant fixement le ciel. Il savait pertinemment que la personne qui se tenait près de lui n'était nul autre que le sorcier effronté qu'il maudissait un instant plus tôt du fond du cœur, personne d'autre que Thomas Seymour, comte de Sudley.

— Dites-moi, John. Êtes-vous en train de concevoir réellement une épigramme sur ce clergé lubrique, hypocrite et donneur de leçons, sur cette racaille qui encense le roi de blasphématoire manière, sur ces ecclésiastiques toujours prêts à nous faire tomber, nous, honorables membres de la noblesse? Est-ce ce genre de discours que les cieux vous inspirent?

— Non, monseigneur, je ne fais que regarder un faucon qui plane là-haut dans les nuages. Je l'ai observé dans son ascension, monsieur le comte, et me suis émerveillé de constater qu'il tenait une colombe dans chaque serre. Deux colombes pour un oiseau de proie, n'est-ce pas contraire aux lois de la nature?

Le comte lui lança un regard noir et pénétrant, mais John Heywood demeura parfaitement imperturbable et continua à fixer les nuages.

— Cet oiseau de proie fait preuve d'un manque de jugement en se montrant aussi cupide, commenta Heywood, et cela n'est guère à son avantage. En gardant une colombe dans chaque serre, il ne pourra rien faire. Dès qu'il voudra dévorer l'une d'elles, l'autre s'envolera. S'il la rattrape, ce sera l'autre qui filera. En fin de compte, il se retrouvera avec rien à cause de sa rapacité et parce qu'il a plus grands yeux que grand ventre.

— Ainsi vous contemplez ce faucon dans le ciel? Mais peut-être faites-vous erreur et ce que vous imaginez voir là-haut se trouve peut-être plus près de vous… dit Thomas Seymour avec un sourire lourd de sens.

Mais John Heywood ne releva pas l'allusion.

— Non, dit-il. Il vole encore, mais cela ne durera pas longtemps, car il est vrai que j'ai vu le propriétaire du colombier où le faucon a capturé les colombes. Cet homme est armé et n'hésitera pas à tuer le prédateur…

— Il suffit! coupa le comte avec impatience. Je crois comprendre que vous voulez me donner une leçon, mais il vous faut savoir que je ne prends pas conseil d'un bouffon de cour, serait-il le plus sage du monde…

— Vous avez raison en cela, monseigneur, car les fous le sont suffisamment pour prêter l'oreille à la voix de la sagesse. De plus, chaque homme est responsable de sa bonne fortune. Et maintenant, monsieur, je vais vous remettre une clé que vous avez personnellement forgée et derrière laquelle réside justement votre fortune. Prenez-la et, à minuit, glissez-vous dans le jardin jusqu'à la tour là-bas. Cette clé en ouvre la porte. Vous pouvez sans hésitation monter les marches de l'escalier en colimaçon et ouvrir la porte du palier. Derrière elle, vous trouverez la fortune que vous avez forgée à votre intention, Ô maître forgeron, et celle-ci vous accueillera avec la chaleur de ses lèvres et la tendresse de ses bras. Vous recommandant à Dieu, je dois m'empresser de rentrer dans mes appartements pour travailler à cette comédie que le roi m'a ordonné d'écrire.

Le comte de Sudley le retint.

— Attendez: vous ne m'avez pas dit qui m'envoyait ce message. Vous me proposez un rendez-vous, me donnez une clé, mais je ne sais qui m'attendra dans cette tour…

— Oh ! Vous ne le savez pas ? Eh bien ! La personne qui vous envoie cette clé est la plus jeune et la plus délicate des deux colombes...

— La princesse Élisabeth ?

— Vous l'avez dit. Pas moi ! dit John Heywood en se dégageant de l'emprise du comte et en filant à travers la cour pour rejoindre ses appartements.

Thomas Seymour le regarda d'une mine renfrognée puis baissa les yeux sur la clé que Heywood lui avait remise.

— Ainsi la princesse m'attend... murmura-t-il doucement. Qui donc aurait pu prévoir cela dans les étoiles ? Qui donc peut prévoir quand la couronne tombera de la tête du roi Henri ? J'aime Catherine, mais j'aime encore plus mon ambition et, s'il le faut, je devrai lui sacrifier les élans de mon cœur...

CHAPITRE XVII

Perdu dans ses sombres pensées, John Heywood s'acheminait lentement vers ses appartements donnant sur la seconde cour intérieure du vaste palais de Whitehall, dans l'aile du château où se trouvaient les logements de tous les administrateurs supérieurs de la maison royale ainsi que ceux des bouffons de cour car, à cette époque, le fou du roi était un personnage important et respectable qui occupait un rang égal à celui de gentilhomme de la Chambre royale.

John Heywood avait tout juste franchi la seconde cour lorsque des éclats de voix et un bruit de fracas le tirèrent de ses méditations. Il s'arrêta et écouta. Son visage, si grave quelques secondes plus tôt, avait repris son air futé et enjoué et ses grands yeux se mirent à pétiller de bonne humeur et de malice. Le fou du roi se dit :

« Que voilà donc ma charmante gouvernante, Gammer Gurton, en train de se quereller une fois de plus avec mon excellent serviteur, ce pauvre Hodge aux jambes interminables et au regard de chien battu. Ha ! Ha ! Hier soir je l'ai surprise en train de lui faire la bise tandis que lui réagissait comme si une abeille l'avait piqué. Aujourd'hui, je vois qu'elle lui frotte les oreilles. Il en rit peut-être et croit sans doute qu'il s'agit d'une rose qui lui caresse les joues. Ce Hodge est décidément un drôle d'oiseau, mais voyons plutôt quel est l'objet du litige et quel genre de farce il en résultera... »

Il monta silencieusement les marches, ouvrit la porte de sa chambre, puis la referma discrètement. Gammer Gurton, qui se trouvait dans la pièce adjacente, n'avait rien vu ni rien entendu. D'ailleurs, si le ciel lui aurait tombé sur la tête à cet instant précis, elle l'aurait à peine remarqué, car elle n'avait d'yeux et d'oreilles que pour le grand échalas de valet qui se tenait tremblant devant elle et qui la fixait de ses grands yeux bleus délavés. L'esprit de cette femme tenait dans sa langue, plus véloce qu'une roue de rouet et plus vive que le tonnerre. Dans de telles conditions, comment aurait-elle pu entendre son maître qui s'était glissé subrepticement dans la pièce voisine?

— Comment, espèce de va-nu-pieds, peux-tu oser me faire croire que c'est le chat qui s'est sauvé avec mon aiguille, comme si celle-ci était une souris ou une tranche de bacon? Tu exagères, espèce de bouffon à tête d'ahuri! hurla Gammer Gurton.

— Comme ça tu me traites de bouffon, répliqua Hodge en riant d'une oreille à l'autre. C'est un grand honneur pour moi que de me faire traiter ainsi, parce que cela prouve que je suis un serviteur digne de mon maître. Quant à mon air ahuri, c'est sans doute à cause du fait que je n'ai rien d'autre sur quoi poser mon regard que sur toi, Gammer Gurton, avec ta face de lune, ton déhanchement de trois mâts dans la tempête. Avec tes mains maladroites comme des grappins, tu casses tout, sauf ton miroir…

— Tu vas me payer ça, sacripant, butor! cria Gammer Gurton en se précipitant poings fermés sur Hodge.

Mais le rusé serviteur de Heywood avait prévu la réaction de la tonitruante Gammer Gurton et s'était réfugié sous la grande table qui occupait le centre de la pièce. Alors que la gouvernante s'évertuait à l'extirper de sa cachette, il lui pinça si fort la cuisse qu'elle rebondit en poussant un cri et, terrassée de douleur, s'effondra dans un grand fauteuil tapissé de cuir qui se trouvait près de son poste de travail favori, sous la fenêtre.

— Hodge, tu es un monstre ! grogna-t-elle, complètement vidée. Oui, un monstre sans cœur. Tu m'as volé mon aiguille, car tu savais que c'était la dernière qu'il me restait et qu'il me faut aller vite en chercher d'autres chez le mercier. C'est ce que tu voulais, scélérat ! Tu voulais m'éloigner pour pouvoir avoir l'occasion de flirter avec Tib...

— Tib ? Qui est Tib ? demanda Hodge qui se hasarda à sortir son long cou de sa cachette et à regarder Gammer Gurton d'un air déconcerté.

— Et voilà que ce sacripant me raconte qu'il ne sait pas qui est Tib ! hurla l'opulente gouvernante. Eh bien ! Je vais te le dire : Tib est la cuisinière du majordome qui se trouve là-bas. Une gourgandine aux yeux noirs, une coquette diabolique qui ne se gêne pas pour détourner du droit chemin le fiancé d'une femme honnête et vertueuse telle que moi, un fiancé si pitoyable que personne hormis moi n'aurait pu le remarquer, car il m'a fallu quarante ans de pratique pour m'exercer à trouver l'homme prêt à m'épouser et à faire de moi une honorable maîtresse de maison. Alors que je désespérais de découvrir cet oiseau rare, je t'ai finalement trouvé, espèce de toile d'araignée de bonhomme...

— Comment ? Tu me traites de toile d'araignée ? cria Hodge en sortant de dessous la table et en se campant d'un air menaçant devant le fauteuil de Gammer Gurton. Tu me traites de toile d'araignée ? Alors je te jure que dorénavant tu ne seras plus l'araignée qui s'y cramponne ! Car tu es une épeire, une araignée des jardins pour qui une toile comme Hodge est beaucoup trop délicate et élégante. Calme-toi, vieille épeire, et va tisser ta toile ailleurs. Ce n'est pas toi qui dois vivre dans ma toile mais Tib. Bien sûr que je connais cette jeune fille, une charmante enfant de quatorze ans dont les lèvres sont aussi rouges que le pendentif de corail que tu arbores sur la graisse qui te sert de cou. Ses yeux brillent plus que ton nez huileux ; sa taille est fine et sa silhouette plus gracile qu'un seul de tes doigts ! Oui ! Oui je connais Tib. C'est une enfant affectueuse dont le cœur ne se montrera jamais assez dur pour se moquer de l'homme qu'elle aime. Elle ne sera jamais aussi mesquine et pitoyable, même en pensées, pour souhaiter épouser un homme qu'elle n'aime pas, juste pour se caser. Oui, je connais Tib. Maintenant, j'irai la trouver et lui demanderai d'épouser un honnête garçon qui, s'il est certes maigre, ne tardera pas à prendre du poids après avoir cessé de consommer l'abominable cuisine que lui sert Gammer Gurton, une bonne femme qui lui pique les yeux comme le ferait un vieil oignon. Bonsoir, vieil oignon ! Je m'en vais retrouver Tib !

Mais Gammer Gurton se tira prestement de sa chaise comme un diable sorti d'une boîte et était déjà sur Hodge, qu'elle tenait par ses basques en le forçant à se relever.

— Essaie seulement d'aller retrouver Tib ! Essaie seulement de franchir cette porte et tu verras comment la placide et patiente Gammer Gurton peut se transformer en une tigresse lorsqu'une gourgandine essaie de lui arracher le plus cher de ses trésors : son mari ! Je dis bien son mari puisque tu m'as promis de m'épouser…

— Mais je ne t'ai pas dit où ni quand, Gammer Gurton… et tu peux attendre toute l'éternité, car ce sera seulement au ciel que je serai ton mari !

— Que voilà un mensonge abominable et malicieux, cria Gammer Gurton. Un mensonge de bon à rien, car il n'y a pas si longtemps je devais larmoyer et te supplier jusqu'à ce que tu me forces à faire un testament dans lequel je léguais à Hodge, mon bien-aimé mari, la totalité de mes biens meubles et immeubles, bref, tout ce que j'avais accumulé au cours de ma vie vertueuse et industrieuse.

— Mais tu n'as jamais fait ce testament. Tu as manqué à ta promesse et, par conséquent, je peux bien manquer à la mienne…

— Bien sûr que je l'ai fait, espèce de lévrier cavaleur ! Je l'ai fait et, ce jour, je me préparais à rencontrer avec toi un juge de paix, à signer ce document et ensuite, demain, nous aurions pu nous marier !

— Comme ça tu avais fait le testament, mon doux amour? répliqua Hodge tendrement, tandis qu'avec ses bras interminables il essayait d'étreindre le gigantesque tour de taille de sa bien-aimée. Tu as fait le testament et tu m'as institué ton légataire? Viens-t'en alors, Gammer Gurton, dépêchons-nous de nous rendre chez le juge de paix !

— Grand fou ! dit Gammer Gurton, ne vois-tu pas que tu me froisses mes dentelles en me serrant de la sorte? Allons-y donc, mais avant tout, il faut que tu retrouves mon aiguille rapidement, car sans elle, nous ne pouvons pas nous rendre chez le juge de paix.

— Et pourquoi ne pouvons-nous pas nous rendre chez le juge de paix sans aiguille?

— Non. Vois-tu ce trou que Gib, le chat, a fait dans ma plus jolie toque voilà quelque temps?

Elle joignit le geste à la parole en sortant la toque d'une boîte et en la déposant sur la table puis poursuivit :

— Il serait inconvenant d'aller voir le juge de paix avec un tel trou dans ma coiffure. Cherche, Hodge, cherche, afin que je puisse raccommoder ma toque et que nous puissions accomplir ces démarches !

« Seigneur Dieu, où donc peut bien se trouver cette satanée aiguille? Il me la faut. Je dois la trouver pour qu'enfin Gammer Gurton puisse faire valider son testament par le juge de paix... »

C'est avec l'énergie du désespoir que Hodge chercha partout sur le sol l'aiguille égarée. Gammer Gurton fixa ses grosses lunettes sur son nez rubicond et regarda sur la table. Elle se concentrait tellement sur ses recherches que, pour une fois, elle cessa pratiquement son interminable bavardage et que le silence se fit dans la pièce.

Mais ce silence ne tarda pas à être rompu par une voix venant probablement de la cour, une voix douce et tendre qui disait :

— Hodge, mon cher Hodge, es-tu là ? Viens me rencontrer dans la cour, seulement pendant quelques minutes ! Je veux m'amuser un peu avec toi...

Au son de cette voix, ce fut comme si la foudre était passée dans la pièce et qu'elle avait frappé à la fois Gammer Gurton et Hodge.

Éberlué, le couple cessa ses recherches et s'immobilisa, comme pétrifié. Le plus affecté était le pauvre Hodge, qui avait vraiment l'air d'avoir été frappé par un éclair. Ses grands yeux bleus délavés semblaient sortir de leurs orbites ; ses longs bras étaient ballants comme des fléaux ; ses genoux, à moitié pliés, étaient prêt à le trahir dans l'attente de la tempête qui ne manquerait pas de se produire.

En fait la tourmente ne se fit pas attendre.

— Mais c'est Tib ! hurla Gammer Gurton, bondissant comme une lionne sur Hodge et le saisissant à deux mains par les épaules. Oui, c'est Tib, espèce d'escogriffe, de minable lévrier efflanqué. Ah ! N'avais-je pas raison de t'appeler un coquin de bon à rien, un individu sans foi ni loi qui ne respecte pas l'innocence et brise le cœur des femmes honnêtes comme il le ferait d'un craquelin qu'on écrase dans sa soupe ? N'avais-je pas raison de dire que tu me poussais à sortir pour pouvoir aller flirter avec Tib ?

— Hodge, mon cher Hodge, lança une fois de plus la voix, résolument plus forte et plus langoureuse. Hodge, viens me retrouver dans la cour comme tu me l'as promis, viens chercher ce baiser que tu me priais de te donner ce matin !

— Que le diable m'emporte ! Je n'ai jamais demandé quoi que ce soit et ne comprends pas un mot de ce qu'elle raconte ! ajouta Hodge, complètement abasourdi et tremblant comme une feuille.

— Comme ça tu n'y comprends rien, hein? persifla Gammer Gurton, mais moi j'ai tout compris, notamment que tout ce qui a pu arriver entre nous appartient dorénavant au passé et que je ne veux plus avoir quoi que ce soit en commun avec toi, espèce de Moloch dépravé! Je comprends aussi que je n'irai pas enregistrer mon testament, ne deviendrai pas ta femme et ne m'inquiéterai plus à en mourir pour un squelette de mari qui pourra crever la bouche ouverte avant qu'il ne devienne mon héritier! Oui, tout ça est du passé. Je n'irai pas voir le juge de paix et déchirerai mon testament!

— Elle va déchirer son testament! reprit Hodge. Et dire que je me suis tourmenté en vain pour endurer la discutable chance de me laisser aimer par cette vieille chouette! Ainsi elle ne fera pas de testament et Hodge restera aussi misérable qu'il était...

Gammer Gurton eut un rire dédaigneux.

— Ah! Tu te rends enfin compte du lamentable personnage que tu es et de la respectable et attrayante personne que je suis, pauvre de moi qui me suis rabaissée à ramasser de la mauvaise graine dans ton genre pour en faire son mari!

— Oui, oui, je sais! pleurnicha Hodge, et j'ai prié pour que tu fasses de moi ton conjoint et surtout que tu me couches sur ton testament!

— Il n'en est pas question. Je ne ferai pas mon testament. C'est fini et bien fini. Maintenant, tu peux aller retrouver quand il te plaira cette Tib, qui t'a appelé si amoureusement. Mais rends-moi d'abord mon aiguille, espèce de pie voleuse! Donne-moi l'aiguille que tu m'as volée. Elle ne te servira plus à rien, car je n'aurai pas à sortir de manière à ce que tu ailles retrouver cette traînée. Nous n'avons plus rien à nous dire et tu peux t'en aller à ta guise... Mais rends-moi d'abord mon aiguille ou je te suspends dans mon potager en guise d'épouvantail à moineaux. Mon aiguille ou bien...

Elle menaçait Hodge de son poing fermé, on ne peut plus convaincue que, comme d'habitude, Hodge reculerait devant l'hostilité de la jalouse et irritable dame de ses pensées et qu'il irait se réfugier sous la table ou bien sous le lit.

Cette fois-ci, elle se trompait. Hodge qui voyait que tout était perdu, à bout de patience, vit sa timidité naturelle se changer en énergie du désespoir. L'agneau s'était transformé en lion. Il fonça sur Gammer Gurton et lui asséna un bon coup sur la joue.

Le pugilat commença et les deux antagonistes firent preuve d'une animosité et d'une vigueur égales. Les mains osseuses de Hodge assénèrent les ramponneaux les plus douloureux aux dépens de la volumineuse gouvernante qui, vu sa masse, avait du mal à parer les coups, ce qui n'était pas le cas du grand échalas, qui les esquivait pratiquement tous.

— Arrêtez-moi tout ça, imbéciles! cria soudainement une voix de stentor. Ne voyez-vous donc pas, risibles farfadets, que votre seigneur et maître est là? Que la paix soit avec vous, espèces de démons. Cessez de vous battre et aimez-vous!

— Mais c'est le maître! s'exclama Gammer Gurton, baissant le poing d'un air contrit.

— Ne me congédiez point, monsieur! gémit Hodge. Ne me renvoyez pas parce qu'enfin j'ai donné une bonne volée à cette vieille sorcière! Elle le méritait depuis longtemps… Un ange aurait perdu patience avec elle!

— Je te chasse! s'exclama John Heywood en s'essuyant les yeux emplis de larmes, tant il riait fort. Non Hodge… Je plaisante. Tu es vraiment une perle et une mine de gaieté et d'hilarité. Sans le savoir, vous m'avez tous deux fourni l'inspiration pour une petite pièce de théâtre que, par ordre du roi, je dois écrire dans les six jours qui viennent. Je vous dois donc de vifs remerciements et je vous montrerai ma gratitude. Écoutez-moi bien, mes chers tourtereaux: on ne peut pas toujours reconnaître un loup à sa fourrure, car celui-ci peut, selon certains contes, s'affubler d'une peau de mouton. De la même manière on ne peut pas toujours reconnaître un homme à sa voix, car il peut emprunter celle d'une autre personne. Ainsi, par exemple, je connais un certain John Heywood qui est capable d'imiter la voix d'une certaine demoiselle nommée Tib et de susurrer « Hodge, mon cher Hodge ! »

Le fou du roi se mit alors à répéter avec l'intonation voulue les mots qui avaient provoqué l'ire et la stupeur du couple.

— Ainsi, c'était vous, monsieur ? dit Hodge avec un large sourire. Cette Tib qui m'appelait dans la cour et à propos de laquelle nous nous sommes battus, c'était vous ?

— C'est moi qui imitais Tib, grand nigaud. J'ai assisté à toute cette chicane et l'ai trouvée si comique que j'ai décidé de faire intervenir, comme un coup de canon, le personnage de Tib en plein milieu de cette querelle d'amoureux... Ah ! Ah !

«Ne me dis pas que mon intervention n'a pas eu l'effet d'une bombe ! Lorsque j'ai dit "Hodge, mon cher Hodge !", tu t'es littéralement effondré. Non, non, ma vertueuse et valeureuse Gammer Gurton, ce n'était pas Tib qui appelait ton brave Hodge, car lorsque votre dispute a commencé, j'ai vu Tib sortir par la porte de la cour. »

— Ainsi ce n'était pas Tib ! s'exclama Gammer Gurton toute émue et heureuse de la tournure des événements. Ce n'était pas Tib et elle ne s'attardait aucunement dans la cour. Donc Hodge n'aurait pas pu la retrouver si je m'étais rendue à la mercerie pour y acheter des aiguilles. Oh ! Hodge ! Hodge ! Pardonne-moi et oublie les méchancetés que j'ai pu te dire alors que je me rongeais les sangs. Pourras-tu encore m'aimer ?

— Je vais essayer, dit Hodge gravement, et je réussirai probablement mieux si tu te dépêches de te rendre auprès de l'homme de loi pour faire ton testament...

— Je le ferai, mon ange, et demain nous irons voir le prêtre. Cela te convient-il?

— C'est ça, nous verrons le prêtre demain... grommela Hodge avec une grimace disgracieuse en se grattant derrière l'oreille.

— Viens me retrouver, mon ange, et donne-moi un baiser de réconciliation... dit Gammer Gurton en ouvrant ses bras au valet qui demeura immobile.

Voyant cela, elle s'approcha de lui et le pressa tendrement sur son cœur.

Soudainement, elle poussa un cri et le laissa aller en sentant une vive douleur dans la poitrine. Elle avait l'impression qu'une minuscule dague lui avait percé un sein.

Il s'agissait de l'aiguille égarée, ce qui prouvait que Hodge était aussi innocent qu'un bébé venant de voir le jour.

N'ayant pas volontairement dérobé l'aiguille de manière à ce que Gammer Gurton s'éloigne pour s'approvisionner à la mercerie, il n'avait donc pas l'intention d'aller conter fleurette à Tib, qui d'ailleurs était sortie.

— Oh! Hodge! Hodge! Mon bon Hodge... Mon innocente colombe, me pardonneras-tu?

— Allons chez le juge de paix, Gammer Gurton, et je te pardonne!

Oubliant la présence de leur maître, ils tombèrent dans les bras l'un de l'autre tandis que celui-ci riait de bon cœur et opinait du bonnet.

« J'ai vraiment trouvé là la documentation la plus appropriée pour ma pièce, se dit John Heywood en laissant les singuliers amoureux à leurs effusions et en réintégrant ses appartements. Gammer Gurton m'a sauvé et le roi Henri n'aura pas la satisfaction de me voir fouetter par les plus vertueuses et les plus jolies dames de la cour. Au travail donc, au travail ! »

Il s'assit devant son secrétaire, prit sa plume et fit une pause.

— Voilà certes un riche sujet de saynète mais je ne pourrais jamais y introduire d'entracte. Que devrais-je faire ? Abandonner le sujet et, une fois de plus, fustiger les moines et ridiculiser les bonnes sœurs ? Cela est malheureusement dépassé. Non, je vais écrire quelque chose de complètement neuf, quelque chose qui divertira tant le roi qu'il ne signera pas d'arrêt de mort de la journée. Oui, une joyeuse farce que j'appellerai sans broncher une comédie !

Il saisit sa plume et écrivit :

« L'aiguille de Gammer Gurton – une comédie plaisante, joyeuse et… piquante. »

Et c'est ainsi que John Heywood, bouffon du roi Henri VIII, devint auteur de théâtre.

CHAPITRE XVIII

Tout était tranquille dans le palais de Whitehall. Même les laquais qui gardaient le vestibule de la chambre du roi dormaient depuis longtemps, car le monarque se reposait depuis des heures et, si l'on en jugeait par ses ronflements retentissants, ceux-ci étaient pour la domesticité la promesse d'une nuit exempte de dérangement.

La reine s'était également retirée dans ses appartements et avait donné tôt congé à ses dames d'honneur en invoquant la fatigue qu'elle ressentait des suites de sa chevauchée. Personne ne devait la déranger, sauf sur ordre du roi.

Mais, comme nous l'avons vu, le roi dormait et la reine n'avait aucune raison de voir son propre repos perturbé.

Un silence de mort régnait sur le palais et les couloirs étaient déserts.

Soudainement une forme vêtue de noir et voilée se glissa précautionneusement le long du couloir chichement éclairé.

Touchant à peine le plancher, elle semblait flotter en se dirigeant vers un petit escalier. Elle s'arrêta et prêta l'oreille, mais nul son ne se faisait entendre.

Puis elle reprit son déplacement aérien en prenant garde de ne pas faire de bruit en se dirigeant vers l'aile inoccupée du château de Whitehall.

Au bout du couloir, elle descendit les escaliers et s'arrêta devant une porte menant à la résidence d'été. Collant son oreille à l'huis, elle écouta et se frappa trois fois dans les mains.

Un son similaire se fit entendre de l'autre côté.

— Oh ! Il est là, il est là…

Elle en oublia ses douleurs et ses larmes. Il était là. Elle l'avait encore pour elle.

Elle ouvrit la porte. La pièce était sombre mais elle crut le voir, car les yeux de l'amour percent l'obscurité, et même si elle ne distinguait pas nettement son galant, elle perçut néanmoins sa présence.

Elle se blottit contre sa poitrine et il l'étreignit. Enlacés, ils se dirigèrent prudemment dans le noir vers un divan au bout de la pièce et se laissèrent choir sur les coussins.

— Enfin, je puis à nouveau serrer dans mes bras vos divines formes et presser mes lèvres contre votre bouche adorée ! Ô ma bien-aimée, cette séparation m'a semblé durer une éternité ! Six longs jours ! Si vous saviez combien mon âme pleurait votre absence et combien elle était en proie aux pires affres ! Si vous saviez comment je tendais mes bras à la nuit, puis les laissais retomber, inconsolable et angoissé, parce qu'ils ne se refermaient sur rien d'autre que de froids courants d'air ! Si vous aviez pu entendre comment je vous appelais, mon amour, soupirais et versais des larmes ; comment je vous louais dans de fervents dithyrambes… Mais vous, cruelle, demeuriez froide comme le marbre tout en restant souriante. Vos yeux scintillaient avec toute la fierté et la grandeur d'une Junon. Le rose de vos joues n'était pas un iota plus pâle. Non, non, vous ne vous êtes pas ennuyée de moi et votre cœur n'a pas été rongé d'inquiétude. Vous êtes par-dessus tout une fière et orgueilleuse reine et, en second lieu, une femme aimante…

— Que vous êtes injuste et dur, mon Henry ! murmura-t-elle doucement. J'ai également souffert le martyre et il est possible que mes douleurs aient été plus cruelles et plus amères que les vôtres, car je devais les laisser me ronger les sangs. Vous avez peut-être tendu vos bras au vent et émis force lamentations et soupirs, mais vous n'étiez pas, comme moi, condamnée à rire, à plaisanter et à écouter d'une oreille apparemment attentive toutes les flatteries et phrases louangeuses constamment répétées se rapportant à ma personne. Vous aviez au moins la liberté de souffrir.

« Ce n'était pas mon cas. Je souriais, mais en endurant de mortelles souffrances. S'il est vrai que mes joues ne pâlissaient pas, rouge était le voile avec lequel je couvrais ma pâleur car, Henry, au milieu de ces douleurs et de cette nostalgie, j'avais aussi une douce consolation – vos chères lettres, vos poèmes, qui semblaient tomber comme la rosée du ciel sur mon âme malade pour l'apaiser en créant de nouveaux tourments et de nouveaux espoirs. Ô combien j'aimais ces poèmes qui sont l'écho de votre langage noble et enchanteur ! Mon âme entière espérait leur venue. Je posais mes lèvres des milliers de fois sur ce papier évocateur de votre personne aimée ! Combien j'aimais cette fidèle Jane, cette silencieuse messagère de notre amour ! Lorsque je la voyais entrer dans mes appartements avec ce papier immaculé en main, elle était pour moi comme la colombe et son rameau d'olivier apportant la paix et le bonheur. Je me dépêchais alors de la retrouver et de la serrer sur mon cœur et de l'embrasser. Je me sens alors pauvre et dénuée de pouvoir, parce que je ne peux lui rendre toutes les bontés dont elle me comble. Ah ! Henry, combien de remerciements ne devons-nous pas à cette pauvre Jane... »

— Pourquoi la qualifiez-vous de « pauvre » puisqu'elle peut toujours être près de vous et vous écouter ?

— Je dis cela parce qu'elle est malheureuse, car elle aime Henry, désespérément, à la folie, et qu'elle n'est pas aimée en retour. Elle se languit de lui dans le chagrin et la douleur et se tord les mains dans son immense malheur. N'avez-vous pas remarqué combien elle est pâlotte et combien ses yeux perdent chaque jour de leur éclat?

— Non, je ne l'ai pas remarqué, car je ne vois rien que vous, et Lady Jane n'est pour moi qu'une image sans importance, comme celle de toutes les autres femmes d'ailleurs. Mais quoi? Vous tremblez et votre corps frémit dans mes bras comme s'il était pris de convulsions... Que se passe-t-il? Êtes-vous en train de pleurer?

— Oh! Je pleure parce que je suis si heureuse. Je pleure parce que je pensais combien il peut être douloureux de donner son cœur et de ne rien recevoir en retour sinon la mort! Pauvre Jane!

— Qu'est-elle pour nous, après tout? Nous, nous nous aimons. Allons, chère âme, laissez-moi sécher vos larmes à force de baisers; laissez-moi boire ce nectar digne de m'inspirer et de faire de moi un dieu! Ne pleurez plus, sinon pour exprimer un excès de ravissement et parce que les mots et le cœur sont trop faibles pour contenir cette joie!

— Oui, oui, crions de joie et abîmons-nous dans cette félicité! s'exclama-t-elle dans un élan de passion en se jetant contre sa poitrine.

Ils étaient tous deux silencieux, blottis l'un contre l'autre.

Un doux silence succéda à ces transports lors de cette nuit fatidique. Les feuilles des arbres semblaient avoir mis un terme à leur bruissement en l'honneur des amoureux et un croissant de lune se montrait par la fenêtre comme un confident.

Mais le bonheur est fugace, le temps passe toujours trop vite pour les amants et le moment des adieux est maintenant revenu.

— Pas tout de suite, mon amour! Restez encore un peu. Le jour n'est pas près de poindre; écoutez: l'horloge du château vient de sonner deux heures. Ne partez pas si vite.

— Je le dois, Henry, je le dois. L'heure est déjà trop tardive pour savourer mon bonheur.

— Ô âme froide et fière, votre tête est-elle encore en quête d'une couronne et n'êtes-vous pas impatiente de recouvrir une fois de plus vos épaules de pourpre ? Venez, laissez-moi embrasser vos épaules et que mes baisers brûlants leur fassent comme une mante !

— Une mante pour laquelle je donnerais volontiers ma couronne et ma vie, murmura-t-elle avec enthousiasme en l'enlaçant.

— M'aimez-vous ? M'aimez-vous vraiment ?

— Oui, je vous aime !

— Pouvez-vous me jurer que vous n'aimerez personne sauf moi ?

— J'en fais le serment, aussi vrai que Dieu m'entend.

— Soyez-en bénie, chère âme ! Ah ! oui, puisque je ne peux prononcer votre nom, j'aimerais que vous me disiez comment je dois vous appeler. Vous savez qu'il est fort cruel de ne pas pouvoir nommer l'objet de son amour. Vous devriez donc lever l'interdiction que vous vous êtes imposée et ne pas me priver du doux plaisir d'au moins pouvoir vous appeler par votre nom…

— Non, répondit-elle dans un frisson. Ne savez-vous pas que les somnambules se réveillent lorsqu'on les interpelle ? Je suis une sorte de somnambule qui, avec courage, marche en souriant à des hauteurs vertigineuses. Si vous m'appelez par mon nom, je me réveillerai et, fébrile, ne tarderai pas à tomber dans un précipice. Ah ! Henry, je déteste mon nom lorsqu'il est prononcé par d'autres lèvres que les vôtres. Voilà pourquoi je ne désire pas être appelée par le nom sous lequel les autres me connaissent. Rebaptisez-moi, Henry, redonnez-moi un prénom qui sera un secret que personne ne connaîtra, sinon nous deux…

— Je vous appellerai Géraldine, et c'est en tant que Géraldine que je vous louerai et vous célébrerai en public. Malgré tous les espions et les mouchards, je répéterai encore et encore que je vous aime et personne, même le roi lui-même, ne pourra s'y opposer.

— Chut ! dit-elle en frissonnant, ne parlez pas de lui ! Je vous en conjure, Henry chéri ! Prenez garde ! Pensez que vous m'avez promis de toujours être conscient du danger qui nous menace et qui ne manquera pas de nous tailler en pièces si seulement par un mot, une expression ou un sourire vous veniez à trahir le doux secret qui nous unit. Êtes-vous toujours conscient du serment que vous m'avez fait ?

— J'en suis conscient, mais il s'agit là d'une disposition draconienne. Cela signifie-t-il que lorsque nous serons seuls je ne pourrai jamais m'adresser à vous qu'avec la révérence et la retenue qui siéent à la reine ? Même lorsque personne ne peut nous entendre, cela signifie-t-il qu'il me sera impossible, par la moindre syllabe ou la moindre allusion, de vous rappeler notre amour ?

— Non, non, n'en faites rien, car ce château fourmille d'oreilles, d'yeux, d'espions dissimulés derrière les tentures et les rideaux. Ils sont tapis dans tous les coins, épiant la moindre expression, le moindre sourire, le moindre mot afin d'y trouver motif à soupçons. Non, non, Henry, jurez-moi au nom de notre amour que jamais, sauf dans cette pièce, vous ne vous adresserez à moi autrement qu'en qualité de reine. Jurez-moi qu'au-delà de ces murs vous demeurerez exclusivement un serviteur respectueux de la reine et, en même temps, le fier comte et seigneur dont on dit que nulle femme n'a pu toucher le cœur. Jurez-moi que jamais à l'occasion d'une mimique, d'un sourire ou même du plus insignifiant geste de la main vous ne trahirez ce qui, au-delà de cette pièce, demeure pour nous deux un crime. Que cette chambre soit le temple de notre amour, mais une fois passé son seuil, nous ne profanerons point les doux mystères de notre bonheur en permettant à des yeux impies de n'entrevoir qu'une seule lueur des rayons qu'il émet. En sera-t-il ainsi, Henry chéri ?

— Il en sera ainsi! répondit-il d'une voix troublée, même si je dois avouer que cette effrayante illusion constitue pour moi une torture presque mortelle. Oh! Géraldine, lorsque je vous rencontre ailleurs et que votre regard glacial et imperturbable croise le mien, je me dis: «C'est impossible, ce n'est pas la femme que j'aime, ce n'est pas l'être passionné que, dans l'obscurité de la nuit, je serre parfois dans mes bras. Il s'agit de Catherine, la reine, et non de ma bien-aimée. Une femme ne peut se déguiser à ce point et l'artifice ne peut aller suffisamment loin pour falsifier ainsi la vraie nature et la vie d'une personne.» Oh! Il y a eu des heures, des heures horribles où il me semble que tout cela n'est qu'une illusion, une mystification, comme si quelque perfide démon avait pris la forme de la reine pour se moquer de moi, pauvre rêveur victime de son imagination, jouissant d'un bonheur sans fondement dans la réalité.

«Lorsque de telles pensées m'assaillent, j'enrage et désespère profondément. Nonobstant mon serment et les dangers qui vous menacent, je serais prêt à me précipiter vers vous et, au vu et au su de la multitude courtisane et du roi en personne, à vous demander: "Êtes-vous vraiment celle que vous semblez être? Êtes-vous Catherine Parr, la femme du roi Henri, et rien de plus que cela? Ou alors êtes-vous ma bien-aimée, la femme qui accapare chacune de mes pensées, le moindre de mes souffles, celle qui m'a promis un amour éternel et une immuable vérité et qui, envers et contre tous, y compris le roi, se blottit contre moi en disant être mienne?"»

— Malheureux homme qui, s'il s'aventurait à commettre une telle imprudence, nous condamnerait tous deux à mort!

— Et alors? Au moins, vous seriez à moi dans le trépas, personne ne pourrait plus oser nous séparer et vous ne pourriez plus me fixer de ce regard glacial et étranger comme cela se passe trop souvent à l'heure actuelle. Ô je vous en conjure, plutôt que de me lancer ce genre de regard impersonnel qui me paralyse le cœur, ne me regardez plus du tout. Détournez-vous de moi...

— Alors les gens diront que je vous déteste, Henry…

— Il est plus agréable pour moi d'entendre raconter que vous me détestez que de faire dire aux courtisans que je vous suis entièrement indifférent, que je ne suis pour vous que le comte de Surrey, votre chambellan.

— Non, non, Henry. Ils devront voir que vous êtes davantage qu'un simple vassal. Devant toute la cour assemblée, je vous donnerai d'ailleurs une preuve de mon amour. Croirez-vous alors, cher grand fou, que je vous aime, que ce n'est pas un démon qui se réfugie dans vos bras et que je vous jure de n'aimer que vous? Dites-moi: me croirez-vous alors?

— Je vous croirai, mais nul n'est besoin de quelque signe ou de quelque assurance que ce soit. Non, je le sais. Je ressens bien la douce réalité de l'être qui se blottit dans mes bras, de sa chaleur qui me remplit de bonheur. Ce doit être seulement l'excès de bonheur qui me rend incrédule.

— Je vous convaincrai sans équivoque et ainsi vous ne douterez plus, même lorsque vous vous sentirez submergé de bonheur. Écoutez-moi bien. Comme vous le savez, le roi doit tenir un grand tournoi et un festival de poésie dans quelques jours. Or, lors de cette fête, je vous remettrai publiquement en présence du roi et de la cour la rosette qui orne mon épaule et, dans le pourtour en argent de cet ornement, vous trouverez un mot de moi. Cela vous satisfait-il, Henry?

— Vous me le demandez? Comment pouvez-vous me poser une telle question alors que vous me comblerez en me distinguant ainsi de tous vos courtisans?

Il la serra contre lui et l'embrassa mais, soudainement, elle frémit dans ses bras et s'agita vivement.

— Le jour se lève, le jour se lève! Voyez cette bande rougeâtre qui se dessine par-dessus les nuages. Le soleil va se lever, le jour se lève et c'est déjà l'aurore.

Il essaya de la retenir mais elle s'arracha à son étreinte en se voilant la tête.

— Oui, dit-il, le jour se lève et la lumière se fait ! Laissez-moi un instant voir votre visage. Mon âme aspire à le contempler comme la terre desséchée attend la rosée du matin ! Laissez-moi au moins voir vos yeux !

Elle se dégagea prestement.

— Non, non, vous devriez déjà être parti ! Voyez : il est trois heures. Bientôt, tout le monde sera éveillé dans le château. N'avez-vous pas l'impression d'ailleurs que quelqu'un est déjà passé près de cette porte ? Dépêchez-vous si vous ne voulez pas que je meure ou vive dans des affres constantes !

Après lui avoir jeté sa cape, elle lui rabattit le bord de son chapeau sur les yeux et, une fois de plus, lui déposa sur les lèvres un baiser brûlant.

— Au revoir, mon amour, au revoir, Henry Howard ! Lorsque nous nous reverrons plus tard aujourd'hui, vous serez le comte de Surrey et moi la reine et non votre bien-aimée, la femme qui vous aime ! Le bonheur appartient au passé et nous devons endurer de nouvelles épreuves. Adieu...

Elle ouvrit elle-même la porte vitrée et poussa son amoureux pour qu'il s'esquive.

— Adieu, Géraldine, adieu chérie ! Le jour se lève ; je vous saluerai une fois de plus comme ma reine et il me faudra encore endurer la torture de votre regard glacé et de vos sourires condescendants...

CHAPITRE XIX

Elle se précipita vers la fenêtre, regarda son amoureux s'éloigner, puis poussa un long cri d'angoisse. Terrassée par ses souffrances intérieures, elle tomba à genoux en pleurant, en se lamentant, en se tordant les mains et en levant les bras au ciel.

Heureuse un instant plus tôt, elle était maintenant submergée par le malheur et soupirait en retenant ses plaintes.

— Malheur à moi ! disait-elle en étouffant ses sanglots. Le désespoir et l'angoisse me lacèrent le cœur ! Il m'a tenue dans ses bras, j'ai reçu ses serments d'amour et accepté ses baisers. Ces marques d'affection ne s'adressaient cependant pas à moi mais à celle que je hais. Il me prend les mains et me fait des serments qui sont en réalité pour une autre. Il pense à elle et éprouve des sentiments qui lui sont exclusivement réservés...

« Quelle torture que d'être aimée sous un nom d'emprunt et de se faire adresser des serments par procuration ! Ce sont pourtant mes lèvres qu'il embrasse, mon corps qu'il étreint. Je reçois ses lettres et j'y réponds. Il m'aime, certes, mais ne me fait jamais confiance. Je ne suis rien pour lui sinon une image banale de femme, un personnage dénué de réelle existence. Il me l'a d'ailleurs dit. Je n'en ai pas fait un drame et ai prétendu que mes larmes de douleur étaient des larmes de joie. Quelle horrible ironie du sort que d'être quelqu'un d'autre alors que je devrais être ce que je suis... »

Poussant un cri de désespoir, elle s'arracha des cheveux, se frappa la poitrine du poing, pleura et se lamenta tout haut.

Elle n'entendait rien, ne voyait rien, ne ressentait rien, sinon une inexprimable et désespérante angoisse.

Elle ne tremblait aucunement pour elle, malgré le fait qu'elle serait perdue si on la découvrait en cet endroit.

Pourtant, de l'autre côté de la pièce une porte s'ouvrit doucement et un homme apparut.

Il ferma la porte derrière lui et approcha de Lady Jane, gisant toujours sur le sol. Il se tenait derrière elle pendant ses lamentations et en comprenait chaque mot tombant des lèvres tremblantes de la jeune femme. Les afflictions et les déchirements du cœur de celle-ci étaient en somme, à son insu, exposés au visiteur.

Celui-ci se pencha et, de la main, lui toucha légèrement l'épaule. Elle réagit en se convulsant, comme si elle avait reçu un coup d'épée, et cessa sur-le-champ de sangloter.

Il y eut une interminable pause pendant laquelle la jeune femme demeura sur le sol sans bouger, respirant à peine, tandis que près d'elle se tenait l'homme, aussi imperturbable qu'une statue de bronze.

— Lady Jane Douglas, dit-il d'un air sévère et solennel. Lève-toi, car il ne convient pas à ma fille de s'agenouiller lorsque ce n'est pas pour prier Dieu. D'ailleurs, tu ne te prosternes pas devant Dieu mais devant une idole que tu as toi-même créée et à laquelle tu as érigé un temple dans ton cœur. Cette idole s'appelle « mes petits ennuis personnels », mais il est écrit : « Tu n'adoreras nul autre Dieu que moi. » Voilà pourquoi, Lady Jane Douglas, je t'exhorte une fois de plus à te lever, car ce n'est pas devant Dieu que tu t'agenouilles...

Elle se leva lentement, comme si ces mots avaient exercé sur elle un pouvoir magnétique, et fit face à son père, dont les traits marmoréens traduisaient l'inflexibilité.

— Oublie les peines qui t'affligent en ce bas monde et qui occultent la mission que Dieu t'a confiée... continua le comte Douglas d'une voix métallique et grave. Car le Seigneur a dit et il est écrit: « Laissez venir à moi les affligés et je leur donnerai le repos. » Mais toi, Jane, tu dois déposer tes ennuis au pied du trône pour que ce fardeau se transforme en une couronne qui ennoblira ton front.

Il posa sa main sur le crâne de sa fille mais elle s'en dégagea brusquement.

— Non, cria-t-elle d'une voix hésitante, comme si elle émergeait d'un rêve. Au diable la royauté! Je ne veux point de couronne sur laquelle les démons ont jeté un sort. Je ne veux pas de robe royale teinte en rouge écarlate par le sang de mon bien-aimé.

— Elle est encore en plein délire... grommela le comte en regardant la jeune femme tremblotante qui s'était remise à genoux et qui regardait fixement devant elle avec des yeux inexpressifs.

Toutefois, le regard du comte demeurait glacial et imperturbable et il ne semblait manifester nulle compassion envers sa pauvre fille, maintenant taraudée par de sourdes craintes.

— Debout! lui dit-il d'une voix tranchante. Par ma voix, l'Église te commande de la servir comme tu l'as promis, c'est-à-dire avec un cœur joyeux et en ayant confiance en Dieu. Cela veut dire avec le sourire et l'œil clair et serein du disciple inspiré par la foi. Tu l'as d'ailleurs promis à notre seigneur et maître, Ignace de Loyola.

— Je ne peux pas! Je ne peux pas! gémit-elle doucement. Je ne puis être joyeuse lorsque le désespoir, tel un sanglier furieux, me donne de coups de boutoir en plein cœur. Je ne peux ordonner à mes yeux de briller lorsqu'ils sont imbibés de larmes et chargés d'inquiétude. Ayez pitié, Ô père! Faites preuve de compassion. N'oubliez pas que je suis votre fille, la fille d'une femme que vous avez aimée et qui se retournerait dans sa tombe si elle savait comment vous me torturez et ne me laissez aucun répit. Mère! Mère! Si votre âme rôde en ces lieux, venez et protégez-moi! Manifestez-vous et insufflez un peu de votre amour dans le cœur de ce cruel père prêt à sacrifier sa fille sur l'autel de son Dieu…

— Oui, Dieu m'a appelé, répliqua le comte et, tout comme Abraham, j'apprendrai à obéir à la différence près que je n'ornerai pas ma victime de fleurs coupées mais d'une couronne royale. Je ne plongerai pas de couteau en son sein, mais lui placerai un sceptre d'or dans la main en lui disant: «Tu es reine devant Dieu et les hommes, tu es une servante fidèle et obéissante. Tu n'as plus qu'à commander. Toutefois la Sainte Église, au service de laquelle tu t'es consacrée – et qui te bénira si tu te montres à la hauteur de la situation –, te taillera en pièces si tu as l'audace de trahir ses saints commandements.» Non! Tu n'es plus ma fille, mais une prêtresse de l'Église consacrée à son saint service. Non, je n'ai aucune sympathie pour tes larmes et tes appréhensions, car j'entrevois la fin de ces tourments et je sais que ces larmes se transformeront en un diadème de perles sur tes tempes. Lady Jane Douglas, c'est saint Loyola qui te l'ordonne par ma bouche. Obéis! Non parce que je suis ton père, mais parce que je suis le général à qui tu as juré obéissance et fidélité jusqu'à la fin de tes jours.

— Alors tuez-moi, père, lui dit-elle faiblement. Mettons un terme à cette vie qui n'est rien qu'une torture et un interminable martyre. Punissez-moi pour ma désobéissance en me plongeant votre dague dans la poitrine. Punissez-moi et ne me refusez pas le sommeil de la tombe…

— Pauvre zélatrice de la voie de la facilité! Oses-tu seulement penser que je me montrerais trop insensé pour te soumettre à un châtiment aussi léger? Non! Non! Si au terme d'une insolente désobéissance tu osais te rebeller contre mes ordres, ta pénitence serait terrible et sans fin. Je ne te tuerais point mais tuerais celui que tu aimes ; sa tête roulerait et tu serais responsable du meurtre de cet homme. Il périrait sur l'échafaud et, toi, tu vivrais dans le déshonneur.

— Quelle horreur ! dit Jane en enfouissant sa tête dans ses mains.

Son père poursuivit :

— Idiote enfant à la courte vue ! Tu te pensais peut-être trop maligne pour jouer avec une épée sans savoir qu'elle était à double tranchant ! Tu voulais servir l'Église afin d'acquérir à ta façon une certaine maîtrise du monde. Tu voulais t'accaparer la gloire, mais celle-ci ne doit pas te roussir les cheveux de ses ardents rayons. Irresponsable enfant ! Ceux qui jouent avec le feu risquent d'être immolés par celui-ci. Mais nous avons heureusement pénétré tes pensées ainsi que tes souhaits les plus inconscients. Nous avons exploré l'aspect sombre de ton être ; nous y avons trouvé l'amour et avons utilisé celui-ci à nos fins et pour ton propre salut. Qu'as-tu donc à te lamenter et à te répandre en jérémiades ? Ne t'avons-nous pas permis d'aimer ? Ne t'avons-nous pas permis de te consacrer entièrement à cet amour ? Ne prétends-tu pas être la femme du comte de Surrey, même si tu es incapable de me donner le nom du prêtre qui vous a mariés ? Obéis, Lady Jane, et nous ne t'envierons pas le bonheur que te procure ton amour ; mais ose seulement te rebeller contre nous et tu seras couverte d'opprobre et d'ignominie. Il te faudra faire face au monde comme une personne bafouée, désavouée, vilipendée ; tu seras la catin qui…

— Arrêtez ! père… cria Jane en se relevant comme mue par un ressort. Oubliez ces terribles mots si vous ne voulez pas que je meure de honte. Non. J'obéirai ! Vous avez raison, je ne peux plus reculer…

— Et pourquoi reculerais-tu ? N'est-ce pas une vie agréable et remplie de plaisirs ? N'est-ce pas un privilège que de voir nos péchés se transformer en vertus ? De placer les plaisirs de ce monde au service des puissances célestes ? Et de quoi te plains-tu ? Qu'il ne t'aime pas? Erreur, il t'aime vraiment; ses serments d'amour résonnent encore dans tes oreilles et ton cœur en tremble. Qu'importe si l'imagination du comte de Surrey considère la femme qu'il étreint comme étant une autre que toi? Que ton nom soit Jane Douglas ou Catherine Parr, en réalité il t'aime...

— Oui, mais un jour viendra où il découvrira son erreur et où il me maudira.

— Ce jour ne viendra jamais. La Sainte Église trouvera un moyen d'éviter cela... du moins si tu te conformes à sa volonté et si tu fais preuve d'obéissance envers elle.

— Je m'y conformerai! soupira Jane. J'obéirai, mais promettez-moi, père, que nul mal ne lui sera fait et que je ne serai pas sa meurtrière...

— Non, tu deviendras même sa sauveuse et sa libératrice. Seulement, pour cela, il faudra que tu accomplisses à la lettre le travail que je te confie. Tout d'abord, donne-moi le résultat de ta dernière rencontre. Il ne doute pas que tu sois la reine, au moins?

— Non, en fait il en est si sûr qu'il serait prêt à le jurer sur les sacrements. Il en est d'autant plus persuadé que je lui ai promis de lui remettre publiquement un gage de l'amour que la reine lui porte...

— Et quel est ce gage? demanda son père, littéralement ravi.

— Je lui ai promis qu'au Grand festival la reine lui remettrait une rosette dans laquelle on trouverait une note émanant d'elle...

— Que voilà là une admirable idée! s'exclama Lord Douglas. Seule une femme désirant se venger pourrait concevoir un tel plan... Ainsi, la reine deviendra-t-elle sa propre accusatrice et nous fournira la preuve de sa culpabilité. La seule difficulté sera de trouver un moyen pour que la reine puisse, sans soulever de soupçons, porter cette rosette et la remettre au comte de Surrey.

— Elle la portera si je la prie de le faire, car elle m'aime. Je lui ferai valoir qu'il s'agira là d'un geste de gentillesse à mon égard. Catherine est de bonne composition et ne peut rien me refuser.

— Et j'en tiendrai le roi informé en prenant soin de ne pas le faire personnellement, car il est toujours dangereux d'approcher un tigre affamé dans sa cage en lui présentant de la nourriture, de peur de perdre la main qui la lui tend.

— Mais comment ? demanda-t-elle avec une expression d'effroi. Se contentera-t-il de punir exclusivement Catherine ? N'écrasera-t-il pas aussi le comte, qu'il considérera comme son amant ?

— Il le fera, mais c'est là que vous interviendrez en libérant Surrey. Vous lui rendrez sa liberté et il vous aimera d'autant plus que vous lui aurez sauvé la vie !

— Père ! Père ! Il s'agit là d'un jeu dangereux, car vous risquez de devenir le meurtrier de votre propre fille. Écoutez ce que j'ai à vous dire : si la tête de Surrey tombe, j'attenterai à mes jours. Si vous faites de moi sa meurtrière, vous me tuerez à coup sûr et je vous maudirai du fond de l'enfer ! Que m'importe la couronne royale si elle doit être entachée par le sang d'Henry Howard ? Que m'importent les honneurs et la renommée s'il n'est pas là pour voir mon triomphe et que ses yeux ne puissent refléter l'éclat de ma couronne ?

« Si vous voulez que j'accepte la couronne de reine que vous me proposez et que le roi d'Angleterre redevienne un vassal de l'Église, protégez donc Howard et veillez sur sa vie comme sur la prunelle de vos yeux !

— Toute la chrétienté demeurée fidèle au pape célébrera Jane Douglas, la pieuse reine qui a réussi un saint travail : celui de ramener Henri VIII, le lâche et rebelle fils de l'Église, à résipiscence aux pieds du Saint Père à Rome. En avant, ma fille, du courage ! Un sort glorieux et la fortune t'attendent ! Notre mère la Sainte Église te bénira et chantera tes louanges et Henri VIII te nommera sa reine…

CHAPITRE XX

Tout est encore calme dans le palais de Whitehall. On ne perçoit âme qui vive et personne n'a entendu Lady Jane quitter sa chambre et se déplacer à pas de loup dans le corridor.

Même silence dans la chambre de la reine où elle est seule, alors que ses serviteurs dorment encore. La souveraine a fermé à double tour les portes de l'antichambre de l'intérieur, unique accès à ses appartements. Elle est donc assurée de ne pas être dérangée.

Se hâtant de revêtir une longue cape noire, soigneusement encapuchonnée pour ne pas se faire reconnaître, la reine actionna un ressort inséré dans le cadre d'un tableau dissimulant une petite porte par laquelle une personne peut se faufiler facilement.

Après l'avoir franchie et replacé le tableau de l'intérieur, elle se dirigea à tâtons le long d'un corridor pratiqué dans la muraille jusqu'à ce qu'elle atteigne un bouton déclenchant l'ouverture d'une trappe dans le plancher, donnant accès à un étroit escalier faiblement éclairé. Catherine l'emprunta prestement et, au pied des marches, activa un autre ressort secret qui ouvrit une porte débouchant sur une vaste salle.

— Ah ! soupira-t-elle longuement, enfin la serre verte...

Elle la traversa rapidement et ouvrit la prochaine porte.

— John Heywood ?

— Je suis là, ma reine !

— Chut! Doucement! Prenez garde à ce que les hommes du guet qui se trouvent derrière l'autre issue ne nous entendent! Venez. Dépêchons-nous. Nous avons encore du chemin à faire.

Après avoir, une fois de plus, actionné un ressort dissimulé dans le mur et pris une lampe sur une table pour éclairer ces lieux, accompagnée du fou du roi la reine passa une autre porte et emprunta un long corridor au bout duquel se trouvait un escalier qu'ils descendirent. Les marches étaient nombreuses, l'air se raréfiait et le sol devenait de plus en plus humide. Le silence était sépulcral et nulle vie ne se manifestait dans ces profondeurs.

Ils suivirent un étroit passage qui semblait s'étendre à perte de vue. Catherine se tourna vers John Heywood qui put lire sur son visage une farouche résolution.

— Réfléchissez encore, John Heywood, lui dit-elle. Je ne vous demande pas si vous êtes courageux, car je connais votre valeur. Je veux seulement savoir si vous êtes prêt à mettre ce courage au service de votre reine...

— Pas pour la reine, mais pour la noble dame qui a sauvé mon fils.

— Aujourd'hui, vous serez donc mon protecteur advenant le cas où nous aurions à affronter quelque danger mais, avec l'aide de Dieu, j'espère que nous éviterons toute difficulté. Allons-y...

Ils avancèrent résolument, comme des ombres, puis le passage s'élargit et déboucha sur une chambre dont les murs latéraux comportaient des saillies.

— Nous avons fait la moitié du chemin, dit Catherine, et nous nous reposerons un peu ici.

Elle plaça la lampe sur une petite table de marbre au milieu du passage et s'assit en invitant John Heywood à prendre un siège.

— Ici, je ne suis pas la reine, dit-elle, et vous n'êtes pas le bouffon du roi. Je ne suis qu'une pauvre et faible femme dont vous êtes le défenseur. Vous avez donc le droit de vous asseoir près de moi.

John secoua la tête en souriant et s'assit à ses pieds.

— Sainte Catherine, qui avez sauvé mon fils, je me prosterne à vos pieds et vous remercie encore avec ferveur.

— Connaissez-vous ce passage souterrain, John?

John sourit tristement.

— Je le connais, ma reine.

— Ah! oui? Je pensais qu'il s'agissait d'un secret connu seulement du roi et de la reine...

— Voilà pourquoi il vous sera facile de comprendre pourquoi un fou peut en avoir connaissance. Le roi d'Angleterre et son bouffon sont comme frères. Oui, ma reine, je connais ce passage et je l'ai déjà parcouru dans l'anxiété et les larmes...

— Vous, John Heywood?

— Oui, ma reine. C'est à mon tour de vous demander respectueusement si vous connaissez l'existence de ce passage souterrain. Je vois que tel n'est pas le cas et c'est peut-être mieux pour vous. Il s'agit d'une longue et sanglante histoire. Si je devais vous la décrire, la nuit serait trop courte pour cela.

« Lorsqu'on a construit ce passage, Henri était encore jeune et il lui restait ce qu'on appelle du cœur. À cette époque il aimait non seulement ses femmes mais également ses serviteurs et tout spécialement Cromwell, le tout-puissant ministre. Ce dernier résidait à Whitehall et Henri, dans l'appartement royal de la Tour. Mais Henri aimait avoir ce favori constamment à sa portée et Cromwell surprit son roi en lui construisant ce passage souterrain, des travaux qui occupèrent une centaine d'ouvriers pendant toute une année. Le roi fut très touché de cette délicate attention et remercia le puissant ministre les yeux pleins de larmes en l'étreignant comme un frère. Il ne se passait guère une journée sans que le roi ne rende visite à Cromwell par ce passage, ce qui lui permettait de voir comment le palais de Whitehall devenait chaque jour de plus en plus splendide. En rentrant à la Tour, il découvrait que cette résidence était indigne d'un roi et que son propre ministre menait une vie plus fastueuse que celle du roi d'Angleterre. Ce fut la cause de la chute de Cromwell, Ô ma reine, car le roi voulait s'approprier Whitehall. Rusé, Cromwell s'en aperçut et lui fit présent de ce joyau, dont la construction et les aménagements avaient pris dix ans. Henri accepta le présent, mais le sort du ministre était déjà scellé. Le roi fut ulcéré de ce que Cromwell lui fasse un présent de cette valeur, qu'il ne serait jamais capable de rembourser. Le souverain devenait en quelque sorte débiteur de son vassal – une incroyable vexation! Dès qu'il déménagea à Whitehall, Henri avait déjà décidé que la tête de Cromwell devait rouler. Ha! Le roi construit à vil prix: un palais ne lui avait coûté que l'un de ses sujets. La tête de Cromwell avait payé pour Whitehall et celle de Wolsey pour Hampton Court.»

— Wolsey? Pas sur l'échafaud, John…

— C'est exact, Henri a préféré simplement lui briser le cœur et non lui faire trancher la tête. Lorsque Wolsey présenta cette merveilleuse villa qu'est Hampton Court au roi, celui-ci le destitua de tout pouvoir puis l'envoya à la Tour comme prisonnier. Il mourut en route. Vous avez raison! Wolsey ne périt pas sur l'échafaud. On l'a exécuté plus lentement et cruellement, comme si on l'avait criblé de coups d'épingle!

— N'avez-vous pas dit, John, qu'à une occasion vous aviez emprunté ce passage dans des circonstances particulièrement pénibles?

— Oui, ma reine. Je l'ai fait pour dire adieu à l'un des hommes les plus nobles et au meilleur des amis. Je parle de Thomas More. Il m'a fallu supplier et implorer la compassion de Cromwell pour qu'il me laisse passer par là afin que je puisse au moins recevoir la bénédiction et le dernier baiser de paix de ce véritable saint qu'était More. Ô ma reine! Ne me parlez plus de cela. C'est à partir de ce jour que je suis devenu bouffon, car je me suis aperçu qu'être un honnête homme ne menait nulle part, surtout lorsqu'on voit des gens de cette envergure monter à l'échafaud. Venez ma reine, dépêchons-nous!

— Oui, avançons, dit-elle en se levant. Mais savez-vous où nous allons, au juste?

— Ah! ma reine. Ne vous ai-je pas dit qu'Anne Askew subirait demain le supplice du chevalet à moins qu'elle n'abjure?

— Je vois que vous m'avez comprise, répondit-elle en lui faisant un signe d'approbation amical. Oui, je m'en vais trouver Anne Askew...

— Mais comment trouverez-vous sa cellule sans risquer de vous faire voir?

— John, même les malheureux ont des amis. Oui, la reine en a quelques-uns. Et puis, il y a la chance et Dieu, qui arrangent les choses au moment opportun. Or, il se trouve qu'Anne Askew occupe la petite chambre juste au bout de ce passage secret.

— Est-elle seule dans sa cellule?

— Oui, toute seule. Un garde se tient à l'extérieur, devant la porte.

— Ne risque-t-il pas de vous entendre et d'ouvrir?

— Alors je serai perdue, à moins d'une intervention divine.

Ils cheminèrent en silence, beaucoup trop occupés par leurs pensées pour poursuivre la conversation.

Cette marche interminable fatiguait Catherine, qui s'appuya, épuisée, contre le mur.

— Voulez-vous me faire plaisir, ma reine? demanda John Heywood. Permettez-moi de vous porter. Vos pieds délicats ne peuvent en supporter davantage. Je serai vos pieds, Votre Majesté!

Elle refusa d'un sourire amical.

— Non, John, nous sommes en train de faire le chemin de croix des saints, qui ne s'accomplit qu'aux prix d'efforts et... à genoux.

— Ô ma reine! Vous êtes noble et courageuse! s'exclama John Heywood. Lorsqu'il s'agit de servir une noble cause, vous faites le bien sans ostentation et n'hésitez pas à affronter les dangers.

— Oui John, dit-elle avec un sourire ensorceleur. Je crains les dangers et c'est pour cela que je vous ai prié de m'accompagner. Je tremble à l'idée de suivre ces couloirs sinistres, d'affronter l'obscurité et le silence sépulcral qui règnent en ces lieux. Ah! John, si je venais seule ici, tirées de leur sommeil, les ombres d'Anne Boleyn et de Catherine Howard ne manqueraient pas de me tourmenter, moi qui porte leur couronne, pour me traîner au bord de leur tombe et me faire savoir qu'il y a là place pour une reine de plus... Vous voyez, je ne suis pas du tout courageuse, mais seulement une femme craintive et tremblotante...

— Et malgré tout vous êtes venue, ma reine...

— Je compte sur vous, John Heywood. Il était de mon devoir de risquer cette aventure souterraine pour tenter de sauver la vie d'une pauvre fille un peu trop passionnée. En effet, il ne sera pas dit que Catherine Parr laisse choir ses amis dans le besoin et qu'elle recule devant le danger. Je ne suis qu'une faible femme incapable de défendre ses amis les armes à la main. Je dois donc recourir à d'autres stratagèmes. Mais regardez, John: il y a un embranchement! Ah! mon Dieu, je ne connais ce souterrain que par la description qui m'en a été faite, mais personne ne m'a parlé de cette bifurcation. De quel côté devons-nous aller?

— De ce côté-ci, ma reine. Nous approchons de la fin de notre incursion dans les entrailles de la terre. Ce passage mène vers la chambre de tortures, à une petite fenêtre grillagée par laquelle on peut voir ce qui se passe à l'intérieur. Lorsque le roi Henri était de bonne humeur, il invitait ses amis à se divertir en venant regarder par ce grillage les tourments que l'on infligeait à ceux qu'il avait maudits et aux blasphémateurs, car vous savez, Ô ma reine, que seuls ceux qui ont blasphémé Dieu ou qui ne reconnaissent pas le roi Henri comme étant le pape de la nouvelle Église subissent les tourments du chevalet. Chut! Nous sommes arrivés à la porte et voici le ressort qui lui permet de s'ouvrir...

Catherine posa sa lampe sur le sol et poussa le déclic.

La porte pivota lentement et sans bruit sur ses gonds et, comme des ombres, les deux visiteurs entrèrent.

Ils se retrouvèrent dans une petite pièce circulaire qui semblait avoir été à l'origine une niche pratiquée dans le mur de la tour plutôt qu'une véritable chambre. L'air et la lumière ne pénétraient que chichement par une meurtrière de la cellule dont les murs étaient en pierre. Nul ameublement dans cette pièce. Seul un tas de paille dans un coin sur lequel gisait une diaphane créature au teint transparent comme l'albâtre, au front serein, au maintien digne. Se protégeant les yeux de ses mains, la tête penchée de côté, elle reposait paisiblement. Drapée dans une longue robe noire, elle avait sur les lèvres le sourire des bienheureux.

Telle se présentait Anne Askew, la criminelle condamnée, celle que l'on avait qualifiée d'athée parce qu'elle ne croyait pas à la grandeur d'âme du roi et à sa divinité et qu'elle ne voulait pas inféoder son âme libre à celle d'Henri VIII.

— Elle dort... chuchota Catherine profondément touchée.

Involontairement, en s'approchant de la couche de la prisonnière, elle se mit à prier.

— Ainsi dorment les justes, remarqua Heywood. Les anges les consolent dans leur sommeil et le souffle de Dieu les rafraîchit. Pauvre jeune fille! Bientôt ses membres graciles et nobles subiront les étirements du chevalet au nom de Dieu et cette bouche qui sourit si paisiblement sera contorsionnée par la douleur...

— Non, non, répliqua la reine. Je suis venue pour la sauver et Dieu doit m'assister en cela. Je ne peux la laisser dormir, nous devons la réveiller...

Elle se baissa et déposa un baiser sur le front de la jeune femme.

— Anne, réveillez-vous! Je vous sauverai et vous libérerai. Anne, Anne, réveillez-vous!

La dormeuse ouvrit ses grands yeux brillants et salua Catherine d'un signe de tête.

— Catherine Parr! dit-elle en souriant. Je m'attendais bien à recevoir une lettre de vous, mais je vois que vous êtes venue en personne...

— Les gardes ont été renvoyés et les geôliers changés, Anne, car notre correspondance a été découverte.

— Ainsi dans l'avenir vous ne m'écrirez plus et pourtant vos lettres étaient mon seul réconfort, soupira Anne Askew. Mais tout cela est bien; peut-être cela rendra-t-il mon itinéraire plus facile à parcourir. C'est ainsi que le cœur peut fonctionner plus librement et retourner à Dieu avec plus de facilité.

— Écoutez-moi, Anne, dit impérativement Catherine d'une voix voilée. Un terrible danger vous menace! Le roi a ordonné de vous forcer à vous repentir par le supplice du chevalet!

— Bien. Et quoi d'autre encore? demanda Anne en souriant.

— Malheureuse! Vous ne savez pas ce que vous dites! Vous ne savez pas quels tourments vous attendent et ne connaissez pas la puissance de la douleur. Elle est souvent plus forte que l'esprit et peut même subjuguer celui-ci...

— Et même si je connaissais ces horribles choses, quelle différence cela ferait-il ? demanda Anne Askew. Vous dites qu'ils m'étireront sur le chevalet ? En tel cas je devrai me soumettre à ce supplice, car je ne possède pas le pouvoir d'infléchir leur volonté.

— Mais oui, Anne, vous possédez ce pouvoir. Il vous suffit de retirer ce que vous avez dit ! Déclarez que vous vous repentez, que vous réalisez avoir été induite en erreur, que vous reconnaissez le roi comme chef de l'Église, que vous vous conformerez aux Six articles et rejetez l'autorité du pape de Rome. Ah ! Anne ! Dieu voit dans votre cœur et lit dans vos pensées. Nul n'est besoin de les faire connaître par votre bouche. Il vous a donné la vie ; vous n'avez pas le droit de la rejeter et devez tout entreprendre pour la préserver aussi longtemps que possible. Abjurez donc, Anne, abjurez ! Lorsque du haut de leur arrogance ils vous demanderont de dire comme eux, considérez-les comme des fous auxquels vous faites en apparence des concessions dans l'unique but de les empêcher de se déchaîner contre vous. Que vous souteniez ou non l'idée que le roi est le chef de l'Église importe peu... Du haut des cieux Dieu regarde d'un œil amusé ces ridicules différends terrestres qui ne concernent que les hommes et non sa suprême personne. Laissons ces débats stériles aux érudits et aux théologiens. Nous, les femmes, n'avons rien à voir avec cela. Croyons en Dieu et portons-le dans nos cœurs, qu'importe la voie que nous empruntons. Mais en ce qui nous concerne, la question ne porte plus sur Dieu ; il s'agit d'une affaire de dogmes externes. Pourquoi devriez-vous vous en soucier ? Qu'avez-vous à voir avec ces querelles d'ecclésiastiques ? Abjurez, ma pauvre enfant par trop passionnée, abjurez !

Pendant que Catherine parlait ainsi à voix basse, Anne Askew s'était lentement relevée et se tenait maintenant debout, tel un lys, svelte et gracile, pour faire face à son interlocutrice.

Son attitude noble exprimait une profonde indignation. Ses yeux lançaient des éclairs et un sourire méprisant apparut sur ses lèvres.

— Quoi ? Comment pouvez-vous me donner de tels conseils ? demanda-t-elle. Voulez-vous que je renie ma foi et que j'abjure mon Dieu pour éviter des souffrances terrestres ? Votre voix ne s'éteint-elle pas et votre cœur ne se contracte-t-il pas de honte en agissant ainsi ? Regardez ces bras. Que valent-ils en vérité pour me permettre de refuser de les sacrifier à Dieu ? Voyez ces faibles attaches ? Sont-elles si précieuses pour que, tel un répugnant avare, je refuse de les voir disloquées ? Non, non, Dieu est mon bien suprême, et non ce faible corps bientôt décomposé. Je le sacrifie. Pourquoi devrais-je abjurer ? Jamais ! La foi ne se pare pas de tel ou tel déguisement. Elle doit être nue et libre. Que la mienne soit ainsi. Et si je suis choisie comme étant un exemple de pure foi qui ne renie rien et se fait apostolique, ne m'enviez pas cette distinction. « Beaucoup sont appelés, mais peu sont élus. » Si je suis l'une des personnes élues, j'en remercie le Seigneur et bénis les mortels dans l'erreur qui me tortureront sur le chevalet. Ah ! Catherine, je me réjouis de mourir car la vie est une chose triste, affligeante et désespérante. Laissez-moi mourir, Catherine, laissez-moi mourir afin d'entrer dans cette félicité parfaite dont jouissent les élus !

— Mais pauvre et pitoyable enfant ! Il y a pire que la mort : ce sont les tortures de ce monde. Pensez-y, Anne. Vous n'êtes qu'une faible femme. Qui dit que vous ne succomberez pas sous la torture ? Qui dit qu'avec vos membres disjoints sous la furieuse douleur vous n'abjurerez pas et ne renierez pas votre précieuse foi ?

— Si je faisais cela, répliqua Anne Askew dont le regard brillait, croyez-moi, ma reine, dès que je reprendrai mes esprits, de manière à expier mon abjuration, je me ferai violence afin de me condamner à l'enfer ! Dieu m'a commandé d'être une martyre de la vraie foi. Que sa volonté soit faite !

— Soit, dit Catherine résolument. N'abjurez pas mais fuyez au moins vos bourreaux ! Anne, je vous sauverai ! Je ne peux en effet supporter l'idée que la noble et chère personne que vous êtes puisse se sacrifier pour une vile illusion de ce qu'est l'être humain, je ne peux supporter l'idée que ces gens tourmenteront quelqu'un à l'image de Dieu ! Allons, venez ! Moi, la reine, vous sauverai ! Donnez-moi votre main et suivez-moi hors de cette prison. Je connais un souterrain qui mène loin d'ici. Je vous cacherai dans mes appartements aussi longtemps qu'il vous faudra pour trouver le moyen de poursuivre votre fuite en toute sécurité.

— Non, non, ma reine, ce n'est pas Votre Majesté qui devriez la cacher chez vous ! s'écria John Heywood. Vous m'avez gracieusement demandé d'être votre confident ; ne m'en voulez pas si je me charge aussi d'une partie de votre noble tâche. Ce n'est pas chez vous qu'Anne Askew doit trouver refuge, mais chez moi. Venez, Anne, suivez vos amis. C'est la vie qui vous appelle par mille noms et qui vous ouvre ses portes ! N'entendez-vous pas toutes ces voix, ne voyez-vous pas ces visages souriants qui vous saluent et vous font signe ? Anne Askew, un noble époux vous tendra la main !

« Vous ne le connaissez pas encore, mais il vous attend quelque part dans le monde. Anne Askew, regardez vos futurs enfants qui vous appellent. Vous ne les avez pas encore portés mais l'amour les tient dans ses bras et vous les présente déjà. Ce sont les rôles d'épouse et de mère qui vous attendent, Anne. Ne méprisez pas l'appel sacré que Dieu vous lance. Venez et suivez-nous... Suivez votre reine, qui a la prérogative de pouvoir ordonner à ses sujets. Suivez l'ami qui a juré de vous protéger et de vous surveiller comme un père !

— Notre Père qui êtes aux cieux, protégez-moi ! pria Anne Askew en tombant à genoux et en levant les bras vers le ciel. Notre Père qui êtes aux cieux, ils veulent vous enlever votre enfant et me détacher de Vous ! Ils veulent me faire succomber à la tentation et me charmer par leurs paroles. Protégez-moi, Ô Père, rendez-moi sourde à leurs objurgations ! Faites-moi un signe pour me dire que je suis vôtre, que personne n'exerce un quelconque pouvoir sur moi sauf Vous seul. Un signe, Père, un signe pour me dire que Vous m'appelez !

Comme si Dieu exauçait sa prière, on entendit un frappement énergique de l'autre côté de la porte.

— Anne Askew, réveillez-vous et tenez-vous prête! Le grand chancelier et l'archevêque de Winchester s'apprêtent à venir vous chercher...

— Ah! Le chevalet... gémit Catherine en se cachant le visage dans les mains.

— Oui, le chevalet, dit Anne avec un bienheureux sourire. Dieu me rappelle auprès de lui...

John Heywood s'était approché de la reine, lui avait pris nerveusement la main et la pressait de se dépêcher.

— Vous voyez bien que nos efforts sont inutiles; hâtez-vous de vous sauver vous-même et de quitter ce cachot avant que la porte ne s'ouvre.

— Non, répondit Catherine résolument et fermement. Non, je reste. Elle ne surpassera pas mon courage et ma grandeur d'âme! Elle ne reniera pas son Dieu; ainsi, je serai donc également un témoin de mon Dieu. Je ne baisserai pas les yeux vers le sol devant cette jeune fille; comme elle, je vais franchement et ouvertement faire ma profession de foi. Comme elle, je dirai: « Dieu seul est le Seigneur de cette Église. Dieu... »

Il y eut un mouvement à l'extérieur tandis qu'on entendait une lourde clé tourner dans la serrure.

— Ô ma reine, je vous en conjure, la supplia John Heywood. Par tout ce qui est saint pour vous. Par votre amour, venez, venez!

— Non, non! s'écria-t-elle sur un ton véhément.

Mais maintenant Anne avait saisi la main de la souveraine et, son autre bras pointé vers le ciel, déclara sur un ton péremptoire:

— Au nom de Dieu, je vous ordonne de me laisser!

Alors que Catherine reculait à regret, John Heywood la poussa vers la porte secrète et l'encouragea à s'enfuir non sans une certaine brutalité, puis il tira la porte secrète derrière eux.

Au même instant, l'autre porte s'ouvrit.

— Avec qui parliez-vous? demanda Gardiner en faisant le tour de la pièce.

— Avec le tentateur qui voulait me détacher de Dieu, avec le tentateur qui, à l'approche de vos pas, voulait tromper mon cœur par la crainte et me persuader d'abjurer!

— Ainsi vous êtes fermement résolue? Vous refusez de vous rétracter? demanda Gardiner dont le visage blafard et dur traduisait une résolution sinistre.

— Non, je ne me rétracterai pas! répondit-elle, le visage illuminé d'un grand sourire.

— Dans ces conditions, au nom de Dieu et du roi, je vous emmène dans la salle de tortures, glapit le chancelier Wriothesley en approchant d'elle et en lui posant lourdement la main sur l'épaule. Vous n'avez pas voulu entendre la voix de l'amour, qui vous prévenait et tentait de vous amener à résipiscence; alors nous allons essayer de vous extirper de votre folie par la voix de la colère et de la damnation.

Il fit signe aux aides-bourreaux, qui se tenaient derrière lui dans l'embrasure de la porte, leur donna l'ordre de se saisir d'elle et de l'emmener dans la salle de tortures.

Tout en souriant, Anne leur fit signe qu'il était inutile de la porter.

— Non, pas comme ça, dit-elle. Le Sauveur s'est rendu sans aide à son supplice en portant sa croix. Je veux suivre ses pas. Montrez-moi le chemin et je vous suivrai, mais que personne ne me touche. Je veux vous montrer que ce n'est pas par contrainte, mais joyeusement et librement que je fais mon chemin de croix et que j'endure ces souffrances pour l'amour de Dieu. Réjouis-toi, Ô mon âme, et qu'un chant parvienne à mes lèvres, car mon fiancé n'est pas loin et la fête commencera bientôt…

Puis, sur des accents triomphants, Anne Askew commença à chanter un cantique qui n'était pas encore terminé lorsqu'elle arriva dans la salle de tortures.

CHAPITRE XXI

Le roi dort. Qu'il dorme ! C'est un vieil homme infirme et Dieu a sévèrement puni ce tyran agité en lui donnant un esprit indécis, toujours mécontent et jamais satisfait en même temps, qu'Il enchaîne son corps et qu'Il rende son esprit prisonnier de cette carcasse. Il fait en sorte que ce roi qui luttait pour atteindre l'infini devienne esclave de sa propre chair. Plus ses pensées s'élevaient, plus il devenait un être malhabile, dénué de pouvoir, isolé. Plus sa conscience le troublait, plus il devait rester calme et supporter tous les maux. Il ne pouvait échapper à la voix de sa conscience. Dieu l'avait enchaîné. Le roi dort ! La reine ne dort toutefois pas ; pas plus que Jane Douglas ; pas plus que la princesse Élisabeth. Elle a tout observé et son cœur bat à tout rompre. Elle est agitée et fait les cent pas dans sa chambre. Elle attend l'heure fixée pour le rendez-vous. Le moment arrive enfin. Une rougeur envahit son visage. Sa main trembla lorsqu'elle s'empara de la lampe et qu'elle ouvrit la porte secrète qui menait au corridor. Elle resta immobile pendant un bref instant, hésita. Puis, honteuse de son hésitation, elle traversa le corridor et monta le petit escalier qui conduisait à la chambre de la tour. Elle ouvrit la porte d'un mouvement rapide et pénétra dans le petit recoin caché qui se trouvait à la fin de son trajet. Thomas Seymour s'y trouvait déjà.

En le voyant, elle fut prise d'une agitation involontaire et, pour la première fois, se rendit compte à quel point sa démarche était risquée.

Seymour, cet ardent jeune homme, s'approcha d'elle en la saluant avec passion, mais elle recula timidement et repoussa sa main.

— Comment donc? Vous ne me donnez pas la permission d'embrasser votre main? lui demanda-t-il.

Elle a alors pensé avoir discerné sur son visage un léger sourire narquois.

— Vous faites de moi le plus heureux des mortels en me donnant ce rendez-vous et voici qu'auprès de moi vous vous montrez froide et rigide. Vous ne me donnez même pas la permission de vous serrer dans mes bras, Élisabeth!

Élisabeth! Il l'avait appelée par son prénom sans qu'elle lui en ait donné la permission et elle en fut offusquée. Cette familiarité, malgré l'état de confusion dans lequel elle se trouvait, réveillait son orgueil de princesse et elle se rendit compte à quel point elle avait oublié sa propre dignité, car une autre personne avait également oublié son rang.

Elle voulut récupérer son honneur. À ce moment précis, elle aurait donné une année de sa vie pour ne pas avoir entrepris cette démarche – pour ne pas avoir invité le comte à ce rendez-vous. Elle tenait à essayer de regagner la place qu'elle avait perdue et redevenir pour lui la princesse.

L'orgueil était chez elle bien plus fort que l'amour. Cela signifiait que son soupirant devait en même temps s'incliner devant elle en qualité de serviteur préféré.

C'est pourquoi elle déclara d'une voix grave:

— Comte Thomas Seymour, vous avez souvent demandé que nous ayons une conversation en privé. Je vous l'accorde. Parlez donc! De quel sujet important voulez-vous m'entretenir?

Et, avec un air sérieux, elle s'est dirigée vers un fauteuil sur lequel elle s'est assise lentement et solennellement, comme une reine qui accorde une audience à ses vassaux.

Pauvre enfant innocente qui, avec une appréhension dont elle n'était pas consciente, voulait se retrancher derrière sa grandeur pour se protéger et pour dissimuler sa peur enfantine de jeune fille!

Thomas Seymour avait toutefois deviné ses pensées. Son cœur froid et fier s'est alors révolté devant les tentatives que faisait la jeune fille pour le défier.

Il voulut l'humilier, la forcer à s'abaisser devant lui en implorant son amour pour lui comme s'il s'agissait d'un cadeau fastueux.

C'est pourquoi il s'inclina presque jusqu'au sol devant la princesse et déclara respectueusement:

— Votre Altesse, il est tout à fait vrai que cela fait longtemps que je désire m'entretenir avec vous. Cependant, vous avez pendant si longtemps ignoré ma requête que je n'ai pas eu le courage de vous redemander cette faveur. Mon désir s'est éteint et mon cœur est devenu insensible. Ne cherchez pas à le réanimer maintenant que les douleurs que j'ai éprouvées ont disparu. Mon cœur doit rester mort et mes lèvres muettes. C'est ce que vous avez désiré. Et je me suis soumis à votre volonté. Adieu, donc, princesse, et que vos jours à venir soient plus heureux et plus sereins que ceux du pauvre Thomas Seymour!

Il s'inclina devant elle et se dirigea avec lenteur vers la porte. Il l'avait déjà ouverte et s'en allait lorsqu'une main s'est soudainement posée sur son épaule pour le ramener avec force dans la pièce.

— Voulez-vous partir? demanda Élisabeth d'une voix tremblante qui trahissait son émoi. Vous désirez partir et faire fi de moi; vous voulez probablement aller retrouver la duchesse de Richmond, votre maîtresse, et lui raconter en ricanant que la princesse Élisabeth vous a accordé un rendez-vous et que vous l'avez raillée?

— La duchesse de Richmond n'est pas ma maîtresse, dit le comte avec le plus grand sérieux.

— Non, pas votre maîtresse, mais elle sera très bientôt votre épouse!

— Elle ne sera jamais mon épouse!

— Et pourquoi pas?

— Parce que je ne l'aime pas, princesse.

Une expression de plaisir s'est dessinée sur le visage agité et pâle d'Élisabeth.

— Pourquoi m'avez-vous appelée «princesse»? demanda-t-elle.

— Parce que c'est en tant que princesse que vous m'avez fait la faveur d'accorder une audience à votre malheureux serviteur. Cependant, j'abuse de votre grâce princière en poursuivant cet entretien. Je vais donc me retirer, Altesse.

Il s'approcha de la porte. Élisabeth, cependant, se précipita vers lui et, de ses deux mains, s'empara des bras du comte pour le repousser.

Ses yeux lançaient des éclairs; ses lèvres tremblaient. Tout son être était envahi par les fièvres de la passion. Elle était, à ce moment précis, la digne fille de son père, irréfléchie et passionnée dans sa colère, destructrice dans sa férocité.

— Vous ne partirez pas, a-t-elle marmonné en serrant les dents. Je ne vous laisserai pas partir! Je ne vous permettrai pas de continuer à m'affronter en gardant ce visage souriant et froid. Réprimandez-moi. Faites-moi les pires reproches du fait que j'ai osé vous braver pendant aussi longtemps. Maudissez-moi si vous le pouvez!

«Tout sauf ce calme olympien. Cela me tue. Cela me transperce le cœur comme le ferait un poignard. En effet, vous pouvez constater que je n'arrive plus à vous résister. Vous devez bien voir que je vous aime. Oui, je vous aime à en être désespérée ou à tomber en extase. Je vous aime. J'éprouve du désir et de l'appréhension. Je vous aime et vous êtes à la fois mon ange et mon démon. Je suis fâchée car vous avez tout simplement écrasé la fierté qui existait dans mon cœur. Je vous maudis parce que vous avez fait de moi votre esclave. Et l'instant suivant, je tombe à genoux pour demander à Dieu de me pardonner ce crime que j'ai commis contre vous. Je vous aime. C'est-à-dire que je vous aime, non pas du même amour que ces femmes au cœur tendre qui passent leur temps à sourire. Non, mon amour est fou et désespéré, jaloux et irascible. Je vous aime du même amour que celui que mon père a éprouvé pour Anne Boleyn, que par amour, par haine et par jalousie colérique il a fait monter à l'échafaud, tout simplement parce qu'on lui avait rapporté qu'elle avait été infidèle. Ah! Si j'en étais capable, je ferais exactement ce que mon père a fait. Je vous ferais assassiner le jour où vous cesseriez de m'aimer. Et maintenant, Thomas Seymour, dites-moi si vous avez le courage de me laisser.»

Elle paraissait être une sorcière sous l'emprise de la passion. Elle était si jeune, si ardente et Thomas Seymour était si ambitieux! Élisabeth n'était pas à ses yeux la ravissante jeune fille qui lui vouait son amour. Elle était bien plus que cela: elle était la fille d'Henri VIII, la princesse d'Angleterre, et si la chance lui souriait, elle serait peut-être un jour l'héritière du trône. Il est vrai qu'elle avait été déshéritée par son père et qu'une loi du Parlement britannique l'avait déclarée indigne de succéder au trône. Toutefois, l'esprit d'Henri vacillait et il pourrait bien changer d'avis. La princesse en disgrâce avait peut-être la chance de devenir un jour la reine.

Le comte réfléchissait à tout cela pendant qu'il gardait son regard fixé sur Élisabeth – il la voyait devant lui si charmante, si jeune et rayonnante de passion. Il pensait à tout cela en la serrant dans ses bras et en lui donnant un baiser enflammé.

— Non, je ne partirai pas, murmura-t-il. Je ne vous quitterai jamais si votre désir me dicte de rester auprès de vous ; je vous appartiens ! Je suis votre esclave, votre vassal. Et je ne serai jamais rien d'autre que cela. Ils peuvent bien tous me trahir, votre père peut bien m'accuser de crime de haute trahison. Cela ne m'empêchera pas de crier mon bonheur, car Élisabeth m'aime et, s'il faut mourir, je mourrai pour Élisabeth !

— Vous ne mourrez pas ! s'est-elle écriée en s'accrochant à lui. Vous vivrez, vous vivrez à mes côtés, fier, éminent et heureux ! Vous serez mon seigneur et maître. Et si jamais un jour je deviens la reine – et quelque chose à l'intérieur de moi me dit que je le serai – alors Thomas Seymour sera roi d'Angleterre…

— Je le serai peut-être dans le secret de votre chambre, lui répondit-il en soupirant, mais, à l'extérieur de celle-ci, je serai votre serviteur pour toujours. Et, au mieux, on me donnera le titre de favori.

— Jamais, au grand jamais, je vous le jure ! N'ai-je pas dit que je vous aimais ?

— L'amour d'une femme peut être parfois si volage ! Qui sait combien de temps faudra-t-il pour que vous fouliez à vos pieds le pauvre Thomas Seymour lorsque la couronne vous ceindra le front ?

Elle le regarda, horrifiée.

— Cela est-il vraiment possible ? Est-il possible que l'on oublie et que l'on délaisse la personne que l'on aime ?

— Vous me posez cette question, Élisabeth ? Votre père n'a-t-il pas déjà une sixième épouse ?

— Cela est bien vrai, répondit-elle en inclinant la tête avec tristesse. Cependant, a-t-elle ajouté après un moment de réflexion, en ce qui me concerne, voilà bien un domaine où je n'agirai pas comme mon père. Je vous aimerai éternellement. Et, pour vous donner une garantie de ma fidélité, je m'offre à vous en tant que votre épouse.

Étonné, il questionna du regard son visage où brillait l'excitation. Il ne l'avait pas bien comprise.

Elle poursuivit et déclara avec passion :

— Oui, vous serez mon seigneur et mon époux ! Venez, mon aimé, venez ! Je ne vous ai pas fait venir pour vous donner le rôle peu gracieux du galant secret de la princesse. Je vous ai fait venir pour que vous deveniez mon époux. Je désire qu'un lien nous unisse tous deux, un lien si indissoluble que la colère et le pouvoir de mon père ne pourront jamais le défaire. Il ne sera défait que par la mort, je vous donnerai la preuve de mon amour et de ma dévotion. Et vous serez bien forcé de reconnaître que je vous aime vraiment. Venez, mon aimé, pour que je puisse bientôt vous saluer comme mon époux !

Il la regarda, absolument pétrifié.

— Où allez-vous me conduire ?

— Vers la chapelle privée, dit-elle d'une voix innocente. J'ai envoyé une note à Cranmer pour qu'il m'y rejoigne à la pointe du jour. Dépêchons-nous !

— Cranmer ? Vous avez écrit à l'archevêque Cranmer ? s'écria Seymour, surpris. Comment donc ? Cranmer nous attend dans la chapelle privée ?

— Il ne fait aucun doute qu'il nous attende puisque je lui en ai donné l'ordre.

— Et que doit-il faire ? Que désirez-vous qu'il fasse ?

Elle le regarda avec étonnement.

— Ce que je veux de lui ? Je veux qu'il nous marie !

Le comte recula en chancelant de surprise.

— Et vous lui avez également parlé de tout cela dans votre missive?

— Non, en fait, dit-elle en lui offrant un sourire enfantin et charmant, je sais très bien qu'il est dangereux de confier de tels secrets à du papier. Je lui ai tout simplement dit de se présenter revêtu de ses habits sacerdotaux parce que j'avais une confession importante à lui faire.

«Que Dieu soit loué! Nous ne sommes pas perdus», pensa Seymour en soupirant de soulagement.

— Mais je ne vous comprends pas, reprit-elle, vous ne me tendez pas votre main! Vous ne vous pressez pas pour me mener à la chapelle!

— Dites-moi, je vous en conjure, dites-moi seulement une chose: avez-vous déjà mentionné votre – pardon, notre – amour à l'archevêque? Vous êtes-vous déjà confiée à lui pour lui faire part, ne serait-ce que d'une syllabe, de ce qui fait frémir nos cœurs?

Elle devint écarlate sous le regard insistant qu'il lui adressait.

— Réprimandez-moi, Seymour, a-t-elle murmuré. Mon cœur est, toutefois, faible et peureux. J'ai eu beau essayer de me soumettre à cette sainte obligation qu'est la confession, je n'ai jamais réussi à le faire de façon honnête et franche à l'archevêque. Je n'y arrivais tout simplement pas! Les paroles ne sortaient pas de mes lèvres. J'avais l'impression qu'une paralysie invisible avait frappé ma langue.

— Donc, Cranmer ne sait rien?

— Non, Seymour, il ne sait encore rien. Cependant, il sera au courant dès maintenant, puisque nous allons nous présenter devant lui pour lui annoncer que nous nous aimons et l'obliger, par nos prières, à bénir notre union et à nous unir les mains.

— Impossible ! s'est écrié Seymour. Cela ne se fera jamais !

— Comment cela ? Que voulez-vous dire ? s'est-elle écrié, étonnée.

— Je veux tout simplement dire que Cranmer ne sera jamais assez fou ni assez criminel pour répondre à votre souhait. Je veux tout simplement dire que vous ne pourrez jamais être mon épouse !

Elle le regarda droit dans les yeux en disant :

— Ne venez-vous pas de m'avouer que vous m'aimiez ? Ne viens-je pas de vous jurer que je répondais à votre amour ? Ne devons-nous donc pas nous marier pour sanctifier l'union de nos cœurs ?

Seymour a baissé les yeux devant ce regard si candide et a rougi de honte. Elle n'avait pas compris pourquoi il avait rougi et, étant donné qu'il gardait le silence, elle pensait l'avoir convaincu.

— Venez, a-t-elle dit. Cranmer nous attend !

Levant de nouveau son regard vers elle, il la regarda avec surprise.

— Ne voyez-vous donc pas que tout cela n'est qu'un rêve qui ne pourra jamais se transformer dans la réalité ? Ne ressentez-vous pas que cette chimère qui anime votre grand cœur noble ne pourra jamais se concrétiser ? Vous paraissez bien peu connaître votre père pour ne pas savoir qu'il nous détruirait tous deux si jamais nous osions provoquer son autorité paternelle et royale. Votre naissance royale ne suffirait pas à vous protéger de sa furie destructrice, car vous connaissez bien sa colère, son inflexibilité et son insouciance. La fureur de son courroux ne l'empêchera pas d'oublier le fait que vous soyez sa fille. Ma pauvre enfant, vous n'avez pas encore appris cela? Rappelez-vous la façon cruelle avec laquelle il a déjà pris sa vengeance sur vous à cause de la prétendue faute commise par votre mère? Il a dirigé contre vous la colère qu'il ressentait pour elle. Rappelez-vous qu'il a refusé votre main au Dauphin de France, non pour assurer votre bonheur, mais parce qu'il disait que vous n'étiez pas digne d'une position aussi élevée. Il était impossible que la bâtarde mise au monde par Anne Boleyn devienne reine de France!

« Et après avoir eu la preuve de sa cruelle vengeance contre vous, vous allez oser lui jeter au visage cette insulte terrible – le forcer à accepter que l'un de ses sujets, un de ses serviteurs, devienne son fils? »

— Oh! Ce serviteur est cependant le frère d'une reine d'Angleterre! remarqua-t-elle timidement. Mon père aimait trop Jeanne Seymour pour ne pas pardonner à son frère.

— Ah! Ah! Vous ne connaissez pas votre père! Il n'a pas de cœur quand il s'agit du passé. Ou, si jamais il en avait un, cela ne se produirait que pour se venger d'une faute ou d'un tort commis à son égard. Le roi Henri est tout à fait capable de condamner à mort la fille d'Anne Boleyn et d'envoyer au billot et au supplice les frères de Catherine Howard parce que ces deux reines l'ont fait souffrir et ont blessé son cœur. Toutefois, il ne me pardonnerait pas la moindre offense du fait que je suis le frère d'une reine qui l'a aimé fidèlement et tendrement jusqu'à sa mort. Je ne veux, cependant, pas parler de moi. Je suis un guerrier et j'ai trop souvent vu la mort de près pour avoir peur de lui à l'heure actuelle. Je ne veux que parler de vous, Élisabeth. Vous n'avez pas le droit de périr de cette manière. Cette noble tête ne doit pas être mise sur le billot. Elle est destinée à porter une couronne royale. Un destin bien plus élevé que l'amour vous attend – la renommée et le pouvoir! Je ne dois pas entraver un avenir aussi brillant. Il est bien possible que la princesse Élisabeth, en dépit du fait qu'elle ait été reniée et maltraitée, devienne la reine d'Angleterre. Jamais la comtesse Seymour! Elle serait déshéritée par sa propre faute!

Poursuivez votre destin royal. Le comte Seymour se retire devant le trône.

— Vous voulez donc dire que vous me méprisez ? lui demanda-t-elle en tapant de mécontentement du pied sur le plancher. Cela signifie-t-il que l'orgueilleux Thomas Seymour estime que la bâtarde que je suis puisse être trop indigne pour son comté ? Cela signifie que vous ne m'aimez pas !

— Au contraire, cela signifie que je vous aime plus que ma propre personne, davantage et avec plus de pureté qu'un autre homme pourrait vous aimer. En effet, l'amour que je vous porte est si grand qu'il fait taire mon ambition et mon égoïsme et qu'il me fait uniquement penser à vous et à votre avenir.

— Ah ! soupira-t-elle tristement. Si réellement vous m'aimiez, vous ne penseriez pas ainsi, ne verriez pas le danger et n'auriez pas peur de la mort. Vous ne penseriez et ne voudriez rien connaître d'autre que l'amour.

— Étant donné que je pense à l'amour, je pense à vous, répondit Seymour. Je pense que vous régnerez sur le monde, que vous serez puissante, que vous connaîtrez la gloire et que je vous aiderai pour cela. Je pense que ma future reine aura besoin d'un général qui lui remportera des victoires et que je serai celui-là. Toutefois, lorsque ce but sera atteint, quand vous serez reine et que vous aurez le pouvoir d'élever un de vos sujets au titre de mari, si cela est votre volonté, à ce moment-là, vous pourrez faire de moi le plus fier, le plus heureux et le plus envié de tous les hommes. Donnez-moi votre main et je remercierai et louerai Dieu de m'avoir fait cette grâce. Ma vie sera entièrement consacrée à vous procurer ce bonheur que vous méritez tant.

— Et jusque-là ? demanda-t-elle mélancoliquement.

— Jusque-là, nous serons fidèles et nous nous aimerons ! s'est-il écrié, en la serrant tendrement dans ses bras.

Elle le repoussa avec gentillesse.

— Me serez-vous également fidèle jusque-là?

— Fidèle jusqu'à la mort!

— On m'a rapporté que vous alliez épouser la duchesse de Richmond pour mettre un terme à l'ancienne haine qui existe entre les Howard et les Seymour.

Thomas Seymour fronça les sourcils et son visage s'assombrit.

— Croyez-moi, cette haine est invincible, dit-il, et aucune alliance matrimoniale ne pourra la faire disparaître. Cette haine a été transmise dans nos familles de génération en génération et il est hors de question que je renonce à cette partie de mon héritage. Je n'épouserai pas plus la duchesse de Richmond que Henry Howard n'épousera ma sœur, la comtesse de Shrewsbury.

— Jurez-le-moi! Jurez-moi que vous me dites la vérité et que cette duchesse, coquette et hautaine, ne sera jamais votre épouse. Jurez-le-moi par tout ce qui vous est sacré!

— Je vous le jure, mon amour! s'écria Thomas Seymour solennellement.

— J'aurai, au moins, un souci en moins, soupira Élisabeth. Je n'aurai pas d'autre occasion d'être jalouse. Et n'est-il pas vrai que nous nous verrons souvent? Nous garderons tous deux, fidèlement et en secret, le serment sacré que nous avons échangé dans la tour. Et, après bien des jours de privation et de déception, nous retournerons à la tour pour y partager des nuits heureuses consacrées au plaisir. Mais pourquoi souriez-vous, Seymour?

— Je souris parce que vous êtes pure et innocente comme les anges, lui répondit-il en lui baisant la main avec déférence. Je souris parce que vous êtes une enfant divine et exaltée devant laquelle on devrait se mettre à genoux pour prier de la même manière que l'on adresserait ses prières à la déesse Vesta! Oui, ma chère enfant adorée, nous allons nous retrouver ici pour y passer des nuits de plaisirs divins. Et que je sois damné si jamais je devais me montrer capable de trahir cette confiance merveilleuse et candide dont vous m'honorez et si je devais souiller votre pureté angélique !

— Ah ! Nous serons très heureux, Seymour, dit-elle en souriant. Il ne me manque qu'une seule chose – une amie à qui je pourrais conter mon bonheur, à qui je pourrais parler de vous. Oh ! J'ai si souvent l'impression que cet amour, qui doit toujours demeurer caché et réprimé, veut éclater dans ma poitrine. Tout comme si ce secret désirait se frayer un chemin par la force pour venir au grand jour et, telle une tempête, se faire connaître au monde entier. Seymour, je veux avoir une confidente à qui je pourrai faire part de mon bonheur et de mon amour.

— Gardez-vous bien d'une telle chose ! s'exclama Seymour sur un ton angoissé. Un secret connu de trois personnes n'en est plus un ! Un jour, votre confidente nous trahira.

— Je ne le pense pas. Je connais une femme qui serait incapable de nous trahir. Une femme qui m'aime suffisamment pour garder mon secret sans le divulguer, une femme susceptible d'être beaucoup plus qu'une confidente ; elle pourrait même se révéler la protectrice de notre amour. Oh ! Croyez-moi, si jamais nous arrivions à lui faire prendre notre parti, notre avenir serait certainement heureux et béni et nous pourrions peut-être même obtenir que le roi consente à notre mariage.

— Et qui est cette femme ?

— C'est la reine.

— La reine ! s'écria Thomas Seymour avec une telle expression d'horreur qu'Élisabeth se mit à trembler. La reine, votre confidente ? Mais cela est impossible ! Cela serait à coup sûr notre fin à tous les deux ! Malheureuse enfant, faites bien attention de ne pas mentionner un seul mot ou une seule syllabe de votre relation avec moi. Faites bien attention et ne vous confiez pas à elle, ne faites aucune confidence qui pourrait lui faire comprendre que Thomas Seymour ne vous est pas indifférent ! Ah ! Son courroux pourrait nous mettre en pièces, vous et moi !

— Pourquoi pensez-vous cela ? demanda Élisabeth d'un air sombre. Qu'est-ce qui vous fait supposer que Catherine se montrerait furieuse du fait que Thomas Seymour m'aime ? Ou bien serait-ce elle la personne que vous aimez et qu'en conséquence vous n'osez pas lui faire savoir que vous avez juré de m'aimer aussi ? Ah ! Je vois clair maintenant. Je comprends tout ! Vous aimez la reine – vous n'aimez qu'elle. C'est la raison pour laquelle vous refusez de venir à la chapelle avec moi. C'est également pour cette raison que vous ne voulez pas épouser la duchesse de Richmond et que mes prémonitions s'avèrent exactes. Voilà pourquoi a eu lieu aujourd'hui cette folle chevauchée dans la forêt d'Epping. Bien sûr, le cheval de la reine est devenu fou et s'est emballé pour que sa seigneurie, le maître de cavalerie, puisse suivre sa dame et se perdre dans les fourrés qui se trouvent dans les bois ! Et maintenant, a-t-elle dit alors que ses yeux lançaient des éclairs et qu'elle tendait sa main vers le ciel comme pour le prendre à témoin, maintenant, je vous dis ceci : Faites attention à vous ! Faites attention à vous, Seymour : ne trahissez pas notre secret ne serait-ce qu'en prononçant une parole ou une syllabe malencontreuse car cette parole pourrait bien vous écraser !

« Oui, je ressens bien que je ne suis pas une bâtarde et que je suis bien la digne fille de mon père. Je le ressens lorsque j'éprouve cette colère et cette jalousie qui font rage à l'intérieur de moi ! Faites attention à vous, Seymour, car j'irai vous dénoncer à mon père et la tête du traître tombera aux mains du bourreau ! »

Elle était hors d'elle. Les poings serrés et l'air menaçant, elle faisait les cent pas dans la pièce. Ses yeux étaient pleins de larmes. Elle les fit glisser sur son visage comme des perles, en battant des sourcils. La nature impétueuse et inflexible de son père agitait son être et son sang courait dans ses veines.

Thomas Seymour était toutefois maître de lui à nouveau. Il s'est approché de la princesse et l'a prise dans ses bras malgré les protestations de la jeune femme.

— Petite folle ! lui dit-il en l'embrassant à plusieurs reprises. Adorable petite folle, comme vous êtes belle lorsque vous êtes en colère et comme je vous aime pour cela ! La jalousie sied à l'amour et je ne me plains pas de vous trouver injuste et cruelle à mon égard. La reine possède un cœur bien trop froid et bien trop fier pour être aimée d'un homme. Ah ! Le simple fait de penser une telle chose est déjà trahir sa vertu et sa modestie. De plus, elle n'a certainement pas mérité cela de nous deux, elle n'a pas mérité que nous l'insultions et que nous la méprisions. Elle est la première personne qui se soit toujours montrée juste à votre égard. Et elle n'a toujours été qu'une maîtresse bienveillante pour moi !

— C'est vrai, murmura Élisabeth totalement honteuse. Elle est une vraie amie et une mère et je dois la remercier pour la position que j'occupe à la cour à l'heure actuelle.

Puis, après quelques instants de réflexion, elle dit en souriant et en tendant la main au comte :

— Vous avez raison. Il serait criminel de la soupçonner et je suis une idiote. Pardonnez-moi, Seymour, pardonnez ma colère enfantine et absurde. Je vous promets en retour de ne pas trahir notre secret et de n'en parler à personne, même à la reine.

— Me le jurez-vous ?

— Je vous le jure ! Et je vous jure plus que ce que vous me demandez : je ne serai plus jamais jalouse d'elle.

— Alors, vous ne vous faites tout simplement que justice ainsi qu'à la reine, a dit le comte en souriant et en la reprenant dans ses bras.

Elle le repoussa toutefois avec douceur.

— Je dois partir maintenant. L'aurore est en train de poindre et l'archevêque m'attend dans la chapelle royale.

— Et que lui direz-vous?

— Je me confesserai à lui.

— Vous trahirez donc notre amour?

— Oh! dit-elle avec un sourire ensorceleur, c'est un secret entre Dieu et nous. Et ce n'est qu'à Lui que nous pouvons le confesser. Car Il est le seul à pouvoir nous donner l'absolution. Adieu, donc, Seymour, adieu! Pensez à moi et à notre prochaine rencontre! Mais, dites-moi, au fait, quand allons-nous nous rencontrer?

— Lorsque se produira une nuit comme celle que nous avons connue aujourd'hui, mon aimée, une nuit où la lune ne sera pas dans le ciel.

— Oh! Comme j'aimerais que se produise une nouvelle lune une fois par semaine, dit-elle avec une innocence toute puérile. Adieu, Seymour, adieu, nous devons nous séparer.

Elle se tenait agrippée à lui tout comme le lierre s'accroche au tronc d'un chêne. Finalement, ils se séparèrent. La princesse sortit discrètement de la pièce pour retourner à ses appartements sans être vue, et de là à la chapelle royale. Le comte redescendit l'escalier en colimaçon qui le conduisait à la porte secrète du jardin.

Il retourna au palais sans avoir été ni observé ni vu. Son valet, qui dormait dans l'antichambre, ne s'aperçut de rien lorsque le comte est passé auprès de lui sur la pointe des pieds pour se rendre à sa chambre.

Cette nuit-là, le sommeil se fit attendre. Son esprit était tourmenté et agité. Il était furieux contre lui-même et s'accusait de trahison et de perfidie. Et puis son arrogance reprenait le dessus et il essayait de se trouver des excuses et de faire taire le tribunal de sa conscience.

«Je l'aime – et elle seulement – se disait-il. Catherine possède mon cœur et mon âme. Je suis prêt à lui consacrer ma vie. Oui, je l'aime! Je viens de lui faire le serment que je l'aimais. Elle m'appartient pour l'éternité!

«Et Élisabeth? lui demandait sa conscience. Ne viens-tu pas aussi de lui jurer fidélité et amour?

«Non! disait-il. Je n'ai fait que recevoir son serment d'amour. Je ne lui ai pas réciproqué le mien. Et lorsque j'ai fait le serment de ne jamais épouser la duchesse de Richmond et juré cela sur "mon amour", en fait, je ne faisais que penser à Catherine – à cette fière, charmante et magnifique jeune femme qui est à la fois virginale et voluptueuse – et non à cette jeune princesse inexpérimentée, sauvage et si peu jolie!

«Toutefois, il est bien possible que cette princesse devienne la reine dans l'avenir, lui murmurait son ambition.

«Cela est cependant très peu probable, se répondait-il. Une chose est certaine, toutefois, Catherine sera un jour la régente, et si je suis son époux à ce moment-là, je deviendrai régent d'Angleterre.»

Voilà donc quel était le secret de sa duplicité et de sa double trahison.

Thomas Seymour n'aimait personne hormis lui-même, rien sauf son ambition. Il était parfaitement capable de risquer sa vie pour une femme. Mais pour atteindre la renommée et la grandeur, il était tout aussi capable de sacrifier cette même personne.

Il ne connaissait qu'un seul but, qu'une seule lutte: devenir plus grand et plus puissant que tous les nobles de la cour – devenir le premier personnage d'Angleterre. Et pour atteindre ce but, il n'aurait pas peur d'utiliser tous les moyens, il ne reculerait devant nulle trahison et nul péché.

Tous comme les disciples de Loyola, il disait pour se justifier:

— La fin sanctifie les moyens.

Et c'est pourquoi tous les moyens se trouvaient bons s'ils parvenaient à le conduire à la finalité qu'il avait choisie, c'est-à-dire à la renommée et à la gloire.

Il était fermement convaincu qu'il aimait vraiment la reine. Et dans ses moments les plus nobles, il l'aimait réellement. La volonté et les sentiments variaient chez lui selon l'heure du temps avec la rapidité de l'éclair et il s'adaptait totalement et complètement à la personne pour laquelle son cœur s'embrasait au moment présent.

C'est pourquoi il ne mentait pas lorsqu'il jurait à la reine qu'il l'aimait passionnément. Il l'aimait véritablement, deux fois plus depuis qu'elle s'était en quelque sorte identifiée à son ambition. Il l'adorait parce qu'elle représentait les moyens pour parvenir à son but, et parce qu'elle pourrait peut-être tenir le sceptre de l'Angleterre entre ses mains. Et le jour où cela arriverait, il désirerait être son amant et son seigneur. Elle l'avait accepté comme son seigneur et il était absolument certain de son emprise future.

Il aimait donc la reine, cependant son cœur ambitieux et fier ne pouvait pas être complètement animé par un seul amour et il s'y trouvait suffisamment de place pour une seconde idylle à condition que celle-ci lui offre une bonne chance d'atteindre le but qu'il s'était fixé dans la vie.

La princesse Élisabeth présentait cette occasion. Et si jamais la reine pouvait un jour s'attendre à devenir régente d'Angleterre, la princesse Élisabeth, elle, pouvait un jour devenir reine. Bien sûr, tout cela n'était qu'une possibilité mais il serait peut-être possible de faire en sorte que cette possibilité devienne réalité. De plus, cette enfant passionnée l'aimait et Thomas Seymour était lui-même trop jeune et trop facilement excitable pour se montrer capable de mépriser un amour qui lui offrait des promesses aussi alléchantes et des rêves dorés pour l'avenir.

— Il n'est pas bon pour un homme de vivre seulement pour l'amour, se disait-il alors qu'il repensait aux événements de la nuit. Il doit se battre pour atteindre l'échelon le plus élevé et il ne faut négliger aucun moyen que ce soit pour y parvenir. D'autre part, mon cœur est suffisamment grand pour satisfaire un double amour. Je les aime toutes les deux – ces deux jolies femmes qui me chercheront une couronne. Laissons le destin décider à laquelle des deux j'appartiendrai un jour !

CHAPITRE XXII

Le Grand festival si attendu allait commencer en cette belle journée. Chevaliers et seigneurs se préparaient aux tournois. Poètes et lettrés avaient taquiné leur muse à cette occasion tandis que le spirituel et preux souverain tentait d'unir hommes d'armes et beaux esprits pour montrer au monde le rare et inspirant exemple d'un roi qui pouvait rassembler la sagesse de la plume et la puissance de l'épée et les faire paraître comme ses qualités intrinsèques. Il pouvait ainsi se montrer un foudre de guerre ainsi qu'un érudit, un poète et un philosophe.

Les chevaliers allaient jouter pour l'honneur de leurs dames, les poètes, présenter leurs œuvres, et John Heywood, ses farces hilarantes. De grands savants devaient également participer à ce festival, car le roi avait mandé Richard Croke, disciple d'Érasme, qui enseignait le grec ancien à Cambridge et avait fait connaître cette langue et ses poètes en Allemagne et en Angleterre. Henri VIII désirait réciter avec Croke certaines scènes de Sophocle devant sa cour qui, bien qu'elle ne comprît point le grec, ne s'en montrait pas moins émerveillée par la musique des vers et l'étonnante érudition de Sa Majesté.

Les préparations allaient bon train partout et tout le monde faisait sa toilette – celle du corps comme celle de l'esprit.

Henry Howard, comte de Surrey, ne faisait pas exception à la règle. Il s'était retiré dans son cabinet et était occupé à peaufiner les sonnets qu'il avait l'intention de réciter ce jour-là pour célébrer la beauté et la grâce d'une certaine Géraldine, aux charmes incomparables.

Papier en main, il se reposait sur l'ottomane de velours qui se trouvait devant son secrétaire.

Si Lady Jane Douglas l'avait vu, elle aurait été saisie d'un douloureux émerveillement en voyant comment, la tête sur les coussins, ses grands yeux bleus levés au ciel, le galant souriait et chuchotait des mots tendres.

Il était absorbé par de doux souvenirs et pensait aux heures bénies qu'il avait passées quelques jours auparavant avec Géraldine. En évoquant ces heureux moments, il adorait son amoureuse et lui renouvelait mentalement son serment d'amour éternel, authentique, inviolable.

Cet esprit rempli d'enthousiasme n'était pas exempt d'une douce mélancolie et il se sentait enivré par le bonheur magique qu'il avait découvert en compagnie de sa tendre amante.

Elle était sienne, enfin sienne ! Après tant de luttes, longues et douloureuses, après avoir amèrement renoncé à ses plans et s'être résigné, il voyait enfin le bonheur se manifester pour lui et l'impossible devenir réalisable. Catherine l'aimait ! D'ailleurs ne lui avait-elle pas fait le serment solennel de devenir un jour sa femme devant Dieu et les hommes ?

Il se demandait quand viendrait le jour où elle pourrait annoncer au monde qu'il était son époux et qu'elle était enfin délivrée du poids de sa couronne royale. Quand serait-elle enfin libérée de ces chaînes dorées la liant à un mari tyrannique et sanguinaire, à un roi arrogant et cruel ? Quand Catherine cesserait-elle d'être reine pour devenir Lady Surrey ?

Étrange situation... Tandis qu'il réfléchissait, il ressentit un frisson et une sourde crainte pesa sur son âme.

C'était comme si une voix lui disait :

— Tu ne vivras jamais assez longtemps pour voir ce jour. Aussi impotent soit-il, le roi risque néanmoins de vivre plus longuement que toi ! Prépare-toi à mourir, car la mort sonne déjà à ta porte.

Et ce n'était pas la première fois qu'il avait cette prémonition. La voix s'était souvent adressée à lui, avec les mêmes mises en garde et les mêmes mots. Souvent, dans ses rêves, il avait senti le tranchant du fer sur sa nuque, vu l'échafaud en bas duquel roulait sa tête.

Henry Howard était superstitieux, car c'était un poète. Or il est donné à ceux-ci de percevoir les mystérieux rapports qui existent entre les mondes visible et invisible, de croire aux pouvoirs surnaturels et aux entités qui évoluent en compagnie des hommes, les protègent ou les affligent.

À certains moments, il croyait en la réalité de ses rêves et ne doutait pas de l'horrible destin qu'ils lui prédisaient.

Avant cela, il s'était résigné en souriant. Maintenant, depuis qu'il aimait Catherine, depuis qu'elle lui appartenait, il ne voulait plus mourir, car la vie lui réservait ses moments les plus enivrants et ses joies les plus enchanteresses. Il ne voulait pas les abandonner et craignait de mourir. Il se montrait donc prudent et, connaissant le caractère jaloux, rusé et sauvage du roi, faisait tout pour éviter de le contrarier, de réveiller la hyène royale de son sommeil.

Il réalisait fort bien que le roi entretenait envers lui et sa famille une rancune particulière, qu'il ne pouvait oublier que l'épouse qu'il avait le plus aimée et qui l'avait aussi le plus trahi était issue de sa lignée. Aussi, dans chaque mot, dans chaque regard du monarque, Henry Howard sentait de secrets ressentiments à son égard. Il avait l'impression qu'Henri VIII n'attendait que le moment le plus favorable pour le faire périr. Il demeurait donc vigilant. Pour l'instant, Géraldine l'aimait. Sa vie ne lui appartenait donc pas en exclusivité. Elle l'aimait. Elle avait des droits sur lui et il devait lui consacrer ses jours.

Il avait gardé le silence malgré les vexations et les tracasseries qu'il avait subies de la part du roi. Lorsque ce dernier l'avait soudainement rappelé alors qu'il était commandant en chef des forces expéditionnaires anglaises engagées contre la France et cantonnées à Boulogne et à Montreuil, et qu'Henri VIII l'avait remplacé par Lord Hertford, Henry Howard avait accusé le coup et était rentré dans ses terres. Et puisqu'il ne pouvait plus être un guerrier et un général, il redevint un lettré et un poète. Son palais devint, une fois de plus, le refuge des beaux esprits et des écrivains du royaume. Il se montrait toujours prêt à assister les talents opprimés ou critiqués avec une munificence princière et à donner asile aux savants persécutés dans son palais. C'est lui qui avait tiré le Dr Fox de la misère en l'hébergeant, ainsi qu'Horatio Junius et Thomas Churchyard, qui se distinguèrent plus tard en qualité de médecin et de poète de cour.

L'amour, les arts et les sciences pansèrent les blessures que le roi avait causées à ses ambitions et, maintenant, Howard ne ressentait plus d'acrimonie envers le monarque et était presque prêt à le remercier. Henri VIII, qui avait souhaité blesser ce grand d'Angleterre, n'avait réussi qu'à lui fournir d'ineffables plaisirs.

Il souriait en pensant comment le roi, en voulant le châtier, lui avait sans le savoir donné sa reine en retour et l'avait exalté au lieu de le rabaisser.

Il souriait aussi en tenant le poème qu'il devait réciter, lors du festival qui avait lieu ce jour-là, contenant les louanges de sa dame de cœur, dont personne ne connaissait l'existence : l'incomparable Géraldine.

— Ces vers sont lourds, marmonnait-il. Le langage en est trop pauvre. Cela n'a pas suffisamment de puissance pour évoquer pleinement l'adoration et l'extase que je ressens. Pétrarque était certes plus fortuné que moi à ce chapitre…

« Son langage souple et harmonieux est une véritable musique. Il reflète avec justesse son amour, qu'il accompagne harmonieusement.

Ô Pétrarque, combien je t'envie et, d'un autre côté, ne voudrais pas être à ta place, car ta vie ne fut pas un jardin de roses. Laura ne t'a jamais aimé ; elle était mère de douze enfants, dont pas un seul n'était le tien… »

Il sourit en pensant à sa bonne fortune en amour, saisit des sonnets de Pétrarque qui traînaient sur une table pour les comparer aux siens.

Il était si absorbé dans ses méditations qu'il ne remarqua pas que quelqu'un poussait la draperie qui cachait la porte et qu'une très jolie jeune femme entrait dans son cabinet, ornée de bijoux comme une châsse.

Pendant un instant, elle se tint sur le seuil et, en souriant, observa le comte, plongé dans sa lecture.

Cette personne était d'une beauté impressionnante, avec de grands yeux étincelants et un front haut, digne de porter une couronne. Ses cheveux étaient ornés d'un diadème ducal tranchant sur sa chevelure sombre qui se répandait sur ses épaules bien faites. Son corps sculptural était drapé de satin blanc richement orné d'hermine et de perles. Deux broches ornées de brillants retenaient sur ses épaules une petite mante de velours écarlate recouverte d'hermine, qui lui retombait jusqu'à la taille.

Il s'agissait de la duchesse de Richmond, la veuve d'Henri Richmond, le fils naturel d'Henri VIII. Elle était aussi la sœur d'Henry Howard, comte de Surrey, et la fille du noble duc de Norfolk.

Depuis que son mari était mort en faisant d'elle une veuve à vingt ans, elle résidait dans le palais de son frère et s'était placée sous sa protection. On les connaissait d'ailleurs sous le surnom de « frère et sœur bien-aimés ».

Le monde, qui juge un peu trop sur les apparences, ne connaissait toutefois pas l'amour et la haine que ces deux personnes pouvaient entretenir l'un pour l'autre, pas plus que les réels sentiments qui les animaient.

Henry Howard avait offert l'hospitalité de son palais à sa sœur dans l'espoir que sa présence limiterait les dispositions libertines et impulsives de celle-ci et qu'elle demeurerait dans les limites de la bienséance et de la décence. Elle avait accepté cet arrangement parce qu'elle y avait été forcée, d'autant plus que le pingre roi Henri n'avait accordé à la veuve de son fils que de maigres revenus et qu'elle avait dilapidé ses biens personnels avec ses nombreux soupirants.

Henry Howard avait donc agi pour préserver l'honneur de la famille, mais il n'aimait pas sa sœur et, en fait, la méprisait. La duchesse de Richmond le lui rendait bien, parce que son tempérament orgueilleux ne tolérait pas de se faire humilier par son frère et elle lui en voulait sourdement de lui devoir reconnaissance.

Toutefois la haine qu'ils se portaient mutuellement représentait un conflit familial qu'ils préservaient dans le secret de leur cœur et qu'ils ne s'avouaient pratiquement pas. Les deux avaient maquillé ce sentiment destructeur sous des apparences d'affection mutuelle et ce n'est que rarement qu'ils se trahissaient par une allusion corrosive ou un regard venimeux.

CHAPITRE XXIII

La duchesse s'approcha en catimini de son frère, qui ne l'avait pas encore remarquée. Le bruit de ses pas amortis par l'épais tapis turc, elle se plaça derrière le comte, se pencha sur son épaule et fixa de ses yeux perçants la feuille de papier qu'il tenait.

D'une voix bien timbrée, elle lut ensuite le titre de la poésie :

— Complainte à Géraldine, qui ne se montre jamais à son amant sans avoir revêtu un voile.

« Hé ! Hé ! dit-elle en riant. Maintenant j'ai découvert ton secret et tu dois me le dévoiler... Ainsi tu es épris d'une certaine Géraldine et c'est à cette heureuse élue que tu adresses des poèmes ! Je te jure, mon cher frère, que tu me paieras cher ce secret... »

— Ce n'est pas un secret, sœurette, répondit le comte avec un sourire tranquille en se levant du divan pour saluer la duchesse. Il s'agit si peu d'un secret que j'ai l'intention de réciter ce sonnet au festival de la cour ce soir même. Je n'ai donc pas à solliciter ta discrétion, Rosabella...

— Ainsi, la belle Géraldine ne se montre jamais à tes yeux sans se recouvrir d'un voile sombre comme la nuit, dit la duchesse d'un air taquin. Mais dis-moi, mon frère, qui est cette belle Géraldine ? À ce que je sache, il n'existe pas une seule dame à la cour qui porte un tel nom...

— C'est ce que j'allais dire. Tout cela n'est que fiction. Le fruit de mon imagination…

— Non… en fait, dit-elle en souriant, on n'écrit pas des poèmes avec une telle fougue et une telle ferveur à moins d'être réellement amoureux. Tu célèbres ta belle et ne fais que lui donner un autre nom. C'est très clair. Ne le nie pas, Henry, car je sais que tu as une dame de cœur. On peut le voir dans tes yeux. Regarde, c'est à propos de cette belle que je suis venue te trouver et je souffre, Henry, de voir que tu n'aies pas confiance en moi et que tu ne te permettes pas de me faire partager tes joies et tes peines. Ne sais-tu donc pas combien je t'aime, mon cher et noble frère?

Elle lui passa tendrement les bras autour du cou et voulut l'embrasser, mais il recula la tête et posa ses doigts sur le charmant menton de sa sœur avant de la regarder dans les yeux.

— Rosabella, tu veux me demander quelque chose… lui dit-il. Je n'ai jamais eu l'heur de recevoir quelques signes de tendresse ou d'affection de ta part à moins que ton intention n'eût été de me soutirer quelque service…

— Que tu es méfiant, répondit-elle avec une charmante moue en repoussant sa main. Je suis venue ici par pure sympathie et suis parfaitement désintéressée, en partie pour te prévenir, en partie pour savoir si ton amour serait, par hasard, destiné à une dame qui rendrait ma mise en garde inutile…

— Tu vois, Rosabella, j'avais raison lorsque je disais que ta tendresse n'était pas gratuite. Maintenant, tu dis que tu veux me prévenir? J'aimerais bien savoir en quel honneur j'ai besoin d'être averti…

— Pas question, mon frère, car il serait très dangereux et mal avisé pour toi si l'objet de ta passion contrevenait aux ordres du roi…

Une bouffée de chaleur envahit le comte et son front s'obscurcit.

— Aux ordres du roi? demanda-t-il d'un air surpris. Je ne savais pas qu'Henri, le Huitième du nom, pouvait contrôler les élans de mon cœur et, de toute manière, je ne lui concéderais jamais un tel droit. Parle donc ouvertement, ma sœur. De quoi s'agit-il? Que signifie cet ordre du roi et de quelle machination matrimoniale féminine s'agit-il? Car je sais que toi et notre mère, sans cesse ni repos, vous amusez à jouer les marieuses. Pourtant, il me semble que vous avez toutes deux appris à vos dépens combien le bonheur du mariage pouvait être imaginaire et combien cette institution pouvait être l'antichambre de l'enfer...

— C'est juste, répondit la duchesse en ricanant. La mort de mon mari fut le seul heureux moment de mon existence de femme mariée. En cela, j'ai eu plus de chance que notre mère, qui vit toujours avec un vrai tyran. Ah! Combien je la plains...

— Garde-toi d'injurier notre noble père, lâcha le comte d'un air presque menaçant. Dieu seul sait combien notre mère l'a fait souffrir et combien elle s'acharne encore sur lui. On ne peut le blâmer pour ce mariage malheureux. Mais tu n'es pas venue pour m'entretenir de ces lamentables histoires familiales, je suppose... Tu disais que tu voulais me mettre en garde?

— Oui, te prévenir! répondit tendrement la duchesse en prenant son frère par la main et en le conduisant vers l'ottomane. Asseyons-nous ici Henry et, pour une fois, discutons en toute confidentialité et en toute cordialité comme il convient à un frère et à une sœur. Dis-moi, qui est Géraldine...?

— Je t'ai déjà dit qu'il s'agissait d'un fantôme, d'un idéal...

— Ainsi tu n'aimes aucune dame de la cour?

— Absolument pas. Je n'aime aucune des dames de l'entourage de la reine...

— Ainsi ton cœur est libre, Henry, ce qui te permettra de te conformer plus facilement au désir du roi.

— Et quel est le désir du roi?

Elle posa sa tête sur l'épaule de son frère et lui confia dans un soupir:

— Il souhaite que les familles Howard et Seymour se réconcilient enfin par des liens amoureux solides et sincères, ce qui dissiperait la haine qui les a séparées depuis des siècles.

— Ah! C'est ce que veut le roi... répliqua le comte d'un air dédaigneux. Ah! Vraiment... Il a bien commencé dans cette voie. Il s'est gaussé de moi devant l'Europe entière en m'enlevant mon commandement, en me remplaçant par un Seymour et en me forçant en retour à aimer ce comte arrogant qui m'a volé ce qui m'était dû. D'ailleurs, ce triste sire n'a cessé de rebattre les oreilles du roi avec ses mensonges, ses calomnies jusqu'à ce qu'il obtienne mon poste...

— S'il est vrai que le roi t'a rappelé des armées, c'était pour te confier le poste le plus important de sa cour, en te nommant grand chambellan de la reine...

— C'est vrai, j'oubliais, marmonna Henry Howard, je suis censé être l'obligé de Sa Majesté pour ce limogeage...

— D'ailleurs, continua la duchesse d'un air innocent, je ne crois pas non plus que l'on puisse blâmer Lord Hertford pour ton rappel et, pour te le prouver, il a fait une proposition au roi ainsi qu'à moi-même. Il veut te prouver combien il apprécierait devenir un allié des Howard – et de toi aussi, bien sûr – par les liens les plus sacrés.

— Oh! Le noble et magnanime seigneur! s'écria Henry Howard avec un rire amer. Lorsque les choses n'avancent pas suffisamment vite avec les lauriers, il essaie le myrte... Comme il ne peut remporter aucune bataille, il essaie les alliances matrimoniales. J'aimerais bien savoir, sœurette, ce qu'il propose...

— Un double mariage, Henry. Il a demandé ma main pour son frère, Thomas Seymour, à condition que tu choisisses sa sœur, Lady Margaret, comme ta légitime épouse…

— Jamais de la vie ! répliqua le comte. Jamais Henry Howard ne tendra la main à une fille de cette maison, jamais il ne s'abaissera à faire l'honneur de donner son nom à une Seymour. Cela suffit pour un roi, mais pas pour un Howard !

— Mon frère, tu insultes le roi !

— Qu'il en soit ainsi, car il m'a également insulté en me proposant une machination aussi malhonnête !

— Réfléchis, mon frère, les Seymour sont puissants et très estimés du roi…

— Parlons-en de cette estime ! Le peuple connaît suffisamment leur cruauté et leur arrogance, car le peuple, comme la noblesse d'ailleurs, les méprise. Les Seymour ont le roi en leur faveur mais les Howard bénéficient de l'appui du pays entier, ce qui a des conséquences autrement importantes. Le roi peut mettre les Seymour en valeur, car ils lui sont très inférieurs, mais il ne peut valoriser les Howard, car ce sont ses égaux. Il ne peut non plus les rabaisser. Catherine est morte sur l'échafaud et le roi n'a joué en cela qu'un rôle de bourreau. Nos armoiries n'ont pas été souillées par cette infamie !

— Que voilà de fiers mots, Henry !

— C'est le moyen de devenir fils des Norfolk, Rosabella ! Regarde-moi ce lamentable Lord Hertford, comte de Seymour, qui convoite un diadème ducal pour sa sœur. Il veut me l'imposer pour femme, car dès que notre pauvre père disparaîtra, j'hériterai de sa couronne ! Ah ! L'arrogant arriviste ! Ma couronne contre les armoiries de la sœur, ton diadème pour le frère… Jamais ! dis-je, telle chose ne se fera !

La duchesse se mit à pâlir, son corps fut pris de tremblements et ses yeux lancèrent des éclairs. Comme elle se préparait à répliquer vertement, elle se retint, se fit violence et se força à garder son calme et à reprendre possession d'elle-même.

— Examine soigneusement cette proposition, Henry, dit-elle. Ne prends pas de décision à la légère. Tu parles de notre grandeur, mais tu ne tiens pas compte de la puissance des Seymour. Malgré notre prestige, ils sont suffisamment puissants pour nous traîner dans la poussière. Et ils ne sont pas seulement puissants à l'heure actuelle, mais ont aussi un bel avenir, car on sait fort bien de quelle façon et dans quel état d'esprit on a formé le prince de Galles. Le roi est vieux, faible; la mort le guette derrière son trône pour bientôt l'emporter. Si Édouard devient roi, l'hérésie protestante triomphera. Peu importe la grandeur et l'importance de notre clan, nous serons subjugués, écrasés. Nous deviendrons des opprimés et des persécutés...

— En tel cas, nous apprendrons à nous battre et, s'il le faut, à mourir! répliqua son frère. Il est plus honorable de mourir au champ d'honneur que de se négocier une vie au prix de l'humiliation.

— Certes, il est honorable de mourir au combat, mais, Henry, il n'est guère glorieux de finir sur l'échafaud et, mon frère, c'est ce qui peut fort bien t'arriver si tu n'acceptes pas de mettre ton orgueil en sourdine, si tu ne saisis pas la main secourable que Lord Hertford te tend dans un esprit de réconciliation. Si tu refuses, il sera mortellement offensé et cherchera à se venger de manière violente lorsqu'il sera au pouvoir.

— Laisse-le faire. Ma vie est entre les mains de Dieu. Ma tête appartient au roi mais mon cœur est à moi et je ne me rabaisserai jamais à marchander et à échanger ma dignité pour une sécurité précaire en la faveur du roi...

— Mon frère, je t'en conjure, pensons-y bien! siffla la duchesse, incapable de se retenir et envahie d'une folle colère. Dans ta fière arrogance, n'en profite pas pour aussi détruire mon avenir! Tu peux périr sur l'échafaud si tel est ton bon désir, mais je veux être heureuse et, après des années de disgrâce et de peine, je tiens à revendiquer enfin la part de plaisirs que la vie peut m'offrir. C'est mon dû, j'ai bien l'intention d'en profiter, et tu ne dois pas te trouver sur mon chemin pour me l'arracher. Sache donc, mon frère, que j'aime Thomas Seymour, que mes désirs et mes espoirs convergent vers lui et que je n'ai pas l'intention de rejeter cet amour... Bref, je ne l'abandonnerai pas!

— Eh bien! Si tu l'aimes, ne te gênes pas pour l'épouser, s'exclama son frère. Deviens la femme de ce Thomas Seymour! Demande le consentement de notre père, le duc, et je suis certain qu'il ne pourra te le refuser. Il est en effet prudent et calculateur et saura, mieux que moi, supputer les avantages qu'une telle relation avec les Seymour pourrait apporter à notre famille. Vas-y, ma sœur, et épouse ton bien-aimé. Ce n'est pas moi qui t'en empêcherai.

— Bien sûr que tu m'en empêcheras, et ce, par ta seule présence, lui fit-elle remarquer, fulminante de rage. En refusant la main de Margaret, tu offenseras mortellement les Seymour et cela rendra mon union avec Thomas impossible. Ta conduite égoïste et ton arrogance, ton unique obsession d'offenser cette famille réduisent mon bonheur en pièces! Mais je te le dis, j'aime Thomas Seymour. Mieux: je l'adore. Il est ma joie, mon avenir, mon éternel bonheur. Par conséquent, aie pitié de moi, Henry. Donne-moi ce bonheur; je t'implore au nom du ciel. Prouve-moi que tu m'aimes et que tu es capable de faire un sacrifice pour ta sœur. Henry, je t'implore à genoux! Donne-moi l'homme que j'aime, incline pour une fois ta tête altière. Deviens le mari de Margaret Seymour afin que Thomas Seymour devienne à son tour le mien.

Elle s'était effondrée à genoux, le visage plein de larmes, merveilleusement belle. Dans sa détresse passionnelle, elle continuait d'implorer son frère.

Le comte ne la pria pas de se relever et se contenta de reculer d'un pas avec un sourire moqueur.

— Ne m'avais-tu pas déjà dit, duchesse, que l'homme de ta vie était ton secrétaire, M. Wilford? Je t'ai crue en toute bonne foi jusqu'à ce que je te retrouve un autre jour dans les bras d'un page. Ce jour-là, j'ai promis de ne jamais plus te croire, même si tu me jurais que tu aimais quelqu'un. Tu aimes un homme? Bien, mais quelle est la différence? Aujourd'hui, il s'appelle Thomas. Demain il s'appellera Archibald, Édouard ou n'importe quoi...

Pour la première fois, le comte dévoila le fond de sa pensée et fit savoir à sa sœur le mépris et la colère que son comportement hédoniste provoquait chez lui.

La duchesse réagit comme si elle avait été touchée d'un fer rouge.

Elle se remit debout, comme mue par un ressort, et, le souffle court, le regard révulsé de rage, les muscles tendus, tremblante, elle fit face à son frère. Ce n'était plus une femme mais une lionne dénuée de compassion et de pitié, prête à dévorer tous ceux qui avaient la témérité de la provoquer.

— Comte de Surrey, tu es un misérable salaud! lui dit-elle les lèvres pincées et tremblotantes. Si j'étais un homme, je te giflerais et te traiterais de crapule! Mais, par le Seigneur, il ne sera point dit que j'ai l'intention de laisser cet affront impuni. Une fois de plus, et pour la dernière fois, je te demande ceci: Te plieras-tu au souhait de Lord Hertford? Épouseras-tu Lady Margaret et m'accompagneras-tu à l'autel pour y retrouver Thomas Seymour?

— Jamais de la vie. Pas plus aujourd'hui que demain. Les Howard ne s'inclinent pas devant les Seymour et jamais Henry Howard n'épousera une femme qu'il n'aime pas...

— Ah! Tu ne l'aimes pas? reprit-elle en grinçant des dents, à bout de souffle. Ah! et parce que tu n'aimes pas Lady Margaret tu crois que tu peux te permettre de forcer ta sœur à renoncer à l'amour de sa vie et à abandonner l'homme qu'elle adore. Ah ! Tu n'aimes pas la sœur de Thomas Seymour ? Évidemment, ce n'est pas ta Géraldine, celle que tu célèbres dans tes vers… Eh bien ! Je la découvrirai celle-là et alors, malheur à vous deux ! Tu refuses de me tendre la main pour me conduire à l'autel auprès de Thomas Seymour, alors je tendrai la mienne pour te conduire, toi et ta Géraldine, à l'échafaud !

Constatant combien ces propos avaient fait pâlir le comte, elle continua avec un rire méprisant.

— Je vois que tu n'en mènes pas large et que cela te fait réfléchir… Tout héros à la vertu rigide que tu sois, ta conscience ne te dicte-t-elle pas que tu puisses parfois commettre des erreurs ? Tu pensais cacher ton secret en l'enveloppant dans le voile de la nuit, comme ta Géraldine qui, si j'en crois les pleurnicheries dans ton poème, ne se montre jamais la nuit sans un voile noir. Attends un peu… Attends ! J'éclairerai la lanterne qui dissipera ce mystère ; je chasserai la nuit de ton secret au moyen d'une torche suffisamment grande pour mettre le feu aux fagots du bûcher qui t'est destiné ainsi qu'à ta maudite Géraldine !

— Ah ! Ta vraie nature se révèle enfin… dit Henry Howard en haussant les épaules. Le masque d'ange qui dissimulait ton visage de furie vient de tomber… Tu es bien la fille de notre mère et, à ce moment précis, je comprends pour la première fois ce que notre père a enduré et pourquoi il n'a pas cherché à éviter les disgrâces d'un divorce pour se débarrasser d'une telle harpie…

— Ho ! Merci, merci ! cracha-t-elle avec un rire sauvage, tu dépasses les bornes. Non content de pousser ta sœur au désespoir, tu salis également ta mère ! Tu dis que nous sommes des furies. Eh bien ! soyons-en et, un jour, nous te montrerons nos visages de Méduse et tu en seras pétrifié ! Henry Howard, comte de Surrey, dès ce moment, je serai ton ennemie implacable. Surveille ta tête, car ma main est levée et elle s'est transformée en glaive ! Préserve bien le secret de ton cœur, car tu as fait de moi une goule qui sucera ton sang. Tu as vilipendé ma mère et je vais m'empresser de le lui faire savoir...

«Elle me croira, car elle sait fort bien que tu la hais et que tu es le vrai fils de ton père, c'est-à-dire un hypocrite, un misérable qui ne parle que de vertu mais qui, au tréfonds de lui, n'encourage que le crime!»

— Silence! cria le comte. Arrête si tu ne veux pas que j'oublie avoir affaire à une femme et à ma sœur, en plus...

— Tu peux l'oublier si tu veux, répondit-elle sur un ton méprisant. Moi j'ai oublié depuis longtemps que tu es mon frère, tout comme tu as oublié que tu étais le fils de ta mère. Adieu, comte de Surrey, je te laisse à ton palais et, dès cet instant, ne me fierai qu'à ma mère, l'épouse séparée du comte de Norfolk. Mais note bien ceci: si nous nous séparons de toi pour ce qui est de l'amour familial, il n'en sera point ainsi en ce qui concerne notre haine commune, une haine éternelle et immuable et, un de ces jours, je t'écraserai... Adieu, comte de Surrey. Nous nous rencontrerons à nouveau en présence du roi!

Elle prit précipitamment la porte et Henry Howard n'essaya pas de la retenir. Il la regarda partir avec un sourire et murmura sur un ton non dénué de compassion:

— Pauvre femme. Je l'ai peut-être privée d'un galant et elle ne l'oubliera jamais. Laissons les choses ainsi, laissons-la me tourmenter de ses coups d'aiguille, mais elle ne pourra atteindre l'objet de mon amour. J'espère avoir bien préservé mon doux secret afin qu'elle ne puisse deviner la cause réelle de mon refus. J'ai été obligé de me draper dans ce ridicule orgueil familial. Oh! Géraldine, même si vous étiez fille de manant, et advenant un tel accroc de ma part à la tradition, je vous choisirais malgré tout sans avoir l'impression de ternir mon blason. Mais quatre heures sonnent déjà et il est temps de reprendre mon service. Au revoir, Géraldine! La reine m'attend.

Et pendant qu'il se rendait dans sa garde-robe pour revêtir ses vêtements d'apparat en vue de la fête qui se préparait à la cour, la duchesse de Richmond rentrait dans ses appartements, bouillonnante de rage. Elle les traversa et entra dans son boudoir où le comte Douglas l'attendait.

— Bien, dit-il en l'approchant avec un sourire chafouin. A-t-il accepté ?

— Non, dit-elle en grinçant des dents, il a juré ne jamais consentir à une alliance avec les Seymour...

— Je le savais, grommela Douglas. Et qu'avez-vous décidé, Milady ?

— Je me vengerai ! Je veux qu'il soit malheureux et je ferai tout pour cela !

— Et combien vous avez raison, Milady, car c'est un apostat et un parjure, un fils indigne de l'Église. Il a un faible pour les hérétiques et a oublié la foi de ses pères...

— Je le sais ! dit-elle à bout de souffle.

Le comte Douglas la regarda, surpris, et poursuivit :

— Il ne s'agit pas d'un athée mais également d'un traître qui honnit son roi auquel, au fond de lui, il se pense très supérieur...

— Je le sais ! répéta-t-elle.

— Il est si orgueilleux, poursuivit le comte, si rempli de lui-même qu'il serait capable de mettre ses mains sur la couronne d'Angleterre...

— Je le sais, réitéra la duchesse, mais en voyant les regards dubitatifs et étonnés du comte, elle ajouta avec un sourire inhumain : Je sais tout ce que vous voulez que je sache ! Il vous suffit de lui imputer des crimes et de l'accuser. Je confirmerai tout et témoignerai de manière à le conduire à sa perte. Ma mère sera mon alliée. Elle déteste mon père avec autant d'ardeur que je hais le fils. Lancez vos accusations et ensuite, comte Douglas, nous vous servirons de témoins !

— Non, Milady... lui dit-il avec un sourire doucereux. Je ne sais rien ; je n'ai rien entendu. Comment pourrais-je alors porter des accusations ? C'est vous qui savez tout, car il vous a parlé. C'est vous qui devez être son accusatrice !

— Alors conduisez-moi auprès du roi ! répondit-elle.

— Me permettriez-vous de vous donner d'abord un conseil ?

— Faites, comte Douglas.

— Faites preuve de la plus grande prudence dans le choix de vos moyens. Ne les dispersez pas en bloc, de manière à ce que si votre premier coup ne porte pas vous ne vous retrouviez pas sans armes. Il est préférable et bien moins dangereux d'abattre son ennemi juré au moyen d'un poison insidieux, de façon graduelle, plutôt que de lui asséner un coup de dague qui risquerait d'être dévié par une côte et ne se révélerait point mortel. Dites ce que vous savez, non globalement mais petit à petit. Administrez votre poison à petite dose afin d'attiser graduellement la colère du roi. Et si vous ne touchez pas votre ennemi aujourd'hui, dites-vous que la situation sera sûrement plus favorable demain. Et n'oubliez pas qu'il nous faut punir non seulement Henry Howard l'hérétique, mais, par-dessus tout, la reine, non moins pécheresse, dont l'esprit mécréant attirera la colère du Très Haut sur notre pays.

— Rendons-nous voir le roi, dit-elle en hâte. En route, vous pourrez me conseiller sur ce qu'il me faut divulguer et sur ce qu'il me faut cacher. Je ferai implicitement ce que vous me direz...

« Maintenant Henry Howard, se dit-elle, tiens-toi prêt ! L'épreuve de force ne fait que commencer ! Ton orgueil et ton égoïsme ont détruit le bonheur de ma vie, ma félicité éternelle. J'aimais Thomas Seymour et espérais trouver près de lui le bonheur que j'ai si vainement cherché sur les chemins tortueux de mon existence. Par cet amour, j'aurais sauvé mon âme et mené une vie vertueuse, mais toi, mon frère, en as décidé autrement. Par conséquent, tu as fait de moi une démone au lieu d'un ange. J'assumerai ma destinée et deviendrai pour toi un esprit mauvais, ton pire cauchemar.

CHAPITRE XXIV

Les festivités de la journée étaient terminées. Les galants chevaliers et champions qui avaient, aujourd'hui, croisé le fer en l'honneur de leurs belles pouvaient se reposer sur leurs lauriers. Le tournoi armé avait pris fin et le tournoi des beaux esprits allait commencer. Les chevaliers retournèrent donc dans leurs appartements pour échanger leurs côtes de maille contre des habits de velours brodés au fil d'or. Les dames, elles aussi, allèrent se changer pour revêtir des robes du soir plus légères. La reine se retira dans son cabinet de toilette et les membres de sa suite l'attendirent dans l'antichambre pour l'escorter jusqu'au trône.

À l'extérieur, le ciel commençait à s'obscurcir et le crépuscule éclairait le grand hall tout en projetant de longues ombres. Les chevaliers de la cour faisaient les cent pas dans ce hall et discutaient des événements les plus importants du tournoi qui avait eu lieu ce même jour.

Le comte de Sudley, Thomas Seymour, avait remporté le grand prix et vaincu son opposant, Henry Howard. Le roi en avait été enchanté. En effet, cela faisait quelque temps que Thomas Seymour était son favori, peut-être du fait qu'il était l'ennemi déclaré des Howard. C'est pourquoi il avait ajouté une épingle en diamants à la couronne de lauriers en or que la reine avait offerte au comte en guise de récompense et avait demandé à cette dernière de l'attacher de sa propre main à la fraise du comte. Catherine s'était exécutée avec un air maussade et des regards détournés. Thomas Seymour s'était montré peu ravi du grand honneur que lui faisait la reine en obéissant à son époux.

Le rigide clan des papistes à la cour forma de nouveaux espoirs et rêva à la conversion de la reine et à son retour vers la vraie foi. Le clan des hérétiques, quant à lui, entrevoyait sinistrement l'avenir et avait peur d'être dépouillé de son soutien le plus puissant.

Personne n'avait remarqué que la reine avait fait tomber son mouchoir brodé au fil d'or lorsqu'elle s'était levée pour aller couronner le victorieux Thomas Seymour et que le comte, après l'avoir ramassé et rendu à la reine, en avait profité pour passer sa main, d'un mouvement totalement accidentel, dans sa fraise blanche pour y cacher le petit papier bien plié, de la même couleur, qu'il avait trouvé dans le mouchoir de la reine.

Une personne, en fait, avait remarqué le stratagème. La petite ruse de la reine n'avait pas échappé à John Heywood qui, immédiatement, s'était empressé de faire rire le roi en faisant de bons mots d'esprit et d'attirer l'attention des courtisans sur autre chose que la reine et son soupirant.

Il se trouvait maintenant dans l'embrasure d'une fenêtre, complètement caché par les lourds rideaux de brocard. Et c'est ainsi que, sans être vu, il parcourait la pièce de son regard d'aigle.

Il voyait tout, entendait tout, observait tout sans que personne ne se doute de sa présence.

C'est ainsi qu'il avait observé le signe que le comte Douglas faisait à l'archevêque Gardiner et la vitesse avec laquelle ce dernier y répondait.

Et comme s'il s'agissait d'un hasard, ils avaient quitté tous les deux les groupes de personnes avec lesquelles ils discutaient pour se rapprocher l'un de l'autre tout en cherchant un endroit où ils pourraient parler sans être observés, à l'écart des autres courtisans. Des groupes de personnes qui riaient et discutaient se tenaient devant toutes les fenêtres. Seule la fenêtre où se trouvait caché John Heywood était inoccupée.

C'est donc vers elle que se sont dirigés le comte Douglas et l'archevêque Gardiner.

— Allons-nous atteindre notre but aujourd'hui? demanda Gardiner à voix basse.

— Avec l'aide de Dieu, nous allons éliminer nos ennemis aujourd'hui même. L'épée se dresse déjà au-dessus de leurs têtes. Elle tombera bientôt pour nous débarrasser d'eux à tout jamais, répondit solennellement le comte Douglas.

— En êtes-vous certain? demanda Gardiner alors qu'une expression de plaisir cruel traversait son visage hargneux et livide. Mais dites-moi donc, comment se fait-il que l'archevêque Cranmer ne soit pas ici?

— Il est malade et a dû rester à Lambeth.

— Faites en sorte que sa maladie soit un prélude à sa mort, a marmonné l'archevêque tout en joignant les mains avec dévotion.

— C'est ce qui se produira, Votre Excellence. Dieu détruira ses ennemis et nous serons bénis. Cranmer sera accusé et le roi le jugera sans faire preuve de pitié.

— Et la reine?

Le comte Douglas resta silencieux pendant quelques instants et murmura:

— Attendez encore quelques heures et elle ne sera plus reine. Au lieu de retourner du trône vers ses appartements, nous l'accompagnerons jusqu'à la Tour...

John Heywood, complètement dissimulé par les plis du rideau, retenait son souffle et écoutait.

— Êtes-vous donc totalement certain de notre victoire? demanda Gardiner. Ne peut-il se produire un incident ou des circonstances imprévues pour nous la dérober?

— Si la reine lui donne la rosette, certainement pas! Car c'est alors que le roi découvrira la lettre d'amour adressée à Géraldine dans le ruban argenté et elle sera condamnée. Tout dépendra donc de la rosette que portera la reine sans qu'elle découvre ce qui y est caché. Toutefois, voyez-vous, Votre Excellence, la duchesse de Richmond s'approche de nous. Elle me fait un signe de la main. Priez pour nous, Votre Excellence, car je dois l'accompagner auprès du roi et elle portera des accusations contre la détestée Catherine Parr! Je vous le dis, il s'agit d'une accusation qui implique la vie ou la mort, et si jamais Catherine Parr échappe à un piège, elle devra tomber dans un autre. Attendez-moi ici, Votre Excellence... Je reviens bientôt et je vous relaterai les résultats de notre plan. Lady Jane doit également nous donner des nouvelles...

Il quitta la fenêtre et suivit la duchesse qui traversa le hall et, ensemble, ils disparurent en passant par la porte qui menait aux appartements du roi.

Les dames et les seigneurs de la cour continuaient à discuter et à rire.

John Heywood, le souffle coupé et le cœur battant à tout rompre, se trouvait toujours derrière les rideaux près de Gardiner qui avait joint les mains et priait.

Tandis que l'archevêque se livrait à ses hypocrites dévotions et que Douglas formulait ses accusations et calomniait, la reine, qui n'avait aucune idée des complots qui se tramaient contre elle, se trouvait dans son cabinet de toilette et se faisait habiller par ses dames de compagnie.

Elle était particulièrement belle ce jour-là, superbe à voir; à la fois femme et reine, resplendissante et modeste, ses lèvres roses s'ornaient d'un sourire irrésistible. Et pourtant sa beauté glorieuse et fière imposait le respect. Aucune des femmes d'Henri VIII n'avait aussi bien compris l'art de se présenter au public et aucune d'entre elles n'avait réussi aussi bien à conserver sa féminité.

Elle se trouvait devant le grand miroir que la république de Venise avait envoyé au roi comme cadeau de mariage. Le miroir lui renvoyait l'image d'une reine ornée de diamants scintillants et elle devait s'avouer qu'elle était vraiment belle ce jour-là. Elle a également pensé que Thomas Seymour serait bien fier aujourd'hui en regardant celle qu'il aimait.

Son visage rougit en pensant à lui et elle se sentit envahie par l'émotion. Il avait été si beau lors du tournoi qui venait de se terminer. Avec quelle élégance il avait franchi les barrières! Comme ses yeux brillaient! Son sourire avait été si méprisant. Et puis, son regard s'était dirigé vers elle au moment où il avait remporté la victoire contre son opposant, Henry Howard, et jeté sa lance avec violence! Oh! Comme son cœur se trouvait prêt à déborder de joie et de ravissement!

Toute à sa rêverie, elle se laissa glisser dans un fauteuil orné d'or. Son regard se fixa au sol et elle continua à rêver et à sourire.

Ses dames de compagnie se tenaient debout derrière elle et gardaient un silence respectueux en attendant un signe de leur maîtresse. La reine les avait toutefois totalement oubliées. Elle s'imaginait seule. Elle ne voyait personne d'autre que le beau visage viril pour qui elle avait réservé une place particulière dans son cœur.

La porte s'ouvrit soudainement et Lady Jane entra. Elle était également magnifique dans ses habits qui brillaient de tous leurs diamants. Malgré sa flatteuse apparence, elle représentait la beauté blafarde et douteuse d'une personne démoniaque. Tout témoin qui l'aurait observée au moment où elle entrait dans la pièce se serait mis à trembler et son cœur se serait trouvé envahi d'une peur indéfinie.

Elle jeta un coup d'œil rapide vers sa maîtresse encore sous l'emprise de la rêverie. Ayant remarqué que la toilette de la reine était terminée, elle fit un signe aux dames de compagnie qui lui obéirent et quittèrent la pièce.

Catherine n'avait toujours rien remarqué. Lady Jane se trouvait derrière elle et observait l'image de la reine dans le miroir. Elle fronça les sourils et ses yeux lancèrent un éclair rapide au moment où elle vit la reine sourire.

« Bientôt elle ne sourira plus, se dit-elle. Je souffre terriblement à cause d'elle... Eh bien ! Cela sera à son tour de souffrir. »

Elle se glissa dans la pièce voisine sans faire de bruit. La porte communicante était restée ouverte. Elle ouvrit avec précipitation un petit carton rempli de rubans et de nœuds, puis retira une petite rosette rouge foncé d'une pochette de velours ornée de perles, qui pendait à sa ceinture grâce à une chaîne en or, pour la mettre dans la boîte. Elle avait terminé.

Lady Jane est alors retournée dans la pièce adjacente. Son attitude qui avait été, il y a peu d'instants, sinistre et menaçante s'était transformée en une attitude joyeuse et fière.

Arborant un grand sourire, elle s'est approchée de la reine et s'est agenouillée à ses côtés. Elle lui a alors baisé avec ferveur la main qui pendait.

— À quoi ma reine rêve-t-elle ? a-t-elle demandé au moment où elle posait la tête sur le genou de Catherine en la regardant avec tendresse.

La reine a sursauté légèrement et a relevé la tête. Elle a reconnu le tendre sourire de Lady Jane et son regard encore inquisiteur.

Étant donné qu'elle se sentait coupable, tout au moins en pensée, elle se tenait sur ses gardes et se remémorait les avertissements de John Heywood.

« Elle m'observe, se dit-elle. Elle veut se montrer affectueuse, mais elle est en train de comploter... »

— Ah ! Tu as bien fait de venir Jane, dit-elle à voix haute. Tu pourras m'aider. Car pour te dire la vérité, je suis bien perplexe. Je désire trouver une rime et n'y arrive pas.

— Êtes-vous en train de faire un poème, ma reine ?

— Pourquoi, Jane, cela te surprend-il ? Moi, la reine, donnerais tous mes bijoux pour être capable de faire un poème qui mériterait un prix des mains du roi. J'ai toutefois besoin d'une oreille musicale. Je n'arrive pas à trouver la rime. Devrais-je donc me trouver obligée à renoncer à l'idée de remporter un prix ? Comme cela ferait plaisir au roi si je gagnais ! Car, pour te dire la vérité, je pense qu'il a un peu peur qu'Henry Howard remporte le prix et il me serait très reconnaissant si je pouvais entrer en compétition avec lui. Tu sais bien que le roi n'aime pas les Howard.

— Et vous, ma reine ? a demandé Jane en pâlissant tellement que la reine s'en aperçut.

— Tu ne te sens pas bien, Jane, dit-elle sur un ton compatissant. Jane, tu sembles vraiment souffrir. Tu as besoin de te reposer un peu...

Jane avait, cependant, regagné son calme et son air sérieux et elle réussit à sourire.

— Absolument pas ! a-t-elle dit. Je vais bien et je suis contente d'avoir la permission de me trouver à vos côtés. Me permettrez-vous, toutefois, de vous faire une demande ?

— Vas-y, Jane, je t'accorde d'avance ce que tu me demandes, car je sais très bien que tu ne demanderas rien que ton amie pourrait te refuser.

Jane garda le silence et fixa pensivement le sol. Elle se trouvait en proie à une grande lutte intérieure. Son cœur fier se rebiffait à l'idée de s'incliner devant cette femme qu'elle haïssait et d'être obligée de l'approcher en lui adressant une prière et en se montrant affectueuse. Elle ressentait une telle rage et une telle haine contre la reine qu'à ce moment précis elle aurait donné sa vie pour voir en tout premier lieu son ennemie à ses pieds, écrasée, en train de gémir.

Henry Howard aimait la reine... Catherine avait donc dérobé le cœur de celui qu'elle adorait. Catherine l'avait condamnée à la souffrance éternelle du fait d'avoir à renoncer à l'homme qu'elle aimait – elle lui infligeait le supplice de contempler un amour et un enchantement qui n'étaient pas les siens –, de se réchauffer à un feu que, tel un voleur, elle avait volé sur l'autel d'un autre dieu.

Catherine était condamnée et destinée à mourir. Jane ne ressentait plus aucune compassion pour elle. Elle devait l'écraser.

— Eh bien! a demandé la reine, tu gardes le silence? Tu ne me dis pas ce que je dois t'accorder?

Lady Jane a relevé les yeux et son regard était à nouveau serein et calme.

— Ma reine, a-t-elle dit, j'ai rencontré dans l'antichambre une personne très malheureuse et très abattue. Seule votre main a le pouvoir de la relever. Y consentirez-vous?

— Si je le ferai! s'est exclamée rapidement Catherine. Oh! Jane, tu sais bien à quel point je fais tout pour aider et rendre service aux malheureux! Ah! Tant de personnes se font blesser à cette cour et la reine possède si peu de moyens pour mettre du baume sur leur cœur! Donne-moi le plaisir de l'aider et je te serai reconnaissante et non le contraire! Dis-moi tout, Jane, dis-moi vite; quelle est la personne qui a besoin de mon aide?

— Il ne s'agit pas de votre aide, ma reine, mais de votre compassion et de votre faveur. Le comte de Sudley a remporté la victoire sur le comte de Surrey lors du tournoi qui s'est déroulé aujourd'hui. Vous pourrez facilement comprendre que le grand chambellan se sente aussi abattu et humilié.

— Puis-je changer cet état de choses, Jane? Pourquoi ce comte visionnaire, ce poète enthousiaste a-t-il permis de se laisser entraîner dans un tournoi contre un héros qui sait exactement ce qu'il veut et qui réalise toujours ce qu'il désire? Oh! C'était vraiment magnifique d'observer la façon dont Thomas Seymour l'a désarçonné aussi rapidement! Et le fier comte de Surrey, cet homme sage et éduqué, le puissant chef du parti, a été forcé de s'incliner devant le héros qui, tout comme l'ange saint Michel, l'a projeté dans la poussière.

La reine s'est mise à rire.

Ce rire a agi comme un coup de poignard dans le cœur de Jane.

«Elle me le payera!» pensa-t-elle.

— Ma reine, vous avez raison, a-t-elle dit. Il a mérité cette humiliation. Cependant, maintenant qu'il a été puni, vous devriez lui remonter le moral. Non, ne secouez pas votre jolie tête. Faites-le pour votre propre bien, ma reine. Faites-le par prudence. Le comte de Surrey et son père sont à la tête d'un parti puissant dont la haine a été attisée par l'humiliation que les Seymour leur ont infligée. Le temps venu, ils risquent de chercher à se venger sauvagement.

— Ah! Tu me fais peur! dit la reine redevenue sérieuse.

Lady Jane a poursuivi:

— J'ai remarqué la façon dont le duc de Norfolk s'est mordu les lèvres lorsque son fils a dû s'incliner devant Seymour. J'ai entendu, par-ci, par-là, des jurons à voix basse et des promesses de vengeance contre les Seymour.

— Qui a fait cela? Qui a osé faire cela? s'écria Catherine en sautant impétueusement hors de son fauteuil. Qui peut avoir l'audace à cette cour de souhaiter du mal à ceux que la reine aime? Nomme-le moi, Jane; je dois connaître son nom! Je dois le savoir pour pouvoir porter une accusation devant le roi. En effet, le roi ne désire pas que les nobles Seymour soient obligés de s'incliner devant les Howard. Il ne désire pas que ceux qui sont les plus nobles, les meilleurs et les plus prestigieux soient obligés de se courber devant ces papistes querelleurs et dominateurs. Le roi aime les nobles Seymour et son bras protecteur les protégera de leurs ennemis.

— Et il ne fait aucun doute que Votre Majesté le soutiendra? a dit Jane en souriant.

La reine a repris ses sens à la suite de ce sourire.

Elle s'aperçut qu'elle était allée trop loin, qu'elle avait trahi un peu trop son secret. Elle devait, en conséquence, réparer les dommages et faire en sorte que son excitation temporaire soit oubliée. C'est pourquoi elle dit avec calme:

— Certainement, Jane. J'aiderai le roi à être juste. Je ne serai jamais injuste, même contre les papistes. S'il est un fait que je ne les aime pas, personne ne pourra dire que je les hais. De plus, le devoir d'une reine est de se placer au-dessus des différents partis. Dis-moi donc, Jane, que puis-je faire pour le pauvre Surrey? Quelle est la chose qui pourrait panser les blessures que le brave Seymour lui a infligées?

— Vous avez publiquement accordé une grande faveur au vainqueur du tournoi – vous l'avez couronné.

— Je l'ai fait par ordre du roi, s'est exclamée Catherine avec chaleur.

— Eh bien! Il ne vous donnera pas l'ordre de récompenser le comte de Surrey si ce dernier devait remporter la victoire ce soir. Faites-le donc de votre plein gré devant toute la cour! Il est si facile de rendre les hommes heureux, de réconforter les malheureux! Un sourire, un mot amical, une pression de la main suffisent. Un ruban qui orne votre robe peut rendre heureuse et fière la personne à qui vous l'offrez et la placer au-dessus des autres. Pensez-y bien, ma reine.

« Je ne parle pas ici en faveur du comte de Surrey. Je pense à vous en premier. Si jamais vous avez le courage de vous montrer juste et de reconnaître également le mérite des Howard en dépit du fait que le roi les porte en disgrâce et qu'il les menace – croyez-moi, si vous le faites, la totalité des personnes présentes qui vous est hostile jusqu'à maintenant tombera à vos pieds et vous sera conquise. Vous serez enfin devenue la bien-aimée reine d'Angleterre. Et les papistes tout comme les hérétiques vous reconnaîtront comme étant leur maîtresse et leur protectrice. Ne pensez plus ! Que votre cœur noble et généreux l'emporte ! Un méchant hasard a accablé Henry Howard et l'a roulé dans la poussière. Tendez-lui la main, ma reine, pour l'aider à se relever et se présenter à nouveau à votre cour la tête haute tel qu'il l'a toujours été. Henry Howard mérite bien que vous vous montriez agréable à son égard. Il est noble et il rayonne telle une étoile au-dessus de tous les autres hommes. Il n'existe personne qui puisse dire qu'il est plus prudent, plus courageux, plus sage, plus érudit, plus noble et plus grand que le comte de Surrey. Il est renommé dans toute l'Angleterre. Les femmes récitent avec enthousiasme ses sonnets et ses chants d'amour magnifiques. Les personnes les plus érudites sont fières de dire qu'il est leur égal et les guerriers parlent avec admiration de ses faits d'armes. Soyez donc juste, ma reine ! Vous avez toujours fait grand état des mérites de la valeur. Faites donc également état des mérites de l'esprit ! En Seymour, vous avez honoré le guerrier ; en Howard, honorez le poète et l'homme ! »

— Je le ferai, a dit Catherine alors qu'elle regardait Jane dont le visage rayonnait avec un sourire charmant. Je le ferai, Jane, mais à une condition…

— Et quelle est cette condition ?

Catherine passa un bras autour du cou de Jane et l'attira vers elle.

— Celle que tu me confesses aimer Henry Howard que tu défends avec tant de ferveur et d'enthousiasme…

Lady Jane a sursauté et, épuisée, a posé son visage pendant quelques instants sur l'épaule de la reine.

— Eh bien ! a demandé la reine, le confesses-tu ? Reconnais-tu que ton cœur froid et fier a dû se déclarer conquis ?

— Oui, je le confesse, s'est écriée Jane avec passion en se jetant aux pieds de Catherine. Oui, je l'aime – je l'adore. Je suis très consciente qu'il s'agit d'un amour malheureux qu'il traite avec mépris. Mais que faire ? Mon cœur est plus fort que tout le reste. Je l'aime. Il est mon dieu et mon seigneur, mon sauveur. Ma reine, vous connaissez totalement mon secret. Trahissez-moi si vous le désirez ! Racontez cela à mon père si vous désirez me perdre. Racontez cela à Henry Howard si cela vous contente, tout simplement pour voir la façon dont il me repoussera. Car, ma reine, il ne m'aime pas !

— Pauvre et malheureuse Jane ! s'est exclamée la reine avec compassion.

Jane a poussé un cri et s'est relevée. C'en était trop ! Son ennemie avait pitié d'elle. Elle qui était la cause même de sa tristesse osait déplorer son sort !

Ah ! Si elle l'avait pu, elle aurait étranglé la reine, aurait plongé un poignard dans son cœur parce qu'elle avait osé faire preuve de pitié envers elle.

— Je me suis pliée à votre demande, ma reine, a-t-elle dit en haletant. Allez-vous maintenant m'accorder la mienne ?

— Tu désires vraiment être l'avocate de cet homme cruel et ingrat qui ne t'aime pas? Il ignore ta beauté avec froideur et fierté et toi, tu intercèdes en sa faveur?

— Ma reine, le véritable amour ne pense pas à lui! Il se sacrifie. Il ne tient pas compte des avantages qu'il peut obtenir, mais seulement du bonheur qu'il peut offrir. J'ai remarqué en voyant son visage pâle et triste à quel point il a dû souffrir. Ne dois-je donc pas penser à le réconforter? Je me suis approchée de lui, lui ai adressé la parole et ai pu entendre comme il se plaignait de son manque de chance lors du tournoi qu'il avait perdu non par faute de courage ou d'action mais à cause de son cheval qui s'est montré craintif et maladroit. Et comme, tout à sa peine, il se lamentait que vous, ma reine, alliez le mépriser et le gronder, je lui ai promis qu'à ma demande vous alliez lui donner, aujourd'hui, devant la cour au complet, un gage de vos faveurs. Catherine, ai-je mal fait?

— Mais, Jane, que faire si ses sonnets ne méritent pas d'être loués et remerciés?

— Vous pouvez être certaine qu'ils le méritent. Henry Howard est un vrai poète; ses vers sont mélodieux et contiennent des pensées nobles.

La reine se mit à rire.

— Oui, a-t-elle dit, tu l'aimes profondément, car tu ne mets pas en doute ses qualités. Nous allons donc le reconnaître pour ce qu'il est, un vrai poète. Mais que puis-je lui donner comme récompense?

— Donnez-lui une rose qui orne votre poitrine – une rosette qui sera attachée à votre robe et qui affiche vos couleurs.

— Mais, Jane, aujourd'hui je ne porte ni rose ni rosette.

— Oui, vous pouvez en porter une, ma reine. Vous devez porter une rosette à votre épaule. Votre manteau pourpre n'est pas bien attaché. Nous devons y ajouter un accessoire.

Elle s'est hâtée de se rendre dans la pièce adjacente et est revenue avec la boîte dans laquelle étaient rangés les rubans brodés de fils d'or et les nœuds ornés de bijoux.

Lady Jane fouilla dans la boîte en prenant son temps pour choisir ce qu'elle voulait. Elle a fini par sortit la rosette en velours pourpre qu'elle avait déposée un peu plus tôt dans la boîte et l'a montrée à la reine.

— Regardez cela. Cette rosette ira parfaitement; elle est belle et de bon goût, car un fermoir en diamant se trouve au centre. Me donnez-vous la permission d'attacher cette rosette à votre épaule pour que vous la donniez ensuite au comte de Surrey?

— Oui, Jane, je la lui donnerai parce que tu le désires. Mais, ma pauvre Jane, que cela peut-il te rapporter?

— Un sourire amical, au moins, ma reine.

— Et cela te suffit? Tu l'aimes donc à ce point-là?

— Oui, je l'aime! répondit Jane Douglas en soupirant de douleur alors qu'elle attachait la rosette sur l'épaule de la reine.

— Et maintenant, Jane, va annoncer au maître de cérémonie que je suis prête et que, dès que le roi le désirera, je sortirai dans la galerie.

Lady Jane se retourna pour quitter la pièce. Toutefois elle se retourna une fois de plus alors qu'elle se trouvait dans l'embrasure de la porte.

— Pardonnez-moi, ma reine, si j'ose vous adresser une requête supplémentaire. Vous m'avez prouvé il y a quelques instants que vous étiez l'amie noble et sincère de l'ancien temps et je dois oser vous demander d'accéder à une dernière supplique.

— Qu'y a-t-il maintenant, Jane?

— J'ai confié cela non pas à la reine, mais à Catherine Parr, mon amie d'enfance. Préservera-t-elle cette confidence et ne livrera-t-elle à personne le secret de ma disgrâce et de mon humiliation?

— Je te donne ma parole, Jane. Personne d'autre que Dieu et nous ne saura jamais la nature de notre conversation.

Lady Jane embrassa humblement la main de la reine et murmura quelques paroles de remerciements. Elle quitta ensuite la pièce pour aller à la recherche du maître de cérémonie.

Elle s'arrêta pendant quelques instants dans l'antichambre et s'appuya d'épuisement contre le mur. Il ne s'y trouvait personne pour l'observer ou pour l'écouter. Elle n'avait donc pas besoin de sourire ou de cacher tous les sentiments de désespoir et de violence qu'elle ressentait sous une attitude calme et égale. Elle pouvait manifester par des paroles et des gestes, des sanglots et des malédictions, des larmes et des soupirs, la haine, la rancune, la rage et le désespoir qui l'animaient.

Finalement elle se releva. Son comportement exprimait à nouveau le calme et la froideur. Seuls demeuraient une lueur sinistre dans son regard et un sourire dédaigneux au coin de sa bouche aux lèvres pincées.

Elle traversa les pièces et les corridors pour pénétrer dans l'antichambre de la chambre du roi. Elle s'aperçut que Gardiner s'y trouvait, à l'écart des autres membres de la cour, près de l'embrasure d'une fenêtre. Elle se dirigea vers lui. John Heywood, quant à lui, était toujours caché derrière les rideaux. Il frissonna en découvrant l'expression terrible et menaçante de Jane.

Elle tendit la main à l'archevêque et essaya de sourire.

— C'est fait, lui dit-elle d'une voix presque inaudible.

— Quoi! La reine porte la rosette? demanda Gardiner vivement.

— Elle porte la rosette et elle la lui donnera.

— Et le billet se trouve à l'intérieur?

— Il est caché sous le fermoir en diamants.

— Oh! Elle est donc perdue! marmonna Gardiner. Si le roi trouve ce billet, l'arrêt de mort de Catherine est signé...

— Taisez-vous! dit Lady Jane. Voici qu'arrive dans notre direction Lord Hertford. Allons à sa rencontre...

Puis il quittèrent tous deux l'embrasure de la fenêtre pour entrer dans le hall.

John Heywood se faufila immédiatement hors de sa cachette et, se déplaçant le long des murs, réussit à quitter la pièce sans que quiconque s'en aperçoive.

Une fois à l'extérieur, il se mit à réfléchir.

— Je dois absolument découvrir l'origine de cette conspiration, se dit-il. Je dois découvrir qui désire détruire la reine et quels sont les moyens qu'ils comptent utiliser. De plus, il me faut absolument détenir la preuve indéniable de cela pour pouvoir les reconnaître coupables et faire en sorte que le roi porte des accusations contre eux. Examinons ce qu'il faut faire... La chose la plus simple serait de demander à la reine de ne pas porter la rosette. Toutefois cela ne ferait que détruire la toile sans arrêter l'araignée qui l'a tissée. Donc, elle doit porter la rosette. De plus, sans celle-ci, je ne pourrai jamais découvrir à qui elle doit la donner. En ce qui concerne le billet qui se trouve à l'intérieur du bijou, une chose est certaine, je dois l'avoir en ma possession – il ne doit pas rester dans la rosette. Ils ont bien dit que si le roi trouvait ce billet, l'arrêt de mort de Catherine serait signé. C'est décidé, cher révérend père du diable, le roi ne trouvera pas ce billet parce que John Heywood l'aura en sa possession. Que dois-je donc faire pour commencer? Dois-je dire à la reine tout ce que j'ai entendu? Non! Elle perdrait sa vivacité légendaire, serait inquiète et son trouble deviendrait aux yeux du roi la preuve la plus convaincante de sa culpabilité. Non, je dois donc m'emparer de ce billet sans que la reine s'en aperçoive. Courage, et au travail ! Je dois avoir ce billet et exposer ces hypocrites. Je ne sais pas encore comment cela sera fait mais je le ferai – cela suffit. Taïaut, et en avant pour la reine !

Il parcourut les salles et les corridors en courant et, le sourire aux lèvres, marmonnait :

— Heureusement que je possède le privilège d'être le bouffon du roi, car seuls le roi et son fou ont le droit de pénétrer dans n'importe quelle pièce, même dans la chambre de la reine, sans y être annoncés…

Catherine se trouvait seule dans son boudoir lorsque la petite porte que le roi avait coutume d'emprunter pour lui rendre visite s'est ouverte doucement.

— Oh ! Le roi arrive ! a-t-elle dit en se dirigeant vers la porte pour accueillir son époux.

— Oui, le roi arrive, car son fou est déjà là, lança John Heywood en pénétrant dans la pièce par la porte privée. Sommes-nous seuls, ma reine ? Quelqu'un peut-il entendre notre conversation ?

— Non, John Heywood, nous sommes seuls. Que m'apportez-vous ?

— Une lettre, ma reine.

— De qui ? demanda-t-elle alors que son visage devenait cramoisi.

— De qui ? répéta John Heywood avec un sourire facétieux. Je ne le sais pas, ma reine. La seule chose que je sais est qu'il s'agit d'une lettre de sollicitation et, sans aucun doute, je pense qu'il serait mieux de ne pas la lire. En effet, je peux parier que l'auteur sans scrupule de ce mot doit vous demander une chose impossible à accorder – il peut s'agir d'un sourire, d'un contact de la main, d'une mèche de cheveu ou peut-être même d'un baiser. C'est pourquoi, je vous prie, ma reine, de ne pas lire ce poulet.

— John, a-t-elle dit en souriant et en tremblant d'impatience, John, donnez-moi cette lettre.

— Je vais vous la vendre, ma reine, car j'ai appris du roi, qui ne donne rien avec générosité sans prendre en retour plus qu'il ne donne. Faisons donc un marché. Je vous donne cette lettre et vous me donnez la rosette que vous portez à votre épaule.

— Non, pas cela, John, choisissez autre chose – je ne peux pas vous donner cette rosette.

— Que le ciel me vienne en aide ! s'est exclamé John Heywood d'une façon comiquement pathétique. Je ne vous donnerai pas la lettre si vous ne me donnez pas la rosette.

— Imbécile, dit la reine, je viens de vous dire que je ne le pouvais pas ! Choisissez quelque chose d'autre, John ; je vous en conjure, cher John, donnez-moi la lettre...

— Seulement si vous me donnez la rosette. Je l'ai juré aux dieux, et lorsque je leur promets quelque chose, je tiens ma promesse ! Non, non, ma reine – ne prenez pas cet air fâché, ne froncez pas les sourcils. Car si je ne peux pas recevoir en cadeau la rosette, faisons comme les jésuites et les papistes qui marchandent avec leur cher Dieu et qui se moquent de Lui. Je dois respecter mon serment ! Je vous donne la lettre et vous me donnez la rosette ; toutefois, écoutez-moi bien – vous ne ferez que me prêter cet ornement. Quand je l'aurais eu en main pendant un certain temps, je me montrerai généreux et bienfaisant comme le roi et je vous rendrai ce qui vous appartient.

D'un mouvement rapide, la reine enleva la rosette de son épaule et la tendit à John Heywood.

— Donnez-moi la lettre maintenant, John.

— La voilà, dit John Heywood en recevant la rosette. Prenez-la et vous verrez que Thomas Seymour est mon frère.

— Votre frère? demanda Catherine en souriant alors que sa main tremblait en brisant le sceau de l'enveloppe.

— Oui, mon frère, car il est fou! Ah! J'ai de nombreux frères. La famille des fous est une famille nombreuse!

La reine n'écoutait plus. Elle lisait la lettre de son galant. Elle n'avait d'yeux que pour ces quelques lignes qui lui disaient que Thomas Seymour l'aimait, qu'il l'adorait et qu'il se languissait d'elle. Elle ne remarqua pas comment John Heywood, de ses doigts agiles, avait ouvert le fermoir en diamants pour retirer le petit billet qui se trouvait caché dans les replis du ruban.

— Elle est sauvée! se dit-il en cachant rapidement le billet fatal dans son justaucorps et en refermant le fermoir. Elle est sauvée et le roi ne signera pas, cette fois-ci, son arrêt de mort…

Catherine lut en entier la lettre et la cacha dans son corsage.

— Ma reine, vous m'avez juré que vous brûleriez toutes les lettres que je vous apporterai de lui. En effet, les lettres d'amour interdites sont des choses dangereuses. Un beau jour, elles peuvent venir au grand jour et témoigner contre vous! Ma reine, je ne vous apporterai pas d'autre lettre si vous ne brûlez pas celle-ci…

— John, je la brûlerai dès que je l'aurais relue. Je viens juste de la lire avec mon cœur et non avec mes yeux. Permettez-moi donc de la porter pendant quelques heures sur mon cœur.

— Me promettez-vous de la brûler aujourd'hui même?

— Je le jure.

— Je me montrerai alors satisfait. Voici votre rosette, et tout comme le fameux renard de la fable qui déclarait que le raisin était amer parce qu'il ne pouvait pas l'attraper, je vous dis: «Reprenez votre rosette, je n'en veux pas.»

Il remit le bijou à la reine et cette dernière la rattacha à son épaule en souriant.

— John, lui dit-elle avec un charmant sourire en lui tendant la main, John, quand me permettrez-vous de vous remercier autrement qu'en paroles? Quand donnerez-vous à votre reine l'occasion de vous récompenser pour tous ces services rendus par amour autrement que par des paroles?

John Heywood baisa la main de la reine et lui dit avec mélancolie:

— Je vous demanderai une récompense le jour où mes pleurs et mes prières suffiront à vous persuader à renoncer à ce dangereux et malheureux amour. Ce jour-là, je mériterai réellement une récompense et je l'accepterai de vous avec fierté.

— Pauvre John! Vous ne recevrez donc jamais votre récompense. En effet, ce jour-là ne viendra jamais.

— Je recevrai donc peut-être ma récompense des mains du roi. Et cela en sera une qui fait perdre la vue, l'ouïe et la raison. Eh bien! Nous verrons! Adieu ma reine! Je dois me rendre auprès du roi. En effet, il pourrait arriver que quelqu'un me surprenne ici et en arrive à la conclusion que John Heywood n'est pas toujours le fou que l'on croit, mais qu'il est aussi un messager d'amour! Je baise l'ourlet de votre robe. Adieu, ma reine!

Et il sortit aussi vite qu'il était entré par la petite porte dérobée.

— Examinons sur-le-champ la nature de ce billet, se dit-il en atteignant le corridor et en s'assurant de ne pas être observé.

Il tira le poulet de son justaucorps et l'ouvrit.

— Je ne reconnais pas l'écriture, murmura-t-il, toutefois, il s'agit bien d'une écriture de femme.

La lettre disait:

«Me croyez-vous maintenant, mon bien-aimé? J'ai juré de vous donner cette rosette aujourd'hui même en présence du roi et de la cour au grand complet. Et je l'ai fait. C'est donc avec joie que je risque ma vie pour vous car vous êtes ma raison d'exister et il serait encore plus merveilleux de mourir avec vous que de vivre sans vous. Je ne vis que lorsque je me repose dans vos bras. Et ces nuits sombres lorsque vous pouvez être avec moi représentent la lumière et le soleil de mes journées. Prions le ciel qu'il nous accorde une nuit bien sombre, car de telles nuits me redonnent mon bien-aimé et vous redonnent votre heureuse épouse – Géraldine.»

— Géraldine? Mais qui est Géraldine? marmonna John Heywood en replaçant le billet dans son justaucorps. Je dois démêler ce tissu de mensonges et de trahison. Je dois découvrir ce que tout cela signifie. En effet, il s'agit de quelque chose de plus grave qu'un complot – il s'agit d'une fausse accusation. Comme je peux le constater, cela concerne la réalité.

«La reine doit donner cette lettre à un homme et, dans cette missive, on retrouve les doux souvenirs de nuits passées ensemble. Donc la personne qui reçoit ce mot se trouve liguée avec eux contre Catherine et, je dois le dire, son pire ennemi car elle utilise l'amour contre elle. Quelque trahison ou filouterie se trouve cachée derrière tout cela. Soit l'on trompe l'homme à qui cette missive est adressée et il est, contre sa volonté, un outil dans les mains des papistes, soit il est avec eux et il s'est donné le vilain rôle de l'amant de la reine. Mais qui peut-il bien être? Peut-être Thomas Seymour. Cela serait possible. En effet son cœur est froid et fourbe et il serait tout à fait capable de ce genre de trahison. Malheur à lui si tel était le cas! Je devrais alors l'accuser publiquement devant le roi. Et, grands dieux, sa tête tombera! Maintenant, allons rejoindre mon maître!»

Au moment où il entrait dans l'antichambre du monarque, la porte du cabinet privé du roi s'ouvrit et la duchesse de Richmond, accompagnée du comte Douglas, en sortirent.

Lady Jane et Gardiner se trouvaient, comme par coïncidence, à côté de la porte.

— Eh bien! Avons-nous atteint notre but là aussi? demanda Gardiner.

— Nous l'avons atteint, a répondu le comte Douglas. La duchesse a accusé son frère d'avoir une liaison avec la reine. Elle a témoigné que son frère quittait parfois le château au cours de la nuit et qu'il ne revenait pas avant le lendemain matin. Elle a déclaré avoir suivi son frère pendant quatre nuits consécutives et qu'elle l'avait vu entrer dans l'aile du château occupée par la reine. Une des femmes de chambre de la reine a communiqué à la duchesse que la reine ne se trouvait pas dans sa chambre au cours de cette nuit-là.

— Et le roi a entendu ces accusations sans vous étrangler de colère?

— Il se trouve à l'heure actuelle dans un état de rage semblable à celle d'un volcan sur le point de se réveiller. Pour l'instant, tout est encore calme, mais l'irruption ne tardera pas et le flot de lave enterrera les personnes qui ont osé énerver le dieu Vulcain.

— Est-il au courant de la rosette? demanda Lady Jane.

— Il est au courant de tout. Et, jusqu'à maintenant, il ne permettra à personne de soupçonner sa colère et sa furie. Il dit qu'il fera en sorte que la reine se sente en toute sécurité pour avoir en main la preuve de sa culpabilité. Il s'ensuit que la reine est inévitablement perdue…

— Mais écoutez! Les portes s'ouvrent et le maître de cérémonie arrive pour nous demander de passer dans la galerie dorée.

— Entrez donc, a murmuré John Heywood en se faufilant pour les suivre. Je suis encore ici. Et je serai la souris qui ronge les rets dans lesquels vous désirez attraper ma noble lionne…

CHAPITRE XXV

La galerie dorée dans laquelle les poètes devaient présenter leurs œuvres avait ce jour-là une apparence véritablement enchanteresse et féerique. Des miroirs gigantesques, dans des cadres dorés à l'or fin et délicatement ouvragés, couvraient les murs et reflétaient de mille manières les énormes chandeliers contenant des centaines et des centaines de chandelles diffusant dans la vaste pièce une lumière semblable à celle du jour. Devant les miroirs, on pouvait voir des bouquets des fleurs les plus rares répandant leur parfum enivrant et faisant concurrence aux vives couleurs des motifs floraux des riches tapis turcs qui recouvraient le sol. Entre les bouquets, on trouvait sur les tables des vases d'or contenant des boissons diverses et, à l'autre bout de la galerie, se dressait un énorme buffet exposant les plats les plus rares et les plus raffinés. À ce moment précis, les portes du buffet, qui formait en réalité une pièce en soi, étaient fermées.

L'heure des réjouissances matérielles n'avait pas encore sonné et l'on en était aux plaisirs de l'esprit. La société brillante et distinguée qui évoluait en ces lieux était encore condamnée pour un moment à garder le silence et à réserver pour plus tard ses rires, potinages, calomnies, tentatives de dénigrement, flatteries et autres hypocrisies.

Il y eut une pause après que le roi et Croke eussent récité un court extrait d'*Antigone*. L'assistance reprenait son souffle après avoir goûté au subtil plaisir d'entendre un texte dont elle ne comprenait pas un traître mot, mais qu'elle trouvait très beau surtout parce que le roi semblait s'y intéresser.

Henri VIII s'appuya une fois de plus sur son trône. Essoufflé, il se remettait péniblement de sa prestation artistique et se reposait pendant qu'un orchestre jouait un morceau très solennel composé par Sa Majesté en personne, un air qui contrastait étrangement avec l'humeur joyeuse et facétieuse de la festive assemblée.

Car le roi avait donné l'ordre de s'amuser et d'y aller librement avec les bavardages. Il était donc naturel pour les courtisans de rire et de cancaner en faisant mine de ne pas remarquer l'épuisement de leur monarque.

En vérité, il y avait longtemps qu'ils n'avaient pas vu Henri aussi joyeux et plein de vie, aussi débordant d'esprit et de bonne humeur car, ce soir-là, la royale bouche était remplie de plaisanteries bien dignes de faire rire les seigneurs de la cour et rougir les gentes dames, en priorité la jeune reine assise près de lui et qui, de temps à autre, lançait des regards énamourés à son soupirant, pour qui elle eût joyeusement abandonné son trône et sa couronne.

Lorsque le roi remarquait que Catherine rougissait, il se tournait vers elle et, du ton le plus affectueux possible, lui demandait pardon pour ses plaisanteries qui, malgré leur aspect un peu leste, rendaient la jeune reine encore plus belle et plus ensorcelante. Ses mots étaient apparemment si doux et si sincères, ses regards si amoureux et si admiratifs, que personne n'aurait douté que la reine bénéficiât des faveurs les plus hautes de son mari et que celui-ci ne pouvait l'aimer que tendrement.

Seuls quelques proches connaissant le secret de l'apparente tendresse que le souverain affichait si ostensiblement pouvaient évaluer le péril dans lequel se trouvait la reine. En effet, jamais le roi n'était aussi redoutable que lorsqu'il se faisait flatteur et jamais sa rage ne s'abattait de manière plus implacable sur une personne que lorsqu'il l'avait préalablement chaleureusement embrassée et assurée de son indéfectible appui.

C'est ce que le comte Douglas se disait *in petto* après avoir vu comment Henri VIII regardait son épouse et s'adressait à elle.

Derrière le trône, on pouvait voir John Heywood dans ses atours fantaisistes de bouffon, avec son visage tour à tour noble et rusé, ses traits d'esprit sarcastiques et satiriques qui faisaient s'esclaffer le roi d'un rire homérique.

— Majesté, votre rire ne me plaît guère aujourd'hui, lança John Heywood le plus sérieusement du monde. Il me semble un peu fielleux... Ne trouvez-vous pas, Ô ma reine?

Tirée de sa douce rêverie – et c'est ce que John Heywood avait justement eu l'intention de faire –, la reine se fit poser une fois de plus cette question.

— Aucunement, répliqua-t-elle. Je trouve au contraire le roi comme le soleilù: radieux et brillant comme lui...

— Ma reine, vous ne voulez pas dire le soleil mais la pleine lune, reprit John Heywood. Regardez là-bas, sire, comment le comte Archibald Douglas devise avec la duchesse de Richmond. Ô que j'aime ce bon comte! Il a toujours l'air d'un orvet, ce petit reptile aveugle et dépourvu de membres, toujours prêt à vous mordre à la cheville. Aussi, lorsque je m'approche de ce personnage, je me transforme toujours en un échassier qui se tient sur une seule patte, car je suis certain que, pendant ce temps, mon autre patte est au moins protégée de ses morsures. Majesté, si j'étais vous, je ne supprimerais pas ceux que cet orvet a mordus. Je me débarrasserais plutôt des orvets, afin que les pieds des personnes honorables soient à l'abri des méfaits de cette rampante espèce...

Le roi lui jeta un regard inquisiteur auquel John Heywood répondit par un sourire.

— Supprimez ces orvets, roi Henri, lui dit l'amuseur public. Pendant que vous vous efforcez de détruire les êtres malfaisants, il ne serait pas superflu si, une fois de plus, vous asséniez un coup magistral aux prêtres. Il y a quelque temps que vous n'en avez brûlé. Aussi les voilà revenus, aussi arrogants et malicieux que d'habitude. Ils le seront d'ailleurs toujours. Je vois même que le doucereux et pieux archevêque de Winchester, le noble Gardiner – qui s'amuse là-bas en compagnie de Lady Jane – sourit de toutes ses dents, ce qui est mauvais signe. En effet, le seul moment où Gardiner sourit, c'est lorsqu'il a pris au piège quelque âme infortunée et qu'il l'apprête pour le festin de son seigneur, c'est-à-dire Satan. En effet le Malin a toujours faim de nobles âmes et accorde un répit d'une heure pour ses péchés à l'individu qui lui en livre une. Voilà pourquoi Gardiner capture tant d'âmes, car étant donné qu'il pèche à chaque heure, il a fort besoin des indulgences sataniques…

— Vous êtes vraiment venimeux aujourd'hui, John Heywood, lança la reine en riant tandis que le roi gardait les yeux fixés sur le sol, pensif et apparemment amusé.

Les paroles de John Heywood avaient déclenché un déclic dans le cœur du monarque et, malgré tout, soulevèrent en lui des interrogations et des doutes.

Il se méfiait non seulement des accusés mais aussi des accusateurs, et s'il punissait les premiers en tant que criminels, il aurait volontiers puni les seconds en tant que mouchards.

Il se demanda :

« Quel intérêt le comte Douglas et Gardiner auraient-ils à accuser la reine et pourquoi avaient-ils semé le doute dans mon esprit ? »

À cet instant précis, en regardant sa jolie reine, assise à ses côtés en toute sérénité, détendue et souriante, il sentit monter en lui une rage se retournant non contre Catherine, mais contre Jane, l'accusatrice.

Catherine était si belle ! Pourquoi l'enviaient-elles ? Pourquoi ne le laissaient-ils pas à ses douces illusions ? Peut-être n'était-elle pas coupable ? Non, elle ne devait pas l'être. L'œil d'un coupable n'est pas clair à ce point. Les femmes infidèles sont plus gênées que cela et n'ont pas cet air innocent et délicat de jeune fille.

De plus, le roi était fatigué et rempli de dégoût. Il y a une limite à la cruauté qu'un homme peut supporter et, dans ces conditions, Henri semblait souffrir d'une indigestion de sang.

Son cœur – car dans leurs moments de détente mentale et physique même les rois ont un cœur – s'apprêtait déjà à tout pardonner lorsque son regard tomba sur Henry Howard qui, avec son père, le duc de Norfolk, était entouré d'un aréopage de nobles seigneurs et se tenait non loin du trône.

Le roi sentit comme un coup de dague en pleine poitrine et ses yeux lancèrent des éclairs vers le groupe.

Décidément, ce comte avait bien fière allure, surmontait grandement celle de ses pairs et son maintien était d'une noblesse décidément patricienne. Le roi dut l'admettre et il l'en haïssait d'autant plus.

Non ! Si les accusateurs avaient dit vrai, il n'y aurait pas de pitié pour Catherine ! S'ils pouvaient lui fournir des preuves de la culpabilité de la reine, alors elle serait condamnée. Et comment, lui, le roi, pouvait-il en douter ? Ne lui avaient-ils pas dit que dans la rosette que la reine devait remettre au comte de Surrey se trouverait une lettre d'amour qui serait facile à trouver ? Lors d'un entretien confidentiel, le comte de Surrey n'avait-il pas confié hier à sa sœur, la duchesse de Richmond, qu'il voulait la soudoyer comme messagère entre lui et la reine ? N'avait-elle pas accusé la reine d'avoir des rencontres nocturnes avec le comte dans une tour déserte ?

Si Henry Howard était l'amant de la jolie reine, le roi ne ferait donc preuve d'aucune pitié pour elle.

Il regarda encore l'ennemi si détesté qui se tenait près de son père, le duc de Norfolk. Ce dernier, comme son fils, évoluait avec grâce et dignité. Il avait gardé une grande sveltesse et un maintien digne et imposant. Le roi était plus jeune que l'aîné des Howard et, pourtant, il était cantonné à son fauteuil roulant et s'effondrait sur son trône comme un gros poussah. Même si le vieux duc se mouvait à sa guise, Henri se dit qu'il aurait pu écraser ce noble fier et arrogant, qui semblait si indépendant alors que le roi n'était qu'un prisonnier de sa propre chair, l'esclave d'un corps ridiculement pondéreux.

— J'exterminerai cette orgueilleuse et arrogante race des Howard ! grommela-t-il en se tournant pour sourire au comte de Surrey.

— Vous nous avez promis quelques-uns de vos poèmes, mon cher cousin ! lui dit-il. Nous aimerions les entendre, car, voyez-vous, toutes ces dames de qualité ont les yeux rivés sur le plus grand et le plus noble poète d'Angleterre et elles m'en voudraient si je retardais plus longtemps le plaisir d'apprécier ses œuvres ! Même ma charmante reine brûle d'écouter vos sonnets si riches, car je ne vous apprendrai rien en vous disant combien elle apprécie la poésie en général et, par-dessus tout, la vôtre.

Catherine avait à peine entendu ce qu'avait dit le roi. Son regard avait croisé celui de Seymour et leurs yeux se fixaient intensément. N'osant plus insister, elle baissa ses paupières en conservant mentalement l'image de son amoureux.

Lorsque le roi la mentionna, elle le regarda curieusement, car elle n'avait pas écouté ce qu'il avait raconté à son propos.

« Elle ne m'a en aucun moment accordé un seul regard... remarqua intérieurement Henry Howard. Cela signifie qu'elle ne m'aime pas ou alors que sa raison est plus puissante que son amour. Ô Catherine, Catherine ! Craignez-vous autant la mort que par crainte de celle-ci vous reniez ainsi votre amour ? »

Avec une hâte fébrile, il sortit ses feuillets.

« Je la forcerai à me regarder, à penser à moi et à se rappeler son serment, estima-t-il. Malheur à elle si elle ne le respecte pas, si elle ne me remet pas la rosette qu'elle m'a promise de façon si solennelle ! Si elle ne le fait pas, je briserai alors ce silence terrible devant le roi et, devant la cour, l'accuserai de tricher avec son amour. Ainsi, il lui sera impossible de me rejeter et nous monterons ensemble à l'échafaud… »

— Ma vénérée reine me permet-elle de commencer ? demanda-t-il à haute et intelligible voix en oubliant que le roi lui en avait déjà donné l'ordre et que seul le souverain avait le droit d'accorder une telle permission.

Catherine le regarda avec surprise, puis son regard tomba sur Lady Jane Douglas, qui la fixait d'un air implorant. La reine sourit, car elle se souvenait maintenant que c'était le bien-aimé de Jane qui lui avait parlé et qu'elle avait promis à la pauvre fille de distinguer le comte de Surrey, le perdant de la joute, et de faire preuve de gentillesse à son égard à titre de prix de consolation.

« Jane a raison, pensa-t-elle. Elle semble profondément déprimée et souffrante car il doit être très douloureux de voir souffrir ceux que l'on aime. J'accéderai donc au désir de Jane, car elle m'a dit que mon geste pourrait redonner vie au comte… »

S'inclinant vers Howard en souriant, elle lui dit :

— Je vous en prie. Soyez l'un des poètes les plus appréciés de notre festival en nous faisant connaître les fleurs de votre poésie. Vous voyez, nous brûlons tous d'ouïr vos vers…

Le roi rageait. Il se préparait déjà à lancer une imprécation mais se retint. Il voulait d'abord avoir des preuves, ne pas seulement les accuser mais les condamner et, pour cela, il lui fallait valider leur culpabilité.

Henry Howard s'approcha du couple royal et, avec émotivité, lut son chant d'amour à Géraldine. Des applaudissements suivirent le premier sonnet. Seul le roi avait l'air sinistre et l'œil glauque. La reine, pour sa part, semblait peu intéressée et glaciale.

« C'est une actrice accomplie, pensa Henry Howard dans sa souffrance. Pas un muscle de son visage ne la trahit et, pourtant, ce sonnet doit bien lui rappeler les moments les plus beaux et les plus sacrés de notre histoire d'amour... »

La reine faisait, en effet, preuve d'une attitude détachée et froide, mais si Henry Howard avait regardé Lady Jane Douglas, il aurait remarqué sa soudaine pâleur suivie d'un rougissement et comment elle souriait de bonheur en même temps que ses yeux s'emplissaient de larmes.

Le comte de Surrey, par contre, ne voyait rien d'autre que la reine. Cette vision le faisait trembler de rage et de douleur et ses yeux lançaient des éclairs. Son visage reflétait la passion et tout son être était surexcité. À cet instant précis, il aurait joyeusement rendu son dernier souffle aux pieds de Géraldine si seulement elle l'avait reconnu et avait eu le courage de l'appeler publiquement son bien-aimé.

Malheureusement, son amicale froideur le poussait aux confins de la désespérance.

Incapable de poursuivre sa lecture, il froissa le feuillet qu'il tenait dans la main.

Il décida toutefois de ne pas demeurer muet. Comme un dernier chant du cygne, il voulait traduire dans ses mots tout son désespoir et sa douleur. Ne pouvant plus lire, il décida d'improviser.

Les mots tombèrent de ses lèvres comme une coulée de lave en des termes dithyrambiques, passionnés, traduisant son amour et sa peine. Il était habité par sa muse, et elle semblait illuminer son front altier et pensif.

Il était si superbe dans son enthousiasme que la reine elle-même se sentit transportée par ses paroles. La tristesse et les regrets, l'enchantement et les désirs inassouvis du gentilhomme poète trouvèrent un écho dans le cœur de la souveraine. Vivant les mêmes joies, le même spleen et la même extase, sans toutefois ressentir des sentiments identiques pour lui, elle le comprenait. Le courant de sa passion la transportait. Elle pleurait à la lecture de cette élégie et souriait aux passages les plus joyeux de cette œuvre.

Lorsque Henry Howard cessa, un profond silence s'abattit sur la salle et sur sa brillante assemblée. Tous les visages étaient marqués par l'émotion et le silence qui s'ensuivit constituait le meilleur triomphe du poète, car il démontrait que la jalousie et l'envie étaient des sentiments ineptes et que le mépris lui-même se passait de mots.

Une petite pause s'ensuivit, le temps sembla suspendu, comme dans le calme précédant la tempête, mais seuls quelques initiés pouvaient comprendre la réelle signification de ce malaise.

Lady Jane s'appuya contre le mur, complètement ébranlée et hors d'haleine. Elle sentait qu'une épée de Damoclès était suspendue au-dessus de leurs têtes et que, si son bien-aimé était frappé, elle serait également détruite.

Le comte Douglas et l'archevêque de Winchester s'étaient imperceptiblement rapprochés l'un de l'autre et se tenaient unis dans l'ignominie, tandis que John Heywood était passé derrière le trône du roi et, sur un ton sarcastique, récitait quelque épigramme qui, malgré la lourde atmosphère, avait le don de faire sourire Henri VIII.

La reine se leva et pria Henry Howard de s'approcher.

— Monseigneur, dit-elle non sans solennité, en qualité de reine et de femme, je vous remercie pour ces vers sublimes que vous avez composés en l'honneur d'une dame ! Par la grâce de mon roi, je suis devenue la première dame d'Angleterre et, au nom de toutes les sujettes de Sa Majesté, permettez-moi de vous remercier. Le poète et le guerrier doivent être récompensés différemment. Celui qui est victorieux sur le champ de bataille reçoit une couronne de lauriers mais vous avez remporté une non moins glorieuse victoire en conquérant les cœurs. Nous avouons notre défaite et, au nom de toutes ces gracieuses dames, je vous proclame leur chevalier ! En témoignage de cette reconnaissance, monseigneur, veuillez accepter cette rosette qui vous permettra de porter les couleurs de la reine et exige de vous que vous deveniez le chevalier de l'ensemble des femmes !

Elle détacha la rosette de son épaule et la tendit au comte.

Genou à terre devant elle, il tendit la main pour recevoir ce qui pour lui était le cadeau le plus précieux et le plus convoité. Mais, à ce moment précis, le roi se leva et, d'un geste impérieux, retint le bras de la reine.

— Permettez-moi, Milady, dit-il d'une voix altérée par une rage contenue, que j'examine cette rosette afin de me convaincre que ce bijou récompense suffisamment le noble comte de ses efforts. Laissez-moi donc voir cette rosette…

Catherine regarda avec étonnement le visage de son mari, déformé par la passion et par la colère, mais lui tendit le bijou sans hésitation.

— Nous sommes perdus ! murmura intérieurement le comte de Surrey tandis que le comte Douglas et que l'archevêque Gardiner triomphaient en échangeant des regards entendus et que Jane Douglas priait silencieusement en écoutant à peine les propos malicieux et jubilatoires que la vénale duchesse de Richmond lui susurrait à l'oreille.

Le roi examina la rosette mais ses mains tremblaient tellement qu'il était incapable d'en défaire le fermoir retenant l'ensemble.

Il tendit par conséquent le bijou à John Heywood en lui disant :

— Ces diamants ne me semblent pas de la plus belle eau… Ouvre donc ce fermoir, fou du roi. Nous allons remplacer cette rosette par la broche que voici. Cela représentera un double présent pour le comte puisqu'il viendra de moi et de ma reine.

— Vous êtes vraiment bienveillant aujourd'hui, sire, répondit John Heywood en souriant, aussi bienveillant qu'un chat qui joue avec une souris avant de la dévorer...

Incapable de dissimuler plus longtemps sa colère, le roi s'exclama d'une voix tonitruante :

— Ouvre donc ce fermoir !

Lentement, Heywood ouvrit le mécanisme qui retenait les rubans. Il s'appliquait méticuleusement à sa tâche, afin que le roi puisse voir le moindre de ses mouvements, prenait son temps et jouissait subrepticement de la déconvenue de ceux qui avaient ourdi ce complot et en attendaient les résultats imminents.

L'air parfaitement innocent, à l'aise, Heywood promena son regard perçant sur l'assemblée et remarqua particulièrement la fébrilité qui agitait Gardiner et le comte Douglas. La pâleur de Lady Jane ne lui échappa guère, pas plus que l'expectative dans laquelle se trouvait la duchesse de Richmond.

« Voilà donc nos conspirateurs... se dit John Heywood, mais je garderai le silence jusqu'au jour où je pourrai les dénoncer... »

— Voici le fermoir ouvert, Votre Majesté ! Il était plus fermement pris dans le ruban que la malice dans le cœur des prêtres et des courtisans !

Le roi lui arracha le ruban des mains et le palpa avec le plus grand intérêt.

— Rien ! Rien du tout ! lança-t-il en grinçant des dents.

Déçu par les événements qui contredisaient ses attentes et ses soupçons, il n'avait plus la force de retenir le torrent de colère qui submergeait son cœur. Le tigre s'était une fois de plus réveillé en lui alors qu'il attendait calmement le moment de sauter sur sa proie. Maintenant qu'elle semblait lui échapper, ses propensions à la cruauté et à la sauvagerie reprenaient le dessus et la bête féroce, assoiffée de sang, voyait sa colère décuplée.

Dans un mouvement rageur, il jeta la rosette sur le sol et leva le bras de manière menaçante sur Henry Howard.

— Ne vous hasardez pas à toucher à cette rosette ! cria-t-il d'une voix de stentor. Du moins pas avant que vous ne vous disculpiez de la faute dont vous êtes accusé !

Le comte de Surrey regarda le roi fixement et résolument dans les yeux.

— Ainsi, on m'accuserait ? demanda-t-il. Par conséquent, j'exige avant tout que l'on me mette en présence de mes accusateurs et que l'on me fasse connaître les chefs d'accusation me concernant...

— Ha ! Traître ! Ainsi vous osez me braver ? hurla le roi en tapant du pied. En ce cas, je serai votre accusateur et votre juge !

— Je ne doute pas que mon roi et mari ne soit un juge juste et intègre, lança Catherine en s'inclinant vers le roi et en lui prenant la main. Je suis persuadée que vous ne condamnerez pas le noble comte de Surrey sans l'avoir entendu et que, si vous ne le trouvez pas coupable, vous punirez ses accusateurs ?

Cette intercession de la reine ne fit qu'amplifier l'ire du roi. Il repoussa sa main et la regarda d'un air si terrible qu'elle en trembla involontairement.

— Traîtresse vous-même ! cria-t-il sauvagement. Parlez-moi d'innocence, car vous êtes vous-même coupable ! Avant de défendre le comte, j'aimerais bien que vous vous défendiez en priorité !

Catherine se leva et fixa le roi, apoplectique, droit dans les yeux.

— Roi Henri d'Angleterre, dit-elle d'un air solennel, vous avez ici, devant toute la cour, accusé votre reine d'un crime. J'exige que vous annonciez de quel crime il s'agit !

Elle était belle et fière, imposante dans sa majestueuse tranquillité.

La minute de vérité était arrivée et elle était consciente que sa vie et son avenir n'étaient rien d'autre qu'une lutte à mort pour la victoire.

Elle regarda Thomas Seymour et leurs yeux se rencontrèrent. Elle remarqua qu'il avait posé sa main sur son épée et fit un signe d'assentiment en souriant.

« Il me défendra. Avant de se faire traîner à la Tour de Londres, il me plongera l'épée dans la poitrine », pensa-t-elle tandis qu'une assurance tranquille et joyeuse envahissait son cœur.

Elle ne voyait que lui, qui avait juré de mourir en sa compagnie lorsque le moment crucial sera venu. Elle regarda en souriant la lame qu'il avait à moitié tirée de son fourreau. Elle considérait cette arme comme une amie très chère, longtemps attendue.

Elle ne remarqua pas qu'Henry Howard avait également mit la main sur la poignée de son épée, car lui aussi était prêt à la défendre, résolu à tuer le roi en personne avant qu'il ne profère une sentence de mort contre la reine.

Cela ne passa pas inaperçu aux yeux de Lady Jane Douglas. Elle interpréta alors la gestuelle du comte et comprit qu'il était prêt à mourir pour sa bien-aimée. Elle s'en trouva abattue et émerveillée en même temps.

Elle aussi était fermement résolue à suivre son cœur et son penchant naturel et à oublier tout le reste. Elle s'avança et se tenait maintenant près d'Henry Howard.

— Soyez prudent, comte de Surrey, lui dit-elle en chuchotant. Ôtez la main de votre arme. Par ma voix, c'est la reine qui vous l'ordonne !

Stupéfait, Henry Howard la regarda, sa main glissa de la garde de son épée, puis il regarda la reine qui une fois de plus avait demandé au roi, muet de colère et effondré sur son siège, de quoi il l'accusait.

— Ainsi, ma reine, puisque vous me le demandez, je vais vous le dire. Vous voulez savoir de quel crime on vous accuse? Vous allez me répondre, Milady... On vous accuse de quitter votre chambre pendant la nuit. On dit que vous vous en absentez parfois pendant des heures et qu'aucune de vos dames de compagnie ne vous accompagne lorsque vous vous faufilez dans les corridors et empruntez les escaliers secrets menant à cette tour isolée dans laquelle votre amant, venu par une petite porte donnant sur la rue, vous attend...

« Il sait tout! » en déduisit Henry Howard, qui remit la main sur son glaive en s'apprêtant à approcher de la reine.

Lady Jane le retint.

— Attendez! Vous aurez toujours le temps de mourir...

« Il sait tout! » pensa également la reine. Elle trouva néanmoins le courage nécessaire pour risquer un grand coup afin de ne pas passer pour une traîtresse aux yeux de son soupirant.

« Il ne doit pas croire que je lui ai été infidèle, pensa-t-elle. Je vais tout dire, tout confesser, et il saura ainsi comment je me suis absentée de chez moi et où je suis allée... »

— Maintenant répondez, Milady, tonna le roi. Répondez et dites-moi si vous avez faussement été accusée. Est-il exact que, voilà quatre jours, entre lundi et mardi, vous avez quitté votre chambre à minuit et vous êtes rendue jusqu'à cette tour? Est-il exact que vous y avez reçu un homme qui est votre amant?

La reine le regarda fièrement en s'emportant.

— Henri! Henri! Vous êtes pathétique! Comment osez-vous ainsi insulter votre femme? lança-t-elle.

— Répondez-moi! Avez-vous quitté votre chambre ce soir-là?

— Effectivement, répondit Catherine de son air le plus digne. Je n'y étais pas.

Le roi se tassa sur son siège et il exprima une furie telle que les femmes de l'assemblée pâlirent et que les hommes en tremblèrent.

Catherine n'en tint pas compte ; elle n'entendit rien que le cri de stupeur émis par Thomas Seymour et ne vit que le regard réprobateur qu'il lui lança et auquel elle répondit par un sourire confiant et amical en posant ses mains sur son cœur et en le fixant.

« Au moins, je me justifierai à ses yeux », se dit-elle.

Le roi avait retrouvé ses esprits. Il se releva et son attitude reflétait maintenant une froideur menaçante.

— Ainsi vous avouez que vous n'étiez pas dans votre chambre ce soir-là ? demanda-t-il.

— J'ai déjà dit que oui, s'exclama Catherine d'un ton exaspéré.

Le roi se mordit les lèvres si fort qu'elles saignèrent.

— Et vous étiez en compagnie d'un homme à qui vous aviez donné rendez-vous dans cette tour isolée ? reprit-il.

— J'étais avec un homme, mais je ne l'ai pas rencontré dans cette tour et surtout ne lui avais pas donné rendez-vous...

— Qui était cet homme ? hurla le roi. Répondez-moi si vous ne tenez pas à ce que je vous étrangle personnellement !

— Roi Henri, je ne crains pas la mort, répondit Catherine avec un sourire méprisant.

— Et qui était cet homme ? Dites-moi son nom ! hurla une fois de plus le roi.

— L'homme avec qui j'étais cette nuit-là, dit-elle solennellement, a pour nom...

— Il s'appelle John Heywood, s'exclama ce dernier en passant de l'arrière du fauteuil royal à l'avant-scène. Oui, Henri, nul autre que votre frère, votre bouffon John Heywood qui, cette nuit-là, a eu l'insigne honneur d'accompagner votre conjointe dans sa sainte démarche. Je puis vous assurer que le fou ne se prenait aucunement pour le roi alors que maintenant le roi adopte malheureusement des allures de bouffon…

Un murmure de surprise parcourut l'assemblée. Le roi, interloqué, se cala dans son siège.

— Et maintenant, roi Henri, dit calmement Catherine, je vais vous confier où je suis allée cette nuit-là avec John Heywood.

Gardant le silence pendant quelques instants, elle s'appuya à son dossier et sentit le poids de tous les regards qui se posaient sur elle. Elle entendit les grognements de rage de son époux, les regards réprobateurs de son soupirant, les sourires entendus des grandes dames qui n'avaient jamais oublié que Catherine n'était que simple baronne avant d'accéder au trône, mais tous ces éléments ne faisaient que renforcer sa détermination et son courage.

Elle était parvenue à la croisée des chemins de son existence et devait tout mettre en œuvre pour ne pas sombrer dans le néant.

Mais Lady Jane était également parvenue à un moment crucial de sa vie. Elle aussi se disait :

« Je dois risquer le tout pour le tout si je ne veux pas tout perdre… »

Elle voyait le visage angoissé d'Henry Howard attendant la suite des événements. Elle savait que si la reine commençait à parler, il prendrait connaissance du mécanisme du complot qui se tramait.

Elle devait donc anticiper les coups et prévenir Henry Howard.

— Ne craignez-rien ! lui chuchota-t-elle. Nous nous étions préparés à ça et je lui ai donné les moyens de se disculper !

— Finirez-vous par parler? s'exclama le roi, bouillonnant d'impatience et de rage. Finirez-vous par nous dire où vous vous trouviez cette nuit-là?

— Je vais vous le dire, s'exclama Catherine résolument, avec fierté. Mais malheur à ceux qui me poussent à me justifier, car je dois d'abord vous annoncer que du rôle d'accusée je passerai à celui d'accusatrice qui demande justice, sinon auprès du roi d'Angleterre, du moins auprès de celui qui est le Roi des rois. Henri, le Huitième d'Angleterre, vous me demandez où je suis allée avec John Heywood. En tant que votre reine et épouse, j'aurais peut-être apprécié que vous me posiez cette question dans l'intimité de nos appartements et non devant autant de témoins. Mais puisque vous semblez vouloir rendre cette affaire publique, je ne me soustrairai point à mes obligations. Écoutez tous la vérité! La nuit entre lundi et mardi je n'étais pas dans ma chambre, car j'avais un devoir grave et sacré à accomplir envers une femme qui avait besoin de secours moral et de compassion! Voulez-vous savoir, monseigneur et époux, qui était cette moribonde? Nulle autre qu'Anne Askew!

— Anne Askew! s'exclama le roi dont l'étonnement semblait quelque peu atténuer la fureur.

— Anne Askew! murmurèrent les courtisans tandis que John Heywood regardait l'archevêque Gardiner, dont le front s'assombrissait, ainsi que le chancelier Wriothesley, dont le teint pâlissait et qui avait baissé les yeux.

— Oui, j'étais avec Anne Askew! poursuivit la reine. Cette même Anne Askew que ces pieux et sages seigneurs ont condamnée, pas tant pour ses convictions religieuses, mais surtout parce que je l'aimais. Anne Askew devait mourir parce que Catherine Parr l'aimait! Elle devait être envoyée au bûcher afin que mon cœur puisse être également consumé par une grande peine. Étant donné les circonstances, il me fallait prendre tous les moyens pour la sauver. Dites, Ô mon roi, ne devais-je pas à cette pauvre fille de tout mettre en œuvre pour sauver son âme? Elle devait être soumise à la torture à cause de moi, car ils m'ont honteusement subtilisé une lettre qu'Anne Askew, en pleine détresse, m'avait adressée. Puis ils vous ont montré ce mot de manière à m'accuser, mais votre noble cœur a dissipé tout soupçon à ce propos. Toutefois leur colère s'est alors retournée sur Anne qui a été condamnée à souffrir, faute de ne pouvoir s'attaquer à ma personne. Elle doit expier pour m'avoir écrit. Ces gens se sont arrangés pour la soumettre au chevalet, mais lorsque mon époux a acquiescé à leur demande, le noble roi n'a pas failli à sa tâche et leur a dit : « Qu'elle passe sur le chevalet, tuez-la si vous voulez, mais voyez d'abord si elle abjure. »

Henri sembla étonné devant l'attitude noble et rebelle de sa femme.

— Vous saviez cela ? demanda-t-il. Pourtant nous étions seuls et nulle autre personne n'était présente. Qui a pu vous dire cela ?

— Lorsque l'homme ne peut plus rien faire, Dieu prend la suite, déclara solennellement Catherine. C'est Dieu qui m'a ordonné d'aller trouver Anne Askew et de voir si j'étais en mesure de la sauver. Je me suis donc rendue auprès d'elle, mais toute épouse d'un grand et noble roi que je suis, je ne suis toujours qu'une timide et faible femme. Je craignais de m'aventurer seule dans ces souterrains sinistres et dangereux et avais besoin d'un bras solide pour m'accompagner. John Heywood m'a prêté le sien...

— Ainsi vous vous trouviez donc réellement avec Anne Askew, concéda le roi en réfléchissant. Vous étiez avec cette pécheresse endurcie qui, malgré ma pitié, refusait d'une âme obstinée le pardon que je lui avais offert ?

— Monseigneur et roi, dit la reine dont les yeux s'emplissaient de larmes, celle que vous avez accusée en toute justice se tient actuellement devant le trône de Notre Seigneur et a reçu de lui la rémission de ses péchés...

« Voilà pourquoi je vous demanderai aussi de lui pardonner. Je souhaite que les flammes du bûcher, qui consumèrent hier le noble corps de cette vierge, consument également la colère et la haine que l'on a semées contre elle dans votre cœur. Anne Askew est morte en sainte, car elle a pardonné à tous ses ennemis et a béni ses bourreaux... »

— Anne Askew était une détestable pécheresse qui s'est opposée aux ordres de son seigneur et roi ! interrompit l'archevêque Gardiner en fusillant la reine du regard.

— Monseigneur, auriez-vous l'outrecuidance de soutenir que vous aviez alors suivi avec exactitude, à la lettre, les ordres de votre royal maître en ce qui concerne Anne Askew ? demanda Catherine. Je soutiens que non, car le roi n'avait pas donné l'ordre de la torturer, il ne vous avait pas ordonné de lacérer dans votre colère blasphématoire un être humain à l'image de Dieu jusqu'à en faire une lamentable caricature. Et ça, monseigneur, vous l'avez fait, devant Dieu et devant le roi. Moi, la reine, vous en accuse formellement !

« Car, savez-vous, mon roi et époux, je me trouvais là lorsque Anne Askew a subi le supplice du chevalet. J'ai assisté à son martyre et John Heywood également. »

Les yeux de l'assemblée étaient tous fixés sur le roi et tous s'attendaient à ce que sa férocité se manifeste par un violent accès de colère.

Mais cette fois-ci, ils se trompaient. Le roi était si satisfait de trouver son épouse innocente qu'il était prêt à oublier qu'elle avait commis une faute de moindre gravité. De plus, il était rempli de respect envers elle en la voyant face à ses accusateurs avec une telle audace et une telle fierté et il ressentit à leur égard autant de haine et de colère qu'il en avait ressenti envers la reine peu de temps avant. Il était satisfait que les persécuteurs persistants et malveillants de sa fière et bonne épouse se fassent humilier par elle au vu et au su de toute la cour.

Par conséquent, il la regarda avec un sourire imperceptible et lui demanda avec un profond intérêt :

— Comment cela s'est-il passé, Milady ? Par quel chemin vous êtes-vous rendue sur ces lieux ?

— Voilà une enquête que seul le roi est autorisé à entreprendre, car seul le roi Henri connaît le chemin que j'ai suivi... répondit Catherine en esquissant un sourire.

John Heywood, qui avait repris sa place derrière le trône, se pencha à l'oreille du roi et lui parla longuement à voix basse.

Le roi l'écouta attentivement et déclara à haute voix afin que tous puissent le comprendre :

— Mon Dieu, même si elle n'était pas notre reine, je dois admettre que voilà là une femme courageuse et intrépide ! Continuez, Milady... dit-il tout haut en se tournant vers la reine d'un air des plus aimables. Racontez-moi, Catherine, ce que vous avez vu dans cette chambre des tortures ...

— Oh ! Monseigneur, je suis encore horrifiée à l'idée d'évoquer ce dont j'ai été témoin, dit-elle en pâlissant et en frissonnant. J'ai vu une pauvre jeune femme qui se tordait de douleur et dont les yeux étaient révulsés vers le ciel en une muette supplication. Elle n'implorait pas la pitié de ses bourreaux et ne demandait nulle compassion de leur part. Elle ne se plaignait ni ne gémissait lorsque ses membres craquaient et que ses chairs se déchiraient. Ses mains serrées étaient relevées comme dans une ultime imploration à Dieu, ses lèvres murmuraient des prières qui, peut-être, faisaient pleurer les anges du ciel. Mais tout cela n'attendrissait guère ses bourreaux. Vous aviez ordonné qu'elle soit soumise au chevalet si elle n'abjurait pas. Ils ne lui ont pas demandé si elle voulait abjurer et l'ont tout bonnement torturée. Mais son âme était forte et pleine de fermeté et, malgré le traitement qu'elle a subi, elle a gardé le silence. Laissons aux théologiens le soin de déterminer si la foi d'Anne Askew était une fausse croyance, mais ils n'oseront nier qu'armée par un noble enthousiasme elle s'est comportée en martyre de sa foi et n'a jamais renié Dieu. À la fin, épuisés, les aides-bourreaux cessèrent leur sanglante occupation et arrêtèrent de la tourmenter. Le lieutenant de la Tour déclara la fin du supplice du chevalet qu'on avait poussé au maximum sans aucuns résultats. La cruauté s'était révélée vaine. Mais les prêtres de l'Église, avec une véhémence sauvage, exigèrent qu'on la soumette une fois de plus au chevalet. Osez nier cela, Messeigneurs, que je vois ici, en face, les visages aussi livides que celui de la mort. Oui, mon roi, les préposés au chevalet refusèrent d'obéir aux serviteurs de Dieu, car il y avait davantage de pitié dans le cœur des bourreaux que dans celui des prêtres ! Et quand ils ont refusé de reprendre leur sanglante besogne et quand le lieutenant de la Tour, en vertu de la loi en vigueur, a déclaré le supplice terminé, j'ai vu l'un des premiers ministres de notre Église enlever ses vêtements sacerdotaux. Ensuite, l'homme de Dieu s'est transformé en tortionnaire pour s'acharner rageusement avec un malin délice sur le noble corps mutilé de l'infortunée jeune fille et de façon plus cruelle que les bourreaux, qui avaient coincé les membres de la suppliciée dans des vis. Excusez-moi, Ô mon roi, de ne pas poursuivre la description de cette horrible scène. Tremblante et horrifié, je me suis empressée de fuir cet abominable lieu pour réintégrer ma chambre, complètement ébranlée, le cœur démoli.

Catherine se tut et se cala dans son siège.

Un calme inquiétant tomba sur l'assistance. Tous les visages étaient livides. Gardiner et Wriothesley conservaient un regard vitreux, sinistre et insolent. Ils s'attendaient à subir les conséquences des foudres engendrées par la colère royale.

Toutefois le roi avait d'autres préoccupations. Il ne pensait qu'à sa jolie reine dont le courage avait suscité son respect et dont l'innocence et la pureté le remplissaient d'orgueil et de joie sans mélange.

Il était donc très enclin à oublier ceux qui, en réalité, n'avaient commis de faute qu'en obéissant avec un peu trop de servilité aux ordres de leur maître.

Un sentiment de lourde expectative s'installa chez tous ceux qui se trouvaient assemblés dans la galerie. Seule Catherine conservait un calme olympien alors que ses yeux se posaient sur Thomas Seymour, dont le comportement décontracté trahissait la satisfaction qu'il ressentait après que la reine eut élucidé le mystère de ses sorties nocturnes.

Le roi se leva enfin et, s'inclinant devant son épouse, déclara à voix haute :

— Ma noble reine, je vous ai profondément et injustement injuriée. Tout comme je vous ai accusée publiquement, je sollicite donc, non moins publiquement, votre pardon ! Vous avez le droit de vous irriter contre ma personne, mais il m'incombe avant tout de m'assurer de l'indéfectible fidélité et de l'honneur de ma femme. Milady, vous vous êtes justifiée de manière brillante et le roi est le premier à s'incliner devant vous, à vous demander de le pardonner et de lui imposer une pénitence.

— Ô ma reine, permettez-moi de me charger d'imposer une pénitence à ce pécheur repenti ! lança John Heywood. Votre Majesté est trop timide, trop magnanime pour traiter mon frère le roi Henri comme il le mérite, car seul un fou est suffisamment sage pour punir un roi selon la gravité de ses actes.

Catherine lui fit un signe de tête et un sourire reconnaissant. Elle comprenait parfaitement la délicatesse et le tact de John Heywood. Elle comprenait qu'il voulait, par une pirouette, la sortir d'une situation difficile et mettre un terme à la reconnaissance publique des emportements du roi, situation qui aurait pu, dans la même foulée, se terminer par d'amers reproches de la part de la reine, ne serait-ce qu'envers elle-même.

— Eh bien ! dit-elle en souriant. Quelle est la pénitence que vous comptez imposer à notre souverain ?

— Cette pénitence consistera pour le roi à reconnaître son bouffon comme son égal…

— Dieu m'est témoin que j'y consens! cria le roi de façon presque solennelle. Fous nous sommes et Dieu sait que nous méritons assez peu la réputation que les hommes nous accordent…

— Mais ma conscience n'est pas encore complète, mon frère, continua John Heywood. Je vous condamne également à me laisser vous présenter mon œuvre de manière à ce que vous puissiez entendre ce que John Heywood, le sage, a composé.

— Ainsi tu as rempli ma commande et composé un nouvel intermède? demanda le roi sur un ton enjoué.

— Non point un intermède, mais une véritable pièce, une satire remplie d'anecdotes qui vous fera rire aux larmes. Le noble comte de Surrey a eu l'insigne honneur de présenter ses sonnets au peuple de notre heureuse Angleterre. Maintenant, c'est à mon tour de lui présenter quelque chose de neuf, une comédie. Tout comme le comte vante les charmes de Géraldine, je célèbre la notoriété de l'aiguille de Gammer Gurton – car c'est le nom de ma pièce –, et vous, roi Henri, vous trouvez condamné à l'écouter en guise de pénitence pour vos péchés!

— À condition que vous le permettiez, Kate, je me soumets de bonne grâce à ce verdict mais, avant cela, j'exige une autre condition. Ma reine, vous qui avez refusé de m'infliger une pénitence, donnez-moi au moins le plaisir de satisfaire l'un de vos souhaits les plus chers. Demandez et vous recevrez!

— Mon Seigneur et roi, répondit Catherine avec un sourire désarmant, je vous prie de considérer l'incident de ce jour comme clos et de pardonner à ceux que j'ai accusés, car ces accusations faisaient partie de ma défense. Mes accusateurs ont certainement regretté leurs fautes à cet instant précis. Que cela suffise, sire. Pardonnez-leur comme je leur ai pardonné.

— Vous êtes une noble et grande dame, Kate! s'écria le roi.

Après avoir jeté à Gardiner un regard non exempt de mépris, il poursuivit:

— Votre requête est accordée, mais malheur à ceux qui oseront vous accuser à l'avenir ! N'avez-vous rien d'autre à me demander, Kate ?

— Non, juste un détail, monseigneur et mari !

Puis, approchant de l'oreille du roi, elle chuchota :

— Ils ont également accusé votre serviteur le plus noble et le plus dévoué, c'est-à-dire Cranmer. Ne le condamnez pas, Ô mon roi, sans l'avoir écouté ; si je puis vous demander une faveur, c'est de vous entretenir avec Cranmer en personne. Dites-lui de quoi il est accusé et écoutez ce qu'il a à dire pour sa défense.

— Il en sera ainsi, Kate, dit le roi, et vous serez d'ailleurs présente ! Mais que cela demeure un secret entre nous, Kate, et nous conserverons le silence. Maintenant, John Heywood, laissez-nous entendre votre pièce et malheur à vous si elle ne tient pas ses promesses et ne nous déride point ! En tel cas, vous savez fort bien que vous vous exposez aux coups de verges des dames que vous avez offensées…

— Elles pourront me fouetter à mort si je ne vous fais pas rire ! s'écria Heywood, qui sortit son manuscrit.

Peu après, le hall résonnait des rires sonores de l'assemblée et, dans le brouhaha qui s'ensuivit, personne ne remarqua que l'archevêque Gardiner et le comte Douglas s'étaient éclipsés subrepticement.

Dans l'antichambre, ils s'arrêtèrent et se regardèrent longuement. Leur attitude reflétait la colère et l'amertume qu'ils exsudaient et ils se comprirent.

— Elle doit mourir ! cracha Gardiner. Cette fois-ci, elle a réussi à se dégager de nos filets mais, la prochaine fois, nous en resserrerons les mailles…

— J'ai déjà en main les fils avec lesquels nous tisserons les prochains rets dans lesquels elle se prendra, annonça Douglas. Aujourd'hui, nous l'avons accusée faussement d'avoir une liaison. Lorsque nous recommencerons, nous aurons des preuves irréfutables. Avez-vous remarqué les regards que Catherine échangeait avec cet hérétique comte de Sudley, Thomas Seymour?

— Je les ai remarqués, cher comte...

— Ces regards la conduiront à sa perte, monseigneur. La reine aime Thomas Seymour et cet amour la fera périr...

— *Amen!* conclut l'archevêque Gardiner solennellement en levant les yeux au ciel. *Amen!* La reine nous a gravement insultés aujourd'hui – insultés et ridiculisés devant toute la cour. Un jour nous le lui ferons payer! La chambre des tortures, qu'elle a si bien décrite, pourrait fort bien l'accueillir, non point pour assister au supplice de quelque réprouvée, mais pour y subir elle-même la question. Un jour, nous nous vengerons...

CHAPITRE XXVI

Miss Holland, la très belle et très admirée maîtresse du duc de Norfolk, était seule dans son magnifique boudoir à une heure où le duc avait coutume d'être en sa compagnie. Aussi s'était-elle élégamment parée, enveloppée dans le diaphane et provocant négligé que le duc appréciait tant, car il mettait en valeur la silhouette sculpturale de son amie.

Ce jour-là, l'amant tant attendu ne s'était pas présenté mais avait envoyé son valet, porteur d'un pli de la part de son maître. Tenant à la main cette lettre, Miss Holland arpentait rageusement son boudoir, les joues en feu, les yeux jetant des éclairs de colère.

Ainsi il la répudiait, elle, Lady Holland, et elle était obligée de subir la disgrâce d'un abandon par son amant.

Dans cette lettre, qui lui brûlait les doigts comme un fer rouge, noir sur blanc le duc lui expliquait qu'il ne voulait plus la voir, qu'il renonçait à son amour et qu'il lui redonnait sa liberté.

Son corps en tressautait lorsqu'elle y pensait. Ce n'était pas autant une question de cœur qui la faisait trembler qu'une question de fierté féminine blessée.

Il l'avait laissée choir. Sa jeunesse et sa beauté n'avaient plus le pouvoir de retenir cet homme ridé aux cheveux blancs.

Il lui avait écrit qu'il était las de cette liaison, non point à cause d'elle mais en général, que son cœur avait vieilli et s'était parcheminé comme son visage, que sa seule motivation était dorénavant l'ambition et que l'amour n'avait plus d'importance pour lui.

Elle trouvait révoltant qu'il répudie ainsi la plus jolie dame d'Angleterre au profit d'une froide et stérile ambition.

Elle ouvrit une fois de plus la lettre et la relut en grinçant des dents, des larmes de colère dans les yeux.

— Il me payera ça ! Une telle insulte mérite vengeance ! dit-elle en cachant la lettre dans son corsage ; puis elle agita une sonnette d'argent.

— Que l'on avance ma voiture ! ordonna-t-elle à un serviteur qui se retira en silence.

— Je me vengerai ! marmonna-t-elle en s'enveloppant dans un grand châle oriental. Je me vengerai et, par l'Éternel, cette vengeance sera rapide et sanglante. Je montrerai à ce goujat que, moi aussi, j'ai de l'ambition et qu'on ne fait pas non plus facilement fi de mon orgueil. Il raconte qu'il m'oubliera. Oh ! Mais je le forcerai à penser à moi... Ne serait-ce qu'en me maudissant !

D'un pas rapide, elle parcourut ses luxueux appartements, que la générosité de son amant avait meublés de façon si fastueuse, et monta dans sa voiture.

— Chez la duchesse de Norfolk ! ordonna-t-elle au valet de pied qui lui tenait la porte.

Le domestique la regarda d'un air étonné et dubitatif.

— Vous avez bien dit chez le duc de Norfolk, Milady ?

— Non, chez la duchesse ! lança-t-elle en fronçant les sourcils et en s'installant confortablement sur la banquette.

Peu après, l'équipage arriva devant le palais de la duchesse et, d'un air hautain et revendicateur, elle passa le porche.

— Annoncez-moi immédiatement à la duchesse! commanda-t-elle au laquais qui l'accueillit.

— Puis-je avoir votre nom, Milady?

— Miss Arabella Holland...

Le domestique, surpris, recula en la regardant.

— Miss Arabella Holland? Et vous me demandez de vous annoncer à la duchesse?

Un sourire dédaigneux se dessina sur les jolies lèvres de l'amante éconduite.

— Je vois que vous me connaissez et que vous vous demandez ce que je fais en ces lieux. Demandez-vous tout ce que vous voulez, mon brave, mais conduisez-moi sur-le-champ à la duchesse!

— Je doute que madame puisse accorder audience aujourd'hui... bredouilla le domestique.

— Alors demandez-lui, et, de manière à ce que je sois fixée le plus tôt possible, je vous accompagne...

D'un air impérieux, elle pressa le laquais, incapable de la retenir de passer devant elle. Ils traversèrent en silence une série d'appartements princiers et arrivèrent devant une porte dissimulée par des draperies.

— Je dois vous prier d'attendre ici un moment, Milady, de manière à ce que je puisse vous annoncer à la duchesse, qui se trouve dans son boudoir.

— Inutile! Je m'en chargerai personnellement... déclara Miss Holland en repoussant le laquais et en ouvrant la porte.

Assise devant son secrétaire, le dos tourné à la porte, la duchesse ne semblait pas avoir entendu Arabella faire irruption dans la pièce. Aussi continuait-elle d'écrire.

Miss Holland traversa la pièce d'un pas résolu et s'approcha de la chaise de la duchesse.

— Duchesse, j'aimerais vous parler, lui dit-elle froidement et posément.

La duchesse poussa un cri et leva les yeux.

— Miss Holland ! s'exclama-t-elle en se levant rapidement. Miss Holland ! Vous, chez moi ! Que faites-vous ici et comment pouvez-vous être suffisamment effrontée pour franchir mon seuil ?

— Je vois que vous me haïssez toujours autant, Milady, lui dit Arabella en souriant. Vous ne m'avez pas encore pardonné le fait que le duc, votre mari, puisse avoir trouvé mon visage plus jeune et plus avenant que le vôtre et mon tempérament plus attirant que votre air compassé et glacial…

La duchesse pâlit de rage et fulmina :

— Silence, impudente créature ! Silence ou je vous fais expulser par mes gens !

— Vous ne les appellerez pas, car je suis venue me réconcilier avec vous et vous proposer de faire la paix.

— La paix ? ricana la duchesse. Conclure une trêve avec une femme sans vergogne qui m'a volé mon mari, le père de mes enfants ? Faire la paix avec celle qui m'a ridiculisée devant le monde en faisant de moi une femme délaissée et négligée, qui a dû affronter des gens qui nous comparaient pour savoir qui était la plus digne de l'amour du duc ? Faire la paix avec vous, Miss Holland ? Avec une impudente catin qui a dilapidé l'argent de mon mari dans des objets de luxe et, avec une insigne effronterie, a privé mes enfants de biens qui leur revenaient légalement ?

— Il est vrai que le duc s'est montré très généreux, admit de bonne grâce Miss Holland. Il m'a couverte d'or et de diamants…

— Entre-temps, j'étais presque condamnée à l'indigence, déclara la duchesse en grinçant des dents.

— Indigente en amour, peut-être, Milady, mais certainement pas en biens matériels si j'en juge par la somptuosité de votre cadre de vie. De plus, tout le monde sait pertinemment que la duchesse de Norfolk est suffisamment riche pour se passer des quelques colifichets que son mari a daigné déposer à mes pieds. Au nom du ciel, Milady, je ne me serais même pas baissée pour ramasser ces bijoux si je n'avais été persuadée qu'ils m'avaient été donnés de bon cœur. D'ailleurs, le cœur d'un homme vaut bien qu'on se donne la peine de se baisser pour le recueillir. Et c'est ce que j'ai fait. C'est tout. Est-ce un crime ?

— Ça suffit ! cria la duchesse. Je n'ai pas l'intention de commencer à me disputer avec vous. Je désire seulement savoir ce qui vous a donné le courage de venir me trouver...

— Milady, suis-je la seule personne que vous haïssez dans toute cette histoire ? Haïssez-vous aussi votre mari le duc ?

— Et elle ose me demander si je le hais ! s'écria la duchesse avec un rire moqueur et sauvage. Oui, Miss Holland, je le hais aussi ardemment que je vous méprise. Je le hais tellement que je donnerais volontiers mes propriétés – que dis-je ? plusieurs années de ma vie – si je pouvais le punir de la honte qu'il m'a fait subir.

— En tel cas, Milady, nous sommes faites pour nous entendre, parce que je le hais tout uniment, déclara Miss Holland, qui s'assit sur le divan de velours et qui, tout sourire, constatait l'étonnement de la duchesse, maintenant sans voix.

« Oui, Milady, je le hais, sans nul doute de manière plus intense que vous pouvez l'exécrer. Je le hais avec l'ardeur de la jeunesse car, étant donné votre âge, vous avez fait en sorte de conserver votre calme... »

La duchesse bouillonnait de rage mais, silencieusement, avec peine, avala la médication amère que sa malicieuse rivale versait dans la coupe de bonnes nouvelles qu'elle lui servait.

— Le haïssez-vous donc tant, Miss Holland?

— Je le hais et j'ai décidé de me liguer avec vous contre lui. C'est un traître, un misérable, un être perfide, un parjure! Et je me vengerai de cet affront...

— Ah! Je crois comprendre qu'il vous a également abandonnée...

— Oui, il m'a laissée choir.

— Eh bien! Que Dieu soit loué! s'écria la duchesse dont le visage exprimait la joie. Dieu est grand et juste et vous a punie avec les armes par lesquelles vous avez péché! Il m'a abandonnée pour vous et le voilà qu'il vous abandonne pour une autre maîtresse...

— Aucunement! rectifia fièrement Miss Holland. On n'abandonne pas une femme de ma classe pour une rivale, et celui qui m'aime n'en aime plus jamais d'autre après moi. Tenez, lisez ce qu'il m'a écrit!

Elle tendit la lettre de rupture du comte à la duchesse.

— Et que comptez-vous faire maintenant? demanda la duchesse après l'avoir lue.

— Je me vengerai, Milady! Il raconte qu'il n'a plus de cœur pour aimer. Nous allons maintenant nous arranger pour qu'il n'ait plus de tête pour penser. Milady, voulez-vous être mon alliée?

— Je le veux...

— Et je le veux aussi, déclara la duchesse de Richmond en ouvrant la porte de la pièce adjacente où elle se trouvait.

Pas un mot de cette conversation ne lui avait échappé et elle avait fort bien compris que la question ne mettait pas en jeu une mesquine histoire de vengeance personnelle mais la tête même de son père. Elle savait pertinemment que Miss Holland n'était pas le genre de personne qui, lorsqu'elle se sent attaquée, riposte à coup d'aiguille, mais plutôt une furie qui n'hésiterait pas à jouer du poignard pour régler le sort de ses adversaires.

— Oui, moi aussi serai votre alliée, s'écria la duchesse de Richmond. Nous avons toutes trois été outragées par le même homme. Que notre vengeance soit commune. Le père vous a insultées. Moi, c'est le fils. Je vous aiderai à frapper le père et, en échange, vous m'aiderez à détruire le fils...

— Comptez sur moi, dit Arabella en souriant. Moi aussi déteste cet orgueilleux comte de Surrey qui se vante de sa vertu comme s'il s'agissait d'une sorte de Toison d'or dont Dieu en personne l'aurait recouvert. Je le hais, car il ne m'a jamais traitée qu'avec un insoutenable dédain et il est le seul responsable de l'infidélité de son père.

— J'étais présente lorsque, le visage plein de larmes, il a prié le duc, notre père, de se libérer de vos chaînes et d'abandonner les relations honteuses et scandaleuses qu'il entretenait avec vous... renchérit la jeune duchesse.

Arabella demeura muette, mais elle serra les poings et ses joues pâlirent légèrement.

— Et pourquoi en veux-tu à ton frère? demanda la vieille duchesse.

— Vous me demandez pourquoi je lui en veux, mère? Je ne lui en veux pas, je le vomis et je me suis juré que je n'aurai de cesse de me venger. Mon bonheur, mon amour et mon avenir reposaient entre ses mains, mais il a foulé aux pieds tout ce que je chérissais. Il ne tenait qu'à lui de me laisser épouser celui que j'aime mais, malgré mes supplications et mes pleurs, il m'en a empêchée.

— Mais tu lui demandais un grand sacrifice, lui dit sa mère. De manière à ce que tu puisses devenir la femme de Thomas Seymour, ton frère devait d'abord donner sa main à une femme qu'il n'aimait pas…

— Mère, vous le défendez et, pourtant, pas une journée ne se passe sans qu'il vous critique. Tenez, seulement hier, il lui semblait parfaitement naturel que le duc vous ait répudiée, vous, notre mère…

— Ah ! Il a dit ça ? demanda la duchesse avec véhémence. Eh bien ! Puisqu'il a oublié que je suis sa mère, j'oublierai aussi qu'il est mon fils. Je suis votre alliée ! Vengeons nos cœurs meurtris ! Vengeons-nous sur le père comme sur le fils !

Elle joignit ses mains à celles des autres conspiratrices.

— Nous nous vengerons du père comme du fils ! répétèrent-elles à l'unisson. Leurs yeux scintillaient et leurs joues avaient repris de la couleur.

— J'en ai assez de vivre comme un ermite dans mon palais et d'être bannie de la cour de crainte d'y rencontrer mon mari… lança la vieille duchesse.

— Vous ne l'y verrez guère à l'avenir… ajouta laconiquement sa fille.

— Les gens ne se moqueront plus de moi, s'écria Arabella. Et quand ils apprendront que le duc m'a abandonnée, ils sauront également que je me suis vengée d'avoir été ainsi traitée.

— Thomas Seymour ne pourra jamais devenir mon époux tant qu'Henry Howard sera vivant, car il l'a gravement offensé lorsque Henry a refusé la main de sa sœur. Si Henry Howard n'est plus, je pourrai peut-être devenir la femme de Seymour, dit la jeune duchesse. Regardons les choses froidement. Par qui devons-nous commencer pour les atteindre à coup sûr?

— Lorsque trois femmes s'entendent, elles ne peuvent qu'être assurées de réussir, déclara Arabella en haussant les épaules. Nous vivons – Dieu soit loué – sous le règne d'un roi noble qui se double d'un grand esprit et qui est capable de regarder couler le sang de ses sujets avec autant de plaisir qu'il regarde la pourpre de son royal manteau. De plus, il n'a jamais reculé lorsqu'il s'agissait de signer un arrêt de mort...

— Mais cette fois-ci, il risque d'hésiter, remarqua la vieille duchesse. Il n'osera pas priver de son chef la plus noble et la plus puissante famille du royaume, dans tous les sens du terme...

— Ce genre de risque le stimulera, dit la duchesse de Richmond en riant. Plus il lui sera difficile de faire tomber ces têtes, plus le roi rêvera d'y parvenir. Henri VIII hait ces deux hommes et il nous remerciera si nous donnons à l'exercice de sa haine l'apparence d'un acte de justice...

— Accusons-les alors tous deux de haute trahison, s'écria Arabella. Le duc est un traître, car je suis prête à jurer qu'il a plus d'une fois traité le roi de tigre sanguinaire, de tyran insatiable, d'homme sans foi ni loi, et ce, même s'il essaie de donner le change en qualifiant publiquement Sa Majesté de fontaine et de rempart de la foi.

— S'il a dit cela, si vous en avez été témoin et ne tenez pas à être vous-même une traîtresse, votre devoir est de communiquer ces informations au roi, s'exclama la jeune duchesse d'un air grave.

— Avez-vous aussi remarqué comment, depuis quelque temps, le duc porte les mêmes armoiries que celles du roi? demanda la duchesse de Norfolk. Avec son ambition, sa morgue, le fait d'être le premier personnage du gouvernement ne lui suffit plus, voilà maintenant qu'il convoite la place de seigneur et roi de ce pays...

— Dites cela au roi et, dès demain, la tête du traître roulera, car le roi est aussi jaloux de son royaume qu'une femme de son amant. Dites-lui que le duc porte ses armoiries et la fin de ce dernier sera certaine.

— Je le lui dirai, ma fille…

— Nous avons de bons arguments pour faire condamner le père, mais qu'avons-nous pour le fils ?

— Un moyen sûr et infaillible qui l'expédiera aussi facilement *ad patres* qu'une petite balle d'arme à feu permet d'abattre le plus vigoureux des cerfs. Henry aime la reine et je fournirai des preuves de cet amour au roi, affirma la jeune duchesse.

— Alors rendons-nous chez le roi, s'écria Arabella avec fougue.

— Non, attendez… Cela causera un choc qui pourrait fort bien contrecarrer nos plans, reprit la duchesse de Richmond. Parlons d'abord au comte Douglas et écoutons ses conseils. Allons ! Chaque minute est précieuse ! Notre honneur de femmes exige que nous nous vengions. Nous ne laisserons pas impunis ceux qui ont trahi notre amour, sali notre réputation et foulé aux pieds les liens les plus sacrés de la nature !

CHAPITRE XXVII

Mélancolique et absorbée dans ses pensées, les yeux rougis et les mains sur la poitrine, comme pour réprimer un cri d'angoisse, la princesse Élisabeth était assise dans sa chambre.

Elle regardait d'un œil morne autour d'elle en pensant que sa solitude lui était doublement douloureuse, car elle témoignait de son abandon et de la défaveur qui l'accablaient. En effet, si les choses n'avaient pas été ce qu'elles étaient, pour toute la cour ce jour aurait dû en être un de réjouissances et de félicité.

C'était en effet le quatorzième anniversaire de naissance de la fille d'Anne Boleyn.

— La fille d'Anne Boleyn!

Le secret de son isolement résidait dans cet héritage. Voilà pourquoi aucuns seigneurs et grandes dames de la cour ne s'étaient rappelés ce jour prétendument béni. En effet, un tel événement n'aurait pas manqué d'exhumer le souvenir d'Anne Boleyn, la gracieuse mais infortunée mère d'Élisabeth, dont la grandeur et la prospérité avaient été remerciées par une exécution sommaire.

Pour couronner le tout, le roi avait traité sa fille de bâtarde et l'avait déclarée indigne de lui succéder sur le trône.

Par conséquent, cet anniversaire n'était pour la princesse qu'une journée d'humiliation et de douleur. Allongée sur son divan, elle pensait à son passé sans joie et à son avenir sans lustre.

Princesse, elle ne possédait pas les droits de sa naissance; jeune fille, elle était condamnée à mener une vie de résignation, à renoncer à toutes les joies que vivent les jeunes gens et à condamner son cœur ardent et passionné à l'éternel sommeil de la mort. En effet, lorsque le Dauphin de France avait demandé sa main, Henri VIII avait déclaré que la bâtarde Élisabeth n'était pas digne d'un tel mari. Pour décourager tout prétendant, il avait annoncé tout haut qu'aucun de ses sujets ne devait se montrer suffisamment effronté pour se hasarder à offrir sa main à une de ses royales filles et que ceux qui oseraient demander l'une d'elles en mariage seraient punis en tant que traîtres.

Élisabeth se trouvait donc condamnée à demeurer célibataire et à ne jamais connaître l'amour. Malgré cela, elle n'avait qu'un désir: épouser son bien-aimé et échanger son fier titre de princesse pour celui de comtesse Seymour.

Étant donné qu'elle aimait le comte, un nouveau soleil se levait pour elle et, devant les doux chuchotements de son amour, même les orgueilleuses voix de son ambition se taisaient. Elle n'évoquait même plus l'impossibilité dans laquelle elle se trouvait de ne pas devenir reine. Elle était simplement troublée de ne pas être la femme de Seymour.

Elle ne voulait plus régner, mais seulement être heureuse, et son bonheur ne reposait que sur lui seul: Thomas Seymour.

Telles étaient les pensées peu réjouissantes qu'entretenait la princesse solitaire dans ses appartements le matin de son anniversaire. Ses yeux rougis et ses lèvres serrées témoignaient des pleurs qu'avait versés cette journée-là une jeune fille de quatorze ans, condamnée à tant de souffrances.

Mais elle ne voulait plus y penser. Elle ne tenait pas à ce que les fouineurs dépravés qui traînent dans tous les palais ainsi que les courtisans faisandés puissent remarquer sur son visage des traces de son chagrin et se réjouissent de son infortune et de ses humiliations. Âme résolue et fière, elle aurait préféré la mort à la commisération des lèche-bottes de la cour.

— Je travaillerai, dit-elle. Le travail est le meilleur baume pour les douleurs de l'âme...

Elle s'affaira à une broderie à la soie qu'elle avait commencée pour sa malheureuse amie la princesse de Clèves, celle dont Henri avait divorcé prématurément. Malheureusement, ces travaux d'aiguille n'occupaient que ses doigts mais non sa pensée. Elle posa sa broderie et saisit ses livres. Elle choisit les *Sonnets* de Pétrarque, dont les plaintes amoureuses trouvaient des échos dans son cœur blessé.

Souriante dans sa douce mélancolie, les larmes aux yeux, Élisabeth lisait ces tendres et nobles poèmes. Il lui semblait que Pétrarque avait précisément exprimé les sentiments qu'elle ressentait. Aussi se mit-elle à traduire le premier sonnet, car elle pratiquait quatre langues couramment, bien qu'elle gardât secrètes ces connaissances. On frappa vigoureusement à sa porte et la reine apparut dans toute sa beauté.

— La reine! s'exclama Élisabeth. Que me vaut l'honneur d'une visite aussi matinale?

— Pourquoi devrais-je attendre la soirée pour souhaiter du bonheur à ma chère Élisabeth en ce jour de fête? Dois-je laisser le soleil se coucher sur cette journée qui a donné à l'Angleterre une si gracieuse et si noble princesse? demanda Catherine.

«Peut-être vous imaginiez-vous que je ne savais pas que c'était votre anniversaire et qu'en ce jour mon Élisabeth sort de l'enfance pour devenir une jeune fille pleine d'espérance...»

— Pleine d'espérance? répondit tristement Élisabeth. La fille d'Anne Boleyn n'entretient pas d'espoirs et, lorsque vous évoquez mon anniversaire, vous me rappelez en même temps ma naissance si méprisée!

— Elle ne sera plus méprisée, reprit Catherine en lui passant tendrement le bras autour du cou et en lui tendant un parchemin roulé. Prenez cela, Élisabeth, et que ce document soit pour vous la promesse d'un avenir heureux et brillant. À ma demande, le roi a promulgué cette loi et m'a accordé le plaisir de vous en apporter la copie.

Élisabeth déroula le parchemin, le lut et fut envahie d'une expression de bonheur.

— Reconnue! Je suis reconnue! cria-t-elle. La déchéance rattachée à ma naissance a été levée! Élisabeth n'est plus une bâtarde, mais une princesse du sang!

— Et un jour, elle sera peut-être reine! lui dit Catherine en souriant.

— Oh! Ce n'est pas ce qui me réjouit le plus, mais plutôt la levée de la disgrâce que je supportais depuis ma naissance. Je puis enfin redresser la tête et donner le nom de ma mère! Maintenant, vous pouvez reposer en paix, mère, car votre nom n'est plus déshonoré! Anne Boleyn n'était pas une catin; elle était l'épouse légitime du roi Henri VIII et Élisabeth est sa fille non moins légitime. Merci Seigneur, merci!

Dans un élan de ferveur, la jeune fille tomba à genoux et leva les yeux et les bras vers le ciel.

— Esprit de ma glorieuse mère, dit-elle solennellement, je t'invoque! Viens sur moi! Inonde-moi de ton sourire et de ton souffle! Reine Anne d'Angleterre, votre fille n'est plus une bâtarde et personne ne se hasardera plus à l'insulter! Mère, vous étiez avec moi lorsque je pleurais et souffrais et, souvent, dans mon humiliation et ma disgrâce, il me semblait entendre votre voix qui me consolait dans ma détresse. Je voyais votre regard dans l'au-delà qui m'apaisait et me réchauffait de votre amour. Ô mère, soutenez-moi encore après la disparition de cette disgrâce, soutenez-moi encore dans ma bonne fortune et gardez mon cœur à l'abri de l'arrogance et de l'orgueil ! Anne Boleyn, ils ont tranché votre tête, même si vous étiez innocente, mais ce parchemin royal fait taire toutes les calomnies. Malheur à ceux qui oseraient encore insulter votre mémoire !

Elle se redressa et se précipita vers le mur opposé où se trouvait un grand tableau la représentant enfant jouant avec un chien.

— Oh ! Mère ! Ce tableau a été la dernière chose sur laquelle votre regard s'est attardé ; vous avez embrassé les lèvres de votre enfant sur cette toile, car le cruel bourreau a refusé que vous me disiez adieu. Laissez-moi poser à mon tour mes lèvres sur l'endroit que les vôtres ont consacré !

Elle se baissa et embrassa le tableau.

— Et maintenant, sortez de votre tombe, Ô mère, dit-elle solennellement. J'ai été si longtemps forcée de me cacher, de vous passer sous silence ! Maintenant, vous appartenez au monde et à la lumière. Le roi m'a reconnue comme sa fille légitime et il ne peut m'empêcher d'avoir une peinture de ma mère dans ma chambre.

Joignant le geste à la parole, elle appuya sur un déclic dissimulé dans le lourd cadre du tableau. Celui-ci s'ouvrit comme une porte pour rendre visible une deuxième toile dissimulée sous la première et représentant l'infortunée Anne Boleyn en vêtements nuptiaux, dans toute sa splendeur, telle qu'Holbein l'avait représentée à la demande de son royal époux.

— Quel port altier et angélique à la fois, dit Catherine en approchant. Que ses traits reflètent l'innocence et la pureté ! Pauvre reine…

« Pourtant, tes ennemis ont réussi à semer le doute et à te traîner à l'échafaud. Lorsque je te regarde, je frissonne et mon propre avenir s'élève devant moi comme un spectre menaçant ! Qui donc pourrait se sentir en sécurité lorsqu'on regarde ce qui est advenu d'Anne Boleyn, qui a dû subir une mort honteuse ? Croyez-moi,

Élisabeth, être reine d'Angleterre est un triste sort et souvent je me suis demandé le matin si j'allais vivre suffisamment longtemps pour voir le soir. Mais ne parlons plus de moi, Élisabeth. Seulement de votre avenir et de votre chance. Que ce document vous soit acceptable et qu'en vertu de celui-ci tous les rêves que vous bercez se réalisent.»

— L'un de mes souhaits les plus chers a déjà été exaucé, dit Élisabeth, toujours absorbée dans la contemplation du tableau. Les événements me permettent d'exposer ouvertement le portrait de ma mère. Il s'agit de son dernier vœu. Elle le confia à John Heywood en lui remettant cette œuvre. Lui seul était au courant et il garda religieusement ce secret.

— John Heywood est un ami de confiance, dit joyeusement Catherine. Il fut l'un de ceux qui m'ont aidée à persuader le roi de vous reconnaître...

Avec une indicible expression, Élisabeth montra ses deux mains à la reine en lui disant:

— Je vous remercie pour mon honneur et pour celui de ma mère. Je vous suis reconnaissante pour cela. Je vous aime comme votre fille et puis vous assurer que vos ennemis ne trouveront jamais une oreille complaisante ou quelque appui chez moi. Concluons toutes deux une entente qui soit défensive et offensive à la fois! Que les ennemis de l'une deviennent les ennemis de l'autre et, lorsque nous percevrons un danger, il nous faudra le combattre ensemble, comme de véritables sœurs. Nous nous préviendrons lorsque nous apprendrons que quelque vil intrigant rôde dans la pénombre pour nous planter une dague dans le dos.

— Qu'il en soit ainsi! dit Catherine solennellement. Nous demeurerons inséparables et fidèles l'une envers l'autre et nous nous aimerons comme des sœurs!

Après avoir embrassé affectueusement Élisabeth, elle poursuivit:

— Mais tout d'abord, princesse, regardez bien ce document dont vous n'avez lu que les premières lignes. Croyez-moi, il est important que vous le lisiez jusqu'à la fin, car il contient certaines dispositions concernant votre avenir. Il vous permet, par exemple, de vous installer dans vos appartements et de recevoir une pension, comme il sied à une princesse de sang royal.

— Que m'importent ces détails, s'écria joyeusement Élisabeth. Je les laisse à mon majordome pour qu'il s'en occupe...

— Mais pour la fière et ambitieuse Élisabeth, il existe un autre paragraphe qui vous intéressera davantage, dit Catherine avec un léger sourire, car il s'agit là d'une pleine et complète réparation. Vous souvenez-vous de la réponse que votre père avait donnée au roi de France lorsque ce dernier avait demandé votre main pour son Dauphin ?

— Si je m'en souviens ! s'écria Élisabeth en reprenant soudainement un air sinistre. Le roi Henri a dit : « La fille d'Anne Boleyn n'est pas digne d'accepter la main d'un prince du sang. »

— Eh bien ! Élisabeth, afin que la réparation soit complète, le roi vous rend vos titres légitimes et a décrété qu'il vous permet de vous marier seulement avec un mari de naissance égale à la vôtre, de ne donner votre main qu'à un prince royal, du moins si vous voulez préserver votre droit de succession au trône d'Angleterre. Il ne peut y avoir de plus complète rétractation de l'affront dont vous avez été victime. Et vous devez cette décision royale grâce à l'intercession d'un ami fiable et fidèle. Vous pouvez encore remercier John Heywood...

— John Heywood ! s'écria Élisabeth sur un ton amer. Oh ! Je vous remercie, ma reine, de ne pas avoir influencé mon père dans sa décision. John Heywood l'a fait et vous dites qu'il est mon ami ? Vous dites que nous pouvons toutes deux le considérer comme un serviteur fidèle et dévoué ?

« Méfiez-vous de sa fidélité, ma reine, et ne comptez pas trop sur son dévouement, car, je vous le dis, son âme est pleine de mensonges, et alors qu'il s'incline respectueusement devant vous, ses yeux cherchent l'endroit où il pourra vous mordre mortellement au talon.

« Oui, reprit-elle avec énergie, c'est un serpent, un serpent venimeux qui vient juste de me mordre mortellement et de manière incurable. Non ! Je ne me soumettrai pas à cette mascarade et ne deviendrai pas esclave de cette loi inique ! Je serai libre d'aimer et de haïr selon les inclinations de mon cœur. Personne ne m'entravera ou ne me forcera à renoncer à un homme que, peut-être, j'aime ou à en épouser un autre que, peut-être, je déteste. »

D'un air résolu, elle prit le rouleau de parchemin et le rendit à Catherine.

— Ma reine, reprenez ce document, rendez-le à mon père et dites-lui que je le remercie pour sa prévoyante bonté, mais que je décline le brillant avenir que cette loi me réserve. J'aime tant la liberté que même une couronne royale ne saurait me tenter s'il faut que je la coiffe au prix d'avoir les mains et le cœur enchaînés.

— Ma pauvre enfant ! soupira Catherine. Ne savez-vous pas que la couronne royale nous entrave dans ses fers et étreint notre cœur dans un étau ? Ah ! Vous voulez être libre et tout de même accéder au trône ? Croyez-moi, Élisabeth, personne n'est moins libre que les souverains ! Personne n'a moins le droit ou la possibilité de vivre selon les élans de son cœur qu'un prince…

— Alors, répondit Élisabeth dont les yeux lançaient des éclairs, je renonce à la possibilité discutable de me retrouver peut-être un jour reine. Voilà pourquoi je refuse de me soumettre à cette loi qui vise à dicter à mon cœur ce qu'il doit faire et à limiter ma volonté. Pourquoi la fille du roi Henri d'Angleterre doit-elle soumettre sa vie aux lignes inscrites sur un misérable parchemin ? Ce chiffon doit-il faire obstruction aux élans de mon cœur ? Je suis une princesse du sang. Pourquoi insistent-ils tant pour accorder ma main à un fils de roi ? Vous avez raison, ce n'est pas mon père qui a promulgué cette loi, car son âme indomptable n'a jamais accepté les contraintes de la sacro-sainte et pitoyable étiquette. Il a aimé qui il voulait, et nul Parlement, nulle loi n'ont été capables de l'empêcher de faire selon son bon plaisir. Je serai la digne fille de mon père et ne me soumettrai pas à cette loi...

— Pauvre enfant ! répondit Catherine, quoi que vous en disiez, il vous faudra apprendre à vous soumettre, car personne ne peut être princesse sans en payer le prix. Personne ne nous demande si notre cœur est blessé. Ils se contentent de jeter dessus une tunique écarlate, et même si elle se tâche de sang, qui s'en doute et qui s'en soucie ? Vous êtes si jeune, Élisabeth, et entretenez tant d'espoirs...

— J'entretiens tant d'espoirs parce que j'ai tant souffert et que mes yeux ont tant versé de larmes. Dès mon enfance, il m'a fallu prématurément assumer ma part de douleur et de chagrin ; dorénavant, j'exige ma part de bonheur et de plaisir de la vie.

— Et qui dit que vous ne pourrez pas l'avoir ? Ce futur hymen ne vous force aucunement à accepter un époux en particulier mais vous confère le droit légitime – qui vous était autrefois contesté – de choisir votre mari parmi les princes du sang.

— Oh ! s'écria Élisabeth avec un regard farouche. Si je devais vraiment devenir reine, je serais fière de choisir un mari que je pourrais faire roi plutôt qu'un conjoint qui pourrait me faire reine. Dites-moi, Catherine, conférer la gloire et la grandeur à quelqu'un qu'on aime, l'élever dans l'omnipotence de notre amour au-dessus des autres hommes et déposer notre propre grandeur, notre propre gloire humblement à ses pieds pour qu'il s'en pare et fasse siennes vos propres possessions, n'est-il pas le plus grand et le plus noble plaisir ?

— Ciel ! Vous êtes aussi fière et aussi ambitieuse qu'un homme ! dit Catherine en souriant. La vraie fille de votre père ! C'est ainsi que pensait Henri lorsqu'il a accordé sa main à Anne Boleyn et aussi à ma personne quand il m'a faite reine. Il peut se permettre d'agir et de penser ainsi, car c'est un homme.

— Il pensait ainsi parce qu'il aimait et non parce qu'il était un homme...

— Et vous, Élisabeth, pensez-vous en ces termes parce que vous êtes amoureuse?

— Oui, je le suis! s'exclama Élisabeth en se jetant impulsivement dans les bras de Catherine et en cachant son visage rougissant dans le sein de la reine. Oui, j'aime! Tout comme mon père, peu importe mon rang ou ma naissance, mais j'estime que mon amoureux est également de haut rang par la noblesse de ses sentiments et le génie de son noble esprit, qu'il m'est supérieur dans toutes les grandes qualités dont un homme peut être doté mais qui ne sont conférées qu'à si peu d'entre eux. Jugez-en, ma reine, et dites-moi si cette loi peut me rendre heureuse... Celui que j'aime n'est ni prince ni fils de roi.

— Pauvre Élisabeth! dit Catherine en serrant très fort la jeune fille dans ses bras.

— Et pourquoi vous lamentez-vous sur mon sort quand il est de votre pouvoir de me rendre heureuse? demanda la princesse avec insistance. C'est vous qui avez persuadé le roi de corriger la disgrâce dont j'étais l'objet; par conséquent, vous aurez également le pouvoir de lui faire abroger cette clause qui me condamne à réfréner les élans de mon cœur...

Catherine secoua la tête en soupirant.

— Je suis impuissante sur ce plan, répondit-elle tristement. Ah! Élisabeth... Pourquoi ne m'avez-vous pas fait confiance et ne m'avez-vous pas dit plus tôt que votre cœur aimait quelqu'un qui vous plaçait en conflit avec cette loi? Pourquoi n'avez-vous pas confié ce dangereux secret à votre amie?

— Je vous l'ai caché justement parce qu'il est dangereux. Voilà pourquoi je ne vous mentionne même pas le nom de mon amoureux. Ma reine, je ne veux pas que l'on puisse vous accuser de trahison envers votre mari, car vous savez de quelle façon il considère tout secret qu'on lui cache comme un acte de haute trahison. Non, ma reine, si je suis coupable, je ne veux pas que vous soyez ma complice, car il est toujours dangereux d'être la confidente d'un si lourd secret. John Heywood était mon seul confident et il m'a trahie. Je lui ai donné des armes et il les a retournées contre moi…

— Impossible, dit Catherine d'un air songeur, John Heywood est sincère et fiable. Il est incapable de trahison…

— Mais il m'a trahie! s'exclama vivement Élisabeth. Il était le seul à savoir que mon bien-aimé, quoique noble, n'est pas de sang princier. Et pourtant – comme vous l'avez si bien dit – il a incité le roi à faire rédiger ce paragraphe dans la loi successorale…

— C'est alors, sans nul doute, qu'il tentait de vous éviter un faux pas sentimental…

— Non, il a eu peur de demeurer l'unique gardien de ce secret et, au prix de mes sentiments et de mon bonheur, a préféré neutraliser une possible colère royale. Vous, Catherine, qui êtes une noble, grande et forte femme, êtes incapable d'une crainte aussi futile ou d'un calcul aussi mesquin. Par conséquent, soutenez-moi, soyez ma protectrice en vertu du serment que nous avons prononcé mutuellement. Je vous appelle à l'aide. Oh! Catherine, octroyez-moi le plaisir béni de pouvoir un jour, peut-être, rendre celui que j'aime puissant et influent par ma seule volonté. Accordez-moi ce plaisir grisant de pouvoir, par ma main, lui permettre de réaliser ses ambitions, lui donner la puissance et la gloire, peut-être aussi une couronne. Oh! Catherine, je vous implore à genoux de m'aider à faire révoquer cette détestable loi qui ne cherche qu'à me lier les mains et le cœur.

Dans son emportement, elle était tombée à genoux devant la reine, lui tenait la main et l'implorait.

Catherine se pencha en souriant et la releva.

— Ah! La passion de la jeunesse! Qui dit si, un jour, vous ne me remercierez pas d'avoir acquiescé à votre demande et si une autre fois vous ne maudirez pas ce moment qui, au lieu du plaisir escompté, ne vous apportera peut-être que déceptions et malheur?

— Et même s'il en était ainsi, s'écria Élisabeth, mieux vaut endurer une détresse que l'on a soi-même choisie que d'être forcée à être heureuse. Dites-moi, Catherine, allez-vous m'aider? Allez-vous persuader le roi d'abroger cette clause ignoble? Si vous ne le faites pas, ma reine, je vous jure sur l'âme de ma mère que je ne me soumettrai pas à cette loi, que je renoncerai solennellement, devant le monde entier, au privilège que l'on m'offre, que...

— Vous êtes une chère et folle enfant! l'interrompit Catherine, une enfant qui, dans sa naïve présomption, a l'audace de penser apprivoiser le tonnerre et emprunter la foudre à Jupiter... Oh! Vous êtes encore trop jeune et trop inexpérimentée pour savoir que le destin se moque de nos lamentations et de nos soupirs et qu'en dépit de notre répugnance et de notre refus il s'arrange toujours pour nous conduire là où il veut et non là où nous voulons. Voilà une chose qu'il vous reste à apprendre, ma pauvre enfant!

— Je n'apprendrai rien du tout! s'écria la princesse en trépignant sur place de manière enfantine. Je ne serai jamais éternellement victime de la volonté de quelqu'un d'autre et le destin en personne n'aura jamais la force de me tenir en esclavage!

— Eh bien! Nous allons voir maintenant, répondit Catherine en souriant. Nous essaierons, au moins cette fois-ci, de faire face au destin et je vous aiderai dans la mesure du possible.

— Et pour cela je vous aimerai comme ma propre mère et en même temps comme une grande sœur, dit Élisabeth en se jetant dans les bras de Catherine. Oui, je vous aimerai pour cela et je prierai Dieu pour qu'il puisse un jour me donner l'occasion de vous montrer ma gratitude et de vous récompenser pour votre générosité et votre bonté.

CHAPITRE XXVIII

Au cours des derniers jours, la goutte du roi lui causait de plus en plus de difficultés et, à son plus grand dam, le maintenait prisonnier de son fauteuil roulant.

En conséquence, le roi, de nature déjà sinistre, conscient du rejet dont il était l'objet, donnait libre cours à sa colère maladive contre ceux qui avaient le malheur de se trouver en sa présence. Au lieu de le rendre plus compréhensif, ses douleurs semblaient aiguiser sa férocité naturelle et l'on pouvait souvent entendre dans le palais de Whitehall les grognements de fureur et les invectives rageuses du monarque qui n'épargnait personne et ne faisait preuve d'aucun égard envers ses victimes, peu importe leur rang ou leurs qualités.

Le comte Douglas, Gardiner et Wriothesley savaient fort bien tirer avantage de son humeur désastreuse en incitant le cruel souverain, torturé par la douleur, à avoir au moins la satisfaction de faire souffrir les autres.

Jamais en Angleterre n'y eut-il autant de personnes envoyées au bûcher, jamais les prisons ne furent aussi remplies et jamais le sang ne coula si abondamment qu'au cours de la maladie du roi. La chronique parle de 2 800 personnes condamnées à mort pour n'avoir pas reconnu les institutions religieuses établies par Henri VIII. Toutefois, il ne semblait pas que cette hécatombe ait suffi à apaiser la soif de sang inextinguible qui dévorait le roi, ses amis, ses conseillers et ses représentants religieux.

Pour Gardiner et Wriothesley, deux solides piliers du protestantisme restaient à abattre : la reine et l'archevêque Cranmer.

Les Seymour, pour leur part, avaient deux ennemis mortels : le duc de Norfolk et le comte de Surrey.

Mais les différentes factions qui cherchaient à s'approprier l'écoute du roi et à la contrôler se trouvaient en opposition, et quoique ennemis mortels, ils faisaient des pieds et des mains pour s'attirer la faveur royale.

Pour le parti papiste de Gardiner et du comte Douglas, tout dépendait de la mise en défaveur des Seymour par le roi ; d'un autre côté, ils tenaient à garder temporairement la jeune reine sur son trône, car elle semblait les soutenir et détruire chez les catholiques l'un de leurs leaders les plus puissants, le duc de Norfolk.

L'une des factions avait l'oreille du roi par l'intermédiaire de la reine, l'autre grâce à un favori, le comte Douglas.

Jamais le roi n'avait été si aimable et si attentionné envers sa conjointe et jamais il n'avait autant exigé la présence du comte Douglas que pendant sa douloureuse maladie.

Mais il existait une tierce faction qui occupait une place importante dans la faveur royale, une puissance que tout le monde craignait et qui semblait maintenir son indépendance vis-à-vis de toutes les influences extérieures. Il s'agissait de John Heywood, le fou du roi, le satiriste craint de toute la cour.

Une seule personne pouvait exercer des pressions sur lui, la reine, car John Heywood était son indéfectible ami. Pour le moment du moins, on disait que le parti hérétique, dont la reine semblait être le chef, était celui qui avait la plus forte influence à la cour.

Il était donc normal pour le parti papiste d'entretenir une sourde haine contre la reine et très naturel pour ses membres d'ourdir de nouveaux complots et de concocter des machinations pour saper son influence et la faire choir de son trône.

Cependant Catherine connaissait pertinemment les dangers qui la menaçaient. Aussi se tenait-elle sur ses gardes et surveillait-elle chacun de ses regards, chacun de ses mots mieux que Gardiner et Douglas ne pouvaient le faire dans leur travail de destruction.

Elle était consciente de l'épée de Damoclès suspendue quotidiennement au-dessus de sa tête. Grâce à sa prudence, à sa présence d'esprit et à la ruse de son ami John Heywood, elle avait réussi à garder cette épée dans un relatif état de stabilité.

Depuis la fatale chevauchée dans la forêt d'Epping, elle n'avait jamais eu l'occasion de s'entretenir seule avec Thomas Seymour, car elle savait que, peu importe où elle se trouvait, peu importaient les circonstances, elle pouvait s'attendre à être espionnée ou victime d'oreilles indiscrètes prêtes à interpréter tout chuchotement pour le transformer en sentences de mort contre elle.

Elle avait donc renoncé au plaisir de parler à son soupirant autrement que devant témoins ou de le voir autrement que devant la cour.

Avait-elle seulement besoin de tenir des réunions clandestines avec lui ? Qu'importait à son cœur pur et sans malice de ne pouvoir être seule avec son soupirant. Il lui était toujours possible de voir son altier et viril visage, de l'approcher, d'écouter la musique de sa voix et de remplir son cœur de ses propos bien structurés et intelligents.

Catherine, qui avait vingt-huit ans, avait conservé l'enthousiasme et l'innocence d'une jeune fille de quatorze ans. Thomas Seymour était son premier amour et elle l'aimait avec la pureté et la candeur particulières aux idylles adolescentes.

Il lui suffisait donc de le voir, d'être près de lui, de savoir qu'il l'aimait, qu'il lui était fidèle, que toutes ses pensées et que tous ses souhaits lui appartenaient et vice-versa.

Elle en était persuadée et se consolait avec le doux enchantement que lui procuraient les lettres et les billets dans lesquels il lui témoignait son amour. Et bien qu'elle ne pût lui rendre en personne toute l'ardeur de son affection, il lui restait la possibilité de lui écrire.

C'était John Heywood, l'ami délicat et discret, qui lui transmettait ces lettres et faisait parvenir les réponses à la seule condition que la reine et le comte n'aient que le fou du roi comme confident et que les amoureux brûlent les lettres qu'il leur faisait parvenir. N'ayant pu dissuader Catherine des dangers d'une telle passion, il tenait au moins à lui éviter les conséquences funestes qui eussent pu en découler. Sachant que cet amour ne se manifesterait que par l'entremise d'un unique confident, il avait assumé ce rôle périlleux de manière à ce que Catherine, absorbée qu'elle était par sa passion et avec la naïveté de son cœur, ne risque de partager ce secret avec d'autres.

Ainsi John Heywood s'assurait de la sécurité et du bonheur de Catherine pendant qu'elle surveillait ses amis et Thomas Seymour. Il la protégeait auprès du roi, ainsi que Thomas Cranmer, qui devait repousser maints assauts de ses ennemis.

Les comploteurs ne pouvaient pardonner à la reine d'avoir permis à Cranmer, le noble et libéral archevêque de Canterbury, d'éviter leurs traquenards. Plus d'une fois elle avait déjoué leurs plans et évité les chausse-trapes que Gardiner et le comte Douglas avaient installées pour perdre l'homme d'église.

Par conséquent, pour faire tomber Cranmer, il fallait au préalable se débarrasser de la reine et des Seymour, tant honnis, qui se trouvaient sur le chemin des papistes. S'ils étaient capables de prouver que Catherine entretenait des rapports coupables avec Seymour, le couple était perdu, ce qui assurait la puissance et la gloire des partisans du pape de Rome.

Il était cependant difficile d'obtenir des preuves de ce dangereux secret que le cauteleux Douglas avait cru discerner exclusivement dans les yeux de Catherine et pour lequel il n'avait aucune certitude, hormis son intime conviction. Comment pourraient-ils persuader la reine de commettre quelque impair et trouver un témoin de ses coupables amours?

Le temps constituait un lourd fardeau pour le roi. Il aurait été facile de le pousser à commettre quelque acte cruel et de lui faire prononcer une sentence de mort expéditive.

Mais ce n'était pas le sang des Seymour avec lequel le roi tenait à étancher sa soif; or le comte Douglas le savait pertinemment. Aussi observait-il le souverain nuit et jour, analysait son moindre soupir, le moindre de ses chuchotements et de ses tics. Il savait que le monarque entretenait dans son esprit des pensées noires et meurtrières et qu'il convoitait la vie de certaines personnes.

La soif du tigre royal devait être épanchée par le sang des Howard, qui vivaient prospères, glorieux et en pleine santé, tandis que lui, leur roi, était seul et triste, souffrant et maladif! Tel était le ver qui rongeait le cœur d'Henri VIII et rendait ses douleurs physiques encore plus intolérables.

Car le roi était jaloux – jaloux de la puissance et de la grandeur des Howard. Une sombre haine le minait lorsqu'il pensait au duc de Norfolk qui, lorsqu'il passait dans les rues de Londres, était accueilli partout par des acclamations du peuple tandis que lui demeurait muré dans son palais. Henri VIII était rongé à l'idée qu'Henry Howard, comte de Surrey, soit considéré comme le plus bel homme, le plus grand poète et érudit d'Angleterre, alors que lui, le roi, composait aussi des poèmes, rédigeait des traités de haut savoir et était même l'auteur d'un livre pieux qu'il ordonnait de lire à ses sujets au lieu de la Bible.

Oui, les Howard essayaient partout d'occulter sa gloire. Ils le supplantaient dans la faveur populaire et usurpaient l'amour et l'admiration qui étaient exclusivement dus au souverain. Le roi gisait sur son lit de douleur tandis que le duc, splendide et magnifique, se pavanait devant les foules, les transportait d'enthousiasme et se montrait d'une générosité royale avec une populace qui le lui rendait bien.

Il n'y avait aucun doute, le duc de Norfolk était un dangereux rival pour le roi. La couronne vacillerait sur sa tête tant que les Howard seraient en vie. Et qui dit qu'à sa mort éventuelle l'affection du peuple pour les Howard ne contribuerait pas à placer le duc de Norfolk ou son fils, le comte de Surrey, sur le trône au lieu de l'héritier présomptif, le jeune Édouard, le fils unique d'Henri VIII ?

Lorsque le roi ruminait de telles éventualités, c'était comme si des flammèches parcouraient son cerveau. Aussi serrait-il les poings, vociférait-il et réclamait-il vengeance contre ces maudits Howard qui voulaient déposséder son fils de sa couronne. Seul Édouard, un enfant d'âge encore tendre, avait été divinement consacré pour être l'héritier légitime de la couronne. Quels sacrifices son père n'avait-il pas consenti pour donner un successeur à son peuple ! Pour atteindre cet objectif, il avait effectivement sacrifié Jeanne Seymour, son épouse bien-aimée. Il avait laissé la mère mourir pour préserver le fils, héritier du trône.

Le peuple ne l'avait pas remercié pour ce sacrifice mais ovationnait à cor et à cri le duc de Norfolk, le père de Catherine Howard, la reine adultère qu'Henri avait tant aimée mais dont l'infidélité l'avait frappée comme un coup de dague empoisonnée.

Telles étaient les pensées qui occupaient le roi sur son lit de douleur et sur lesquelles il s'appesantissait avec toute l'obstination et l'humeur morose d'un malade chronique.

— Il nous faudra sacrifier ces Howard en son nom… déclara le comte Douglas à Gardiner, après avoir été témoins d'une explosion de rage de leur royal maître. Si nous voulons finalement nous débarrasser de la reine, nous devons d'abord détruire les Howard…

Le dévot archevêque lui lança un regard interrogateur et perplexe.

Le comte Douglas sourit.

— Votre Grandeur est trop haut placée et trop noble pour pouvoir comprendre les choses d'ici bas. Votre regard, qui ne cherche que Dieu et les cieux, ne remarque pas toujours les mesquineries et les bassesses qui se déroulent sur terre…

— Ne vous inquiétez pas, répondit Gardiner avec un sourire cruel. Je les vois et cela me charme de constater comment la vengeance divine parvient à châtier les ennemis de l'Église en ce bas monde. Si leur mort signifie pour nous la réussite de nos pieuses œuvres et nous permet d'atteindre nos fins, faites donc préparer par tous les moyens un bûcher ou un échafaud pour ces Howard. Vous pouvez être assuré de mon aide et de ma bénédiction. Toutefois, je ne comprends pas vraiment comment ces derniers pourraient contrecarrer notre complot contre la reine puisque eux-mêmes font partie des ennemis de celle-ci et disent appartenir à l'Église hors de laquelle il n'existe point de salut…

— Mais le comte de Surrey est un apostat qui a ouvert son cœur et ses oreilles à la doctrine de Calvin !

— Alors que sa tête roule, car c'est un criminel devant Dieu et personne ne devrait avoir pitié de lui ! Et de quoi pouvons-nous accuser son père ?

— Le duc de Norfolk est presque aussi dangereux que le fils, et bien qu'il se dise catholique, néanmoins il ne pratique pas la vraie foi, car son âme fourmille de sympathies douteuses et manifeste une clémence plutôt insultante. Il plaint ceux dont le sang a été répandu parce qu'ils professaient la fausse doctrine des prêtres de Baal et nous traite tous deux de dogues et de limiers du roi…

— Eh bien ! s'écria Gardiner avec un sourire sombre et faux. Nous allons lui prouver qu'il nous a justement qualifiés : nous allons le tailler en pièces !

— D'autre part, tel que nous l'avons dit, les Howard nous empêchent de mettre nos projets à exécution en ce qui concerne la reine, fit remarquer le comte Douglas avec conviction.

— L'esprit du roi est si accaparé par la haine et la jalousie qu'il ressent à l'égard des Howard qu'on n'y trouve point place pour d'autres sentiments, pour toute autre exécration. S'il est vrai qu'il signe assez volontiers les arrêts de mort qu'on lui présente, il le fait sans état d'âme, comme un lion qui, sans s'en apercevoir, écrase la petite souris qui a eu le malheur de se glisser sous l'une de ses pattes. Mais s'il veut lacérer un de ses semblables, il doit préalablement s'enrager et, lorsqu'il est dans cet état, il faut lui donner la possibilité de fondre sur sa proie. Cette première proie, ce sont les Howard, mais ensuite nous devons nous efforcer de faire en sorte que, lorsque le lion secouera sa crinière, sa colère retombera sur Catherine Parr et les Seymour...

— Le Seigneur notre Dieu sera avec nous et nous éclairera afin que nous trouvions les moyens adéquats pour frapper ces ennemis à coup sûr ! s'exclama l'homme d'église en joignant dévotement les mains.

— Je crois que nous les avons déjà trouvés, reprit le comte Douglas en souriant. Avant que cette journée ne s'achève, je pense que les portes de la Tour de Londres s'ouvriront pour accueillir ce hautain et mollasson duc de Norfolk ainsi que cet apostat de comte de Surrey... Peut-être aurons-nous même la chance de confondre du même coup la reine avec les Howard. Regardez, un équipage s'arrête devant la grande porte. Je vois la duchesse de Norfolk et sa fille, la duchesse de Richmond, qui descendent de leur voiture. Voyez ! Elles nous font signe. J'ai promis à ces pieuses dames de les conduire auprès du roi et je vais m'en occuper. Lorsque nous serons là, priez pour nous, Votre Grandeur, pour que nos paroles, telles des flèches habilement dirigées, touchent le roi au cœur et ensuite rebondissent sur la reine et les Seymour...

CHAPITRE XXIX

Le roi avait espéré vainement dominer ses maux ou, du moins, les oublier en se reposant, mais le sommeil avait fui la couche royale et il se retrouvait maintenant assis dans son fauteuil roulant, triste, taraudé par la douleur. Il pensait, non sans dépit, à ce que le duc de Norfolk lui avait dit la veille, soit qu'il maîtrisait parfaitement son sommeil et qu'il pouvait donc s'endormir quand bon lui semblait. Cette seule idée attisait la rage du roi qui murmurait entre ses dents :

— Il peut s'endormir quand il le veut tandis que moi, son seigneur et roi, me lamente en vain auprès du Créateur pour qu'Il m'accorde un peu de sommeil afin d'oublier mes douleurs ! C'est ce traître de Norfolk qui m'empêche de dormir. Le seul fait d'y penser me tient éveillé et agité. Et moi, le roi, me trouve dans l'impossibilité d'accuser ce félon et de le confondre pour ses agissements coupables... Où se trouve donc ce véritable ami, ce serviteur dévoué qui devine les pensées que je n'ai pas encore exprimées et qui est toujours prêt à satisfaire mes souhaits les plus inqualifiables ?

Tandis qu'il ruminait, la porte s'ouvrit derrière lui et le comte Douglas fit son entrée d'un air fier et triomphant. Ses yeux exprimaient une telle satisfaction que le roi en fut même surpris.

— Diantre ! Douglas... Vous vous dites mon ami. Je vois que vous vous réjouissez pendant que votre roi n'est qu'un pauvre prisonnier que la goutte cloue impitoyablement à ce fauteuil...

— Vous recouvrerez la santé, Ô mon roi, et sortirez de cet emprisonnement pour redevenir l'éblouissant conquérant qui, avec la bénédiction divine, par sa seule présence fait mordre la poussière à ceux qui s'opposent à lui ainsi qu'aux traîtres en puissance…

— De tels traîtres osent-ils menacer leur roi? demanda Henri en fronçant les sourcils d'un air sinistre.

— Certes, Majesté, il en existe!

— Des noms! s'écria impatiemment le roi. Je veux des noms afin de les écraser, de pouvoir rendre justice et obtenir les têtes des coupables…

— Il est superflu de les mentionner, roi Henri, car vous les connaissez, tout comme les connaissent les sages et les personnes bien informées…

Se penchant plus près de l'oreille du roi, le comte Douglas poursuivit:

— Roi Henri, j'ai sans nul doute le droit de me désigner comme étant l'un de vos serviteurs les plus fidèles et les plus dévoués, car j'ai lu dans vos pensées et j'ai compris le noble chagrin qui affectait votre cœur ainsi que la sérénité de votre âme. Vous avez vu l'ennemi qui rampe dans l'obscurité et avez entendu le sifflement du serpent qui voulait planter ses crochets venimeux dans votre cheville. Mais vous êtes un roi si noble et si intrépide que vous ne teniez pas à jouer vous-même le rôle d'accusateur. Bref, vous n'avez pas bougé le pied lorsque le serpent vous menaçait. Dans votre grandeur d'âme et votre miséricorde, à l'image de Notre Seigneur, vous avez souri à ceux que vous saviez être vos ennemis. Moi, par contre, suis chargé d'autres tâches. Je suis votre chien fidèle qui n'a d'yeux que pour la sécurité de son maître et qui attaque tout ce qui le menace. J'ai vu le serpent qui voulait vous tuer et je lui écraserai la tête!

— Et quel est le nom de ce serpent dont vous me parlez? demanda le roi dont le cœur palpitait si rapidement qu'il en ressentait les battements sur ses lèvres tremblotantes.

— Il s'appelle... répondit Douglas solennellement et avec le plus grand sérieux, il s'appelle Howard!

Le roi poussa un cri et, oubliant sa goutte et ses douleurs articulaires, se leva de son fauteuil.

— Howard, n'est-ce pas? dit-il avec un sourire cruel. Essayez-vous de me dire qu'un Howard veut porter atteinte à notre vie? Lequel d'entre eux? Nommez-moi ce perfide personnage...

— En fait, ils sont deux – le père et le fils! J'accuse le duc de Norfolk et le comte de Surrey! J'affirme que les deux sont des traîtres qui menacent la vie et l'honneur de mon roi et qui, avec une arrogance blasphématoire, osent même tendre les mains pour se saisir de la couronne!

— Ah! Je le savais! Je le savais! hurla le roi. C'est donc cela qui me rendait insomniaque et me mutilait le corps comme un fer rouge...

Et tandis qu'il rivait sur Douglas des yeux incendiaires, il demanda avec un sourire sinistre:

— Pouvez-vous me prouver que ces Howard sont des traîtres et qu'ils visent à s'approprier ma couronne?

— J'espère pouvoir le faire, répondit Douglas. En vérité, je ne possède pas encore de faits irréfutables...

— Ah! reprit le roi en l'interrompant d'un rire sauvage. Il n'y a guère besoin de faits très convaincants. Fournissez-moi simplement un toron de chanvre et j'en tisserai une corde suffisamment forte pour traîner du même coup le père et le fils à l'échafaud...

— Oh! Pour le fils, il existe suffisamment de preuves, répondit le comte en souriant mais, en ce qui touche le père, j'aimerais présenter à Votre Majesté quelques accusatrices suffisamment crédibles pour que le duc se retrouve la tête sur le billot. Me permettriez-vous de vous les faire rencontrer sur-le-champ?

— Oui, faites entrer, faites entrer! s'écria le roi. Il n'y a pas une minute à perdre si nous voulons confondre ces traîtres et les punir.

Le comte Douglas se rendit à la porte et l'ouvrit. Trois femmes en voilette entrèrent et s'inclinèrent avec déférence.

— Ah! chuchota le roi avec un sourire cruel en se calant dans son fauteuil. Voilà ainsi les trois Parques, les filandières qui se font fortes de trancher les fils de la destinée des Howard... Une chose est certaine: je leur fournirai les ciseaux pour ce faire et, si ces derniers ne sont pas suffisamment tranchants, je les aiderai à briser ces fils de mes royales mains...

— Sire, dit le comte Douglas, qui en profita pour faire signe aux trois femmes de se découvrir, la femme, la fille et la maîtresse du duc de Norfolk sont venues ici pour l'accuser de haute trahison. La mère et la sœur du comte de Surrey sont également ici pour l'accuser d'un crime non moins passible de la peine capitale...

— En vérité, s'exclama le roi, il doit s'agir d'un péché particulièrement grave et blasphématoire pour provoquer l'ire de ces nobles dames et les rendre sourdes aux voix de la nature!

— Il s'agit véritablement d'une grave faute, répondit la duchesse de Norfolk sur un ton solennel.

Puis, approchant du roi elle poursuivit:

— Sire, j'accuse le duc, le mari dont je suis séparée, de haute trahison et de déloyauté envers son roi. Il a eu l'impertinence de s'approprier vos propres armoiries. Sur son sceau, ses équipages ainsi qu'aux portes de son palais il affiche les armoiries des rois d'Angleterre...

— C'est exact, dit le roi qui, certain maintenant de perdre les Howard, recouvrait son calme et reprenait possession de lui en se donnant des allures de juge strict et impartial. Oui, il porte les armes royales sur son écu mais, si nous nous souvenons bien, la couronne et le paraphe de notre ancêtre Édouard n'y figurent pas.

— Eh bien ! Il a maintenant ajouté cette couronne et ce paraphe à ses armoiries, fit remarquer Miss Holland. Il prétend qu'il y a droit étant donné que, tout comme le roi, il descend en ligne directe d'Édouard le Troisième et qu'en conséquence les armoiries royales lui appartiennent également.

— S'il dit cela, c'est un traître qui estime pouvoir appeler son roi son égal, s'écria Henri VIII, dont le visage s'empourprait à la joie de tenir maintenant son ennemi en son pouvoir.

— Oui, c'est vraiment un traître, poursuivit Miss Holland. Je l'ai souvent entendu dire qu'il avait les mêmes droits que Votre Majesté d'aspirer à la couronne d'Angleterre et qu'un jour viendra où il pourra prétendre disputer le trône à votre fils, l'héritier légitime…

— Ah ! oui… dit le roi d'une voix tonnante et en lançant un regard si furieux que même le comte Douglas fut saisi de frayeur. Ah ! Il veut disputer la couronne d'Angleterre à mon fils ? C'est parfait, parce qu'à partir de cet instant mon devoir sacré de roi et de père est d'écraser ce serpent qui essaie de me mordre. Nulle compassion et nulle pitié ne devraient me retenir, et s'il n'existait d'autres preuves de sa culpabilité que ces mots qu'il a prononcés devant vous, ils suffiront aussi sûrement à le conduire à l'échafaud que les aides de l'exécuteur des hautes œuvres !

— Mais il y a également d'autres preuves, dit laconiquement Miss Holland.

Le roi se sentit obligé de dégrafer son pourpoint car il avait l'impression que la joie le suffoquait.

— Donnez-les-moi ! ordonna-t-il.

— Il ose nier la suprématie du roi et appelle l'évêque de Rome le seul chef et le seul Saint Père de l'Église.

— Ah ! C'est ainsi ! s'exclama le roi en riant. Eh bien ! Nous verrons si ce Saint Père pourra sauver son fidèle fils de l'échafaud que nous comptons dresser pour lui. Oui, oui, nous devons donner au monde un nouvel exemple de notre incorruptible justice qui transcende tout un chacun, peu importe son rang et sa puissance, peu importe sa proximité avec la royauté. Vraiment, notre cœur souffre d'avoir à abattre ce chêne que nous avons planté près de notre trône pour nous servir d'appui, mais si la justice exige un tel sacrifice, nous le ferons. Non par colère ou par dépit, certes, mais pour être en conformité avec les devoirs sacrés et difficiles de notre règne. Nous avons beaucoup aimé ce duc et il nous peine d'en faire le deuil en extirpant de notre cœur l'affection que nous lui portions.

D'une main scintillante de bijoux, le roi essuya des larmes imaginaires de ses yeux.

— Dites-moi… demanda-t-il après une pause, auriez-vous le courage de répéter publiquement vos accusations devant le Parlement ? Vous, sa femme, et vous, sa maîtresse, êtes-vous prêtes à jurer publiquement que vos déclarations sont véridiques ?

— Je le ferai, dit solennellement la duchesse. Car le duc n'est plus mon mari ni le père de mes enfants mais simplement l'ennemi de mon roi, et je considère que mon devoir le plus sacré est de servir celui-ci.

— Je le ferai ! s'écria Miss Holland avec un sourire de séductrice, car il n'est plus mon amant mais seulement un traître, un athée qui a l'effronterie de ne reconnaître comme seul chef de la chrétienté que cet individu à Rome qui a osé prononcer l'anathème contre notre souverain. C'est cela qui m'a poussée en fait à me séparer du duc et à le haïr aussi ardemment que je l'ai aimé à une certaine époque…

Avec un sourire avenant, le roi tendit ses mains aux deux femmes.

— Aujourd'hui, vous m'avez rendu un fier service, mesdames, leur dit-il, et je trouverai un moyen de vous récompenser. Je vous donnerai, duchesse, la moitié de son domaine, comme si vous étiez sa veuve et héritière légale. Quant à vous, Miss Holland, vous pouvez garder sans discussion tous les biens et possessions dont le duc vous a fait cadeau.

Les deux femmes se confondirent en remerciements envers ce roi des plus généreux, suffisamment aimable pour leur faire cadeau de biens dont elles étaient déjà propriétaires.

Le roi fit une pause.

— Bien. Et dites-moi, seriez-vous muette, ma petite duchesse? demanda-t-il après s'être tourné vers la duchesse de Richmond, qui s'était réfugiée dans l'embrasure d'une fenêtre.

— Sire, répondit-elle en souriant, j'attendais seulement qu'on me donne le signal pour parler...

— Et ce signal est?

— Henry Howard, duc de Surrey! Comme Votre Majesté le sait, je suis une femme enjouée et sans malice et suis davantage portée à rire et à m'amuser qu'à traiter de graves problèmes. Ces deux respectables dames ont accusé le duc, mon père, et elles l'ont fait de manière très digne et solennelle. Je veux à mon tour accuser mon frère, Henry Howard, mais je vous demanderai de faire preuve d'indulgence si mes mots sont moins choisis et ont moins de portée que les leurs. Elles vous ont expliqué, sire, que le duc de Norfolk est un traître qui reconnaît le pape de Rome et non vous, Ô mon roi, comme chef de l'Église. Quant au comte de Surrey, je peux dire qu'il n'est ni un traître ni un papiste, qu'il n'a jamais ourdi de complot contre le trône d'Angleterre ou nié la suprématie du roi. Non, sire, le comte de Surrey n'est ni un traître ni un papiste!

La duchesse regarda avec un sourire amusé les visages stupéfaits de l'assemblée.

Le roi, qui avait perdu la relative gaieté qu'il manifestait quelques instants auparavant, fronça les sourcils d'un air sombre et fixa la jeune duchesse d'un air furieux.

— Alors je me demande, madame, ce que vous faites ici... dit-il. Pourquoi êtes-vous venue me trouver pour me raconter ce que je sais déjà, soit que le comte de Surrey est un loyal sujet, un homme dénué d'ambition qui ne brigue pas les faveurs de mon peuple et n'a pas l'intention de poser traîtreusement ses mains sur ma couronne?

La jeune duchesse hocha la tête avec un sourire.

— Je ne sais pas s'il fait cela, dit-elle, mais je l'ai déjà entendu dire d'un air méprisant et amer que vous, mon roi, prétendiez être le protecteur de la foi mais que vous étiez en fait sans croyance et sans convictions religieuses aucunes. Dernièrement, il a prononcé maintes malédictions à votre égard, parce que vous l'avez dépouillé de son titre de chef de corps expéditionnaire au profit du comte de Hertford, ce noble Seymour. Il dit également qu'il s'interroge sur la stabilité du trône d'Angleterre et doute qu'il puisse être suffisamment solide pour se passer de son influence. Mais vous avez raison, sire; tout cela n'est guère important et ne mérite pas qu'on en parle. Par conséquent, je ne porte même pas d'accusations contre lui...

— Ah! Vous êtes toujours une fieffée petite sorcière, Rosabella! s'écria le roi qui avait retrouvé sa gaieté. Vous dites ne pas l'accuser et pourtant vous faites de sa tête un jouet qui ne repose que sur le témoignage de vos lèvres purpurines. Mais prenez garde, ma petite duchesse, prenez garde à ce que cette tête ne tombe de vos lèvres rieuses et roule au pied de l'échafaud, car je n'arrêterai pas le processus, même si vous dites que le comte de Surrey n'est pas un traître.

— Mais n'est-il pas monotone et lassant d'accuser le père et le fils du même crime? demanda la duchesse en riant. Découvrons quelques variations. Si le duc est un traître, le fils, Ô mon roi, est de loin un criminel bien pire...

« Existe-t-il un crime plus exécrable que celui d'être traître envers son souverain et maître et de parler de l'oint du Seigneur en termes dénués de révérence et d'amour? Oui, Majesté, il existe un crime plus abominable dont j'accuse le comte de Surrey: il est coupable d'adultère! »

— Adultère... répéta le roi d'un air dégoûté. Oui, madame, vous avez raison. Il s'agit d'un crime exécrable et contre nature et nous devrons le juger strictement, car il ne sera pas dit que la modestie et la vertu ne trouveront pas un protecteur dans la personne du roi de ce pays et que celui-ci ne jouera pas le rôle de juge pour punir et écraser tous ceux qui osent pécher contre la décence et la morale. Ainsi le comte de Surrey se livre à l'adultère, n'est-ce pas?

— Je veux dire, sire, qu'il ose poursuivre une vertueuse et chaste dame de ses assiduités coupables. Il ose poser son regard libidineux sur une femme d'un rang aussi élevé au-dessus des simples mortels que le soleil peut l'être par rapport à la terre, une personne qui, de par la position de son époux, devrait se trouver à l'abri de toute convoitise et de tout désir impur...

— Ah! Je vois, s'écria le roi d'un air indigné. Je vois déjà où vous voulez en venir. C'est toujours la même accusation, mais, comme vous le dites, pratiquons quelques variantes! J'ai souvent entendu parler d'une telle accusation, mais les preuves manquent toujours...

— Sire, cette fois-ci, il se peut que j'aie des preuves, dit la duchesse le plus sérieusement du monde. Voulez-vous savoir, mon noble roi, qui est cette Géraldine à qui Henry Howard adresse ses sonnets? Dois-je vous dire le vrai nom de la femme à qui, en présence de votre personne sacrée et de votre cour, il dédie ses brûlantes déclarations d'amour et ses serments de fidélité éternelle ? Eh bien, cette Géraldine si adorée, si déifiée, n'est nulle autre que... la reine !

— C'est faux ! s'écria le roi, rouge de colère en étreignant si fortement les accoudoirs de son fauteuil qu'ils en craquèrent. C'est faux, madame !

— C'est pourtant exact, dit la duchesse d'un air hautain et non dénué d'une certaine impertinence. Car il est vrai, sire, que le comte de Surrey m'a avoué personnellement que c'est la reine qu'il aime et que Géraldine n'est qu'un mélodieux pseudonyme pour Catherine...

— Il vous l'a avoué ? demanda le roi en cherchant son souffle. Ah ! Il ose ainsi aimer la femme du roi ? Malheur à lui ! Malheur et damnation !

Levant son poing serré comme pour menacer le ciel, les yeux furibonds, après une courte pause il poursuivit :

— N'a-t-il pas lu récemment devant nous un poème dédié à sa Géraldine dans lequel il la remercie de son amour et où il dit lui être éternellement reconnaissant du baiser qu'elle lui aurait donné ?

— Il a effectivement lu un tel poème à Géraldine devant Votre Majesté.

Le roi émit un léger cri et se leva de son siège.

— Des preuves... dit-il d'une voix éraillée et caverneuse. Je veux des preuves, sinon vous risquez de payer de votre propre tête de telles accusations !

— Je vous fournirai ces preuves, Votre Majesté ! enchaîna solennellement le comte Douglas. Dans la plénitude de sa gentillesse et de sa pitié, il plaît à Votre Majesté de bien vouloir douter des accusations de la noble duchesse, mais je me fais fort de vous fournir l'infaillible preuve qu'Henry Howard, comte de Surrey, aime vraiment la reine et qu'il a l'effronterie de chanter les louanges et d'adorer l'épouse du roi sous le couvert de sa Géraldine. Vous devriez entendre, sire, comment le comte de Surrey jure amour et fidélité à la reine...

Le cri que le roi poussa était si effrayant et témoignait de tant de fureur et de rage que le comte en fut interloqué et que les joues des dames rosirent brusquement.

— Douglas ! Douglas ! Méfiez-vous de la manière dont vous provoquez la colère du lion, éructa le roi, car celui-ci peut fort bien vous mettre en pièces !

— Cette nuit même, je vous fournirai la preuve que vous demandez, sire. Cette nuit même, vous entendrez comment le comte de Surrey, assis aux pieds de sa Géraldine, lui jure son amour.

— Entendu ! dit le roi. Cette nuit donc... Mais malheur à vous, Douglas, si vous ne pouvez justifier vos paroles !

— Je le ferai, Votre Majesté, mais pour y parvenir, il est seulement nécessaire que vous consentiez gracieusement à me jurer que vous ne vous trahirez pas, ne serait-ce que par un simple soupir. Le comte est méfiant et sa conscience perverse a affiné son ouïe. Il vous repérerait facilement par votre souffle et se garderait de prononcer ces mots et ces aveux que vous désirez entendre.

— Je vous jure que je ne trahirai point ma présence par ma respiration, dit le roi solennellement. Je le jure par la sainte Mère de Dieu ! Il suffit ! De l'air, de l'air ! Je suffoque ! Tout se voile devant mes yeux ! Ouvrez la fenêtre, que nous puissions avoir un peu d'air pur non infecté par les miasmes du péché et de la calomnie ! Ah ! Cela me fera du bien...

Après que le roi eut demandé au comte Douglas de rouler sa chaise vers la fenêtre, il inspira profondément l'air frais et se tourna vers les dames en arborant un sourire des plus aimables.

— Mesdames, leur dit-il, je vous remercie. Vous vous êtes montrées en ce jour comme des amies véritables et dévouées. Je m'en souviendrai toujours et vous prie, advenant le cas où vous auriez besoin d'un ami et d'un protecteur, de ne pas hésiter à faire appel à nous en toute confiance. Nous n'oublierons jamais le grand service que vous nous avez rendu aujourd'hui.

Après leur avoir fait un signe de tête amical, d'un geste noble de la main il les congédia et mit un terme à l'audience.

— Et maintenant, Douglas, s'exclama le roi avec véhémence dès que les dames eurent pris congé, maintenant j'en ai assez de cette torture... Vous me dites que je pourrai punir ces traîtres de Surrey, mais vous m'infligez un supplice pire que le chevalet!

— Sire, il n'existait pas d'autres moyens de vous livrer ce Surrey que vous suspectiez être un criminel et je vous prouverai qu'il en est un...

— Oh! Ainsi je serai en mesure d'écraser sa vile tête du pied, dit le roi en grinçant des dents. Je ne dois plus trembler devant ce malicieux ennemi qui circule parmi mon peuple en faisant aller son hypocrite langue fourchue pendant que moi, je me morfonds sur mon lit de douleur dans la prison de ma chambre. Oui, oui, je vous remercie, Douglas, de le livrer à ma vengeance et mon âme est remplie de joie et de sérénité à cette idée. Ah! Mais pourquoi vous sentez-vous obligé d'obscurcir cette sublime et juste entreprise? Pourquoi était-il nécessaire de mêler la reine à ce sinistre réseau de culpabilité et de crime? Son merveilleux sourire et son air radieux ont toujours été si réjouissants à mes yeux.

— Sire, je ne dis aucunement que la reine est coupable, sauf qu'il n'y avait aucun moyen de vous prouver la culpabilité du comte de Surrey qu'en vous faisant l'entendre personnellement professer l'amour qu'il lui porte.

— Je compte bien l'entendre! s'écria le roi qui avait réussi à surmonter l'émotion sentimentale dont il était l'objet. Ainsi aurai-je la conviction de la culpabilité de Surrey et malheur à la reine si je la trouve également coupable ! L'heure est proche, comte, mais, jusque-là, motus et bouche cousue ! Nous allons emprisonner le père et le fils en même temps parce qu'en emprisonner un seul pourrait facilement donner à l'autre le moyen d'échapper à mon juste courroux. Ah ! Ces Howard ont le cœur si plein de ruse et de malice ! Mais maintenant, ils ne pourront plus m'échapper. Ils sont à nous et je m'en réjouis au point où mon cœur en tressaute dans ma poitrine ! C'est comme si un regain de vie courait dans mes veines. Décidément, ce sont ces Howard qui me rendaient malade et je me sentirai bien mieux lorsqu'ils se trouveront dans la Tour. Oui, mon cœur sursaute de joie et ce jour doit être béni. Appelez la reine. Qu'elle vienne auprès de moi afin que je puisse avoir le plaisir de contempler son joli visage avant de le faire pâlir de terreur. Oui, faites mander la reine et qu'elle se pare de ses plus beaux atours. Je veux la voir encore dans toute la splendeur de sa jeunesse et de sa royauté avant que son étoile ne retombe dans l'obscurité. Je veux encore qu'elle m'enchante avant de la voir pleurer. Ah ! savez-vous, Douglas, qu'il n'existe pas de plus vif plaisir, de plaisir plus diabolique et plus divin que de voir une personne qui sourit et ne se doute de rien alors qu'elle est déjà condamnée, qui se pare encore de roses alors que le bourreau affûte déjà la hache qui fera tomber sa tête, qui échafaude des plans d'avenir alors que sa vie est pratiquement arrêtée et sa mise en terre déjà prévue ? Alors faites mander la reine et dites-lui que nous sommes de très bonne humeur et que je tiens à me divertir et à rire avec elle. Appelez tous les seigneurs et dames de notre cour et faites ouvrir les salons royaux. Que tout le monde se réjouisse et que les lumières scintillent ; qu'on fasse de la musique et que les musiciens jouent fort, car nous tenons à faire de cette occasion un jour de fête puisqu'il semble que la nuit qui suivra sera des plus tristes. Oui, nous passerons une belle journée et, après cela, advienne que pourra ! Les salons royaux ne doivent résonner que des rires et de la joie des convives. Et invitez également le duc de Norfolk, mon noble cousin qui partage avec moi mes armoiries.

« Oui, invitez-le de façon à ce que je puisse encore avoir le plaisir de contempler sa grandeur et sa magnificence avant que ce soleil d'août ne s'éteigne et retombe dans l'obscurité. Ensuite, invitez aussi le grand chancelier Wriothesley ; qu'il amène avec lui quelques intrépides et vaillants soldats de notre garde personnelle. Ils constitueront la suite du noble duc lorsqu'il quittera notre réception et voudra rentrer chez lui, non pas dans son palais mais directement à la Tour de Londres et vers sa tombe. Allez, allez, Douglas, affairez-vous et faites venir mon joyeux bouffon, John Heywood. Il m'aidera à passer le temps, à m'égayer et à me faire rire jusqu'à ce que la fête commence. »

— Je m'empresse d'exécuter vos ordres, sire, répondit le comte Douglas. Je pars commander la fête et transmettre vos *desiderata* à la reine et à la cour. Mais d'abord je vous ferai envoyer John Heywood. Votre Majesté, puis-je me permettre de vous rappeler que vous m'avez donné votre royale parole de ne pas trahir notre secret, ne serait-ce que par une syllabe ou un soupir ?

— Je vous ai donné ma parole et je la tiendrai, dit le roi. Allez, comte, et faites ce que vous avez à faire...

Épuisé par le cruel délice qu'il savourait d'avance, le roi se cala dans son fauteuil en geignant et en grognant pendant qu'il se frottait la jambe. Les vives douleurs qu'il avait temporairement oubliées se rappelaient maintenant à lui avec une intensité accrue.

— Ah ! Ah ! Le duc de Norfolk se vante de pouvoir dormir quand bon lui semble... Cette fois-ci, nous aiderons cet orgueilleux personnage à s'endormir, mais ce sera pour un sommeil dont l'on ne se réveille jamais !

Pendant que le roi se lamentait de ses maux, le comte Douglas circulait rapidement parmi les appartements royaux. Un sourire triomphant éclairait son visage et une expression de joie se lisait dans ses yeux.

— C'est un triomphe ! Nous vaincrons ! dit-il en entrant dans la chambre de sa fille et en lui tendant la main. Jane, nous avons enfin atteint notre objectif et tu seras bientôt la septième épouse d'Henri VIII !

Les joues de la jeune femme rosirent et un sourire se dessina sur ses lèvres, un sourire plus triste que n'auraient pu l'être des pleurs.

— Ah ! dit-elle tout bas, je crains seulement que ma pauvre tête soit trop faible pour soutenir une couronne royale…

— Courage, courage, Jane, redresse-toi et montre que tu es encore la digne fille de ton père !

— Mais je souffre énormément, père, soupira-t-elle. Je vis un enfer…

— Jane, tu connaîtras bientôt la béatitude céleste ! Je t'avais interdit de donner rendez-vous à Henry Howard, car cela pouvait représenter un danger pour nous. Eh bien ! Ton tendre cœur sera satisfait. Ce soir, tu pourras encore embrasser ton amoureux !

— Oh ! murmura-t-elle. Il m'appellera encore sa Géraldine et, comme toujours, ce ne sera pas moi mais la reine qu'il embrassera…

— Oui, aujourd'hui, ce sera ainsi, Jane, mais je te jure que ce sera la dernière fois que tu devras te plier à ce jeu.

— La dernière fois que je le verrai ? demanda Jane, alarmée.

— Non, seulement la dernière fois qu'Henry Howard aimera la reine sous ton apparence.

— Oh ! Il ne m'aimera jamais… murmura-t-elle tristement.

— Il t'aimera, car tu seras celle qui lui sauvera la vie. Dépêche-toi ! Écris-lui vite un de ces billets doux dont tu as le secret et invite-le à te rencontrer ce soir à la serre.

— Oh ! Je le verrai encore ! chuchota-t-elle, puis elle se dirigea vers son secrétaire et commença à écrire d'une main hésitante.

Soudainement, elle arrêta et regarda intensément son père d'un air méfiant.

— Me jurez-vous, père, qu'aucun danger ne le menacera s'il vient à ce rendez-vous ?

— Je te jure, Jane, que tu seras celle qui lui sauvera la vie ! Je te jure que tu pourras tirer vengeance de toutes les humiliations, de la peine, du désespoir que la reine t'a imposés et dont tu souffres. Aujourd'hui, elle est encore souveraine d'Angleterre ! Demain, elle ne sera rien d'autre qu'une criminelle qui soupirera dans un cachot de la Tour en attendant l'heure de son exécution. Ensuite, tu deviendras la septième reine d'Henri. Écris ! Écris, ma fille, et que l'amour te dicte les mots les plus appropriés…

CHAPITRE XXX

Il y avait longtemps que le roi n'avait pas été de si bonne humeur que lors de ce soir de fête. Il y avait longtemps qu'il ne s'était pas montré un époux aussi attentif et tendre, un compagnon aussi agréable et bon vivant.

Les douleurs qu'il avait ressenties à sa jambe semblaient avoir disparu et le poids de son corps paraissait moins pénible à supporter que d'habitude, car il lui arriva plus d'une fois de se lever de son fauteuil et de faire quelques pas dans le salon tout illuminé dans lequel hommes et femmes de la cour allaient et venaient dans leur parure de fête parmi la musique et les rires. Il se montra extraordinairement tendre envers la reine ce jour-là et c'est avec une gentillesse peu commune qu'il se rendit à la rencontre du duc de Norfolk. Et avec quelle attention bienveillante il écouta le comte de Surrey réciter, à sa demande, de nouveaux sonnets en l'honneur de Géraldine !

Cette préférence marquée pour les nobles Howard ravissait les catholiques romains de la cour et suscitait chez eux des espoirs et une confiance renouvelée.

Cependant, il existait une personne qui ne se faisait pas d'illusions en contemplant le masque que le roi Henri affichait ce jour-là sur son visage apoplectique.

John Heywood n'avait pas plus confiance en la gaieté du roi qu'en sa tendresse envers la reine. Il connaissait trop bien son maître et savait pertinemment que les personnes avec qui le roi se montrait le plus amical étaient justement celles qui devaient le plus le craindre. C'est pourquoi il l'observait et voyait très bien que sous ce masque de gentillesse la colère était parfois perceptible dans certains regards rapides que le monarque lançait.

La musique et les réjouissances ne trompaient pas plus John Heywood. Il contemplait la mort qui se cachait derrière cette vie éblouissante. Il humait les effluves putrides de la corruption que dissimulait le parfum de ces fleurs magnifiques.

John Heywood ne riait plus et ne bavardait plus. Il observait.

Pour la première fois depuis bien longtemps, le roi ne semblait pas avoir besoin ce jour-là des plaisanteries et de l'esprit cinglant de son bouffon pour être joyeux et de bonne humeur.

C'est pourquoi le fou du roi avait tout le loisir et tout le temps pour observer la scène. Et il profita donc du temps qui lui était imparti.

Il pouvait remarquer les regards d'entente mutuelle et de triomphe assuré que le comte Douglas échangeaient avec Gardiner. Et il se méfia en constatant que ces favoris du roi, qui en d'autres temps faisaient preuve de jalousie, ne paraissaient pas se montrer dérangés par les extraordinaires marques de faveur que les Howard recevaient ce soir-là.

En se déplaçant parmi les groupes, il surprit une conversation entre Gardiner et Wriothesley. Gardiner demandait à ce dernier :

— Qu'en est-il des gardes de la Tour ?

Et Wriothesley lui répondit :

— Ils sont à côté de la calèche et attendent.

Il était clair que quelqu'un allait être conduit en prison le jour même. Il existait donc au milieu de toutes ces personnes joyeuses, aux riches habits, quelqu'un qui quitterait les salons illuminés pour être amené dans les sinistres cachots de la Tour.

La seule question était de savoir quelle personne ferait en sorte que la comédie brillante de la soirée se termine en tragédie.

John Heywood se sentait oppressé par une peur inexplicable, et la tendresse hors de l'ordinaire que le roi manifestait envers la reine le terrifiait.

Le monarque souriait en regardant Catherine et en lui caressant les joues de la même manière qu'il l'avait fait pour Anne Boleyn au moment où il avait ordonné son arrestation. Il avait similairement caressé la joue de Buckingham le jour même où il avait signé sa condamnation à mort.

Cette fête brillante où régnaient la musique et la bonne humeur du roi faisait peur à John Heywood. Il était horrifié en voyant les visages joyeux et en écoutant les plaisanteries frivoles qui fusaient de toutes ces bouches.

Ciel ! Ils riaient et la mort se trouvait parmi eux. Ils riaient et les portes de la Tour étaient déjà ouvertes pour permettre à un de ces aimables invités du roi d'entrer dans un lieu d'où ne ressortait personne à l'époque d'Henri VIII, sinon pour se rendre au bûcher ou à l'échafaud !

Qui était donc la victime pressentie ? Quelle était la personne qu'attendaient les soldats dans leur calèche un peu plus loin ? John Heywood retournait en vain ces questions dans son esprit.

Il ne trouvait nulle part un indice qui puisse lui indiquer qu'il était sur la bonne piste. Il n'avait pas la moindre idée du chemin à suivre pour lui permettre de parcourir les dédales de ce labyrinthe des horreurs.

— Lorsque vous avez peur du diable, vous faites bien de vous placer sous sa protection immédiate, marmonna John Heywood dans sa barbe.

Triste et découragé, il se glissa derrière le trône du roi et se fit le plus petit possible.

Le gabarit de John Heywood était si réduit et le trône du roi si important et large qu'il dissimulait complètement le corps accroupi du petit bouffon.

Personne n'avait remarqué que John Heywood se trouvait caché par le monarque. Personne n'avait aperçu son regard perçant et vif derrière le trône. Son regard surveillait et observait tout ce qui se passait dans la grande pièce et pouvait identifier toutes les personnes qui s'approchaient de la reine.

C'est ainsi qu'il put remarquer que Lady Jane se trouvait debout à côté de cette dernière. Il vit le comte Douglas s'approcher de sa fille et remarqua que celle-ci pâlit lorsqu'il s'installa à côté d'elle.

John Heywood retint son souffle et écouta.

Le comte Douglas, qui se trouvait près de Lady Jane, lui fit un petit signe de la tête tout en souriant et lui dit :

— Va, Jane, va te changer. C'est l'heure. Observe avec quelle impatience Henry Howard regarde de ce côté-ci et quels regards langoureux il semble adresser à la reine. Va, Jane, et pense à ta promesse...

— Et vous, mon père, penserez-vous à la vôtre ? demanda Lady Jane d'une voix tremblante. Aucun danger ne le menacera ?

— Je n'oublierai pas ma promesse. Toutefois, presse-toi, ma fille, et montre-toi prudente et adroite.

Lady Jane s'inclina et murmura quelques paroles inintelligibles. Elle s'approcha ensuite de la reine et lui demanda la permission de se retirer de la fête, en prétextant être frappée par un malaise subit.

Le visage de Lady Jane était pâle comme la mort. La reine, croyant sa première dame d'honneur affectée par quelque malaise, lui donna la permission de se retirer. Lady Jane quitta la salle. La reine continua sa conversation avec Lord Hertford, qui se trouvait debout à ses côtés. La conversation était joyeuse et animée, et c'est pourquoi la reine n'écoutait pas les conversations qui se déroulaient autour d'elle. C'est ainsi qu'elle n'entendit rien du conciliabule qui se déroulait entre le roi et le comte Douglas.

John Heywood, qui se trouvait toujours tapi derrière le trône, observait et entendait chaque mot de la conversation qui se déroulait à voix basse.

— Sire, dit le comte Douglas, il se fait tard et il sera bientôt minuit. Votre Majesté désire-t-elle mettre fin à la fête?

— Oui, oui, à minuit! a murmuré le roi. À minuit, le carnaval se terminera et nous arracherons notre masque pour révéler notre furieux visage aux criminels! À minuit, nous devrons nous diriger vers la serre. Oui, Douglas, nous devons nous presser. En effet, il serait cruel de faire attendre le charmant comte de Surrey plus longtemps. Nous donnerons donc à sa Géraldine la possibilité de quitter la fête. Et il nous faut commencer notre périple. Ah! Douglas, le chemin que nous devons emprunter est vraiment ardu. Que les furies des dieux de la vengeance nous servent de torches! Au travail! Ne perdons pas de temps!

Le roi se leva de son siège et se dirigea vers la reine à qui il présenta sa main en lui souriant avec tendresse.

— Madame, il se fait tard, dit-il. Et nous, qui régnons sur tant de sujets, sommes néanmoins assujetti à un autre roi, c'est-à-dire au médecin, à qui nous devons obéissance. Il m'a ordonné de rejoindre mon lit avant minuit et, étant donné que je suis un sujet loyal, je lui obéis. C'est ainsi que je vous souhaite une bonne nuit, Kate, et que vos beaux yeux continuent à briller demain, tout comme ils brillent ce soir, telles des étoiles!

— Ils brilleront demain comme ils l'ont fait ce soir si mon seigneur et mari se montre aussi gracieux envers moi qu'il l'a été aujourd'hui, répondit Catherine tout à fait naturellement en donnant sa main au roi.

Henri lui a jeté un regard soupçonneux et inquisiteur, et une expression particulière et malicieuse s'est manifestée sur son visage.

— Croyez-vous donc, Catherine, que nous pourrions nous montrer un jour désagréable envers vous?

— Je pense, répondit-elle en souriant, que même le soleil ne peut pas toujours briller et qu'une nuit lugubre peut prendre la suite de la splendeur du jour.

Le roi ne répondit pas. Il la fixa et une expression plus douce envahit soudainement son visage.

Il était possible qu'il éprouvât alors de la compassion pour sa jeune femme. Peut-être avait-il pitié de sa jeunesse et de son sourire enchanteur, qui lui avait si souvent réchauffé le cœur.

C'est ce que le comte Douglas semblait redouter.

— Sire, lui dit-il, il est tard. Il sera bientôt minuit.

— Partons donc, s'est exclamé le roi en soupirant. Une fois de plus, bonne nuit, Kate! Non, ne me raccompagnez pas! Je désire quitter la pièce sans être vu. De plus, je serais heureux si mes invités continuaient la fête jusqu'au petit matin. Restez tous ici! Que Douglas soit le seul à m'accompagner.

— Et votre frère le bouffon! a ajouté John Heywood qui était sorti depuis longtemps de sa cachette et qui se trouvait debout aux côtés du roi. Oui, venez, mon frère Henri. Quittons la fête. Il ne sied pas à des sages comme nous de faire acte de présence à une fête destinée à des histrions. Allez vous reposer, mon roi, et je vous aiderai à gagner le sommeil en vous murmurant des paroles pleines de sagesse.

John Heywood ne put s'empêcher de remarquer que les traits du comte s'étaient obscurcis et qu'une ride s'était dessinée sur son front au moment où il prononçait ces paroles.

— Fais-nous grâce de ta sagesse aujourd'hui, John, dit le roi. En effet, tu ne ferais que prêcher à un sourd. Je suis fatigué et je n'ai pas besoin de ton érudition. Je n'ai besoin que de dormir. Bonne nuit, John...

Le roi quitta la salle en s'appuyant sur le bras du comte Douglas.

— Le comte Douglas ne désire pas que j'accompagne le roi, rumina John Heywood. Il redoute que le roi me fasse part d'une partie de son plan diabolique qui doit débuter à minuit. Eh bien! Je dirais que le diable est mon frère, tout comme le roi, et qu'avec son aide je serai également présent dans la serre à minuit. Ah! La reine se retire, elle aussi. Et voilà que le duc de Norfolk quitte aussi la pièce. J'ai bien envie d'aller voir si le duc sort d'ici sans risque ou si les soldats qui se trouvent près de la calèche, comme l'a si bien dit Wriothesley, formeront la garde du corps du duc cette nuit.

Il s'esquiva de la pièce avec la souplesse d'un chat et dépassa le duc dans l'antichambre pour se retrouver rapidement sur le chemin qui menait à l'extérieur avant que les calèches ne soient avancées.

John Heywood s'appuya contre une colonne et observa la scène. La haute et fière silhouette du duc apparut dans l'entrée. Le portier s'empressa de sortir pour appeler la calèche du galant.

La voiture arriva et la porte s'ouvrit.

Deux hommes vêtus de longs manteaux noirs étaient assis aux côtés du cocher. Deux autres se tenaient à l'arrière, tels des valets de pied, et un cinquième était debout à côté de la porte ouverte.

Le duc remarqua une anomalie en posant le pied sur la marche.

— Ce n'est pas mon équipage! Ce ne sont pas mes gens! s'exclama-t-il en essayant de reculer. Cependant, le faux domestique le poussa de force dans la calèche et ferma la porte.

— Fouette, cocher ! ordonna-t-il, et le cortège s'ébranla.

Pendant un court moment, John Heywood put observer le visage livide du duc à la fenêtre de la portière ouverte et il lui parut que Norfolk étendait ses bras pour appeler à l'aide. La calèche disparut ensuite dans la nuit.

— Pauvre duc ! murmura John Heywood. Les portes de la Tour sont lourdes et vos bras ne seront pas assez forts pour les ouvrir une fois qu'elles se seront refermées sur vous. Toutefois, cela ne sert à rien de penser à lui à l'heure actuelle. La reine est également en danger. Allons donc nous occuper d'elle !

John Heywood retourna vers le château d'un pas rapide. Il se faufila prestement parmi les passages et les corridors.

Il se trouvait maintenant dans le couloir qui conduisait aux appartements de la reine.

— Je monterai la garde cette nuit, murmura-t-il en se cachant dans une des niches du couloir. Le bouffon, grâce à ses prières, se tiendra loin des ruses du diable et protégera la reine des pièges que le pieux archevêque Gardiner et le lèche-bottes Douglas veulent lui tendre. La reine ne tombera pas dans ces pièges tendus pour la perdre. Le bouffon est encore bien vivant pour la protéger…

CHAPITRE XXXI

De la niche où il s'était réfugié, John Heywood pouvait surveiller toutes les portes donnant sur le corridor. Dissimulé par un pilier, il pouvait tout voir et tout entendre sans être vu.

Tout était tranquille mais, dans le lointain, on pouvait percevoir des voix et le son assourdi de la musique, car la fête battait encore son plein. Cette tranquillité ne dura toutefois pas longtemps. Le corridor s'éclaira et l'on put discerner le bruit de pas approchant rapidement. C'étaient les valets chamarrés d'or, portant un grand candélabre d'argent, qui éclairaient la reine et sa suite.

Elle était merveilleusement belle. L'éclat des chandelles illuminait son port altier et sa joie de vivre. En passant près de la cachette de John Heywood, elle s'entretenait gaiement avec sa seconde dame d'honneur et son rire découvrait une dentition de perle. Ses yeux scintillaient et ses pommettes étaient rosies par l'émotion. Les diamants de son diadème scintillaient comme des étoiles sur son noble front et, telle une coulée d'or, sa traîne de brocart, ornée de queues d'hermine, était portée par deux charmants pages.

Parvenue à la porte de sa chambre, la reine renvoya ses pages et ses valets et ne permit qu'à sa dame d'honneur de la suivre.

On entendit le babillage anodin des pages le long du couloir et de l'escalier, puis suivit celui des valets portant le candélabre ; ils ne tardèrent pas à quitter les lieux, puis tout se calma. Seul John Heywood continuait à prêter l'oreille, bien décidé à parler à la reine ce soir-là, au risque d'avoir à la réveiller. Il voulait cependant attendre que la dame d'honneur quitte la chambre royale.

La porte s'ouvrit et la dame d'honneur sortit. Elle traversa le couloir pour se rendre à sa chambre. John Heywood l'entendit ouvrir sa porte et pousser le verrou une fois à l'intérieur.

— J'attends encore un peu, puis j'irai trouver la reine, marmonna John Heywood. Il allait quitter sa cachette lorsqu'il perçut un bruit de porte que l'on ouvrait précautionneusement. Il se recroquevilla derrière le pilier, retint son souffle et écouta.

Une vive lumière envahit le corridor et il entendit le froissement d'une robe qui se rapprochait.

John Heywood contemplait, abasourdi, la personne qui l'avait frôlé sans le voir.

Il s'agissait de Lady Jane Douglas qui, prétextant une indisposition, s'était retirée de la fête pour se reposer. Maintenant que tout le monde avait réintégré ses pénates, elle semblait fort bien réveillée; alors que tous les joyeux convives avaient déposé leurs riches atours, Lady Jane avait revêtu, comme la reine, une robe de brocart garnie d'hermine et orné son front d'un diadème.

Elle se tenait maintenant devant la porte de la reine et affichait une expression de défi sur son visage d'une pâleur cadavérique tandis que dans ses yeux on percevait un avant-goût de victoire.

— Elle dort, marmonna-t-elle. Dormez, ma reine. Dormez jusqu'à ce que l'on vienne vous réveiller! Dormez pour que je puisse veiller à votre place…

Elle leva la main d'un air menaçant vers la porte et secoua sauvagement la tête. Ses longues boucles noires dansaient autour de son front maussade comme ces serpents qui tiennent lieu de coiffure aux furies. Pâle, possédant la beauté du diable, elle ressemblait à s'y méprendre à la déesse de la vengeance qui, en plein triomphe, foule sa victime aux pieds.

Avec un petit rire démoniaque, elle glissa le long du corridor, n'emprunta pas les escaliers mais se rendit au bout du passage où se trouvait suspendu un tableau d'Henri VI. Elle déclencha un ressort, le tableau s'ouvrit, dissimulant une porte.

— Elle se rend dans la chambre verte pour rencontrer Henry Howard! chuchota John Heywood qui sortit de derrière son pilier. Oh! maintenant je comprends de quel complot diabolique il s'agit! Lady Jane est l'amoureuse du comte de Surrey et ils veulent faire croire au roi qu'elle est la reine. Sans aucun doute, ce Surrey fait partie du complot et peut-être appellera-t-il Jane Douglas Catherine Parr. Ils laisseront le roi être témoin de cette rencontre. Étant donné qu'elle porte une robe de brocart d'or et un diadème semblable à celui de la reine, leur objectif est certainement de tromper Henri. D'ailleurs, elle ressemble physiquement à la reine et tout le monde connaît les similitudes qui existent entre la voix de cette dernière et celle de Lady Jane.

— Oui, il s'agit là d'un complot assez bien monté... Mais vous ne réussirez pas, chers conjurés, et vous n'êtes pas prêts à crier victoire. Patience! Nous allons nous-mêmes nous rendre à cette chambre verte et faire face à ce simulacre de personne royale que nous mettrons en présence de la véritable reine!

En se dépêchant, John Heywood quitta le corridor maintenant désert, car la reine était allée se reposer. Pendant qu'elle dormait, dans la chambre verte, tout était déjà prêt à l'accueillir.

Dans cette aile du château, l'événement devait se révéler une réception brillante et extraordinaire, à laquelle le roi en personne devait assister après y avoir été invité par un singulier maître de cérémonie, le comte Douglas.

Pour le roi, forcé de marcher, il s'agissait d'une expédition pénible dont les difficultés se trouvaient amplifiées par son humeur massacrante et par toute absence de compassion à l'égard de son épouse. Il ressentait pourtant un bonheur trouble à l'idée du châtiment qu'il allait infliger à Henry Howard et à la reine.

Maintenant que le comte Douglas l'avait traîné en ces lieux, le roi n'avait plus aucun doute de la culpabilité de sa conjointe. Il ne s'agissait plus d'une accusation, mais de faits, car jamais Douglas n'aurait osé l'amener à la serre s'il n'était pas sûr de lui fournir des preuves irréfutables.

Aucun doute n'effleurait le roi. Henry Howard se trouvait enfin en son pouvoir et ne pouvait plus lui échapper. Il était donc certain de faire monter ses deux ennemis jurés à l'échafaud et était persuadé que son sommeil ne serait plus perturbé à la seule idée de ses deux puissants rivaux.

Le duc de Norfolk avait déjà passé les portes de la Tour et son fils allait bientôt l'y retrouver.

À cette seule idée, le roi fut pris d'un sentiment si sauvage et se sentit si assoiffé de sang qu'il en oublia que la hache qui devait servir à la décollation d'Henry Howard allait également trancher le cou de la reine.

Ils arrivèrent maintenant à la chambre verte, et le roi, essoufflé et gémissant, s'appuyait sur le bras du comte Douglas.

Cette vaste pièce, meublée à l'ancienne et portant les traces d'une gloire passée, n'était illuminée que chichement au centre par deux chandelles fixées dans le candélabre que le comte Douglas avait apporté. Le reste se trouvait dans le noir le plus complet et semblait insondable à l'œil.

— La reine entrera par cette porte, dit Douglas, qui se recroquevilla en entendant le son de sa propre voix qui, dans la désolation de la vaste pièce, se trouvait considérablement amplifiée. Et Henry Howard entrera par là. Oh ! Il connaît parfaitement le chemin, car il l'a souvent emprunté en pleine nuit et son pied reconnaît tous les obstacles…

— Avec un peu de chance, il risque de trébucher sur le billot du bourreau ! grommela le roi avec un rire cruel.

— Sire, je prends maintenant la liberté de poser une question supplémentaire, dit Douglas dont le cœur battait à tout rompre : Votre Majesté se contentera-t-elle de voir le comte et la reine se rencontrer ou désirera-t-elle juste un peu écouter les déclarations d'amour du comte ?

— Il n'est pas question d'écouter « juste un peu », mais *toute* la conversation ! répliqua le roi. Laissons le comte nous présenter son chant du cygne avant qu'il ne barbotte dans des flots de sang !

— Alors, dit le comte Douglas, nous devons éteindre les chandelles et Votre Majesté devra se contenter d'écouter les coupables sans les voir. Nous allons nous rendre dans le boudoir que j'ai préparé à cette fin et où j'ai fait disposer un fauteuil bien rembourré à votre intention. Nous le placerons près de la porte ouverte. Ainsi, Votre Majesté pourra entendre chaque mot de leurs tendres propos.

— Mais si nous éteignons cet unique lumignon, comment pourrons-nous avoir un aperçu de ces tourtereaux et leur offrir la surprise de notre présence ?

— Sire, dès que le comte de Surrey entrera, vingt hommes de votre garde personnelle occuperont l'antichambre par lequel il doit passer et il suffira d'un signe de votre part pour qu'ils pénètrent dans la salle avec leurs torches. J'ai également prévu derrière la porte arrière du palais la présence de deux voitures dont les cochers connaissent très bien le chemin menant à la Tour de Londres !

— Deux voitures ? dit le roi en riant. Ah ! Douglas ! Quel homme cruel vous faites d'ainsi séparer ce couple attendrissant pour un voyage qui sera son dernier ! Eh bien ! Montrons-nous magnanimes et permettons à ces amoureux transis d'entreprendre leur dernier voyage vers leur lieu d'exécution ensemble. Non, nous ne les séparerons pas dans la mort et ils poseront à l'unisson leur tête sur le billot…

Le roi se mit à rire de son sinistre sens de l'humour et, s'appuyant sur le bras du comte, passa dans le petit boudoir de l'autre côté et prit place dans le fauteuil près de la porte.

— Maintenant, il nous faut éteindre la lumière, et il plaira à Votre Majesté d'attendre silencieusement le déroulement des événements.

Le comte éteignit la lumière, une profonde obscurité se fit et un silence sépulcral s'ensuivit.

Peu de temps après, on entendit clairement un bruit de pas se rapprochant. Une porte s'ouvrit, puis se ferma, et on put discerner un bruit semblable à celui de quelqu'un qui avance sur la pointe des pieds.

— Henry Howard ! chuchota Douglas.

Le roi eut du mal à réprimer un cri de satisfaction sauvage.

L'ennemi si honni était en son pouvoir. Il était coupable et donc irrémédiablement perdu.

— Géraldine ! chuchota une voix, Géraldine !

Comme si ce signal avait été suffisant pour rejoindre la personne aimée, la porte secrète voisine du boudoir s'ouvrit, et on entendit nettement le froissement d'une robe et un bruit de pas.

— Géraldine ! répéta le comte de Surrey.

— Je suis là, Henry chéri !

Avec une exclamation de joie, la femme se précipita vers le son de la voix aimée.

— La reine ! marmonna le roi et, malgré lui, son cœur ressentit un chagrin amer.

Il s'imaginait les deux amants s'étreignant. Il entendait leurs baisers et les chuchotements de leurs serments d'amour tandis que la jalousie et la colère envahissaient son âme. Malgré cela, le roi s'efforça de garder le silence et de ravaler sa fureur. Il tenait à tout entendre, à tout savoir.

Il se tordit les mains convulsivement et serra les lèvres pour contenir les halètements de son souffle court. Il voulait entendre à tout prix.

Les deux amoureux semblaient être aux anges. Henry Howard avait complètement oublié qu'il était venu pour reprocher à la reine son long silence et la jeune femme ne pensait pas que c'était pour elle la dernière occasion de voir l'élu de son cœur.

Ils étaient ensemble et c'est tout ce qui comptait. Cette heure leur appartenait. Que leur importait ce qui pouvait survenir par la suite ?

Ils étaient assis l'un près de l'autre sur le divan, près du boudoir. Ils plaisantaient et riaient tandis qu'Henry Howard séchait les larmes de sa Géraldine que le bonheur de l'instant présent provoquait chez elle.

Il lui jurait un éternel amour et, dans le silence, ils se berçaient de la musique de leurs mots doux. Aussi accepta-t-elle avec une joie débordante les déclarations enflammées qu'il lui réitérait.

Pendant ce temps, le roi avait du mal à contenir sa fureur.

Le comte Douglas jubilait de satisfaction.

« Heureusement que Jane ne se doute pas de notre présence, pensa-t-il. Autrement elle aurait fait preuve de plus de restrictions dans ses transports et l'oreille du roi n'aurait pas été aussi saturée de propos compromettants… »

Quant à Lady Jane, son père était bien loin de ses préoccupations et, cette nuit-là, elle se souvenait à peine qu'elle était en train de détruire la reine, sa rivale tant détestée.

Henry Howard ne l'avait appelée que Géraldine. Jane avait entièrement oublié que ce n'était pas elle que son amoureux surnommait ainsi.

Finalement, il la rappela à la réalité.

— Savez-vous, Géraldine, dit le comte de Surrey – et sa voix, jusqu'alors enjouée, devint empreinte de tristesse –, que j'ai douté de vous? Oh! Ce furent là des heures bien pénibles et, pendant que je me torturais ainsi, j'en étais venu à me résoudre à aller trouver le roi pour m'accuser de cet amour qui me consume. Oh! Tranquillisez-vous, je me serais gardé de vous accuser! J'aurais même nié l'amour que vous m'avez si maintes fois démontré avec tant d'ardeur. J'aurais fait cela de manière à vérifier si ma Géraldine pouvait enfin avoir le courage et la force d'aimer...

Il baisa les mains et souleva la tête de son aimée, allongée sur le plancher.

En entendant cela, le roi bouillonna de rage. Aphone, il ne put que faire un signe aux soldats d'approcher et désigner Henry Howard, qui n'était pas encore parvenu à relever la tête de sa complice.

— Arrêtez-le! dit le comte Douglas en réponse au signe de son maître. Au nom du roi, arrêtez-le et conduisez-le à la Tour!

— Oui, arrêtez-le! confirma le roi qui, avec une agilité digne d'un jeune homme, se dirigea vers Henry Howard et lui posa lourdement la main sur l'épaule en lui déclarant avec un calme effrayant: Henry Howard, votre souhait sera exaucé; vous monterez sur cet échafaud que vous appeliez de tous vos vœux...

Le comte conserva une contenance noble et impassible et, d'un œil fier, soutint le regard haineux du monarque.

— Sire, dit-il, ma vie est entre vos mains et je sais pertinemment que vous ne m'épargnerez point. D'ailleurs, je ne vous demande pas une telle faveur. Mais épargnez cette noble et belle dame dont le seul crime a été de suivre la voix de son cœur. Sire, je suis l'unique coupable dans cette affaire. Punissez-moi, faites-moi torturer si vous le voulez, mais ayez pitié d'elle...

Le roi éclata d'un rire homérique :

— Ho ! Ho ! Le voilà qui la défend, maintenant ! Grâce à sa sentimentale plaidoirie, ce petit comte de Surrey a la prétention d'exercer quelque influence sur le cœur de son juge. Non, Henry Howard, vous me connaissez mieux que ça. Vous ne vous cachez pas d'ailleurs pour raconter que je suis un homme cruel et que ma couronne est tachée de sang. Eh bien ! J'ai le plaisir de vous apprendre que nous avons justement l'intention d'ajouter à notre couronne un nouveau rubis du plus beau rouge ; et si nous voulons qu'il symbolise le sang du cœur de Géraldine, ce ne sont pas vos sonnets qui nous empêcherons de le faire, mon bon petit comte. Voilà tout ce que j'ai à vous dire et je pense que c'est la dernière fois que nous nous rencontrons sur cette terre...

— Nous nous reverrons là-haut, roi Henri d'Angleterre ! dit solennellement le comte de Surrey, mais cette heure a été la sienne et elle en a profité.

La jeune femme s'accrocha à son amant et l'attira irrésistiblement sur son cœur qui ne tremblait plus d'amour mais d'une indéfinissable angoisse.

— Envolons-nous ! Envolons-nous ! répéta-t-elle à bout de souffle. Voyez ! Ce moment nous appartient pour toujours. Profitons-en, car nous ne savons pas ce que la prochaine heure nous réserve...

— Non ! Vous ne disposez d'aucun temps ! hurla le roi qui, tel un félin, se catapulta hors du siège qu'il avait réintégré. Vos heures sont comptées et les prochaines appartiennent déjà au bourreau !

Géraldine émit un cri perçant, puis on entendit un bruit mat de chute.

— Elle s'est évanouie, grogna le comte Douglas.

— Géraldine, Géraldine, mon amour ! cria Henry Howard. Mon Dieu, elle se meurt ! Vous l'avez tuée ! Malheur à vous !

— Malheur à vous-même ! rétorqua solennellement le roi. De la lumière ! Par là, gardes !

La porte de l'antichambre s'ouvrit et quatre soldats apparurent, torches en main.

— Allumez les chandelles et gardez la porte ! dit le roi dont les yeux ne s'étaient pas encore habitués à la lumière inondant soudainement la pièce.

Les soldats obéirent et une pause s'ensuivit. Le roi plaça sa main devant ses yeux et eut du mal à retrouver son souffle et sa maîtrise de soi.

Lorsque sa main s'abaissa, ses traits reflétaient un calme parfait et une expression presque sereine.

Son regard fit rapidement le tour de la pièce. Il vit la reine dans sa robe de brocart, allongée sur le sol, le visage contre le plancher, immobile et rigide.

Il vit Henry Howard, agenouillé devant sa bien-aimée, tentant de lui faire publiquement exprimer l'amour qu'elle lui portait, comme si le cœur de sa belle avait le pouvoir de briser le cercle de fer dans lequel les hypocrites règles de la société les avaient emprisonnés, comme si elle pouvait réitérer ses sentiments alors qu'il était prêt à mourir pour elle.

— Oui, Géraldine, je veux savoir finalement quel sentiment l'emporte chez vous, l'amour ou l'orgueil, et si vous pouvez toujours rester indifférente lorsque la mort rôde au-dessus de la tête de votre amant. Oh ! Géraldine, je juge qu'il serait préférable de mourir unis que d'être obligés d'endurer une vie de contraintes, inféodés à cette abominable étiquette.

— Non, non, répondit-elle en tremblant, nous ne mourrons point. Mon Dieu, la vie est si belle lorsque vous êtes près de moi! Et qui dit qu'un avenir heureux et prospère ne nous attend pas?

— Si nous devions mourir, nous serions alors certains de ce merveilleux avenir. Là-haut, plus de séparation, plus de reniement pour nous. Là-haut, vous serez mienne et la sanglante image de votre mari ne nous séparera plus.

— Même ici, sur terre, elle ne devrait plus nous séparer, chuchota Géraldine. Venez, mon bien-aimé, envolons-nous loin d'ici, très loin où personne ne nous connaît, où personne ne peut nous imposer cette splendeur royale tant haïe, où nous pourrions vivre l'un pour l'autre, pour notre amour.

Elle enlaça son amoureux et, dans l'extase de sa passion, oublia complètement qu'elle ne pourrait jamais imaginer fuir avec lui et qu'il ne lui appartenait que tant et aussi longtemps qu'il ne verrait pas son visage.

Elle fut saisie d'une inexplicable angoisse et, submergée par ce sentiment, oublia tout, même sa vengeance envers la reine.

Elle se rappelait maintenant les paroles de son père et tremblait pour la vie de l'élu de son cœur.

Et si son père ne lui avait pas dit la vérité? Et s'il avait tout simplement sacrifié Henry Howard de manière à perdre la reine? Et si elle ne pouvait pas sauver le comte et qu'à cause d'elle il finisse sur l'échafaud?

Le roi se mit à rire en s'adressant au comte.

— Vous profitez de votre avantage parce que vous n'avez rien à perdre et que l'échafaud vous attend. Vous ne mesurez pas l'ampleur de vos péchés et vilipendez votre roi par la grâce de Dieu! Mais attention, cher comte, vous devriez vous rappeler qu'avant l'échafaud il y a le supplice du chevalet et que le noble comte de Surrey pourrait très bien être mis à la question au point où la douleur pourrait lui faire perdre de sa superbe. Allez-vous-en ! Nous n'avons plus rien d'autre à nous dire sur cette terre !

Il fit un signe aux gardes qui approchèrent du comte de Surrey. Lorsqu'ils voulurent poser leurs mains sur lui, il leur lança un regard si fier et si autoritaire qu'ils reculèrent involontairement d'un pas.

— Suivez-moi ! ordonna Henry Howard calmement, sans même daigner jeter un regard au roi, tête haute il se dirigea vers la porte.

Géraldine gisait toujours à terre, immobile, le visage tourné vers le sol. Elle semblait se trouver dans un profond état de prostration.

Une fois la porte refermée avec un son sinistre derrière le comte de Surrey, on perçut une légère plainte, comme celle d'un moribond.

Le roi n'en tint pas compte. Il fixait d'un regard colérique la porte qu'avait franchie Henry Howard.

— Il est imperturbable, grogna-t-il. Le chevalet ne lui fait même pas peur et, avec sa morgue blasphématoire, il se déplace au milieu des soldats non comme un prisonnier, mais comme un chef militaire. Décidément, ces maudits Howard sont destinés à toujours me tourmenter au point où même leur mort ne me satisfait pas pleinement…

— Sire, dit le comte Douglas, qui avait observé le roi avec un œil pénétrant en sachant que son maître avait atteint le paroxysme de sa rage et que sa colère retombait quelque peu, vous avez envoyé le comte de Surrey à la Tour. Mais que devons-nous faire de la reine, prostrée ici sur le sol ?

Le roi sortit de sa rêverie et ses yeux injectés de sang se fixèrent sur Géraldine, toujours immobile, avec une expression si empreinte de haine et de rage que le comte Douglas en déduisit que la reine était irrémédiablement perdue.

— Ah! la reine, s'écria le roi avec un rire dément. Oui, en vérité, je l'oubliais, celle-là. Je ne pensais plus à cette charmante Géraldine! Vous avez raison, Douglas; il nous faut nous occuper d'elle. N'aviez-vous pas dit qu'une deuxième voiture était prête? Eh bien! Nous n'empêcherons pas Géraldine d'accompagner son bien-aimé où il se trouve, c'est-à-dire à la Tour de Londres et ensuite à l'échafaud! Par conséquent, nous allons réveiller cette sentimentale égérie et accomplir galamment les devoirs d'un chevalier qui sont de reconduire les dames à leur voiture!

Il s'apprêtait à approcher du corps étendu sur le sol lorsque le comte Douglas le retint.

— Sire, dit-il, en tant que loyal sujet, soucieux de votre bien-être, il est de mon devoir de vous épargner des épreuves et de préserver votre précieuse et vénérée personne de la piqûre venimeuse du chagrin et de la colère. Je vous supplie donc de ne pas daigner regarder une dernière fois cette femme qui vous a si profondément fait injure. Dites-moi ce que je dois faire d'elle et accordez-moi d'abord le privilège de vous raccompagner dans vos appartements.

— Vous avez raison, dit le roi, elle n'est pas digne de me laisser poser encore les yeux sur elle et elle est même indigne de ma colère! Nous allons appeler les gardes pour qu'ils conduisent cette traîtresse adultère à la Tour, comme ils l'ont fait avec son galant.

— Certes, mais il reste une formalité. La reine ne pourra être enfermée à la Tour sans une ordonnance portant le sceau de Votre Majesté.

— Alors je rédigerai ce document.

— Sire, une écritoire se trouve dans le cabinet voisin. Si Votre Majesté veut se donner la peine…

S'appuyant péniblement sur le bras du comte, le roi se laissa diriger en silence vers le cabinet.

Avec une hâte calculée, le comte Douglas roula un secrétaire près de son maître, y plaça une grande feuille de papier et glissa une plume dans la main du roi.

— Que dois-je écrire? demanda le roi, épuisé par les événements de la nuit, las de colère et de vexations.

— Une ordonnance pour emprisonner la reine, sire...

Le roi se mit à écrire. Le comte Douglas se tenait derrière lui et, attentivement, dans une attente chafouine, fixait son regard sur le papier sur lequel courait rapidement la main royale, adipeuse, blanchâtre et surchargée de diamants.

Douglas avait enfin atteint son but. Lorsqu'il tiendrait dans ses mains l'ordonnance que le roi était en train de rédiger, lorsqu'il aurait persuadé Henri de réintégrer ses appartements avant l'emprisonnement de la reine, la victoire lui serait acquise. Ce n'était pas la femme sur le plancher qu'il emprisonnerait mais, mandat du roi en main, il irait trouver la vraie reine et l'enfermerait dans la Tour.

Une fois là, la reine ne pourrait plus se défendre et le roi ne la verrait plus. Et même si devant le Parlement elle protestait de son innocence en jurant sur les Évangiles, le témoignage du roi la condamnerait puisqu'il l'avait surprise en flagrant délit avec son complice.

Ainsi il n'existait aucune échappatoire pour la reine. Elle était précédemment parvenue à se disculper et à prouver son innocence par un alibi réfutable mais, cette fois-ci, elle était irrémédiablement perdue et nul alibi ne pourrait la délivrer.

Le roi compléta son travail et se leva tandis que Douglas, à son commandement, s'apprêtait à apposer le sceau royal sur le document fatal.

On entendit alors un léger bruit venant du hall, comme si quelqu'un y bougeait précautionneusement.

Le comte Douglas ne remarqua rien, trop occupé qu'il était à apposer le sceau sur la cire chaude.

Le roi perçut le bruit et crut que Géraldine sortait de son état de prostration.

Il se rendit à la porte de la salle et regarda l'endroit où elle gisait, mais elle ne s'était pas relevée. Elle restait allongée sur le sol.

« Elle est certainement revenue à elle, mais fait encore la morte », pensa le roi qui se tourna vers Douglas.

— C'est fini, dit-il, l'ordonnance d'incarcération est signée et la sentence pour adultère est prononcée contre la reine. Cela en est fini d'elle ! Nous ne voulons plus la voir ni l'entendre. Elle est condamnée et damnée et la compassion royale ne sera pas appliquée dans le cas de cette pécheresse. Malédiction sur cette femme adultère ! Malédiction sur cette dévergondée qui a osé tromper son mari pour se livrer à un godelureau ! Malheur à elle, et que la disgrâce et la honte deviennent synonymes de son nom qui…

Soudainement, le roi cessa sa diatribe et écouta. Le bruit qu'il avait perçu préalablement prenait de l'ampleur, se répétait de plus en plus vite et se rapprochait.

Une porte s'ouvrit et un personnage inattendu fit son apparition, provoquant l'ébahissement et l'admiration du roi, et s'approcha progressivement, léger, gracieux, avec la fraîcheur de la jeunesse. Cette personne était drapée dans une robe de brocart d'or, portait un diadème serti de diamants et ses yeux étaient plus brillants que des joyaux.

Non, le roi ne se trompait pas. Il s'agissait bien de la reine qui se tenait devant lui alors qu'un peu plus loin son double gisait toujours, allongée et raide sur le sol.

Le roi poussa un cri, pâlit et recula d'un pas.

— La reine ! s'exclama Douglas, terrorisé.

Il tremblait si violemment que le document qu'il tenait dans sa main s'agita comme une feuille dans la tempête.

— Oui, la reine! dit Catherine avec un sourire hautain. La reine qui vient ici gronder son époux qui, contrairement aux conseils de ses médecins, veille si tard à une heure avancée de la nuit...

— Sans oublier le bouffon! dit John Heywood qui, d'un air comiquement affecté, sortit de l'ombre de la reine. Oui, le bouffon qui vient demander au comte Douglas comment il a osé priver John Heywood de son travail et usurper la place du fou du roi Henri pour tromper ce dernier avec des tours de passe-passe et des déguisements de carnaval...

— Et qui donc est la femme qui gît ici? demanda le roi au paroxysme de la rage et lançant des regards furibonds à faire rentrer Douglas sous terre. Qui est-elle? Qui a osé, à l'aide de maudites momeries, tromper le roi et calomnier ainsi la reine?

— Sire, dit le comte Douglas, qui avait rapidement repris son sang froid en sachant fort bien que son avenir et celui de sa fille dépendaient de cet instant, j'implore un instant Votre Majesté de m'accorder un court entretien en privé au cours duquel je pourrai parfaitement m'innocenter...

— Ne lui accordez pas cette faveur, frère Henri, coupa John Heywood, car c'est un redoutable jongleur. Qui dit qu'au cours de sa conversation privée il ne parviendra pas à vous convaincre qu'il est roi et que vous n'êtes nul autre que son hypocrite et flagorneur lèche-bottes de comte Archibald Douglas?

— Mon seigneur et époux, je vous prie de laisser le comte se justifier, dit Catherine en tendant la main au roi avec un sourire désarmant. Il serait cruel de le condamner sans l'entendre.

— Je l'écouterai donc en votre présence, Kate, et vous déciderez si, oui ou non, sa justification est suffisante.

— Non, mon époux. Laissez-moi entièrement à l'écart de la conspiration de cette nuit de manière à ce que la colère et la rancune ne m'envahissent point et ne me dépouillent de la suprême confiance qu'il me faut pour marcher souriante à vos côtés au milieu de mes ennemis.

— Vous avez raison, Kate, dit pensivement le roi. Vous comptez de nombreux ennemis à la cour et nous devons confesser que nous n'avons pas toujours réussi à fermer notre oreille à leurs chuchotements malveillants et à nous protéger de l'haleine fétide exhalée par leurs calomnies. Nous sommes toujours trop naïfs pour ne pas comprendre que les êtres humains appartiennent à une race corrompue et dégoûtante que l'on devrait fouler aux pieds et ne jamais prendre à cœur. Venez, comte Douglas. Je vous écoute, mais malheur à vous si vous vous retrouvez dans l'impossibilité de vous justifier !

Il se retira vers l'embrasure de la grande fenêtre du boudoir. Le comte Douglas le suivit et laissa la lourde tenture de velours retomber derrière eux.

— Sire, dit-il résolument, la question est maintenant celle-ci : quelle tête voulez-vous livrer au bourreau, la mienne ou celle du comte de Surrey ? Vous avez le choix. Vous êtes conscient du fait que je me suis hasardé pendant un moment à vous tromper. Vous pouvez donc m'envoyer à la Tour et libérer le noble Henry Howard qui continuera à provoquer chez vous des insomnies et à empoisonner vos jours, car il peut éventuellement fort bien usurper la couronne au détriment de votre fils. Je vous offre ma tête, sire. Elle tombera sous la hache du bourreau et le comte de Surrey sera libre !

— Pas question qu'on le libère ! Jamais ! dit le roi en grinçant des dents.

— Par conséquent, mon roi, je me justifie et, au lieu de m'en vouloir, pourquoi ne voudriez-vous pas me remercier ? Il est vrai que je me suis livré à un jeu dangereux mais je l'ai fait au service de mon roi. Je l'ai fait parce que je l'aimais et que j'ai lu sur son front plissé d'inquiétude les pensées noires qui envahissaient l'âme de mon maître et perturbaient son sommeil. Vous vouliez avoir Henry Howard à votre merci. Ce rusé et hypocrite comte savait bien dissimuler sa culpabilité sous le couvert d'un masque de vertu et en prônant son élévation de pensée. Mais je le connaissais et derrière ce masque je voyais son visage ravagé par l'ambition et le crime. J'ai donc voulu jeter ce masque à terre mais, pour arriver à mes fins, il me fallait le tromper et, temporairement, vous aussi. Je savais qu'il brûlait d'un amour adultère pour la reine et j'ai voulu profiter de cette passion afin de l'amener à subir inexorablement un châtiment bien mérité. Mais je n'ai pas voulu impliquer une personne aussi pure et sincère que la reine dans les filets dans lesquels je voulais prendre le comte de Surrey. Il m'a donc fallu lui trouver une remplaçante et c'est ce que j'ai fait. Il existe à la cour une personne dont le cœur appartient, après Dieu, en exclusivité au roi et qui l'aime tant qu'elle est prête, à toute heure du jour ou de la nuit, à verser son sang pour lui, à faire don de son être et même de son honneur. Une femme, sire, qui ne vit que par vos sourires, vous adore comme son rédempteur et son sauveur, une femme dont vous pouvez, à votre loisir, faire une sainte ou une catin et qui, pour vous faire plaisir, peut prendre les traits de la courtisane Phryné comme ceux d'une chaste religieuse.

— Donnez-moi son nom, Douglas, dit le roi, donnez-le-moi. C'est un rare coup de chance que d'être tant aimé et ce serait péché que de ne pas profiter de cette bonne fortune…

— Sire, je ne vous donnerai son nom que lorsque vous m'aurez d'abord pardonné, répondit Douglas dont le cœur sursautait de joie, car il comprenait avoir réussi à atténuer quelque peu la colère du roi et à éloigner pratiquement le danger.

« J'ai expliqué à cette femme qu'il fallait qu'elle rende au roi un grand service, qu'elle le délivre d'un ennemi puissant et dangereux, qu'elle le sauve des griffes d'Henry Howard. "Et que dois-je faire pour cela ?" m'a-t-elle demandé en tressaillant de joie. Je lui ai répondu: "Henry Howard aime la reine. Pour lui, vous devez être celle-ci. Vous devez donner à ce galant des rendez-vous nocturnes à la faveur de l'obscurité, lui faire croire que c'est la reine qu'il tient dans ses bras, qu'elle l'aime. Par pensées et par action, il doit être considéré par le roi comme un traître qui ne mérite rien d'autre que d'être décapité. Un jour, nous nous arrangerons avec le roi pour qu'il soit témoin d'un rendez-vous où Henry Howard croira être avec Catherine Parr. Notre souverain aura alors la possibilité de punir son ennemi d'une passion criminelle passible de la peine de mort!" Et pendant que je parlais à cette femme, sire, elle me répondit avec un triste sourire: "Vous me confiez-là un rôle peu honorable et même assez honteux mais je l'accepte, car je suis prête à me compromettre pour le roi. Peut-être consentira-t-il à me sourire et à me récompenser en conséquence."»

— Mais cette femme est un ange! s'écria le roi avec enthousiasme. Un ange devant lequel nous devrions nous agenouiller pour l'adorer. Dites-moi son nom, Douglas!

— Sire, dès que vous m'aurez pardonné! Vous êtes maintenant au courant des fautes dont je me suis rendu coupable. L'affaire s'est déroulée telle qu'elle était prévue, grâce à cette noble dame, et Henry Howard est pensionnaire à la Tour de Londres en étant fermement persuadé qu'il tenait la reine dans ses bras.

— Pourquoi m'avez-vous fait croire de telles choses et pourquoi m'avez-vous laissé m'emporter contre notre vertueuse et noble reine?

— Sire, je n'ai pas osé commettre un tel mensonge devant vous avant que vous n'ayez rendu votre sentence contre Surrey, car votre sens moral élevé et juste vous aurait fait hésiter à le punir pour un crime que le comte n'aurait pas commis et, votre première réaction aurait été par la même occasion de blâmer cette noble dame qui se sacrifiait pour son roi.

— C'est vrai, dit Henri VIII. Je me serais mépris sur cette noble dame et, au lieu de la remercier, l'aurais détruite.

— Voilà pourquoi, mon roi, je vous ai demandé tranquillement de me rédiger une ordonnance pour incarcérer la reine. Mais, souvenez-vous-en, sire, je vous ai prié de réintégrer vos appartements avant que la reine ne soit arrêtée. C'est alors que je vous aurais révélé le secret que je ne pouvais dévoiler en présence de cette femme, car elle serait morte de honte si on avait étalé l'amour qu'elle porte à son roi, un amour pur, allant jusqu'au sacrifice, le tout avec un mutisme héroïque.

— Elle n'en saura rien, Douglas ! Mais, au moins, satisfaites mon désir et donnez-moi son nom.

— Sire, avez-vous oublié ? N'êtes-vous plus fâché contre moi, qui ai osé vous tromper ?

— Je ne suis plus fâché contre vous, Douglas, car vous avez bien fait. Le plan que vous avez monté et mené à bien avec de tels résultats était plein d'astuce et d'audace.

— Merci, sire. Je vous dévoilerai maintenant son nom. Cette femme, sire, qui pour m'obéir n'a pas hésité à se sacrifier pour confondre ce comte adultère en supportant ses baisers, ses étreintes, ses vœux d'amour éternel de manière à pouvoir rendre service à son roi, cette femme, c'est ma fille, Lady Jane Douglas !

— Lady Jane, s'écria le roi. Non, non, voilà une autre déception ! La hautaine, la vertueuse, l'inabordable Lady Jane, cette merveilleuse statue de marbre a-t-elle vraiment un cœur dans la poitrine ? Un cœur qui m'appartienne ? Lady Jane la pure, la chaste vierge a-t-elle vraiment consenti pour moi à un prodigieux sacrifice en acceptant d'être courtisée par ce maudit Surrey, à jouer les Dalila pour mieux me le livrer ? Non, Douglas, vous me mentez. Lady Jane n'a pas fait cela !

— Qu'il plaise à Sa Majesté de se rendre compte par elle-même et de jeter un regard à cette femme évanouie qui, pour Henry Howard, se trouvait à être la reine.

Le roi ne répondit pas mais tira la tenture et rentra dans le cabinet puis dans la salle, où il approcha de Géraldine, qui gisait toujours sur le plancher.

Elle n'était plus prostrée. Elle avait depuis longtemps repris conscience et son cœur était tenaillé d'angoisse. Henry Howard avait été envoyé à l'échafaud et c'était elle qui l'avait trahi.

Son père, cependant, lui avait juré qu'elle pourrait sauver son amoureux.

Par conséquent, elle devait vivre pour le délivrer.

Les feux de l'enfer la dévoraient mais elle n'avait pas la possibilité de tenir compte de la douleur que cela lui occasionnait. Elle ne pensait pas à elle. Seulement à lui, à Henry Howard qu'elle devait délivrer, qu'elle devait sauver d'une mort honteuse.

Elle adressa pour lui de ferventes prières à Dieu. Son cœur tremblait de douleur et d'angoisse et voilà que le roi s'approchait d'elle, se penchait, la regardait dans les yeux, l'observait et souriait, avec une étrange expression.

— Lady Jane, lui dit-il en lui tendant la main, levez-vous et permettez à votre roi de vous exprimer ses remerciements pour votre sublime et merveilleux sacrifice ! En vérité, la vie de roi a des côtés appréciables, car s'il a le pouvoir de punir les traîtres, le roi a aussi celui de récompenser ceux qui le servent bien. Aujourd'hui, j'ai accompli l'une de ces deux choses ; je ne négligerai pas la seconde. Debout, Lady Jane ; il ne vous convient pas de rester ainsi prosternée devant moi…

— Oh ! Laissez-moi m'agenouiller, répondit-elle passionnément. Laissez-moi implorer votre grâce et votre pitié ! Je vous demande grâce, roi Henri, pour l'anxiété et les douleurs que j'endure. Il est impossible que tout ceci soit réel, que cette jonglerie se transforme en quelque chose d'aussi sérieux ! Dites-moi, Ô mon roi, je vous en conjure au nom des souffrances que j'ai endurées pour vous, que ferez-vous d'Henry Howard ? Pourquoi l'avez-vous envoyé à la Tour ?

— Afin de punir un traître comme il le mérite, dit le roi en jetant un noir regard au comte Douglas qui s'était approché de sa fille et se tenait maintenant debout près d'elle.

Lady Jane lança un cri déchirant et s'effondra à nouveau, désemparée et complètement épuisée.

Le roi se renfrogna.

— Il est possible – et je suis à deux doigts de le croire – que l'on m'ait berné sur plusieurs plans durant cette nuit et qu'une fois de plus on ait profité de ma naïveté de manière à m'imposer là quelque charmante histoire. Toutefois, j'ai promis de pardonner et on ne dira pas qu'Henri VIII, qui se fait appeler vice-régent de Dieu sur terre et Défenseur de la foi, ne respecte pas sa parole, ou qu'il a puni ceux qu'il a assurés d'exempter de toute punition. Lord Douglas, je remplirai ma promesse. Je vous pardonne.

Il tendit la main à Douglas qui l'embrassa avec ferveur. Le roi se pencha vers lui.

— Douglas, murmura-t-il, vous êtes plus fourbe qu'un serpent et maintenant je crois pouvoir déchiffrer vos desseins si habilement élaborés...

« Vous vouliez détruire Surrey, mais il devait entraîner la reine dans sa chute... Vu que je suis en dette envers vous en ce qui concerne ce galant, je vous pardonne pour ce que vous avez fait à la reine, mais écoutez bien ce que j'ai à vous dire : je ne veux plus vous retrouver impliqué dans une affaire du genre ; que ce soit par un regard, un mot ou un sourire, n'essayez même pas de susciter quelque soupçon à propos de la conduite de la reine. La moindre présomption pourrait vous coûter la vie ! Je vous le jure sur la sainte Mère de Dieu et vous savez que je n'ai jamais failli à un serment. En ce qui concerne Lady Jane, je ne tiendrai pas compte du fait qu'elle a utilisé le nom de mon illustre et vertueuse épouse pour attirer ce libidineux et adultère comte dans le piège que vous lui avez tendu ; elle n'a fait qu'obéir à vos ordres, Douglas, et nous ne parlerons pas des autres motifs qui ont pu la pousser à machiner ce traquenard. Elle réglera cela avec Dieu et sa conscience et il ne nous incombe pas d'en décider... »

— Il m'incombe toutefois, monsieur mon mari, de demander de quel droit Lady Jane a osé se montrer ici accoutrée de ces vêtements qui, dans une certaine mesure, sont des contrefaçons des miens, demanda Catherine d'un ton péremptoire. Je crois que j'ai le droit de me demander pourquoi je retrouve ma dame d'honneur, qui a quitté brusquement la salle où se déroulaient les réjouissances sous prétexte de malaises, en train d'errer dans le palais en pleine nuit dans une robe que l'on pourrait méprendre pour la mienne... Sire, cette robe ne faisait-elle pas partie d'un stratagème pervers pour que l'on nous confonde ? Vous êtes silencieux, mon seigneur et roi... Si cela s'avère vrai, c'est qu'ils ont voulu ourdir un terrible complot contre moi. Sans le concours de mon fidèle ami John Heywood, qui m'a amenée ici, je serais sans nul doute condamnée et perdue comme l'est le comte de Surrey...

— Ah ! John, ainsi c'est toi qui as apporté quelque lueur dans cette obscurité ? s'écria le roi dans un joyeux rire en posant sa main sur l'épaule de Heywood. En vérité, le fou s'est rendu compte de ce que le sage et l'homme averti n'ont pas vu !

— Henri, roi d'Angleterre, dit solennellement John Heywood, beaucoup de gens se disent sages et sont en fait des fous et bien d'autres s'affublent du masque de la folie parce qu'il n'est pas interdit aux fous de faire preuve de sagesse...

— Kate, dit le roi, vous avez raison. Ce fut une rude nuit pour vous, mais Dieu et le bouffon vous ont sauvée... et moi avec. Soyons-en tous deux reconnaissants envers la Providence, mais il serait bon que, tout comme vous en avez manifesté préalablement le désir, vous ne vous interrogiez plus sur les événements de cette mystérieuse nuit. Vous avez fait preuve de courage en venant ici et je vous en suis obligé. Venez, ma petite reine, donnez-moi votre bras et conduisez-moi à mes appartements. Je vous le dis, mon enfant, je suis heureux de m'appuyer sur vous et de voir que votre frais visage n'est pas altéré par des remords de conscience. Venez, Kate, vous êtes la seule sur laquelle je puis compter pour me conduire et à qui je puis confier ma personne.

— Sire, vous être trop pesant pour la reine, dit le bouffon en plaçant son cou sous l'autre bras du roi. Permettez-moi de vous aider à porter le fardeau de la royauté.

— Mais avant de partir, dit Catherine, monsieur mon mari, j'aimerais vous présenter une requête. Me l'accorderez-vous?

— Tout ce que vous voudrez, répondit le roi, tant que vous ne demandez pas de vous envoyer à la Tour!

— Sire, je souhaite congédier ma dame d'honneur, Lady Jane Douglas. C'est tout... dit la reine dont les yeux brillaient d'une expression de mépris et en même temps de chagrin en pensant à son amie des jours heureux, prostrée maintenant sur le sol.

— C'est fait! dit le roi. Vous pourrez choisir une autre dame d'honneur demain. Venez, Kate.

Le roi, d'un pas lourd, quitta la pièce en s'appuyant sur John Heywood et sur la reine.

Le comte Douglas les regarda avec une expression maussade, empreinte de haine. Dès que la porte se referma, il leva un poing menaçant vers le ciel tandis que ses lèvres proféraient des jurons imprécatoires.

— Vaincu! Encore vaincu! grommela-t-il en grinçant des dents. Humilié par cette femme que je hais et que je parviendrai à détruire. Oui, elle a gagné cette fois-ci, mais nous reprendrons la lutte et notre arme empoisonnée parviendra néanmoins à la terrasser !

Soudainement, il sentit une main se poser lourdement sur son épaule et un regard furibond le fixer.

— Père, dit Lady Jane en pointant sa main droite en direction du ciel, aussi vrai qu'il existe un Dieu au-dessus de nous, si vous ne m'aidez pas à faire libérer Henry Howard, je vous accuserai de traîtrise auprès du roi en lui racontant tous vos maudits complots...

Son père la regarda d'une expression non dénuée de mélancolie, le visage convulsé, pâle comme le marbre.

— Je t'aiderai, lui dit-il. Je t'aiderai, si tu m'aides aussi à faire avancer mes projets...

— Contentez-vous de sauver Henry Howard et je suis prête à signer de mon sang un pacte avec le diable, dit Jane Douglas avec un affreux sourire. Sauvez sa vie et, si vous n'avez pas le pouvoir de faire cela, au moins procurez-moi la joie d'être capable de mourir avec lui.

CHAPITRE XXXII

Le Parlement, qui depuis longtemps ne s'était pas hasardé à présenter quelque opposition à la volonté du roi, s'était empressé de ratifier le décret condamnant le comte de Surrey de haute trahison et de lèse-majesté, et ce, sur le seul témoignage de sa mère et de sa sœur. Quelques mots de mécontentement relatifs au retrait de son commandement, quelques remarques sur les trop nombreuses exécutions qui noyaient le pays sous un flot de sang, telles furent les accusations contre le comte que rapporta la duchesse de Richmond. Pour sa part, la duchesse de Norfolk ne put l'accuser que de porter – tout comme son père – les armoiries du roi d'Angleterre.

Ces accusations avaient un caractère si insignifiant que le Parlement savait pertinemment qu'elles ne constituaient pas la véritable raison de l'arrestation du comte, mais uniquement un prétexte. En d'autres termes, le roi disait aux deux assemblées serviles et craintives qui exercent le pouvoir législatif:

— Cet homme est innocent, mais je veux que vous le condamniez et, par conséquent, vous jugerez les accusations que nous vous fournissons comme suffisantes...

C'est ainsi que le Parlement n'avait pas eu le courage de s'opposer à la volonté du monarque. Ses députés étaient comme les moutons qui, craignant les dents acérées du chien, suivent le chemin qu'on veut bien leur faire suivre.

Ainsi le roi voulait qu'ils condamnent le comte de Surrey et ils l'avaient condamné.

Ils l'avaient convoqué devant leur comité judiciaire mais ce fut en vain que l'accusé tenta de prouver son innocence au cours d'un brillant plaidoyer. Les nobles députés ne tenaient pas à le considérer comme innocent.

Il est vrai que certains d'entre eux avaient honte de courber la tête de manière aussi soumise sous le sceptre royal éclaboussé de sang comme la hache d'un bourreau. Il y eut bien quelques dissidents, mais ils furent battus au vote et, pour donner un exemple aux autres parlementaires, le même jour le roi les fit arrêter et porta contre eux des accusations fantaisistes. Ces gens, prisonniers de la cruauté et de la barbarie d'un souverain absolutiste, avaient une conscience si avilie et si asservie que, de manière à flatter le roi et à satisfaire sa soif de sang et son hypocrisie théocratique, ils s'abaissaient pour se joindre aux rangs des délateurs et des sycophantes afin d'accuser de crimes ceux dont le roi, d'un sombre froncement de sourcils, leur avait indiqués comme étant l'objet de sa vindicte.

C'est ainsi que le Parlement avait réglé le sort du comte de Surrey et que le roi avait signé l'arrêt de mort de l'homme.

Il devait être exécuté le lendemain matin et, dans la cour de la Tour de Londres, les charpentiers étaient déjà en train de dresser l'échafaud sur lequel le noble comte devait être décapité.

Seul dans sa cellule, Henry Howard avait déjà fait abstraction de la vie et des choses terrestres. Il avait mis de l'ordre dans ses affaires et rédigé son testament, avait écrit une lettre à sa mère et à sa sœur dans laquelle il leur pardonnait leur vilenie et leurs accusations mensongères. Il avait également écrit à son père en l'exhortant en des termes aussi touchants que nobles de rester calme, de faire preuve d'équanimité et de ne pas pleurer sur son sort, car il désirait mourir et le tombeau était le seul refuge qu'il recherchait.

Le comte n'avait aucun regret et ne ressentait aucune peur, car la vie ne lui avait rien laissé à désirer et il remerciait presque le roi de le délivrer du fardeau de l'existence.

L'avenir ne lui réservant aucune perspective, pourquoi devait-il s'y cramponner? Car il avait à tout jamais perdu Géraldine. Il ne savait rien du sort qu'on réservait à cette dernière et nulle nouvelle ne parvenait à filtrer dans la prison. La reine vivait-elle encore? Le roi l'avait-il tuée dans sa rage meurtrière lorsque lui-même avait été écroué à la Tour? La dernière vision qu'il avait eue de sa bien-aimée était celle d'une forme humaine évanouie aux pieds de son mari, prostrée et rigide.

Qu'était-il advenu de la reine, de la Géraldine adorée d'Henry Howard? Il n'en savait rien et avait espéré en vain quelque mot, quelque message de sa part, mais n'avait pas osé demander à qui que ce soit quel avait pu être son sort. Il était possible que le roi ait renoncé à punir son épouse et que sa propension à faire couler le sang ait été satisfaite avec la condamnation d'Henry Howard. Catherine aurait-elle donc pu ainsi échapper à l'échafaud? Afin de la protéger, il jugea bon de garder le silence et de ne pas poser de questions sur elle. Si elle avait été exécutée avant lui, il était au moins certain de la retrouver dans l'au-delà et d'être uni éternellement à elle au-delà de la tombe.

Il croyait à un au-delà car il aimait. Il ne craignait point la mort, car après celle-ci il anticipait une réunion avec Géraldine qui l'attendait là-haut ou qui ne tarderait pas à le rejoindre.

La vie n'ayant plus rien à lui offrir, la mort lui permettait de retrouver l'élue de son cœur. Il salua la Grande faucheuse comme une amie salvatrice, comme une prêtresse qui allait l'unir à son aimée. Il entendait la grande horloge de la prison égrener les heures et chacune d'elles faisait davantage battre son cœur. La soirée arriva et une nuit profonde tomba sur la ville. La dernière nuit qui le séparait de son unique amour.

Le geôlier ouvrit la porte pour apporter un lumignon et lui demander s'il avait quelque souhait à formuler. Le roi ayant ordonné que le comte soit laissé dans le noir, celui-ci avait passé six longues soirées et six nuits dans l'obscurité la plus complète. Aujourd'hui, on devait toutefois faire une exception et lui donner ce qu'il désirait. La vie qu'il devait quitter dans quelques heures devait une fois de plus comporter les avantages attribuables à son rang qu'il était en droit de réclamer. Même si le geôlier était prêt à accéder à ses désirs dans la limite des circonstances, Henry Howard ne souhaitait absolument rien.

Non, rien, sauf de rester seul et de voir disparaître ce lumignon qui l'aveuglait et qui perturbait les rêves merveilleux qui lui faisaient accepter le désenchantement de la réalité.

Le roi, qui s'était fait fort d'imposer une punition supplémentaire au comte en le condamnant à l'obscurité, était en fait devenu son bienfaiteur car, dans le noir, Henry Howard pouvait donner libre cours à ses rêves et à son imagination. Dans le noir, il retrouvait Géraldine.

Tandis que la nuit et le silence l'entouraient, il entretenait une flamme intérieure; un chuchotement, une voix ensorcelante résonnaient en lui. Les portes de la prison s'ouvraient et, sur les ailes de la pensée, Henry Howard s'éloignait de cet endroit désolant et sinistre et retrouvait sa Géraldine.

Elle était une fois de plus avec lui dans la vaste pièce silencieuse. Une fois de plus, la nuit complice les enveloppait d'un voile et protégeait leurs étreintes et leurs baisers. La solitude lui permettait d'entendre encore la chère musique de sa voix qui lui parlait si bien d'amour.

Henry Howard devait rester seul pour entendre sa Géraldine. La noirceur profonde de la prison devait l'envelopper pour que Géraldine vienne le retrouver.

Pour sa dernière nuit, il demanda donc qu'on le laisse tel quel dans le noir. Le geôlier éteignit le lumignon et quitta la cellule mais il ne ferma pas le grand verrou qui barrait la porte et n'y fixa pas le gros cadenas habituel. Il laissa même la porte légèrement entrebâillée.

Henry Howard ne remarqua pas cette apparente négligence. Qu'importait d'ailleurs… Que la porte fût ou non fermée, il n'avait aucun désir de vivre ou de reprendre sa liberté.

Il s'installa sur son siège et rêva les yeux ouverts. En bas, dans la cour, des hommes dressaient l'échafaud sur lequel Howard devait monter à l'aube. La monotonie des coups de marteaux était lancinante et, de temps à autre, les torches qui éclairaient les travailleurs dans leur triste besogne lançaient de vagues lueurs qui dansaient sur les murs de la cellule du prisonnier comme des ombres fantomatiques.

« Voilà les fantômes de tous ceux qu'Henri a fait mettre à mort, se dit Henry Howard. Ils tournent autour de moi comme des feux follets. Ils veulent m'entraîner dans leur danse de la mort et, dans quelques heures, j'appartiendrai pour toujours à ce monde des ombres. »

Le son monotone des marteaux et des scies continuait et Henry Howard sombrait de plus en plus profondément dans sa rêverie.

Il ne faisait que penser, ressentir et désirer Géraldine. Il ne tendait que vers elle. Il lui semblait que son esprit lui permettait de la voir, comme s'il pouvait commander à ses sens de l'apercevoir réellement. Oui, elle était là, et il était conscient de sa présence. Une fois de plus, il était à ses pieds, posait sa tête sur ses genoux, écoutait encore et encore ses serments d'amour.

Complètement distancié du présent et de l'existence, il ne voyait qu'elle. Le mystère de l'amour s'accomplissait et, sous le voile de la nuit, une fois de plus Géraldine avait déployé ses ailes et ils étaient ensemble.

Un sourire heureux éclaira le visage du comte, qui prononça de doux mots de bienvenue. Envahi par une merveilleuse hallucination, il vit sa bien-aimée qui approchait et il tendit le bras pour l'amener à lui, mais fut surpris de ne saisir que du vide.

— Pourquoi me fuyez-vous encore, Géraldine? demanda-t-il à voix basse. Pourquoi échappez-vous à mon étreinte pour rejoindre les feux follets dans leur danse de la mort? Venez, Géraldine. Venez! Mon âme brûle pour vous et mon cœur vous appelle de ses ultimes pulsations. Venez, Géraldine. Ô venez!

Que se passait-il? Il semblait que l'on touchait au verrou et que la porte s'ouvrait doucement. Il percevait un bruit de pas discrets sur le plancher et pouvait voir une forme humaine se profiler au moyen des lumières vacillantes des torches se reflétant sur les murs.

Henry Howard ne vit d'abord rien, tant il était absorbé par la vision de sa Géraldine qu'il souhaitait tant avoir auprès de lui. Il tendit les bras en l'appelant avec l'ardeur et l'enthousiasme d'un amant.

Puis il lâcha un cri d'extase. Sa prière d'amour avait été exaucée. Le rêve était devenu réalité et ses bras ne saisissaient plus le vide; ils attiraient sur sa poitrine la femme qu'il aimait et pour qui il allait mourir.

Il posa ses lèvres sur les siennes et elle lui rendit son baiser. Il l'enlaça et elle le pressa contre sa poitrine.

S'agissait-il de la réalité ou était-ce la folie qui s'insinuait dans son cerveau et qui lui jouait des tours?

Henry Howard trembla à cette idée et, tombant à genoux, cria d'une voix où perçaient la douleur et l'amour:

— Géraldine, ayez pitié de moi! Dites-moi que vous n'êtes pas un songe, que je ne suis pas fou et que vous êtes vraiment Géraldine, vous, l'épouse du roi, que j'implore à genoux ! Parlez, parlez, Ô ma Géraldine !

— Je suis celle que vous cherchez ! dit-elle doucement. Je suis Géraldine, la femme que vous aimez et à qui vous avez juré un amour éternel ! Henry Howard, mon bien-aimé, je vous rappelle maintenant votre serment. Votre vie m'appartient. Vous le souhaitiez et, maintenant, je viens vous demander ce qui m'appartient en propre.

— Oui, ma vie vous appartient, Géraldine ! Mais c'est là une bien triste possession dont vous ne serez propriétaire que pendant quelques heures encore...

Elle lui mit les bras autour du cou et le releva. Elle lui embrassa les yeux et la bouche. Il sentait ses larmes toutes chaudes ruisseler sur son visage, entendait ses soupirs sortant de sa poitrine comme des râles.

— Vous ne devez pas mourir ! murmura-t-elle à travers ses larmes. Non, Henry, vous devez vivre de manière à ce que je vive moi aussi et ne devienne pas folle de chagrin ! Mon Dieu, ne voyez-vous pas, Henry, combien je vous aime ? Ne voyez-vous pas que votre vie est la mienne et que votre mort est ma mort ?

Il appuya sa tête sur son épaule et, ivre de bonheur, entendait à peine ce qu'elle disait.

Elle était revenue et c'est tout ce qui comptait.

— Géraldine, chuchota-t-il, vous souvenez-vous comment nous nous sommes rencontrés ? Comment nos cœurs battaient à l'unisson ? Vous souvenez-vous de nos baisers ? Géraldine ma vie, mon amour, nous avons alors juré que nul ne nous séparerait, que notre amour survivrait au tombeau. En avez-vous souvenance, Géraldine ?

— Je me souviens de tout, cher Henry, mais vous n'êtes pas encore mort et votre amour se concrétisera dans la vie et non dans le trépas. Oui nous vivrons, nous vivrons ! Votre vie sera la mienne et je serai là partout où vous serez ! Henry, vous souvenez-vous de m'en avoir fait le serment ?

— Je m'en souviens mais ne puis respecter ma parole, ma Géraldine ! Entendez-vous le tintamarre des marteaux et des scies, là en bas ? Très chère, savez-vous ce que cela signifie ?

— Je le sais, Henry ! Ils construisent un échafaud, un échafaud pour vous et pour moi aussi, car si vous devez mourir je ne vous survivrai pas, et puisque vous ne voulez pas que nous vivions, la hache qui doit vous trancher le cou tranchera aussi le mien !

— Je souhaiterais que nous vivions, mais comment, chère âme ?

— Nous le pouvons, Henry, nous le pouvons ! Tout est prêt pour votre évasion ! Tout est prêt, tout est arrangé ! La bague au sceau du roi m'a ouvert les portes de cette prison ; la puissance de l'or a eu raison du geôlier. Il fera semblant de ne rien voir lorsque deux personnes quitteront la Tour au lieu d'une seule. Nous pourrons donc quitter ces lieux sans être inquiétés par des corridors et des escaliers secrets connus de lui seul. Nous emprunterons ensuite une barque qui nous amènera à un navire prêt à appareiller dans le port et qui lèvera l'ancre dès que nous serons à bord. Venez, Henry, prenez-moi le bras, venez et quittons cette prison !

Elle lui passa les bras autour du cou et l'entraîna tandis qu'il la serrait contre lui en murmurant :

— Oui, oui, mon adorée ! Sauvons-nous ! Ma vie vous appartient, à la vie à la mort !

Il la prit dans ses bras et se hâta de franchir la porte qu'il poussa prestement du pied avant de s'engouffrer dans le corridor. Avant d'arriver au premier coude de ce dernier, ils reculèrent, plein d'effroi.

Près de la porte se tenaient des soldats prêts à toute éventualité, armes au clair, en compagnie du lieutenant de la Tour et de deux domestiques portant des candélabres. Géraldine poussa un cri et se hâta de replacer le voile épais qui avait glissé de sa tête. Henry Howard avait également poussé un cri, mais celui-ci n'avait pas été provoqué par la présence des gardes ou par la frustration de ne pouvoir s'évader.

Les yeux écarquillés, il avait entrevu le visage de la personne qui avait si rapidement replacé son voile à ses côtés et il lui sembla qu'un spectre avait surgi pour remplacer la chère tête de la reine sur les épaules de Géraldine. Il ne s'agissait que d'une vision, comme dans un songe, mais cela lui avait suffi pour comprendre avec une quasi-certitude qu'il ne s'agissait pas de sa bien-aimée.

Le lieutenant de la Tour fit un signe à ses serviteurs et, en silence, ils portèrent leurs candélabres dans la cellule du comte. Puis il tendit la main à Henry Howard et le ramena en silence vers sa prison.

Le comte n'opposa aucune résistance à le suivre, mais sa main avait pris le bras de Géraldine et l'avait attiré à lui. Ses yeux la fixaient avec une expression perspicace et semblaient la menacer.

Et voilà qu'ils se retrouvaient dans la même pièce qu'ils avaient quittée pleins d'espoir quelques minutes auparavant.

Le lieutenant de la Tour fit signe aux serviteurs de se retirer et s'adressa avec gravité au comte de Surrey.

— Monseigneur, dit-il, le roi m'a ordonné de vous apporter ces candélabres. Sa Majesté sait fort bien ce qui est arrivé ici ce soir; elle sait fort bien qu'on complotait pour vous sauver et, pendant que vous pensiez la tromper, ce sont les conspirateurs qui se sont retrouvés bernés. Ils avaient pourtant réussi au moyen d'artifices et de fausses excuses à influencer le roi à confier l'un de ses sceaux à un lord.

« Mais Sa Majesté avait été prévenue et savait pertinemment que la personne qui devait venir vous libérer sous prétexte d'une visite n'était pas un homme mais une femme. Madame, le geôlier que vous pensiez avoir acheté est un fidèle serviteur du roi et il m'a tout raconté. C'est moi qui ai mis en scène toute cette affaire pour vous faire croire que j'étais de connivence avec vous. Vous ne pourrez pas libérer le comte de Surrey mais, si vous le désirez, je verrai personnellement à ce que l'on vous amène au bateau qui attend au port et qui s'apprête à appareiller. Personne ne vous empêchera, madame, d'y trouver place, mais le comte de Surrey ne pourra vous accompagner. Monseigneur, le jour se lèvera bientôt et, comme vous le savez, c'est votre dernière nuit. Le roi m'a ordonné de ne pas empêcher cette dame de passer la nuit dans votre cellule si tel est votre désir, mais cela ne vous sera permis qu'à la condition expresse que la lumière continue de brûler. Le roi a été catégorique et ses mots ont été les suivants: “Dites au comte de Surrey que je lui permets d'aimer sa Géraldine, mais en toute clarté et, pour ce faire, vous devrez lui fournir de la lumière! Aussi longtemps que Géraldine restera avec lui, je lui ordonne de ne pas éteindre. Il risque en effet de la confondre avec une autre femme car, dans le noir, on ne peut distinguer un arlequin d'une reine!” Monseigneur, il vous faut décider maintenant si la dame reste avec vous ou si elle s'en va. Dans ce dernier cas, il me faudra éteindre la lumière…»

— Elle demeurera avec moi et j'ai bien besoin de lumière! répondit le comte de Surrey qui, d'un regard pénétrant, examinait attentivement la femme voilée qui tremblait comme si elle était fiévreuse.

— Avez-vous un autre souhait à formuler, monseigneur?

— Non, sauf celui de nous laisser seuls.

Le lieutenant s'inclina et quitta la pièce.

Ils se retrouvèrent seuls, se regardant en silence. On n'entendait que le battement de leurs cœurs et les soupirs d'angoisse émis par Géraldine, dont les lèvres tremblaient.

Il y eut une abominable pause. Géraldine aurait donné sa vie pour éteindre la lumière et demeurer voilée dans la pénombre impénétrable.

Mais le comte tenait à voir. D'un air fâché et hautain, il s'approcha d'elle et, dans un geste autoritaire, allongea le bras. Soumise, Géraldine baissa la tête et frissonna.

— Dévoilez-vous ! ordonna-t-il, mais elle ne bougea pas.

Elle murmura une prière, puis leva ses mains jointes vers Henry et, dans une douce plainte, implora sa pitié.

Tendant le bras, il saisit le voile.

— Pitié ! répéta-t-elle dans un état de détresse encore plus profond.

Mais il était intraitable. Il arracha le voile de son visage et la fixa. Puis, après avoir poussé un cri sauvage, il recula et se couvrit le visage de ses mains.

Jane Douglas n'osait ni respirer ni bouger et affichait une pâleur de marbre. Ses grands yeux brûlants, suppliants, ne voyaient que son bien-aimé qui, anéanti, se cachait dans ses mains. Elle l'aimait plus que sa propre vie, plus que son salut éternel et, pourtant, c'est elle qui l'avait mis dans l'état où il se trouvait.

Au bout d'un moment, le comte de Surrey découvrit son visage et, d'un fier mouvement, essuya brusquement ses larmes.

Pendant qu'il la regardait, Jane Douglas était involontairement tombée à genoux et avait levé les mains dans une ultime imploration.

— Henry Howard, dit-elle doucement, je suis Géraldine. Je vous aime ; vous avez lu mes lettres avec bonheur et m'avez souvent juré que vous aimiez mon esprit davantage que mon apparence. Mon cœur s'est souvent rempli de joie lorsque vous me disiez que vous m'aimeriez, peu importe combien mon visage pourrait changer, peu importe combien la vieillesse et la maladie altéreraient mes traits. Vous souvenez-vous, Henry, combien de fois je vous ai demandé si vous cesseriez de m'aimer si Dieu masquait mon visage afin que l'on ne me reconnaisse point ? Vous m'aviez alors répondu : « Malgré tout, je vous aimerai et vous adorerai toujours, car ce qui me charme en vous, ce n'est pas votre visage mais votre personnalité, ce que vous êtes, votre nature intrinsèque ; ce sont votre âme et votre cœur qui ne changeront jamais et qui sont, pour moi, clairs et limpides comme le texte d'un livre saint. » Telle fut votre réponse lorsque vous avez juré de m'aimer éternellement... Henry Howard, je vous rappelle maintenant ce serment ! Je suis votre Géraldine ; la même âme, le même cœur ; seul Dieu a posé un masque sur mon visage !

Le comte de Surrey avait écouté avec grande attention et sa surprise augmentait à chaque instant.

— C'est elle ! Vraiment ! C'est Géraldine ! s'écria-t-il lorsqu'elle eut terminé.

Complètement abasourdi, sans voix, torturé, il s'affala sur son siège.

Géraldine le rejoint, se jeta à ses pieds, prit sa main qui pendait, inerte, et la couvrit de baisers. À travers ses larmes, dans un récit souvent interrompu par des soupirs et des sanglots, elle lui dévoila le plan machiavélique que son père avait monté aux dépens des deux amoureux. Elle ouvrit son cœur, lui parla de l'amour qu'elle lui portait, de ses souffrances, de ses ambitions et de ses remords. Elle s'accusa tout en donnant son amour comme excuse de son comportement et, le visage inondé de larmes, s'accrochant à ses genoux, elle implora sa pitié et son pardon.

Il la repoussa brusquement et se redressa pour qu'elle ne le touche point. Son attitude noble reflétait une intense contrariété et ses yeux jetaient des éclairs. Ses longs cheveux recouvraient son front altier et son visage d'un voile sombre. Il était beau dans sa colère comme l'archange saint Michel terrassant le dragon. Il pencha la tête en direction de Géraldine et la regarda, furieux, d'un air méprisant.

— Vous pardonner? Jamais! Ha! Ha! Pourquoi devrais-je d'ailleurs vous pardonner? Vous avez fait de ma vie un mensonge risible et transformé la tragédie de mon amour en une farce imbécile. Oh! Géraldine, combien ai-je pu vous aimer! Et voilà que maintenant vous vous transformez en un spectre affreux qui fait frissonner mon âme et que j'exècre! Vous avez réduit ma vie à néant et même privé ma mort de son caractère sacré. En effet, je ne subirai plus le martyre à cause de mon amour mais simplement à cause d'une comédie de bas étage imposée à mon cœur trop crédule. Oh! Géraldine! Combien eût-il été merveilleux de mourir pour vous, de trépasser avec votre nom sur mes lèvres! De vous bénir en mourant! De vous remercier pour mon heureux sort alors que la hache s'apprêterait à s'abattre sur mon col! Quelle merveille cela aurait pu être de penser que la mort ne nous séparerait point mais ne serait que le prélude à une union éternelle, que nous ne serions séparés que peu de temps pour nous retrouver ensuite dans l'éternité!

Géraldine se tordit à ses pieds comme un ver que l'on piétine et ses gémissements accompagnaient la réponse implacable du comte.

— Mais tout cela est terminé! cria Henry Howard dont le visage marqué par le chagrin et la douleur traduisait à nouveau une indicible colère. Vous avez empoisonné ma vie et corrompu ma mort et mes dernières paroles seront de maudire ce pitoyable arlequin qu'a été Géraldine!

— Pitié! grogna Jane. Tuez-moi, Henry, écrasez-moi la tête à coups de pied; que cesse cette torture!

— Pas question! Pas de pitié! hurla-t-il sauvagement. Pas de pitié pour l'usurpatrice qui m'a volé mon cœur et s'est glissée comme une voleuse dans ce qui était mon amour! Relevez-vous et quittez cette pièce, car vous me faites horreur et, lorsque je vous regarde, je n'ai qu'une seule envie: vous maudire! Honte et malédiction sur vous, Géraldine! Maudits soient les baisers que j'ai pu vous donner et les larmes de bonheur que j'ai pu verser sur votre poitrine! Lorsque je monterai à l'échafaud, je vous abominerai, vous maudirai encore et encore et mes derniers mots seront: «Malheur à Géraldine, car elle est ma meurtrière!»

Superbe dans sa colère, il se tenait fièrement, le bras levé. Sans avoir à le regarder, Jane ressentait les éclairs destructeurs que ses yeux devaient jeter. Prostrée à ses pieds, elle cachait en gémissant son visage dans son voile et frissonnait à l'image qu'il avait d'elle.

— Et ce sera mon dernier mot, Géraldine, dit Henry Howard, qui essayait de reprendre son souffle. Allez! Que ma malédiction vous accompagne! Vivez! Si vous en êtes encore capable!

Elle se dévoila et se leva en lui faisant face tandis qu'un sourire de dépit se dessinait sur ses lèvres d'une pâleur de mort.

— Vivre... dit-elle. Ne nous étions-nous pas juré fidélité à la vie à la mort? Votre malédiction ne me relève pas de mon serment et lorsque vous serez mis en bière, Jane Douglas sera près de celle-ci et pleurera pour qu'on lui fasse une petite place dans votre tombe. Oh! Henry! Dans le trépas, je serai encore votre Géraldine et n'aurai plus le visage de Jane Douglas, ce visage honni que j'aimerais déchirer de mes ongles. Dans ma tombe, je serai encore Géraldine. Là je serai encore près de votre cœur et vous pourrez encore me dire: «Je ne vous aime pas pour votre apparence, mais pour vous-même; j'aime votre cœur et votre esprit et cela ne pourra jamais changer...»

— Silence, hurla-t-il. Silence, grands dieux, si vous ne voulez pas que je devienne fou! Ne me jetez pas mes propres mots au visage. Ils ont été profanés par le mensonge, ils ont été jetés dans la fange! Non, je ne vous ferai pas de place dans ma tombe. Je ne vous appellerai plus Géraldine. Vous êtes Jane Douglas; je vous abhorre et jette une malédiction sur votre maudite tête de criminelle! Je vous dis...

Il s'interrompit, car toute sa charpente semblait prise de convulsions.

Jane Douglas poussa un cri perçant.

Le jour pointait et, dans la Tour, la cloche sonnait le glas pour le condamné.

— Entendez-vous, Jane Douglas, dit Surrey, cette cloche qui appelle ma mort? Vous avez réussi à empoisonner mes derniers instants. J'étais heureux lorsque j'aimais Géraldine. Maintenant, je meurs désespéré, car je vous déteste et je vous hais!

— Non, non, ne mourez point! lui dit-elle en se cramponnant à lui. Vous n'oserez pas mourir en proférant une telle malédiction! Je ne puis être votre meurtrière. Il est impossible qu'ils vous mettent à mort – vous, le beau, le noble et vertueux comte de Surrey. Mon Dieu, qu'avez-vous fait pour subir ainsi leur colère? Vous êtes innocent et ils le savent. Ils ne peuvent vous exécuter. Ce serait un meurtre! Vous n'avez pas commis de faute et n'êtes nullement coupable. Ce n'est pas un crime que d'aimer Jane Douglas et d'être aimé d'elle!

— Détrompez-vous, dit-il fièrement. Je n'ai rien à voir avec Jane Douglas. J'ai aimé la reine et j'ai cru qu'elle me rendait mon amour. Voilà mon crime…

La porte s'ouvrit et, gravement, en silence, le lieutenant de la Tour entra, suivi du prêtre et de ses assistants. Par la porte, on entrevoyait les habits rouge sang du bourreau qui, imperturbable, se tenait sur le seuil.

— C'est l'heure! dit solennellement le lieutenant.

Le prêtre murmura ses prières tandis que les thuriféraires agitaient leurs encensoirs. La cloche continuait sa plainte. Dans la cour, on entendait le murmure d'une foule moutonnière qui, curieuse et plus friande d'horreurs que jamais, était venue voir couler en ricanant le sang de l'homme qui, hier encore, était son héros.

Le comte de Surrey garda le silence. Tendu à l'extrême, il avait une pâleur cadavérique.

Il tremblait, non face à son sort mais à cause de sa mort inutile. Il lui semblait déjà sentir sur son cou le froid contact de l'acier de l'instrument que le personnage effrayant au seuil de la porte tenait à la main. Ô que périr au champ d'honneur eût été doux comparé à cette mort infâme sur l'échafaud !

— Henry Howard, mon fils, êtes-vous prêt à mourir ? demanda le prêtre. Vous êtes-vous mis en paix avec Dieu ? Vous repentez-vous de vos péchés et acceptez-vous la mort comme la juste expiation et la punition de vos fautes ? Pardonnez-vous à vos ennemis et, par conséquent, êtes-vous en paix avec vous-même et l'humanité ?

— Je suis prêt à mourir, répondit Surrey avec un sourire empreint de fierté. Pour ce qui est du reste, j'en répondrai personnellement à Dieu...

— Confessez-vous être un traître et un félon et sollicitez-vous le pardon de votre noble, juste et vénéré roi pour l'insulte blasphématoire que vous avez faite à Sa Majesté sacrée ?

Le comte de Surrey regarda l'ecclésiastique dans les yeux :

— Savez-vous seulement de quel crime on m'accuse ?

Le prêtre baissa les yeux et marmonna quelques mots inintelligibles.

D'un mouvement altier, Henry Howard se détourna du prêtre vers le lieutenant de la Tour.

— Savez-vous quel est mon crime, Milord ?

Le lieutenant baissa également les yeux et demeura silencieux.

Henry Howard sourit.

— Bon, je vais vous le dire. J'ai, comme mon père avant moi, porté les armoiries de notre maison sur mon écu et à l'entrée de mon palais. Or, on a découvert que le roi portait des armoiries similaires aux nôtres. Telle est ma haute trahison ! J'ai également dit que le roi se faisait berner par nombre de ses serviteurs et que souvent il décernait à ses favoris des honneurs insignes qu'ils ne méritaient pas. Telles sont les fautes dont je me suis rendu coupable envers Sa Majesté et pour lesquelles je dois poser ma tête sur le billot. Mais tranquillisez-vous ; à ces crimes je dois en ajouter un, qui se révélera suffisamment grave pour que notre juste et bon roi dorme la conscience tranquille : j'ai donné mon cœur à un amour minable et criminel, à la Géraldine que j'ai chantée dans de nombreux poèmes et que j'ai même célébrée devant le roi... Mais ce n'était rien d'autre qu'une coquette catin !

Jane Douglas poussa un cri et s'effondra comme si elle avait été frappée par la foudre.

— Vous repentez-vous de ce péché, mon fils ? demanda le prêtre. Êtes-vous prêt à renier cet amour coupable pour vous tourner vers Dieu ?

— Non seulement je me repens pour cet amour mais je l'exècre ! Et maintenant, mon père, allons-y car, vous voyez, Milord commence à s'impatienter. Il sait très bien que le roi ne trouvera pas de repos avant que les Howard ne soient tous sous terre... Ah ! Roi Henri ! Roi Henri ! Vous vous targuez d'être le plus grand roi de ce monde et, pourtant, vous tremblez devant les bras de vos sujets ! Milord, si vous voyez le roi aujourd'hui, transmettez-lui les salutations d'Henry Howard et dites-lui que je souhaite que sa couche soit aussi douce pour sa personne que la tombe l'est pour moi. Maintenant, allons-y, Milord ! C'est le moment !

La tête droite, fièrement et calmement il se tourna vers la porte mais Jane Douglas s'était relevée et se précipitait vers lui, l'agrippant avec l'énergie du désespoir.

— Je ne vous abandonnerai pas ! cria-t-elle à bout de souffle, pâle comme une morte. Vous ne pouvez pas me rejeter, car vous m'aviez juré que nous devions vivre et mourir ensemble.

Il la repoussa dans un mouvement d'intense colère et l'affronta, hautain et menaçant.

— Je vous défends de me suivre ! lui cria-t-il sur un ton autoritaire.

Elle recula vers le mur et le regarda en tremblant, le souffle coupé.

Il dominait encore l'âme de Jane, qui lui était soumise malgré son impossible amour. Aussi ne trouva-t-elle pas le courage de transgresser son ordre.

Elle le regarda quitter la pièce et emprunter le corridor avec sa lugubre suite, entendit les pas décroître tandis que dans la cour tonnait le roulement creux des tambours.

Jane Douglas tomba à genoux pour prier mais ses lèvres tremblaient si fort qu'elle ne put trouver les mots.

Les roulements de tambour avaient cessé dans la cour. Seule la cloche continuait à sonner plaintivement le glas. Elle entendit prononcer des mots à haute voix. C'était lui, Henry Howard, qui parlait ! Mais son allocution ne tarda pas à se retrouver submergée par les tambours.

— Il va mourir ! Il va mourir ! Et je ne serai pas avec lui ! hurla-t-elle.

Elle rassembla son courage et, comme portée par une vague déferlante, sortit de la pièce, enfila le corridor, descendit les escaliers et se retrouva dans la cour. Elle discerna une masse sombre entourée d'hommes : l'échafaud ! Elle aperçut son amant à genoux, prostré. Elle vit le bourreau qui levait déjà sa hache pour asséner le coup fatal.

Elle n'était plus une femme mais une lionne. Blême, les narines dilatées, les yeux lançant des éclairs, elle sortit une dague dissimulée dans ses vêtements et se fraya un chemin à travers la foule médusée, qui la laissa passer.

En moins de deux, elle avait gravi les marches de l'échafaud et s'était approchée du condamné agenouillé.

Il y eut une lueur métallique fugace, un sifflement particulier puis un coup sourd. Le sang gicla, comme une bruine atroce, et inonda Jane Douglas.

— J'arrive, Henry, j'arrive ! cria-t-elle sauvagement. Je serai avec vous dans la mort !

La foule put voir un autre éclat métallique et Jane Douglas plongea sa dague dans son sein.

Elle avait frappé juste et, sans un cri, avec un fier sourire, elle s'effondra sur le cadavre sans tête de son bien-aimé. Dans un sublime effort, elle eut la force de dire au bourreau, horrifié :

— Laissez-moi partager sa tombe. Henry Howard, je suis avec vous, à la vie à la mort...

CHAPITRE XXXIII

Henry Howard mort, on pouvait s'imaginer que le roi serait satisfait et que le sommeil ne fuirait plus ses nuits. En effet, Henry Howard, son grand rival, n'était plus là pour lui ravir sa couronne, étonner le monde par la gloire de ses exploits ou atténuer le génie littéraire du souverain par sa réputation de poète génial.

Mais le roi était toujours insatisfait et le sommeil continuait de fuir ses nuits. L'une des raisons de ces insomnies était que le travail avait été fait à moitié. En effet, le duc de Norfolk, le père d'Henry Howard, était toujours vivant. Le roi ne cessait de penser à ce puissant rival et n'en dormait pas. Sa pensée était accaparée par les Howard, mais son corps le faisait encore plus souffrir. Si le duc de Norfolk mourait, le roi pourrait retrouver le sommeil. En effet, le duc ne pouvait être jugé que par un tribunal de pairs du royaume, peu réputé pour sa rapidité à trancher les différends, bien moins que le Parlement, terrorisé par Henri VIII, qui avait si prestement réglé le cas d'Henry Howard. Pourquoi le vieil Howard devait-il porter un titre ducal? Pourquoi n'était-il pas juste comte, comme son fils, ce qui aurait permis au Parlement de le condamner?

Cette affaire exacerbait la colère du roi, lui chauffait les sangs et le mettait dans une rage folle qui amplifiait les douleurs d'un corps en pleine décrépitude.

Il rugissait d'impatience et, dans toutes les salles de son palais, on pouvait entendre ses sauvages vitupérations qui faisaient trembler tout un chacun, car personne ne pouvait avoir la certitude d'être à l'abri de la fureur irraisonnée du monarque et de ne pas en subir les foudres le jour même.

De son lit de douleur, le roi surveillait tout, et la moindre opposition à sa volonté déclenchait sa colère et se payait par le sang. Malheur à ceux qui soutenaient encore que le pape était chef de l'Église ! Malheur à ceux qui s'aventuraient à appeler Dieu le seul Seigneur de l'Église en omettant d'honorer le roi comme étant le saint protecteur de celle-ci ! Tous ces mécréants étaient des traîtres et des pécheurs. Aussi le roi faisait-il indifféremment exécuter des protestants comme des catholiques romains, même s'ils lui étaient proches ou avaient quelque lien avec lui.

Par conséquent, tous ceux qui pouvaient se tenir à distance de cet imprévisible roi sanguinaire le faisaient tandis que ceux qui, de par leurs fonctions, se trouvaient dans l'obligation de se tenir près de lui tremblaient pour leur vie et recommandaient leur âme à Dieu.

Seules quatre personnes semblaient immunisées contre la rage destructrice du roi :

D'abord la reine, qui le soignait avec un dévouement exemplaire ; John Heywood qui, avec un zèle infatigable, soutenait Catherine dans sa difficile tâche et qui, à l'occasion, parvenait à arracher un sourire à son maître. Enfin, il y avait Gardiner, l'archevêque de Winchester, et le doucereux comte Douglas.

Jane Douglas disparue, le roi avait pardonné au père de la jeune femme et se montrait à nouveau amical envers l'obséquieux comte. De plus, pour un roi souffrant, il était loin d'être désagréable d'avoir dans son entourage quelqu'un qui souffrait davantage que lui. Il se réjouissait de voir qu'il pouvait y avoir des douleurs encore plus terribles que celles d'un corps en mauvaise santé. Henri voyait avec délice les cheveux de Douglas blanchir de jour en jour et ses traits accuser le poids des ans et des épreuves. Le comte était plus jeune que le roi mais son apparence défaite contrastait cependant avec l'air rubicond et la truculence débordante du souverain.

Voilà pourquoi, s'il avait pu voir le fond de la pensée de son onctueux conseiller, le roi aurait découvert que la sympathie qu'il semblait éprouver pour Douglas était nettement surfaite.

Henri VIII ne le considérait que comme un pauvre homme pleurant la mort de son unique enfant et ne suspectait pas qu'il était moins un père écrasé de douleur qu'un ambitieux frustré, un catholique romain fanatique, un disciple enthousiaste de Loyola qui, à son plus grand dam, voyait toutes ses machinations s'effondrer et qui s'attendait à perdre le pouvoir et la considération dont il jouissait dans la ligue secrète de la Compagnie de Jésus. Il ne pleurait pas tant sa fille que la septième épouse du roi, et le fait que Catherine portât la couronne et non son infortunée fille, Jane Douglas, le rendait encore plus hargneux à l'égard de la reine.

Voilà pourquoi il tenait tant à se venger de la mort de sa fille. Il voulait punir Catherine pour ses espoirs déçus et ses ambitieuses aspirations dont il devait faire son deuil. Toutefois Douglas hésitait à se mettre le roi à dos en tentant de le monter contre son épouse. Le roi l'avait déjà prévenu en termes non équivoques de ne pas se hasarder à douter de la reine sous peine de déclencher sa royale colère. Le comte Douglas savait trop bien que le roi était inflexible et qu'il n'avait qu'une parole lorsqu'il s'agissait de sévir. Aussi, le mielleux personnage évitait de s'aventurer sur un terrain aussi glissant. Il laissait la place à Gardiner qui, grâce à l'imprévisibilité et aux agissements fantasques d'un roi malade, avait ces derniers temps bénéficié d'une oreille favorable et des faveurs royales de manière si généreuse que l'archevêque Cranmer avait reçu l'ordre de quitter la cour et de réintégrer son siège épiscopal de Lambeth.

La reine avait vu ce dernier partir non sans avoir d'inquiétantes prémonitions, car Cranmer s'était toujours montré un ami et un appui de taille. Son attitude sereine et posée avait toujours été pour elle comme une étoile de paix au milieu des manigances d'une cour tumultueuse déchirée par les passions; ses paroles nobles et sages s'étaient toujours révélées comme un baume apaisant sur son cœur.

Avec le départ de l'archevêque, elle perdait son plus noble appui, le soutien de son âme, et elle se retrouvait maintenant exclusivement entourée d'ennemis et d'opposants. Il est vrai qu'elle avait toujours John Heywood, l'ami fidèle, le serviteur infatigable, mais depuis que Gardiner exerçait son influence néfaste sur l'esprit du roi, John Heywood évitait de s'exprimer trop librement en sa présence. Elle pouvait aussi compter sur Thomas Seymour, son soupirant, mais elle se méfiait de tous les espions et de tous les mouchards qui rôdaient à la cour; il ne fallait pas plus qu'une conversation avec Seymour, quelques mots doux, peut-être un regard complice ou langoureux pour envoyer les amoureux à l'échafaud.

Elle ne tremblait pas tant pour elle que pour lui. Cela la rendait méfiante et attentive et lui donnait le courage de n'afficher devant Seymour rien d'autre qu'un visage impassible, de ne jamais le rencontrer qu'en présence de courtisans, de ne jamais lui sourire ou lui tendre la main.

Elle n'en était pas moins certaine de son avenir et savait que le jour viendrait où la mort du roi la délivrerait de cette grandeur encombrante et des ennuis imposés par la couronne, où elle serait libre – libre d'accorder sa main au seul homme qu'elle aimait afin de devenir sa femme.

Elle attendait ce jour comme le prisonnier attend sa libération mais, à l'image de celui-ci, elle savait que toute tentative prématurée de s'évader de sa prison ne pourrait que lui apporter des malheurs, la mort et non la liberté.

Elle devait donc faire preuve de patience et attendre, couper toutes les rencontres avec l'élu de son cœur et limiter au maximum les billets doux que John Heywood lui transmettait.

Combien de fois ce précieux messager ne l'avait-elle pas exhortée à abandonner cette correspondance amoureuse? Combien de fois, les larmes aux yeux, ne lui avait-il pas recommandé de renoncer à cet amour qui ne pouvait que lui apporter des ennuis, sinon la mort? Catherine se moquait de ces considérations défaitistes et opposait à ces noires prophéties une bravoure misant sur l'avenir et le courage que lui inspirait son amour.

Elle ne voulait pas mourir, car le bonheur et l'amour l'attendaient et elle ne voulait pas y renoncer; de ce fait, elle endurait avec résignation une vie remplie d'hostilité et de haine.

Elle tenait à vivre pour connaître le bonheur plus tard. Cette pensée renforçait son courage et sa détermination et lui donnait la force de défier ses ennemis avec un air serein et en gardant le sourire. Cela lui permettait de s'asseoir, l'œil vif et le teint rose, auprès d'un mari redoutable et sévère. Avec un esprit et une bonne humeur qui ne se démentaient jamais, elle parvenait à dérider ce tyran et à passer outre aux vexations de celui-ci.

C'est justement à cause de telles qualités qu'elle faisait figure de dangereuse antagoniste aux yeux de Douglas et de Gardiner. Considérant qu'elle les défiait et qu'elle amoindrissait leur pouvoir auprès du roi, ils mettaient tout en œuvre pour détruire cette belle jeune femme. Ils rêvaient de voir l'esprit du roi s'assombrir de plus en plus, de le remplir de zèle religieux fanatique, car c'était à ce prix qu'ils pouvaient atteindre leur objectif: amener le roi à résipiscence comme un humble pénitent, afin qu'il se montre un digne enfant de sa sainte mère l'Église, hors de laquelle, selon leur point de vue, il ne pouvait y avoir de salut. Ils voulaient faire de ce prince fier, vaniteux et autoritaire un fils obéissant et soumis au pape.

Selon leurs plans, le roi devait renoncer à l'arrogance blasphématoire de se prendre pour le chef de son Église, se détourner de tout hérétique esprit de nouveauté et redevenir un fervent et dévot catholique.

Cependant, pour atteindre ces fins, il fallait éloigner le roi de Catherine, le détourner de son charmant visage, de son discours rempli de bon sens, de son esprit si vif.

— Nous ne serons pas capables de nous débarrasser de la reine, expliqua le comte Douglas à Gardiner alors que les deux comparses se tenaient dans l'antichambre du roi et que des échos de la joyeuse conversation de la reine avec son mari leur parvenaient de la pièce adjacente. Non, non, Gardiner, elle est bien trop puissante et trop maligne, et le roi l'aime beaucoup, car elle est pour lui de compagnie agréable et rafraîchissante…

— Voilà pourquoi nous devons l'éloigner d'elle, dit Gardiner avec un sombre froncement de sourcils. Il doit se détourner de cet amour terrestre. Lorsque nous aurons réussi à rabaisser son épouse dans son estime, cet homme sauvage et arrogant nous reviendra, ainsi qu'à Dieu, rempli de contrition et d'humilité.

— Nous ne serons jamais capables de discréditer cet amour un peu trop ardent et égoïste, mon ami…

— Si nos saintes admonestations parviennent à toucher son cœur, l'entreprise n'en sera que plus méritoire, Douglas. S'il est vrai qu'il doit souffrir de bannir cette femme, il est également vrai qu'il souffrira pour faire pénitence et œuvre de contrition. Son esprit doit d'abord affronter les ténèbres de manière à ce que nous puissions l'éclairer grâce aux lumières de la foi. Il doit se retrouver isolé et déséquilibré afin que nous puissions le ramener au sein de l'Église et lui rendre accessible les consolations de la seule vraie foi salvatrice.

— Ah! soupira Douglas, je crains que ce ne soit là qu'un combat inutile. Le roi s'est montré si vaniteux en s'autoproclamant grand prêtre de sa propre Église…

— Mais c'est un grand pécheur si faible… reprit Gardiner avec un sourire glacial. Il tremble tellement face à la mort et au jugement de Dieu… Notre sainte mère l'Église peut lui donner l'absolution et, grâce à ses saints sacrements, adoucir son trépas. C'est un pécheur retors, taraudé par des remords de conscience; c'est ce qui le ramènera au sein de l'Église catholique...

— Oui mais quand? Le roi est malade et il peut mourir d'un jour à l'autre. Malheur à nous s'il trépasse avant de nous avoir nommé ses exécuteurs testamentaires et transmis les rênes du pouvoir! Malheur à nous si la reine est nommée régente et que le roi choisisse les Seymour pour être ses ministres! Oh! Très cher et très pieux père, le travail que vous souhaitez voir accompli doit l'être prochainement sous peine de ne jamais se matérialiser...

— Voilà pourquoi il doit se réaliser ce jour même, dit Gardiner d'un ton grave.

Puis se penchant à l'oreille du comte il ajouta:

— Nous avons apaisé la reine en la rassurant et en lui redonnant confiance en elle et, par ce moyen, nous devrions assurer sa perte aujourd'hui. Elle est si certaine de son pouvoir sur le caractère du roi qu'elle trouve parfois le courage de le contredire et de lui imposer ses idées.

— Cela causera sa perte dans les heures qui suivent! Remarquez bien, cher comte... Le roi est comme un tigre qui a longtemps jeûné et il a soif de sang! Or, la reine a une aversion naturelle pour tout ce qui est épanchements de sang et elle est horrifiée lorsqu'elle entend parler d'exécutions. Nous devons donc faire en sorte que les propensions contradictoires du roi et de son épouse entrent en conflit...

— Oh! Je comprends maintenant, chuchota Douglas, et je m'incline bien bas devant la sagesse de Votre Grandeur! Vous les laisserez s'affronter à l'aide de leurs propres armes...

— Je désignerai au souverain une proie tout indiquée pour satisfaire son appétit de sang et donnerai à la reine une occasion de manifester sa ridicule compassion et de contester la cible au roi. Ne pensez-vous pas, comte, que nous aurons là un plaisant et joyeux spectacle ? Pensez donc : nous verrons comment le tigre affamé se dispute avec la colombe ! Car pour lui, le sang est l'unique baume qu'il peut appliquer sur ses membres endoloris, le seul grâce auquel il pense pouvoir redonner courage et paix à une conscience torturée par la crainte de la mort. Ah ! Ah ! Nous lui avons raconté que, à chaque fois que nous exécutions un hérétique, l'un de ses péchés les plus graves serait pardonné et que le sang des calvinistes servait à absoudre certaines de ses actions les plus honteuses. Il serait si heureux de comparaître pur et sans tache devant le tribunal de Dieu qu'il a décidé de faire couler beaucoup de sang hérétique. Mais écoutez, l'heure a sonné. Il est temps de nous rendre dans la chambre royale. Baste des petits rires et des papotages de la reine ! Nous allons maintenant nous arranger pour effacer à tout jamais le rire de son charmant minois. C'est une hérétique et la précipiter tête première dans la géhenne constitue une œuvre pie qui plaît à Dieu !

— Que Dieu soit avec Votre Grandeur. Qu'il vous assiste de sa grâce afin de vous laisser accomplir son grand dessein !

— Dieu sera avec nous, mon fils, car c'est pour Lui que nous travaillons sans relâche. Pour Son honneur et Sa gloire, nous faisons monter ces mécréants d'hérétiques sur le bûcher et faisons résonner l'air des hurlements de douleurs de ceux qui sont torturés ou subissent les affres du chevalet. Que voilà une douce musique aux oreilles de Dieu ! Les anges du ciel triompheront et seront heureux lorsque cette infidèle et hérétique reine Catherine chantera également cette musique de damnés. Maintenant, je m'occuperai à ce travail d'amour et de colère divine. Priez pour que je puisse le mener à bien, mon fils.

« Demeurez dans l'antichambre et attendez que je vous appelle. Nous aurons peut-être besoin de vous. Priez pour nous avec la sainte Église. Ah ! Nous en voulons encore à cette reine hérétique pour son intervention dans l'affaire Anne Askew. Nous allons régler notre compte de ce pas. Elle nous a déjà accusés…

Aujourd'hui, c'est nous qui l'accusons et Dieu, ses saints et ses anges nous accompagnent. »

Le pieux et saint ecclésiastique se signa et, inclinant humblement la tête, un sourire imperceptible sur ses lèvres minces et exsangues, il traversa la pièce pour entrer dans la chambre du roi.

CHAPITRE XXXIV

« Que Dieu bénisse et protège Votre Majesté ! lança Gardiner en entrant chez le roi, attablé devant un échiquier en compagnie de la reine. Le front plissé et les lèvres serrées, le monarque regardait son jeu, qui se présentait mal pour lui puisqu'il risquait incessamment d'être mis en échec.

Il n'était guère avisé de la part de la reine de ne pas laisser le roi gagner car, vu le tempérament superstitieux et ombrageux de ce dernier, la victoire d'un partenaire aux échecs représentait pour lui une attaque contre sa propre personne. Celui qui essayait de le battre à ce jeu était toujours pour lui une sorte de traître qui menaçait son royaume, un effronté qui tentait de lui arracher sa couronne.

La reine le savait fort bien mais Gardiner avait raison : elle avait trop confiance en elle, se fiait trop au pouvoir qu'elle exerçait sur son époux et s'imaginait que le roi ferait une exception pour sa personne. Catherine trouvait fastidieux de toujours être la perdante au jeu en permettant au roi de se prendre pour le vainqueur et de s'octroyer des félicitations qu'il ne méritait pas. Pour une fois, Catherine voulait se permettre de battre son mari en le harcelant progressivement, coup par coup. Le roi, qui au début s'amusait beaucoup des attaques de la reine, ne trouva plus cela drôle et prit très mal la victoire éventuelle de sa partenaire. Aussi fixait-il l'échiquier en retenant son souffle.

Gardiner savait fort bien que le roi rageait intérieurement et comprit que la situation se présentait pour lui sous un jour favorable.

Se glissant subrepticement derrière le roi, il regarda le jeu.

— Échec et mat en quatre coups, mon cher époux! dit la reine en riant de bon cœur tandis qu'elle avançait sa pièce.

Le front du roi se plissa davantage et ses lèvres se serrèrent un peu plus.

— C'est exact, Votre Majesté, dit Gardiner. Vous ne tarderez pas à être battu. La reine vous menace...

Henri se tourna vers Gardiner d'un air inquisiteur. Déjà exaspéré par la reine, le roi senti s'amplifier grandement son malaise par la remarque ambiguë du perfide ecclésiastique.

Gardiner était un chasseur habile. La première flèche qu'il avait décochée avait fait mouche, mais Catherine avait également perçu son sifflement. Les remarques de Gardiner l'avaient mise sur ses gardes et, en apercevant le visage congestionné du roi, elle comprit qu'elle avait manqué de prudence.

Mais il était trop tard pour se rattraper, l'échec du roi était inévitable et Henri l'avait déjà remarqué.

— Fort bien! dit le roi brusquement. Vous avez gagné, Catherine, et, par la sainte Mère de Dieu, vous pouvez vous vanter d'être l'une des rares personnes à avoir vaincu Henri d'Angleterre!

— Je ne m'en vanterai point, mon noble époux, répondit-elle en souriant. Vous avez joué avec moi comme le lion joue avec un chiot qu'il se garde d'écraser par pure compassion pour la faible créature. Je vous remercie, Ô mon lion. En me laissant gagner, vous vous êtes montré magnanime aujourd'hui.

Le visage du roi s'éclaira quelque peu. Gardiner le remarqua et décida de ne pas laisser Catherine profiter de son avantage.

— La magnanimité est une vertu louable mais très dangereuse, dit-il gravement, et, par-dessus tout, les rois devraient s'abstenir de la pratiquer. En effet, ce genre de clémence et de générosité pardonne les crimes et les rois ne sont pas là pour pardonner mais pour punir.

— Je ne suis pas de cet avis, dit Catherine. Se montrer magnanime est la plus noble des prérogatives des rois ; et puisqu'ils représentent Dieu sur terre, eux aussi doivent se montrer miséricordieux, comme le Créateur lui-même.

Le front du roi s'assombrit à nouveau tandis qu'il fixait l'échiquier d'un air sinistre.

Gardiner haussa les épaules et ne répondit pas. Il sortit un rouleau de feuilles de papier de ses habits et le tendit au roi.

— Sire, dit-il, j'espère que vous ne partagez pas le point de vue de la reine ; autrement cela se révélerait néfaste pour la tranquillité et la paix du pays. L'humanité ne se gouverne pas par la clémence mais seulement par la peur. Votre Majesté brandit le glaive. Si elle hésite à l'abattre sur les malfaiteurs, ceux-ci le lui arracheront des mains et elle se trouvera désarmée !

— Que voilà des mots bien cruels, Votre Grandeur, s'exclama Catherine qui laissa parler généreusement son cœur en soupçonnant que Gardiner était venu trouver le roi pour lui faire prendre des décisions radicales devant causer mort d'hommes.

Voulant anticiper les desseins du prélat et amadouer le roi, elle se rendit compte que le moment était mal choisi.

Le roi, ulcéré par la victoire de son épouse aux échecs, sentit son humiliation augmenter lorsque Catherine s'opposa à l'ecclésiastique. Henri considéra que cette prise de bec constituait une attaque personnelle. Non, le roi n'était aucunement porté à faire preuve de clémence et jugeait qu'il était inapproprié pour la reine de faire l'éloge de la pitié comme étant l'une des prérogatives les plus nobles des souverains.

D'un hochement de tête, il prit les papiers des mains de Gardiner et les lut.

— Ah ! dit-il en parcourant les pages. Votre Grandeur a raison. Les hommes ne méritent pas la pitié, car ils sont toujours prêts à en abuser. Sous prétexte qu'au cours des dernières semaines nous n'avons pas enflammé de piles de fagots ni érigé d'échafauds, ils s'imaginent que nous sommes endormis, recommencent à nous trahir, à perpétrer de plus belle leurs activités coupables et lèvent le poing pour me narguer. Je vois ici une accusation concernant un homme qui aurait soutenu qu'il n'existe pas de roi par la grâce de Dieu et que le roi n'est qu'un simple mortel et un pécheur comme le plus misérable des mendiants.

« Je concéderai un point à cet individu : pour lui je ne serai pas roi par la grâce de Dieu mais roi en vertu de la colère divine ! Nous allons lui montrer que nous n'en sommes pas rendus à être comme le plus misérable des mendiants, car nous possédons encore suffisamment de bois pour dresser une pile de fagots à son intention ! »

Le roi éclata d'un gros rire, servilement répercuté par Gardiner.

— Là, j'en vois deux autres qui sont accusés de contester la suprématie du roi, poursuivit Henri, qui tournait les pages. Ils me traitent de blasphémateur parce que j'ose m'appeler le représentant de Dieu, le chef visible de Sa sainte Église. Ils racontent que Dieu seul est le seigneur de son Église et que Luther et Calvin sont des représentants de plus haut rang que le roi. En vérité, il nous faudrait considérer notre royauté et la dignité que Dieu nous a conférée comme chose de bien peu de valeur si nous ne punissions pas ces mécréants qui, en blasphémant notre personne sacrée, blasphèment Dieu lui-même.

Il continua à tourner les pages. Soudainement, il fut pris d'un accès de colère et des jurons lui vinrent aux lèvres. Il jeta les feuilles de papier sur la table et les frappa d'un violent coup de poing. Il explosa de rage.

— Tudieu ! Tous les diables sont-ils sortis de l'enfer ? La sédition s'étend-elle à ce point dans mon pays pour que nous n'ayons plus longtemps le pouvoir de la mater ? Je vois qu'un de ces hérétiques fanatiques a harangué les foules pour les prévenir de ne pas lire ce livre saint qu'en tant que père affectionné et attentif au bien de mon peuple j'ai écrit pour son édification. Ce félon a montré mon livre aux gens en leur disant : « Vous appelez ça le *Livre du roi* et vous avez raison, car il s'agit d'un livre pervers, un livre sorti des presses de l'enfer et commandité par le démon lui-même ! » Ah ! Il faudra montrer notre colère à cette racaille misérable et traîtresse afin qu'elle puisse avoir encore foi en son roi. Cette populace est méprisable, dégoûtante, ignoble ! Elle n'est obéissante et humble que lorsqu'on la flagelle. C'est seulement lorsqu'on la fait rouler dans la poussière qu'elle nous reconnaît comme étant son maître et lorsque nous torturons ces marauds et que nous les faisons brûler qu'ils respectent notre Excellence. Nous devons pourtant leur faire entrer la royauté dans le corps afin qu'ils soient sensibles aux réalités qui sont les nôtres. Par le Dieu éternel, c'est ce que nous ferons ! Donnez-moi une plume pour que je signe et ratifie ces mandats d'arrêt. Et humectez bien la plume, Votre Grandeur, car il y a huit mandats et je dois écrire mon nom à huit reprises. Ah ! Quelle fatigante occupation que d'être roi et pas une journée ne passe sans apporter sa charge de tracas et de travail...

— Notre Seigneur Dieu vous bénira pour vos œuvres ! conclut Gardiner en passant la plume au roi d'un air ostentatoire.

Henri se préparait à écrire lorsque Catherine lui toucha la main.

— Ne signez pas cela mon époux, lui dit-elle d'un air suppliant. Par tout ce qui vous est sacré, je vous conjure de ne pas vous laisser emporter par les vexations momentanées que vous ressentez. Ne laissez pas l'homme insulté prendre le dessus sur le roi juste et équitable. Laissez le soleil se coucher et se lever sur votre colère et ensuite, lorsque vous serez parfaitement calme, que vous aurez repris vos esprits, vous pourrez prononcer un jugement sur les accusés. Pensez-y, mon époux, cela représente huit condamnations à mort que vous vous apprêtez à signer et, avec ces quelques traits de plume, vous arracherez huit personnes à la vie, à leurs familles et à la société. Vous les enlèverez à l'affection de mères, de pères, de fils, de femmes, de maris, d'enfants en bas âge. Pensez-y, Henri: c'est là une lourde responsabilité que Dieu a placée en vos mains et il serait présomptueux de ne pas reconsidérer cette affaire avec toute la gravité souhaitable et en toute tranquillité d'esprit.

— Par la sainte Mère de Dieu! cria le roi en tapant bruyamment sur la table. Ça, par exemple! Je comprends que vous osez excuser des traîtres et des individus qui blasphèment contre leur roi... Avez-vous seulement entendu de quoi ils sont accusés?

— J'ai entendu, répondit Catherine de plus en plus chaleureusement. J'ai entendu et je vous dis que, néanmoins, il ne faut pas signer ces arrêts de mort, monsieur mon mari. Il est vrai que ces pauvres créatures ont commis des erreurs, mais l'erreur étant humaine, que leur châtiment le soit également...

«Il n'est pas sage, Ô mon roi, de vous venger si cruellement d'insultes aussi insignifiantes contre Votre Majesté. Un roi doit se placer au-dessus des calomnies et des basses injures. Il doit briller pour les justes et les injustes, mais aucun de ces sujets ne doit pouvoir assombrir son éclat ou diminuer sa gloire. Punissez les malfaiteurs et les criminels, mais montrez-vous noble et magnanime envers ceux qui vous ont injurié.

— La personne du roi ne saurait être insultée, interrompit Gardiner. Le roi est une idée sublime, une pensée puissante qui englobe le monde visible. Quiconque insulte le roi n'insulte pas une simple personne mais une royauté constituée en vertu du droit divin, une pensée universelle qui assure la cohésion du monde entier!

— Quiconque injure le roi injure Dieu! hurla le roi. Et quiconque s'empare de notre couronne et nous salit devrait avoir la main coupée et la langue arrachée, comme nous le faisons pour les athées et les parricides !

— Alors coupez-leur la main et mutilez-les mais ne les tuez pas ! s'écria Catherine avec passion. Assurez-vous au moins que leur crime est aussi grave qu'on veut bien vous le faire croire, mon époux. Oh ! Il est si facile de se faire accuser de traîtrise ou d'athéisme ! Il suffit d'un mot déplacé, d'un doute, non contre Dieu mais contre les prêtres ou l'Église que vous, mon roi, avait fondée. Toutefois, la structure noble et particulière de cette institution peut paraître si nouvelle et si originale que les gens peuvent se demander s'il s'agit d'une Église de Dieu ou d'un palais à l'intention du roi ; ils risquent donc de se perdre dans les méandres de ce concept et de ne plus retrouver la sortie.

— S'ils avaient la foi, dit solennellement Gardiner, ils ne s'égareraient pas, et si Dieu était avec eux, l'entrée ne leur serait pas refusée !

— Oh ! Je sais combien vous vous montrez constamment impitoyable ! s'écria Catherine en s'emportant. Mais ce n'est pas auprès de vous que j'intercède pour ces malheureux mais auprès du roi. Je vous le dis, monseigneur l'archevêque, vous agiriez davantage en qualité d'apôtre du Christ si vous unissiez vos prières aux miennes plutôt que d'inciter le roi à se montrer intraitable. Vous êtes un ministre du Culte et je n'ai pas à vous apprendre qu'il existe plusieurs chemins menant à Dieu et que nous tous, autant que nous sommes, doutons et nous demandons constamment quel est le bon…

— Comment ? hurla le roi en se levant et en lançant à Catherine des regards furieux, voulez-vous dire que les hérétiques peuvent également trouver la voie qui mène à Dieu ?

— Ce que je veux dire, s'écria-t-elle avec passion, c'est que Jésus-Christ s'est également fait traiter d'athée et a été exécuté. Je veux dire que Stéphane a été lapidé par Saül de Tarse, le futur apôtre Paul, ce qui n'empêche pas que les deux soient aujourd'hui vénérés comme des saints. Je veux dire que Socrate n'a pas été damné parce qu'il vivait avant le Christ et que, par conséquent, il en ignorait la religion. Et que dire d'Horace et de Jules César, de Phidias et de Platon, que l'on peut qualifier de grands et nobles esprits, même s'il s'agissait de païens? Oui, monseigneur et cher époux, je veux dire que nous devons faire preuve de tolérance en matière de religion et que la foi ne doit pas être imposée aux hommes par des mesures coercitives, comme un fardeau, mais leur être proposée comme un élément bénéfique, dans le cadre de leurs convictions...

— Considérez-vous que ces huit accusés sont passibles de la peine de mort? demanda Henri avec un calme étudié et en tentant de ne laisser rien paraître de ses sentiments.

— Non, mon époux! Je les considère comme de pauvres mortels dans l'erreur, des gens à la recherche de la bonne voie et qui aimeraient certainement la suivre à condition d'être convaincus d'avoir fait le bon choix.

— Ça suffit! dit le roi en faisant signe à Gardiner de s'approcher, en s'appuyant sur lui et en faisant quelques pas dans la pièce. Nous ne parlerons plus de cette question, trop importante pour que nous en débattions en présence de notre primesautière et jeune reine. Le cœur des femmes est toujours porté à faire preuve de pardon et de douceur. Vous auriez dû vous en souvenir, Gardiner, et ne pas parler de ces questions en présence de la reine.

— Sire, c'était pourtant l'heure que vous m'aviez fixée pour discuter de ces choses...

— Était-ce vraiment le moment! s'exclama rapidement le roi. Bref, nous avons eu tort de le consacrer à autre chose qu'aux questions graves. Ma reine, vous me pardonnerez de me laisser seul avec l'archevêque, car les affaires d'État ne sauraient attendre...

Après avoir tendu la main à Catherine, non sans difficulté mais en s'efforçant de sourire, il la conduisit à la porte. Elle s'arrêta et le regarda dans les yeux avec un air interrogateur et soucieux. Elle allait ouvrir la bouche lorsqu'il fit un geste d'impatience et fronça fortement les sourcils.

— Il est tard, dit-il, et nous avons à traiter d'affaires d'État...

Catherine ne prit pas le risque de répondre, s'inclina silencieusement et quitta la pièce. Le roi la regarda s'éloigner d'un air sombre et contrarié, puis se retourna vers Gardiner.

— Maintenant, que pensez-vous de la reine?

— Je pense... dit Gardiner en prenant délibérément le temps de peser ses mots afin qu'ils pénètrent dans le cœur du roi comme autant d'aiguilles, je pense qu'elle ne considère pas comme des criminels ceux qui qualifient le saint livre que vous avez écrit d'œuvre infernale; je crois également qu'elle fait preuve de beaucoup de sympathie envers ces hérétiques qui refusent de reconnaître votre suprématie...

— Par la sainte Mère! Je pense que, si elle n'était pas ma femme, elle parlerait comme eux et se rangerait dans les rangs de mes ennemis! s'écria le roi dont la rage remontait à la surface comme la lave d'un volcan.

— C'est précisément son cas malgré le fait qu'elle soit votre épouse! Elle s'imagine que son rang la protège de toute comparution devant un tribunal et de votre juste colère. Elle peut donc se permettre ce que les autres n'oseraient jamais et prononcer des paroles qui, dans la bouche de personnes de moindre rang, constitueraient la plus noire des trahisons...

— Que fait-elle? Que dit-elle? s'écria le roi. N'hésitez pas à me le dire, Votre Grandeur. Il m'incombe de bien connaître ce que ma femme fait et raconte...

— Sire, elle n'est pas seulement la protectrice secrète des hérétiques et des réformateurs, mais elle pratique également leur religion. Elle prête une oreille favorable à leur doctrine erronée et a reçu certains de leurs prêtres dans ses appartements de manière à écouter leur discours fanatique inspiré par l'enfer. Elle parle de ces hérétiques comme s'ils étaient de vrais croyants et de vrais chrétiens. Elle qualifie Luther de lumière que Dieu aurait envoyée dans le monde pour dissiper l'obscurantisme et les faussetés prêchées par l'Église afin de les remplacer par la vérité et l'amour. Sire, ce Luther ose vous envoyer des lettres honteuses et insultantes et ridiculise de manière grossière votre sagesse et votre couronne.

— La reine est une hérétique ! Et lorsqu'on dit cela, on a tout dit ! hurla le roi.

Le volcan était prêt à entrer en éruption et la lave montait en cherchant une issue.

— Certes, c'est une hérétique ! répéta-t-il et, pourtant, nous avons juré d'éliminer ces athées de notre pays...

« Elle sait fort bien qu'elle se trouve à l'abri de votre colère, répondit Gardiner dans un haussement d'épaules. Elle compte sur le fait qu'elle est la reine et que, dans le cœur de son illustre mari, l'amour est plus fort que la foi.

— Personne ne devrait s'imaginer être à l'abri de ma colère et compter sur la sécurité que mon amour peut apporter. Il s'agit d'une femme fière, arrogante et audacieuse, s'écria le roi, dont le regard se fixait une fois de plus sur l'échiquier et dont la rancune était exacerbée par le souvenir de la partie perdue.

« Elle se hasarde à nous narguer et à différer de nous. Par la sainte Mère, nous allons entreprendre de briser son entêtement et de faire plier son orgueilleux col par notre volonté ! Oui, je montrerai au monde qu'Henri d'Angleterre est toujours intraitable et incorruptible. Je donnerai aux hérétiques la preuve que je suis en réalité le défenseur et le protecteur de la foi et de la religion de mon pays et que personne n'est trop haut placé pour ne pas être atteint par ma colère et frappé du glaive de ma justice. C'est une hérétique ! Or, nous avons juré de détruire les hérétiques par le feu et l'épée et devons donc respecter notre serment. »

— Et Dieu vous bénira pour cela et nimbera votre tête de l'auréole de la célébrité, tandis que l'Église vous louera comme étant son plus glorieux pasteur, son chef incontesté...

— Qu'il en soit donc ainsi ! dit le roi qui, avec un empressement de jeune homme, traversa la pièce, s'attabla à son bureau et, d'une main agile écrivit quelques mots.

Gardiner se tenait au milieu de la pièce, mains jointes, tandis que ses lèvres murmuraient en sourdine quelque prière. Ses grands yeux scintillants étaient fixés sur le roi avec une curieuse expression.

— Voici, Votre Grandeur, dit le roi. Prenez ce papier et donnez vos ordres en conséquence. C'est un mandat d'arrêt et, avant la tombée de la nuit, la reine devrait être à la Tour...

— En vérité le Seigneur vous soutient puissamment ! s'écria Gardiner en prenant le papier. Les hôtes célestes chantent leur alléluia et regardent avec délice de là-haut le héros qui n'hésite pas à réfréner les élans de son cœur pour la plus grande gloire de Dieu et de l'Église !

— Faites et hâtez-vous ! dit le roi d'un air pressé. Tout doit être réglé dans les heures qui suivent. Remettez ce papier au comte Douglas et dites-lui d'aller trouver le lord lieutenant de la Tour de façon à ce que celui-ci puisse se rendre ici même avec les hallebardiers de la garde royale, car cette femme est encore reine et, même si elle est criminelle, je la reconnais comme telle.

« Ce sera le lieutenant qui la conduira personnellement à la Tour. Hâtez-vous, dis-je ! Mais prenez garde : gardez tout ceci secret et ne communiquez rien de cette affaire à personne jusqu'à ce que le moment décisif arrive, autrement ses amis se mettront dans l'idée d'implorer ma pitié envers cette pécheresse, et je déteste les pleurs et les jérémiades. Silence donc, car je suis fatigué et j'ai besoin de repos et de sommeil. Comme vous le dites, je viens tout juste d'accomplir une œuvre qui plaira sûrement à Dieu. Peut-être le Créateur me récompensera-t-il par un sommeil réparateur que je désire en vain depuis si longtemps. »

Le roi tira les rideaux de son lit et, aidé par Gardiner, se laissa choir sur l'édredon. Gardiner s'assura une fois de plus de la fermeture des rideaux et empocha le fatal mandat d'arrêt. Même dans ses mains, le prélat jugeait que le feuillet n'était pas en sécurité. Quelque regard un peu trop curieux ne pourrait-il pas le voir et deviner son contenu ? Quelque ami de la reine, impertinent et sans vergogne, ne pourrait-il pas lui arracher ce papier et la prévenir ? Non, il n'était pas prudent de tenir ce document à la main. Il devait l'enfouir dans les poches de sa robe. Au moins, là personne ne le trouverait.

Et c'est précisément ce qu'il fit. Après avoir caché le précieux document, il quitta la pièce à pas rapides, de manière à mettre le comte Douglas au courant du succès de ses manigances.

Il ne perdit pas de temps à regarder en arrière. S'il y avait pensé, il aurait fait demi-tour et bondi tel un tigre sur sa proie, puis se serait précipité sur le sol pour ramasser le papier à l'endroit même où il se tenait après avoir mis dans ses poches le mandat d'arrêt rédigé par le roi. La robe d'un prélat n'est pas forcément le meilleur endroit pour cacher un secret dangereux, car parfois ses poches, comme celles de tout le monde, peuvent être trouées.

Ainsi Gardiner s'en alla en étant persuadé d'avoir mis le mandat d'arrêt à l'abri, même si ce papier létal traînait sur le plancher de la chambre royale.

Qui allait donc ramasser ce document ? Qui allait partager ce lourd secret ? À qui ce papier muet allait-il apprendre la peu réjouissante nouvelle de la disgrâce de la reine qui, ce jour même, se ferait traîner à la Tour de Londres pour y être emprisonnée ?

Tout était calme dans l'appartement du roi. Rien ne bougeait, pas même les lourds rideaux damassés de son lit.

Le roi dormait. La vexation et la colère pouvaient remplacer avantageusement une berceuse. Le roi s'était tant agité et mis en rage qu'il s'était endormi de fatigue.

Henri aurait dû être reconnaissant envers sa femme de l'avoir battu aux échecs et pour la colère éprouvée contre les sentiments hérétiques de celle-ci. Tout cela l'avait fatigué et poussé à s'endormir.

Le mandat d'arrêt traînait encore sur le plancher. La porte de la chambre s'ouvrit, précautionneusement. Qui donc avait l'audace de rentrer dans l'appartement du roi sans y avoir été invité et annoncé ?

Trois personnes seulement pouvaient se le permettre : la reine, la princesse Élisabeth et John Heywood, le bouffon. De qui s'agissait-il ?

Tout simplement de la princesse Élisabeth qui venait saluer son royal père.

Chaque après-midi, elle avait coutume de retrouver le roi dans sa chambre. Mais où était-il donc aujourd'hui ? Alors qu'elle jetait un regard curieux et surpris dans la pièce, elle remarqua un papier qui traînait sur le plancher. Elle le ramassa, l'examina avec une curiosité enfantine en se demandant ce qu'il contenait. Cela ne devait pas être très important, car autrement il ne se serait pas retrouvé là.

Elle le déplia et fut saisie d'horreur et d'étonnement à la lecture de son contenu. Après avoir étouffé une exclamation, Élisabeth ne se laissa pas désarçonner par cette nouvelle inattendue. Âme forte et résolue, elle saisit sur-le-champ la gravité de la situation : la reine était en danger ; on allait l'emprisonner ! Ce terrible chiffon de papier la tenaillait mais il ne fallait pas qu'elle se laisse abattre. Elle devait agit et vite prévenir la reine !

Elle cacha le mandat d'arrêt dans son corsage et, légère comme la brise, sortit de la pièce.

Les yeux étincelants et les joues rougies par sa course effrénée, Élisabeth fit irruption dans la chambre de la reine et, avec véhémence, la prit dans ses bras et l'embrassa tendrement.

— Catherine, ma reine et mère, lui dit-elle, nous avons juré d'être sur nos gardes et de nous protéger mutuellement si un danger nous menaçait. Le destin m'a souri puisqu'en ce jour il m'a donné le moyen de respecter mon serment. Prenez ce papier et lisez-le. Lorsque vous en aurez pris connaissance, regardons ce que nous pouvons faire et comment nous pouvons éviter le drame qui vous guette...

— Un mandat d'arrêt ! dit Catherine en frissonnant après avoir lu le document. Un mandat pour me faire enfermer – en d'autres termes, un arrêt de mort ! En effet, une fois qu'on a franchi le seuil de cette effrayante tour, on n'en ressort plus vivant et même si une reine est arrêtée et accusée, cela signifie qu'elle est condamnée. Ô mon Dieu ! Comprenez-vous, chère princesse, qu'il me faut mourir pendant que la vie palpite si intensément dans mes jeunes veines ? Qu'on me force à aller à la mort tandis que l'avenir est plein de promesses, avec mille espoirs et rêves inassouvis ? Mon Dieu, pourquoi faut-il que je me retrouve dans cette affreuse prison puis dans un tombeau quand des voix amies me prient de vivre et que les marées printanières ne m'ont qu'à peine submergé le cœur ?

Des larmes jaillirent de ses yeux et elle se cacha le visage dans ses mains qui tremblaient.

— Ne tremblez pas, ma reine, chuchota Élisabeth, qui tremblait aussi et affichait une pâleur inquiétante. Regardons d'abord ce que nous pouvons faire. Le danger augmente et le mal se rapproche à chaque minute...

— C'est juste, dit Catherine qui releva la tête et essuya ses larmes. Vous avez raison. Ce n'est pas le moment de pleurnicher et de se lamenter, car la mort rôde et je ne tiens pas à mourir. Je vis toujours et aussi longtemps qu'il me restera un souffle de vie, je me battrai contre la mort. Dieu me viendra en aide et m'aidera à surmonter ce danger comme il l'a fait pour tant d'autres.

— Mais que ferez-vous? Par où commencerez-vous? Vous ne connaissez pas les accusations, les accusateurs ni ce qui vous est reproché...

— Et pourtant, je m'en doute! dit la reine d'un air détaché. Je me souviens maintenant de l'attitude colérique du roi et du sourire entendu de ce prélat perfide. Je crois savoir sur quoi porte l'accusation. Oui, tout est clair maintenant. Ah! C'est donc une hérétique qu'ils veulent condamner à mort... Monseigneur l'archevêque, je suis encore vivante et nous verrons qui de nous deux remportera la victoire!

Elle approcha de la porte d'un pas assuré et les joues en feu. Élisabeth la retint et lui demanda, étonnée, où elle comptait se rendre.

— Chez le roi! dit-elle fièrement en arborant un grand sourire. Il a écouté l'archevêque; il devra m'entendre à mon tour. Le roi change facilement d'idée. Nous verrons maintenant laquelle des deux ruses, celle de la femme ou celle de l'ecclésiastique, triomphera... Priez pour moi, Élisabeth. Je me rends auprès du roi. Ou bien vous me reverrez heureuse et libre, ou bien vous ne me reverrez plus...

Elle déposa un fervent baiser sur les lèvres d'Élisabeth et quitta précipitamment la pièce.

CHAPITRE XXXV

Il y avait bien longtemps que le roi ne s'était pas senti aussi bien qu'aujourd'hui. Son sommeil n'avait pas été aussi réparateur que depuis qu'il avait signé le mandat d'arrêt pour faire emprisonner la reine. Il n'y pensait guère toutefois, comme si sa sieste avait tout effacé de sa mémoire. Un peu comme une anecdote qu'on vous raconte, qui vous fait rire et qu'on s'empresse d'oublier, toute cette affaire n'était devenue qu'un interlude fugace, rien de plus.

Le roi avait bien dormi et n'en demandait pas plus. Il s'étira et demeura allongé sur son lit en pensant avec joie combien il serait plaisant de pouvoir jouir chaque jour d'un sommeil aussi bon, exempt de cauchemars et de frayeurs. Il se sentait donc reposé, serein et de bonne humeur, et si quelqu'un était venu lui demander quelque faveur, il la lui aurait accordée de bonne grâce. Mais il était seul et devait donc brider ses bonnes dispositions. Pourtant, il entendait quelqu'un respirer derrière les rideaux. Il les ouvrit et esquissa un sourire en voyant que la reine était assise près du lit. Les joues roses et l'œil malicieux, elle l'accueillit avec un sourire coquin.

— Ah! Kate, vous voilà! s'écria le roi. Je comprends pourquoi j'ai pu jouir d'un sommeil aussi serein. Vous m'avez veillé comme un bon ange et éloigné douleurs et mauvais rêves de ma couche!

Tout en lui faisant ce compliment, il se pencha et lui caressa tendrement le menton. Il ne se rappelait plus qu'il avait envoyé cette gracieuse tête à l'échafaud et que, dans quelques heures, ces yeux pétillants ne brilleraient plus dans l'obscurité de quelque cul de basse fosse. Le sommeil, répétons-le, avait tout effacé de sa mémoire et les pensées pernicieuses et cruelles ne s'étaient pas encore manifestées chez lui. Signer un mandat d'arrêt ou un arrêt de mort étaient des actes d'une telle banalité pour ce roi qu'ils ne marquaient point ses jours d'une pierre blanche, n'occasionnaient pas chez lui de cas de conscience et ne le touchaient absolument pas.

Pendant que le roi lui caressait le menton, Catherine pensait que ce geste symbolisait la mort qui la frôlait pour la faire basculer dans l'au-delà. Surmontant cet instant de panique, elle se ressaisit néanmoins et eut le courage de préserver son air serein et innocent.

— Vous m'appelez votre bon ange, mon époux, dit-elle en souriant, mais je ne suis rien d'autre que votre petit lutin personnel qui s'ingénie à vous faire rire avec ses plaisanteries.

— Vous êtes vraiment un cher petit lutin, Kate, s'écria le roi qui admirait le teint frais et l'attitude primesautière de sa femme avec une réelle satisfaction.

— Je prouverai donc aujourd'hui que je suis vraiment votre lutin en vous invitant à ne pas traîner au lit, dit-elle en faisant mine de le redresser. Savez-vous, mon époux, pourquoi je suis venue vous trouver ? C'est parce qu'un papillon s'est frappé à ma fenêtre ce matin. Pensez donc, un papillon en hiver ! Peut-être laissait-il présager le printemps et m'annonçait-il que, là-haut, le grand commis responsable du temps qu'il fait a confondu janvier avec mars. Ce papillon nous a invités, Ô mon roi ! D'ailleurs voyez, le soleil nous fait un clin d'œil à la fenêtre et nous convie à sortir, car il a déjà séché les allées du jardin et des brins d'herbe pointent dans le parc. Votre fauteuil roulant est prêt, mon époux, et votre lutin a déjà revêtu ses fourrures et s'est emmitouflé pour se protéger d'un hiver qui semble ne pas être au rendez-vous.

— Bien. Alors aidez-moi, mon très cher lutin, afin que j'obéisse à l'invitation du papillon, du soleil et de ma charmante femme, s'écria le roi en posant son bras autour du cou de Catherine et en se levant lentement.

Elle s'affaira en se hâtant, posa le bras du roi affectueusement sur son épaule et le soutint. Elle rectifia la position de la chaîne d'or, qui s'était déplacée sur le pourpoint d'Henri et, gentiment, rajusta la fraise qui lui ceignait le cou.

— Mon époux, avez-vous convoqué vos domestiques ou le maître de cérémonie qui, sans aucun doute, vous attend dans l'antichambre, ou encore l'archevêque qui, voilà un moment, me faisait triste figure ? Mais que vois-je, mon époux ? Votre visage semble aussi montrer quelques signes de contrariété… Votre lutin vous aurait-il dit quelque chose qui ne vous aurait pas plu ?

— Absolument pas ! répondit le roi d'un air sombre en évitant de regarder le sourire de son épouse et son air épanoui.

Des pensées négatives étaient revenues le hanter et, maintenant, il se souvenait du mandat d'arrêt qu'il avait signé pour Gardiner. Il s'en souvenait et le regrettait. Cette jeune reine était la beauté et la délicatesse personnifiées. Elle le déridait grâce à ses plaisanteries et lui faisait oublier les outrages qu'il subissait. Dotée d'un esprit vif qui rendait sa compagnie des plus agréables, elle constituait un merveilleux moyen de dissiper son royal ennui.

Il ne regrettait pas l'acte en soi mais le déplorait de manière égoïste pour les inconvénients que cela pourrait lui occasionner. Aussi déplorait-il d'avoir ordonné l'emprisonnement de la reine. Catherine le regardait. Elle ressentait une crainte intérieure et essayait de déchiffrer les pensées du monarque. Elle comprit le sens du sourire qu'il esquissait et reprit courage en se disant qu'elle pourrait peut-être détourner par un autre sourire la pointe de l'épée suspendue au-dessus de sa tête.

— Venez mon seigneur et mari, dit-elle joyeusement. Le soleil nous appelle et les frondaisons des arbres s'agitent irrespectueusement parce que nous ne nous promenons pas sous elles.

— D'accord, Kate, dit le roi en se levant, non sans efforts, allons respirer l'air pur du Créateur. Peut-être que Dieu est plus près de nous en pleine nature où il nous inspirera des pensées salutaires et nous fera prendre de bonnes résolutions... Venez, Kate.

Le roi lui donna le bras. Il s'appuya sur elle pendant quelques pas mais Catherine s'arrêta soudainement. Le roi posa sur elle un regard interrogateur tandis qu'elle rougissait et baissait les yeux.

— Eh bien ! dit le roi. Pourquoi vous attardez-vous ?

— Sire, je vous écoutais et ce que vous disiez à propos du soleil et des bonnes résolutions a touché mon cœur au plus haut point et m'a donné des remords de conscience... Mon époux, vous avez raison : le Créateur est dans la nature et je ne me hasarderai pas à m'exposer au soleil, qui est l'œil de Dieu, sans m'être auparavant confessée et avoir reçu votre absolution. Sire, je suis une grande pécheresse et ma conscience me tourmente. Accepteriez-vous d'être mon confesseur et de l'écouter ?

Le roi soupira.

« Ah ! pensa-t-il, elle se précipite vers sa propre destruction en m'avouant ses fautes. Ensuite, je me trouverai malheureusement dans l'impossibilité de l'exonérer de tout blâme... »

— Parlez ! lui ordonna-t-il.

— En premier, dit-elle en baissant les yeux, je dois vous avouer que je vous ai dupé, mon seigneur et roi. La vanité et l'orgueil m'ont poussée à commettre cette faute et une colère enfantine a fait le reste. Mais croyez bien que je tiens à vous exprimer mon plus sincère repentir du plus profond de mon âme et que je vous jure par tout ce que j'ai de plus sacré que c'était la première et l'unique fois que je vous ai trompé de la sorte. Je ne le ferai plus car il est très douloureux pour moi de me tenir ainsi devant vous, rongée par le remords...

— Et en quoi m'avez-vous trompé, Kate? demanda le roi d'une voix hésitante.

Catherine sortit de sa robe un petit rouleau de papier et, s'inclinant humblement, le tendit au roi.

— Voyez par vous-même, mon mari... lui dit-elle.

Le roi déplia le papier d'une main fébrile et regarda avec grand étonnement son contenu ainsi que le visage rougissant de la reine.

— Quoi? dit-il. Vous me donnez l'un des pions de mon échiquier? Qu'est-ce que cela signifie?

— Cela veut dire, dit-elle sur un ton absolument contrit, que j'ai subtilisé ce pion et que, par conséquent, vous ai volé votre victoire aux échecs. Oh! Il faut me pardonner, car je ne pouvais plus supporter de toujours perdre et craignais que vous ne m'accordiez plus le plaisir de jouer contre vous étant donné que je ne représentais qu'une piètre et risible adversaire... Ce petit pion était mon ennemi! Il se trouvait près de ma reine et la mettait en échec pendant que je découvrais que votre fou menaçait mon roi. Vous vous apprêtiez à jouer ce coup, qui allait vous donner la victoire, lorsque l'archevêque Gardiner est entré. Vous avez alors tourné la tête pour le saluer et avez quitté l'échiquier des yeux. La tentation de tricher était trop forte, Ô mon roi, et j'y ai succombé. C'est alors que j'ai pris le pion sur l'échiquier et que je l'ai glissé dans ma poche. Lorsque vous avez regardé à nouveau le jeu, vous avez semblé surpris, mais votre esprit magnanime ne soupçonnait aucunement la bassesse de mon geste. Alors nous avons continué et j'ai remporté la partie. Monseigneur, me pardonnerez-vous?

Le roi éclata d'un rire sonore et regarda Catherine qui l'observait en rougissant, d'un air attendri. Son rire redoubla en constatant qu'elle s'était mise dans un tel état pour si peu de choses.

— Est-ce donc là votre seul crime, Kate, que de m'avoir volé un pion? Est-ce votre seule et unique tromperie? demanda-t-il en se séchant les yeux.

— N'est-ce pas déjà beaucoup, sire? N'ai-je pas dérobé ce pion parce que j'étais décidée à gagner cette partie d'échecs à vos dépens? La cour n'est-elle pas maintenant au courant de ma chance inespérée? Ne sait-elle pas que j'ai remporté une victoire que je ne méritais pas en vous dupant de manière honteuse?

— Pas vraiment, répondit le roi solennellement. Les hommes qui ne sont pas plus trompés par leur femme que vous ne m'avez berné en ce jour peuvent se réjouir et les femmes dont les confessions sont si pures et si innocentes que la vôtre a pu l'être aujourd'hui peuvent se dire non moins heureuses. Vous pouvez lever les yeux, chère Katie! Vos péchés vous sont pardonnés. Dieu et votre roi peuvent rendre honneur à votre vertu...

Il posa ses mains sur la tête de la reine, comme s'il la bénissait, la regarda longuement d'un air songeur puis lui dit en riant:

— Si je vous en crois, ma Kate, j'aurais dû vous battre aux échecs aujourd'hui et non avoir perdu...

— Il est évident que j'aurais perdu si je n'avais pas subtilisé ce pion...

Le roi se remit à rire et la reine reprit:

— Croyez-moi, mon époux, l'archevêque Gardiner a été la cause de ma chute. Étant donné qu'il était là, je ne tenais pas à perdre. J'étais révoltée et mon orgueil souffrait à l'idée que cet arrogant et prétentieux prélat soit témoin de ma défaite. Je voyais déjà en pensée son sourire froid et méprisant, son regard suffisant toisant la perdante que je serais et mon cœur se rebellait à l'idée de me voir ainsi humiliée. J'en arrive par conséquent à la seconde partie de la faute que je tiens à vous confesser aujourd'hui. Oui, je dois avouer vous avoir gravement offensé en contredisant vos sages et pieuses décisions. Oh! Mon époux, je n'avais pas l'intention de vous contrarier mais seulement de vexer et d'embarrasser cet ecclésiastique arrogant, car je dois vous le confesser, Ô mon roi, je déteste cet archevêque de Winchester – pire : il m'effraie au plus haut point. Quelque chose me dit qu'il est mon ennemi, car il ne cesse de m'épier, de surveiller chacune de mes paroles pour s'en servir ensuite comme d'un nœud coulant pour mieux m'étrangler. Si votre main miséricordieuse et votre bras n'étaient pas là pour me protéger, je sens que cet homme retors me détruirait avec un plaisir sans mélange…

« Lorsque je vois ce faux dévot, cher époux, je n'ai qu'une seule envie : me précipiter contre votre poitrine pour vous dire "Protégez-moi, Ô mon roi ! Ayez foi en mon amour et aimez-moi car, autrement, je suis perdue ; cet ennemi malfaisant fera tout pour me détruire…" »

Pendant qu'elle parlait, elle se tenait affectueusement près du roi et, penchant sa tête vers la poitrine de ce dernier, le regardait avec un air suppliant et empli de touchante dévotion.

Le roi se pencha et lui embrassa le front.

« Oh ! *Sancta simplicitas* ! pensa-t-il. Elle ne sait pas combien elle peut être proche de la vérité et combien de bonnes raisons elle peut avoir de craindre ces sombres appréhensions… »

Il lui demanda :

— Ainsi, Kate, vous croyez que Gardiner vous déteste ?

— Je ne le crois pas, je le sais, dit-elle. Il ne manque pas une occasion de me blesser. Il me harcèle à chaque fois qu'il le peut à coups d'épingles, craignant que vous ne remarquiez la dague qu'il dissimule, car ses piqûres subtiles peuvent passer inaperçues à vos yeux. Et que signifiait son intrusion aujourd'hui sinon une nouvelle attaque contre ma personne ? Il sait pertinemment – et je ne l'ai jamais caché – que je suis une ennemie du catholicisme et de ce pape romain qui a osé lancer l'anathème contre mon seigneur et mari et que je m'intéresse beaucoup à la doctrine et à la religion dite de la Réforme.

— Ils disent que vous êtes une hérétique... dit gravement le roi.

— C'est Gardiner qui le dit! Mais si je suis une hérétique, vous l'êtes aussi, Ô mon roi, car vos convictions sont les miennes. Si je suis une hérétique, Cranmer, le noble archevêque de Canterbury, l'est aussi, car il est mon directeur spirituel...

« Oui, Gardiner me veut hérétique ou du moins me faire passer comme telle à vos yeux. Rappelez-vous, mon époux, la manière dont il vous a présenté tantôt ces huit arrêts de mort. Il y avait certes huit hérétiques qu'il vous demandait de condamner, mais pas un seul papiste parmi eux... Et pourtant, je sais que les prisons en sont pleines. Animés par le fanatisme dont ils font preuve pour défendre leur foi, ils ont répandu des mots aussi passibles de sanctions que ceux qu'ont prononcés les malheureux que vous avez aujourd'hui envoyés à la mort d'un trait de plume. Sire, je vous aurais demandé grâce pour eux avec autant de ferveur si vous aviez condamné des papistes à mort! Mais Gardiner voulait à tout prix une preuve de mon hérésie; il a donc choisi huit hérétiques pour me forcer à m'opposer à votre sévère décret.

— C'est juste, dit le roi, songeur. Il ne se trouvait pas un seul papiste parmi eux... Mais dites-moi, Kate. Êtes-vous vraiment une hérétique, une adversaire de votre roi?

Avec un doux sourire, elle le regarda droit dans les yeux et, humblement, croisa ses bras sur sa jolie poitrine.

— Votre adversaire! chuchota-t-elle. Mais n'êtes-vous pas mon mari et mon seigneur? La femme ne doit-elle pas être assujettie à l'homme? L'homme a été créé à l'image de Dieu et la femme à l'image de l'homme. La femme n'est donc que le second moi de l'homme et celui-ci doit faire preuve de compassion envers elle en amour; il doit lui donner de son esprit et influencer son jugement par le sien. Par conséquent, mon époux, votre devoir est de m'enseigner, et le mien de suivre votre enseignement. Parmi toutes les femmes du monde, aucune n'est aussi privilégiée que moi, car Dieu a été assez bon pour me donner pour époux un roi dont la prudence, la sagesse et le savoir sont des merveilles reconnues dans le monde entier.

— Quelle adorable petite flatteuse vous faites, Kate ! dit le roi avec un sourire, et avec quelle charmante voix vous me dissimulez des choses. Car, en vérité, vous êtes vous-même une jeune personne fort érudite qui n'a rien à apprendre de quiconque et qui serait fort capable d'enseigner à autrui…

— Oh ! Si vous envisagez la situation sous cet aspect, j'enseignerais volontiers au monde entier d'aimer mon roi et de lui être soumis avec humilité, confiance et obéissance, tout comme moi.

Faisant cela, elle passa ses bras autour du cou d'Henri et posa sa tête alanguie sur sa poitrine.

Le roi l'embrassa et la serra contre son cœur. Il ne pensait plus au danger qui planait au-dessus de la tête de la reine, mais seulement qu'il l'aimait et que sa vie serait bien ennuyeuse et bien triste sans elle.

— Et maintenant, mon époux, dit Catherine en se dégageant, maintenant que je me suis confessée et que j'ai reçu l'absolution, rendons-nous dans le jardin afin que le soleil du Créateur puisse briller joyeusement sur nos cœurs. Venez, mon roi, votre fauteuil est prêt. Les abeilles, les papillons et tous les insectes chantent en chœur un hymne pour vous accueillir dans la nature…

Riant et plaisantant, elle l'accompagna dans la chambre adjacente où les attendaient les courtisans et le fauteuil roulant. Le roi y prit place et se fit véhiculer dans les couloirs tapissés puis sur des plans inclinés en marbre installés dans les escaliers. L'équipage arriva dans le jardin où l'air avait l'aspect revigorant de l'hiver et la chaleur du printemps. L'herbe commençait à verdoyer et, ici et là, on distinguait déjà de timides floraisons. Le soleil était chaud et le ciel vraiment bleu pour la saison.

Catherine, radieuse, marchait à côté du roi. Elle n'avait d'yeux que pour lui et son charmant babillage était aux oreilles du souverain comme un chant d'oiseau. Cet état de grâce fut toutefois interrompu par un cliquetis d'armes, le bruit de soldats en marche et le scintillement de casques et de cottes de mailles au grand soleil.

Un détachement de gardes bloquait le bout de l'allée et un autre avançait en ordre serré. On pouvait voir à leur tête Gardiner et le comte Douglas et, à leurs côtés, le lieutenant de la Tour de Londres.

Le roi adopta un air condescendant et outragé et ses joues s'empourprèrent. Il se leva de son fauteuil comme s'il avait retrouvé sa jeunesse et, de toute sa hauteur, regarda d'un œil courroucé l'étrange procession.

La reine saisit la main d'Henri et la pressa contre sa poitrine.

— Ah! dit-elle dans un chuchotement, mon époux, protégez-moi car j'ai peur. Voilà mon ennemi Gardiner qui approche et je tremble...

— Vous ne devriez plus avoir peur de lui, Kate, dit le roi. Malheur à ceux qui osent faire trembler l'épouse du roi Henri! Je parlerai à Gardiner...

Poussant, pratiquement sans ménagement, la reine de côté et ne se préoccupant pas des vives douleurs que lui causait son pied, il avança à la rencontre du détachement de gardes et leur ordonna d'arrêter. Puis il fit venir Gardiner et Douglas près de lui.

— Que faites-vous ici et que signifie cet étrange déploiement? demanda-t-il d'un air vivement contrarié.

Les deux courtisans le regardèrent avec le plus grand étonnement mais ne daignèrent pas répondre.

— Eh bien! demanda le roi de plus en plus en colère. Voulez-vous me dire de quel droit vous envahissez mon parc avec un détachement armé, tout particulièrement au moment où je suis ici avec mon épouse? Je pense qu'il n'existe pas d'excuse suffisante pour un tel manquement au respect que vous devez à votre roi et maître et je m'étonne, milord, mon maître de cérémonie, que vous n'ayez pas pris les mesures nécessaires pour éviter une aussi grossière faute de goût...

Le comte Douglas balbutia quelques mots d'excuse que le roi ne comprit pas ou qu'il feignit ne pas comprendre.

— Le devoir d'un maître de cérémonie est de protéger son roi de toute contrariété inutile et, en votre qualité, comte Douglas, vous me devez bien cet honneur.

«Mais il est possible que vous vouliez me laisser entendre que vous être las d'assumer un tel office. Par conséquent, milord, je vous destitue de votre poste et, afin que votre présence ne me rappelle pas le désagréable incident de ce jour, je vous demanderai de quitter la cour et Londres! Adieu, milord...»

Le comte Douglas, pâle et tremblant, fit quelques pas en arrière et regarda le roi d'un air hébété. Il voulut parler, mais le roi, d'un revers de la main, lui ordonna de se taire.

— Quant à vous, milord l'archevêque, dit le roi avec une expression si outrée et méprisante que Gardiner pâlit et baissa les yeux, que signifie l'étrange équipage avec lequel le ministre de Dieu accueille son royal maître aujourd'hui et par quelle application incongrue de l'amour chrétien osez-vous vous livrer à une chasse aux hérétiques dans le propre jardin du roi?

— Sire, répondit Gardiner complètement éberlué, Votre Majesté sait très bien que nous avons suivi vos ordres et qu'avec le comte Douglas et le lieutenant de la Tour nous...

— Ne dites plus un mot ! hurla le roi, de plus en plus excédé du fait que Gardiner ne comprenait rien et surtout que le roi pouvait changer d'humeur. Comment osez-vous vous référer à mes ordres alors que je vous fais part de ma surprise de vous retrouver en ces lieux ? Cela signifie-t-il que vous me traitez de menteur et que vous voulez vous disculper en m'accusant ? Ah ! Mon brave archevêque ! Je crois que cette fois-ci vos plans sont déjoués. Je vous renie, vous et vos projets insensés ! Non ! Il n'y a personne que vous devez arrêter ici et n'eussiez vous pas été aveugle, vous auriez pu voir que le roi prenait l'air avec son épouse et qu'il n'y avait ici nul quidam que ces frustes gardes auraient intérêt à appréhender ! La présence de Sa Majesté royale est comme la présence de Dieu ; elle doit dispenser le bonheur et la paix et quiconque est touché par sa gloire s'en trouve sanctifié.

— Mais, Votre Majesté, hurla Gardiner, à qui la colère et les espoirs déçus avaient fait oublier toute réserve, vous vouliez que j'arrête la reine et m'en avez personnellement donné l'ordre. Maintenant que je m'apprête à exécuter votre volonté, vous me désavouez !

Le roi poussa un cri de rage, leva le bras et s'approcha du prélat. Soudainement, il sentit qu'on lui retenait le bras. C'était Catherine qui était intervenue.

— Oh ! Mon époux, lui dit-elle doucement, peu importe ce qu'il a fait, épargnez-le ! C'est un homme d'église ; laissez sa robe sacrée le protéger, même si ses actes sont condamnables !

— Ainsi vous plaidez en sa faveur ? s'écria le roi. Vraiment, ma pauvre femme, vous ne vous doutez point combien vous avez peu de raisons d'intercéder ainsi et de me demander d'avoir pitié de lui... Mais vous avez raison. Je respecterai sa soutane et oublierai combien l'homme qu'elle recouvre peut être orgueilleux et intrigant. Mais prenez garde, monsieur le ministre du Culte, de ne jamais me rappeler cela, car autrement vous subirez toute l'ardeur de ma colère et je vous frapperai inévitablement, sans pitié aucune, comme tout malfaiteur ! En tant qu'homme d'église, vous devriez méditer sur l'importance de votre poste et sur son aspect sacré. Votre siège épiscopal se trouve à Winchester; je crois que vos fonctions vous y appellent... Nous n'avons plus besoin de vous, car le noble archevêque de Canterbury nous reviendra et remplira son office auprès de la reine et de moi-même. Adieu!

Il se retourna et se dirigea vers son fauteuil en s'appuyant sur le bras de Catherine.

— Kate, dit-il, un nuage noir est passé dans votre ciel. Toutefois, grâce à votre sourire et à votre innocent visage, il ne vous a pas fait de tort. Nous croyons que nous devrions vous remercier d'une façon particulière par quelque acte d'amour de nous l'avoir fait remarquer. Y a-t-il quelque chose qui vous satisferait particulièrement, Kate?

— Oh! oui, dit-elle avec ferveur, j'ai deux grands souhaits...

— Alors dites, Kate, et, par la Mère de Dieu, s'il est en mon pouvoir de les exaucer, je le ferai...

Catherine lui prit la main et la serra sur son cœur.

— Sire, dit-elle. Pas plus tard qu'aujourd'hui ils vous ont fait signer huit condamnations à mort. Mon époux, faites de ces huit criminels huit sujets reconnaissants. Apprenez-leur à aimer ce roi contre lequel ils ont proféré des injures, apprenez à leurs mères et à leurs femmes à prier pour vous pendant que vous rendez la liberté et la vie à ces fils, à ces pères à qui, dans votre grandeur et votre miséricorde, vous pardonnez à la manière d'une divinité.

— Qu'il en soit ainsi! s'écria joyeusement le roi. Aujourd'hui, nos mains ne doivent rien faire d'autre que de se tenir et nous leur épargnerons les huit signatures ordonnant les condamnations. Ces huit scélérats seront libérés ce jour même...

Ravie, le visage exprimant une joie sans mélange, Catherine porta la main du roi à ses lèvres et la baisa.

— Et quel est votre deuxième vœu ? demanda le roi.

— Mon deuxième vœu, répondit-elle avec un sourire, plaide pour la liberté d'un pauvre prisonnier, pour la liberté d'un cœur humain, sire...

— Un cœur humain ? En a-t-on jamais vu déambuler dans la rue, se faire attraper et finir incarcéré ?

— Sire, vous l'avez attrapé et incarcéré dans la poitrine de votre fille. Par une loi peu naturelle, vous voulez mettre le cœur d'Élisabeth dans des fers et la forcer à renoncer à sa liberté de choix. Pensez-y seulement : gagner le cœur d'une femme avant qu'elle soit amoureuse, s'informer en premier de l'arbre généalogique et regarder les armoiries du prétendant avant qu'elle ne remarque l'homme !

— Ah ! Les femmes ! Les femmes ! Vous êtes vraiment des enfants ! s'écria le roi en riant. C'est avant tout une question de trône et non de cœur ! Mais venez, Kate, il faut que vous m'expliquiez davantage tout cela, mais je ne reviendrai pas sur ma parole, car je l'ai donnée de bon cœur et en toute liberté.

Il prit le bras de la reine et, s'appuyant dessus, remonta lentement l'allée. Les lords et ladies de la cour les suivaient en silence à une distance respectueuse. Personne ne soupçonnait que cette femme, qui avançait d'un air si fier et si majestueux, venait tout juste d'échapper à un grand péril et que l'homme qui s'appuyait sur elle avec tant de tendresse l'avait, quelques heures auparavant, vouée à une destruction certaine. Et pendant qu'ils devisaient confidentiellement en se promenant dans les allées du parc, deux autres personnages à la triste figure, au teint livide quittaient piteusement le palais, devenu pour eux un paradis perdu. Leurs cœurs étaient remplis de haine, de dépit et de rage contenue, car ils devaient souffrir en silence en souriant benoîtement afin de ne pas donner prise aux sarcasmes de la cour. Ils sentaient néanmoins les regards obliques des courtisans qu'ils croisaient en baissant les yeux. Ils imaginaient les commentaires malicieux, les remarques grinçantes de ces gens et les ressentaient au plus profond d'eux-mêmes comme autant de coups de dague.

Ayant plus ou moins surmonté le choc de leur disgrâce et le palais se trouvant loin derrière eux, ils se sentirent enfin en mesure de ventiler leurs humeurs et de donner libre cours à leurs lamentations et à leurs malédictions.

— Perdu ! Tout est perdu ! soliloqua le comte Douglas d'une voix creuse. Tous mes plans ont été déjoués. J'ai sacrifié ma vie, mes biens et même ma fille pour l'Église et tout cela s'est révélé inutile... Me voilà maintenant comme un mendiant, jeté à la rue, ruiné. Étant donné que mes projets se sont malheureusement effondrés et que mon sacrifice s'est révélé vain, notre sainte mère l'Église ne tient plus compte du fils aimant qui s'est sacrifié pour elle.

— Ne désespérez point ! dit Gardiner d'un ton sentencieux. Les nuages s'accumulent au-dessus de nos têtes, mais ils se disperseront éventuellement et, après la tempête, le beau temps sera de retour. Notre jour viendra, mon ami. Pour l'instant, poursuivons notre chemin, la tête couverte de cendres et le cœur contrit, mais, croyez-moi, un jour nous reviendrons, le visage rayonnant et le cœur joyeux. Le glaive enflammé de la colère divine brillera dans nos mains et une tunique pourpre nous enveloppera. Elle sera teinte du sang des hérétiques que nous offrirons au Seigneur notre Dieu comme un sacrifice pour sa plus grande gloire. Dieu nous prépare pour un avenir plus glorieux, croyez-moi, mon ami : notre bannissement n'est qu'un refuge que le Créateur nous ménage pour traverser les temps terribles qui s'en viennent.

— Vous parlez de temps terribles et espérez malgré tout, Votre Grandeur ? demanda Douglas d'un air défaitiste.

— Malgré tout, je garde espoir ! répondit Gardiner avec un sourire étrange et diabolique.

Puis, se penchant plus près de Douglas, il lui dit :

— Le roi n'en a que pour quelques jours. Il ne soupçonne même pas à quel point il frôle la mort et personne n'a le courage de lui dire quoi que ce soit. Mais j'ai parlé à son médecin qui m'a confié que les forces vitales du souverain étaient complètement épuisées et que la mort est à la porte, prête à le faucher.

— Et lorsqu'il sera mort, dit le comte Douglas en haussant les épaules, son fils Édouard sera roi et ces hérétiques de Seymour seront au gouvernail du pays ! Appelez-vous cela de l'espoir, Votre Grandeur ?

— Sans aucun doute…

— Ne savez-vous pas qu'Édouard, malgré son jeune âge, n'adhère pas moins fanatiquement aux idées de cette doctrine hérétique et que, ce faisant, il se trouve à être un furieux opposant de l'Église hors de laquelle il n'y a point de salut ?

— Je le sais, mais je sais aussi qu'Édouard est un faible enfant. Une sainte prophétie qui circule couramment au sein de notre Église prédit que son règne ne sera que de courte durée. Dieu seul sait de quoi il mourra, mais notre sainte Mère l'Église a souvent vu ses ennemis trépasser soudainement. D'ailleurs la mort a souvent été son alliée la plus efficace. Croyez-moi, mon fils, car je vous dis que le règne d'Édouard ne s'éternisera guère. Et après lui, ce sera la noble et dévote Marie qui lui succédera. C'est une stricte catholique qui déteste les hérétiques autant qu'Édouard les aime. Mon ami, lorsque Marie accédera au trône, nos tribulations prendront fin et l'empire nous appartiendra ! Toute l'Angleterre deviendra alors un grand temple dont les autels seront des piles de fagots sur lesquels nous brûlerons les hérétiques. Les cris de douleur de ces réprouvés seront les saints psaumes qu'ils chanteront en l'honneur de Dieu et de sa sainte Église. Certes, vous pouvez espérer l'avènement d'une telle époque. Espérez, car en vérité je vous le dis : elle viendra plus tôt que vous le pensez.

— Si vous le dites, Votre Grandeur, c'est qu'elle arrivera, dit Douglas. Espérons et attendons. Je me mettrai donc à l'abri du mal en Écosse et attendrai des temps meilleurs...

— Quant à moi – comme me l'a ordonné ce roi par la colère divine –, je réintégrerai mon siège épiscopal. La colère de Dieu ne tardera pas à s'abattre sur Henri. Que son agonie soit remplie de tourments et que la malédiction du Saint Père se réalise. Adieu ! Nous partons en agitant les rameaux de la paix que l'on nous a imposés, mais nous reviendrons en brandissant l'épée, nos mains détrempées de sang hérétique...

Les deux comparses se serrèrent la main et s'en allèrent chacun de leur côté. Avant la fin de la soirée, ils avaient tous deux quitté Londres.

Peu de temps après cette promenade mémorable dans les jardins de Whitehall, la reine se présenta dans les appartements de la princesse Élisabeth qui l'accueillit avec maintes manifestations de joie.

— Sauvée ! murmura-t-elle. Le danger est passé et, une fois de plus, vous êtes la puissante reine, la femme adorée de Sa Majesté...

— Et je peux vous en remercier, princesse. Sans ce mandat d'arrêt que vous m'avez apporté, j'étais perdue ! Oh ! Élisabeth, cela s'est révélé un véritable martyre. Il m'a fallu rire et plaisanter alors que mon cœur tremblait d'épouvante et d'horreur. Je devais simuler l'innocence et le détachement alors que j'entendais déjà le sifflement de la hache au-dessus de moi ! Oh ! Mon Dieu. J'ai passé par les souffrances et les frayeurs de toute une vie en une seule heure ! Mon âme a été sollicitée jusqu'à l'épuisement et mes forces me trahissent. Je pourrais pleurer sans cesse sur ce monde décevant et trompeur dans lequel souhaiter faire le bien et se montrer bon ne sont qu'absurdités pour les conspirateurs, un monde où il faut tromper, mentir et donner le change si vous ne voulez pas être victime de la méchanceté et de la crapulerie des gens. Et puis, Élisabeth, je ne peux même pas pleurer en privé, car une reine n'a pas le droit de se laisser glisser dans la mélancolie. Elle doit se montrer enjouée, heureuse, comblée, et seul Dieu, dans le silence de la nuit, sait combien elle peut soupirer et pleurer à chaudes larmes.

— Vous pouvez aussi pleurer en ma présence, car vous savez combien vous pouvez me faire confiance et compter sur moi.

Catherine l'embrassa chaleureusement.

— Vous m'avez rendu un grand service aujourd'hui; je suis venue non seulement pour vous remercier à haute voix, du fond du cœur, mais aussi pour vous annoncer une bonne nouvelle. Élisabeth, votre souhait sera exaucé: le roi a abrogé la loi vous obligeant à n'accorder votre main qu'à un prétendant de même rang que vous.

— Oh! s'écria Élisabeth, les yeux étincelants, ainsi je pourrai peut-être un jour faire un roi de celui que j'aime…

Catherine lui sourit.

— Vous avez un cœur fier et ambitieux, lui dit-elle, car Dieu vous a dotée de qualités exceptionnelles. Cultivez-les et développez-les, car j'ai l'intime conviction que vous êtes destinée à devenir un jour reine d'Angleterre. Mais qui dit qu'alors vous tiendrez encore à élever celui que vous aimez au rang de mari? La reine que vous serez ne voit actuellement qu'avec les yeux d'une jeune fille sans expérience. Peut-être ai-je fait une erreur en demandant au roi de changer sa loi, car je ne connais pas l'homme que vous aimez, et qui sait s'il est digne que vous lui accordiez votre cœur si pur et si innocent?

Élisabeth passa ses bras autour du cou de Catherine et s'accrocha tendrement à elle.

— Oh! dit-elle, il serait même digne d'être aimé de vous, Catherine, car il est le plus noble et le plus séduisant chevalier du monde. Et même s'il n'est pas roi, il n'en est pas moins le beau-frère du roi et sera un jour l'oncle d'un roi...

Catherine sentit son cœur s'emballer et son corps fut parcouru d'un grand frisson.

— Pourrais-je savoir son nom? lui demanda-t-elle.

— Oui, je puis vous le dire maintenant, car il n'y a plus de danger à le faire connaître. Le nom de celui que j'aime, ma reine, est Thomas Seymour...

Catherine lâcha un cri et repoussa avec passion Élisabeth de son cœur.

— Thomas Seymour? demanda-t-elle sur un ton menaçant. Quoi? Vous osez aimer Thomas Seymour?

— Et pourquoi n'oserais-je pas? demanda la jeune fille éberluée. Pourquoi ne devrais-je pas lui donner mon cœur puisque, grâce à votre intercession, je ne suis plus forcée d'épouser un prince du sang? Thomas Seymour n'est-il pas l'un des plus grands d'Angleterre? La population entière ne l'estime-t-il pas avec fierté et tendresse? Chaque femme qu'il daigne regarder ne se sent-elle pas honorée? Le roi lui-même ne sourit-il pas et n'est-il pas ravi lorsque Thomas Seymour, ce jeune intrépide et courageux héros, se tient à ses côtés?

— Vous avez raison! répondit Catherine dont chacun de ces mots, prononcés avec l'enthousiasme de la jeunesse, la lacérait comme autant de coups de poignard. Vous avez raison. Il est digne d'être aimé de vous et vous ne pouviez trouver de meilleur choix. C'est la surprise qui m'a fait voir les choses autrement que dans leur contexte. Thomas Seymour est le frère d'une reine. Pourquoi ne pourrait-il pas être aussi le mari d'une princesse royale?

Rougissante de timidité, Élisabeth cacha son visage souriant sur le sein de Catherine. Elle ne pouvait voir avec quelle expression de douleur et d'angoisse la reine la regardait, comment elle serrait les lèvres de manière convulsive et comment ses joues prenaient une pâleur cadavérique.

— Et lui, demanda-t-elle doucement, vous aime-t-il?

Élisabeth leva la tête et regarda son interlocutrice avec grand étonnement.

— Et comment peut-il être possible d'aimer si on n'est pas soi-même aimé?

— Vous avez raison, soupira Catherine, il faut être très humble et très fou pour être capable de cela...

— Mon Dieu! Vous êtes bien pâle, ma reine! s'écria Élisabeth qui avait remarqué le visage défait de Catherine. Vos traits sont déformés, vos lèvres tremblent... Que se passe-t-il?

— Rien, répondit Catherine avec un sourire douloureux. L'agitation et les peurs suscitées par les éléments d'aujourd'hui m'ont épuisée. C'est tout. Mais il y a une nouvelle menace dont vous n'êtes pas au courant: le roi est malade. Il souffre de vertiges et ils l'ont fait choir presque sans connaissance à côté de moi. Je vous ai apporté le message du roi; maintenant, le devoir m'appelle au chevet de mon mari. Adieu Élisabeth.

Elle lui fit un signe de la main et sortit précipitamment de la pièce. Elle rassembla ses forces pour dissimuler la douleur qui la tenaillait et passa fièrement et dignement dans les couloirs. Pour les courtisans qui s'inclinaient devant elle, elle devait être la reine, et aucun d'entre eux ne devait suspecter les tourments qui l'agitaient comme un feu dévorant. Toutefois, arrivée dans son boudoir, où elle était certaine de ne pas être vue ou entendue par qui que ce soit, elle n'était plus la reine mais juste une femme passionnée et atrocement déchirée.

Tombant à genoux, elle dit dans un gémissement à fendre l'âme:

— Mon Dieu, mon Dieu, faites que je devienne folle. Ainsi je ne me rendrai plus compte qu'il m'a abandonnée!

CHAPITRE XXXVI

Catherine avait enfin atteint une paix intérieure après bien des journées de torture, de larmes cachées, de nuits d'angoisse et de sanglots. Elle avait enfin pris une résolution ferme et définitive.

Le roi était mourant. Et bien qu'il l'ait fait énormément souffrir et qu'elle ait eu à supporter beaucoup de choses à cause de lui, il était toujours son époux. Sur le lit de mort du souverain, elle ne se montrerait ni déloyale ni fausse. Elle ne se sentirait pas obligée de jeter un regard sur le roi mourant. Elle renoncerait à son amour pour le comte de Sudley, un sentiment qui, cependant, avait toujours été pur et chaste comme la prière d'une jeune fille, qui était aussi distant que les premières rougeurs de l'aube et qui, pourtant, avait éclairé d'une lumière céleste le chemin morose de sa vie.

Elle consentirait au plus grand des sacrifices en faisant cadeau de son amoureux à une autre. Élisabeth aimait le comte. Catherine n'enquêterait pas pour savoir si Thomas Seymour aimait la princesse en retour ni pour savoir si la promesse qu'il lui avait faite à elle, la reine, n'était rien d'autre qu'une fantaisie de l'esprit ou un mensonge. Non, elle ne le croyait pas, elle ne croyait pas que Thomas Seymour soit capable de trahison ou de duplicité. Élisabeth l'aimait, toutefois. Elle était jeune et belle et était promise à un brillant avenir. Catherine aimait suffisamment Thomas Seymour pour ne pas vouloir le priver de cet avenir et était prête à s'offrir en sacrifice pour l'amour de son galant. Qu'était-elle donc, si ce n'est qu'une femme qui avait grandi dans la souffrance et le chagrin en comparaison de cette fraîche jeune fille, cette fleur en bouton? Que pouvait-elle offrir à son bien-aimé si ce n'est une vie de solitude ou régnerait l'amour et le bonheur tranquille? Lorsque le roi sera mort et elle à nouveau libre, Édouard VI montera sur le trône et Catherine ne sera rien de plus que la veuve oubliée et déchue d'un roi. Tandis qu'Élisabeth, la sœur du nouveau roi, aura peut-être la chance d'apporter une couronne en dot à l'élu de son cœur.

Thomas Seymour était ambitieux. Catherine le savait. Et il pourrait arriver un jour où il regretterait d'avoir choisi la veuve d'un roi plutôt que l'héritière d'une couronne.

Catherine anticiperait ce jour. Elle avait donc choisi de renoncer de sa propre volonté à son amoureux pour le donner à la princesse Élisabeth. C'est après une lutte intérieure sans merci que son esprit avait consenti à ce sacrifice. Elle avait mis ses mains contre son cœur, comme pour ne pas l'entendre pleurer et gémir.

Elle se rendit chez Élisabeth et lui annonça en lui souriant gentiment:

— C'est aujourd'hui que je vous amènerai celui que vous aimez, princesse. Le roi a tenu sa promesse. Il a, aujourd'hui, avec ses dernières forces, signé cet acte qui vous donne la liberté de choisir votre mari, non selon son rang mais selon le choix que fera votre cœur. Je donnerai cet acte à votre bien-aimé et je l'assurerai de mon aide et de mon soutien. Le roi souffre énormément aujourd'hui et il est de moins en moins conscient. Toutefois, soyez certaine que si son état lui permet de m'écouter, j'utiliserai toutes mes forces de persuasion pour le pousser à accepter votre choix et à faire en sorte qu'il consente à votre mariage avec le comte de Sudley. Je pars à l'instant recevoir le comte. Demeurez donc dans votre chambre, princesse, car Seymour ne tardera pas à venir, porteur de cet acte.

Il lui semblait que son cœur se faisait percer par des poignards incandescents au moment où elle prononçait ces paroles. C'était comme une épée à double tranchant qui lui transperçait le cœur. Catherine possédait, toutefois, une âme forte et courageuse. Elle s'était jurée qu'elle supporterait cette torture jusqu'au bout. Et c'est ce qu'elle fit. Ses lèvres n'avaient pas esquissé un seul frémissement ni laissé échapper un seul cri qui aurait trahi la souffrance qui la torturait. Son teint pâle et ses yeux sombres étaient occasionnés par des nuits entières à veiller son mari et par le deuil du roi, qu'elle portait déjà alors qu'il se mourait.

Elle se montra assez héroïque pour embrasser avec tendresse la jeune fille pour laquelle elle venait de sacrifier son amour et pour écouter en souriant les phrases enthousiastes de remerciement, de ravissement et de bonheur qu'Élisabeth lui adressait.

Et c'est avec des yeux sans larmes et d'un pas ferme qu'elle retourna vers ses propres appartements. Et sa voix ne trembla pas lorsqu'elle demanda au chambellan, alors de service, d'aller chercher le maître de cavalerie, le comte de Sudley. Elle avait seulement l'impression que son cœur était brisé et écrasé. Elle murmura alors avec humilité et d'une voix calme :

— Je mourrai quand il sera parti. Cependant je vivrai aussi longtemps qu'il sera ici. Et il ne se doutera jamais des souffrances que j'ai éprouvées !

Au moment où Catherine souffrait aussi atrocement, Élisabeth était radieuse et ravie car elle avait, enfin, obtenu ce qu'elle désirait et deviendrait, ce jour même, l'épouse de celui qu'elle aimait. Ô comme ces minutes passaient lentement ! Combien d'éternités allait-elle devoir attendre avant que n'arrive celui qui serait bientôt son époux ? Se trouvait-il en compagnie de la reine ? Pouvait-elle déjà escompter sa venue ? Elle se trouvait envoûtée, près de la fenêtre, et scrutait la grande cour. Il arriverait en passant par ce grand portail et franchirait cette porte un peu plus loin pour se rendre à l'appartement de la reine.

Elle poussa une exclamation et son visage s'empourpra. Le voilà qui arrivait avec son équipage, et ses laquais aux habits dorés lui ouvraient la porte. Comme il était beau et quel spectacle magnifique il offrait! Sa haute silhouette avait l'air si fière et si noble! Son visage aux traits réguliers paraissait si jeune et si frais! Sa bouche arborait un sourire si hautain et si impertinent! Comme ses yeux rayonnaient et brillaient de désir et de bonheur! Son regard s'arrêta pendant un instant à la fenêtre d'Élisabeth. Il la salua et entra ensuite par la porte qui menait aux appartements du palais de Whitehall occupés par la reine. Le cœur d'Élisabeth battait avec une telle violence qu'elle pensait ne plus pouvoir respirer. Il devait maintenant avoir atteint le grand escalier. Il devait l'avoir franchi. Il arrivait maintenant aux appartements de la reine. Il traversait la première pièce, puis la seconde, puis la troisième. Catherine l'attendait dans la quatrième.

Élisabeth aurait bien donné une année de sa vie pour pouvoir entendre ce que Catherine dirait au comte ainsi que les réponses qu'il ferait – une année de sa vie pour percevoir l'enchantement, l'étonnement et le ravissement de son bien-aimé. Il était si beau lorsqu'il souriait, si séduisant lorsque ses yeux flamboyaient d'amour et de plaisir.

— Oh! Je pense que je mourrai s'il n'arrive pas bientôt! murmura-t-elle. Oh! Si seulement je pouvais le voir ou l'entendre!

Prise d'une impulsion subite, elle s'arrêta. Ses yeux s'éclairèrent et un sourire enchanteur se dessina sur ses lèvres.

— Oui, a-t-elle dit, je le verrai et l'entendrai. Je peux le faire et je le ferai. Je possède la clé qui sépare ma chambre de celle de la reine car elle me l'a donnée. Grâce à cette clé, je peux aller dans son antichambre, et son boudoir se trouve adjacent à sa chambre à coucher. Il est certain que c'est dans son boudoir qu'elle recevra le comte. J'entrerai sans faire de bruit et je me cacherai derrière les tentures qui séparent cette pièce de la chambre. Je pourrai le voir et entendre tout ce qu'il dira.

Elle se mit à rire tout fort de bonheur comme le ferait un enfant et s'empara de la clé qui se trouvait sur son bureau. Tel un trophée, elle la leva bien haut et s'écria:

— Je la verrai!

Puis, radieuse, elle quitta la pièce.

Elle avait vu juste. Catherine recevait le comte dans son boudoir. Elle se trouvait assise sur le divan en face de la porte menant à l'entrée. Celle-ci étant ouverte, la reine avait donc une vision parfaite de l'espace au complet. Elle put voir le comte traverser le boudoir et se réjouit une fois de plus, avec un ravissement douloureux, en le voyant si beau et si fier. Elle permit à son regard de le contempler avec amour et adoration. Il finit par arriver dans l'embrasure de la porte du boudoir, ce qui signifiait pour elle la fin de son bonheur, de ses rêves les plus doux, de ses espoirs et de son ravissement. Elle n'était rien de plus que la reine, l'épouse d'un roi moribond. Elle n'était plus la bien-aimée du comte Seymour. Elle ne faisait plus partie de son avenir ni de son bonheur.

Elle eut le courage de l'accueillir en souriant et sa voix ne trembla pas lorsqu'elle le fit entrer. Il la salua en la regardant avec surprise. Il ne comprenait pas pourquoi elle osait lui donner rendez-vous. En effet, le roi n'était pas mort. Sa mort prochaine pouvait peut-être rendre sa parole difficile, il pouvait encore, néanmoins, les détruire tous les deux.

Pourquoi n'avait-elle pas attendu jusqu'au lendemain? Le roi pourrait être mort le jour suivant. Ils pourraient alors se rencontrer sans contrainte et sans danger. Elle serait sienne et rien ne pourrait plus faire obstacle à leur bonheur. Et maintenant que le roi agonisait, il n'aimait plus que Catherine. Son ambition avait pris la décision pour son cœur. La mort était devenue le juge des deux amours de Seymour et c'est ainsi que l'étoile d'Élisabeth avait pâli avec la mort prochaine du roi.

Catherine serait la veuve d'Henri VIII. Il ne faisait aucun doute que ce tendre époux avait désigné sa jeune femme adorée comme régente pendant la minorité du prince de Galles. Catherine aurait donc encore cinq ans de pouvoir illimité, d'autorité royale et de souveraineté. Si Catherine devenait sa femme, cela signifierait que lui, Thomas Seymour, partagerait ce pouvoir, tout comme les costumes rouges, privilèges de la royauté, qui se trouveraient sur ses épaules. Il l'aiderait à porter la couronne qui, cela ne ferait aucun doute, pèserait lourd sur son front délicat. En fait, il deviendrait le régent et Catherine ne serait régente qu'en titre. Elle serait la reine d'Angleterre et lui serait le roi de cette reine. Quelle pensée enivrante et pleine d'orgueil une telle perspective ne pouvait-elle pas représenter ! Et quels plans et espoirs allaient s'y trouver mêlés ! Cinq années de domination – cela ne constituerait-il pas une période assez longue pour ébranler la position du futur roi et saper son autorité ? Ne serait-il pas possible de penser que le peuple, une fois habitué à la régence de la reine, préférerait rester sous son autorité plutôt que de se soumettre à ce jeune garçon malingre ? Le peuple doit être obligé d'y penser et de faire de Catherine, l'épouse de Thomas Seymour, leur souveraine régnante.

Le roi était malade et mourant et Catherine serait sans aucun doute la régente et, si la chance le permettait, peut-être un jour la souveraine régnante.

La princesse Élisabeth n'était qu'une pauvre princesse, sans aucune possibilité d'accéder au trône. En effet, venaient avant elle dans la ligne de succession Catherine, Édouard et finalement Marie, la sœur aînée d'Élisabeth. Cette dernière n'avait donc aucune possibilité de régner et Catherine se trouvait en première position dans la ligne de succession au trône.

Thomas Seymour réfléchissait à tout cela au moment où il traversait les appartements de la reine. Il s'était convaincu que la seule femme qu'il avait jamais aimée était Catherine. Élisabeth était oubliée et méprisée. Elle n'avait aucune chance de parvenir au trône ; pourquoi donc devrait-il se l'attacher ?

La reine lui ordonna de fermer la porte du boudoir et de tirer les tentures. Au moment précis où il accomplissait ces gestes, les tentures de la porte opposée qui conduisait à la chambre à coucher bougèrent. Un courant d'air, peut-être ? La reine et Thomas Seymour ne remarquèrent rien. Ils étaient bien trop occupés par leur propre personne pour voir que les tentures continuaient à bouger et à trembler et qu'elles s'étaient légèrement entrouvertes en leur centre. Ils ne virent pas non plus le regard pétillant qui perçait dans l'ouverture des tentures et n'ont pas plus soupçonné que la princesse Élisabeth se trouvait derrière les rideaux pour mieux voir et mieux entendre ce qui se passait dans le boudoir.

La reine se leva et fit quelques pas pour aller à la rencontre du comte. Elle sentit que le courage lui manquerait et que son cœur fondrait au moment où elle se retrouva en face de lui et où leurs regards se croisèrent. Elle lui offrit la main en guise de salutation silencieuse. Thomas Seymour, pris d'une impulsion, s'en saisit et la porta à ses lèvres tout en regardant la reine passionnément et avec tendresse. Elle résista pour pouvoir se montrer assez forte et ne pas être trahie par ses sentiments. Elle retira rapidement sa main et s'empara d'un rouleau de papier qui se trouvait sur la table. Il contenait le nouvel acte de succession signé de la main du roi.

— Monseigneur, a-t-elle dit, je vous ai fait venir parce que je désire vous confier une commission. Je vous prie de porter ce parchemin à la princesse Élisabeth et de le lui remettre. Cependant, avant de le faire, je veux vous mettre au courant de son contenu. Ce parchemin fait état d'une nouvelle loi, déjà sanctionnée par le roi, concernant la succession. En vertu de cette loi, les princesses royales ne sont plus obligées de s'unir avec un époux de sang royal pour conserver leur droit héréditaire à la couronne. Le roi donne aux princesses le droit d'agir selon leurs sentiments et leurs droits à la succession ne doivent pas en souffrir lorsque l'époux choisi n'est ni un roi ni un prince. Voilà donc le contenu de ce parchemin que vous devez apporter à la princesse et il ne fait aucun doute que vous me remercierez d'avoir fait de vous le messager de ces heureuses nouvelles.

— Et pourquoi, a-t-il demandé avec étonnement, Votre Majesté croit-elle que cette information devrait m'emplir de gratitude?

Elle réunit toutes ses forces et pria pour conserver le contrôle d'elle-même.

— Parce que la princesse a fait de moi la confidente de son amour et parce que je suis, par conséquent, au courant du tendre lien qui vous unit à elle, dit-elle gentiment.

Ce faisant, elle sentit que ses joues s'étaient vidées de leur sang.

Le comte la regarda, muet d'étonnement. Puis son regard inquisiteur fit le tour de la pièce.

— On nous écoute, donc? demanda-t-il à voix basse. Ne sommes-nous pas seuls?

— Nous sommes seuls, a dit Catherine à haute voix. Personne ne peut nous entendre et Dieu seul est le témoin de notre conversation.

Élisabeth, qui se trouvait derrière les tentures, sentit qu'elle rougissait de honte et elle commença à se repentir de ce qu'elle avait fait. Elle était, néanmoins, envoûtée et ne pouvait bouger. Il était, certainement, indigne d'une princesse d'écouter aux portes. Elle était, toutefois, une jeune fille amoureuse et désirait observer l'homme qu'elle aimait. Elle resta donc, posa sa main sur son cœur qui battait à tout rompre et murmura:

— Que dira-t-il? Que signifie cette anxiété qui s'empare de moi?

— Eh bien! a dit Thomas Seymour, sur un ton totalement autre, si nous sommes seuls, ce masque que j'arbore peut tomber. Et la cuirasse qui ceinture mon cœur peut, elle aussi, disparaître.

Vive Catherine, mon étoile et mon espoir! Personne, dites-vous bien, personne, sauf Dieu, ne peut nous entendre. Dieu connaît notre amour et Il sait à quel point j'ai soupiré pour que vienne cette heure qui, enfin, me réunit avec vous. Mon Dieu, cela fait une éternité que je vous ai vue, Catherine. Mon cœur a besoin de vous tout comme un homme affamé a besoin d'eau pour étancher sa soif. Catherine, ma bien-aimée, soyez bénie car, finalement, vous m'avez fait mander...

Il ouvrit ses bras pour l'étreindre mais elle le repoussa avec force.

— Vous vous trompez de prénom, comte, a-t-elle déclaré amèrement. Vous avez dit « Catherine » et vous pensez « Élisabeth! » La personne que vous aimez est la princesse: votre cœur lui appartient et son cœur vous a choisi. Oh! comte, je suis en faveur de cet amour et je ne cesserai de prier et de supplier que lorsque le roi aura consenti à vos désirs, que lorsqu'il aura accepté votre mariage avec la princesse.

Thomas Seymour se mit à rire.

— C'est une farce, Catherine. Vous continuez de porter un masque sur votre joli visage. Oh! Enlevez ce masque, ma reine! Je désire vous contempler comme vous êtes. Je veux revoir votre magnifique personne. Je veux revoir la femme qui m'appartient, celle qui a juré être mienne et qui, au cours de ses mille serments, a juré qu'elle m'aimerait, qu'elle me serait fidèle et qu'elle me suivrait, moi son époux et maître. Oh! Catherine, comment avez-vous pu oublier votre promesse? Êtes-vous devenue parjure de votre propre cœur? Avez-vous décidé de vous débarrasser de moi et de me rejeter comme on le ferait d'une balle lorsqu'on ne la veut plus pour en prendre une autre?

— Oh! dit-elle sans en avoir conscience, je ne pourrai jamais oublier et je ne pourrai jamais être parjure...

— Eh bien! ma Catherine, ma fiancée, ma future épouse, pourquoi me parlez-vous d'Élisabeth, de cette petite princesse qui soupire d'amour tout comme le bourgeon d'une fleur soupire pour voir le soleil, et qui prend le premier homme qu'elle trouve sur sa route ? Qu'importe Élisabeth, ma Catherine ? Quelle importance cette enfant peut-elle avoir à ce moment précis où nous sommes réunis après une aussi longue attente ?

— Oh ! Il m'a traitée d'enfant ! murmura Élisabeth. À ses yeux, je ne suis qu'une enfant !

Elle plaqua ses mains contre sa bouche pour réprimer un cri de colère et d'angoisse et pour qu'ils n'entendent pas qu'elle claquait des dents tout comme si elle avait été saisie par le froid.

Avec une force irrésistible, Thomas Seymour attira Catherine pour la prendre dans ses bras.

— Ne m'évitez plus, dit-il en la suppliant tendrement. Le moment est finalement arrivé où nous allons pouvoir décider de notre avenir ! Le roi se meurt et ma Catherine sera enfin libre – libre de choisir selon son cœur. Je vous rappelle votre serment ! Vous souvenez-vous du jour où vous avez fait référence à ce moment précis ? Vous rappelez-vous encore, Catherine, que vous avez fait le serment de devenir mon épouse et de me prendre comme le maître de votre avenir ? Oh ! Ma bien-aimée, cette couronne qui a tant pesé sur votre tête disparaîtra bientôt. À l'heure actuelle, je me présente devant vous en qualité d'un de vos sujets mais, dans quelques heures, ce sera votre maître et époux que vous aurez devant vous. Et il vous demandera : « Catherine, mon épouse, avez-vous été fidèle au serment que vous m'avez fait ? Vous êtes-vous rendue coupable de parjure ? Avez-vous gardé mon honneur sans tache et pouvez-vous me regarder dans les yeux sans éprouver de sentiment de culpabilité ? »

Le regard qu'il porta sur elle était fier et enflammé. La force et la fierté de Catherine disparurent comme neige au soleil devant l'air décidé de Seymour. Il était à nouveau le maître absolu qui possédait tous les droits sur son cœur et elle était à nouveau l'humble servante dont le plus grand bonheur était de se soumettre à la volonté de son amoureux et de s'incliner devant lui.

— Je peux vous regarder droit dans les yeux, murmura-t-elle, et ma conscience est tranquille. Je n'ai jamais aimé personne d'autre que vous et la seule personne qui se trouve dans mon cœur à part vous est Dieu, que je vénère.

Totalement dominée et enivrée par le bonheur, elle a posé sa tête sur l'épaule de Thomas Seymour et, lorsqu'il l'a serrée dans ses bras et couvert de baisers ses lèvres qui ne résistaient plus, elle a senti qu'elle l'aimait à en mourir et qu'il ne pouvait y avoir de bonheur pour elle sans lui.

Il s'agissait d'un moment de bonheur exquis, d'extase totale. Ce moment n'a pas duré longtemps. Une main se posa violemment sur l'épaule de la reine et une voix rauque et colérique prononça son nom. Catherine leva les yeux et rencontra le regard furieux d'Élisabeth qui se tenait, pâle comme la mort, devant elle. Les lèvres de la jeune fille tremblaient, ses narines étaient dilatées et ses yeux lançaient des flammes de colère et de haine.

— Voilà donc les gentillesses que vous avez juré de me faire ? lança-t-elle en grinçant des dents. Vous êtes-vous emparée de ma confiance en utilisant des paroles aimables pour que je vous livre les secrets de mon cœur, pour ensuite les prendre et les trahir avec votre amant ? Pour pouvoir ridiculiser cette pitoyable jeune fille alors que vous vous trouviez dans les bras de son galant, cette pitoyable princesse qui vous a permis de trahir son cœur et qui s'est mépris sur le compte d'un criminel qu'elle avait pris pour un homme d'honneur ?

« Malheur, malheur à vous, Catherine, car je vous déclare que je ne ferai pas preuve de pitié pour la femme adultère qui s'est moquée de moi et a trahi mon père ! »

En rage, complètement hors d'elle, elle repoussa la main que Catherine avait posée sur son épaule et fit un saut en arrière au contact de son ennemie, tout comme une lionne furieuse.

Le sang de son père bouillonnait dans ses veines et, en vraie fille d'Henri VIII, elle dissimulait dans son cœur des pensées sanguinaires de vengeance.

Elle jeta un regard sombre chargé de colère vers Thomas Seymour et un sourire de mépris s'esquissa sur ses lèvres.

— Monsieur, dit-elle, vous prétendez que je suis une enfant qui se laisse trop facilement tromper parce qu'elle désire ardemment que le soleil lui apporte le bonheur. Vous avez raison : j'étais une enfant et je me suis montrée assez stupide pour croire qu'un misérable menteur était un homme d'honneur et qu'il était digne d'être aimé par la fille du roi. Oui, vous avez raison, il s'agissait d'un rêve enfantin…

« Je vous remercie, car vous m'avez tirée d'un rêve. Vous avez fait en sorte que cette enfant devienne une femme qui rit en pensant à ses folies de jeunesse et qui méprise aujourd'hui ce qu'elle adorait hier. Vous ne m'intéressez plus. De plus, vous êtes trop insignifiant et trop méprisable pour que je sois en colère contre vous. Cependant, je dois vous déclarer que vous avez joué un jeu dangereux et que vous avez perdu. Vous avez fait la cour à une reine et à une princesse et vous n'obtiendrez ni l'une ni l'autre. En effet, en ce qui concerne l'une d'entre elles, vous ne recevrez que mépris. Et en ce qui concerne l'autre, elle montera à l'échafaud ! »

Elle se précipita vers la porte en riant sauvagement. Catherine la retint d'une main ferme et la força à rester dans la pièce.

— Que ferez-vous ? demanda-t-elle avec le plus grand calme et un contrôle d'elle-même.

— Ce que je ferai ? répliqua Élisabeth dont les yeux brillaient comme ceux d'une féline. Vous me demandez ce que je ferai ?

J'irai retrouver mon père et lui raconter tout ce qui s'est passé ici et dont j'ai été le témoin ! Il m'écoutera. Et sa bouche aura encore assez de force pour prononcer votre condamnation à mort ! Ah ! Ma mère est morte sur l'échafaud et pourtant elle était innocente ! Nous verrons donc... Vous n'échapperez point à l'échafaud, vous qui êtes coupable !

— Eh bien, allez retrouver votre père, a dit Catherine. Allez m'accuser. Mais, en premier, vous allez m'écouter. Je voulais renoncer à cet homme que j'aime pour vous le donner. Lorsque vous m'avez confessé votre amour, vous avez anéanti mon bonheur et mon avenir. Toutefois, je n'étais pas fâchée contre vous. J'ai compris votre cœur, car Thomas Seymour est digne d'être aimé. Cependant, vous avez raison, car il s'agit d'un amour coupable du fait que je suis l'épouse du roi. Cet amour est, toutefois, resté pur et innocent. Et c'est exactement pour ces raisons que j'ai pris la décision d'y renoncer. Lorsque vous m'avez confessé vos sentiments à l'égard de Thomas Seymour, j'ai décidé de me sacrifier. Par votre action, vous rendez tout cela impossible. Allez donc nous accuser auprès de votre père et ne craignez pas que je trahisse mon cœur. La crise étant arrivée, on me trouvera prête, et lorsque je monterai à l'échafaud, je continuerai à me sentir comblée parce que Thomas Seymour m'aime !

— Oui, il vous aime, Catherine, s'écria-t-il, triomphant et enchanté d'avoir entendu cette noble déclaration. Il vous aime si ardemment que mourir en votre compagnie est un sort que tous peuvent envier. Et il ne changerait pas sa place pour un trône ou une couronne...

Au moment où il prononçait ces paroles, il posa ses bras autour du cou de Catherine et l'attira avec passion contre son cœur.

Élisabeth poussa un cri strident et se précipita vers la porte. Tels des flots ravageurs, des bruits se rapprochaient en grondant et résonnaient dans les antichambres et les salons. Quelles étaient les personnes qu'appelaient ces voix apeurées et stridentes ? On réclamait la reine, les médecins, le prêtre...

La princesse s'arrêta, stupéfaite, et écouta. Thomas Seymour et Catherine, bras dessus bras dessous, se tenaient près d'elle. Ils avaient du mal à entendre ce qui se déroulait. Ils se sont regardés, ont souri et rêvé d'amour, de mort et de bonheur éternel.

La porte s'est ouverte avec violence. D'une pâleur mortelle, John Heywood a fait son apparition, suivi des dames d'honneur et des personnes importantes de la cour. Tous criaient et gémissaient :

— Le roi se meurt ! Il a été frappé d'apoplexie ! Le roi est aux portes de la mort !

— Le roi vous appelle ! Le roi désire mourir dans les bras de son épouse ! dit John Heywood en poussant doucement Élisabeth de la porte, car elle faisait tout pour avancer.

Il ajouta :

— Le roi ne veut voir personne d'autre que son épouse et le prêtre. De plus, il m'a donné l'autorisation d'aller chercher la reine.

Il ouvrit la porte et Catherine s'avança au milieu de rangées de courtisans et de domestiques en pleurs pour rejoindre la couche royale de son mari agonisant.

CHAPITRE XXXVII

Le roi Henri était moribond. Cette vie de pécheur, maculée de sang, ponctuée de crimes, souillée par maints actes de traîtrise, par la ruse, l'hypocrisie et la cruauté gratuite arrivait enfin à son terme. Cette main qui avait signé tant d'arrêts de mort était maintenant crispée par la Camarde au moment précis où il devait parafer l'ordre d'exécuter le duc de Norfolk. Le roi, qui réalisait son impuissance, était rongé par l'idée qu'il n'était plus en mesure de détruire son vieil ennemi. Le puissant monarque n'était plus rien qu'un vieillard égrotant et paralysé, incapable de signer l'arrêt de mort si soigneusement préparé. Dieu, dans sa sagesse, avait non seulement paralysé son corps mais aussi son esprit. Cette masse immobile et morne, envahie par la froidure mortelle et gisant sur sa couche pourpre rehaussée de fil d'or, n'était nulle autre que celle d'un roi que sa conscience retenait encore à la vie et qui maintenant était horrifié à la vue de cette mort à laquelle il avait envoyé tant de ses sujets.

Catherine et l'archevêque de Canterbury, le noble Cranmer, se tenaient à son chevet et, pendant qu'il agonisait, le roi tenait la main de Catherine et écoutait les prières du prélat.

À un moment donné, il demanda en balbutiant:

— Milord, quel genre de monde attend ceux qui ont condamné d'autres personnes à mourir?

Touché par les remords de conscience et les déchirements moraux qu'il pouvait constater chez le roi, rempli de compassion à la vue du tyran à l'agonie, le religieux tentait de le réconforter, de lui parler de la miséricorde de Dieu qui s'appliquait à tous les pécheurs. Le roi grognait :

— Non, pas de pitié, aucune pitié pour celui qui n'en a pas eu...

En fin de compte, la pénible agonie du monarque avait pris fin et celui-ci avait fermé les yeux pour ne plus être qu'un pécheur comparaissant devant son créateur.

Pendant trois jours, sa mort resta secrète, son entourage voulant d'abord tout arranger afin de remplir le vide causé par sa disparition. En s'adressant au peuple, on voulait plutôt parler de la succession au trône. On savait d'ailleurs que ce peuple ne pleurerait pas Henri VIII, se réjouirait de l'avènement d'une nouvelle tête couronnée et qu'au lieu de chants funéraires des hymnes de joie seraient davantage de circonstance.

Le troisième jour, les portes de Whitehall s'ouvrirent et le cortège funéraire s'ébranla dans les rues de Londres. Dans un silence glacial, le peuple regardait passer le cercueil du roi qui l'avait tant fait trembler. La foule ne manifestait aucune pitié et ne versait pas de larmes pour ce mort qui, pendant trente-sept ans, avait été leur souverain.

On amenait le cercueil à l'abbaye de Westminster, un monument splendide construit par Wolsey pour son royal maître. Mais la route était longue et les chevaux tirant le corbillard étaient épuisés et devaient s'arrêter souvent pour reprendre des forces. Lors d'un de ces arrêts, sur l'une des places, on vit du sang suinter du cercueil du roi et s'écouler abondamment sur le pavé. En frissonnant, les spectateurs virent que cet épanchement se produisait sur une place où l'on avait coutume d'ériger échafauds et bûchers. Alors que les gens regardaient ce spectacle morbide, deux chiens sortirent de la foule et vinrent laper goulûment le sang d'Henri VIII. Frappée d'horreur, la foule se dispersa dans toutes les directions et évoqua la mémoire d'un malheureux prêtre qui, quelques semaines auparavant, à cet endroit précis, n'avait pas voulu reconnaître le roi comme étant le chef suprême de l'Église et le vice-régent de Dieu. Sur l'échafaud, ce supplicié avait maudit le roi en souhaitant que ce dernier soit la proie des chiens pour avoir répandu tant de sang innocent. La malédiction du prêtre martyr s'était réalisée et les chiens s'étaient effectivement repu du sang du grand monarque.

Lorsque le cortège funéraire eut quitté Whitehall, que le cadavre du roi n'empestait plus les pièces de l'odeur infecte de la décomposition et que la cour s'apprêtait à rendre hommage au jeune Édouard en qualité de nouveau souverain, Thomas Seymour, comte de Sudley, entra dans la chambre de la royale veuve. Revêtu d'un superbe habit de deuil, il était flanqué de son frère aîné, Édouard Seymour, et de l'archevêque de Canterbury.

Rougissante, Catherine lui souhaita la bienvenue avec un sourire.

— Ma reine, dit Thomas Seymour d'un air grave, je suis venu aujourd'hui pour réclamer la concrétisation de votre vœu. Oh! Ne détournez pas votre regard et ne rougissez point. Le noble archevêque connaît votre cœur et sait qu'il est aussi pur que celui d'une vierge et que nulle mauvaise pensée n'a jamais souillé votre âme vertueuse.

« D'ailleurs, mon frère ne serait pas présent s'il n'avait foi en votre intégrité et s'il ne respectait pas un amour qui a su demeurer constant au milieu des tempêtes et des écueils qui se présentaient continuellement sur sa route. J'ai choisi ces deux nobles amis comme mes plaideurs et, en leur présence, je voudrais vous demander ceci: "Reine Catherine, le roi est mort et, plus rien n'entravant votre cœur, voulez-vous me le donner? M'acceptez-vous comme époux et êtes-vous prête à renoncer à votre titre royal et à votre éminent rang?" »

Elle lui donna la main et lui chuchota avec un franc sourire:

— Vous savez fort bien que je ne sacrifie rien pour vous et que vous me donnez tout le bonheur et tout l'amour que je suis en droit d'espérer…

— Par conséquent, en présence de ces deux amis, m'acceptez-vous comme votre futur époux et me jurez-vous amour et fidélité ?

Catherine trembla et baissa les yeux avec la timidité d'une jeune fille.

— Hélas ! répondit-elle. Ne voyez-vous pas que je porte le deuil ? N'est-il pas malséant de penser au bonheur alors que les lamentations funèbres ne se sont pas encore estompées ?

— Reine Catherine, coupa l'archevêque Cranmer, laissons les morts enterrer les morts ! La vie a aussi des droits et l'homme ne devrait pas renoncer à son droit au bonheur, car il s'agit là d'une possession des plus saintes. Vous avez enduré maints tourments et beaucoup souffert, ma reine, mais votre cœur est demeuré pur et innocent. C'est donc la conscience tranquille que vous pouvez accueillir joyeusement le bonheur. Ne traînez point. Au nom du Tout-Puissant, je suis venu ici pour le consacrer et bénir votre amour.

— En ce qui me concerne, renchérit Édouard Seymour, j'ai sollicité de mon frère le privilège de l'accompagner de manière à pouvoir dire à Votre Majesté combien j'apprécie l'honneur que vous faites à notre famille. En qualité de beau-frère, je me souviendrai toujours que vous avez déjà été ma reine et que j'étais votre sujet.

— Je ne voulais pas tarder à vous voir afin de vous prouver que seul l'amour me poussait à vous rencontrer et que je n'étais mû par aucun autre mobile. Le testament du roi n'a pas encore été ouvert et personne ne connaît son contenu ; peu importe celui-ci d'ailleurs, car il ne peut réduire ou augmenter le bonheur que j'ai de vous savoir mienne. Peu importe qui vous êtes, pour moi vous serez toujours la femme, l'épouse adorée, et c'est pour vous en assurer que je me suis empressé de venir vous trouver aujourd'hui même.

Catherine lui tendit la main avec un sourire à faire damner un saint.

— Je n'ai jamais douté de vous, Seymour, chuchota-t-elle, et je ne vous ai jamais plus ardemment aimé que lorsque j'étais prête à renoncer à vous.

Elle posa sa tête sur l'épaule de son prétendant et des larmes de joie roulèrent sur son visage. L'archevêque de Canterbury joignit les mains des amoureux et les bénit tandis que Lord Hertford, l'aîné des Seymour, s'inclina et les salua à titre de fiancés officiels.

Le même jour, on ouvrait le testament du roi. Dans le grand salon doré, dans lequel on avait si souvent entendu le rire homérique et la voix tonnante d'Henri VIII résonner, on put prendre connaissance de ses dernières volontés. Toute la cour était assemblée, comme pour quelque joyeux festival, et la reine occupait toujours son trône. Ce n'était plus Henri VIII, le tyran redouté, qui se tenait près d'elle, mais un garçon malingre qui, s'il s'était gardé d'hériter de l'énergie et du génie de son père, ne ressemblait au défunt monarque que par son goût du sang et son comportement hypocrite. Près de lui se tenaient ses sœurs, les princesses Marie et Élisabeth. Les deux étaient pâles et faisaient grise mine car, dans les deux cas, ce n'était pas leur père qu'elles pleuraient.

Marie, la catholique bigote, voyait d'un mauvais œil et avec peine les jours sombres qui guettaient l'Église de Rome, car Édouard s'opposait fanatiquement au Saint-Siège et elle savait qu'il s'en prendrait aux papistes avec une constance cruelle. Et c'est ce qui l'attristait au plus haut point.

Élisabeth, cette jeune fille au cœur ardent, était loin de penser à son père ou aux dangers auxquels l'Église devait faire face. Elle ne pensait qu'à son amour déçu et estimait avoir été privée d'espoir et d'illusions, d'être sortie d'un rêve enchanteur pour affronter une rude et désertique réalité. Elle avait fait son deuil de son premier amour, mais son cœur saignait et ses plaies étaient encore douloureuses.

On lut le testament. Tenant à voir comment il réagirait à la lecture de ces mots lourds de sens, Élisabeth regarda en direction de Thomas Seymour afin de sonder son âme et de deviner les secrets de son cœur. Elle remarqua comment il pâlit lorsqu'on nomma non point la reine Catherine mais le frère de Thomas Seymour, le duc de Hertford, comme régent durant la minorité d'Édouard VI. Elle vit le regard sinistre, presque haineux, que le comte de Sudley jeta à la reine et, avec un sourire cruel, murmura :

— Je suis vengée, il ne l'aime plus !

John Heywood, qui se trouvait derrière le trône de la reine, avait également observé le regard de Thomas Seymour, non comme Élisabeth, qui paraissait sincèrement se réjouir, mais avec tristesse. Il pencha la tête en murmurant :

— Pauvre Catherine ! Il la détestera et elle sera très malheureuse.

Catherine était toutefois encore heureuse. Ses yeux rayonnaient de bonheur en s'apercevant que son fiancé avait été nommé Grand amiral d'Angleterre et tuteur du jeune roi dans le testament d'Henri VIII. Oublieuse d'elle-même, elle ne pensait qu'à son amoureux et éprouva beaucoup de bonheur en constatant qu'il avait été investi d'un honneur aussi grand et d'une telle marque de dignité.

Pauvre Catherine ! Ses yeux ne remarquaient pas le voile sombre qui recouvrait le front de son bien-aimé. Heureuse et innocente, elle faisait preuve de si peu d'ambition ! Car, à ses yeux, le bonheur signifiait devenir l'épouse de Thomas Seymour.

Et ce grand bonheur allait devenir réalité. Trente jours après le décès du roi Henri, elle devint l'épouse du Grand amiral Thomas Seymour, comte de Sudley. L'archevêque Cranmer bénit leur union dans la chapelle de Whitehall et le seigneur protecteur, qui avait reçu le titre de duc de Somerset après avoir porté celui de comte de Hertford – et qui, de plus, était le frère de Thomas Seymour –, fut le seul témoin de ce mariage qui resta secret à cette époque. Cependant, alors qu'ils entraient dans la chapelle pour la célébration de la cérémonie, la princesse Élisabeth s'avança pour rencontrer la reine et lui tendre la main.

Il s'agissait de leur première rencontre depuis cet horrible jour où elles s'étaient affrontées en tant qu'ennemies – la première fois qu'elles se retrouvaient face à face.

Élisabeth avait effacé de son cœur le sacrifice qu'elle avait fait. Son âme fière se révoltait à l'idée que Thomas Seymour puisse imaginer qu'elle souffrait encore à cause de lui ou qu'elle l'aimait encore. Elle allait lui faire la démonstration qu'elle était tout à fait remise de son premier rêve de jeunesse, qu'elle n'avait pas la moindre peine, le moindre regret.

Elle l'accosta en souriant hautainement et avec froideur et offrit sa main à Catherine.

— Ma reine, a-t-elle déclaré, vous avez toujours fait preuve de tant de bonté envers moi et vous êtes montrée une mère fidèle. Je sollicite donc le droit d'être votre fille. Permettez-moi d'être présente à l'occasion de l'engagement solennel que vous conclurez. Permettez-moi également de me trouver à vos côtés et de prier pour vous pendant que l'archevêque officiera et fera de la reine la comtesse de Sudley. Que Dieu vous bénisse, Catherine, et qu'il vous accorde tout le bonheur que vous méritez tant !

Et c'est ainsi que la princesse Élisabeth s'agenouilla à côté de Catherine lorsque l'archevêque bénit cette nouvelle union. Son regard se dirigea une fois de plus vers Thomas Seymour qui se tenait debout à côté de sa jeune femme. Le visage de Catherine rayonnait de bonheur et de beauté tandis que l'on pouvait voir sur le front de Thomas Seymour la barre de mécontentement qui s'y était installée le jour précédent, lors de la lecture du testament du roi, dans lequel Catherine n'avait pas été désignée comme régente, ce qui annulait les projets ambitieux et perfides du comte.

Et cette barre continuait à plisser le front de Thomas Seymour. Son mécontentement devenait à chaque instant plus évident, ce qui finit par éclipser le bonheur que ressentait Catherine et la sortit de la torpeur où l'avait conduite son rêve de félicité.

Personne ne souhaita connaître ou faire des conjectures sur ses souffrances ou sur l'agonie secrète qu'elle dut vivre. Catherine possédait une âme fière et chaste. Elle dissimula au monde extérieur ses souffrances et sa tristesse, tout comme elle lui avait dissimulé son amour. Personne ne soupçonna à quel point elle souffrit et lutta à cause de son cœur meurtri.

Elle ne s'est jamais plainte. Elle vit les fleurs disparaître de sa vie les unes après les autres et s'effacer les sourires du visage de son époux. Elle prit conscience du fait que la voix aimée, tendre au début de leur mariage, était devenue de plus en plus froide et a remarqué que son amour se transformait en indifférence et peut-être même en haine.

Elle avait voué son cœur à l'amour mais remarquait que, de jour en jour, d'heure en heure, celui de son époux devenait de plus en plus froid. Elle ressentait cependant que, d'une façon horriblement certaine, elle était sienne et qu'elle lui consacrait tout son amour.

Toutefois, il ne lui appartenait plus.

Alors qu'elle se torturait en essayant de découvrir pourquoi il ne l'aimait plus et tentait de deviner ce qu'elle avait fait pour qu'il se détourne ainsi d'elle, Seymour ne possédait ni la délicatesse ni la magnanimité pour lui cacher ses pensées intimes. C'est ainsi, qu'enfin, elle put découvrir pourquoi il la négligeait de cette façon.

Il avait espéré que Catherine devienne régente du royaume avant de l'épouser. Son amour pour elle s'était envolé dès que la promotion escomptée ne s'était pas produite.

Catherine le ressentit et en mourut. La mort ne la délivra pas immédiatement de ses peines et des tortures morales qu'elle endurait. Elle souffrit pendant six mois. D'étranges rumeurs circulèrent après son décès. John Heywood ne passait jamais à côté du comte Seymour sans diriger vers lui un regard furieux et sans lui dire :

— Vous avez assassiné notre jolie reine ! Dites-moi que cela n'est pas vrai, si vous l'osez !

Thomas Seymour se gaussait du bouffon et ne pensait pas que cela valait la peine de se défendre de ses accusations. Il riait en dépit du fait qu'il n'avait pas encore terminé sa période de deuil.

Il tenta sournoisement de s'approcher de la princesse Élisabeth pour lui jurer son amour le plus ardent alors qu'il se trouvait encore en vêtements de deuil. Élisabeth le repoussa avec froideur et le plus grand des mépris. La princesse eut pour lui les mêmes paroles que le bouffon :

— Vous avez assassiné Catherine ! Je ne serai jamais l'épouse d'un assassin !

La justice de Dieu finit par rattraper le meurtrier de la pure et noble Catherine. Un an après la mort de sa femme, le Grand amiral dut gravir les marches de l'échafaud pour y être exécuté pour traîtrise.

Aux termes du testament de Catherine, ses livres et ses papiers personnels furent remis à son fidèle ami, John Heywood, qui les examina avec le plus grand soin et découvrit parmi eux des textes écrits de la main de la reine, de nombreux vers et des poèmes dans lesquels elle faisait part de sa tristesse. Catherine les avait réunis dans un petit livre et avait donné un titre à ce recueil : *Lamentations d'une pécheresse.*

Catherine avait beaucoup pleuré en rédigeant ses *Lamentations.* En effet, en nombre d'endroits, le manuscrit était illisible car des larmes avaient partiellement effacé les lettres.

John Heywood a embrassé les taches produites par ces larmes et a murmuré :

— La pécheresse a été glorifiée et transformée en sainte à cause de ses souffrances. Et ces poèmes sont la croix et la pierre tombale qu'elle a préparées pour sa propre sépulture. Je ferai ériger cette croix pour que la personne bien puisse y puiser du réconfort et que la mauvaise puisse s'éloigner du mal.